W0375233

À PROPOS DE L'AUTEUR

Lisa Renee Jones est une auteure acclamée pour ses histoires sensuelles et captivantes, mettant en scène des héroïnes modernes et sexy. Régulièrement, ses romans se classent parmi les meilleures ventes de *USA Today* ainsi que de diverses listes de best-sellers.

Au nom du plaisir

*

Un défi délicieux

*

Parenthèse sensuelle

LISA RENEE JONES

Au nom du plaisir

INTÉGRALE

LES AMANTS DU TEXAS

Traduction française de

MARIE PASCAL

◆ SAGAS ◆

HARLEQUIN

Collection : SAGAS

Titre original :
JUMP START

Ce roman a déjà été publié en 2012

HARPERCOLLINS FRANCE
83-85, boulevard Vincent-Auriol, 75646 PARIS CEDEX 13
Service Lectrices — Tél. : 01 45 82 47 47

www.harlequin.fr

ISBN 978-2-2804-3330-3 — ISSN 2426-993X

Prologue

Opération *Sables mouvants*. C'était le nom de cette mission à haut risque, tellement périlleuse qu'elle manqua de tourner au cauchemar.

Le sergent Bobby Evans se trouvait à bord d'un Hercules C-130 de l'armée de l'air américaine sur le point de décoller, en compagnie de quatre des douze membres de son commando des Forces spéciales, les « Fous Volants », des parachutistes surentraînés spécialistes du saut en chute libre à très haute altitude. Leur mission : libérer le jeune fils du nouveau président irakien, Aban Kaleb Sadr, enlevé par les rebelles.

Bobby le savait très bien : en sautant depuis de telles altitudes, lui et ses hommes couraient d'énormes dangers. Mais ils n'avaient pas le choix : c'était le seul moyen d'échapper aux radars ennemis. En sept ans de service, ce n'était pas la première fois qu'il risquait sa vie, loin de là, mais il ressentait cette fois une appréhension dont il n'était pas coutumier. Comme un mauvais pressentiment… Vite, il fallait le chasser avant qu'il ne leur porte la poisse pour de bon.

Avant le décollage, Mike Reynolds, le benjamin du commando, sortit de sa veste une photo de Jennifer, sa fiancée.

— Je vous préviens, espèces de cow-boys de mes deux, lança-t-il avec une pointe de mépris dans la voix, comme toujours lorsqu'il faisait allusion aux origines texanes que partageaient Bobby et deux de ses coéquipiers du jour, Caleb Martin et Ryan Walker, c'est la dernière fois que je fais mumuse avec vous. Après ça, à moi les pizzas new-yorkaises et la plus belle fille du monde et *adios muchachos*.

Mike et Bobby étaient tous les deux au bout de leur période d'engagement. Chose étrange, Bobby n'avait pas encore signé son nouveau contrat — qu'il avait pourtant reçu depuis longtemps —, comme s'il n'était pas sûr de ce qu'il voulait vraiment. Mike, lui, n'avait aucun doute : il quittait l'armée. Deux semaines plus tard, il serait chez lui, et aucun des Fous Volants ne le déplorait. Ce n'était pas qu'ils ne l'aimaient pas. Au contraire, car le commando, c'était un peu comme une famille. Mais c'était parce que, depuis que Mike avait rencontré Jennifer en permission six mois plus tôt, il n'était plus vraiment à ce qu'il faisait.

Et Bobby le comprenait très bien. Lui-même avait laissé derrière lui sa Jennifer. Jennifer. L'amour de sa vie, le seul, l'unique. Jennifer, la femme qu'il ne pourrait jamais oublier, la femme à laquelle il ne pourrait jamais complètement renoncer. Il y pensait d'autant plus ces derniers temps qu'une de leurs amies communes allait bientôt se marier et que, fatalement, ils allaient se revoir.

— Range-moi cette photo et concentre-toi un peu, dit-il sur un ton brusque et autoritaire alors que le mauvais pressentiment qui l'avait assailli un peu plus tôt refaisait surface. Je n'ai pas envie de te renvoyer chez toi dans une boîte.

Puis le moteur se mit à vrombir, et Bobby coiffa son casque. Au bout de vingt minutes de vol, un compte à rebours annonçant dix minutes se déclencha. Dès qu'ils l'entendirent, les quatre hommes se levèrent pour vérifier leur équipement et préparer leurs masques à oxygène.

Ryan, le meilleur ami de Bobby, fit son annonce habituelle :

— C'est parti, les Fous Volants !

Puis il ajouta en se tournant vers Mike :

— Allez, bientôt plus personne ne sera sur ton dos, à part ta copine.

Ils éclatèrent tous de rire, mais la tension était palpable.

Bobby échangea un regard avec Ryan. Visiblement il n'était pas le seul à redouter quelque chose.

Lorsque le compte à rebours indiqua cinq minutes, ils mirent tous leur masque en place et les portes de l'avion s'ouvrirent. Les casques étaient éteints. Ce serait un saut silencieux. Ils étaient des ombres, des fantômes qui n'existaient pas même pour leur propre gouvernement. Comme un seul homme, ils s'accrochèrent à la barre du plafond lorsqu'une bouffée d'air s'engouffra dans l'appareil et s'abattit sur eux avec la force d'un coup de massue.

Les conditions de saut étaient loin d'être favorables, mais pour sauver la vie de cet enfant, chaque seconde comptait.

Une minute au compte à rebours. Dernière vérification des masques à oxygène et des parachutes, toute négligence pouvant s'avérer fatale.

Caleb fut le premier à sauter dans le vide : il fit le salut avant de disparaître dans la nuit. Ryan le suivit. Alors que Mike s'apprêtait à les imiter, Bobby eut le réflexe de le retenir par le bras. Pourquoi ce geste ? L'instinct ? La volonté de le mettre en garde ? Il n'aurait su le dire… Toujours est-il qu'il vérifia une dernière fois le parachute de son plus jeune homme, avant de joindre ses deux mains comme pour lui signifier qu'il le couvrirait quoi qu'il arrive.

Mike acquiesça, l'air grave. L'heure n'était plus à la plaisanterie. Ils étaient en mission. Ils connaissaient les risques qu'ils encouraient et ils les prenaient au sérieux. Les toutes premières secondes d'un saut étaient particulièrement critiques. Le sauteur devait contrôler le vent et s'en emparer pour se positionner correctement.

Mike sauta, et le pire se produisit. Le vent se mit à souffler en bourrasques, le rabattant contre l'avion. Et, tout à coup, il se mit à chuter en vrille. Il ne fit rien pour corriger sa position, qu'il fût inconscient ou simplement tétanisé par la panique. Quoi qu'il en soit, s'il n'ouvrait pas vite son parachute, c'était la mort assurée.

Sans l'ombre d'une hésitation, Bobby sauta. L'adrénaline

inondait ses veines mais il s'efforça de garder son sang-froid car il avait besoin d'être en pleine possession de ses moyens s'il voulait que Mike et lui survivent.

Le vent s'abattit sur lui, mais il réussit à le maîtriser et à se positionner pour se laisser chuter en une vrille contrôlée. Il lui fallut vingt secondes pour rejoindre Mike qu'il attrapa par la taille dans un choc d'une violence inouïe. Pourtant Mike ne réagit pas. Il était sonné, mais Bobby n'eut pas le temps de vérifier s'il avait vraiment perdu connaissance. Il ne restait plus que trente secondes avant d'ouvrir les parachutes, et le cœur de Bobby cognait à tout rompre. A la vitesse qui était la leur, un seul parachute ne suffirait pas pour deux. Il devait ouvrir celui de Mike et s'écarter assez rapidement pour ouvrir le sien. Autant dire que ses chances d'y parvenir étaient quasi nulles.

De toutes ses forces, Bobby essaya de se redresser, mais Mike semblait peser une tonne. Tant bien que mal, il parvint à opérer un renversement pour se présenter les pieds au sol lorsque, soudain, Mike sursauta et reprit ses esprits, son regard croisant celui de Bobby. Bobby poussa un soupir de soulagement en lâchant Mike qui, comme dans un réflexe, déclencha l'ouverture de son parachute. Bobby l'imita aussitôt, et leurs deux parachutes se déployèrent rapidement. Mais, il le sentait, ils n'étaient pas pour autant tirés d'affaire.

Des coups de feu éclatèrent tout autour de lui dès que ses pieds touchèrent le sol et il se débarrassa tout de suite de son parachute, de son masque à oxygène et de son casque, prêt à courir. Il étouffa un juron en découvrant Mike gisant face contre terre, totalement immobile. Une nouvelle série de coups de feu retentirent, entonnant leur chant d'angoisse et de mort. Des tirs de riposte suivirent aussitôt. Dieu soit loué. Ryan et Caleb avaient touché terre, et ils les couvraient.

Leur zone d'atterrissage était située à trois kilomètres du camp ennemi, caché au milieu des montagnes. Et, de toute évidence, les rebelles savaient déjà qu'ils étaient ici. Cela commençait bien pour une attaque surprise. Mais ils improviseraient, comme ils le faisaient toujours. Et, si le fils de Sadr était en vie, ils le sortiraient de là.

Cernés par les montagnes qui pouvaient aisément dissimuler des tireurs, ils étaient une cible facile. Bobby se précipita vers Mike. Cette attaque de panique qu'il avait ressentie dans l'avion lui serra de nouveau la gorge, l'empêchant de bien respirer.

Rapidement, il débarrassa Mike de tout son équipement. Dans l'air chaud de la nuit ses mains étaient moites, mais il ne ralentit pas ses gestes. Aussi vrai qu'il s'appelait Bobby, il allait tirer Mike de là.

Le mieux à faire était de le traîner, en espérant que les tireurs ne se déchaînent pas contre eux. Il se mit à courir et Ryan se porta à son secours. Caleb, plus haut qu'eux, s'efforçait de les couvrir, repoussant les ennemis du mieux qu'il le pouvait.

Les coups de feu pleuvaient lorsque Bobby et Ryan réussirent à cacher Mike dans l'anfractuosité d'un rocher. Avec sa lampe de poche, Ryan éclaira le corps de Mike. Il était blessé à la tête et avait reçu une balle dans la poitrine. Bobby n'avait donc pas eu ce pressentiment pour rien. En retenant son souffle, il chercha le pouls de Mike. A son grand soulagement, son cœur battait. Faiblement, mais il battait. Mike n'était pas mort. Pas encore… Et ils ne pourraient rien faire pour lui avant l'extraction. A la hâte, Bobby pansa les blessures du mieux qu'il put avec le peu de moyens dont il disposait. Lorsqu'il eut terminé, il unit son regard à celui de Ryan et, tous les deux, ils parcoururent des yeux les montagnes plongées dans la nuit. En plein territoire ennemi, c'était le seul témoignage d'émotion qu'ils pouvaient se permettre. Pourtant, Dieu que la colère était forte… La colère de voir un de ses hommes blessé. La colère de penser qu'il allait peut-être mourir à la veille de rentrer chez lui pour de bon. Mais, très vite, il se ressaisit. Non, ce n'était pas possible. Mike n'allait pas mourir. Pas là. Pas maintenant. Et les rebelles ne triompheraient pas.

A cet instant, Caleb apparut, dévalant la pente d'une montagne la mitraillette à la main, poursuivi par les tirs ennemis.

— Il faut bouger ! Maintenant !

Puis il vit Mike et jura.

— Vas-y ! ordonna Bobby à Ryan. Pars d'ici !

Ryan n'hésita qu'un quart de seconde avant de se mettre à courir, en tirant déjà. Bobby traîna le corps de Mike dans un coin sombre, sous une corniche rocheuse où il allait devoir le laisser jusqu'à ce que les renforts arrivent, même si l'idée de l'abandonner, ne serait-ce qu'un instant, lui était insupportable.

Une fois qu'il l'eut installé du mieux qu'il put, il sortit la photographie de Jennifer de la combinaison de Mike et la fourra dans sa poche.

— Je lui dirai comme tu l'aimais, Mike, murmura-t-il, au cas où le pire se produirait.

Et soudain, en prononçant ces mots, il comprit pourquoi il n'avait pas encore signé son réengagement. C'était évident : aucun homme normalement constitué ne pouvait demander à la femme qu'il aimait d'endurer ce genre de vie. Et, comme Mike, il avait lui aussi quelqu'un qui l'attendait.

Bobby se redressa et dégaina, mû par une détermination sans faille. Plus vite il accomplirait cette mission, plus Mike avait des chances de survivre. Mike ne mourrait pas et cette mission ne serait pas vaine. Les Fous Volants allaient sauver cet enfant captif et rentreraient sains et saufs au bercail. Mike y compris.

Et ensuite Bobby irait retrouver sa Jennifer à lui.

1

— Au fait, Bobby sera là au mariage.

Le verre de Jennifer Jones s'immobilisa au bord de ses lèvres alors qu'elle fixait avec incrédulité la barmaid, sa meilleure amie, la rousse et piquante Marcie Allen, qui n'était autre que la future mariée. Dès qu'elle entendit le nom de « Bobby » s'élever dans La Taverne, le bar appartenant au fiancé de Marcie, Jennifer fut prise d'une terrible attaque de panique. Son cœur se mit à battre douloureusement, ravivant le désarroi qui avait été le sien quand Bobby l'avait quittée, sept ans auparavant.

Il s'était engagé dans l'armée et l'avait laissée sans autre explication que ces mots griffonnés à la hâte, qu'elle se rappelait encore par cœur :

« Je rentre dans l'armée. C'est mieux comme ça. Sois heureuse. »

Ces mots, et rien d'autre. Pas même un « je t'aime ». Après cela, son monde s'était écroulé, et même ses parents avaient été bouleversés par la perte de Bobby, eux qui l'avaient aimé comme un fils. Elle, elle l'avait aimé plus que sa vie.

Elle l'avait aimé.

Oui, mais c'était du passé.

Elle posa son cocktail sur le comptoir qui la séparait de Marcie, en tremblant tant que son verre manqua de se briser.

— Je te demande pardon ? dit-elle à grand-peine, émettant un son qui tenait plus du croassement pathétique que du propos articulé.

Marcie la regardait sans rien dire, pâle comme un linge et guère plus vaillante qu'elle. Puis elle poussa un petit rire nerveux et porta son verre à ses lèvres.

Marcie était une fille vraiment super. Une amie, une vraie, dont la loyauté ne s'était jamais démentie depuis leur rencontre dans un bus scolaire, alors qu'elles étaient toutes deux âgées de onze ans. Ce jour-là, Jennifer s'était mis en tête de déclarer sa flamme à l'apollon du collège, qui, non content de l'éconduire, l'avait également tournée en ridicule devant tous les passagers hilares. La seule à prendre sa défense et à moucher ce petit crétin avait été Marcie. Oui, Marcie était vraiment une amie. Elle était bourrée de qualités, mais celle qu'elle ne possédait vraiment pas, c'était l'humour. Et la mauvaise blague qu'elle venait de lui faire en essayant de lui faire croire que Bobby était invité au mariage, par exemple, n'était pas drôle du tout.

— Moi, ça ne me fait pas rire, Marcie.

Elle aurait même mérité qu'elle la plante là sur-le-champ. C'était ce qu'elle aurait fait, d'ailleurs, si elle n'avait pas ressenti le besoin urgent et irrépressible de vider son verre.

— Et ce n'est pas comme ça, ajouta-t-elle entre deux gorgées, que tu réussiras à me convaincre de porter cette robe vert pomme dans laquelle je suis censée paraître à ton mariage.

Sauf que, à bien y regarder, Marcie avait *vraiment* un drôle d'air. A la fois très sérieux, et très inquiet — trop inquiet pour avoir un quelconque rapport avec son commentaire sur la couleur de la robe. Il devait donc *vraiment* s'agir de Bobby. A cette hypothèse, l'estomac de Jennifer se noua.

— Je t'en supplie, Marcie, dit-elle en reposant son verre, plus tremblante que jamais, dis-moi que tu plaisantes. Dis-moi que Bobby ne vient pas au mariage.

Bobby. Ces deux syllabes ô combien fatales semblèrent

trouver un écho funeste dans chaque cellule de son corps, qu'elle sentait proche de l'implosion.

— Je ne me permettrais pas de plaisanter à propos de Bobby, dit Marcie, qui retrouvait sa voix en même temps qu'un peu de l'aplomb dont elle était coutumière. Et la robe n'est pas vert pomme, elle est vert anis, la couleur de l'apaisement. Et je n'ai pas choisi cette couleur par hasard. Je veux que mon mariage soit placé sous le signe de l'apaisement et c'est pour cette raison, d'ailleurs, que j'ai invité Bobby. Tu as besoin de guérir, de le revoir pour pouvoir l'oublier une bonne fois pour toutes.

Les émotions assaillirent Jennifer. Un tourbillon de souvenirs douloureux…

— Je n'ai pas besoin de guérir ! se défendit-elle.

Elle avait réagi, sept ans plus tôt, juste après le départ de Bobby. Comme elle en avait toujours eu le projet, elle s'était inscrite à l'école vétérinaire et avait ouvert son cabinet, tout en s'achetant un petit appartement à Austin. Certes, ce n'était pas la maison au bord du lac dont ils avaient rêvé avec Bobby, mais elle avait trouvé un petit nid qu'elle aimait beaucoup. Tout comme elle aimait beaucoup sa vie.

— N'essaie pas de me faire croire ça, Jen. Tu ne vois personne.

— Bien sûr que si !

D'accord, pas en ce moment, mais cela ne voulait rien dire. Elle pinça les lèvres, à la fois en colère et indignée.

— Je n'arrive pas à croire qu'il ait le culot de se montrer après tout ce temps. Comme s'il n'en avait rien à faire…

— Tu te trompes, il pense à toi. Et si je le sais, ajouta-t-elle d'une voix un peu moins assurée, c'est parce que je suis en contact avec lui.

Là, Marcie venait de lancer une bombe. C'était en tout cas ce dont Jennifer avait l'impression, tant elle sentait comme une déflagration se propager dans tout son corps. A tel point qu'elle dut s'accrocher au bar pour ne pas vaciller.

— Tu es en contact avec lui et tu ne m'en as rien dit ?

Ce n'était même pas une question. Ce n'était qu'un constat incrédule et effaré.

Sur-le-champ, Marcie reprit son air piteux et baissa les yeux.

— Depuis combien de temps ?

— Ça fait plusieurs années maintenant.

Et bang. Une nouvelle bombe.

Son cœur venait-il de s'arrêter de battre ? La salle du bar était-elle devenue d'un coup d'un silence de mort ?

— Il pense beaucoup à toi, répéta Marcie.

Puis, d'une voix plus douce, elle ajouta :

— Il s'inquiète pour toi.

Jennifer la regarda. Puis elle détourna les yeux, alors que les souvenirs l'assaillaient de plus belle. Même après toutes ces années, elle se rappelait leur premier baiser comme si c'était la veille. Originaire de San Antonio, il venait de s'inscrire comme elle à l'université d'Austin. Ils s'étaient rencontrés sur le campus, alors qu'elle promenait son golden retriever et qu'il promenait son berger allemand. Leurs chiens avaient vite sympathisé et, eux, ils étaient vite devenus amants. Ses doigts se portèrent d'eux-mêmes à sa bouche alors qu'elle repensait à leur premier baiser, souvenir doux-amer.

Un claquement de doigts la tira de sa rêverie.

— Hou, hou, fit Marcie en agitant la main devant son visage.

Jennifer se ressaisit pour se concentrer sur Marcie. Bobby et elle s'étaient toujours bien entendu et, au fil du temps, ils étaient presque devenus comme un frère et une sœur. Puisqu'ils étaient si proches, il était normal qu'ils soient restés en contact. Et elle ne voulait pas paraître égoïste.

— Je suis désolée, Marcie. C'est ton mariage, et si tu veux qu'il y assiste, c'est ton droit le plus strict. Et je porterai cette robe vert anis avec le sourire.

« Mais je t'en supplie, ce jour-là, ne me demande surtout pas de parler à Bobby », ajouta-t-elle silencieusement.

Marcie eut l'air d'entendre sa prière, car elle lui adressa un regard bienveillant et compréhensif.

— Merci, Jen, murmura-t-elle.

Jennifer lui répondit par un sourire dont elle n'était pas sûre qu'il fasse illusion.

— Je n'arrive pas à y croire, poursuivit Marcie. Dans moins de deux semaines, je serai une femme mariée.

L'air un peu rêveur, Marcie parcourut la salle des yeux et s'arrêta sur Mark Snyder, son fiancé, qui discutait avec quelques clients.

Comme s'il avait senti le regard de Marcie posé sur lui, Mark se tourna vers elle et lui fit signe de venir le rejoindre, et elle s'exécuta sans se faire prier. Aussitôt Jennifer poussa un soupir de soulagement, heureuse de se retrouver seule quelques minutes.

Elle attrapa son sac, décidée à aller se rafraîchir un peu. Une touche de mascara, un voile de poudre et elle serait dans un tout autre état d'esprit. Mais au moment où elle descendait de son tabouret et posait le pied par terre, elle fut stoppée net dans son élan par un torse dur comme le roc auquel elle se heurta.

Elle resta étourdie quelques instants, jusqu'à ce que deux mains solides, chaudes et familières, se posent sur ses bras, envoyant dans son corps comme une décharge électrique qui la fit reprendre ses esprits sur-le-champ. Son corps savait très bien ce que son esprit s'entêtait à nier. Bobby Evans était là, en face d'elle. Et il la touchait. Son odeur brute, virile, intensément masculine et terriblement affolante s'insinua en elle.

Lentement, elle leva les yeux, prenant le temps de détailler ce mètre quatre-vingt-dix qu'elle connaissait si bien. Son regard se posa d'abord sur son bassin, solide et bien ancré dans le sol, puis sur son torse musclé moulé dans un T-shirt noir, et enfin sur ses cheveux blonds qui mettaient en valeur ses yeux d'un bleu profond. Ses yeux plantés dans les siens… L'impact fut d'une violence inouïe, comme une collision de plein fouet. En un instant et en un seul regard lui revinrent les souvenirs de leurs étreintes, intenses et passionnées.

A trente ans passés, il était devenu un homme, un vrai. Et

avoir pris de l'âge lui allait bien : il était encore plus fort, plus musclé et plus séduisant qu'avant, avec sa peau légèrement tannée et ces petites rides autour des yeux qui donnaient de la maturité et de la profondeur à son visage. Il avait fait l'expérience de la vie. L'expérience d'une vie dont il avait choisi de l'exclure.

— Bonjour, Jen.

Sa voix était grave, son ton intime. Familier. Comme celui qu'il employait quand il lui murmurait des mots coquins à l'oreille lorsqu'ils faisaient l'amour.

Elle déglutit pour tenter de faire passer la boule qui venait de se former dans sa gorge. Ensemble, ils étaient allés bien au-delà du plaisir. Ensemble, ils avaient connu l'extase à l'état pur. Avec virtuosité, ils avaient su balayer toutes leurs inhibitions et il n'était plus resté qu'un homme et une femme, éperdus de désir et seuls au monde.

Mais tout ceci appartenait au passé, et le présent était tout autre.

— Bobby ? demanda-t-elle comme si elle était surprise.

Et elle était surprise. Abasourdie, même. Cette fois, c'était certain, Marcie ne s'en tirerait pas comme cela, mariage ou pas.

— Tu es superbe, Jen.

Il n'aurait pas dû prononcer ces mots. Elle se souvint d'un coup qu'elle portait son jean le plus confortable mais aussi le plus usé, un T-shirt rose où il était écrit « J'aime mon chat », et c'était tout. Pas le moindre bijou. Et pas même une belle paire de chaussures pour racheter le tout.

C'était une de ces journées dont elle se serait bien passée. Déjà, les choses avaient mal commencé lorsque, dans la matinée, elle avait dû abréger les souffrances d'un chien qu'elle avait soigné pendant des années et qu'elle avait vu son maître sangloter comme un bébé. Elle avait espéré que venir au bar l'aiderait à se changer les idées. Sauf que c'était tout le contraire, puisque, comble de malchance, Bobby venait de resurgir du passé, rouvrant une blessure qu'elle pensait cicatrisée.

Marcie avait raison finalement, songea-t-elle en se ressaisissant. Elle avait besoin de guérir. Elle avait besoin de reléguer Bobby aux oubliettes une bonne fois pour toutes. Il était grand temps de prendre un nouveau départ.

— Toi aussi, répondit-elle sur un ton à peu près détaché, en croisant les doigts pour que sa voix légèrement tremblante ne la trahisse pas.

Ses mains puissantes étaient toujours posées sur ses bras, ce qui la faisait frémir. Elle se serait bien enfuie, mais elle était coincée entre le rempart que formait son corps athlétique et le tabouret du bar. De toute façon, il n'était pas question de se mettre à courir. Ni de se cacher. Ni de lui laisser croire que sa présence la troublait. Non, elle était adulte. C'était une situation qu'elle pouvait affronter.

— Je suis surprise de te voir ici si tôt, poursuivit-elle. Je pensais que tu ne serais là que pour le mariage.

— J'avais envie d'arriver un peu avant, répondit-il en finissant par la lâcher, alors qu'elle avait à présent la chair de poule.

Il se contenta de cette réponse laconique, et elle ne demanda aucune explication supplémentaire non plus. Ils restèrent donc silencieux face à face, à se regarder. De près. De trop près.

Que vit-il en la regardant ? Etait-elle telle qu'il se la rappelait ? Elle essaya de se convaincre que ce qu'il pouvait penser d'elle ne comptait pas, mais en vain. Et, lorsqu'il posa ses yeux sur ses lèvres, elle sut qu'il songeait à l'embrasser. Elle y pensait elle aussi, et elle s'en voulut tout de suite de se montrer aussi faible. Pourtant, cela aurait été si facile de s'approcher un peu plus, de se mettre sur la pointe des pieds, de voir si leur baiser avait encore ce goût de sauvagerie et de passion. La tentation était si forte qu'elle lui donna envie de crier. Et, finalement, de se mettre à courir.

Mais ce n'était pas ainsi que se comportait une femme responsable, respectable et sûre d'elle.

Doucement, elle s'éclaircit la gorge.

— Et combien de temps vas-tu rester ?

Elle se maudit intérieurement. Pourquoi lui avait-elle demandé cela ? Et pourquoi scrutait-elle ses réactions avec autant d'attention, comme si elle était aussi impatiente de connaître sa réponse qu'anxieuse de savoir quelle impression elle avait pu lui faire ?

Et elle comprit pourquoi. Il y avait dans ses yeux azur une familière intimité qui la touchait au cœur et au corps. Il y avait dans leur proximité une chaleur qu'elle avait envie d'accueillir et de prolonger en elle.

— Tu me demandes ça parce que tu veux savoir quand je vais repartir, demanda-t-il, avant de marquer une courte pause, ou bien parce que tu veux savoir si je vais rester longtemps ?

C'était une façon assez claire de lui demander si elle était contente de le revoir. Epineuse question. Contente, elle ne voulait pas l'être, mais elle devait bien reconnaître que, au fond d'elle-même, elle l'était. Et qu'il ait pu la mettre dans cet état lui déplaisait au plus haut point. Sa vie était très bien comme cela, sans lui. Elle avait passé trop de temps à se torturer en tentant de comprendre pourquoi il l'avait quittée. A présent, elle voulait juste qu'il reparte. Pour de bon.

Mais que lui dire ? C'était un problème. Heureusement, le cri de Marcie vint à son secours, la dispensant de répondre.

— Bobby ! hurla-t-elle en se précipitant vers lui et en se jetant dans ses bras.

Jennifer en profita pour s'enfuir. Direction les toilettes. Dieu soit loué, elles étaient libres, et, ni une ni deux, elle s'y enferma.

Bobby ne serait pas ravi de la voir filer, lui qui n'aimait pas qu'on se dérobe à lui. Quand il avait décidé de discuter, de s'expliquer, se souvint-elle, il ne lâchait pas l'affaire. Pareil quand il avait envie de faire l'amour. Encore que là, elle n'ait jamais dû se faire prier…

A cette pensée, une bouffée de chaleur l'envahit, se propagea en elle jusqu'à ses bras qui gardaient encore, dans leur chair, l'empreinte de ses mains brûlantes. Après toutes ces années, son désir pour lui était intact. A qui devait-elle en vouloir le plus ? A Marcie qui n'avait pas daigné la prévenir de son arrivée imminente ? Ou à Bobby qui, après lui avoir brisé le cœur, la troublait toujours autant ?

— A aucun des deux, murmura-t-elle.

En fait, elle était surtout en colère contre elle-même de se montrer incapable de lui résister. Pourtant il s'était mal comporté envers elle, et elle méritait mieux que lui. Peu importait qu'il soit grand, fort et sexy en diable. Peu importait que sa présence inattendue au mariage de Marcie ravive en elle d'anciens souvenirs. Ce qui importait, c'était ce qu'il lui avait fait et ce qu'elle ne le lui laisserait pas refaire. Du mal.

Elle allait donc sortir de là pour lui montrer que sa présence ne lui faisait ni chaud ni froid. Et elle allait tout faire pour que ce soit vrai. Certes, peut-être pas dès ce soir. Mais dans un avenir très proche.

Pour l'instant, elle se contenterait de faire comme si.

Sur le point de sortir, elle se ravisa. Et si elle en profitait pour se remaquiller un peu ? Ce n'était pas qu'elle veuille faire bonne impression sur lui, mais être présentable — et même jolie si possible — était déjà une revanche en soi. Arborer une mine défaite n'était pas la meilleure chose à faire si elle voulait le convaincre qu'elle pouvait se passer de lui.

Elle se planta devant le miroir et manqua de pousser un cri en découvrant la vision d'horreur qu'elle avait offerte à Bobby. Des cheveux en bataille. Un teint et des lèvres atrocement pâles. Elle eut tout de suite le réflexe d'attraper son sac pour corriger cela. Mais elle se ravisa. Si elle retournait au bar avec un peu plus de couleur sur le visage, il penserait qu'elle avait fait cela pour lui. Et il n'aurait pas tort.

En pinçant les lèvres, elle se persuada de laisser tomber son sac. Mais plus elle se regardait dans ce miroir, plus elle avait envie de se remettre un peu de rouge à lèvres et de blush. Elle parvint pourtant à se raisonner. Avoir une tête abominable, finalement, c'était mieux que d'avoir l'air d'une pauvre fille quittée une première fois mais prête à tout pour reconquérir son ex. Ce serait sa façon à elle d'affirmer sa liberté et son indépendance et de lui montrer qu'il ne comptait pas à ses yeux. Voilà. Cela lui faisait mal de se montrer comme cela, mais elle tiendrait bon.

Décidée, elle tourna le dos au miroir.

Tôt ou tard, elle allait devoir retourner au bar et revoir Bobby. Autant le faire tout de suite, qu'elle puisse le plus vite possible s'excuser et rentrer chez elle. Seule. Pour s'accorder une soirée d'auto-apitoiement, et peut-être même un bon bain moussant. Et pour ensuite manger du chocolat. Beaucoup, beaucoup de chocolat.

Tel était le plan. Et il était parfait jusqu'à ce qu'elle ouvre la porte des toilettes et tombe sur Bobby qui l'attendait dans le couloir.

2

Grand, blond et magnifique, Bobby était un homme dont la présence ne passait pas inaperçue dans une pièce. Dans un couloir étroit encore moins. Impossible de ne pas le voir, et, dans la situation présente, impossible de lui échapper car il barrait l'accès à l'escalier ramenant à la salle du bar. De toute façon, même si Jennifer avait voulu s'échapper, ses yeux envoûtants, d'un bleu cristallin constellé de petits éclats dorés, l'en auraient empêchée. Elle ne pouvait se défaire de ce regard qui la transperçait et semblait lui murmurer qu'il se souvenait de chaque centimètre carré de son corps. Troublée malgré elle, elle sentit son cœur s'emballer et sa tête se mettre à tourner. Lui, en revanche, semblait comme à son habitude tout à fait maître de lui-même, et ce détachement apparent le rendait encore plus désirable.

— Tes cheveux ont poussé, dit-il. J'aime bien.

Cette remarque l'agaça au plus haut point. Pour qui se prenait-il ? Il réapparaissait du jour au lendemain après sept ans de silence et il se permettait ce genre de commentaire, comme si elle était sa chose ? Et il fallait voir sur quel ton il avait dit cela, en plus. Nonchalant et sûr de lui…

— Je t'en prie, répondit-elle d'une voix blanche en croisant les doigts pour que ne parvienne pas jusqu'à ses narines son odeur mâle et épicée qu'elle aurait reconnue entre mille, cette odeur qui portait avec elle les souvenirs de leurs nuits torrides et de leurs matinées coquines. Epargne-moi ton bla-bla et tes compliments à la noix. Tu es là et moi aussi. C'est comme ça, on n'y peut rien. Mais, en attendant, si tu pouvais me laisser passer…

Ses yeux cristallins la scrutèrent avec tant d'attention qu'elle sentit comme un feu crépiter en elle. Il ne répondit pas tout de suite. Ni ne bougea. Ou alors si, de façon imperceptible, vers elle. En tout cas, elle le sentait de plus en plus près. Elle eut l'impression que, sous l'effet d'un charme étrange, le couloir déjà étroit venait de se resserrer davantage. Elle était prise au piège.

— Je crois qu'on devrait parler, toi et moi, finit-il par dire, de cette voix profonde qu'elle connaissait trop bien.

— Ecoute, Bobby, répondit-elle en s'appuyant contre le chambranle de la porte, à la recherche d'un peu de soutien, je sais que c'est pour faire plaisir à Marcie que tu veux que les choses s'arrangent entre nous. Mais je t'assure, ce n'est pas la peine de te donner cette peine. On peut dire d'emblée que tout est arrangé. Comme ça c'est réglé et on n'en parle plus. Et maintenant, si tu permets, je voudrais m'en aller.

Son expression ne changea pas, ni la position de son corps, qui était toujours aussi proche et dégageait toujours autant de chaleur.

— On tire un trait sur le passé, et c'est tout ?

— C'est ça, acquiesça-t-elle en tentant vainement de sourire. On tire un trait sur le passé et c'est très bien comme ça.

Il posa les mains sur le cadre de la porte, au-dessus de sa tête, envahissant de plus en plus clairement son espace. A présent seuls quelques petits centimètres les séparaient et elle éprouvait toutes les peines du monde à respirer.

— Dans ce cas, ça ne devrait pas te déranger de boire un verre avec moi, proposa-t-il. En souvenir du bon vieux temps.

Elle se sentait aux abois. Elle avait perdu un chien dans la matinée. Puis elle avait découvert que sa meilleure amie, dont elle n'aurait jamais pensé qu'elle puisse la décevoir, avait conspiré en cachette avec Bobby. Cette journée avait été riche en émotions et événements déstabilisants. Et, visiblement, ce n'était pas fini. Car en ce moment se tenait en face d'elle l'homme auquel appartenait secrètement son cœur — même s'il le lui avait brisé —, et auquel elle n'avait jamais cessé de penser durant toutes ses années, craignant qu'il ne disparaisse en mission.

— Non, dit-elle fermement. Je n'en ai pas envie.

Elle voulut lever la main pour donner plus de force à sa réponse, mais, au passage, elle effleura son torse. Tétanisée, elle s'immobilisa. Lorsqu'il lui attrapa le poignet, une décharge électrique se propagea dans tout son corps.

— Pas envie de quoi, Jen ? demanda-t-il en la forçant à poser sa main sur son torse délicieusement musclé. Et tu peux me toucher. Je ne mords que quand tu me le demandes, tu le sais bien.

— Va au diable, Bobby ! dit-elle en le repoussant. Je ne sais pas ce que tu essaies de prouver. Je ne veux pas te toucher. Je ne veux pas que tu me mordes, ni que tu me dises que tu aimes ma coiffure. Tu es parti. Très bien. Mais, aujourd'hui, il n'y a plus rien entre nous, et je ne veux pas être un coup facile pour tes permissions. Maintenant, poursuivit-elle en se raidissant, laisse-moi passer pour que je puisse rentrer chez moi avant que…

« Avant que je ne me mette à pleurer. »

Ses yeux commencèrent à picoter, ce qui la rendit folle de rage. Avec plus de violence encore, elle le repoussa de nouveau.

— Laisse-moi passer.

Il la lâcha, mais ne bougea pas, et glissa sa main dans ses cheveux.

— Ecoute, Jennifer, je n'avais pas prévu ça du tout.

Il y avait à présent dans ses yeux quelque chose qui ressemblait à une émotion sincère, et il ne paraissait plus aussi sûr de lui que tout à l'heure. Elle le savait : il fallait qu'elle s'en aille, et au plus vite, avant qu'elle ne commette la bêtise de lui demander ce que, au juste, il avait prévu.

— Laisse-moi passer, Bobby, répéta-t-elle d'une voix basse et calme, bien plus calme qu'elle ne l'était vraiment.

Et, à son grand soulagement en même temps que pour son plus vif déplaisir, il lui obéit.

Bobby en avait encaissé, des coups, durant toutes ces années. Durant ses missions, la plupart du temps. Mais aussi à la base, au cours de soirées un peu trop arrosées. C'était toujours la même chose : comme il ne buvait jamais, dégoûté de la boisson par son père alcoolique, il s'attirait les railleries de ses camarades plus prompts à lever le coude, et finissait toujours par les agacer. Et, l'alcool aidant, il s'était souvent retrouvé la cible de leurs débordements.

Mais être rejeté par Jennifer était le pire coup qu'il ait jamais pris.

Il avait pourtant tant de choses à lui expliquer. A commencer par les raisons qui l'avaient poussé à prendre cette nuit-là la décision de s'engager dans l'armée, sa peur panique de devenir comme son père qui l'avait alors saisi à la gorge et qui, à vrai dire, ne l'avait toujours pas abandonné. Evidemment, il le savait, il aurait du mal à convaincre Jennifer qu'il l'avait quittée parce qu'il l'aimait et qu'il voulait la protéger. Surtout qu'elle ne paraissait pas dans les meilleures dispositions à son égard.

Sombre et penaud, il gravit lentement l'escalier. En haut duquels Marcie l'attendait, les poings sur les hanches.

— Bobby ! Pourquoi est-ce que tu ne m'as pas dit que tu serais là ce soir ?

— Pourtant, répondit-il sur un ton sec, quand tout à l'heure tu m'as serré dans tes bras, tu paraissais contente de me voir.

— Je le suis, dit-elle, l'air pourtant moyennement convaincue. Mais ce soir, tu es très mal tombé. J'annonce à Jennifer que tu viens au mariage, et cinq minutes après, tu apparais comme par magie, comme un lapin sorti d'un chapeau. Pour quoi est-ce que je passe auprès de ma meilleure amie, moi, maintenant ?

Il voulut répondre, mais elle ne lui en laissa pas le temps.

— Elle croit que c'est moi qui ai tout organisé. Elle croit que j'étais au courant que tu viendrais ce soir et que je ne voulais rien lui dire. Elle est furieuse contre nous deux. Contre moi surtout. Et ce n'est pas terrible, car je te rappelle que Jennifer est ma demoiselle d'honneur.

Pas la peine d'enfoncer le clou, il avait fait n'importe quoi, il avait compris.

— Je sais, Marcie. Je vais arranger ça.

— Oui, un jour ou l'autre, quand tu en auras l'occasion… Sauf que je n'ai pas le temps d'attendre, Bobby. Mon mariage est dans deux semaines !

Elle porta une main à ses tempes, qu'elle massa consciencieusement, et poussa un lourd soupir.

— C'est horrible. Nous sommes mercredi. Vendredi, c'est la grande soirée avec tous nos amis. Jennifer est censée m'aider à l'organiser, et toi tu seras là. Ecoute, si Jennifer me plante, c'est la catastrophe. Il faut absolument que tu répares les dégâts le plus vite possible.

Elle secoua la tête, croisa les bras sur sa poitrine, et sa voix se brisa comme si elle allait se mettre à pleurer :

— Elle ne m'a même pas adressé un regard quand elle est partie.

— Je vais passer chez elle tout de suite. Une fois que je lui aurai tout expliqué…

— Ne fais pas ça ! l'interrompit-elle. Pas maintenant.

— Mais c'est toi-même qui m'as dit de faire quelque chose le plus vite possible !

A dire vrai, il était heureux d'avoir une excuse toute trouvée pour revoir Jennifer, car, il s'en rendait compte à présent, il avait fait une grosse bêtise en la laissant s'enfuir tout à l'heure.

— Je sais très bien ce que j'ai dit. Mais ce soir c'est trop tôt. Au cas où tu l'aurais oublié après sept ans d'absence, elle n'aime pas être prise de court. Laisse-moi l'appeler pour tout lui expliquer. Ensuite tu iras la voir. Laisse-lui cette nuit pour prendre un peu de recul. La pauvre, il lui faut bien ça. Il y a sept ans, tu lui as brisé le cœur.

— Je n'ai jamais voulu lui faire de mal.

— C'est pourtant ce qui s'est passé. Et maintenant que tu es de retour, elle a besoin de prendre un peu de distance. C'est comme ça qu'elle fonctionne.

Marcie n'avait pas besoin de le lui rappeler, il s'en souvenait très bien. Comme il se souvenait de tout ce qui concernait Jennifer, d'ailleurs. Tout lui était revenu à la mémoire à la seconde où il l'avait revue.

— Bobby, j'insiste, reprit Marcie sur un ton suppliant. Ne t'obstine pas. Attends que je lui parle.

Certes, mais il avait déjà attendu bien trop longtemps. Sept années, autant dire une éternité… La vie était courte et précieuse. Il en avait réellement pris conscience durant ces jours interminables et angoissants où Mike avait été dans le coma. Mais à son réveil, il avait eu la chance d'avoir sa fiancée à ses côtés. Sa Jennifer. Et Bobby était de retour pour retrouver la sienne.

— Je te donne jusqu'à demain matin, concéda-t-il. Ensuite j'irai la voir.

Il gravit les dernières marches de l'escalier et continua son chemin, sans laisser à Marcie le temps de discuter.

Ce soir, lorsqu'il avait revu Jennifer, il avait compris que le passé et le présent ne faisaient qu'un. Il avait été élevé par un père seul et alcoolique, et au cours d'une sombre nuit ce père l'avait convaincu qu'un jour il deviendrait comme lui, qu'un jour il détruirait la vie de Jennifer comme son père avait essayé de détruire la sienne. Mais, malgré son départ précipité, il était clair que ni lui ni Jennifer n'avaient tourné la page. Et il n'allait pas tout gâcher en fuyant le futur comme il avait fui son passé. Et il n'allait pas non plus laisser Jennifer le faire. Il voulait absolument savoir ce que leur histoire pouvait donner et, il en était persuadé, Jennifer pensait pareil. Même si elle refusait de le reconnaître.

Pour l'instant.

En poussant un grognement, Jennifer éteignit son réveil. Elle vérifia l'heure — 6 h 30 — et grogna de nouveau avant jeter ses couvertures en bas du lit. Elle devait être à sa clinique à 8 h 30 pour ouvrir à 9 heures. D'habitude, elle aimait bien traîner un peu au lit, mais, ce jour-là, ce n'était même pas la peine d'essayer. Pas après l'horrible journée de la veille, cauchemardesque du matin jusqu'au soir.

Alors qu'elle allait se lever, un chat sauta sur ses genoux en poussant des miaulements furieux.

— Je sais, Julie, tu veux ton petit déjeuner.

Elle caressa et câlina son chat. Julie, au moins, ne la décevrait jamais, songea-t-elle en soupirant.

Puis elle la reposa à terre et l'animal miaula de plus belle.

— Toi, quand tu as une idée en tête… Un peu de patience, je suis à toi dans quelques secondes.

Elle se leva et, à contrecœur, alluma son téléphone portable qu'elle avait posé sur sa table de nuit. Marcie avait appelé une bonne demi-douzaine de fois la veille au soir, mais Jennifer n'avait rien à lui dire. Pas maintenant. Pas avant qu'elle n'ait décoléré. Apparemment, Marcie pensait que l'imminence de son mariage lui accordait tous les droits. Dans une certaine mesure, c'était vrai. Mais il y avait des limites à ne pas dépasser. Et Bobby se situait hors limites. Bien entendu, avec la soirée du lendemain, elle serait forcée de la revoir, mais cela lui laissait une journée de travail pour réfléchir et dominer sa colère.

Elle sauta dans ses pantoufles et enfila un peignoir court par-dessus son ensemble boxer-débardeur de nuit.

Elle avait passé une nuit exécrable, submergée par les émotions, écrasée par la douleur d'avoir revu Bobby et d'avoir pris conscience que, malgré tout ce qu'il lui avait fait, il lui était tout sauf indifférent.

— Café, murmura-t-elle en se dirigeant vers sa cuisine. Des litres de café. Des litres et des litres…

Heureusement, songea-t-elle en préparant son café, malgré le manque de sommeil, ses chers animaux lui tiendraient l'esprit éveillé et occupé, et lui donneraient la force de sourire durant la journée.

Soudain, elle s'immobilisa. Quelqu'un venait de frapper à la porte.

Bobby.

Le cœur battant la chamade, elle attendit. On frappa de nouveau. Elle se décida à aller à la porte, non sans avoir resserré les pans de son peignoir, comme si un petit voile de coton pouvait la protéger de ce qui l'attendait sur le palier. Mais tout allait bien se passer. Elle en était capable. Elle était capable de se montrer forte et de tenir tête à Bobby. Elle était forte. Et heureuse. Et Bobby ne comptait pas.

Et comme elle était quelqu'un d'intelligent, elle se comporta intelligemment : elle demanda de qui il s'agissait au lieu de se précipiter pour ouvrir la porte.

— Quelqu'un qui vient déposer un modeste présent à tes pieds, répondit une voix bien trop familière, une voix bien trop porteuse de souvenirs et de chaleur.

Ce genre de chaleur qu'il avait été le seul à savoir lui procurer. Et qu'il faisait toujours naître en elle.

Le simple fait qu'il en soit toujours capable, si facilement, d'une seule phrase, la mettait aussi hors d'elle que l'outrecuidance dont, une fois encore, il faisait preuve. Pensait-il vraiment qu'un cadeau allait pouvoir effacer sept années de silence ?

— Va-t'en, Bobby, dit-elle, la voix rendue rauque par l'émotion mal contenue. Je ne sais pas de quoi il s'agit, mais je ne veux pas de ton cadeau.

— A ta place, je ne refuserais pas trop vite, répondit-il avec assurance. Mon cadeau, tu le veux. Je peux te le garantir.

— Non, dit-elle fermement.

« Ce que je veux, c'est toi », ajouta-t-elle silencieusement, en le haïssant d'avoir conservé ce pouvoir sur elle après toutes ces années.

Elle haussa la voix :

— Va-t'en, Bobby.

Un silence lourd de tension suivit, s'étirant comme à l'infini, avant qu'il ne réponde :

— Un moka long, sans mousse, sans crème, brûlant.

Elle écarquilla les yeux. Ce n'était pas possible ! Quel culot il avait de lui apporter sa boisson préférée, d'utiliser le passé contre elle. C'était de la manipulation. Et c'était mal.

Elle oublia sa tenue légère, ses cheveux décoiffés, son absence de maquillage. Elle oublia sa peur secrète de se retrouver face à lui et de sombrer de nouveau dans le chaos émotionnel dans lequel elle s'était juré de ne plus jamais tomber. Elle oublia tout cela et ouvrit la porte, bien décidée à l'agonir d'insultes.

Mais, dès qu'elle le vit, elle perdit toute son assurance. Il se tenait là, devant elle, si proche et dangereusement sexy. Tout en jean — qu'il portait comme personne —, ses cheveux blond clair encadrant son visage, ses yeux bleu cristal vifs et malicieux, il tenait un gobelet de café, un sachet de ses donuts préférés, et son cœur. Son cœur qu'il avait brisé. A ce moment, elle comprit qu'elle le lui avait laissé pendant beaucoup trop longtemps. Il ne le méritait pas. Pas après la façon dont il l'avait quittée.

Finalement, son retour était une aubaine. Car, enfin, elle avait l'occasion de tirer un trait définitif sur lui. Maintenant que Bobby était là, elle allait pouvoir récupérer son cœur. Une bonne fois pour toutes.

3

Une décharge d'adrénaline. Ce fut ce que Bobby ressentit dès que Jennifer ouvrit la porte dans son peignoir court qui mettait en valeur ses longues jambes et sa silhouette mince et sexy. Il avait si chaud qu'il avait l'impression d'être en plein midi. Et il avait tellement envie d'elle qu'il en avait mal. Mais son désir pour elle n'était pas seulement physique. Il avait envie de la posséder, certes, mais aussi de la serrer dans ses bras. Envie de se réveiller à ses côtés, envie de faire de nouveau partie de sa vie.

— C'est pour me faire pardonner, dit-il en désignant le café et les donuts qu'elle aimait tant. Pour me faire pardonner de m'être montré sans prévenir hier soir. Marcie est très en colère contre moi. Elle ne pensait pas que j'arriverais au Texas si tôt avant le mariage.

Elle se mordit la lèvre, ces lèvres pleines et sensuelles que lui-même avait si souvent mordillées, puis léchées doucement. Il aurait donné cher pour pouvoir recommencer tout de suite.

— Si tu crois m'avoir comme ça, dit-elle d'une voix atone.

Il l'observa. Elle serrait fermement sa mâchoire, preuve d'une tension intense. Il en aurait mis sa main à couper : elle devait être en train de lutter pour maintenir un semblant de distance entre eux. Ce qui voulait dire que, avec un peu de persévérance, oui, il finirait bien par l'avoir…

Il sourit pour tenter de l'amadouer.

— Allez, Jen, fais-moi entrer.

Elle lui adressa un regard méfiant avant de répondre :

— Je ne voudrais pas que tu te fasses d'idées : si je te laissais entrer, ce serait juste pour le café et les donuts. Et rien d'autre.

En d'autres termes, elle voulait bien le laisser entrer. A partir de là, il aurait été prêt à lui promettre n'importe quoi.

— C'est compris, dit-il en se dépêchant d'avancer avant qu'elle ne change d'avis.

Dès qu'il franchit la porte, elle recula, comme si elle avait peur que leurs corps ne se frôlent. Mais il eut tout de même le temps de humer son doux parfum de jasmin. Une odeur à laquelle il avait maintes fois songé durant ces sept dernières années.

Il s'avança dans le couloir, résistant à l'envie de faire demi-tour pour la prendre dans ses bras. Mais Dieu que c'était difficile : elle était proche, si proche. Pourtant, si grande que fût la tentation, il ne devait pas précipiter les choses, au risque de ne jamais parvenir à ses fins. De toute façon, le moment de la serrer dans ses bras ne tarderait pas à venir, peut-être même plus tôt qu'il ne se l'imaginait.

Alors, sagement, il se contenta de traverser le couloir, bien décidé à s'insinuer dans sa vie en commençant par s'approprier son espace familier et intime. Il voulait savoir ce que sa vie était devenue. Ce qu'elle, elle était devenue, en plus d'être plus belle que jamais, même à cette heure matinale.

— Bobby ! protesta-t-elle en se lançant à sa poursuite, d'une voix presque essoufflée qu'il trouva extrêmement sexy. Tu n'as pas le droit d'entrer comme ça. Et la cuisine, c'est par là.

Il se retourna et revint sur ses pas. Elle lui indiquait une jolie pièce bleu marine. Son cœur se serra alors qu'il parcourait la pièce des yeux. Jennifer adorait le bleu. Le bleu marine, surtout, mais pas seulement. A l'université, sa chambre était d'un bleu très particulier, intense et lumineux, qu'elle avait baptisé « bleu velours ».

Que de souvenirs… Combien de fois l'avait-il embrassée

en lui murmurant que ses lèvres étaient douces comme le velours ? Combien de fois lui avait-il fait l'amour dans cette chambre bleue ?

Il entra dans la pièce et s'assit sur le canapé, posant le café et les donuts sur la petite table devant lui. Puis il passa le revers de sa main sur un coussin.

— C'est du bleu marine ou du bleu velours ?

Elle écarquilla les yeux et la peau blanche et fine de ses joues se teinta légèrement de rose. Elle non plus, elle n'avait pas oublié.

— Viens à côté de moi, Jen, poursuivit-il, la dispensant ainsi de réponse.

Elle croisa les bras sur sa poitrine, les yeux tour à tour posés sur le canapé, sur sa main et sur le café, mais évitant soigneusement son regard.

— Pourquoi es-tu revenu, Bobby ?

Pourquoi était-il revenu ? C'était une question piège. Il aurait pu répondre que c'était pour le mariage de Marcie. C'était en partie vrai. Mais c'était surtout un prétexte, et cela ne servait à rien de lui cacher la vérité. Il ne lui avait jamais menti, et ce n'était pas maintenant qu'il allait commencer. Mais que lui dire, à part qu'il était revenu parce qu'il le devait ? Il devait revenir. Il devait la revoir.

Mais c'était encore trop tôt pour le lui avouer.

— Je ne vois pas où est le problème, se contenta-t-il de répondre. Deux vieux amis partageant un café et des donuts, où est le mal ? D'ailleurs, en parlant de café, tu devrais le boire car il est en train de refroidir.

— De vieux amis ? répéta-t-elle doucement. C'est ce que nous sommes d'après toi ?

Cette fois, elle le regarda dans les yeux et soutint son regard. Entre eux, la tension, sexuelle et émotionnelle, était palpable.

— Pourquoi, ce n'est pas le cas ? la défia-t-il.

Bien sûr qu'ils étaient de vieux amis. Mais pas seulement…

— Je ferais mieux d'aller m'habiller, dit-elle, préférant éluder sa question.

— Ça ne me dérangerait pas que tu restes dans cette tenue.

Le rose de ses joues vira au rouge, comme s'il ne l'avait pas vue nue un million de fois.

— Bobby, le reprit-elle sévèrement.

— Désolé.

Et il était sincère, il ne voulait pas la mettre mal à l'aise. Mais c'était plus fort que lui, elle était vraiment trop sexy dans son petit peignoir.

— Ça m'a échappé, reprit-il. Mais si ça peut te faire plaisir, je promets de ne plus te regarder.

Elle lui adressa un regard incrédule et, dans un geste de défense, il leva la main.

— Non, je t'assure, je ne te regarderai pas… beaucoup. Je vais essayer en tout cas. Pour de vrai.

Mais il n'était pas plus convaincu qu'elle ne le paraissait.

— O.K. Et si je te promettais plutôt de ne pas rester longtemps ?

Elle hocha la tête en le scrutant avec attention.

— Vois-tu, Bobby, finit-elle par dire, j'hésite entre boire ce café et te le jeter en pleine figure.

— J'imagine que me le lancer à la figure te permettrait de te défouler. Mais je sais aussi combien tu aimes ton café du matin. Alors ne le gâche pas.

— Tu as raison, dit-elle en s'installant à l'autre bout du canapé. Mais je me réserve le droit de te jeter quelque chose à la figure au cours des deux prochaines semaines.

Il sourit.

— Si ça peut te faire plaisir… Mais j'imagine que ton père le fera pour toi après le mariage.

— C'est probable, acquiesça-t-elle, l'air soudain beaucoup plus réjouie.

Le père de Jennifer était très protecteur. Et Bobby avait fait du mal à sa fille. Il aurait certainement deux mots à lui dire à ce propos et ce ne serait sans doute pas Jennifer qui ferait quoi que ce soit pour l'en empêcher.

Elle attrapa son gobelet de café et en but une gorgée. Elle battit des cils, ces délicieux papillons posés sur sa peau laiteuse, avant d'ajouter :

— Je dois l'admettre, à ce moment précis, avaler ce café vaut cent fois mieux que t'envoyer quoi que se soit à la figure.

— Ravi de te l'entendre dire.

Elle cligna plusieurs fois des yeux.

— Tu n'imagines pas à quel point j'en avais besoin ! Sans mon café du matin, je ne suis pas tout à fait moi-même. Merci, Bobby.

Comme si elle voulait se donner une contenance, elle attrapa vite un donut, et s'empressa d'y mordre.

— C'était déjà ce que tu disais tous les matins. Il faut croire qu'il y a des choses qui ne changeront jamais, fit-il, provocant, en devant se faire violence pour ne pas la prendre dans ses bras.

Comme il avait envie de l'embrasser… Envie de la coucher sur ce canapé et la sentir tout contre lui…

Pour ne rien arranger, elle se mordit de nouveau les lèvres.

— Bobby…

— Tu as du chocolat sur la bouche.

Et, profitant de ce qu'elle avait les deux mains prises, il passa son doigt sur ses lèvres pour enlever le chocolat. Certes, il aurait aimé le faire avec sa langue, mais c'était déjà mieux que rien. Puis il se lécha le doigt.

— Mmm, c'est bon.

Il parlait d'elle, bien sûr, pas du chocolat.

— Arrête, protesta-t-elle. Si tu crois que je ne vois pas ton petit manège.

— Ah, et quel est-il ?

Elle lui adressa un regard noir.

— Bobby…

Il se rapprocha légèrement.

— J'aime quand tu prononces mon nom. Même quand tu es en colère.

— Je ne suis pas en colère, répondit-elle en se levant. Et il est hors de question que je couche avec toi. Si tu crois pouvoir disposer de moi à ta guise pendant ces deux semaines, tu te trompes.

Il la dévisagea avec un grand sourire.

— Attends un peu. Il est question de sexe et je n'étais même pas au courant ? Mais je suis d'accord avec toi à propos des deux semaines.

Elle semblait hors d'elle et cela la rendait tout simplement irrésistible. Il la regarda dans les yeux, avant de poursuivre, en prenant sa voix de velours le plus bleu possible :

— Deux semaines ne suffiraient jamais.

L'air encore plus furieuse, elle s'apprêtait à répondre lorsque son téléphone, qu'elle avait dû fourrer dans la poche de son peignoir, se mit à sonner.

— Ça ne peut être que Marcie, dit-il. Tu devrais lui parler. Mettre fin à son calvaire. Elle aussi, elle croit que tu es fâchée.

— Elle a raison : je suis fâchée ! Contre elle.

— Elle ne savait pas que j'allais venir.

— Je sais.

— Si tu le sais, pourquoi est-ce que tu as l'air aussi peu convaincue ?

— Elle ne savait pas que tu serais là hier soir. Mais pendant des années, vous avez été en contact sans que je n'en sache rien.

Elle continua, d'une voix étranglée :

— Et ça ne devrait rien me faire, mais de toute évidence, Marcie avait vu juste en pensant que ce ne serait pas le cas, car je suis là, en face de toi, avec de nouveau l'envie de te balancer quelque chose à la figure, parce que, justement, ça me fait quelque chose.

Elle leva les bras dans un geste d'impuissance avant de les laisser tomber.

— Je vais prendre ma douche. S'il te plaît, arrange-toi pour ne plus être là quand j'aurai fini.

Cela lui faisait quelque chose car elle tenait toujours à lui. Ce qui voulait dire que deux options s'offraient à lui. Soit il s'en allait et la laissait un peu tranquille, comme le lui avait conseillé Marcie. Soit il se comportait comme il l'aurait fait par le passé, c'est-à-dire en donnant l'assaut. En ne lui laissant plus le moindre doute sur ses intentions.

Il choisit la deuxième option. Il ne lui fallut que quelques secondes pour se lever et l'attirer à lui. Et, avant qu'il ne parvienne à s'arrêter, il l'embrassait déjà.

Ses lèvres étouffèrent la plainte qu'elle poussa. Elle essaya bien de résister quelques instants, restant raide et figée, mais dès que leurs langues entrèrent en contact, elle s'abandonna. Il fit glisser sa main le long de son dos, pour mieux la sentir et coller davantage son corps contre le sien. Mais ce bonheur fut de courte durée, car le portable de Jennifer se mit de nouveau à sonner.

Il sortit lui-même le téléphone de son peignoir, interrompant de son propre chef ce baiser dont il avait rêvé durant toutes ces années.

— Parle-lui, Jen. C'est contre moi que tu es en colère, pas contre elle. Elle a besoin de toi.

Il lui mit le téléphone dans les mains, la regarda de haut en bas, avant de tourner les talons pour sortir de la pièce.

— Ne reviens surtout pas, Bobby, lança-t-elle.

Il s'arrêta et la regarda une dernière fois.

— Trop tard, je suis déjà revenu.

Puis il quitta la pièce, certain qu'elle ne le raccompagnerait pas jusqu'à la porte. Pas après ce baiser merveilleux, ce baiser qui était la preuve qu'ils étaient prêts à renouer avec la passion. Après cette étreinte, il savait très bien ce qu'elle allait faire. Elle allait attendre qu'il soit parti pour pouvoir analyser la situation et décider quelle conduite tenir vis-à-vis de lui dans les prochains jours.

Pour l'instant, il n'allait pas intervenir. Il fallait de toute façon qu'il la laisse se réconcilier avec Marcie.

Mais demain était un autre jour. Et après un tel baiser, c'était certain, il lui en fallait un deuxième. Pour la première fois en sept ans, sa vie ne se résumait pas à une mission et à un ennemi à traquer. Enfin, il ne se sentait plus une machine. Enfin il se sentait vivre.

4

— Tu sais très bien que tu as toujours envie de lui, déclara Marcie.

Il faisait presque nuit, plusieurs heures s'étaient écoulées depuis que Jennifer avait reçu la visite de Bobby. Elle se trouvait à présent chez Marcie, dans sa cuisine, en train de préparer de la mousse au chocolat pour la soirée du lendemain, qui devait avoir lieu ici même, dans cette belle maison qui avait appartenu auparavant aux parents de Mark.

Elle grimaça et pointa sa cuillère de bois vers Marcie.

— C'est complètement faux. Et je ne serais jamais venue ce soir si j'avais su que c'était pour entendre ce genre de bêtises.

Marcie contourna le plan de travail pour récupérer la mousse en train de tomber de la cuillère.

— Mmm, délicieux, fit-elle en se léchant les doigts. De toute façon, tu serais venue quand même, parce que, dans le fond, tu es une bonne copine, même si tu es un peu têtue. Et je le maintiens : tu as toujours envie de lui.

Jennifer regarda Marcie, mi-agacée, mi-amusée. Elle n'était pas sa meilleure amie pour rien : elle ne pouvait décidément rien lui cacher. Elle préféra donc ignorer ces remarques désobligeantes et, comme si elle n'avait rien entendu, elle se mit à lécher la cuillère pleine de chocolat. Mais, aussitôt, elle ne put s'empêcher de s'imaginer en train de lécher les lèvres de Bobby, barbouillées de chocolat. Vite elle jeta la cuillère dans l'évier, comme si elle était brûlante.

— Il faut que Mark pense à sortir le champagne de nos voitures.

— Pour que tu puisses récupérer la tienne et fuir cette conversation ? demanda Marcie. Oublie…

Puis Marcie s'appuya sur le plan de travail et sourit d'un air malicieux.

— Pourquoi est-ce que tu ne coucherais pas avec lui pour te le sortir de la tête une bonne fois pour toutes avant le mariage ? Ce serait plus facile pour tout le monde.

— Est-ce que tu veux bien arrêter ? demanda Jennifer en posant les poings sur ses hanches, sentant sous ses doigts la toile de son jean noir, celui qu'elle n'avait absolument pas choisi parce qu'il lui faisait de belles fesses, au cas où Bobby se montrerait…

— J'arrêterai quand tu arrêteras de faire l'autruche. Fais ce que tu as à faire avec Bobby et tourne la page. Et ne me dis surtout pas que c'est déjà fait, continua Marcie au moment où elle allait répondre, car toi comme moi savons que ce n'est pas le cas. Tu ne lui as pas dit adieu, Jennifer. Maintenant, tu en as l'occasion. Couche avec lui, ma fille. Pour le simple plaisir de pouvoir, toi, lui tourner le dos. Toi, et pas lui, cette fois. Tu sais, l'énergie sexuelle possède un très fort pouvoir réparateur.

— Oh non, ce n'est pas vrai, répondit-elle en secouant la tête. Tu ne vas pas recommencer avec ton énergie réparatrice.

— D'accord, dit Marcie en attrapant une bouteille de champagne. On oublie l'énergie réparatrice. Tu préfères que je te parle des effets désinhibiteurs et euphorisants de l'alcool ? Tu n'as pas envie qu'on ouvre cette bouteille pour que tu te détendes un peu ?

Jennifer cacha son visage derrière ses mains, avant de les écarter pour jeter un coup d'œil à Marcie.

— Je n'ai pas besoin de me détendre, parce que, comme je te l'ai dit, il est hors de question que je couche avec Bobby.

— Jamais ?

Elle sursauta, puis son cœur s'arrêta de battre pendant

un instant. Dans son dos, c'était la voix de Bobby. Ses yeux croisèrent le regard bien trop amusé de Marcie, et elle lui marmonna au passage un « je vais te tuer », avant de se retourner et de faire face à l'inévitable : Bobby diablement sexy dans son jean et son T-shirt moulants.

— Jamais, assena-t-elle, les genoux tremblants.

Il serra les lèvres, celles-là mêmes qu'elle avait embrassées quelques heures plus tôt.

— C'est long, ça, jamais. Je me réserve le droit de te faire changer d'avis.

Et tout à coup, elle sentit son ventre se nouer. Elle voulait qu'il ait envie d'elle. Elle avait envie de l'embrasser encore. Une envie si forte qu'elle l'épouvanta, comme la terrifia l'idée qu'elle pourrait, de nouveau, souffrir à cause de lui.

Marcie s'éclaircit la gorge.

— Puisque tu es là, Bobby, est-ce que tu peux demander à Mark de t'aider à sortir le reste de champagne de nos voitures ?

— Bien sûr. Où sont vos clés ?

— C'est Mark qui a les miennes. Ta voiture est fermée, Jen ?

— Oui.

Elles étaient dans son sac qu'elle avait laissé près de l'entrée. Ce qui voulait dire qu'elle ne pouvait les atteindre sans frôler la musculature imposante et sexy de Bobby, qui occupait toute la largeur du couloir. Il était là, bloquant le passage, exactement comme il occupait ses pensées et son esprit, lui interdisant l'accès à son propre avenir. Bon sang. Marcie avait raison. Elle n'avait pas réglé ses comptes avec Bobby. Elle avait juste ignoré ses souvenirs.

— Elles sont dans mon sac, dit-elle à Bobby en lui désignant la porte. Je te rejoins dehors.

Il resta immobile un instant, les yeux fixés sur sa bouche, comme s'il pensait au baiser qu'ils avaient échangé la matin, avant de faire un pas de côté et de s'incliner légèrement.

— Les femmes d'abord, dit-il en ne lui laissant qu'un tout petit espace pour passer.

Il attendait patiemment, un petit sourire au coin des lèvres.

Et, d'un coup, elle eut comme une révélation. Marcie avait raison. Quoi qu'il se passe entre eux, il fallait que ce soit elle qui dicte ses propres conditions. Se dérober n'était pas une solution. Elle devait affronter Bobby et affronter son passé. Et, pour commencer, elle devait passer devant lui, le plus crânement possible.

Elle rejeta ses épaules en arrière et avança. Mais, dès ses premiers pas, son assurance s'évanouit. Elle trouvait que son jean noir lui faisait de belles fesses, mais serait-il du même avis ? La trouvait-il séduisante ? Mais oui, tenta-t-elle de se rassurer, si ce n'était pas le cas, il ne l'aurait pas embrassée. Et puis, cela n'avait aucune importance… Enfin, elle pouvait toujours essayer de s'en persuader.

Elle passa devant lui en le frôlant presque. Elle continua pourtant, refusant de le regarder. Mais elle le sentit. Avec tant de force qu'elle crut un instant l'avoir touché. Mais non, ce n'était que son imagination, qu'elle ne savait pas si puissante. Elle frissonna et fut prise de vertige. Ah, son odeur… Reconnaissant ce parfum délicieux et familier, ses narines se mirent à frémir. Un parfum mâle et épicé, mélange de la subtile eau de Cologne dont il s'aspergeait chaque matin et de son odeur corporelle, mélange ô combien aphrodisiaque qui l'avait toujours mise en émoi.

Elle attrapa son sac et se retourna. Bobby était juste derrière elle, à quelques centimètres seulement.

Elle déglutit péniblement, de plus en plus troublée. Que faire ? De toute évidence, il était impossible de l'éviter. Vraiment impossible. Mais il n'était pas non plus question de coucher avec lui.

Elle sortit ses clés de son sac.

— Je sors avec toi.

« Et ensuite, je m'en vais », songea-t-elle.

A cet instant, Mark apparut dans le couloir.

— Il paraît que je dois sortir toutes les caisses des voitures ? dit-il, avant d'apercevoir Bobby et de lui lancer : Salut

Bobby, désolé de ne pas t'avoir accueilli mieux que ça, mais j'étais au téléphone avec un de mes fournisseurs.

Ils se serrèrent la main avec chaleur, comme s'ils se connaissaient depuis longtemps. Pourtant, ce n'était pas censé être le cas, songea Jennifer avec une petite boule dans la gorge, puisque Mark et Marcie n'étaient ensemble que depuis deux ans. A moins qu'ils ne se soient déjà rencontrés auparavant… ce qui voudrait dire que Bobby serait déjà revenu sans qu'elle soit au courant. L'idée ne lui plaisait pas spécialement, mais c'était chose probable car, même si Bobby avait perdu sa mère d'un cancer en étant adolescent et s'il s'entendait très mal avec son père, il aurait été surprenant qu'il ne soit pas rentré chez lui quelques fois en sept ans.

— Tu as déjà demandé à Marcie si elle voulait sauter ? demanda Bobby à Mark.

— Non, répondit-il. Elle est bien trop peureuse. Mais moi j'ai bien envie d'essayer. Quand est-ce qu'on pourrait faire ça ?

— Sauter ? demanda Jennifer.

Elle ne comprenait pas bien. Avait-elle manqué quelque chose ?

— Il est hors de question que tu sautes en parachute avant notre mariage ! s'exclama Marcie en se précipitant vers Mark. Tu es un programmeur informatique reconverti en patron de bar et, même si tu ne manques pas de talent, tu n'as jamais fait partie d'un commando des Forces spéciales comme Bobby.

Les Forces spéciales ? Jennifer ne savait même pas que Bobby en faisait partie. Elle avait eu de bonnes raisons de craindre pour sa vie, finalement.

— Et pourtant, répondit Mark, je vais sauter tant que Bobby est là pour m'accompagner. Au pire, si je me blesse, on repoussera le mariage.

— Tu plaisantes ? s'exclama Marcie en se précipitant vers son futur mari.

Jennifer ne put s'empêcher de sourire, avant de se diriger

vers la porte avec Bobby. Voilà ce que c'était que de faire des cachotteries à sa moitié…

— Je regrette d'avoir parlé de saut en parachute hier soir, dit-il quand la porte se fut refermée. Ils n'arrêtent pas de se disputer depuis.

Elle haussa les épaules.

— C'est normal qu'ils soient à cran à l'approche d'un si grand jour. Tu n'y es pour rien. L'enjeu est tellement important…

Et soudain, en songeant à sa conduite de la veille, elle se sentit prise de remords.

— C'est pourquoi il faut tout faire pour ne pas compliquer encore la situation, de notre côté. Oublions le passé, Bobby, et faisons la paix.

Il la regarda, les yeux étincelants.

— La paix. Je suis tout à fait d'accord avec toi. Et pour sceller notre pacte, si nous commencions par nous occuper ensemble de cette histoire de saut en parachute ? Mark est décidé à le faire. Marcie veut l'en empêcher. Pourquoi ne m'aiderais-tu pas à la convaincre de sauter aussi ?

— C'est peine perdue, Bobby. Elle ne changera jamais d'avis, je le sais. Et essayer de lui forcer la main ne servira qu'à l'énerver davantage.

— Et moi j'ai vu dans les yeux de Mark qu'il ne renoncera pas non plus. Viens sauter avec nous, Jen, et persuade Marcie de le faire aussi.

— Moi ? Sauter d'un avion ? Jamais de la vie ! Je ne commettrai jamais cette folie, dit-elle en ouvrant le coffre de la voiture.

— Tu sais, Jen, tu pourrais sauter avec moi, en tandem. On serait attachés l'un à l'autre. C'est moi qui contrôlerais la situation et tu ne risquerais rien.

Il contrôlerait la situation… C'était bien ça le problème, songea-t-elle en étouffant un soupir. C'était toujours lui qui avait tout contrôlé : lorsqu'il était parti, puis durant ces sept années où elle avait secrètement guetté un signe de sa part et attendu son retour, et enfin maintenant alors qu'il ne lui laissait aucun autre choix que de le fuir.

Mais il était temps que les choses changent. Elle devait arrêter de se complaire dans le passé pour se frotter au présent. C'était son tour, à elle, de prendre le contrôle de la situation.

Et comme Bobby ouvrait la bouche pour la convaincre, elle fit la première chose qui lui passa par la tête pour le faire taire : l'embrasser. Elle avança, posa la main sur son torse, se hissa sur la pointe des pieds et l'embrassa. Ça, c'était prendre le contrôle de la situation.

Entre eux, il n'avait jamais été question d'amour. Car l'amour durait. L'amour était honnête. L'amour ne fuyait pas ni ne regardait en arrière. Non, c'était par le désir qu'ils avaient été liés. Par le désir et par le plaisir. Et, pour deux semaines, il était là, lui qui avait été l'amant le plus fantastique qu'elle ait jamais connu et qu'elle connaîtrait jamais. Elle aurait été bien bête de tourner le dos à cette nouvelle promesse de plaisir. Elle allait profiter de lui et, ensuite, ce serait elle qui lui dirait adieu.

Il ne lui restait plus qu'à commencer par l'embrasser. Au moment où sa bouche entra en contact avec celle de Bobby, il l'attira plus près et prit ses lèvres comme s'il craignait qu'elle ne change d'avis. De sa langue, il sépara ses lèvres avec autorité. Puis il enfouit une main dans ses cheveux et posa l'autre sur son dos, la serrant contre lui comme pour mouler son corps délicieusement musclé contre le sien. A son tour, elle fit glisser ses mains le long de son dos. De ses cuisses longues et puissantes, il enserrait les siennes et elle sentait son sexe déjà dur contre son ventre.

Elle poussa un gémissement tout contre ses lèvres alors que son corps s'embrasait sous l'effet du désir. Certes, elle l'avait embrassé pour le faire taire, mais aussi pour le plaisir. Et c'était pour cette raison qu'elle avait glissé sa main sous sa chemise, recevant toute sa chaleur dans sa paume. Ressentir ce plaisir valait mieux que parler du passé. Le plaisir. Ils l'avaient expérimenté mieux que quiconque. Il savait exactement où la toucher. Elle savait exactement où le toucher…

Des images de leurs corps nus et enfiévrés s'imposèrent à elle et, en repensant à leurs étreintes passionnées et inoubliables, elle se serra davantage contre lui. Que c'était bon de l'embrasser, de le sentir, et de se fondre en lui.

— Jennifer, murmura-t-il en reculant légèrement ses lèvres pour la regarder. Je…

Elle posa un doigt sur ses lèvres.

— Ne dis rien, Bobby. Embrasse-moi encore.

Soudain la voix de Marcie retentit :

— Bobby ! appelait-elle depuis la maison. Téléphone pour toi. Et il paraît que c'est urgent.

— Je suis désolé, dit-il en déposant un baiser sur sa main. Ça doit être mes supérieurs. Je suis en permission mais…

— Le devoir avant tout, répondit-elle en se sentant curieusement soulagée. Le repos du guerrier, ce sera pour plus tard.

— Bobby ! cria Marcie de plus belle.

Il la regarda un instant, l'air hésitant. Puis il l'embrassa rapidement.

— Ne t'en va surtout pas, dit-il d'une voix ferme, comme s'il avait deviné ses intentions. Il faut qu'on parle.

Et il partit en trottinant vers la maison.

Elle le regarda s'éloigner de son pas rapide et léger. Il était hors de question qu'ils parlent. En revanche, ils allaient s'embrasser, ça oui. Cette fois, ce serait elle qui déciderait et contrôlerait tout. Le lendemain, à la soirée, alors que le champagne coulerait à flots, le plaisir et l'aventure seraient au rendez-vous.

Elle s'installa au volant de sa voiture, tout sourires. Oui, elle ferait tout pour que cette soirée soit mémorable. Peut-être même — comble du plaisir — enduirait-elle le corps de Bobby de mousse au chocolat. Oh oui, excellente idée…

Il fallait juste que ce coup de téléphone ne le rappelle pas à son devoir, l'obligeant à s'en aller une nouvelle fois, peut-être encore sans lui dire au revoir. Mais, vite, elle chassa cette pensée pour se concentrer sur son plan machiavélique : Bobby ; son corps parfait ; de la mousse au chocolat, des coups de langue, lents et sensuels. Beaucoup de coups de langue. Et, surtout, pas la moindre discussion.

Aucune femme n'avait senti le miel, le lever du soleil et le paradis comme Jennifer. Il n'y en avait pas eu avant elle. Il n'y en aurait pas après. Bobby sentit la chaleur, le désir et l'impatience se déverser en flots brûlants dans ses veines, et il courut jusqu'à la porte, pressé d'expédier son coup de fil pour revenir le plus vite possible à Jennifer. Mais soudain, il se figea sur place. Il venait d'entendre des pneus crisser sur le gravier.

— C'est pas vrai, maugréa-t-il entre ses dents, se retournant pour voir la voiture s'éloigner.

Quelques instants plus tôt, elle était encore à lui. Elle était là, dans ses bras, à l'embrasser, à ne plus vouloir s'arrêter de l'embrasser. Et, tout d'un coup, elle était partie. Un peu comme il l'avait fait sept ans plus tôt, en même temps… Bien fait pour lui, tiens. Il méritait qu'elle le laisse en plan. Il méritait mille fois tout ce qu'elle pourrait lui faire.

Il dut se faire violence pour ne pas se mettre à courir dans l'allée, pour lui barrer la route avant qu'elle ne s'en aille pour de bon, et pour lui dire tout ce qu'il avait sur le cœur. Mais quand le devoir appelait, un soldat se devait d'y répondre, même si le soldat en question hésitait à se réengager. Et il pouvait d'autant moins s'y soustraire qu'il savait de quoi il s'agissait.

Dès son arrivée à Austin, il avait reçu des « ordres officiels » levant sa permission. Il devait enquêter sur un vétéran des Forces spéciales, un certain Rocky Smith qui, apparemment, possédait un aérodrome à San Marcus, à quelques dizaines de kilomètres d'Austin. Il était soupçonné de trafiquer de la drogue pour le compte d'un parrain mexicain, et l'armée voulait que Bobby enquête à son sujet. Même en permission, il n'était pas en permission. En soupirant, il gravit les marches du perron. Marcie l'attendait en haut, les mains sur les hanches.

— Elle est partie avec le champagne. Qu'est-ce que tu lui as fait ?

— Rien.

Pourtant, Dieu savait qu'il aurait aimé faire quelque chose. Il aurait aimé embrasser chaque centimètre carré de son corps, et recommencer, encore et encore.

Marcie lui adressa un regard sceptique en lui tendant le téléphone.

— Sergent Evans à l'appareil, dit-il.

La réponse fut simple et brève. Il devait rappeler sur une ligne sécurisée.

— C'est tout ? demanda Marcie dès qu'il eut raccroché. Ton coup de téléphone est terminé ?

Il acquiesça.

— Tu ne dois quand même pas repartir tout de suite ? demanda-t-elle, sur la défensive.

— Non, on m'attend au rapport le lendemain du mariage.

D'ici là, il aurait pris sa décision. Allait-il quitter l'armée ou pas ? Bientôt, il le saurait.

— Mais en attendant, toi, tu me parais un peu à cran, poursuivit-il en préférant ne pas trop réfléchir à ce choix crucial qu'il s'apprêtait à faire. Si tu continues comme ça, tu vas faire fuir Mark avant qu'il n'ait le temps de dire « oui » !

Elle ouvrit la bouche, manifestement prête à protester, puis elle se ravisa.

— Je sais, fit-elle, l'air penaud.

— Tu es à la fois nerveuse et excitée. S'il veut sauter en parachute, pour oublier la pression l'espace d'une journée, ne l'en empêche pas. Accompagne-le plutôt.

A vrai dire, s'il avait lancé cette idée de saut en parachute, c'était pour approcher plus facilement ce Rocky Smith, mais il ne voulait pas non plus être responsable d'une brouille entre les deux fiancés à la veille de leur mariage.

— Je ne veux pas qu'il se blesse.

— Il ne se blessera pas. Et toi non plus. Alors vous devriez faire la paix tous les deux. Va parler à Mark et réconciliez-vous. Nous, on se voit demain.

Pour une fois, elle ne répliqua pas. Elle disparut dans la maison, et il retourna vers l'allée, bien décidé à rappeler ses chefs dès ce soir. Pas question de courir le risque d'être une nouvelle fois interrompu alors qu'il serait occupé avec Jennifer.

Mais, finalement, à bien y réfléchir, c'était mieux qu'ils aient été coupés dans leur élan tout à l'heure. Il était sur le point de lui avouer toutes ses fautes, d'expliquer le passé tout en sachant que ce n'était pas le bon moment. Avant qu'il n'évoque le chaos qui s'était installé dans sa tête la nuit où il avait pris la fuite, et qu'il ne tente de se justifier, il fallait d'abord qu'elle soit prête à l'écouter. Et pour cela, il faudrait beaucoup d'amour, de caresses et de baisers. C'était sa mission, et, comme toutes les autres, il la mènerait à bien.

Car, cette fois, il était hors de question qu'il renonce à Jennifer.

5

La journée du vendredi était passée à toute vitesse, et la soirée était déjà bien commencée. Tout comme le jeu de la séduction auquel avait prévu de se livrer Jennifer. Et, pour séduire Bobby, elle savait s'y prendre — du moins, elle avait su, par le passé… Et il n'y avait aucune raison pour que Bobby ne succombe pas une nouvelle fois, songea-t-elle en essayant de se convaincre elle-même. D'ailleurs, n'avait-elle pas mis toutes les chances de son côté, en choisissant de porter ce jean moulant — acheté exprès pour l'occasion — et ce T-shirt rose près du corps par-dessus un soutien-gorge pigeonnant qui rendait son décolleté furieusement provocant ? Non, il n'y avait vraiment aucune raison pour qu'elle n'y arrive pas !

La soirée promettait d'être belle. Elle avait bien commencé, du reste, et tout le monde semblait s'amuser. La maison la plus proche se trouvant à plusieurs centaines de mètres, le DJ pouvait se laisser aller en toute liberté. Jennifer regarda les couples qui dansaient sur la petite piste ronde qui avait été aménagée au milieu du patio, là où l'ambiance était à son comble. C'était parfait, vraiment. L'endroit idéal pour profiter d'une coupe de champagne, songea-t-elle en portant une flûte à ses lèvres. Enfin, cela aurait été *vraiment* parfait si Marcie n'avait pas été en train de lui adresser le plus inquisiteur des regards, visiblement prête à la bombarder de questions au sujet de Bobby. Jusqu'à maintenant, elle avait réussi à échapper à l'interrogatoire, mais à présent plus moyen d'y couper, elle le savait.

— Toi, ma vieille, tu prépares un bon coup, commença Marcie avec un sourire entendu. Ce baiser hier soir, ce décolleté et ce rouge à lèvres suggestif aujourd'hui… Te serais-tu décidée à passer à la vitesse supérieure, genre, à attirer Bobby dans ton lit avant de lui dire *bye-bye* ?

— C'est possible, répondit-elle, un léger sourire au coin des lèvres.

Certes, elle avait envie de prendre sa revanche, mais il n'y avait pas que cela. Malgré elle, elle avait beaucoup repensé à tout ce que Bobby et elle avaient vécu ensemble, à tout ce qu'ils avaient partagé, notamment au lit. A cette fantaisie et à cette liberté qui avaient caractérisé leurs ébats. Et une certitude s'était imposée à elle : si, entre eux, il n'était plus question que de sexe, le revoir deviendrait quelque chose de très simple. Il se sentait forcé de justifier sa conduite passée pour que le mariage se déroule le mieux possible, mais elle allait le délivrer de cette obligation. Elle irait au plus simple. Le plaisir lui suffirait.

— Les jeux vont bientôt commencer, dit Mark qui venait de surgir derrière Marcie. Que penses-tu d'un petit « action ou vérité » pour commencer ?

Le regard de Marcie se mit à briller.

— Excellente idée. J'ai plein d'idées d'« actions » à te soumettre…, dit-elle en se frottant contre lui.

Mais Jennifer ne l'écoutait plus. A peine audible, la voix de Bobby venait de s'élever des profondeurs de la fête, et c'était comme si un signal avait retenti dans sa tête. Et surtout dans son corps. En frissonnant, elle se retourna et le vit pénétrer dans le patio.

Elle dut faire un effort sur elle-même pour ne pas gémir d'envie en l'apercevant. Mais comment faisait-il pour être si sexy ? Certes, son jean lui allait à la perfection, mais ce n'était pas une simple question de vêtements. Avec n'importe quoi sur le dos, il aurait été l'homme le plus sexy de la terre. Et avec ce jean moulant et cette chemise bleu marine largement déboutonnée qui ne laissaient rien ignorer de ses formes parfaites, il était à tomber. Elle ne se souvenait pas en avoir eu à ce point conscience au moment où ils étaient ensemble. C'était l'effet de l'âge, sans doute…

Mais elle aussi, elle avait changé. Elle avait mûri et était devenue une femme. Elle savait ce qu'elle voulait. Et ce qu'elle voulait, c'était lui. Même si, apparemment, elle n'était pas la seule dans ce cas : autour d'elle, toutes ces petites jeunettes qui le regardaient en gloussant avaient l'air de ne pas en revenir non plus.

Mais ce fut son regard à elle qu'il accrocha, sensuel et sûr de lui, et elle sentit toute sa confiance en elle revenir d'un seul coup. Tandis que la chanson de Marvin Gaye s'élevait autour d'eux — *Let's Make Love Tonight*, à croire que le DJ avait fait exprès de choisir cette chanson —, ils se regardèrent un moment puis se mirent à sourire.

Et elle sut. Le jeu de séduction avait bel et bien commencé, et Bobby semblait prêt à se laisser faire. A cet instant, ils pensaient tous les deux à la même chose, c'était certain. Ils pensaient tous les deux qu'ils allaient faire l'amour ce soir-là. Ce n'était pas la première fois qu'ils se comprenaient silencieusement, perdus au milieu d'une foule indifférente, mais c'était toujours aussi agréable. Sûre d'elle, elle détourna le regard, comme pour se faire désirer, et pour mieux savourer le plaisir de l'anticipation. Bientôt, elle pourrait le déshabiller. Bientôt, elle allait sentir son corps nu contre le sien, et elle entendait profiter de chaque seconde qui allait s'écouler d'ici là.

Marcie lui donna un coup de coude en lui adressant un regard malicieux et amusé.

— Je vais commencer à préparer les jeux avec Mark. En attendant, amuse-toi bien de ton côté.

« Tu m'étonnes. »

Marcie et Mark disparurent juste au moment où Bobby arrivait près d'elle.

Elle respira son odeur et un frisson de plaisir la parcourut, comme si son corps avait été programmé pour détecter sa présence si érotique. Sous l'effet du désir, elle eut l'impression de prendre feu, et elle se délecta d'une chaleur qu'elle n'avait pas éprouvée depuis qu'il l'avait quittée.

— Te voilà, dit-elle d'une voix remarquablement calme vu son état. Tu veux boire quelque chose ? Ou manger un morceau ?

— Juste toi, ça me suffira, répondit-il en s'approchant dangereusement.

Et, comme s'il pensait qu'il en avait le droit, il ajouta, d'une voix rauque et presque possessive :

— C'est pour toi que je suis venu, Jennifer.

Sa réaction fut aussi soudaine qu'intense : toute la chaleur qui l'avait envahie vint d'un coup se loger dans son ventre.

— Tu es venu pour Mark et Marcie, rectifia-t-elle. Comme tous les invités ici présents.

— Je viens au mariage pour Mark et Marcie, dit-il, un sourire malicieux au coin des lèvres. Mais je suis venu à cette soirée pour te voir. Et c'est aussi pour cette raison que je suis arrivé deux semaines en avance.

Non. Elle ne voulait pas entendre cela. Pas plus qu'elle ne voulait sentir cette boule dans sa gorge, ni l'adrénaline se déverser à flots dans ses veines, ni son cœur cogner à tout rompre dans sa poitrine. Elle n'attendait rien de lui qu'une partie de plaisir, et surtout pas des explications. Et encore moins des mensonges.

Sans pouvoir s'en empêcher, elle eut un petit rire, teinté d'une amertume qui la surprit elle-même, et, pour se donner une contenance, elle finit son champagne cul-sec. Mais elle devait se méfier : avec son petit gabarit, les bulles risquaient de lui monter vite à la tête, ce qui n'était pas non plus spécialement souhaitable.

Elle reposa sa flûte, et le cœur débordant malgré elle d'émotions, elle se pencha vers lui et et approcha sa bouche tout près de la sienne. Elle se laissa enivrer par son parfum, malgré sa colère, c'était tout ce qu'elle voulait. Le sentir, oublier, se perdre.

— Quand tu essaies de m'expliquer pourquoi tu es ici ou pourquoi tu es parti, murmura-t-elle, ça me met hors de moi. Donc si tu me veux, tais-toi.

Il posa sa main sur la sienne et lui adressa un regard sombre.

— Je te veux, Jen. Mais je ne me tairai pas tant que tu n'auras pas entendu ce que j'ai à te dire. Et si ça doit te mettre hors de toi, tant pis.

— Désolée, dit-elle en essayant de le repousser, mais je n'ai vraiment pas envie de ça. On se revoit au mariage, alors.

Il l'attrapa par le poignet et l'attira violemment à lui, la pressant contre son corps.

— On n'en a pas encore terminé, Jen.

— Ça, c'est toi qui le dis, répondit-elle, son souffle trop court trahissant son émotion.

Il grogna presque :

— C'est exact. C'est moi qui le dis.

— Et je ne te laisserai pas dicter ta loi une fois de plus. Tu m'as déjà fait suffisamment mal il y a sept ans, quand tu es parti sans regarder en arrière.

Elle se mordit aussitôt les lèvres. Mais pourquoi diable venait-elle de lui dire cela ? Elle n'était pas censée parler d'elle, de sa peine, de ses blessures…

Il plissa les yeux et dit, d'une voix devenue brusque :

— Tu te trompes, Jen, durant ces sept années, il n'y a pas un seul jour où je n'aie regardé en arrière.

— Je ne veux pas entendre ça, Bobby.

Il contracta la mâchoire et se mit à marcher vers la maison, l'entraînant avec lui. Elle ne protesta pas. Il voulait parler. Très bien. Ils parleraient. Ils parleraient, encore et encore. Pas de problème. Elle avait beaucoup à dire. Terminé le petit jeu de séduction. Elle avait envie de crier et, plus que jamais, de lui jeter quelque chose à la figure.

Ils étaient presque arrivés à la porte lorsqu'une jeune femme accourut, l'air affolé.

— La police est là ! Ils veulent parler à Mark et Marcie.

Jennifer eut l'impression que son cœur s'arrêtait de battre. C'était impossible. Ils avaient averti tous les voisins. Ils savaient qu'il y aurait du bruit ce soir-là.

Elle adressa à Bobby un regard suppliant.

— Lâche-moi. Je dois dire au DJ de couper la musique.

Comme si elle avait été entendue, la musique s'arrêta, et une policière blonde et plantureuse, en uniforme, accompagnée par un collègue très brun et musclé firent leur entrée par la porte-fenêtre. Elle fut prise d'un affreux doute. Des murmures et des rires étouffés suivirent, comme si tout le monde lui cachait quelque chose.

— Jen, dit Bobby en s'approchant de son oreille, est-ce bien ce que je crois ?

— J'espère que non, murmura-t-elle. J'espère vraiment, vraiment que non, parce que Marcie et Mark se sont montrés catégoriques à ce sujet. Ils ne voulaient pas de…

Elle dut s'interrompre car Marcie venait d'arriver, bientôt suivie de Mark.

— Que se passe-t-il ? demanda Marcie d'une voix inquiète.

— Je cherche le propriétaire de la maison, répondit la policière.

— C'est moi, répondit Mark en avançant d'un pas.

La policière regarda Mark d'un air mauvais et se dirigea vers lui d'une façon si peu sexy que Jennifer fut soulagée. Finalement, ce n'était peut-être pas ce qu'elle croyait.

— Nous allons devoir vous demander de faire moins de bruit, monsieur.

En prononçant ces mots, la policière s'approcha davantage de Mark. Là, elle était vraiment trop près, et Jennifer recommença à trembler.

— Est-ce que quelqu'un s'est plaint ? s'empressa de demander Marcie. Parce que nous avons parlé aux voisins, et…

— Moi je me plains, répondit le policier, en se dirigeant à son tour vers Marcie.

Il s'arrêta juste devant elle et poursuivit, en se penchant vers elle :

— Vous avez le choix : soit vous baissez le volume, soit vous faites monter la température d'un cran. Et, quoi qu'il en soit, je vais vous demander de rejoindre la piste de danse : j'ai quelques questions à vous y poser.

Marcie pâlit et regarda le policier en écarquillant les yeux.

— Comment ?

Puis elle lança un « Jennifer ! » désespéré et paniqué.

Jennifer était tout aussi paniquée. Elle avait promis à Marcie qu'il n'y aurait pas de strip-teaseurs, or, de toute évidence, elle en avait deux beaux spécimens devant elle… Marcie ne le lui pardonnerait jamais !

— Il doit y avoir une erreur, tenta-t-elle d'intervenir, s'avançant à son tour, avant que Bobby ne la retienne en passant son bras autour de ses épaules.

— C'est trop tard, Jennifer, murmura-t-il.

En un clin d'œil, Marcie et Mark furent assis au milieu de la piste de danse, et tous les invités installés en cercle autour d'eux. Bobby et Jennifer étaient les seuls à se tenir légèrement en retrait.

— Prends tes jambes à ton cou tant qu'il en est encore temps, Bobby, dit-elle, parce que Marcie va m'en vouloir. Et si tu es dans les parages, tu en prendras aussi pour ton grade !

Mais à sa grande stupéfaction, Marcie n'avait pas l'air du tout furieuse. Au contraire. Ebahie, Jennifer la vit embrasser à plusieurs reprises le torse musclé et luisant du danseur, qui était déjà presque nu.

— Elle ne m'a pas l'air spécialement en colère, fit Bobby avec un petit rire. Et, vu la façon dont Mark regarde la strip-teaseuse, je pense que lui non plus.

— Je trouve ça vraiment trop bizarre, dit-elle en se détournant. Je ne veux pas voir ça ! Ils sont sur le point de se marier et on les dirait déjà prêts à être infidèles.

— Tu préférerais peut-être que ce soit nous qui jouions au gendarme et au voleur ? demanda-t-il en lui adressant un regard lourd de sous-entendus. Ça peut se faire si tu en as envie…

— Je croyais que tu avais envie de parler, répondit-elle sur un ton accusateur. Pas de jouer.

Il l'attira à elle.

— Je te l'ai déjà dit. Tout ce dont j'ai envie, c'est de me rapprocher de toi. Après, en parlant ou en jouant, peu m'importe la manière.

Elle plissa les yeux et scruta son visage, les mains posées sur son torse puissant.

— Parler, ça ne compte pas vraiment. Agir, c'est mieux, ajouta-t-elle avec une œillade qu'elle espérait suggestive.

Sa large main effleura ses hanches et elle ressentit la caresse sur chaque centimètre carré de sa peau.

— Je croyais que tu n'avais pas envie d'une aventure de deux semaines…

Elle avait prévu qu'il dirait cela. Aussi avait-elle déjà préparé sa réponse :

— Du moment que c'est moi qui le décide, ça ne me pose aucun problème. Deux semaines de sexe, avant de se dire adieu pour toujours.

Après cet aveu, il ne lui restait plus qu'à l'entraîner à l'intérieur de la maison. C'est ce qu'elle aurait fait si quelqu'un ne l'avait interpellée à ce moment précis.

— Où est la demoiselle d'honneur ? fit une voix masculine.

C'était le policier, comprit-elle après un petit moment d'hésitation. Ou plutôt le danseur car, en ce moment même, le doute n'était plus permis sur sa profession.

— La future mariée demande la demoiselle d'honneur ! s'écria-t-il de nouveau. Où est Jennifer ?

— Oh non, gémit-elle en se tournant vers les invités qui, tous, la regardaient, l'air hilare.

Son instinct lui criait de s'enfuir à toutes jambes, mais elle était prise au piège. Le danseur s'approcha, regardant Bobby et Jennifer droit dans les yeux. Il ne portait rien d'autre qu'un minuscule string.

— Vous êtes la demoiselle d'honneur ?

— Oui, répondit la foule. C'est elle.

— Vous êtes attendue sur la piste de danse. Ce sont les ordres de la future mariée.

— Pas question, répondit Jennifer. Pas question !

— Mon rôle, c'est de contenter la future mariée. Si vous ne venez pas de votre plein gré, je vais devoir vous emmener de force.

— Ça, ça m'étonnerait, grommela Bobby.

Sans même attendre qu'il la défende, elle partit en courant pour échapper au danseur. Tout, plutôt que se retrouver sur cette piste de danse ! Sauf que dans la précipitation, elle heurta la table du buffet, et, déséquilibrée, elle plongea une main dans un gigantesque saladier de mousse au chocolat.

« Dites-moi que c'est un cauchemar, et que je vais me réveiller… »

Heureusement, Bobby lui avait emboîté le pas dans sa fuite, et au moment où elle se demandait comment elle allait pouvoir se sortir de cette horrible situation, il la prit dans ses bras sans lui laisser le temps de protester, et l'entraîna à l'intérieur de la maison.

Totalement prise au dépourvu, elle se laissa faire, partagée entre l'envie de se lover contre lui et celle de le repousser en prenant bien soin de maculer sa belle chemise blanche, pour lui apprendre à se comporter comme un homme des cavernes ! Jusqu'à ce qu'il se mette à rire, d'un rire qui résonna en elle, qui l'embrasa et réveilla son désir alors même qu'elle aurait dû être outrée. Alors même qu'elle était outrée.

— Je t'interdis de rire ! déclara-t-elle alors qu'il l'emmenait vers la cuisine.

— Je ne peux pas m'en empêcher.

— Si, tu le peux.

— Trésor, si tu te barbouilles de chocolat devant moi, tu n'as pas le choix. Soit je ris, soit je le lèche.

Il la posa devant l'évier, en face de lui. Sa voix baissa d'un ton et son regard devint plus intense alors qu'il porta un de ses doigts pleins de chocolat à sa bouche et se mit à le sucer.

— Soit je fais les deux.

Elle manqua s'étrangler et toussa, une fois, puis deux. Rien ne se déroulait vraiment selon ses plans : en principe, c'était lui qui était censé être barbouillé de chocolat et elle qui était censée le lécher, et non l'inverse. Mais elle n'allait surtout pas se plaindre.

Pas alors qu'il se penchait vers elle pour l'embrasser.

6

Que Jennifer lui avoue qu'elle avait l'intention de faire l'amour avec lui pendant deux semaines avant de lui dire adieu avait passablement agacé Bobby. Mais, en même temps, cela pouvait aussi jouer en sa faveur, et elle finirait vite par entendre raison, il en était certain. Le sexe était la voie érotique et émotionnelle qu'ils emprunteraient pour arriver jusqu'à la porte close de leur passé.

Il regarda Jennifer. La seule chose qui l'empêchait de la hisser sur le plan de travail, de s'installer entre ses jambes et de l'embrasser jusqu'à la fin des temps, c'était ce chocolat qui lui maculait la main.

Oh ! et puis tant pis. Peu importe qu'ils se salissent. Ils pourraient se doucher après. Et ensemble… Il s'apprêtait à la saisir par la taille, lorsqu'un peu de mousse se détacha de ses doigts pour finir sur sa botte. Elle baissa les yeux, et lui aussi. Puis leurs regards se croisèrent et ils se mirent tous les deux à sourire.

— Désolée, dit-elle. Avant de causer d'autres dégâts, je ferais peut-être bien de me laver les mains.

— Je m'en serais bien chargé, si seulement tu avais choisi un endroit plus stratégique pour t'enduire de chocolat.

Elle sourit. Comme il aimait son sourire, chatoyant comme le lever du soleil et doux comme le miel. Elle souffla sur une mèche de ses cheveux pour dégager son visage et se tourna vers l'évier, dont il ouvrit le robinet.

— Tu as raison, j'ai commis une grave erreur de stratégie en m'écroulant sur le buffet tout en voulant échapper à un policier, qui était en fait un go-go danseur, et qui n'avait strictement rien à faire là.

— Marcie et Mark n'ont pas eu l'air de mal le prendre.

Il se pencha pour nettoyer sa botte, et, au passage, laissa son regard s'attarder le long de son dos et sur ses fesses parfaites. Une tension violente, sexuelle, s'empara de lui. Comme il voulait s'emparer de Jennifer.

— Je suis sûre que Marcie n'était pas contente. Sinon elle n'aurait jamais envoyé le danseur me chercher. C'était sa vengeance personnelle.

— Marcie savait que je n'aurais jamais laissé ce danseur t'approcher de trop près, dit-il en avançant dans son dos et en moulant son corps contre sa silhouette menue.

Elle tressaillit légèrement et poussa une petite exclamation de surprise.

— Tout comme j'aurais dû être là pour empêcher quiconque de t'approcher durant ces sept années. Tu m'as manqué, Jen.

Dès qu'il enfouit son visage dans ses longs cheveux blonds soyeux lui revinrent à la mémoire une foule de souvenirs, tous plus sensuels les uns que les autres. Il revoyait sa chevelure brillante étalée sur son torse. Il sentait encore la caresse de ses cheveux sur son torse. Ses cheveux si doux, si fins. Sans le vouloir, il se mit à trembler. Non, il ne la désirait pas. C'était bien plus fort que cela. Il avait besoin d'elle. Un besoin irrépressible et incontrôlable.

— Ne dis pas ce genre de choses, murmura-t-elle.

— Je ne peux pas m'en empêcher.

Et c'était la vérité.

Il posa une main sur son ventre, et, aussitôt, sa gorge se serra. Là encore, les souvenirs affluaient. Il se rappelait leur intimité partagée, leurs étreintes. Il se revoyait se perdre en elle. Il l'entendait crier son nom. Il voulait l'entendre crier son nom. Encore et encore.

Elle posa sa main sur la sienne.

— Nous étions d'accord : pas de bla-bla.

Elle se voulait ferme, c'était évident, mais elle manquait de conviction.

— Du sexe et rien d'autre, dit-il d'une voix blanche mais légèrement brisée.

— C'est ça, confirma-t-elle doucement. Du sexe et rien d'autre.

Il enserra et caressa sa taille fine, puis effleura ses seins et les prit dans ses paumes.

— C'est ça, ce que tu veux ?

Elle poussa un petit gémissement étouffé et laissa retomber sa tête sur son épaule.

— Oui, souffla-t-elle.

Il s'enivra de son parfum, tout en s'attardant sur les pointes de ses seins, qu'il titillait à travers le tissu fin de son T-shirt.

— Je me rappelle ton odeur, dit-il. Une odeur de jasmin. Délicieuse et sucrée.

Il souleva son T-shirt et pinça doucement un de ses mamelons. Elle frissonna entre ses bras et la pointe de ses seins se durcit sous ses doigts. Cela aussi, il s'en souvenait.

— Est-ce que tu sais de quoi je me souviens aussi ?

— Je ne veux pas le savoir. Pas de souvenirs, surtout.

— Je me rappelle l'effet que ça te faisait quand je te touchais les seins et que je les embrassais. Je suis sûr que je pourrais te faire jouir, ici, dans cette cuisine, si je recommençais.

— Ça, ça m'étonnerait, murmura-t-elle.

Il glissa ses mains sous son T-shirt et son soutien-gorge. Ses pointes de seins étaient dures et dressées sous ses caresses. Elle gémit.

— Tu veux parier ?

— Oui, répondit-elle en poussant un petit cri de plaisir qui contredisait ses propos. Parions.

Il laissa échapper un rire chargé de désir.

— Tu as oublié combien j'aime les défis ?

Il la saisit par la taille, la fit pivoter et la jucha sur le plan de travail. Il profita un instant du spectacle de sa poitrine haute et généreuse avant d'y poser les mains et de tordre doucement les pointes de ses seins.

— Tu penses toujours que je n'arriverai pas à te faire jouir ?

Elle haletait, cambrée, les mains appuyées sur le plan de travail derrière elle. Elle se mordit la lèvre.

— Non… Si je jouis, ce sera parce que…

— Parce que c'est moi ? demanda-t-il en continuant à la pincer. Parce que c'est nous ?

Elle tressaillit et le regarda droit dans les yeux.

— Arrête de te servir du sexe comme d'une arme, Bobby, murmura-t-elle.

— Ce n'était pas ton idée, pourtant ? Te servir du sexe pour maintenir la distance entre nous ?

Et vraiment, il ne pouvait pas la laisser faire cela. Pas alors qu'il se trouvait à deux semaines de la décision la plus importante de sa vie après celle qui l'avait amené à quitter Jennifer sept ans plus tôt. Pas alors qu'il allait décider s'il devait se réengager ou rester.

— Tu aurais dû savoir que ça ne marcherait pas, reprit-il. C'était trop fort entre nous. C'est toujours trop fort.

— Mais parfois le sexe n'est qu'un moyen pour parvenir au plaisir, et rien d'autre. Tu devrais pourtant le savoir, Bobby…

Elle l'avait dit. Il s'attendait à ce qu'elle l'accuse, à un moment ou à un autre, de n'avoir jamais tenu à elle. Il s'y était préparé, certes, mais il se sentit tout de même piqué au vif.

— C'est ce que tu penses, Jen ? Qu'entre nous, il n'a jamais été question que de sexe ?

— Pourquoi, ce n'était pas le cas ?

Alors qu'il voulait lui répondre et se défendre, il entendit divers bruits parasites. Le DJ semblait s'être remis à ses platines et des bribes de voix parvenaient jusqu'à eux, preuve que le petit intermède de tout à l'heure était bel et bien terminé. Preuve également qu'ils ne seraient plus seuls longtemps.

— Peu importe la façon dont notre histoire s'est terminée, Jennifer. On formait un vrai couple.

Puis il l'embrassa, longuement et passionnément.

— Et je me battrai pour que tu ne l'oublies pas.

Il remit son T-shirt en place. Il était temps car, quelques secondes plus tard, la voix de Marcie s'élevait :

— Jennifer !

— Et ce n'est pas fini entre nous, lui dit-il en l'aidant à redescendre.

— A ta place, je ne parierais pas trop là-dessus. Parce que tu risquerais de perdre.

— C'est l'heure de jouer à « action ou vérité », lança Marcie depuis l'autre bout de la pièce.

Il se pencha alors vers Jennifer.

— Je te mets au défi de finir ce que nous avons commencé.

Et il ne parlait pas de sexe. Il parlait de tout le reste : du passé, du présent, et du futur. Puis il se tourna vers Marcie :

— Que les jeux commencent !

Depuis la cour, Marcie se mit à crier. Il fallait faire taire la musique pour laisser place aux jeux. Puis elle pouffa en se tournant vers Jennifer :

— Préparons-nous à rire un bon coup.

Jennifer cacha son visage entre ses mains. « Action ou vérité » n'était pas un jeu qu'elle trouvait très drôle et, surtout, elle n'avait pas spécialement envie de rire après cet échange avec Bobby qui avait bien failli tourner à l'affrontement. Et pour couronner le tout, Marcie était pompette. Tout cela promettait…

Marcie la prit par la main et la traîna de force.

— Dépêche-toi. Je ne veux pas manquer le début de la partie.

Un quart d'heure plus tard, Bobby n'était toujours pas en vue. La partie allait commencer et l'autre jeu — celui qui se tenait entre Bobby et elle — ne semblait pas près de vouloir reprendre. Jennifer regarda de tous côtés. Une bonne vingtaine de personnes étaient assises par terre, autour de la piste de danse, prêtes à jouer à « action ou vérité ».

Marcie, qui était assise à côté de Mark, lui fit signe de venir s'installer non loin d'elle.

Elle s'exécuta, résignée. Puis elle parcourut l'assemblée des yeux. Et elle se maudit intérieurement d'être si déçue de ne voir Bobby nulle part. Etait-il parti ? Et si oui, pourquoi ? Et surtout, pourquoi s'en souciait-elle ?

Parce qu'elle voulait cet orgasme qu'il avait été sur le point de lui offrir, trancha-t-elle, refusant absolument d'envisager tout autre hypothèse.

Comme si Bobby lisait dans ses pensées, il apparut juste en face d'elle, derrière Scott Wright, un voisin, qui était déjà installé. Son cœur se mit à cogner lorsque Bobby se pencha pour murmurer quelque chose à l'oreille de Scott, qui se leva aussitôt, laissant sa place à Bobby.

Il la regarda en levant un sourcil, comme pour lui faire comprendre qu'il était prêt pour la deuxième manche. Elle ne parvenait plus à bouger, entendait à peine ce qui se passait autour d'elle, toute happée qu'elle était par la tension sexuelle qui planait entre eux.

Marcie lui adressa un coup de coude tout sauf discret.

— C'est Bobby, murmura-t-elle. Tu as vu ?

Elle se recroquevilla, sous le regard amusé et malicieux de Bobby. Il souriait légèrement. Elle ne put s'empêcher de fixer ses lèvres, si sexy, ses lèvres qui se trouvaient sur les siennes quelques minutes auparavant. Elle sentit ses pointes de seins se durcir douloureusement et sa poitrine devenir lourde. D'accord, il n'avait pas posé ses lèvres que sur sa bouche…

Marcie appuya sur une sonnette sortie d'on ne sait où, et à ce son strident auquel elle ne s'attendait pas du tout, Jennifer ne put s'empêcher de sursauter. Il fallait que Marcie arrête ce bruit tout de suite. C'était proprement insupportable.

— Donne-moi ça, ordonna-t-elle à Marcie.

— J'en ai besoin, répondit Marcie, avant que Mark ne s'en empare.

— Merci, Mark, dit-elle, soulagée, jusqu'à ce que Mark se mette à siffler plus fort que la sonnette.

Ce n'était pas vrai. Il s'y mettait lui aussi ?

L'assemblée se tut et Marcie agita les mains comme une collégienne.

— Salut à tous, lança-t-elle, en se mettant à pouffer alors que tout le monde la regardait.

Elle se cacha derrière Jennifer et bafouilla à son oreille :

— Explique-leur les règles, moi… Enfin, je veux dire, toi.

Bobby lui adressa un regard compréhensif, et elle soupira, avant de repousser doucement Marcie pour qu'elle se redresse.

Elle se mit donc à expliquer les règles, les dés, les chiffres pairs et impairs, le paquet de cartes « action », le paquet de cartes « vérité », le choix entre les deux, lorsque Marcie leva la main pour l'interrompre.

— Je souhaite ajouter une règle supplémentaire !

Elle murmura à Jennifer :

— C'est le privilège de la mariée.

Puis elle reprit à haute voix :

— Si vous ne voulez choisir ni « action » ni « vérité », vous devez enlever un vêtement.

Abasourdie, Jennifer secoua la tête. Elle n'était pas d'accord. Alors qu'elle se levait, Marcie l'attrapa par le bras.

— Ne t'en va pas, toi.

Puis, s'adressant à la foule :

— La demoiselle d'honneur essaie de s'enfuir, vous vous rendez compte ?

Des cris et des sifflets s'élevèrent. Elle devait « être un homme » et rester. Comme si elle avait envie d'« être un homme »… Pourtant, elle fut bien forcée de se rasseoir.

Marcie jubilait et lui intima l'ordre de « se lâcher un peu ».

Elle s'était beaucoup « lâchée » — comme disait Marcie — dans la cuisine avec Bobby, et elle n'avait aucune intention de le faire en public.

— Aux futurs mariés de commencer ! s'exclama-t-elle alors pour faire diversion.

Sans se faire prier, Marcie lança le dé et tomba sur un chiffre pair, ce qui lui donna le droit de passer son tour. Mark n'eut pas cette chance. Il tomba sur un nombre impair et dut tirer une carte « action » et une carte « vérité ».

Marcie se mit à rire comme une gamine.

— Lis-les à voix haute, dit-elle en frappant presque dans ses mains.

— « Vérité », commença Mark. « Parmi les personnes avec qui vous avez couché, laquelle faisait le mieux l'amour ? »

Il ricana et regarda Marcie.

— Lis l'autre, dit-elle en souriant.

— « Action. Faites un striptease devant tout le monde. »

Il écarquilla les yeux et s'empressa d'ajouter :

— Je choisis « vérité ». Et la réponse est : Marcie.

Tout le monde siffla, protestant que c'était trop facile. Mark se défendit en disant que, à deux semaines de se marier, il n'avait pas le choix, ce qui lui attira un regard mauvais de Marcie.

Puis ce fut au tour de Sally, que Jennifer soupçonnait fort d'avoir fait venir les danseurs.

— « Vérité », dit-elle après avoir tiré ses deux cartes. « Avez-vous déjà utilisé un vibromasseur ? » Action. « Embrassez avec la langue la personne située à votre droite. »

Or cette personne n'était autre que Mark. Aïe, aïe, aïe. On courait à la catastrophe.

Marcie attrapa le bras de Jennifer et enfonça ses ongles dans sa peau.

Tout le monde regardait Sally, alors que le temps semblait s'étendre en d'interminables secondes. Enfin Sally ouvrit la bouche :

— « Vérité. » Parfois un bon vibromasseur vaut mieux qu'un homme qui ne sait pas ce qu'il fait.

Un grand éclat de rire soulagé parcourut l'assemblée. Puis ce fut au tour du garçon d'honneur de jouer. Il choisit « action » et dut faire des pompes torse nu au centre du cercle avec une fille assise à califourchon sur lui. Ensuite une autre demoiselle d'honneur enleva son chemisier. Deux invités dont Jennifer pensaient qu'ils se détestaient s'embrassèrent, avec la langue. Et puis ce fut à Bobby.

Il lança le dé, et son regard croisa brièvement celui de Jennifer. Un chiffre impair…

— « Vérité », commença-t-il alors qu'elle sentait son cœur battre à tout rompre. « Quelle est la chose la plus coquine que vous ayez faite avec une plume ? »

Un léger sourire passa sur ses lèvres, mais il ne leva pas les yeux de sa carte. Elle savait très bien ce à quoi il pensait et elle sentit son visage s'empourprer. Une nuit, des années auparavant, il l'avait attachée à plat ventre sur le lit et il l'avait rendue folle de désir avec une plume. Mais, bien sûr, il n'était pas forcé de raconter cette histoire. En sept ans, il avait sans doute eu maintes fois l'occasion de se servir de plumes, au gré de sa fantaisie. Elle aurait dû s'en réjouir, mais à cette pensée, son cœur se serra pourtant, à son grand désespoir.

— « Action », continua-t-il. « Videz cul-sec quatre verres de tequila. »

Alors qu'il regardait fixement la carte, elle se sentit prise de panique. Il ne buvait jamais une goutte d'alcool. Sept ans auparavant, en tout cas.

Il avait toujours dit que c'était pour rester maître de lui-même en toute circonstance mais, d'après elle, c'était plutôt parce que son père était lui-même alcoolique. Mais il ne lui en avait jamais parlé et s'était défilé toutes les fois où elle avait essayé d'aborder la question. Un dur constat s'imposa alors à elle. Il ne s'était jamais vraiment ouvert à elle. Elle avait donc raison : entre eux, il n'avait jamais été question que de sexe.

Pendant ce temps, plusieurs femmes s'étaient mises à supplier Bobby :

— La chemise, la chemise, la chemise ! Enlève ta chemise !

Il chercha Jennifer du regard, avant de se pencher pour enlever une botte.

— Ça n'ira pas plus loin que ça, dit-il d'une voix ferme sous les huées.

Jennifer se sentit tout à coup soulagée. Elle ne serait pas obligée de savoir s'il avait fait quelque chose d'autre à quelqu'un d'autre avec une plume. Quelque chose de plus coquin. Et elle n'aurait pas à partager le spectacle de son torse musclé avec une bonne dizaine d'autres femmes. Toutefois son soulagement fut de courte durée, car bientôt elle entendit crier :

— A Jennifer ! A Jennifer !

Avant qu'elle ait le temps de dire ouf, le dé et les cartes étaient devant elle. Très bien. Autant en finir le plus vite possible. Elle lança le dé et dut tirer deux cartes.

— « Vérité », commença-t-elle à lire. « A quand remonte votre dernier… »

Là, elle s'arrêta net. Il était hors de question qu'elle poursuive, et encore moins qu'elle réponde.

Mais Marcie lui arracha la carte des mains et termina pour elle :

« … orgasme, et qui ou quoi en a été la cause ? »

Si elle reconnaissait qu'elle-même s'était accordée un orgasme la veille au soir, Bobby en conclurait certainement qu'elle l'avait fait en pensant à lui. Ce qui était la vérité, elle devait bien l'admettre. Et ce qui risquait fort de se reproduire.

— « Action », dit-elle en attrapant une autre carte. « Installez-vous sur les genoux de la personne située à votre droite, homme ou femme, et embrassez-la, avec la langue.

— Ou bien enlève un vêtement ! lança Marcie. Et pas les bottes, comme Bobby. Ça, ce n'était pas du jeu !

Le cœur de Jennifer battait à tout rompre alors qu'elle regardait fixement la carte, sentant la présence magnétique de Bobby tout autour d'elle, comme s'il voulait l'attirer à lui. Qui était assis à côté d'elle, d'abord ? Elle ne le savait même pas. Elle tourna la tête vers la droite. Et vit un jeune homme aux cheveux bruns coupés au carré, avec une bouche sensuelle et des yeux marron foncé. Mignon.

Il tendit la main, comme s'il avait besoin de cette présentation et bonne et due forme avant de la laisser fourrer sa langue dans sa bouche.

— David, dit-il. Camarade de chambrée de Mark à la fac. Sentez-vous libre de faire de moi ce que vous voulez.

Elle regarda sa main tendue et comprit qu'elle avait là une occasion de faire clairement comprendre à Bobby qu'elle ne voulait pas de ses explications oiseuses. Si elle embrassait ce David, Bobby saurait que rien ne l'intéressait à part coucher avec lui. D'accord, peut-être que, au fond d'elle-même, elle voulait aussi lui faire du mal. Comme il lui avait fait du mal. Mais c'était peine perdue. Comment aurait-elle pu lui faire du mal, à lui qui se moquait bien d'elle, de ce qu'elle pouvait faire ou penser ?

Et pour le coup, cette idée lui faisait vraiment mal.

C'était décidé, elle allait embrasser David.

Elle lui tendit la main à son tour.

7

Jennifer n'eut pas le temps de songer sérieusement à son plan plus de trente secondes, car, tout de suite, Bobby s'approcha d'elle et la prit dans ses bras. La colère semblait sortir par tous les pores de sa peau. Il s'adressa à elle d'une voix grave et brusque :

— Si tu essaies de me mettre hors de moi, déclara-t-il en glissant ses doigts dans ses cheveux, ses yeux bleu acier lançant des éclairs, c'est réussi.

Puis il pressa sa bouche contre la sienne, avec force, dans un geste qui semblait tenir autant de la punition que de la prière.

Elle ne voulait surtout pas répondre à son baiser. Elle voulait le repousser. Mais sa langue se heurtant à la sienne et sa saveur épicée et sauvage l'embrasèrent. Au lieu de résister, elle l'embrassa à son tour, répondant à la colère qu'il irradiait et qui se répandait en elle par sa propre colère. Elle l'embrassa avec une passion qui ne pouvait être le fruit de la seule attraction physique, mais plutôt d'un lien émotionnel, fort autrefois mais aujourd'hui défait. Elle l'embrassa avec toute l'émotion enfouie en elle. Toute cette émotion prête à exploser après sept années de rage et de souffrance, après le traumatisme causé par sa brusque disparition, et soutenue par sa détermination sans faille à l'envoyer au diable une bonne fois pour toutes après le mariage de Marcie.

Elle l'embrassait sans pouvoir s'arrêter, laissant son âme blessée se déverser abondamment en lui. Ses mains agrippaient ses épaules puissantes, ses lèvres l'aspiraient, sa langue le fouillait…

Ce fut lui qui brisa leur étreinte, reculant pour lui adresser un regard sombre qui la transperça jusqu'au cœur. Elle parvenait à peine à respirer, bouleversée par ce moment de féroce intensité, et persuadée que, bien qu'elle ait pu un instant penser le contraire, ce baiser n'avait fait que mettre au jour son immense vulnérabilité.

Alors qu'elle restait immobile, pour la seconde fois de la soirée il la souleva de terre. Les invités dont elle avait oublié la présence se rappelèrent à elle en sifflant et criant. Devant cette violation de leur intimité, elle enfouit son visage dans le cou de Bobby, cherchant refuge auprès de celui-là même qu'elle aurait dû fuir. Mais ce qu'elle ressentait, ce qu'elle voulait, ce qu'elle devait affronter la ramenait toujours à lui et à lui seul et ne pouvait être partagé par personne d'autre. Pas par une foule plus ou moins anonyme. Ni par Marcie qui était pourtant comme une sœur pour elle.

Elle le laissa l'emmener, sachant très bien qu'il la conduisait vers une chambre à coucher pour finir ce qu'ils avaient commencé sept ans plus tôt. Au lit. Elle ne protesta pas, au contraire. Elle attendait ce moment depuis si longtemps… Et elle entendait bien profiter de chaque seconde qui allait passer.

Bobby était en colère. En fait, non, c'était inexact. La colère n'avait rien à voir avec les émotions brutes qui se déchaînaient en lui, avec cette possessivité maladive qui le torturait. Tout ce qu'il y avait de mâle en lui la réclamait, même s'il savait très bien qu'il n'en avait pas le droit, puisqu'il était parti une première fois, puisqu'il l'avait abandonnée. Mais la raison ne comptait pas. Tout ce qui comptait, c'était de la sentir près de lui, la prendre dans ses bras, être avec elle, lui faire l'amour.

En la serrant plus fort, il monta l'escalier quatre à quatre. Il poussa la porte d'une chambre d'amis et la referma derrière eux, à clé, avant de déposer Jennifer sur le lit. Ils s'allongèrent tous deux, elle en dessous, lui au-dessus. C'était là qu'il voulait être. Au-dessus. Si elle le souhaitait, il lui laisserait la place. Mais pas tout de suite.

— Tu peux m'expliquer à quoi tu jouais tout à l'heure avec ce type ? demanda-t-il. Ou plutôt non, ne dis rien. Tu ne réussirais qu'à m'énerver davantage.

— Tu es énerv…

Il l'empêcha de terminer sa phrase en l'embrassant, franchissant de force le barrage de ses lèvres. Elle était sienne. Peut-être pas pour toujours, mais pour le moment. Il la marqua au fer de sa langue, à plusieurs reprises, prenant sans demander, avant de se retirer, sa bouche ne lui suffisant plus.

Elle poussa un petit cri de protestation et le repoussa.

— Tu es énervé ? Et moi donc !

— Tant mieux.

Il recula et s'assit sur le bord du lit pour enlever sa chemise.

— Alors montre-moi ça, Jennifer. Montre-le-moi tout de suite.

Il jeta sa chemise à terre. Il se rappelait leurs disputes et leurs réconciliations, passionnées et torrides, qui n'en finissaient pas. Il s'en souvenait bien et c'était exactement cela qu'il voulait.

Elle s'assit à son tour. Sa respiration était lourde et sa poitrine se soulevait, mettant en valeur ses seins rebondis et haut perchés.

— Attention, Bobby, on ne va pas faire l'amour pour se réconcilier, l'avertit-elle, comme si elle lisait dans ses pensées, preuve qu'elle le connaissait encore par cœur.

Il l'attrapa par les chevilles et la tira jusqu'à l'autre bord du lit, la forçant à s'allonger de nouveau. Il lui enleva très vite son T-shirt, avant de s'attaquer à ses bottes.

— Comme tu voudras, Jen.

Elle se redressa et lui attrapa le menton pour le regarder d'un air de défi.

— Parfait, dit-elle en posant la main sur son sexe déjà

dur et en le caressant doucement, avant de déboutonner son jean. Je veux du sexe et rien d'autre. Et tu me laisses faire. Pour commencer, enlève ton jean.

Il ne discuta pas. Plus vite ils seraient nus, mieux ce serait. Il voulait être en elle. Il voulait la sentir. Il voulait la prendre sauvagement et ensuite lui faire l'amour, et puis recommencer, dans n'importe quel ordre. Bien que décidé à se déshabiller le plus rapidement possible, il s'immobilisa net, fasciné, lorsqu'elle commença à enlever ses vêtements. Son sexe se raidit davantage lorsque son soutien-gorge tomba sur le lit, dévoilant ses mamelons charnus et rosés qu'il avait eu le bonheur d'embrasser un peu plus tôt.

Puis elle se leva pour quitter son jean et sa petite culotte. Comment avait-il pu vivre sept ans sans la voir nue ? Le désir le frappa au ventre avec une violence inouïe alors que son regard s'attardait sur sa douce peau ivoire, sa taille fine, ses hanches sexy.

Il voulut se précipiter vers elle, mais elle leva la main pour l'en empêcher.

— Non, Bobby. Tu veux le contrôle, mais tu ne l'auras pas.

Avant qu'il n'ait le temps de deviner ses intentions, elle se trouvait derrière lui, les mains autour de sa taille.

— Enlève ce jean et laisse-moi voir si tes fesses sont toujours aussi splendides qu'autrefois.

Il frémit de contentement.

— Ah bon, tu trouvais mes fesses splendides ? demanda-t-il en finissant de se déshabiller.

— Tu l'as toujours su, répondit-elle d'une voix légère.

— Oui, admit-il en ricanant.

Elle ne le lui avait jamais caché, c'était vrai.

— Mais je voulais te l'entendre dire, continua-t-il.

Parce que, ainsi, il la forcerait à se souvenir du passé. Parce que c'était une façon de la convaincre qu'en faisant l'amour ce jour, ils renouaient avec leur histoire. Et puis aussi parce que c'était bon pour son ego.

Elle frappa ses fesses. Et cette tape légère ne fit qu'accroître son érection, alors même qu'il doutait que cela fût possible. Une chaleur électrique se propagea dans ses cuisses et son ventre.

— Belles et fermes, murmura-t-elle. Testées et approuvées.

Il allait faire un geste pour la toucher lorsque, anticipant ses intentions, elle se lova contre lui. Un gémissement de plaisir faillit lui échapper. C'était Jennifer qui venait de se fondre en lui comme une seconde peau, infiniment douce et soyeuse. Alors qu'elle posait les mains sur son ventre, il sentit les pointes de ses seins contre son dos.

Il tendit les mains en arrière, la saisit par les poignets et l'attira dans ses bras. Il la plaqua contre son torse, amenant son bassin contre son sexe gonflé.

Elle se pencha légèrement et le caressa. Il poussa un soupir d'aise et la serra plus fort.

— J'aime aussi le devant, dit-elle en le saisissant à pleine main.

Il frémit dans sa paume et frappa ses fesses comme elle venait de le faire.

Elle eut comme un petit sursaut avant de serrer son sexe plus fort. Il entrelaça ses doigts dans ses cheveux fins et l'embrassa, s'abreuva dans cette fontaine de miel, et aspira sa langue. Elle était sur la pointe des pieds, offrant sa bouche sans interrompre ses exquises caresses. Oh non, elle n'avait pas changé. Créature troublante, elle était toujours ce doux ange capable de se muer en démon déchaîné dans le secret d'une chambre à coucher.

Il posa sa main sur la sienne.

— Si c'est ta façon de me punir pour la petite fessée, trésor, surtout ne t'arrête pas.

— Ne t'en fais pas, comme idée de punition, j'ai mille fois mieux.

— Serait-il question d'une plume, par hasard ? la défia-t-il. Car oui, je repense souvent à la plume, mais il était hors de question que je trahisse nos secrets. Ce que nous faisons ensemble ne regarde que nous.

Elle le fixa un instant. La tension — sexuelle, émotionnelle et brute — était à son comble. Et puis quelque chose se cassa net. Les jeux, tous les jeux, étaient terminés.

— Jennifer, dit-il doucement en la soulevant de terre jusqu'à ce qu'elle passe ses jambes autour de sa taille.

Elle avait à présent posé la main sur son visage, ses doigts s'attardaient sur ses joues, sa bouche.

— Je n'arrive pas à croire que tu sois vraiment là, murmura-t-elle.

Il retint son souffle. L'impact de tels mots pesait lourd sur sa poitrine, et plus encore leur message caché. Elle venait de lui révéler bien plus qu'elle n'en avait eu conscience. Ce moment — leurs retrouvailles — n'était pas pour elle ce qu'elle essayait de lui faire croire. Pour elle, il ne s'agissait pas que de sexe, loin de là. Et il brûlait de s'épancher, de laisser couler à flots le regret qui emplissait son cœur, d'expliquer pourquoi il était parti. Il brûlait d'ouvrir une porte afin qu'ils explorent ce que pourrait être leur futur. Mais, il le savait d'instinct, un seul mot de travers et Jennifer se refermerait. Et tout serait à recommencer.

Il savait très bien combien elle tenait à garder le contrôle de la situation, mais c'était plus fort que lui, il avait besoin de la sentir sous lui. Il l'allongea sur le matelas et s'installa au-dessus d'elle, la forçant à écarter les jambes pour placer les siennes dans ce doux intervalle. Il pouvait se le permettre : pour cette nuit, elle était sienne.

Il appuya son sexe contre le sien et sentit une chaleur humide l'envelopper. C'était l'extase, déjà.

— Je t'en supplie, souffla-t-il, incapable de bouger, dis-moi que tu prends la pilule, parce que j'ai oublié les préservatifs que j'ai achetés dans ma voiture.

— Tu as acheté des préservatifs ? Tu supposais donc que…

— Je l'espérais, répondit-il en l'embrassant.

— Je prends la pilule, murmura-t-elle.

Son aveu le rassura autant qu'il le peina. L'idée qu'elle ait pu avoir d'autres amants lui était insupportable. Pourtant, c'était inévitable. Il l'avait quittée. Il l'avait abandonnée. Sept ans avaient passé. Et lui-même avait connu d'autres femmes. Mais pas une ne l'avait touché comme Jennifer l'avait touché. Comme elle le touchait toujours. Et il était soulagé qu'aucun autre ne l'ait épousée ou ne lui ait fait des enfants. Qu'aucun autre n'ait accédé au degré d'intimité qui avait été le leur.

Alors il l'embrassa. Une frénésie s'empara de lui, le besoin impérieux de la faire sienne, l'envie de lui faire promettre qu'elle le serait, qu'elle le pense vraiment ou non.

Il parcourut fiévreusement son buste, sa poitrine. Il pinça les pointes de ses seins, les tordit et les étira. Elle se cabra contre lui et il sentit ses cuisses se serrer alors qu'elle essayait de l'attirer en elle. Alors qu'elle le suppliait silencieusement de la pénétrer. Il ne rêvait que de cela. Mais il voulait aussi faire durer les choses. Il tenta de lui faire opérer un retournement pour l'installer à plat ventre.

— Pas question, dit-elle tout de suite. Toi, mets-toi sur le dos. Je te l'ai dit : c'est moi qui commande.

— Je ferais n'importe quoi pour te plaire, dit-il sans renoncer à la faire basculer sur le ventre. Et je suis prêt à t'obéir, poursuivit-il en caressant ses hanches et sa colonne vertébrale, en lui embrassant le nuque, puis en mordillant les lobes de ses oreilles. Tu n'as qu'à me dire où tu veux que je te touche, ce que tu veux que je te fasse, ce dont tu as envie.

Ce dont il avait envie, lui, c'était elle.

8

Bobby voulait lui faire penser que le plaisir était une forme de contrôle mais Jennifer refusa d'y croire, même si la perspective de s'allonger et de le laisser lui donner du plaisir était plus que tentante. Et elle n'avait aucun doute là-dessus : Bobby saurait lui donner du plaisir. Mais elle voulait pouvoir dicter ses propres conditions. C'était là tout l'enjeu de cette soirée ; c'était comme cela qu'elle avait commencé et ce serait comme cela qu'elle se terminerait. Par ailleurs, elle n'entendait pas se priver de l'exploration minutieuse de son corps d'athlète, plus excitant encore que sept ans plus tôt, car plus massif, plus viril. Et elle ne pouvait absolument pas se livrer à cet exercice couchée sur le ventre.

Elle bascula pour se retrouver face à lui, allongée sur un côté, tout comme lui.

— C'est moi au-dessus, insista-t-elle.

Puis elle caressa son sexe gonflé et approcha ses lèvres de sa bouche.

— C'est à prendre ou à laisser, murmura-t-elle contre son visage.

Il l'agrippa par les fesses et la serra contre lui, la pressant contre son sexe. Leurs souffles se mêlèrent, chauds et chargés de désir.

— Du moment que je peux te prendre, justement… répondit-il, ses lèvres effleurant les siennes, douce caresse qui se propagea lentement dans le reste de son corps.

Peinant à réprimer un frisson, elle répondit :

— Tant mieux.

Puis, avec plus de force, elle ordonna :

— Tout de suite. Sur le dos. Les mains derrière la tête. Et tu ne me touches que quand je te dis de me toucher.

Il obtempéra sans discuter. Dans cette position, elle ne voyait que son sexe dressé, et dut se faire violence pour ne pas s'installer sur lui sans attendre et le sentir de nouveau en elle. Enfin. Mais elle tint bon et resta allongée contre lui, les mains posées sur son ventre dont elle sentait les muscles saillir sous ses doigts. En elle enflait le désir.

Fort et viril, il n'en était pas moins à sa merci, condamné à attendre qu'elle se décide à passer à l'action.

— Par quoi vais-je commencer ? le taquina-t-elle en s'asseyant et en passant le revers de sa main sur ses cuisses puissantes.

— Si tu n'as pas d'idée, j'en ai quelques-unes à te suggérer, dit-il d'une voix rauque et profonde, les yeux rivés sur ses seins qui se durcirent instantanément.

Elle sentit une chaleur aiguë se propager en elle pour venir se loger entre ses cuisses.

— Je n'en doute pas, dit-elle en faisant courir la paume de sa main sur son bassin, tournant dangereusement autour de son sexe en prenant bien soin de ne jamais l'effleurer. Te prendre dans ma bouche, par exemple ?

Elle n'avait pas oublié combien il aimait qu'elle lui parle en lui faisant l'amour, combien cela attisait son désir. Et elle voulait tout faire pour le pousser à bout.

— Oh oui, suce-moi. Prends-moi entre tes lèvres, tes lèvres si douces, et mets fin à mon supplice.

Elle se pencha lentement.

— Et si je n'avais pas envie de mettre fin à ton supplice ? dit-elle en embrassant son ventre, ses cheveux effleurant et caressant son sexe.

Elle était en train de l'exciter et elle le savait. Elle aimait cela. Elle enroula sa main à la base de son sexe et souffla légèrement dessus, en le regardant dans les yeux.

— Sorcière, lança-t-il en soulevant son bassin vers sa bouche.

Du bout de la langue, elle caressa son sexe, et il gémit.

— La plus dévergondée des sorcières, tu vas voir, promit-elle en le saisissant à pleines mains.

Puis, soudain, il se mit à bouger. Avant qu'elle ait le temps de comprendre ce qui se passait, il avait rapproché son visage de son sexe. Elle haleta lorsqu'il aspira son clitoris. Malgré la surprise et la violence de la sensation, elle ne lâcha pas son sexe si dur et si chaud.

Ils étaient à présent face à face, tête-bêche, et elle le prit dans sa bouche alors que, de sa langue, il fouillait en elle, excitant sa chair sensible. Puis il glissa un doigt en elle, la torturant délicieusement.

Elle l'aspira plus profond et plus fort. Elle n'était que besoin et désir. Elle avait besoin de lui, elle le désirait, elle le voulait, toujours plus fort. Elle gémit alors qu'elle sentit les prémices d'une sensation tant attendue se propager le long de ses cuisses, dans son ventre, et jusqu'à ses seins. D'une main, elle s'accrocha fermement à lui, de l'autre elle appuya sur ses fesses pour le pousser en elle, pour le prendre plus profondément en elle. Il allait et venait dans sa bouche, de toute sa longueur. De plus en plus fort. De plus en plus loin. Ses doigts se promenaient en elle, sa langue la léchait, ses lèvres aspiraient son clitoris.

— Oh…, gémit-elle, une bouffée de chaleur l'embrasant tout à coup.

Incapable de respirer, elle retira sa bouche pour la remplacer par sa main et se laissa retomber, agitée par les soubresauts du plaisir. Les spasmes se succédèrent, nombreux, violents, jusqu'à un dernier, plus fort encore que les autres, qui lui fit voir des étoiles.

— Toi, je te retiens, murmura-t-elle en soulevant à grand-peine la tête. C'était moi qui…

Il l'empêcha de finir en l'allongeant sur le dos, un petit sourire sur les lèvres. Il lui écarta les jambes et colla son sexe contre le sien.

— … devais être dessus, termina-t-il. Je sais, mais maintenant, c'est à mon tour.

Il la pénétra d'abord légèrement, avant de s'enfoncer d'un coup profondément en elle.

— Me voilà sur toi, et en toi. C'est ce dont on avait envie tous les deux, non ?

Lentement, en la regardant dans les yeux, il se retira presque entièrement. Elle tendit son bassin pour le retenir, en le suppliant à voix basse. Elle n'en pouvait plus de désir. Finalement, il revint en elle.

Elle ressentit comme une explosion à l'intérieur de sa chair. Elle hoqueta et ses doigts se plantèrent dans ses biceps rebondis alors qu'il s'enfonçait plus profondément en elle. Et, sans prévenir, l'émotion la submergea. Bobby en elle. Celui qui, jadis, avait été toute sa vie. Celui dont elle aurait dit, seulement deux jours plus tôt, qu'elle ne voulait plus jamais le revoir.

Et pourtant il était là, appuyé sur ses coudes, la dominant de toute sa magnifique nudité. Ils se regardèrent un moment. L'expression qu'il affichait était sombre, tendue, tourmentée, bien au-delà du simple désir et de la passion.

Elle ferma les yeux. Non. Ce n'était que du sexe, et rien d'autre. Elle allait prendre du plaisir et puis ce serait tout. Elle n'allait pas souffrir ni se mettre en danger.

Forte d'une détermination retrouvée, elle rouvrit les yeux. Elle bascula son bassin vers le sien, les mains passées autour de son cou puissant, sa poitrine pressée contre la sienne.

— Viens, ordonna-t-elle, sachant qu'il ne pourrait plus se retenir longtemps.

Il ne discuta pas. Il lui donna ce qu'elle voulait, l'embrassant, s'emparant de sa bouche d'un baiser sauvage et passionné, tout en allant et venant en elle. L'émotion qu'elle éprouvait se mua en besoin, un besoin irrépressible et violent. Il lui souleva une jambe pour pouvoir la pénétrer plus profondément, mais ce n'était toujours pas assez.

— Plus, murmura-t-elle. J'en veux plus.

Il recula et la regarda. Une ombre passa sur son visage avant qu'il ne l'embrasse fiévreusement. Il caressa ses seins, son corps. Il la toucha, encore et encore, l'amenant jusqu'au point de non-retour. Elle sentait qu'un changement s'était opéré en lui. Elle sentait la radicalité de son désir et de son besoin dans la tension qui s'était emparée de tout son corps. Et cela ne fit qu'accroître son propre désir qui explosait en elle et la dévorait tout entière.

Elle se serra contre lui. Elle en voulait plus, toujours plus.

— Plus fort, gémit-elle.

Il replia ses genoux contre son large torse et lui donna ce qu'elle voulait. Des coups de reins forts, rapides, profonds. Son sexe allait et venait en elle. Bobby allait et venait en elle. Elle avait besoin de lui. De plus en plus. Tout de suite. Elle haleta. Elle essaya de parler, mais aucun mot ne voulait sortir de sa gorge. Soudain, l'orgasme vint la cueillir. Elle s'agrippa à lui, agitée de soubresauts.

Il laissa échapper un gémissement guttural, et donna un dernier coup de reins, la tête rejetée en arrière, avant de succomber lui aussi, l'irradiant d'une chaleur inouïe. Elle regarda, fascinée, tous ses muscles nettement dessinés se contracter puis se relâcher sous l'effet du plaisir. Elle contempla l'intensité de son expression. Et elle se laissa ravir par l'exquise sensation de le sentir tout à la fois au-dessus d'elle, en elle et avec elle.

Il se laissa tomber sur elle, enfouissant sa tête dans son cou. Elle se colla à lui elle aussi, bien que venant de s'interdire de le faire. Mais c'était si bon d'oublier l'espace d'un instant la réalité. La réalité qui, très vite, referait surface.

L'air était lourd de paroles contenues, ce qui rendait l'atmosphère pesante. Sans doute éprouvait-il le besoin de s'expliquer pour racheter sa conduite passée, alors qu'en vérité il n'y avait rien qu'il pût dire ou faire. Mais, ainsi allongée sous lui, qui reposait de façon si érotique sur son corps, elle aurait aimé que cela fût possible. Elle aurait aimé qu'il y ait un moyen de réparer le passé.

Quelques longues secondes plus tard, il s'écarta, ses yeux glissant sur elle comme s'il avait peur de la regarder en face. Et au moment où elle aurait pu s'enfuir, il l'attrapa par la taille et colla son dos contre son torse puissant, l'enveloppant de ses bras et de ses jambes. Ses lèvres effleurèrent sa nuque. Et elle le laissa faire. Elle le laissa la bouger, le laissa l'étreindre. Et elle laissa la volupté la gagner. Jusqu'à ce que, précisément, la réalité refasse surface.

— Cette nuit où je suis parti, finit-il par dire, mon père a été arrêté par la police.

Cet aveu lui fit l'effet d'un choc. Son père avait été arrêté et elle n'en avait jamais rien su. Elle entendait son cœur cogner dans sa poitrine alors qu'elle se rappelait cette funeste soirée. D'abord la séance de shopping avec Marcie, amusante, agréable. Et puis les heures qui avaient suivi, lorsque Bobby n'avait pas répondu à ses appels. La peur qu'il lui soit arrivé quelque chose. En enfin, lorsque, tout au fond de son cœur, elle avait su qu'il était parti pour de bon, alors que la logique lui criait que c'était impossible, qu'ils s'aimaient, qu'ils allaient se marier.

— Il était ivre, continua-t-il. Et il est rentré dans une maison avec son camion. Une mère et son jeune fils étaient à l'intérieur, et ils ont échappé de peu au pire. Je savais qu'il avait ce problème depuis des années. C'est même pour ça que j'ai toujours travaillé dur à l'école. Je voulais obtenir les meilleures notes pour pouvoir entrer à la faculté d'Austin. Je voulais quitter San Antonio. Quitter cette maison. Une fois que je suis parti, ça a été pour de bon. Je n'avais pas l'intention de revenir un jour. Et j'ai tout fait pour te laisser en dehors de tout ça, pour que tu n'aies jamais rien à voir avec mon père.

Il soupira, avant de reprendre :

— Mais cette nuit-là, quand il m'a appelé depuis sa cellule, je suis retourné à San Antonio pour essayer de l'aider. Je voulais le persuader d'entrer en désintoxication. Son avocat essayait de le convaincre lui aussi. Et puis mon oncle Joe est arrivé. Je ne t'en ai jamais parlé. Il boit comme mon père. Et quand il est ivre — ce qui est souvent le cas —, c'est un crétin de première. Il s'est mis à défendre mon père. Il a dit que je me croyais supérieur. Qu'il était allé à la fac lui aussi, et que ce n'était pas ça qui me sauverait. Que, tôt ou tard, je finirais comme eux. Et c'était ce qu'il ne fallait pas me dire, car c'était ma pire crainte. Que se passerait-il si je devenais comme eux ?

» J'ai repris ma voiture et je suis reparti, mais pas en direction d'Austin. En fait, je ne savais même pas où j'allais. Sans m'en rendre compte, je me suis retrouvé près de la frontière mexicaine, et il y avait là un bureau de recrutement militaire. J'ai pris ça comme un signe. C'était ce que je devais faire. J'avais honte. Je ne voulais pas que tu saches ce qui s'était passé, ni ce que j'étais censé devenir. Alors j'ai fait le choix de sauver des vies pour ne pas en détruire. Pour ne pas te détruire. Je t'aimais trop.

Il retint son souffle et marqua une pause, longue et lourde de tension, avant d'ajouter :

— Et je savais… Je savais, Jen, que si je te revoyais, je n'aurais jamais la force de partir.

Elle était là, immobile, incapable de prononcer le moindre mot. Une boule dans la gorge, elle essayait de se remémorer ce qu'elle savait vraiment de lui. Elle savait que sa mère était morte d'un cancer quand il était adolescent, et elle avait vu son père quelques fois, souvent au bar qui était tout à côté de son garage. Elle savait qu'il aimait boire, et elle savait que cela préoccupait Bobby. Mais elle n'avait jamais su quel enfer il avait vécu pendant son adolescence, ni combien la nuit de son départ avait été horrible pour lui. Il l'avait laissée en dehors de tout cela. Il l'avait laissée en dehors de sa vie.

Elle sentit tout se fissurer en elle, jusqu'à l'explosion finale. Elle essaya de s'arracher à ses bras, de s'arracher à ce qu'elle ressentait comme une captivité. Mais, rien à faire, il la serrait trop fort.

— Jennifer…

— Lâche-moi, Bobby !

— Jen…

— Lâche-moi.

Il obéit. Elle s'écarta et s'assit, les genoux repliés contre sa poitrine, à l'autre bout du lit. Elle ouvrit la bouche pour parler, et se rendit compte qu'elle en était incapable. Pas sans pleurer. Il ne s'était jamais vraiment donné à elle. Il avait cherché une raison de s'enfuir, et il avait trouvé cette histoire avec son père.

— Pas un seul jour ne s'est écoulé sans que…

— … sans que tu ne regrettes d'être parti, finit-elle sur un ton glacial.

Elle avait passé sept ans à souffrir pour lui. Sept ans à attendre une excuse qu'elle aurait pu accepter.

— On a couché ensemble et c'est tout, Bobby. Tu aurais pu m'épargner cette discussion : je ne te demandais rien d'autre.

Elle lui adressa un regard plein de dédain, avant de continuer :

— Et si tu veux bien m'excuser : c'est quand même moi qui suis censée organiser cette soirée.

Elle posa un pied par terre et allait s'enfuir lorsqu'il l'attrapa par le bras.

— Alors c'est tout ? Je te dis tout ça, Jennifer, et tu m'ignores ?

— Ce n'est pas ce que tu as fait pendant sept ans ?

Il ne répondit rien et la relâcha. Mais il n'avait pas dit son dernier mot, elle le savait. L'air était lourd, la tension à son comble. Il se rhabilla à la hâte. Elle l'imita et, dans la précipitation, elle perdit l'équilibre au moment de mettre ses bottes. Il se précipita tout de suite vers elle pour la rattraper.

— Ne fais pas ça ! s'exclama-t-elle en le regardant droit dans les yeux. Ne me touche pas, Bobby.

Mais, sans qu'elle ait le temps de réagir, il l'avait prise dans ses bras puissants.

— Oh que si, je vais te toucher, Jen. Et t'embrasser. Et te faire l'amour. Et je ne te demanderai même pas la permission. Je n'ai que deux semaines pour te prouver combien tu comptes pour moi, et j'ai bien l'intention d'y parvenir.

Elle ne le croyait pas. Elle ne voulait pas le croire. Mais, elle le savait, sa méfiance n'était qu'une façon de se protéger.

— Je n'en doute pas. Pendant deux semaines tu feras tout pour me plaire, et je ferai tout pour te plaire aussi. Et puis ce sera terminé. C'est ce qu'on appelle une aventure sans lendemain.

Il contracta la mâchoire et son expression devint sombre.

— Tu ne penses pas ce que tu dis, dit-il en prenant son visage entre ses mains. Je le sais.

Elle fit un effort surhumain pour paraître ferme et sûre d'elle.

— Tu ferais mieux de t'y préparer pourtant. Parce que, contrairement à toi, je sais très bien faire mes adieux. Et une fois que je les ai faits, je ne reviens jamais dessus.

Soudain ses lèvres ne se trouvèrent plus qu'à un souffle des siennes.

— Dans ce cas, tu ne me donnes pas le choix, Jen : je ne te laisserai pas me les faire, ces adieux.

Il pressa sa bouche sur la sienne et caressa rapidement ses lèvres du bout de sa langue.

— Maintenant allons voir où en sont Mark et Marcie. Ensemble.

Il la prit par la main et l'entraîna vers la porte sans qu'elle ait le temps de protester. Dans le couloir, ils tombèrent sur Marcie, en train de rire toute seule et de tituber.

Bobby et Jennifer échangèrent un regard, et il réagit rapidement.

— Je m'occupe d'elle, dit-il en prenant Marcie dans ses bras et en l'emmenant vers sa chambre.

— Bobby, gémit Marcie. Où est Jennifer ?

— Je suis là, répondit-elle en poussant la porte de la chambre de Mark et Marcie.

Puis elle ouvrit le lit où Bobby la déposa, et lui enleva ses chaussures.

Soudain, Sally entra dans la pièce.

— Est-ce qu'elle va bien ?

— Ça va aller, répondit Jennifer. Mais où est Mark ? Et pourquoi ne l'a-t-il pas aidée à monter ?

— Mark jouait aux dés avec Scott. Il disait que s'il gagnait, Scott et Marcie devraient sauter d'un avion avec lui. Finalement il a gagné, et Scott a déclaré qu'il préférait traverser la supérette tout nu que de sauter d'un avion.

Jennifer chercha Bobby du regard et ils poussèrent tous deux un juron au même moment.

— Est-ce que tu es en train de nous dire, reprit Jennifer, que Mark et Scott sont partis à la supérette, celle qui est ouverte toute la nuit ?

— C'est ça. Eux deux, et quelques autres. Ils ont tous décidés de le faire.

Bobby soupira.

— Je m'en occupe.

— Merci, répondit Jennifer.

Elle était soulagée qu'il soit là, avec tout le sang-froid et la présence d'esprit dont il avait toujours été capable.

Il acquiesça et tourna les talons, non sans lui avoir adressé auparavant un regard qui disait : « Et tu demandes encore pourquoi j'ai peur de devenir alcoolique ? » Ce regard, ce n'était pas la première fois qu'il le lui adressait mais, jusque-là, elle n'y avait guère prêté attention.

Tout d'un coup, elle se sentit horriblement coupable. Elle ne lui avait jamais demandé d'expliciter ces regards, alors qu'elle aurait dû. Elle aurait dû voir combien il souffrait. Il ne l'avait peut-être pas tenue en dehors de sa vie, finalement. Il n'avait peut-être tout simplement pas su comment l'y laisser entrer.

*
* *

Bobby trouva Mark, Scott et cinq autres invités rassemblés dans un coin du parking de la supérette en question. Scott était en train de se déshabiller, et il était déjà pieds et torse nus.

Bobby, toujours au volant de sa voiture, se dirigea vers le petit groupe, puis entrouvrit sa portière.

— Assez rigolé, les gars ! lança-t-il.

— Bobby ! s'exclama Mark en levant sa bière. On te cherchait, justement. Figure-toi que Scott est si trouillard qu'il préfère se balader tout nu dans ce magasin que de sauter en parachute. Tu te rends compte ?

— Rhabille-toi, Scott, dit Bobby en sortant de sa voiture et en ramassant sa chemise pour la lui lancer. On rentre à la maison. Où nous attend ta future épouse, Mark, ajouta-t-il en se tournant vers ce dernier.

— Je rentrerai dès que j'aurai immortalisé ce moment, répondit Mark en sortant son téléphone portable de sa poche.

Son geste déclencha les rires, des rires imbibés d'alcool.

— Les pauvres gens, lança quelqu'un, ils vont se mettre à pleurer quand ils verront les fesses de Scott.

— Les fesses, les fesses, les fesses ! crièrent plusieurs autres.

— Rhabille-toi, répéta Bobby, alors que Scott vidait la bière qu'on venait de lui tendre.

— Déshabille-toi ! hurlèrent les autres.

Scott leur obéit et retira son pantalon et son caleçon avant de se mettre à courir en direction de la supérette.

Bobby grimaça. Et grimaça davantage lorsqu'il entendit une sirène retentir. Mark et ses invités, eux, parurent tout à coup pris de panique.

Bobby s'empara vite de la bière de Mark, qui restait là, comme hébété, et la renversa à terre, avant de le pousser dans la voiture.

— Toi, tu restes ici et tu ne dis rien.

— D'accord, répondit Mark en se calant bien dans son siège.

Cela faisait déjà un problème de moins, à condition qu'il lui obéisse vraiment. Sinon, gare aux réactions de Marcie et de Jennifer quand il leur apprendrait que le futur marié était en prison.

Bobby regarda le policier passer les menottes à Scott. Allait-il pouvoir sauver le garçon d'honneur ? Ce n'était pas gagné. Pourtant, il allait quand même essayer. Il prit une grande inspiration et se dirigea vers le lieu de l'interpellation.

A son allure, il reconnut tout de suite en l'un des deux policiers un ancien soldat. Un peu plus confiant, il lui montra ses papiers militaires.

— Ce n'est pas parce que vous êtes en permission que boire est permis, dit le policier.

— Je n'ai pas bu une goutte d'alcool. En fait, une de mes meilleures amies se marie et j'ai promis de surveiller son fiancé. Mais j'ai comme l'impression d'avoir lamentablement échoué.

— C'est un enterrement de vie de garçon ? C'est au futur marié que je viens de passer les menottes ?

— Non, il s'agit du témoin. Le futur marié est dans ma voiture. Il fait profil bas.

— C'est déjà ça…

— Je dois vous avouer que je me sens coupable. Je les ai mis au défi de sauter en parachute, et le témoin a dit qu'il préférait se balader tout nu plutôt que de sauter d'un avion. J'ai tourné le dos et, quelques minutes plus tard, ils étaient déjà partis.

En guise de réponse, le policier ricana.

Encouragé, Bobby reprit :

— J'avoue qu'on avait anticipé ce genre de débordements en confisquant les clés de voiture de tout le monde. Mais ils sont venus à pieds.

— Confisquer les clés, c'était votre idée ?

— Non, celle du marié. Malgré les apparences, c'est un garçon sérieux.

— Un bon point pour lui. Heureusement qu'ils ne sont pas venus en voiture, sinon ils se seraient tous retrouvés au trou.

Puis le policier regarda attentivement Bobby avant de reprendre :

— Depuis combien de temps êtes-vous dans l'armée ?

— Depuis sept ans. Et je viens d'en passer cinq dans les Forces spéciales.

— Moi, j'y ai passé quinze ans. Où êtes-vous stationné ?

Bobby soupira.

— Ça dépend des jours, répondit-il en rangeant dans son portefeuille ses papiers que le policier venait de lui rendre.

— Vous me paraissez bien las. Il y a une femme, c'est ça ?

— Qu'est-ce qui vous fait penser ça ?

— Il y a toujours une femme. C'est pour ça que j'ai quitté l'armée. Je ne voulais pas que la mienne, à force d'avoir froid toute seule au lit, demande à quelqu'un d'autre de venir la réchauffer. Maintenant, dès que j'ai réussi à arrêter les crétins qui courent tout nus n'importe où, je cours à mon tour rejoindre ma femme.

— Et ? demanda Bobby. Vous êtes heureux ?

— Ce que je fais n'est pas toujours exaltant, dit-il en regardant Scott d'un air blasé, mais je ne regrette pas mon choix.

Il se tut un moment, avant de reprendre :

— Quoi qu'il en soit, vos amis vont s'en tirer à bon compte ce soir. Je vais tâcher de leur faire peur pour qu'ils ne recommencent jamais, et puis je vous les rends. Mais ils ont intérêt à se tenir à carreau pour le reste de la nuit.

Le policier tourna les talons sans laisser à Bobby le loisir de le remercier. Mais il ne le rappela pas, absorbé par ses pensées. Il n'y avait jamais pensé auparavant mais, s'il décidait de quitter l'armée, il devrait lui aussi songer à une reconversion possible. Il lui fallait un projet concret, et il n'en avait pas. Pour l'instant, il avait beaucoup de mal à s'imaginer autrement qu'en soldat, d'autant plus qu'il était en mission commandée.

Perplexe, il regarda les policiers s'éloigner. Il se voyait

mal à leur place, en tout cas. Mais il se voyait aussi très mal laisser quiconque d'autre que lui tenir chaud à Jennifer la nuit.

Trois heures après que Jennifer eut découvert Marcie dans le couloir, celle-ci dormait enfin, et Jennifer se reposait dans un fauteuil, dans un coin de la chambre. Cela faisait un petit moment que Bobby avait ramené Mark, Scott et quelques autres, après les avoir tirés des griffes de la police. A présent tout était calme, et il y avait de grandes chances pour que Mark soit toujours sur le canapé où l'avait laissé Bobby.

Alors qu'elle venait de trouver une position à peu près confortable, elle fut tirée de son demi-sommeil par un bruit dans le couloir. Quelqu'un approchait de la chambre. Et ce quelqu'un, c'était Bobby, elle en était certaine. Elle aurait reconnu ce pas entre mille. Bientôt, il apparut dans l'embrasure de la porte.

— Comment va Marcie ? chuchota-t-il.

— Bien. Mais elle aura une sacrée gueule de bois demain. Pour l'instant, elle se repose.

— Et toi ? demanda-t-il en la regardant de façon plus appuyée. Tu n'as pas besoin de te reposer ?

Elle passa sa main sur sa nuque pour se désengourdir un peu.

— Je préfère rester ici, au cas où elle aurait besoin de moi. Vu son état, ce n'est pas la peine de compter sur Mark.

Il plissa les yeux, et la scruta avec une intensité qui la mit mal à l'aise.

— Ce ne serait pas pour m'éviter que tu veux rester ici, par hasard ?

Elle prit une grande inspiration, trop fatiguée pour analyser ce qu'elle ressentait et encore plus pour se lancer dans de grandes explications.

— Je ne t'évite pas, Bobby, répondit-elle doucement. Tu t'es montré formidable cette nuit. Je ne sais pas comment je m'en serais sortie si tu n'avais pas été là.

Son expression ne changea pas, et il ne bougea pas non

plus. Mais le silence qui planait entre eux en disait long. Ce silence parlait de deux amants qui s'étaient perdus et ne s'étaient pas retrouvés. Ce silence mêlait intimement passé et présent, entretenant la confusion des sentiments.

Soudain, Bobby s'approcha. Elle sentit son cœur cogner dans sa poitrine et tout son corps se mettre à frémir dans l'attente du moment où il parlerait, où il la toucherait. Il s'arrêta à côté du fauteuil.

— Tu ne m'évites pas ? répéta-t-il.

Elle secoua la tête, dans un premier temps incapable de répondre.

— Non, dit-elle enfin, d'une voix étranglée, je ne t'évite pas.

— Dans ce cas, ça ne te dérangera pas si je reste ici avec toi, dit-il en s'asseyant à côté d'elle.

Il passa son bras autour de ses épaules et se glissa entre le dossier du fauteuil et son dos. A son contact, elle se détendit. Elle laissa son corps la réchauffer, dehors et dedans. Elle était trop fatiguée pour refuser cette intimité, trop fatiguée pour garder ses distances, pour se protéger. Elle posa sa tête sur sa large poitrine et laissa ses paupières se fermer, en priant pour qu'elle ait la force, le lendemain, de reprendre les choses en mains.

9

Jennifer se réveilla en sursaut lorsque son téléphone portable, qu'elle avait laissé sur la table de nuit de Marcie, se mit à sonner. Encore à moitié endormie, elle commença par jurer, puis cligna des paupières pour trouver, planté dans le sien, le regard bleu de Bobby. Instantanément, tout lui revint à la mémoire : elle avait dormi dans ses bras, et elle était toujours dans ses bras.

— Pitié, faites taire ce bruit, gémit Marcie en cherchant à tâtons sur sa table de nuit l'appareil responsable de ce vacarme. Par pitié, faites-le taire !

Jennifer se fit violence pour s'arracher aux bras de Bobby et saisit son téléphone juste au moment où il arrêta de sonner.

Marcie se redressa et jeta un coup d'œil désapprobateur au réveil qui affichait 8 heures du matin. Elle se laissa retomber dans son lit et cacha son visage dans ses mains.

— Je t'en supplie, Jen, dis-moi que ce coup de téléphone était nécessaire.

— C'était mon secrétariat, répondit Jennifer en recomposant sans attendre le numéro. Il doit s'agir d'une urgence, sinon on ne m'aurait pas dérangée. Donc, oui, c'était nécessaire.

Sa secrétaire lui apprit qu'un de ses clients venait d'appeler, affolé, car son caniche avait avalé une tablette de chocolat.

Bien qu'elle eût théoriquement pris sa matinée, elle rappela tout de suite le client en question pour le rassurer et pour lui fixer un rendez-vous.

— 9 h 30 ? demanda-t-elle pour se laisser un peu de marge. Est-ce que c'est bon pour vous ?

Lorsqu'elle raccrocha, elle croisa le regard de Bobby. Son expression était toujours impénétrable, mais elle dégageait de la chaleur, tout comme ses bras puissants qui l'enserraient quelques secondes plus tôt.

— Je vais devoir t'emprunter des vêtements, Marcie. Je n'ai pas le temps de passer chez moi pour me doucher avant d'aller à la clinique.

— Si tu pouvais arrêter de parler si fort, murmura Marcie. Si tu pouvais même arrêter de parler tout court… Prends ce dont tu as besoin, et disparais.

Bobby sourit et se leva.

— Je vais en profiter pour voir comment va Mark.

Trois quarts d'heure plus tard, Jennifer était dans la cuisine de Marcie, au milieu du désordre, de la vaisselle sale et des restes de nourriture. Elle était douchée, habillée et, pour l'instant, à peu près réveillée.

Elle versa du café dans une tasse et la tendit à Marcie qui était assise au bar, le visage pâle et de gros cernes noirs autour des yeux.

— Merci, dit-elle d'un air ronchon.

— J'ai pitié pour tous ceux qui auront à vous supporter ce matin, toi et ta gueule de bois. En ce qui me concerne, je suis bien contente de devoir filer à la clinique.

Marcie porta lentement la tasse à sa bouche. La pauvre, chaque mouvement semblait une torture.

— Oh ! Je t'en prie, finit-elle par répondre. Tu ne vaux pas mieux que moi sans ton café du matin. Et je t'ai prêté des habits. Tu pourrais être gentille avec moi.

Elle avala quelques gorgée, avant de reprendre :

— Et je suis la future mariée…

Jennifer lui adressa un sourire moqueur et se pencha vers elle.

— C'est pour ça que j'ai pris la peine de te faire du café, qu'est-ce que tu crois ?

Elle passa ses bras autour des épaules de Marcie et lui colla une bise sur la joue.

— Remets-toi bien, et promets-moi d'être gentille avec ton futur mari.

A vrai dire, elle les avait surpris en train de s'asticoter quelques minutes plus tôt, et elle commençait à s'inquiéter un peu à leur sujet.

— Il m'a encore parlé de ce saut en parachute. Et cette fois, il veut que je saute aussi. Non mais, tu imagines ?

A ce moment-là, Bobby entra dans la cuisine, l'air particulièrement fatigué. A coup sûr, il n'avait pas fermé l'œil de la nuit.

— Je me trompe ou ça sent le café par ici ? demanda-t-il en humant l'air.

— Tout ça, c'est de ta faute, Bobby, l'accusa Marcie. « Et si on sautait en parachute ? » Franchement, quelle idée ! Je te préviens, si tu veux me faire sauter en parachute, c'est aujourd'hui, parce que je ne suis pas en état de lutter contre quoi que ce soit.

— J'ai réservé pour demain, dit-il en se remplissant une tasse de café. Avec Mark, on s'est dit que, au moins, tout le monde serait remis de la soirée d'hier. Et, surtout, ne me dites pas que vous ne pouvez pas venir.

Il se tourna vers Jennifer.

— Je sais que c'est ton jour de repos.

Puis, vers Marcie.

— Et Mark s'est arrangé pour le bar.

Sans réfléchir, Jennifer lui tendit le lait et le sucre, sachant que c'était ainsi qu'il aimait son café. Il la remercia, avec, dans les yeux, une lueur qui lui disait qu'il savait ce qu'elle venait de faire.

Heureusement, Mark fit à son tour son entrée dans la cuisine, créant une diversion bienvenue. Il paraissait dans le même piteux état que Marcie.

— Bobby, demanda-t-il, est-ce que tu pourrais m'aider à

démonter la piste de danse, s'il te plaît ? Le camion qui doit venir la récupérer va bientôt arriver.

— Bien sûr, répondit-il sans hésiter.

Il n'avait jamais refusé son aide à un ami, se souvint Jennifer. Sa conduite de la nuit dernière lui avait prouvé qu'il n'avait pas changé. Cela avait toujours fait partie des choses qu'elle aimait chez lui. Entre autres… Troublée, elle tourna le dos à Bobby sous prétexte de ranger le sucre dans le placard. En réalité, elle avait peur de se trahir. Elle avait peur que l'expression de son visage ne révèle le fond de sa pensée, cette supplication presque désespérée qui repassait en boucle dans sa tête : « Je t'aimais, je t'en prie ne me laisse pas retomber amoureuse de toi. »

Mais, comme s'il l'avait entendue, il la saisit doucement par le poignet pour la forcer à se retourner. Puis il l'attira à lui et l'embrassa.

— Bobby ! protesta-t-elle.

Il la lâcha, mais ne recula pas. Elle sentait ses lèvres près de son oreille, son souffle chaud, son corps brûlant.

— Merci pour cette nuit, murmura-t-il.

— Tu es prêt, Bobby ?

C'était Mark qui l'attendait.

Bobby acquiesça, mais ne la quitta pas des yeux.

— Je suis prêt.

Puis il l'embrassa tendrement sur le front. Tendrement comme l'aurait fait un petit ami, et non un partenaire occasionnel.

Et il s'en alla.

— Il est prêt, dit Marcie, dès que Bobby et Mark eurent disparu. Et toi ? Est-ce que tu l'es ? Ou est-ce que ce que tu as eu hier soir t'a suffi ?

Elle n'avait aucune envie de se lancer dans ce genre de conversation.

— Pour l'instant, la seule chose pour laquelle je suis prête, c'est mon travail. D'ailleurs, ajouta-t-elle après avoir regardé sa montre, il faut que je me presse.

— Oui, c'est ça, presse-toi. Presse-toi de fuir Bobby.

— Pourquoi est-ce que je fuirais deux semaines de sexe grandiose ?

Elle faisait la maligne, mais, au fond d'elle-même, elle savait bien qu'elle fuyait. Elle fuyait parce que, même si elle s'était répété un nombre incalculable de fois que le sexe était une façon de mettre fin à leur relation selon ses propres conditions, elle savait qu'il ne faudrait pas beaucoup plus de baisers de Bobby pour qu'elle ne succombe de nouveau à son charme dévastateur, et qu'elle ne souffre encore.

Et pour ne pas succomber, la seule solution, c'était la fuite.

Six heures plus tard, alors que ses patients s'étaient succédés à un rythme effréné, Jennifer commençait à sentir les effets du manque de sommeil.

— Vous êtes sûre que c'est une allergie ? demanda Kate Wilmore, une adolescente de seize ans dont le chien haletait à ses pieds.

La consultation était terminée, mais Kate, qui attendait son père parti chercher la voiture, semblait encore très inquiète.

— Sûre et certaine, dit Jennifer en la raccompagnant à la sortie.

— On vous a bien dit qu'il avait ronflé toute la nuit, n'est-ce pas ?

— Oui, vous me l'avez dit. Mais les médicament que je lui ai prescrits vont faire des merveilles. Et les ronflements sont tout à fait normaux en cas d'allergie.

La porte de la clinique s'ouvrit, mais, au lieu du père de Kate, ce fut Bobby qui entra.

— Tu m'avais promis de ne dire à personne que je ronflais.

Instantanément, l'adrénaline se déversa dans ses veines, chassant toute sensation de fatigue. Pourtant, elle réussit à ne rien laisser paraître de son trouble, malgré le regard appuyé qu'il lui adressa. Kate ne remarqua rien. Elle souriait à Bobby, l'air subjuguée. Et il y avait de quoi. Rasé de près, avec un jean délavé, un T-shirt de l'armée très moulant, et son regard bleu lagon, il était tout simplement éblouissant.

Le chien de Kate se mit à aboyer et se précipita vers Bobby, qui se baissa pour le caresser.

— Salut, mon beau, dit-il.

Puis il se redressa et sourit à Kate.

— C'est ton chien, j'imagine ?

— Oui, répondit-elle, radieuse, comme si toute son angoisse s'était miraculeusement évanouie. Il s'appelle Roxie. Et il ronfle, lui aussi.

— Vraiment ? Le monde est petit… Tu sais, quand j'étais à la fac, j'avais un berger allemand qui ronflait. Lui plus moi, ça rendait Jennifer complètement folle.

— Jennifer ?

Il regarda Jennifer un instant, et elle crut déceler une pointe de fierté dans ses yeux.

— Le Dr Jones, corrigea-t-il.

Kate promena son regard de l'un à l'autre et dit :

— Tous les deux, vous êtes…

— Non, répondit vite Jennifer.

— Non, en ce moment, on serait plutôt comme chien et chat, dit Bobby. Même si je fais patte de velours…

Kate rit de bon cœur, juste au moment où la porte s'entrouvrit.

— Tu es prête, Kate ? demanda son père.

— Oui, dit-elle avant de se tourner brièvement vers Jennifer. Merci, docteur Jones.

— N'hésite pas à m'appeler, Kate, répondit-elle en lui adressant un signe de la main.

La porte se referma, laissant Jennifer et Bobby seuls face à face.

— Ça devient ton habitude à toi aussi de partir sans dire au revoir, dit-il. Tu ne m'as même pas donné ton numéro de téléphone.

— Je n'étais pas en avance. J'ai dû filer travailler.

— Et filer loin de moi, ajouta-t-il.

Puis, sans lui laisser le temps de protester :

— Donc, voici ta clinique.

Il regarda le hall d'entrée, la salle d'attente, les murs décorés de photographies d'animaux.

— Tu as réussi, dit-il avec, de nouveau, une pointe de fierté dans la voix. Tu as réalisé ton rêve. Je suis heureux pour toi, Jen, ajouta-t-il plus doucement. Vraiment heureux. Tu savais ce que tu voulais et tu as tout fait pour y parvenir.

— Merci.

Elle sourit, mais la tristesse lui serrait le cœur. C'était son rêve, oui, mais sept ans plus tôt, elle l'avait partagé avec lui, elle avait espéré le vivre avec lui.

— Et toi ? enchaîna-t-elle. Est-ce que tu as trouvé ce que tu cherchais ?

Sa mâchoire carrée se serra imperceptiblement, et il ne répondit pas tout de suite.

— Oui, finit-il par lâcher. J'ai trouvé ce que je cherchais.

Bien. Très bien, même. Elle voulait qu'il soit heureux. Vraiment. Elle l'avait aimé, après tout. Il fallait juste qu'elle oublie. Qu'elle oublie qu'il était parti sans lui dire au revoir. Qu'elle oublie qu'il n'avait jamais repris contact avec elle par la suite pour expliquer son geste. Mais en même temps, il était revenu, et, cette fois, ils allaient pouvoir se dire adieu en bonne et due forme. C'était une chance, après tout.

— La porte, dit-elle après s'être éclairci la gorge, assez peu convaincue par la conclusion à laquelle elle venait d'aboutir. Est-ce que tu peux fermer la porte à clé derrière toi ? C'était mon dernier rendez-vous.

Il la regarda un instant, avant de se tourner vers la porte.

— Je n'y arrive pas, Jen, dit-il au bout d'un moment. Il y a un truc pour débloquer cette serrure ?

— Ce n'est pas vrai, pas encore ! fit-elle en soupirant. J'ai fait changer cette porte il y a deux semaines, et depuis, un jour sur deux, je n'arrive pas à la fermer à clé. Je ne peux pas me permettre de laisser la clinique ouverte, je vais devoir faire venir un serrurier.

Bobby ouvrit la porte et l'inspecta rapidement sous toutes les coutures.

— Ce n'est pas la serrure. C'est la porte. Elle est décentrée. Je peux te réparer ça tout de suite, si tu as des outils.

— Ne te sens pas obligé de le faire, Bobby. Je peux appeler quelqu'un.

A dire vrai, l'idée qu'il se charge de cette réparation ne lui plaisait guère. Elle ne voulait pas dépendre de lui, ni s'habituer à sa présence pour quoi que ce soit, puisque, de toute façon, il allait bientôt repartir.

— Je suis là, moi. Pourquoi est-ce que je ne ferais pas ça pour toi ?

Oui, pourquoi ? On se le demandait…

— Je vais chercher mes outils, capitula-t-elle. Je reviens tout de suite.

Un demi-heure plus tard, Bobby poussait la porte de son bureau.

— Voilà, c'est réparé. Et j'ai fermé à clé.

Elle se leva d'un bond.

— Génial, merci beaucoup.

Il avança et se trouva vite face à elle. Il était si grand et si sexy, et son bureau si petit et étouffant. Elle attrapa son sac, prête à s'enfuir.

— Désolée, mais il faut absolument que j'aille me reposer quelques heures.

Il la regarda en souriant, l'air vaguement hésitant.

— Tu sais, l'aérodrome où on a prévu d'aller demain… Eh bien, ils proposent une soirée de démonstration aujourd'hui. Et je me disais que, peut-être, on pourrait y aller tous les deux. Après que tu te seras reposée, bien entendu.

D'habitude, elle réfléchissait toujours avant de parler ou d'agir. Mais là, elle se trouva dans l'incapacité totale de contenir l'explosivité de sa réaction.

— Non, Bobby, dit-elle en laissant son sac retomber bruyamment sur son bureau. Non, on ne peut pas aller à cette soirée tous les deux. Et tu n'aurais pas non plus dû réparer cette porte. Nous ne sommes pas ensemble, tu comprends ? Entre nous, c'est une simple aventure sans lendemain, qui sera déjà terminée dans moins de deux semaines.

Elle fulminait. C'était plus fort qu'elle.

— Il s'agit de coucher ensemble, reprit-elle plus durement encore, un point c'est tout. Et concentre-toi là-dessus, car rien d'autre ne m'intéresse. Tu comprends ?

Son visage s'assombrit et se ferma. Il la regardait. Elle le regardait. Et soudain, elle explosa :

— Bon sang, Bobby, je sais que tu es furieux. Mais quel droit as-tu d'être furieux ? Tu m'as quittée. Tu as gardé le silence pendant sept longues années. Tu ne peux pas revenir et croire que, d'un claquement de doigts, je vais tomber dans tes bras. C'est toi qui nous as fait ça, pas moi.

Il la transperça de son regard sombre et fiévreux.

— Il y a bien encore un « nous », alors ?

— Il y avait, dit-elle doucement.

Elle serra les poings pour empêcher ses mains de trembler. Elle aurait pu accuser le manque de sommeil. Mais elle n'aurait fait que se mentir. C'était Bobby la cause de sa nervosité, elle le savait très bien. C'était le fait de le sentir si proche, le besoin de le toucher encore, d'être touchée par lui, la crainte de le perdre de nouveau, et pour toujours.

— Mais plus maintenant ? insista-t-il. Maintenant, il n'y a que le sexe ?

Elle poussa un soupir las. La tension et l'agressivité qui s'étaient installées entre eux étaient en train de devenir très pesantes. Clairement, il voulait la pousser dans ses derniers retranchements, la forcer à prendre position de façon claire et définitive, quitte à ce qu'elle regrette ce qu'elle pourrait lui dire. Mais pourquoi ?

— Moi, je ne te demande rien, Bobby. Ces explications que tu m'as données hier n'étaient pas nécessaires et, crois-moi, je n'aspire qu'à oublier le passé. Mais toi, tu insistes, comme si tu me cherchais. Qu'attends-tu de moi à la fin ?

10

Qu'attendait-il d'elle ? La question resta en suspens dans le bureau de Jennifer pendant de longues secondes, pendant que Bobby inspirait profondément pour tenter de calmer ses émotions. Le simple fait qu'elle lui demande ce qu'il voulait le rendait fou. Mais il était parti pendant sept longues années, et cela donnait à Jennifer de nombreuses raisons de douter de ses intentions. Elle ne savait pas ce qu'il voulait. Elle ne savait pas qu'il voulait se réveiller tous les matins de sa vie à ses côtés, qu'il voulait partager avec elle les hauts et les bas de l'existence. Elle ne savait pas qu'il voulait tout cela. Qu'il n'avait jamais voulu que cela. Lui le savait à présent. Et peut-être même l'avait-il toujours su.

Il appuya son front contre le sien. Leurs souffles se mêlèrent, à tel point qu'il sentit presque la saveur douce-amère de sa bouche.

— Tu veux savoir pourquoi je suis furieux ? demanda-t-il. Je suis furieux parce que je t'avais, et parce que j'ai été assez bête pour partir. Je suis furieux parce que tu me repousses et que tu as tout à fait le droit de le faire. Je suis furieux parce que je veux plus que ton corps, et que c'est tout ce que tu veux bien me donner. Alors que j'ai besoin de…

Il s'interrompit, submergé par l'émotion.

— J'ai besoin de…

Elle se blottit dans ses bras, comme si elle savait très bien que ce dont il avait besoin, c'était elle.

— Bobby, souffla-t-elle.

Le son si excitant de son nom sur sa langue retentit dans toute la pièce.

— C'est ça, mon cœur, prononce mon nom.

Il avait besoin de l'entendre, encore et encore. Poussé par une pulsion irrépressible, il glissa sa main dans sa culotte et caressa doucement son sexe.

— Dis-le encore, murmura-t-il, ses lèvres contre les siennes.

— Bobby.

Elle se hissa jusqu'à sa bouche, et aspira sa langue.

Il la sentait faire écho à l'obscurité qui l'habitait, il la sentait en quête de réponses, en quête d'une explication ultime que les mots et les années étaient incapables de fournir. Il l'embrassa et glissa ses doigts en elle.

Il mordilla ses lèvres et la souleva de terre pour la déposer sur son bureau. Il se débarrassa rapidement de son pantalon et de son caleçon, et elle de sa culotte. Puis elle écarta les jambes et se rapprocha du bord du bureau, offrant son corps, à défaut de son cœur et de son âme.

Il répondit immédiatement à cette invitation impudique en ressentant comme une décharge électrique dans tous ses membres. Il se rapprocha et promena son sexe sur le sien, l'explorant lentement et minutieusement pour mieux attiser son désir. Elle le regardait faire et il baissa les yeux à son tour, profitant de ce spectacle si intime et érotique. Le sang bouillait dans ses veines. Il pressa son sexe plus fort contre elle et s'empara de sa bouche, avec fièvre et passion, avant de la pénétrer, loin et fort.

Elle tressaillit et s'agrippa à lui, passant ses bras et ses jambes autour de lui. Il la souleva légèrement pour recueillir ses fesses rondes et parfaites dans ses paumes, tandis qu'il poussait plus fort en elle. Leurs souffles se mêlèrent comme s'ils ne faisaient plus qu'un.

Elle se frottait contre son corps, de façon lente et sensuelle, de bas en haut, de droite à gauche. Il guidait et encourageait ses mouvements. Mais ce n'était pas assez. Ni pour lui, ni pour elle. La tenant toujours par les fesses, il l'incita à augmenter la cadence, l'amplitude et la force de ses va-et-vient.

L'irradiant de sa chaleur douce et moite, elle s'accrocha à ses épaules. Elle pressa ses seins contre sa poitrine et il put profiter davantage de ses courbes affriolantes et de ses petits gémissements. Encore et encore, il la promena le long de son sexe, jusqu'à ce qu'elle creuse son dos et tende son bassin, laissant échapper un cri de plaisir.

L'intensité des spasmes qui enserraient son sexe lui arracha un grognement. Elle le pressait, elle l'aspirait, elle l'attirait vers un endroit sombre et enchanté où n'existaient que les frémissements de son corps contre le sien. Le passé et le présent n'existaient plus. Il n'y avait plus que cet instant suspendu, et eux deux. Alors il s'enfouit dans les abysses de son orgasme, il enfouit la colère et les regrets qui le dévoraient.

Il laissa la chaleur humide qui baignait son sexe le dissoudre davantage en elle, profitant de chaque seconde qui passait, jusqu'à l'anéantissement final. Il céda et se mit à trembler, incapable de résister. En un instant, son orgasme le propulsa dans les profondeurs de la chair de Jennifer. Il enfouit son visage dans le jasmin de ses cheveux blonds, troublé par ce plaisir inouï qui était tout à la fois le paradis et l'enfer. Ce plaisir qui allait le forcer à revenir au présent. Pendant de longues secondes, il la serra contre lui et elle le serra contre elle. Puis, alors que ses jambes commençaient à faiblir, il la relâcha pour qu'elle s'assoie sur le bureau, et il appuya son front contre le sien. Il y avait tant de choses qu'il voulait lui dire, qu'il devait lui dire, mais aussi tant de choses qu'il n'était pas sûr de pouvoir lui dire. Elle le lui avait rappelé, il n'avait aucun droit de revenir et d'exiger d'elle plus que ce qu'elle voulait bien lui donner.

Elle posa délicatement sa main sur sa joue, dans un geste plein de douceur et d'encouragement. C'était comme si elle voulait lui dire qu'elle le comprenait, qu'elle avait senti sa vulnérabilité, et qu'elle mesurait l'importance de ce qu'il avait à lui dire.

Alors, il se lança :

— L'aérodrome où nous allons sauter se trouve à mi-chemin entre Austin et San Antonio, où habite mon père. Si on trouvait un hôtel pour cette nuit, j'aimerais — non, j'aurais besoin — que tu viennes le voir avec moi demain.

Elle recula et chercha son visage, l'air surpris. Ses jolis yeux bleus s'aiguisèrent et se plissèrent.

— Tu ne l'as jamais revu, c'est ça ? Tu ne l'as pas revu depuis ton départ ?

Il secoua la tête, et réussit à peine à prononcer un faible « non », tant sa gorge était sèche. Plus sèche que le désert irakien, songea-t-il avec un brin de dérision.

Visiblement sous le choc, elle resta un moment sans rien dire.

— Vous vous êtes parlés, au moins ? finit-elle par demander.

— Une ou deux fois au téléphone, dit-il en se rhabillant.

— Et que vous êtes-vous dit ?

Il laissa échapper un petit rire amer.

— C'est impossible de dire quoi que ce soit à mon père. Il parle, et tu écoutes.

— C'est à ce point ?

Il haussa les épaules.

— Ecoute, je suis parti à cause de lui.

Il serra la mâchoire.

— Non, ce n'est pas vrai. Je suis parti à cause de moi. Parce que je l'ai laissé s'insinuer en moi. Et je ne vais pas te mentir, Jen, il est toujours là, dans ma tête. Et ça me ronge. Je n'ai aucun droit de te demander de venir avec moi. Je n'ai aucun droit de te demander quoi que ce soit. Mais j'ai besoin que tu saches pourquoi je suis parti, même si j'ai pris cette nuit-là une décision désastreuse. J'ai besoin que tu saches que tu n'avais rien à voir dans ce choix. Ou plutôt si, puisque c'était pour te protéger.

— Mais tu ne bois jamais une goutte d'alcool, Bobby. Tu n'es pas ton père.

— Figure-toi qu'il était sobre jusqu'à ses quarante ans. Mais, depuis, il n'a jamais dégrisé…

Elle descendit du bureau et s'approcha de lui, l'air grave. Elle posa ses mains sur son torse, réchauffant toute la zone qu'elle touchait. Puis elle leva les yeux vers lui.

— Tu ne crois pas vraiment que tu es en train de devenir comme lui, n'est-ce pas ?

— Non, admit-il. Je ne serais pas là si je n'avais pas fini par comprendre que je ne suis pas mon père. Que ce seraient mes choix, et rien d'autre, qui décideraient de mon avenir. Mais, au fond de moi, je sais que je ne résoudrai pas mon problème avec lui tant que je ne l'aurai pas revu.

Elle scruta son visage.

— Si seulement j'avais vu ça en toi plus tôt. Si seulement je…

Il l'attira à lui et l'embrassa.

— Arrête. Ne te mets pas à croire que tu es responsable de ce qui est arrivé. Tu n'as pas vu ça en moi parce que je ne suis pas sûr de l'avoir vu, moi. Je n'ai rien voulu voir pendant sept ans. Mais je suis là maintenant. Il est temps que j'aille voir mon père, et que, par la même occasion, je me regarde en face.

Son regard s'arrêta sur ses lèvres, humides de leurs baisers, sur la douceur de leur expression. Cette douceur qui était tout elle, sans qu'elle ait à se forcer.

— J'étais jeune et j'avais peur, Jen. J'ai fui. C'est tout ce que j'ai su faire.

— Tu m'as fuie, murmura-t-elle.

— Je me suis fui moi-même, répondit-il en prenant son visage entre ses mains. Ce n'est pas pareil. Et c'est fini, maintenant, je ne fuis plus.

Son visage se troubla, comme s'il était en proie à des émotions contradictoires. Puis, lentement, elle acquiesça.

— Allons voir ton père. Il faut que tu règles ça le plus vite possible. Pour pouvoir avancer.

Il resta un moment à se délecter de la bienveillance qu'il lisait dans ses yeux, de son soutien qu'il ne méritait pas puisqu'il l'avait abandonnée.

Il sombrait. Il sombrait dans un grand trou, comme il avait failli perdre pied dans les sables mouvants du désert irakien. Jennifer allait l'accompagner chez son père. Jennifer allait l'accompagner chez son père… C'était ce qu'il voulait. Alors pourquoi ce sentiment d'angoisse ? Parce que, il le savait, il avait peur d'entraîner Jen avec lui dans les sables mouvants.

Il prit sa main et l'embrassa.

— Rentre chez toi et repose-toi. C'est nécessaire pour affronter mon père. D'ailleurs, c'est ce que je vais aller faire moi aussi.

— Alors viens avec moi. On partira directement de chez moi après avoir dormi quelques heures.

— Si je viens chez toi…

Il s'interrompit, ne pouvant s'empêcher de songer au bonheur que se serait de la déshabiller et de la serrer contre lui.

— Si je viens chez toi, je ne te laisserai pas dormir.

— Le sommeil est surfait. Viens chez moi, Bobby.

Il aurait pu. Mais cette sensation d'oppression n'avait pas disparu. Avant tout, il devait trouver le moyen de se sortir de ces sables mouvants.

— Plein de choses se bousculent dans ma tête. Il faut que j'essaie d'y voir un peu plus clair.

Il lui caressa la joue.

— Je passe te chercher à 7 heures, d'accord ?

Elle resta un instant sans voix, l'air à la fois perplexe et surprise.

— D'accord, finit-elle par acquiescer, comme à contrecœur.

Il posa ses mains sur ses frêles épaules.

— Merci d'avoir accepté de m'accompagner, Jen.

Puis il l'embrassa sur le front et tourna les talons.

Il allait filer directement à son hôtel pour étudier les documents codés relatifs à l'aérodrome et à son propriétaire. Il avait une mission à accomplir. Du travail. Il devait se préparer pour une opération qui serait peut-être la dernière mais qu'il tenait à mener à bien.

Ce serait beaucoup plus facile de se concentrer sur son

travail que de répondre aux questions que Jennifer lui poserait s'il restait avec elle. Les questions sur son état d'esprit actuel, et son état d'esprit sept ans plus tôt. Il avait peur de lui parler de son père, et de l'effrayer à tel point qu'elle préfère renoncer à cette visite. Parce que si, lui, il s'était préparé à affronter le passé, son père, et lui-même, qu'en était-il d'elle ? Avait-il eu raison de lui demander de le faire ?

Cela avait peut-être été égoïste de sa part d'être revenu, et de la mêler à tout cela. Mais il l'avait fait. Et non seulement il était revenu, mais en plus il l'avait goûtée, il l'avait étreinte, il avait senti la douceur de sa présence l'envelopper. Et — que Dieu lui pardonne — il se sentait égoïste. Car il voulait encore profiter de tout cela. Et bien plus.

Au plus profond de lui, pourtant, il craignait qu'elle ne veuille rien de plus qu'une « aventure sans lendemain » comme elle le disait elle-même. Il craignait de l'avoir tenue à l'écart trop longtemps. Il craignait qu'elle ne veuille lui dire adieu pour de bon. Il craignait de l'avoir perdue pour toujours et de ne rien pouvoir faire contre cela.

Il ne savait pas s'il était celui qui serait capable de la rendre heureuse. Ou peut-être que si… Peut-être la rendrait-il heureuse en lui donnant l'occasion de lui dire adieu pour toujours. Il fallait à tout prix qu'il lui en laisse la possibilité si c'était ce qu'elle souhaitait. Qu'il lui laisse le choix de le faire ou pas. Voilà pourquoi il ne lui parlerait pas de son possible départ de l'armée. Il n'allait pas lui mettre cette pression sur les épaules. Si elle avait besoin de se servir de lui avant de le rejeter, si la vengeance était tout ce dont elle avait besoin, il la laisserait faire. Mais pas sans avoir essayé de la convaincre qu'ils étaient faits pour vivre ensemble, pour l'éternité.

11

Avant que Bobby ne passe la prendre — ce qui n'allait pas tarder —, Jennifer se regarda une dernière fois dans le grand miroir de sa chambre. Après de longs atermoiements, elle avait de nouveau opté pour son jean noir, qu'elle portait avec un T-shirt noir dont le col en V était brodé de sequins argentés. Une petite touche féminine et discrète. Quant aux bottes noires qu'elle avait choisies pour compléter sa tenue, elles seraient sans doute les bienvenues sur le terrain irrégulier qu'ils allaient fouler lors de la démonstration de parachutisme. Elle venait de laver ses cheveux qui retombaient en vagues soyeuses sur ses épaules, mais ils risquaient fort de se mettre à frisotter dans la moiteur de la nuit texane. Pour l'instant, elle faisait à peu près illusion, mais elle aurait aimé ne pas avoir autour de ses yeux ces gros cernes noirs que son maquillage n'avait pas réussi à dissimuler.

Evidemment, si elle avait réussi à dormir…

Avant de quitter sa chambre, elle s'attarda un instant sur le miroir. Pas sur son propre reflet, mais sur le cadre en vieux bois de hêtre, et sur l'histoire qu'il représentait. Ce miroir avait appartenu à sa grand-mère. Comme la boîte à bijoux qui trônait sur sa coiffeuse. Elle avait rempli son appartement d'une familiale chaleur, et il était plein de meubles et de bibelots, de photographies, de souvenirs qui lui rappelaient les siens. Mais Bobby n'avait rien de tout ça. Il n'avait que son père, qui, à ce qu'il semblait, n'avait pas grand-chose d'un père.

— Il t'a toi, murmura-t-elle à son image dans la glace.

Elle avait déjà pris cette décision tout à l'heure, alors qu'elle cherchait en vain le sommeil dans son lit en se demandant ce que Bobby pouvait être en train de ressasser. Elle savait qu'il avait besoin d'elle, et qu'elle serait là pour lui, sans qu'elle ne décide pour autant de faire sa vie avec lui. Oh ! Bien sûr, il semblait vouloir le contraire pour l'instant, mais après l'avoir entendu lui parler de son père, elle avait compris que c'était son besoin de conjurer le passé qui lui avait dicté ce sentiment. Elle avait compris que cela faisait partie de sa thérapie. Tout comme lui, d'une certaine façon, avait pris part à sa thérapie à elle, puisque son retour allait lui permettre de tourner la page, enfin.

Soudain, on sonna à la porte et, en écho, son cœur se mit à cogner à tout rompre dans sa poitrine. Elle était nerveuse. Et c'était Bobby qui la mettait dans cet état. Comme s'ils n'avaient pas déjà atteint un degré d'intimité quasi insurpassable. Comme s'ils ne venaient pas encore de faire l'amour quelques heures plus tôt. Comme si c'était un rendez-vous galant.

— Ce n'est pas un rendez-vous galant, se dit-elle à voix basse en se précipitant vers la porte.

Il allait partir. De nouveau. C'était une aventure sans lendemain — torride — qui se terminerait par des adieux définitifs. Et, enfin, le rideau tomberait, qui était resté suspendu au-dessus de la scène pendant de trop longues années.

Elle prit une grande inspiration avant d'ouvrir. Mais rien à faire, impossible de se calmer.

— Hello, dit-elle dès qu'elle le vit devant elle.

Il était appuyé contre le cadre de la porte, avec une assurance, une présence et une décontraction des plus troublantes. Et puis il y avait son odeur, qui parvint jusqu'à elle et affola ses sens.

— Hello, répondit-il doucement, la transperçant de ses yeux bleu cristal.

Elle ouvrit grand la porte.

— Entre pendant que je vais chercher mon sac dans ma chambre.

Il avança et referma la porte derrière lui. Puis, en un éclair, il la prit dans ses bras. Ses lèvres effleurèrent les siennes. Une caresse. Une promesse. Quelle promesse ?

— Tu as pu te reposer ? demanda-t-il.

— J'ai essayé et je n'ai pas réussi, avoua-t-elle.

Puis elle ne put s'empêcher de poser sa main sur sa joue lorsqu'elle remarqua la fatigue qui se peignait sur ses traits, moins évidente que le sex-appeal qu'il dégageait, mais néanmoins bien présente.

— Tu n'as pas dormi non plus ?

— Le sommeil est surfait, n'est-ce pas ? plaisanta-t-il alors que ses caresses dans son dos la faisaient frissonner. Finalement, on aurait pu passer l'après-midi au lit.

Il l'attira plus près.

— On a peut-être encore le temps…, susurra-t-il.

Elle se déroba à son étreinte.

— On a le temps de rater le spectacle, oui… Et il faut que tu le saches : c'est ta seule chance de m'attirer dans un aérodrome. Après ce soir, jamais je n'y remettrai les pieds.

— Tu oublies combien je peux me montrer persuasif, dit-il en lui mordillant le lobe de l'oreille. Tu as besoin que je te le rappelle ?

Il fit glisser ses mains jusqu'à sa taille, effleurant sa poitrine au passage.

Elle soupira en frémissant de tout son être, mais réussit à reculer, pour le toiser.

— Et toi, tu as oublié combien j'étais têtue. Tu as besoin que je te le rappelle ?

— Pas la peine. Je n'ai pas oublié. C'est toi qui as gagné, dit-il en la lâchant. Mais tu ne perds rien pour attendre… Va chercher ton sac et partons. Le spectacle a lieu à l'aérodrome de San Marcus, celui-là même où nous allons sauter demain.

— « Nous », certainement pas. Comme je te l'ai dit, il est hors de question que je saute d'un avion. Et ce n'est pas la peine d'essayer de me faire changer d'avis. Mais parle-moi plutôt du spectacle en question. De quoi s'agit-il ?

— J'en ai eu connaissance quand j'ai appelé l'aérodrome pour réserver le saut de demain. Ils organisent une petite démonstration tous les mois pour se faire connaître et attirer de nouveaux clients. On a eu de la chance que ça tombe justement aujourd'hui.

Il jeta un coup d'œil rapide à sa montre.

— Le spectacle commence dans trois quarts d'heure. Et, si je ne m'abuse, il faut à peu près une demi-heure pour y arriver.

— On aurait dû proposer à Marcie et Mark de nous accompagner.

Une bêtise. Elle venait de dire une bêtise. Ils allaient voir le père de Bobby à San Antonio : ce petit voyage n'avait rien d'une partie de plaisir ni d'une sortie entre amis.

— Enfin, enchaîna-t-elle pour se rattraper, le saut en parachute est un sujet sensible : pas la peine de leur donner de nouvelles occasions de se disputer.

Il l'embrassa sur le front, comme si son faux pas ne l'avait pas le moins du monde perturbé.

— De toute façon, je veux t'avoir pour moi tout seul.

Cet aveu d'une douce et romantique sensualité la fit sourire.

— Ce n'est pas désagréable à entendre, reconnut-elle.

Puis avec un sourire intérieur plus franc encore, elle se dirigea d'un pas décidé vers sa chambre pour y chercher son sac. Elle revint quelques secondes plus tard, prête à partir.

— On prend ma voiture ?

— Pas la peine, répondit-il en sortant une clé de sa poche, j'ai loué une voiture pour l'occasion. Une jolie décapotable.

— La maison ne lésine pas, à ce que je vois.

Elle éteignit toutes les lumières et ils sortirent.

— En fait, je ne devrais pas te le dire, mais c'est un cadeau de l'agence de location de voitures. Ils ont voulu se faire pardonner d'avoir perdu ma réservation et de m'avoir fait attendre une heure avant de me trouver une voiture disponible.

— Tu as toujours un pick-up, chez toi ? demanda-t-elle alors qu'ils arrivaient au parking de son immeuble.

Il se raidit de façon presque imperceptible, mais elle le remarqua tout de même.

— Si tu veux dire à la base, oui, j'ai toujours un pick-up.

Sans lui laisser le temps de répondre, il la fit monter dans le cabriolet et ferma la portière derrière elle, avant de s'installer à son tour. Puis, sans dire un mot, il démarra. Une tension palpable régnait dans l'habitacle. A la dérobée, elle observa son profil crispé, sa mâchoire serrée.

— Je ne voulais pas dire qu'ici ce n'était pas chez toi, dit-elle doucement. Je… Enfin… tu es parti sept ans.

— Tu n'as rien dit de mal. Ce n'est pas chez moi, ici. Ce n'est plus chez moi… Et je ne sais pas pourquoi j'ai toujours un véhicule à la base. Je suis en mission la plupart du temps. A l'étranger.

— Tu es si souvent parti que ça ?

Il acquiesça.

— Je fais partie d'une petite unité très spécialisée. Techniquement, nous n'existons pas. On nous envoie où les autres ne peuvent pas aller. Ce qui n'est pas exactement la situation idéale pour fonder un foyer et une famille. En fait, l'un des nôtres vient de choisir de quitter l'armée pour se marier. Il ne voulait pas faire partager l'enfer de notre vie à celle qu'il aime. Et il a bien fait. Il a failli être tué durant sa dernière mission. Il était distrait. Pour survivre dans notre unité, il faut considérer que l'armée est notre seul foyer et notre seule famille. Notre vie en dépend.

Elle sentit son estomac faire des nœuds. Des nœuds très serrés.

— Et c'est le cas pour toi ? demanda-t-elle d'une toute petite voix.

De longues secondes s'écoulèrent avant qu'il ne réponde d'une voix grave et basse, sans quitter la route des yeux :

— L'armée est le seul foyer et la seule famille que j'ai eus depuis sept ans.

Elle tourna la tête pour regarder par la vitre les lumières du soleil couchant embraser le ciel. Il allait repartir. Elle l'avait toujours su. Mais peut-être au fond d'elle-même avait-elle prié pour que ce ne soit pas le cas. Peut-être avait-elle prié pour que leur histoire puisse renaître en dépit du passé.

Mais il était marié à son devoir et l'armée était son foyer. S'ils s'étaient retrouvés, ce n'était que pour se dire adieu. Elle aurait dû se sentir libérée. Il n'y avait plus de pression. Tout était bien clair, à présent, il ne s'agissait que d'une aventure sans lendemain. Leurs adieux pourraient se faire sereinement. C'était exactement ce qu'elle voulait. Pourquoi alors ne se sentait-elle pas soulagée ?

Dès qu'ils furent sur l'autoroute en direction de San Marcus, Bobby encouragea Jennifer à lui parler de sa clinique. Il remarqua avec plaisir que ses yeux s'animaient dès qu'elle abordait le sujet des animaux. C'était ce qu'il fallait pour lui faire oublier le passé, le futur, l'armée. Et plus elle parlait, plus il était admiratif de la vie qu'elle s'était bâtie sans avoir eu besoin de personne, pour elle et pour elle seule. Et plus il savait que la décision de garder secret son probable départ de l'armée était la bonne. D'une façon ou d'une autre, lorsque ces deux semaines seraient terminées, elle pourrait être heureuse, avec ou sans lui. Sans culpabilité ni regret.

Ils arrivèrent bientôt en vue de l'aérodrome. Tout à coup, la perspective d'avoir une enquête à mener lui sembla très pénible. Il aurait voulu en découdre sans plus attendre avec les fantômes de son passé. Mais le devoir était le devoir, et il devait se résigner. Ils se garèrent à côté d'un grand hangar et descendirent de voiture.

Des gradins, déjà bien remplis, avaient été installés sur un des côtés du terrain d'aviation, auprès duquel fumaient des barbecues géants.

Jennifer huma l'air.

— Qu'est-ce que ça sent bon, dit-elle en posant sa main sur son ventre. J'ai une faim de loup.

— Arrête, répondit-il en riant. Tu as toujours eu un appétit d'oiseau.

Puis il lui prit la main et la guida vers l'entrée. Malgré le ton badin de la conversation, il essayait de rester concentré sur tout ce qu'il voyait. Ce Rocky Smith était-il un malfaiteur, et son aérodrome une couverture pour son trafic de drogue ?

— Loup ou oiseau, reprit-elle, il va falloir que tu me nourrisses bientôt.

— Tu n'as pas changé… Ne t'inquiète pas, on mangera dès qu'on aura nos billets et nos places.

— Je vais aller nous chercher quelque chose pendant que tu retires les places, comme ça on ne manquera pas le début du spectacle.

Il chercha dans sa poche et lui tendit un billet, qu'elle refusa.

— Je ne veux pas de ton argent, Bobby. Tu as payé les places, je peux me charger de la nourriture.

— C'est moi qui t'ai invitée, Jen.

— Je t'en prie, garde tes manières de macho pour d'autres activités, plus intimes.

Elle sourit et déposa sur ses lèvres un baiser rapide mais agréable, avant de tourner les talons. Il resta un petit moment à contempler ses jolies petites fesses se faufiler au milieu de la foule en direction des stands de nourriture. Puis il secoua la tête, se mit à rire, et se dirigea vers les bâtiments.

Dans le hall d'entrée, une jeune femme brune d'une trentaine d'années installée derrière un comptoir vendait encore quelques tickets. Bobby attendit patiemment son tour, en profitant pour inspecter les lieux.

Soudain le téléphone sonna et un homme vêtu d'une combinaison de vol orange apparut dans le fond de la pièce. Une seconde plus tard, l'homme se mit à crier :

— Il me faut Rocky, Shari !

— Tu n'es pas le seul, figure-toi, répondit-elle par-dessus son épaule. Mais je suis désolée, je ne suis pas sa nounou…

— Si je ne le trouve pas tout de suite, autant annuler le spectacle.

— Comment ? s'exclama un homme dans la file d'attente. Le spectacle est annulé ?

— Ne faites pas attention, répondit-elle. Il aime bien se faire remarquer.

Puis, se tournant de nouveau vers l'homme en combinaison :

— Il est en zone 2 avec Rick.

— Avec Rick ? Mais il devrait être dans les airs à l'heure qu'il est !

La jeune femme lui fit signe de s'éloigner et tendit ses tickets au client précédant Bobby.

— Vous feriez mieux d'aller vous installer, dit-elle. Le spectacle va bientôt commencer.

Bobby avança de quelques pas, en réfléchissant à toute vitesse au moyen de suivre l'homme à la combinaison jusqu'à la zone 2 avant qu'il ne soit trop loin.

Il glissa son argent sur le comptoir.

— Deux places s'il vous plaît. Et, est-ce que je pourrais utiliser vos toilettes, par hasard ?

La jeune femme prit l'argent sans lever les yeux.

— Les toilettes des visiteurs se trouvent près du parking.

— J'ai une réservation pour demain. Un saut. Pour quatre personnes.

Cette fois, elle leva les yeux.

— Derrière moi, à droite, au bout du couloir, mais faites vite.

Il contourna le comptoir en murmurant « merci ». Il allait explorer la zone 2, alors qu'il aurait dû rejoindre Jennifer dehors. Alors que c'était ce qu'il avait envie de faire. Situation inconfortable et compliquée qui prouvait bien que, avec Jennifer, ce serait tout ou rien. Soit il restait à l'armée, soit il restait avec elle. Et, s'il écoutait son cœur, ce serait elle et non l'armée qu'il choisirait comme foyer et famille.

12

Bobby traversa le bâtiment, passa devant les toilettes que lui avait indiquées la jeune femme et se dirigea vers la sortie qui donnait sur un grand espace découvert occupé par un autre bâtiment et quelques hangars à avions.

La silhouette de l'homme qu'il suivait apparut dans la pénombre. Il semblait se diriger vers un hangar. Sans doute la fameuse zone 2. Il se colla contre le mur, attendant le bon moment pour reprendre sa filature sans se faire remarquer. Dès que l'homme disparut dans le hangar, Bobby quitta sa cachette et lui emboîta discrètement le pas.

Arrivé près du portail, ouvert, il entendit des voix d'hommes en colère. Il s'aplatit de nouveau contre le mur, et ouvrit grand ses oreilles.

— Ecoute, Rocky…, fit une voix qu'il reconnut tout de suite comme appartenant à l'homme à la combinaison.

— Ecoute, rien du tout, Gavin, grommela son interlocuteur.

En rasant les murs, Bobby s'approcha. Il distingua les deux hommes, tous deux en combinaison orange. Rocky, qui était censé avoir trente-quatre ans et avoir quitté l'armée depuis deux ans, avait toujours l'allure militaire. Les cheveux très courts, rasé de près, la mâchoire serrée, la silhouette athlétique. Bobby remarqua qu'il tenait quelque chose à la main, mais, de loin, il ne vit pas de quoi il s'agissait.

— Tu as touché au compteur kilométrique de l'avion, Gavin. Pourquoi ?

— Je ne vois pas de quoi tu veux parler, Rocky. Ecoute, tout ça est ridicule. Et le spectacle va commencer.

Rocky laissa tomber un sac de poudre blanche à ses pieds.

— Et un de mes avions allait décoller avec de la cocaïne à bord. Explique-moi ça, Gavin. Et arrête de me raconter des salades. Non, en fait, je ne veux pas d'explications. J'ai compris que tu étais le dernier des minables, et ça me suffit. Maintenant, disparais de ma vue tout de suite, et ne remets jamais les pieds ici.

Voilà. Bobby connaissait officiellement la vérité. Rocky était innocent, à son grand soulagement. Une fois qu'il aurait fait son rapport, sa mission serait terminée. Gavin serait placé sous surveillance, et, avec un peu de chance, on parviendrait à démanteler tout le réseau.

— Tu as tort de réagir comme ça, Rocky.

— Si j'étais toi, Gavin, je n'insisterais pas, dit Rocky sur un ton furieux. Je te fais une faveur en te laissant partir parce que tu m'as sauvé la vie en Irak, mais maintenant nous sommes quittes. Et si jamais je te revois…

— Tu ne te rends pas compte de ce que tu me demandes.

— Je ne te demande rien, je te l'ordonne. Fiche le camp d'ici !

— Je ne m'en irai pas, dit Gavin sur un ton plein de rébellion et de défi. Les types pour qui je travaille apprécient beaucoup ce que je fais. Ils ne voudront jamais que ça s'arrête. Si tu veux, je peux leur demander une compensation pour toi.

— Tu as trente secondes pour débarrasser le plancher, ou j'appelle la police. Ma dette envers toi ne s'étendra pas au-delà de ce temps.

Gavin le toisa avec mépris.

— Tu le regretteras. Ils vont te le faire payer. Ils vont te détruire.

— Qu'ils essaient !

Gavin eut un rire amer.

— Vraiment, tu vas le regretter. Je reviendrai. Et plus tôt que tu ne le penses.

Il se dirigea vers la sortie et Bobby alla vite se cacher sur le côté du hangar, attendant le bon moment pour, enfin, rejoindre Jennifer. Il était soulagé de savoir sa mission presque terminée. Dès le lendemain, il pourrait accorder toute son attention à celle qui le méritait tant.

Jennifer commanda deux hot dogs et un grand Coca à partager, comme ils aimaient le faire quand ils étaient ensemble. Mais, tout de suite, elle se ravisa : ils n'étaient plus ensemble.

— Non, donnez-m'en plutôt deux petits.

Oui, mais comment allait-elle porter tout cela ?

— Oubliez ce que je viens de dire. J'en prends un grand.

— Un grand ? Vous êtes sûre ? demanda le cow-boy au ventre rebondi qui s'affairait derrière son stand.

— Oui, je suis sûre. De toute façon, ce n'est pas bien grave : ce n'est qu'un Coca, après tout.

Le cow-boy ne répondit pas, mais il parut ne pas en penser moins.

— Un grand Coca, répéta-t-elle sur un ton plein d'assurance.

Le cow-boy se mit alors à ricaner.

— Qu'est-ce qu'il y a de drôle ?

— J'ai été marié vingt ans. Les jeunes tourtereaux m'amusent toujours.

— Ce n'est pas ce que vous croyez, s'empressa-t-elle de répondre.

Le cow-boy ricana de plus belle.

— Bien sûr, bien sûr…

— J'avais peur de ne pas réussir à porter tout ça.

Il lui tendit le grand gobelet qu'il venait de remplir.

— Bien sûr.

Puis, d'un signe de tête, il désigna un sac en papier.

— Vos hot dogs sont là-dedans. Ne traînez pas, le spectacle va commencer. Et bonne chance avec votre Coca.

Elle protesta de nouveau, en rougissant, s'empara vite du

sac en question et fila attendre Bobby devant le bâtiment de l'accueil. Mais, au bout de quelques minutes, il ne s'était toujours pas montré. Qu'est-ce qui pouvait donc le retenir aussi longtemps à l'intérieur ? C'était embêtant, d'autant plus que les avions s'étaient déjà postés derrière la ligne de départ, sous les applaudissements et les acclamations du public. Le début du spectacle était vraiment imminent.

Impatiente, elle décida d'aller à sa rencontre. Mais, alors qu'elle était presque à la porte, le sac des hot dogs se déchira, déversant son contenu par terre.

— Oh non, ce n'est pas possible, murmura-t-elle en se baissant.

C'était un désastre, les saucisses étaient pleines de poussière. Elles étaient bonnes à jeter. Elle regarda autour d'elle, désemparée. Justement, il y avait une poubelle à moins d'un mètre, juste au coin du bâtiment. Elle posa le gobelet par terre et ramassa les hot dogs pour s'en débarrasser. Malheureusement, le sol était irrégulier et le Coca se renversa.

— Mais quelle catastrophe, murmura-t-elle.

Que se passait-il ? Elle n'avait jamais été aussi maladroite de sa vie. D'abord la mousse au chocolat, et maintenant ça…

Elle se penchait pour ramasser le gobelet lorsqu'elle entendit une voix masculine. Elle releva la tête. Apparemment, quelqu'un était en train de téléphoner, de l'autre côté du mur.

— Oui, c'est ça, fit la voix. Tu m'as bien entendu, B.J. Sabote un des parachutes. Eduardo pense que Rocky mérite une petite leçon.

Puis un blanc, suivi d'une reprise de la conversation :

— B.J., murmura l'homme sur un ton autoritaire, quelqu'un doit mourir. Maintenant, ça peut être toi ou moi, ou bien un des parachutistes ce soir. A toi de voir.

Nouveau silence, et puis :

— Je savais que tu serais raisonnable. Va vite t'en occuper. De mon côté, je ferai en sorte qu'Eduardo sache combien tu t'es montré coopératif.

Jennifer ne respirait plus, elle ne bougeait plus.

Pourvu qu'il ne la voie pas. Pourvu qu'il ne la voie pas… Non, ce n'était pas possible, elle avait dû mal entendre. Pourvu qu'elle ait mal entendu…

Les graviers crissèrent sur le sol, et les pas de l'homme s'éloignèrent. Alors, recouvrant ses esprits, elle se leva d'un bond et courut vers la porte, laissant hot dogs et Coca répandus sur le sol. Puis elle s'engouffra à l'intérieur.

Après avoir emprunté le même chemin qu'à l'aller, mais dans l'autre sens, Bobby était de retour dans le hall d'accueil, lorsque Jennifer fit son entrée en criant :

— Arrêtez le spectacle ! Je vous en supplie ! Arrêtez le spectacle !

Puis, sous ses yeux stupéfaits, elle se dirigea vers le bureau où se trouvait toujours la jeune femme brune de tout à l'heure.

— Un des parachutes ne va pas s'ouvrir. Je sais qu'un des parachutes ne va pas s'ouvrir.

La jeune femme secoua la tête.

— Je vous promets, madame, que tous les parachutes vont s'ouvrir. Je vous en prie, allez profiter du spectacle.

— Jennifer ! s'exclama Bobby. Que se passe-t-il ?

Elle contourna le bureau pour se jeter vers lui.

— Bobby. Bobby, Dieu soit loué, tu es là. Tu dois absolument les convaincre d'arrêter le spectacle.

Elle fouilla dans son sac.

— Mon téléphone. Je vais prévenir la police. Bobby, j'ai entendu…

Vite, il l'embrassa. Il était hors de question qu'il la laisse se découvrir comme témoin dans une affaire de cette gravité.

— Tu me raconteras ça dehors, murmura-t-il contre ses lèvres, en la prenant par la main.

— Désolé, dit-il à la jeune femme. Le saut en parachute la terrorise. Je n'aurais pas dû l'emmener.

— Etrange, répondit-elle en souriant. D'habitude, ce

sont les gens qui s'apprêtent à sauter qui font des crises de panique, pas les spectateurs pendant le show.

— Bobby !

L'adrénaline se déversant à flot dans ses veines, il emmena Jennifer dehors. Dès qu'il se tourna vers elle, elle le repoussa sans ménagement.

— Mais qu'est-ce qui t'a pris, Bobby ?

Puis elle agrippa sa chemise et commença ses explications :

— J'ai entendu un homme parler au téléphone. Il était question de saboter un parachute. Il faut faire quelque chose.

Il posa ses mains sur ses épaules. Quelle détresse dans ses yeux. Par sa faute. Jamais il ne se pardonnerait de lui faire vivre cela.

— Qui a dit ça à qui, Jen ?

— Un homme au téléphone. Il a dit à un certain B.J. de saboter un des parachutes. Il a dit que Rocky méritait une bonne leçon.

Elle marqua une pause, et reprit, l'air plus affolée que jamais :

— Bobby, s'ils n'interrompent pas le spectacle, il faut prévenir la police !

— Ecoute-moi bien, Jennifer. Il se passe des choses ici auxquelles je ne veux pas que tu sois mêlée. Tu n'as rien entendu. C'est moi. C'est moi, et c'est moi qui vais m'en occuper. C'est compris ?

— Mais…

— Il n'y a pas de mais. Fais ce que je dis pour que je puisse tenter de sauver une vie sans craindre pour la tienne. D'accord ?

Elle lui adressa un regard hésitant.

— Je… Très bien. Je n'ai rien entendu.

Parfait, elle avait l'air de vouloir se montrer raisonnable. Il allait pouvoir passer à l'action. Il aurait aimé un peu plus de détails, mais il n'avait pas le temps de poser d'autres questions. Pas alors que chaque seconde comptait. Il retourna vite à l'intérieur.

— Est-ce qu'un certain B.J. travaille ici ? demanda-t-il à la jeune femme sans attendre que la porte se soit refermée derrière lui.

— Qui êtes-vous, au juste, monsieur ?

— Sergent Bobby Evans des Forces spéciales, répondit-il en se penchant au-dessus du bureau. Est-ce qu'un certain B.J. travaille ici ?

Un léger trouble passa sur le visage de la jeune femme.

— B.J. a fait quelque chose de mal ?

C'était bien l'un des employés de l'aérodrome, elle venait de le lui confirmer. Jennifer avait donc bien entendu.

— Empêchez tous les avions de décoller et annulez le spectacle.

Soudain une voix masculine, ferme et autoritaire, surgit de l'obscurité. Bobby la reconnut tout de suite : il s'agissait de Rocky.

— Sergent Evans, s'il y a un problème, adressez-vous directement à moi. De quoi s'agit-il ?

— B.J. a fait en sorte que l'un des parachutistes de ce soir s'écrase au sol. Prévenez tout de suite tous les avions.

Rocky le considéra pendant deux longues secondes, glaciales et glaçantes, avant de lancer :

— Appelez les avions tout de suite, Shari. Dites-leur de rester au sol.

— Mais, Rocky…

— Faites ce que je vous dis, Shari ! insista Rocky en s'approchant du bureau. Et faites-le tout de suite ! Je vais au hangar. Appelez-moi quand ce sera fait.

Soudain Jennifer poussa la porte.

— Bobby ! Les avions sont sur le point de décoller.

Rocky et Bobby jurèrent au même moment. Puis Rocky courut vers la sortie de derrière.

— Reste ici ! lança Bobby à Jennifer.

Shari attrapa la radio posée à côté du bureau.

— A tous les avions, ordre de rester au sol, ordonna-t-elle.

Je répète : à tous les avions, ordre de rester au sol. A vous pour confirmation.

En quelques secondes, Bobby rejoignit Rocky vers le hangar. Il était arrivé à sa hauteur lorsqu'il entendit des bruits de pas derrière lui. Les deux hommes s'arrêtèrent aussitôt.

— Qu'est-ce que c'est que ça ? dit Rocky, les poings sur les hanches, en regardant derrière lui.

Bobby se tourna à son tour et vit Jennifer qui courait vers eux.

Il se précipita vers elle, en se maudissant de l'avoir entraînée dans ce traquenard. Il l'attrapa par le bras et l'attira brutalement à lui, furieux qu'elle ne l'ait pas écouté. Furieux contre lui de la mettre en danger.

— Bon sang, Jennifer, je t'avais pourtant dit…

— Il y a un problème avec la radio, dit-elle, haletante. On ne réussit pas à établir le contact. Quelqu'un va sauter avec un parachute trafiqué. Quelqu'un va mourir. Il faut faire quelque chose.

Soudain, un grondement de moteur se fit entendre. Un avion décollait.

— Non ! hurla Jennifer, les yeux rivés au le ciel.

Bobby regarda à son tour en l'air, en jurant tout bas, alors que décollait un deuxième avion.

Désespérément, elle répéta :

— Il faut faire quelque chose !

Il prit son visage horrifié entre ses mains.

— Ma chérie, je m'en occupe. Fais-moi confiance. Je m'en occupe. L'urgence et le danger, je connais. Mais j'ai besoin de savoir que tu es en sécurité. Cet homme que tu as surpris au téléphone est lié à des gens très dangereux.

Il sortit les clés de voiture de sa poche pour les lui mettre dans la main.

— Va à la voiture et ferme bien les portes à clé. En fait, non. Va à la voiture et pars loin d'ici.

Rocky, qui était retourné vers le bâtiment d'accueil, surgit, essoufflé.

— Il y a un problème, dit-il. Le type que j'ai renvoyé ce soir, celui qui vous avez dû surprendre au téléphone, est dans le bureau avec Shari, en train de « l'aider ». Et je ne peux pas l'avertir qu'il est dangereux sans lui faire courir un énorme risque.

Il regarda Bobby en plissant les yeux.

— Qui êtes-vous exactement ? Et de quel soutien disposez-vous ?

Gêné par la présence de Jennifer, il répondit avec prudence.

— Forces spéciales, dit-il en sortant le téléphone de l'armée qu'il avait toujours sur lui. Et j'ai tout le soutien dont on peut avoir besoin. Je vais les appeler pour qu'ils s'occupent de neutraliser Gavin. Mais, étant donné l'urgence de la situation, il faut faire quelque chose tout de suite. Vous avez un avion et un pilote à disposition ?

— J'ai les deux. Quel est votre plan ?

— Une fois que les parachutistes auront sauté, nos chances de sauver celui qui possède le parachute saboté seront quasi nulles. Il faut donc les approcher et les intercepter avant qu'ils ne se jettent dans le vide.

— Allons-y, qu'est-ce que vous attendez ? demanda Rocky.

Bobby saisit la main de Jennifer et l'entraîna à sa suite. Il était hors de question qu'il la laisse à terre, où il ne pourrait pas la protéger.

13

Tout se bousculait dans l'esprit de Jennifer alors que Bobby la traînait à suite. Après quelques secondes de course effrénée, ils pénétrèrent dans un hangar où était stationné un petit avion. Un homme se tenait à côté de l'aile, en pleine conversation téléphonique.

— On décolle, Chris ! cria Rocky en se dirigeant tout de suite vers l'avion. Allume les moteurs !

Chris fit un pas de côté et interrompit sa conversation.

— Quoi ? Que…

— Fais ce que je te dis ! hurla Rocky. Il faut qu'on décolle le plus vite possible, et qu'on se rapproche du Bluejay.

Il se tourna vers Bobby.

— C'est l'avion que pilote B.J. C'est un pari risqué, mais à mon avis, c'est dans son avion que se trouve le parachute saboté.

Il consulta sa montre.

— Ils font douze minutes de manœuvres aériennes. Ce qui veut dire que nous avons à peine sept minutes pour arrêter ces parachutistes, et ça c'est si B.J. ne les convainc pas de sauter plus tôt.

Bobby acquiesça rapidement et posa plusieurs questions à Rocky à propos de B.J. et de Gavin, avant de composer un numéro de téléphone.

— Appel d'urgence, dit-il d'une voix rapide et assurée. J'ai besoin de renforts pour neutraliser deux membres confirmés du cartel, armés et dangereux, anciens membres des Forces spéciales. Plusieurs centaines de personnes sont menacées.

Il termina sa brève conversation en fournissant les positions de Gavin et de B.J. et en mettant Rocky hors de cause.

Elle le regarda, éberluée. Il était au courant de tout ce qui se passait ici. Et non seulement il le savait, mais en plus il était en mission. Il n'était pas revenu pour elle, ou pour le mariage. Il était revenu pour son travail.

Il raccrocha et adressa un bref signe de tête à Rocky.

— C'est bon, nous sommes couverts.

Soudain prise de nausée, elle fit demi-tour. Elle ne voulait plus le voir. Elle allait tenter d'aider Shari comme elle le pourrait, et puis elle s'en irait loin d'ici et loin de Bobby, une bonne fois pour toutes.

Mais quelle idiote elle avait été de croire qu'il était revenu pour elle. Quelle idiote elle avait été de l'espérer !

— Vas-y Chris ! hurla Rocky. Dépêche-toi de nous amener le plus près possible du Bluejay !

Soudain, Jennifer ne sentit plus ses pieds toucher le sol. Elle poussa un cri de surprise. Bobby était derrière elle, les bras autour de sa taille, et la hissait à bord de l'avion.

Elle se débattit pour protester. Mais les mots qu'elle essaya de prononcer furent couverts par le bruit du moteur. Très vite, il lui enfila un parachute.

— Non, Bobby ! hurla-t-elle pour qu'il l'entende. Je ne sauterai pas de cet avion.

Imperturbable, il mit un genou au sol pour passer une espèce de harnais autour de sa jambe.

— Ça tombe bien, cria-t-il à son tour. Car je ne veux pas non plus que tu sautes. Mais si pour une raison ou une autre, tu y étais obligée, ce parachute s'ouvrirait tout seul au bon moment. Et je serais là pour veiller à ta sécurité.

— Si je suis obligée de sauter d'un avion, Bobby, c'est que tu n'as pas réussi à assurer ma sécurité !

Hors d'elle, elle essaya de le contourner.

— Laisse-moi descendre !

Il la tenait fermement, mais tranquillement, comme si la maîtriser ne lui demandait aucun effort.

— Laisse-moi descendre !

Il l'attira à lui et lui parla à l'oreille :

— Je ne te laisserai pas à terre où je ne pourrais pas veiller sur toi.

L'avion bougeait déjà, il avançait sur la piste. Il allait bientôt décoller, et avec elle à son bord. C'était fatal.

— Lâche-moi ! cria-t-elle sur un ton plein de hargne.

Il recula, soutenant son regard. Puis il avança de nouveau vers elle et finit d'ajuster son parachute.

— S'il arrive quoi que ce soit au pilote, tu sautes. Si tu crois qu'il va arriver quelque chose à l'avion, tu sautes. Tu as compris ?

— Oui.

Oui, elle avait très bien compris. Il était revenu pour, de nouveau, lui faire vivre l'enfer. Lui briser le cœur ne lui avait pas suffi. Il fallait maintenant qu'il lui fasse connaître la peur de sa vie.

Elle le regarda attacher son parachute à son tour, fascinée par la confiance qu'il dégageait, par la détermination qu'il affichait. Il y avait quelque chose de primitif et d'animal chez lui en ce moment. Il était prêt à partir en chasse, à se battre, à survivre, à défendre et à protéger les personnes dont il se sentait responsable.

Soudain la colère qu'elle éprouvait se mua en fierté. Il allait sauver des vies. Il en avait déjà sauvé. Rien d'autre ne comptait.

A ce moment, l'avion prit son envol. Jennifer était assise dans un coin, le plus loin possible de la porte. C'était tout le contraire de Bobby et Rocky, qui se tenaient tout près du trou béant qui ouvrait sur le ciel.

Ils approchèrent d'un autre avion, dont les parachutistes, massés près de la porte, semblaient prêts à sauter. Rocky cria et agita les bras. Bobby fit la même chose.

— Ne sautez pas ! Ne sautez pas !

Heureusement, ils parurent se comprendre. Des signaux furent échangés. A priori l'avion allait se poser. Mais en regardant par la fenêtre, Jennifer découvrit avec horreur que les parachutistes d'un autre avion avaient déjà sauté. Pourvu qu'il ne leur arrive rien… Mais il y avait encore un espoir pour que tout finisse bien car personne n'avait encore sauté de l'avion à bord duquel se trouvait B.J.

Elle retint son souffle. Malheureusement, une fraction de seconde plus tard, quelqu'un sauta de l'avion de B.J.

— C'est B.J. ! hurla Rocky à Bobby, avant de faire signe aux autres parachutistes.

— Ne sautez pas !

Puis il se tourna vers Bobby.

— Je vais le rattraper !

Et, sans attendre la réponse, il sauta.

Ce départ soudain la surprit, mais elle fut plus stupéfaite encore lorsqu'elle vit Bobby s'approcher du vide.

— Je t'aime, Jennifer ! hurla-t-il assez fort pour couvrir le bruit du moteur et du vent. Je t'ai toujours aimée.

Et puis il sauta, l'abandonnant à sa stupeur et à son désarroi.

Elle oublia sa peur et s'approcha de la porte. Elle se pencha en avant pour regarder Bobby qui chutait vers la terre, la tête la première, tel un missile.

Lui avait-il avoué son amour parce qu'il pensait ne pas s'en sortir ? A cette pensée insupportable, son estomac se noua.

— Je t'en prie, Bobby, fais en sorte qu'il ne t'arrive rien, murmura-t-elle dans le vent tourbillonnant.

Bobby maudit le parachute automatique qui s'ouvrit, ralentissant sa descente. Il voyait B.J. et Rocky en train de se battre à terre.

— Bon sang !

Il cria et sortit un couteau de sa poche. Sans hésiter, il sectionna son parachute, et reprit de la vitesse. Au tout dernier moment, il déplia son parachute de secours et atterrit brutalement à l'endroit exact où les deux autres hommes s'étaient posés.

Il se débarrassa vite de son parachute et s'apprêtait à se jeter sur B.J., lorsqu'il vit que ce dernier pointait une arme sur Rocky.

Tout se passa comme au ralenti. Le regard de Rocky se posa sur Bobby. B.J. commença à se retourner. Bobby lança son couteau. Il alla se planter dans l'épaule droite de B.J., qui laissa tomber son arme.

Puis, tout reprit sa vitesse normale. En un quart de seconde, Rocky se rua sur B.J. et Bobby écarta le pistolet du pied.

A ce moment, un hélicoptère se fit entendre dans le lointain. Les renforts allaient arriver. En attendant, Bobby attrapa le pistolet et le pointa sur B.J.

Dès que l'hélicoptère se fut posé, plusieurs soldats armés se précipitèrent à l'extérieur, avec à leur tête le propre escadron de Bobby mené par Caleb. Il ne leur fallut que quelques instants pour menotter B.J. et le conduire à bord de l'hélicoptère.

De retour à l'aérodrome, quelques minutes plus tard, Bobby trouva Caleb en train de l'attendre dans le hangar. Il aurait dû s'en étonner, mais, à vrai dire, plus rien ne le surprenait.

— Quelle est la situation, à terre ? demanda-t-il tout de suite, alors que Rocky arrivait à son tour.

— Shari est saine et sauve, répondit Caleb. Gavin est sous les verrous et l'aérodrome est passé au peigne fin.

Il se tourna vers Rocky et poursuivit :

— Quant à vous, l'armée souhaite vous interroger. Considérez-vous à notre disposition à partir de maintenant.

Rocky se gratta le sommet du crâne, observant le terrain d'aviation noir de monde, les voitures de police et les véhicules militaires garés un peu partout. Les gradins étaient en train d'être évacués, et des centaines de personnes se dispersaient.

Bobby s'approcha, remarquant au passage que l'avion dans lequel se trouvait Jennifer venait de se poser.

— Je sais que vous êtes innocent, Rocky, dit-il. Je témoignerai en votre faveur.

— Merci. Mais ce n'est pas ça qui va sauver mes affaires. Ne vous méprenez pas : je vous suis reconnaissant de ce que vous avez fait ce soir. Mais je pense que je peux mettre la clé sous la porte. On était déjà limite, et ces spectacles mensuels nous aidaient à garder la tête hors de l'eau. Mais après ce qui s'est passé ce soir, personne ne voudra plus jamais y assister.

— Vous risquez d'être surpris. Le scandale attire toujours les gens.

— Non, c'est fini pour moi, déclara Rocky. Je vais vendre l'aérodrome et partir d'ici.

Puis il se tourna vers Caleb.

— Qui a besoin de moi et pourquoi ? Je suis prêt à répondre à vos questions, et tout de suite.

Bobby comprenait que Rocky veuille en finir le plus vite possible avec cet interrogatoire. Mais il doutait fort qu'il ait quoi que ce soit à avouer. Ce qui n'était pas son cas à lui. Il venait de faire ses aveux. A Jennifer. Il lui avait avoué qu'il l'aimait encore. Mais il n'était pas assez naïf pour croire qu'il allait s'en tirer de cette façon. Elle devait penser qu'il n'était revenu que parce qu'il était en mission. Dans ce cas, les mots ne suffiraient pas.

Alors il n'y avait qu'une chose à faire : lui prouver qu'il était revenu pour elle.

L'avion dans lequel se trouvait Jennifer avait atterri brutalement, peu de temps après celui de B.J., sans B.J. Dès que l'appareil se fut arrêté, un militaire en uniforme passa sa tête par la porte.

— Bonjour madame. Sergent Ryan Walker. Vous êtes Jennifer ?

— Oui, répondit-elle d'une voix anxieuse, en s'appuyant contre la paroi de la carlingue pour se débarrasser le plus vite possible de son parachute. Je suis Jennifer. Est-ce que Bobby va bien ?

— Bobby est sain et sauf.

Elle poussa un soupir de soulagement.

— Et les autres ?

— A part B.J., personne n'a été blessé.

Il se mit à parler dans son casque :

— Dis à Bobby qu'elle est à terre et qu'elle va bien, s'il ne le sait pas déjà.

Puis, s'adressant de nouveau à elle :

— Je comprends pourquoi il n'a pas encore signé son réengagement.

Elle écarquilla les yeux.

— Bobby est censé se réengager ?

Ryan fronça les sourcils.

— J'ai l'impression que j'ai trop parlé.

Puis il lui tendit la main.

— Je vais vous aider à descendre et ensuite nous verrons ce que je peux faire pour acheter votre silence.

Elle avait le vertige et les pensées se bousculaient dans sa tête. Bobby était en période de fin d'engagement et il ne lui en avait rien dit.

— Ce n'est pas vrai, Ryan ! cria Bobby qu'elle ne pouvait qu'entendre car il se trouvait hors de son champ de vision. Tu ne peux pas te passer de moi deux semaines ?

Ryan se précipita à sa rencontre. Elle ne les voyait pas, mais les entendit échanger quelques mots à propos de B.J. Elle voulut descendre de l'avion, mais c'était trop haut pour qu'elle le fasse seule. Elle attendit donc, en essayant de se raisonner. Non, ce n'était pas le moment de parler à Bobby de son réengagement et encore moins de lui demander pourquoi il ne lui en avait rien dit.

Il avait fait croire à Marcie qu'il était là pour son mariage. Mais il était là pour son travail. Pour son travail. Pas pour elle… Non, par pour elle.

Le bruit de son cœur cognant dans sa poitrine fut couvert par un coup de tonnerre qui retentit dans la nuit. Puis un éclair illumina le ciel, aussi bref que soudain. L'orage éclatait enfin. C'était un peu comme si le temps se faisait l'interprète des émotions tumultueuses qui l'agitaient et la malmenaient.

Ryan et Bobby continuaient à plaisanter. A les entendre si complices, son cœur se serra. Tout un pan de la vie de Bobby lui était tout à fait étranger, ce qu'elle avait beaucoup de mal à accepter.

— Je ferais n'importe quoi pour revoir mon Texas chéri, dit Ryan. Et tu sais bien que tu ne peux pas vivre sans moi.

— Et pourtant…, répondit laconiquement Bobby.

Puis, enfin, elle vit que les deux hommes s'approchaient d'elle.

Elle eut l'impression que son cœur s'arrêtait de battre. Non, elle n'allait pas réussir à se contenir. Ils n'étaient pas seuls, mais tant pis. Cela faisait des années que cette explosion couvait. Il fallait que cela sorte. Alors elle lâcha tout :

— Tu es rentré parce que tu étais en mission ! Pas pour le mariage. Ni pour moi, ce qui est très bien, Bobby, vraiment très bien. Mais ne me dis pas que tu m'aimes. Ne joue pas à ces stupides jeux avec moi. Ça t'amuse peut-être, mais pas moi. Moi, ça me fait mal. Et je ne sais pas pourquoi tu tiens tant à me faire du mal.

Elle vit le visage de Bobby s'assombrir.

— Jamais je ne te ferais du mal…

— Tu m'as quittée sans m'adresser le moindre mot pendant sept ans. Donc, si, tu m'as fait du mal.

— J'essayais de te protéger. Parce que je t'aime…

Elle se raidit.

— C'est pour ça que tu ne m'as pas dit que tu étais en fin d'engagement ? Tu voulais garder toutes tes options ouvertes ?

— Désolé, Bobby, dit Ryan, penaud.

— Je ne te l'ai pas dit parce que je voulais que tu te sentes libre de toute pression.

— Pression ? Quelle pression ? Tu es parti. Je ne veux pas que tu reviennes. Les choses sont claires et nettes.

Puis elle se tourna vers Ryan.

— S'il vous plaît, aidez-moi à descendre, sergent Walker.

Bobby poussa un petit grognement mécontent et s'approcha. En un instant, il la prit par les hanches, puis la fit glisser le long de son corps jusqu'à ce qu'elle touche terre. Son corps était chaud et ferme, ses muscles encore gonflés, et elle eut envie de le frapper et l'embrasser en même temps.

— On en reparlera quand tout ça sera terminé.

Elle tenta de le repousser.

— Lâche-moi, Bobby.

— On n'en a pas fini, tous les deux, Jennifer.

— Ça, c'est ce que tu dis. Mais tu vois, si, c'est fini. C'est fini depuis sept ans. Et je suis enfin prête à l'admettre.

Oh non, il n'allait pas la laisser dire que c'était terminé. Certainement pas. Mais avant de discuter avec elle, il avait quelque chose d'autre à régler, quelque chose de très important.

Il la déposa au sol, lui prit la main et adressa un regard pénétrant à Ryan.

— Elle n'a jamais mis les pieds ici.

— Compris.

— Passe le mot à tout le monde, y compris à Rocky, ordonna-t-il, alors qu'il s'en allait déjà, tenant fermement Jennifer par la main. Je ne veux pas que tu aies quoi que ce soit avoir avec cette histoire, lui expliqua-t-il.

— Dans ce cas, tu n'aurais pas dû m'emmener ici en me faisant croire qu'il s'agissait d'un rendez-vous galant.

— J'espère que tu y as cru, dit-il en lui adressant un petit regard en coin, parce que c'en était un.

— Un rendez-vous galant n'est pas une mission pour faire tomber un baron de la drogue. Tu t'es servi de moi comme excuse pour venir ici.

— J'ai commis une erreur en t'emmenant ici. Je le sais bien. C'était trop dangereux. C'est justement pour ça que… Mais ce n'est pas le moment de parler de ça.

Soudain, elle se cramponna à sa main.

— Bobby, attends, tu marches trop vite.

Il s'arrêta et lui caressa la joue. La pluie commençait à tomber en de fines gouttelettes froides, mais l'air était encore brûlant.

— Je veux absolument que tu disparaisses d'ici le plus vite possible, avant que quelqu'un ne t'identifie comme témoin et ne te prenne pour cible. C'est compris ?

Elle pâlit et acquiesça. Elle se rapprocha de lui et, main dans la main, ils se dirigèrent à grands pas vers le parking. La pluie tombait plus dru, et transperçait déjà leurs vêtements.

Dès qu'ils furent à la voiture, il la prit dans ses bras et l'embrassa avec une passion qui défiait la pluie glacée s'abattant sur eux. Il s'abreuva d'elle avec un sauvage abandon, oubliant l'orage, oubliant sa mission. Il avait peur que ce soit sa dernière occasion de la sentir, que ce soit sa dernière occasion de l'avoir pour lui, si douce et délicieuse, et de lui faire comprendre, autrement que par des mots, combien elle comptait pour lui. Et elle lui rendit son baiser, s'agrippant à son cou, recevant et donnant avec frénésie, comme si elle craignait elle aussi que ce fût la fin.

Dans un effort de volonté surhumain, il recula et caressa les cheveux mouillés qui collaient à son beau visage ovale.

— J'étais déjà arrivé au Texas quand on m'a confié cette mission. Mais je t'expliquerai tout ça plus tard : tu dois y aller maintenant. Et ce que je t'ai dit est vrai, Jennifer : je t'aime.

Comme pour sceller ses aveux, il l'embrassa sur le front.

— Maintenant, pars.

Il commença à s'éloigner, et elle le retint par le bras.

— Je…

Elle avait peur de le dire. Peur de s'exposer et de souffrir. Il lui offrit une échappatoire.

— Il faut vraiment que tu y ailles.

Il ouvrit la portière de la voiture et la poussa vers l'intérieur. Elle hésita avant de finir par monter.

Dès qu'il entendit le moteur, il partit en courant. Et cette fois, espérait-il, il ne fuyait pas Jennifer ni ne se fuyait lui-même. Il courait pour elle, vers elle. Enfin, si elle voulait toujours de lui.

Après les événements de cette nuit, il savait qu'au fond d'elle-même elle voulait toujours de lui. Mieux que cela, il savait qu'elle l'aimait probablement. Mais pensait-elle que l'amour suffisait ? C'était une autre histoire…

14

Bobby était à la fin de sa période d'engagement et il ne lui en avait rien dit. Ces deux informations lourdes d'implications occupèrent l'esprit tourmenté et confus de Jennifer durant tout son trajet vers Austin, faisant même passer à la trappe la déclaration d'amour qu'il venait de lui faire.

Elle n'avait jamais douté qu'il l'avait aimée, même après son départ. Mais l'aimait-il assez ? Son silence à propos de sa situation militaire tendait à prouver le contraire. Même s'il avait reçu son ordre de mission après son arrivée au Texas, il n'était visiblement pas prêt à s'engager auprès d'elle ni à envisager une vie en couple. Et c'était dur à encaisser. A tel point qu'elle avait envie de mettre fin à tout ce qui pouvait encore les lier l'un à l'autre. Fin de l'aventure. Fin du petit jeu.

Enfin arrivée à la porte de son immeuble, elle se précipita chez elle, où elle fut accueillie par les miaulements désespérés de son chat. Elle lui accorda quelques caresses avant de se débarrasser de ses vêtements trempés et glacés, impatiente de prendre une bonne douche chaude.

Une heure plus tard, alors qu'il était déjà presque 22 heures, elle était assise sur son canapé, blottie sous une couverture bien moelleuse, une tasse de chocolat chaud à la main.

Sous la couverture, elle portait un pantalon de survêtement et un débardeur roses, et sous le débardeur, un soutien-gorge. Avec ça, normalement, si Bobby se montrait, il comprendrait tout de suite qu'elle n'avait pas la tête à batifoler, et que l'heure était sérieuse. Bon, la couleur rose n'était peut-être pas la plus appropriée pour cela, mais elle avait déjà changé trois fois de tenue, et c'était ce qu'elle avait trouvé de mieux.

Mon Dieu, songea-t-elle en caressant son chat roulé en boule à ses pieds, pourvu qu'elle ait la force de mettre un terme à toute relation avec Bobby dès ce soir ! Pourvu qu'elle ait la force de continuer à lui en vouloir… Etouffant un soupir, elle porta la tasse à ses lèvres. Peut-être que si le chocolat chaud parvenait à la réconforter suffisamment, elle n'aurait pas besoin du réconfort que pourrait lui apporter Bobby… Comme si c'était possible !

Ah, Bobby… Mais comment se le sortir de l'esprit ? C'était d'autant plus difficile qu'elle avait découvert, ce soir, une facette de Bobby qu'elle ne connaissait pas et qui était particulièrement fascinante et séduisante. Elle avait découvert un Bobby qui sautait dans le vide et qui sauvait des vies. Un Bobby courageux, ne reculant devant aucun danger. Un Bobby responsable et meneur d'hommes, un peu comme il lui était déjà apparu — dans des circonstances moins exceptionnelles et dramatiques — la veille au soir lorsque la fête avait dégénéré. Peut-être, finalement, était-il fait pour être soldat…

— Il essaie de choisir entre moi et l'armée, murmura-t-elle.

Se sentant d'un coup un peu nauséeuse, elle posa sa main sur son ventre. Il ne voulait pas qu'elle sache qu'il était à la fin de sa période d'engagement au cas où il choisirait l'armée. Et comment pourrait-elle lui demander de la choisir elle ? Elle l'avait vu à l'œuvre ce soir, faire preuve de tout son sang-froid et de sa bravoure pour sauver des vies. Et il fallait qu'il puisse continuer à le faire…

A cet instant, une idée s'immisça dans son esprit. Entre eux, il ne s'agissait peut-être pas d'une simple aventure sans lendemain. Il était peut-être plutôt question de deux personnes qui s'aimaient mais qui ne pouvaient unir leurs destinées. Alors, plutôt que de lui poser un ultimatum, elle pouvait peut-être se contenter de l'aimer le temps qu'elle le pouvait… Se contenter de l'aimer assez pour l'accepter tel qu'il était, et pour respecter le soldat qu'il était devenu.

Elle venait tout juste d'en arriver à cette conclusion stupéfiante quand on frappa à la porte. Elle sursauta si violemment que le chat préféra s'enfuir. Rejetant la couverture, elle se leva d'un bond pour se précipiter à la porte.

— Oui ?

— C'est Bobby, fit-il d'une voix rauque et familière qui accrut sa nervosité autant qu'elle éveilla ses sens.

Elle ouvrit la porte. Il était trempé et semblait exténué. Le pauvre, il s'était démené sans compter après une nuit blanche. Mais ce qui l'émut surtout, ce fut son expression grave et douloureuse, comme s'il s'attendait à ce qu'elle lui referme la porte au nez.

— Je n'aurais jamais dû t'emmener avec moi ce soir, dit-il. On m'a donné l'ordre d'aller enquêter sur place, et, égoïstement, je ne voulais pas perdre le peu de temps que je pouvais passer avec toi. Je t'ai fait courir de graves dangers et jamais je ne me le pardonnerai.

Son cœur se serra. L'envie et le besoin de se jeter dans ses bras étaient trop forts pour qu'elle les ignore. Elle avança vers lui et l'étreignit.

— Tu t'es comporté en héros, ce soir, Bobby, dit-elle en appuyant sa tête contre son torse. Si tu savais comme je suis fière de toi.

Sa chemise était mouillée, mais la chaleur de sa peau se propagea en elle. Elle soupira d'aise et il referma ses bras puissants autour d'elle.

— Jennifer, murmura-t-il en la portant jusque dans l'appartement. Ma chérie…

— Peu m'importe comment ou pourquoi nous sommes allés à cet aérodrome ce soir, dit-elle en le regardant dans les yeux. Peu m'importe pourquoi tu es revenu.

— Je te le jure, Jennifer, dit-il en prenant son visage entre ses mains. On m'a confié cette mission après mon arrivée. Je suis venu pour le mariage.

Puis, d'une voix plus douce :

— Je suis venu pour toi.

— Je te crois, promit-elle. Mais, Bobby… Ce soir, j'ai vu le soldat en toi. Tu as ça dans le sang. Et je ne te demanderai pas de quitter l'armée pour moi, même si je sais que c'est ce que tu crois devoir faire. Mais c'est faux. Tu ne peux pas faire ça. Tu ne peux pas renoncer à qui tu es.

Il posa son regard sur elle. Tels de gros nuages sombres dans un ciel azur, des ombres passaient dans ses yeux.

— C'est toi que j'ai dans le sang, Jennifer, dit-il d'une voix plus rauque que jamais.

Il colla sa bouche contre la sienne. Ferme, forte, comme lui-même savait l'être, sa langue s'insinua entre ses lèvres. Il l'emporta avec lui dans une étreinte d'un abandon total. Elle était sur la pointe des pieds. Ou peut-être la portait-il ? Elle ne savait pas. Elle ne voulait pas savoir. C'était la première fois depuis son retour qu'elle s'autorisait à profiter de lui, de sa présence, de ses caresses, en toute liberté. Qu'elle s'autorisait à penser que ce qu'ils avaient été ne comptait pas autant que ce qu'ils étaient en ce moment même.

Elle agrippa le col de sa chemise.

— Enlève ça.

Il fit passer sa chemise par-dessus sa tête et la jeta au sol, lui offrant le spectacle délicieux de son torse musclé. Elle caressa sa chair brûlante en lui adressant un petit sourire séducteur.

— J'aime tes muscles de soldat.

— Ah oui ?

Sa voix trahissait une pointe d'amusement, là où, un instant plus tôt, se trouvaient la contrainte et le tourment.

— Oui.

Son sourire s'évanouit lorsqu'elle croisa son regard. Elle fut prise de vertige, frappée par la puissance de l'attraction qui les liait l'un à l'autre. Une bouffée de chaleur l'envahit et le désir vint se nicher au creux de son ventre.

Il la souleva, ses paumes épousant intimement le contour

de ses fesses. Elle colla son bassin contre le sien et sentit son sexe dur palpiter contre sa chair.

— Je veux que tu aimes mon corps, Jennifer, dit-il d'une voix basse et tendue.

Puis il mordilla son cou.

— Je prendrais bien une douche.

Il mordilla de nouveau son cou, et ses lèvres.

— Ça te dirait de m'accompagner ?

Elle entrelaça ses doigts derrière sa nuque.

— C'est ma douche, après tout. Je peux bien aller y rejoindre qui je veux si j'en ai envie, surtout s'il s'agit d'un soldat nu et sexy.

Il l'embrassa avec fièvre et passion. Finalement, la douche allait peut-être attendre. De toute façon, tout ce qui comptait, c'était de pouvoir le toucher, le goûter, le sentir.

Mais soudain un cognement sourd les fit sursauter.

— Qu'est-ce que..., murmura Bobby.

— Jennifer ! C'est Marcie ! Laisse-moi entrer, je suis trempée !

Jennifer écarquilla les yeux, les mains posées sur les épaules de Bobby.

— Il est presque minuit. Il a dû se passer quelque chose.

Bobby lâcha Jennifer et renfila sa chemise à la hâte, pendant qu'elle allait ouvrir la porte.

Marcie se précipita à l'intérieur, toute dégoulinante.

— Mark et moi avons rompu, fit-elle en sanglotant. Le mariage est annulé !

— Quoi ?

— Mais non, le mariage n'est pas annulé, Marcie, dit calmement Bobby. Vous vous êtes disputés, mais ça va s'arranger.

Marcie secoua la tête.

— Il est annulé, je vous dis. Il me déteste. On se déteste.

Puis une lueur de panique passa dans ses yeux lorsqu'elle sembla se rendre compte de la présence de Bobby.

— Désolée, je ne savais pas que tu étais là. J'aurais dû m'en douter, pourtant.

Puis elle fondit en larmes en claquant des dents.

— Ne vous inquiétez pas, je m'en vais.

Elle fit demi-tour vers la porte.

— Non ! s'écrièrent en même temps Jennifer et Bobby, qui mit son bras en travers de la porte.

— Reste. Je vais parler à Mark.

Marcie essaya de le contourner.

— Ça ne servira à rien. Il me déteste, Bobby. Il me déteste.

— Mais non, il ne te déteste pas.

— Si, dit-elle alors que son maquillage coulait sur ses joues. Et je suis en train d'inonder ton appartement.

Jennifer savait quels remèdes étaient efficaces dans ce genre de crises : un bon bain chaud et un verre de vin.

— Je vais te chercher une serviette. Et toi et Mark allez vous réconcilier, Marcie. Tu vas voir.

— Non, insista Marcie. Cette fois, tu ne le sais pas mais c'est vraiment grave.

Elle pouvait très bien l'imaginer, malheureusement. Elle les avait déjà vus se disputer. Mais elle se garda bien de le dire pour ne pas empirer les choses.

— Il faut dire que tu le pousses un peu à bout, en ce moment, Marcie, dit Bobby alors que Jennifer se dirigeait vers la salle de bains.

Elle fit tout de suite couler un bain moussant, et se dépêcha de retourner voir Marcie, une grosse serviette bien moelleuse à la main. Mais elle s'arrêta net dans le couloir lorsqu'elle entendit ce qu'elle disait :

— Je fais exactement comme toi, Bobby. Tu t'es enfui pour que Jennifer ne te mette pas dehors une fois que tu serais devenu comme ton père. Moi c'est pareil… Je ne peux pas avoir d'enfant. Mark ne pourra jamais devenir père s'il m'épouse. Je croyais que je pourrais vivre avec cette idée, mais j'ai trop peur qu'il finisse par m'en vouloir.

— C'est donc ça ? Tu essaies de tout faire pour qu'il te

déteste maintenant, parce que tu crois qu'il va te détester plus tard ?

— Non. Non, je… Il dit que ça n'a pas d'importance. Mais que peut-il dire d'autre ?

— Il trouvera une raison de te quitter s'il veut te quitter.

Soudain Jennifer sentit une pointe lui transpercer la poitrine. Bobby, lui, l'avait trouvée, sa raison de la quitter.

— Est-ce que tu l'aimes ? reprit Bobby.

— Oui, dit Marcie. Je l'aime.

— Dans ce cas, pourquoi est-ce que tu ne peux pas juste le laisser t'aimer ?

Elle se remit à pleurer.

— Parce que j'ai peur, Bobby.

Jennifer avança vers le salon. C'était à elle, maintenant, d'aller soutenir Marcie. Mais cette dernière lui tournait le dos, prisonnière de l'étreinte de Bobby qui était en train de la serrer fort dans ses bras, comme un grand frère réconfortant sa petite sœur. Il leva les yeux et Jennifer capta son regard.

— Alors fais ce que je n'ai pas fait, dit-il en la fixant avec intensité. Dis-lui que tu as peur. Laisse-le t'aider.

Tremblante, Jennifer prit une grande inspiration. Il lui parlait. Il lui disait qu'il avait eu peur. Qu'il avait toujours peur.

— Je ne sais pas comment, continua Marcie en s'accrochant au bras de Bobby, l'air suppliant. Est-ce que tu lui parlerais, toi ? Il est tellement furieux. Je ne saurais pas quoi lui dire. Et je sais aussi que tu ne le connais pas bien, mais…

— Je vais aller lui parler.

— Tout de suite ? demanda-t-elle sur un ton plein d'espoir.

— Tout de suite.

Jennifer approcha et enveloppa Marcie dans la serviette.

— File à la salle de bains. Je t'ai fait couler un bain chaud. Je te rejoins avec un verre de vin et puis on parlera un peu, toutes les deux.

Marcie acquiesça et se dirigea vers la salle de bains.

Bobby vérifia qu'il avait bien enregistré le numéro de portable de Jennifer, puis il la regarda. Ils étaient face à face, se touchant presque. Mais ils gardèrent le silence. Trop avait été dit, et trop restait à dire.

— Merci de te charger de ça, finit-elle par dire. Je sais que tu n'as pas dormi encore.

— Le manque de sommeil ne m'inquiète pas. Ce qui m'inquiète, c'est Marcie et Mark. Je ne voudrais pas qu'ils se fâchent pour de bon juste avant leur mariage.

— Tu as raison, répondit-elle en appuyant sa tête contre sa poitrine.

Mais il y avait tant de choses qu'elle voulait lui dire.

— Tu reviendras ?

Il la prit dans ses bras puissants et l'embrassa.

— Je ne m'en vais pas vraiment, cette fois, Jennifer.

Ses lèvres effleurèrent une dernière fois les siennes, puis il disparut.

Elle resta un moment immobile, comme assommée. Désorientée. Il partait. Il restait. Il était à la fin de sa période d'engagement, mais il était, comme il l'avait prouvé aujourd'hui, plus que jamais un soldat.

Son portable se mit à sonner, la tirant de ses pensées. Vite, elle se précipita vers la table où était posé son sac. Au même moment, Marcie apparut dans le couloir, encore habillée, avec une lueur d'espoir dans les yeux.

— C'est sans doute Mark qui te cherche.

— Ne réponds pas si c'est lui. Il ne veut pas m'épouser. Il ne mérite pas de savoir où je suis.

Jennifer fronça les sourcils.

— Mais tu viens juste de demander à Bobby d'aller lui parler.

— Je sais, mais…

Marcie posa sa paume sur son front.

— Je ne sais plus…

Jennifer attrapa son téléphone.

— C'est lui.

— Il ne veut pas m'épouser, Jen, répéta Marcie, en larmes.

— Mais si, il veut t'épouser. Ça arrive à des tas de couples de se disputer avant le mariage.

Le téléphone se tut.

— Tu vois ! s'écria Marcie. Il abandonne déjà.

— Nous sommes samedi soir, et, je te le promets, samedi prochain, à la même heure, tu seras bel et bien mariée et en train de roucouler dans les bras de ton époux.

Son téléphone se remit à sonner et elle s'empressa de décrocher.

— Elle est là ? demanda Mark à l'autre bout du fil, d'une voix froide et tranchante comme l'acier.

— Oui.

— C'est tout ce que je voulais savoir.

Là-dessus, il raccrocha.

Jennifer éloigna le téléphone de son oreille, stupéfaite par la brusquerie de Mark.

— Il n'a même pas voulu me parler ? demanda Marcie, le visage décomposé.

— Tu ne voulais pas lui parler, je te signale.

Marcie éclata en sanglots.

Une bonne demi-heure plus tard, elle avait enfin réussi à la calmer et elles étaient toutes les deux assises sur son lit, à parler.

— Tout était parfait jusqu'à ce qu'on décide de se marier, dit Marcie. Maintenant, c'est le chaos.

Elle avala une gorgée de vin et posa son verre sur la table de nuit.

— Tu serais d'accord pour m'héberger jusqu'à ce que je trouve un appartement ?

— Evidemment, répondit-elle en lui prenant la main. Mais tu n'en es pas là. Tout va s'arranger.

Marcie scruta son visage.

— Ça ne s'est pas arrangé pour Bobby et toi. Pourtant tu le voulais, et tu le veux toujours. Et tu sais pourquoi ? C'est justement pour ça que Bobby et moi sommes amis. C'est parce que, tous les deux, on traîne de grosses casseroles derrière nous. L'amour éternel, ce n'est pas pour nous. Mark et toi n'avez pas eu de chance. Avec nous, il n'y aura jamais de *happy end*.

A ces mots, tout s'éclaira. Elle venait de passer sept ans à attendre la fin d'une histoire. Bobby avait fui pour échapper à cette fin. Quelle bêtise… Elle s'approcha de Marcie et lui prit la main.

— L'amour n'a pas de fin. Prétendre le contraire est une erreur.

Elle aimait Bobby. Elle l'aimerait toujours. Elle aspirait à une conclusion, certes, mais cela ne signifiait pas pour autant qu'elle avait cessé de l'aimer. Cela signifiait plutôt qu'elle avait arrêté de nier qu'elle l'aimait. Cela signifiait qu'elle devait réfléchir à la place qu'elle allait attribuer à cet amour dans sa vie.

La pluie, enfin, avait cessé. La lune émergeait d'un tunnel de nuages, mais aucune étoile n'était visible. Pas plus que la moindre lumière dans la maison de Mark et Marcie lorsque Bobby s'engagea dans l'allée qui y menait. Il se gara derrière le camion de Mark et se dépêcha de sortir de sa voiture. Cette obscurité n'était pas de bon augure. Soit Mark était sorti boire avec ses amis pour oublier. Et si c'était le cas, les ennuis allaient bientôt commencer. Soit il était en train de dormir, pas plus perturbé que cela par sa dispute avec Marcie. Et, dans ce cas, il faudrait se préparer à de plus gros ennuis encore. Un mariage annulé, par exemple…

Il gravit les marches du perron et trouva Mark assis sous le porche, la lune éclairant son visage sombre.

— Elle a envoyé des renforts, à ce que je vois, dit Mark, amer. Mais pas la peine de te fatiguer. Je jette l'éponge. M'épouser était censé rendre Marcie heureuse. Et je ne l'ai jamais vue si malheureuse. Et ne me dis pas que c'est la tension des préparatifs. C'est plus profond que ça.

Bobby s'assit sur les marches. Elles étaient mouillées, mais il s'en moquait. Il commençait à être habitué à l'humidité…

— Elle croit que tu la détestes, Mark. Elle croit que tu ne veux pas l'épouser.

— Je l'aime, Bobby. Je l'aime tant que ça fait mal. Mais elle ne peut pas avoir d'enfants et elle croit que ça va détruire ma vie. Je lui ai dit que je m'en fichais, qu'on aurait un chien, un chat, qu'on pourrait adopter… Mais elle n'a rien voulu entendre. J'ai tout essayé pour qu'elle arrête d'y penser, mais rien n'y a fait. Je pense que, au fond, elle ne doit pas m'aimer suffisamment. Alors, oui, je jette l'éponge. C'est trop de pression.

Il ne voulait plus de pression. C'était aussi ce que Jennifer lui avait dit. Mark croyait que Marcie ne l'aimait pas assez pour surmonter ses peurs. Mark avait prévu de laisser partir Marcie. Tout comme Jennifer avait prévu de le laisser partir, lui. A moins qu'il ne réussisse à la convaincre du contraire.

15

Il était à présent officiellement 3 heures du matin, et Jennifer était bien contente que sa clinique soit fermée pour la journée. Cela faisait plusieurs heures qu'elle et Marcie étaient assises dans sa cuisine, à parler, en buvant du chocolat chaud et en mangeant des tablettes.

— Je suis sûre, gémit Jennifer en repoussant sa tasse loin d'elle, que celui qui a dit que le chocolat guérissait de tous les maux n'avait pas avalé une tablette et demie et bu trois tasses de chocolat chaud. Moi, je sature.

— Pas moi, répondit Marcie en croquant dans un nouveau carré. J'en ai vraiment besoin.

Marcie marqua une pause, puis son visage s'assombrit de nouveau.

— Tu devrais appeler Bobby, reprit-elle. Ça fait longtemps qu'il est parti.

— Laissons-les tranquilles, entre hommes, Marcie, répéta-t-elle pour la énième fois de la nuit.

— Et si Bobby n'avait pas trouvé Mark ? Il est peut-être en train de le chercher partout et il ne veut pas que je le sache. Et si Mark était déjà en train de se consoler avec une autre femme ? Et si…

— Marcie, arrête. Tu te fais du mal. Tu imagines des tas de choses qui ne se produiront jamais. Mark t'aime.

— Oui, eh bien, toi et Bobby êtes la preuve vivante que, parfois, l'amour ne suffit pas.

Elle tressaillit. C'était peut-être vrai, mais c'était douloureux à entendre.

— C'était bas, ça, Marcie.

— Oh ! je suis désolée. Ce n'était pas une insulte, c'était même tout le contraire. Je sais combien Bobby et toi vous vous aimez et pourtant vous venez de passer sept ans séparés. L'amour ne surmonte pas toujours les obstacles. Je sais que tu le sais. L'amour n'a pas réponse à tout.

Oubliant son écœurement, Jennifer détacha un carré de chocolat de la tablette. Finalement, elle en avait besoin, elle aussi.

— Peut-être devrais-tu te contenter de coucher avec Mark, après tout. C'est bien ce que tu m'as suggéré de faire avec Bobby, non ?

— Mais je couche déjà avec Mark ! Toi, tu ne couchais pas avec Bobby. Ce n'est pas pareil.

— De toute façon, coucher ensemble n'a rien résolu. Et je t'avoue que je ne sais vraiment pas quoi faire, Marcie.

Soudain, on frappa à la porte.

— Moi, je sais ce que tu dois faire, murmura Marcie en se redressant sur sa chaise et en essayant d'arranger sa coiffure. Tu dois aller ouvrir. Et vite !

— C'est ce que je fais, dit-elle en se levant et en se précipitant vers la porte.

— Jen, c'est Bobby ! fit une voix familière avant qu'elle n'y arrive.

Elle ouvrit et, à sa grande surprise, le découvrit changé et rasé de près. Il exhalait ce parfum frais et épicé qui le caractérisait si bien et qui lui donna instantanément envie de se jeter sur lui. Comment avait-elle pu se méprendre au sujet du chocolat ? C'était faire l'amour avec Bobby dont elle avait absolument besoin. Mais elle se reprit tout de suite. Non seulement ils n'étaient pas seuls — elle l'avait oublié l'espace d'un instant —, mais en plus, en l'observant mieux, elle eut pitié de son visage exténué. Depuis trente-six heures, le pauvre, rien ne lui avait été épargné…

— Entre, Bobby.

Il fit un pas en avant et la dépassa. Etonnée, elle découvrit qu'il n'était pas venu seul. Mark l'accompagnait.

— Mark ! hurla Marcie dès qu'elle l'aperçut.

Puis elle se précipita dans ses bras, bousculant Jennifer et Bobby au passage.

Mark embrassa Marcie, longuement et passionnément, puis ils disparurent dans la chambre. La chambre de Jennifer.

— Ça se passe encore mieux que prévu, dit Bobby en ricanant.

A son tour, il l'entraîna vers le salon.

— Oui, mais quand les effets euphorisants du chocolat et du sexe se seront dissipés, que se passera-t-il ? demanda-t-elle, sceptique.

— Ils trouveront bien.

Puis il s'allongea sur le canapé, l'installa tout contre lui et remonta la couverture sur eux. L'effet relaxant et bienfaisant fut instantané : elle se blottit davantage contre lui et se laissa aller.

— Comme nous, reprit-il.

— Jusqu'à ce que tu repartes.

— Pourquoi est-ce que je partirais, Jen ? demanda-t-il d'une voix douce. Je suis enfin rentré à la maison.

Elle se redressa, et ouvrit la bouche, décidée à lui demander ce qu'il entendait par là. Mais il avait les yeux fermés et un petit sourire béat sur les lèvres. Lentement, elle se laissa glisser contre lui et posa sa tête sur sa poitrine. Elle se laissa bercer par les battements de son cœur. Très vite ses paupières devinrent lourdes et elle sentit un sourire naître sur ses lèvres à elle aussi, avant que le sommeil ne la gagne.

Ce furent des murmures, masculins et féminins, qui réveillèrent Bobby. Le soleil qui filtrait à travers les rideaux lui fit cligner des yeux. Il regarda l'heure. 9 heures. Soudain il prit conscience, en sentant contre lui une douce chaleur, de la présence de Jennifer dans ses bras. Et il sourit lorsqu'il se rendit compte que Julie, le chat de Jennifer, dormait sur ses jambes. Ils avaient laissé Mark et Marcie s'expliquer tranquillement dans la chambre, et ils s'étaient endormis sur le canapé. C'était un pur moment de bonheur. C'était ainsi qu'il voulait se réveiller tous les jours de sa vie, jusqu'à la fin de sa vie. Et c'était exactement pour cela qu'il allait quitter l'armée. Sans le moindre regret.

Elle leva la tête et la tourna vers l'autre bout du salon. Marcie et Mark étaient en train de s'éclipser sur la pointe des pieds.

— Dois-je comprendre que je vais pouvoir porter cette robe vert pomme ? demanda-t-elle.

Marcie pouffa et répondit, en cessant de chuchoter :

— Elle n'est pas vert pomme, mais vert…

— Anis, je sais. Donc je vais pouvoir la porter ?

— Oui, répondit Mark en passant ses bras autour des épaules de Marcie. Tu vas pouvoir la porter. Et si vous voulez bien nous excuser, je ramène ma future femme à la maison. Oh ! Et j'oubliais… Pas de saut en parachute pour moi aujourd'hui. Vous ne nous verrez pas de la journée.

Marcie sourit et, se tournant vers Mark, elle l'embrassa avant qu'ils ne sortent. La porte se referma, et Jennifer se rallongea sur le canapé, appuyée sur un coude, sa main sur la joue de Bobby.

— Je ne sais pas ce que tu as dit à Mark, mais ça a eu l'air de marcher. J'espère juste que le fait de ne pas pouvoir avoir d'enfants ne finira pas par trop leur peser un jour.

Julie s'étira et changea d'endroit pour venir s'installer sur le ventre de Bobby.

Jennifer rit et la câlina un moment avant de la mettre par terre.

— Elle t'aime bien.

— C'est réciproque, dit-il en tendant la main pour la caresser à son tour.

Soudain, une idée germa dans son esprit.

— Je sais… Et si nous offrions une Julie à Marcie et Mark ?

Elle se mit à rire.

— Tu veux leur offrir un chat ?

— Oui, ou n'importe quel autre animal de compagnie.

— C'est vrai que Marcie adore Julie, dit-elle d'une voix pensive. Et c'est vrai aussi que les chats orientaux sont très câlins…

— Dans ce cas, il n'y a pas à hésiter : c'est une Julie qu'il leur faut.

— Ce n'est pas si facile. L'oriental à poil court est une race très recherchée. Pour pouvoir en adopter, il faut souvent s'inscrire sur liste d'attente.

— Tu es vétérinaire. Tu dois pouvoir arranger ça.

Elle soupira.

— Je ne sais pas. Je peux essayer. Mais il faudra sans doute faire de la route si on veut en trouver un.

— Je suis prêt à le faire si toi tu es prête.

Elle l'observa, mi-perplexe, mi-amusée.

— Je n'arrive pas à croire qu'on va faire ça.

Il sourit et la fit rouler tout contre lui. Elle était douce et tiède. Lui aussi, d'ailleurs, commençait à sentir une certaine chaleur se propager en lui.

— Tu sais à quoi je pense ?

Elle entrelaça ses doigts derrière sa nuque.

— J'ose à peine te le demander.

— Je pense qu'on devrait faire l'amour, et ensuite aller nous empiffrer de gaufres comme on le faisait tous les dimanches matin, avant de partir à la recherche de cet oriental à poil court.

— Est-ce que tu te rends compte, dit-elle doucement après une courte pause, que ce que tu proposes est contraire aux règles que j'avais fixées ? On était censés faire l'amour et rien d'autre.

— Si les règles sont idiotes, je ne vois pas pourquoi on devrait les suivre. Et, tu verras, le plaisir de la transgression, c'est quelque chose !

Elle rit.

— Tu es complètement fou, Bobby.

— De toi, oui.

Et il l'embrassa.

Quelques longues minutes plus tard, il était assis sur le canapé, Jennifer installée sur lui, dans sa somptueuse nudité, qui l'enveloppait de sa chaleur humide. Sans cesser d'aller et venir en elle, il contempla sa poitrine haute et pleine, pressa ses mamelons rosés contre ses paumes, et les aspira goulûment. Les baisers qu'elle lui prodigua étaient plus doux encore que d'habitude car ils avaient le goût de la passion la plus débridée. Il le savait, les cloisons étaient en train de s'abattre. Mais lorsqu'il la sentit se contracter autour de lui, s'accrocher à lui, le serrer, il sut qu'elle ne s'était pas donnée à lui tout entière. Et il sut qu'elle ne le ferait pas avant d'être sûre qu'il l'avait fait lui aussi. Elle le méritait, et, de toutes ses forces, il allait essayer de lui donner ce qu'elle attendait de lui.

— Ça y est, j'ai trouvé !

Bobby se tourna vers Jennifer avec un sourire. Ils étaient assis à la Maison de la Gaufre, en train de finir leur petit déjeuner, et elle venait à peine de raccrocher son téléphone, tout excitée.

— Les éleveurs que je viens d'appeler ont un chat disponible ! dit-elle. Un adulte.

— Un adulte ? Il ne vaudrait pas mieux un chaton ?

— C'est une jeune adulte, elle n'a que deux ans. C'est l'âge idéal, je t'assure. Elle est déjà éduquée. En plus, il paraît qu'elle est particulièrement douce et aimante. Elle s'appelle Ella. L'élevage se trouve de l'autre côté de San Antonio, à deux heures d'ici environ.

Un serveur s'approcha d'eux.

— Désirez-vous autre chose ?

Bobby se tapa sur le ventre.

— J'ai assez mangé comme ça pour aujourd'hui. Mais nous reviendrons, ajouta-t-il en regardant Jennifer.

Elle avait bien entendu. Il avait dit « nous reviendrons », et pas « je reviendrai ». Il la fixait toujours et elle frissonna de plaisir. Il y avait tant de chaleur et d'assurance dans son regard, comme s'il était certain de vouloir passer chaque minute de sa vie en sa compagnie.

— J'espère bien, continua le serveur. Je ne vois pas souvent de couple avec un si solide appétit.

Elle se mit à rire lorsque l'homme disparut, emportant leurs assiettes.

— Ça ne m'étonne pas… Tu as mangé trois gaufres, du bacon, des œufs et de la saucisse. Avant tu ne mangeais jamais plus de deux gaufres. Tu as élargi tes horizons, Bobby.

— C'est normal, c'était à la fois le petit déjeuner et le déjeuner. Les dimanches, rappelle-toi, on ne quittait jamais la maison avant 14 heure.

Et cette fois, ils n'avaient pas non plus dérogé à la règle. Il regarda sa montre.

— On est pile dans les temps.

Il se pencha et baissa la voix.

— Comme au bon vieux temps.

— C'est vrai, répondit-elle doucement.

La nostalgie qu'elle éprouvait avait un goût doux-amer, mais elle ne fit rien pour la combattre. Elle était avec Bobby, et elle voulait profiter du peu de temps qu'ils allaient passer ensemble.

— Pas étonnant que je n'aie jamais mangé de gaufre sans penser à toi, dit-elle.

Il sourit.

— C'est drôle, répondit-il sur un ton amusé, en se levant et en lui tendant la main. Moi non plus je n'ai jamais mangé de gaufre sans penser à toi.

Elle rit et lui offrit sa main.

— Je suis heureuse d'apprendre que les gaufres te font penser à moi.

Main dans la main, ils se dirigèrent vers le parking. Lorsqu'ils furent arrivés à la voiture, il l'attira à lui.

— Il y a beaucoup plus de choses qui me font penser à toi que tu ne le penses. Tu m'as manqué. Et notre couple m'a manqué. Je te jure que je n'ai jamais voulu te faire de mal. Je t'aime. Je n'ai jamais cessé de t'aimer.

— Le plus dur à encaisser n'a pas été ton départ, mais ces sept années de silence.

Elle le regarda dans les yeux sans chercher à dissimuler la souffrance qui devait se trouver dans les siens.

— Je pensais à toi, tout le temps, mais j'avais l'impression que tu m'avais oubliée pour toujours. Tu n'as jamais téléphoné. Tu n'as jamais écrit. Pendant sept ans, Bobby.

— J'ai essayé de me persuader que tu étais plus heureuse sans moi, dit-il d'une voix grave et tendue. J'ai tout fait pour atteindre un état de fatigue mentale et physique permanent, afin de ne pas avoir à penser à autre chose qu'à mon devoir de soldat. Me battre. Servir mon pays. J'ai intégré une unité spéciale. Je n'ai jamais dormi plus de quelques nuits au même endroit. Et j'ai vu comment cette existence pouvait détruire ceux qui luttaient pour préserver leur vie de couple. Comment aurais-je pu te demander d'endurer ça ? Mais ma période d'engagement se termine, Jen, et je ne suis pas forcé d'y retourner.

Il entrelaça ses doigts autour de sa nuque.

— Je t'aime, Jennifer. Je ne sais pas si je peux être celui dont tu as besoin. Je ne sais même pas si tu vas me laisser essayer. Mais je veux être celui-là.

L'envie qu'elle entendit dans sa voix et l'espoir qu'elle lut dans ses yeux l'emportèrent. Sa douleur devint légère, telle une feuille d'arbre ballottée par le vent et vite balayée au loin.

— Je t'aime moi aussi, dit-elle dans un murmure rauque. Mais quitter l'armée, c'est quelque chose. Tu t'en es si brillamment sorti hier soir. Tu fais un soldat formidable. Ne laisse pas tout tomber pour moi. Je t'aime depuis le jour où je t'ai rencontré. Je peux t'aimer entre deux missions.

— Quitter l'armée est un geste purement égoïste. L'amour entre deux missions, ça ne me suffit pas. Ça fait sept ans que toutes mes affaires tiennent dans un sac à dos. Ça fait sept ans que je vois mourir des gens en essayant de tout faire pour l'éviter. J'en ai vu assez pour peupler mes cauchemars jusqu'à la fin de mes jours. Il est temps pour moi de raccrocher.

— Mais que vas-tu faire ?

— J'ai quelques idées.

Il lui sourit.

— Les femmes aiment les pompiers, paraît-il. Je pourrais devenir pompier. Ça te plairait ?

Elle se mit à rire.

— En soldat, tu me plais. Et je n'ai pas fait le tour de la question, encore…

— Si tel est ton désir, susurra-t-il à son oreille en se frottant contre elle, le soldat se fera un plaisir de s'occuper de toi, aussi souvent que tu le voudras.

— Bobby…

Il sourit encore.

— J'aime quand tu prononces mon nom.

Et il l'embrassa. Elle passa ses bras autour de lui. Mais, alors même qu'elle s'abandonnait à la sensation rassurante de son étreinte, elle savait qu'il restait une barrière entre eux. Un mur qui ne tomberait que lorsqu'elle aurait la certitude que rien ni personne ne pourrait de nouveau lui faire prendre la fuite. Alors elle se lança :

— Puisque le passé douloureux semble derrière nous et qu'un avenir radieux a l'air de vouloir nous tendre les bras, pourquoi ne profiterait-on pas de ce voyage à San Antonio pour aller voir ton père ? Ce serait à peine un détour.

Instantanément, elle le sentit se tendre.

— Ce serait dommage de gâcher une si magnifique journée, dit-il en l'embrassant une dernière fois avant d'ouvrir sa portière. Rendre visite à mon père, c'est lui accorder beaucoup plus d'importance qu'il ne le mérite. La personne la plus importante de ma vie, c'est toi, Jen, et personne d'autre.

16

Bobby démarra, préférant ignorer le regard insistant que lui adressait Jennifer. Il voulait passer le reste de sa vie avec elle. En aucun cas il ne laisserait son père tout gâcher. Et il ne comprenait même pas comment il avait pu avoir le projet d'aller lui rendre visite.

— Bobby, le réprimanda-t-elle.

— Quoi ? demanda-t-il, l'air de rien.

— Ne fais pas l'innocent. Tu sais très bien de quoi je veux te parler, dit-elle en le fixant de plus belle. De ton père.

— J'ai décidé qu'il n'existait plus.

Puis il fit mine de se concentrer sur la route.

— Je prends la direction de San Antonio, c'est bien ça ?

— C'est ça. Mais ne change pas de sujet… Bobby, tu as dit que tu voulais voir ton père. Il faut que tu voies ton père. Ça fait trop longtemps. Donc, tu n'as pas le choix : nous y allons.

— Ce serait une perte de temps. Je préfère qu'on profite l'un de l'autre.

— Tu as dit…

— Je sais ce que j'ai dit. Je pensais que lui rendre visite me prouverait qu'il n'a plus prise sur moi. Mais je me trompais. Ce serait lui reconnaître un pouvoir qu'il ne possède pas. Ce serait considérer qu'il peut décider de mon avenir, ou pire, de notre avenir. Et ce n'est pas vrai. Il n'a jamais eu prise sur moi, il n'a jamais décidé de qui j'étais ni de ce que j'allais devenir. Si j'ai cru le contraire, c'était à cause de ma jeunesse et de mon immaturité. Mon père ne compte pas. Nous, si.

Elle lui prit la main. La sienne était douce, délicate et parfaite. Il ne voulait plus jamais la lâcher. Il voulait être à ses côtés pour toujours.

— S'il te plaît, Bobby, insista-t-elle. Règle ce problème une bonne fois pour toutes. Tu as besoin de cette confrontation.

Elle hésita une seconde.

— Et si c'est ton père qui t'a éloigné de moi il y a sept ans, j'ai besoin de savoir qu'il ne peut pas recommencer.

Il la regarda brièvement.

— Il ne peut pas recommencer. Il ne recommencera pas. Et je ne veux pas que notre journée soit gâchée.

— Nous pouvons très bien acheter Ella aujourd'hui, mais retourner la chercher après le mariage, suggéra-t-elle. C'est mieux, de toute façon. Comme ça, on pourra passer voir ton père sur le chemin du retour.

— Ce serait la conclusion abominable et dévastatrice d'une journée parfaite, dit-il sèchement. Non, merci.

— Cette journée se conclura avec toi et moi, pas avec lui. Et si ton père est capable de gâcher ta journée, ça veut dire qu'il a bien prise sur toi. Ça veut dire qu'il a prise sur nous. Prouvons-lui le contraire, Bobby.

— Je n'ai rien à lui prouver. Et je n'ai pas envie d'essayer.

— Hier tu étais décidé à aller le voir. Qu'est-ce qui a changé aujourd'hui ?

— Je pensais que je devais le voir pour nous prouver quelque chose, à toi et à moi. Pour prouver que je ne suis pas comme lui. Mais c'est ce que j'ai démontré tous les jours pendant sept ans. Et ça suffit.

— C'est ton père, insista-t-elle. Tu ne l'as pas vu depuis sept ans. A quand remonte la dernière fois où tu lui as parlé ?

— C'était il y a un an. Il m'a insulté parce que je lui avais envoyé cinq cents dollars au lieu des six cents qu'il m'avait demandés. J'étais à l'étranger, et c'était tout ce que je pouvais faire depuis là-bas.

Elle inspira doucement et retira sa main de la sienne. Il sentait un poids sur sa poitrine, un sentiment d'impuissance et de regret. Elle avait l'air de beaucoup y tenir, comme si l'avenir de leur couple passait par cette visite à son père. Et, idiot qu'il avait été, c'était lui qui lui avait mis cette idée en tête.

— Allons acheter Ella, finit-il par dire. On verra l'heure qu'il est au moment du retour.

Elle lui adressa un sourire lumineux.

— Si tu savais comme je suis heureuse que tu te sois décidé.

Il grimaça.

— J'ai dit qu'on verrait l'heure qu'il est.

— Je sais, répondit-elle, le regard pétillant.

Ce qui voulait dire qu'elle avait vraiment l'intention de le forcer à aller voir son père.

— Tu es têtue comme une mule quand tu veux quelque chose.

— Pas têtue, persuasive, dit-elle en posant de nouveau sa main sur la sienne. Par exemple, après cette visite à ton père, si je te proposais quelque chose de très spécial et d'intime, pour continuer ce que nous avons commencé tout à l'heure, chez moi ?

Elle porta sa main à ses lèvres et l'embrassa en lui adressant un regard aguicheur qui l'électrisa.

— Je n'ai pas dit qu'on irait voir mon père, dit-il en faisant aller son regard d'elle à la route. J'ai dit qu'on verrait.

— Je sais, répondit-elle en se calant dans son siège.

En d'autres termes, ils iraient voir son père.

Deux heures plus tard, ils avaient fait la connaissance d'Ella, une adorable chatte, et avaient convenu de passer la chercher le jour où Marcie et Mark reviendraient d'Hawaii.

Deux autres heures plus tard, ils étaient sur la route, près de l'endroit où vivait le père de Bobby. Le soleil commençait à décliner, embrasant le ciel de sa lumière jaune et orangée, lorsque Bobby emprunta une route non goudronnée qui, supposa-t-elle, devait mener au garage de son père.

Ils avaient parlé durant tout le voyage aller. Ils avaient parlé de sa clinique, et de ses missions — dans les limites de ce qu'il avait le droit d'en dire. Mais depuis qu'ils étaient remontés en voiture, en direction de chez son père, il n'avait plus ouvert la bouche.

Tout à coup, il s'arrêta sur le bas-côté, tout près d'immenses chênes. Elle regarda autour d'elle et ne vit rien, aux alentours, qui puisse ressembler à un garage.

— Pourquoi est-ce que tu t'arrêtes ? demanda-t-elle, surprise.

— Je veux te montrer quelque chose, répondit-il en ouvrant sa portière.

Il sortit et elle le rejoignit devant la voiture. A perte de vue s'étendaient des prairies d'herbes hautes mêlées de fleurs blanches et violettes. C'était un endroit tranquille, apaisant et romantique.

Il entrelaça ses doigts aux siens.

— C'était un de mes endroits préférés quand j'étais enfant. J'y venais souvent.

— Quand tu voulais échapper à ton père…

— Il était toujours soit au garage, soit au bar. Non, je venais surtout parce que j'adorais cet endroit. J'emmenais ma radio et des livres, et j'y passais des heures.

Il fit demi tour et l'entraîna vers un des gros chênes.

— Voilà ce que je voulais te montrer.

Il la fit tourner vers l'arbre et se cala derrière elle, passant ses bras autour de sa taille. Là, au centre du tronc était gravé un cœur, avec deux noms et une date : 1947.

Bobby enfouit son visage dans sa nuque.

— C'était le lieu de rencontre secret d'un couple d'amoureux. Maintenant, ça peut être le nôtre. J'ai toujours eu envie de t'emmener ici, mais je ne voulais pas t'expliquer pourquoi je ne voulais pas que tu voies mon père.

Jennifer sentit son cœur se gonfler et elle se tourna vers

lui, émue. Ce n'était pas un geste anodin. Il ne l'avait pas emmenée plus tôt, mais maintenant il était prêt. Ses verrous à lui aussi étaient en train de sauter.

— Je suis heureuse que tu m'aies emmenée ici aujourd'hui, dit-elle en se hissant sur la pointe des pieds pour l'embrasser.

Il posa les mains sur ses fesses et mêla intimement sa langue à la sienne, avant de mordiller ses lèvres.

— On devrait graver nos noms.

Elle se mit à rire. Elle avait l'impression d'être une collégienne et c'était fort agréable.

— D'accord. Mais je te laisse faire.

Elle passa sa main sur son biceps.

— Pendant ce temps, je regarderai tes sublimes muscles travailler, en poussant, si tu veux, des « ah » et des « oh » d'exclamation de temps en temps.

Il l'embrassa. Un baiser bref et ferme, sensuel et réprobateur à la fois.

— Arrête, l'avertit-il, de cette voix rauque et grave qui lui faisait tant d'effet. Ou je vais finir par te faire l'amour contre cet arbre.

A son tour, elle mordilla ses lèvres.

— Je préférerais sur une couverture. Mais je ne pense pas qu'on en ait une. Et il faut graver nos noms avant qu'il ne fasse nuit.

Comme à contrecœur, il la lâcha.

— La prochaine fois, on emmènera une couverture.

L'entendre parler de « la prochaine fois » la ravit. Elle pouvait donc espérer que, malgré sa réticence à voir son père, il pensait que leur histoire serait plus forte que tout.

— Est-ce qu'on a au moins ce qu'il faut ? demanda-t-elle.

Il se pencha et sortit un canif de sa botte.

— Un soldat doit savoir parer à toute éventualité, dit-il en brandissant fièrement son outil.

Puis il exhiba une petite lampe de poche.

— Que la lumière soit !

Un quart d'heure plus tard, alors que le soleil était bel et bien couché, Bobby finissait son travail sous la faible lueur de la lampe qu'elle pointait sur lui.

— Terminé, dit-il en repliant son canif et en le rangeant dans sa botte.

— Bravo, Bobby. Il faudra revenir quand il fera clair pour admirer ça. Mais au moins on a marqué notre territoire.

Il se tourna vers elle et la prit dans ses bras.

— Ça me donne envie d'oublier qu'on n'a pas de couverture. Pas toi ?

Il s'appuya contre l'arbre et la serra contre son corps ferme et tendu.

Elle le regarda, mais, dans l'obscurité, elle peinait à distinguer ses traits. Pourtant, elle sentait confusément qu'un changement s'était opéré en lui, comme si son humeur n'était plus aussi légère ni joyeuse qu'auparavant.

Il posa sa bouche sur la sienne. Ses lèvres étaient fermes, sa langue téméraire. Sa main autoritaire, lorsqu'elle attira son bassin contre le sien. Son sexe dur contre son ventre.

Elle gémit lorsqu'elle goûta dans sa bouche cette noirceur qu'elle avait devinée en lui, lorsqu'elle sentit dans les caresses qu'il lui prodiguait cet élan primitif et presque brutal qui le poussait vers elle. Au plus profond d'elle-même, elle savait que c'était le début d'une tempête qui allait bientôt se déchaîner. C'étaient les prémices de ce qui les attendait. Bobby allait affronter ce qui l'avait poussé à partir, et ce qui l'avait fait revenir. Elle ne devait pas faire comme si de rien n'était. Elle devait l'interroger, insister pour qu'il lui explique ce qui avait causé ce changement d'humeur. Elle devait faire tout ce qu'elle n'avait pas fait sept ans plus tôt.

Mais il était en train de la toucher, et elle ne pouvait penser à rien d'autre. Il avait déjà dégrafé son soutien-gorge et ses mains s'insinuaient partout. Il caressait son torse, son décolleté. Elle gémit en se cambrant vers lui. Elle gémit lorsqu'il glissa sa main sous sa tunique, pétrit ses seins, pinça ses mamelons. Elle le voulait, elle l'attendait, avec ou sans couverture.

Elle ne lutta pas et se laissa emporter. Emporter par ses baisers. Emporter par ses caresses. Emporter par le besoin de le caresser. Elle posa la main sur son sexe gonflé. Elle le voulait en elle. Oui, en elle. Là et tout de suite.

Il laissa échapper un grognement rauque alors qu'elle caressait son sexe. Puis il l'embrassa avec plus de fièvre encore. Ce fut un baiser sauvage et sombre. Un baiser qui lui transperça le cœur. Un baiser comme un avertissement. Elle était de nouveau en train de le perdre. Il allait la faire souffrir. Encore. Comme poussée par un réflexe de survie, elle mit fin à ce baiser et le repoussa.

— Non, souffla-t-elle. Arrête.

Elle ferma les yeux pour essayer d'ignorer son corps qui lui hurlait de continuer, au contraire. Puis elle rouvrit les yeux.

— Que se passe-t-il, Bobby ? demanda-t-elle d'une voix rendue tellement rauque par le désir qu'elle-même la reconnut à peine. Qu'est-ce qui ne va pas ?

La lumière des étoiles éclairait son visage, qu'elle scrutait avec attention.

— Rien, dit-il en tentant de l'attirer de nouveau à lui. C'est l'idée de te faire l'amour dans la nature qui m'excite, c'est tout.

Puis, comme s'il se calmait tout d'un coup, il l'embrassa doucement sur le front.

— Allons voir mon père, pour que je puisse profiter ensuite de ce que tu m'as promis.

Tout allait bien. Mais quelque chose n'allait pas. Il le savait et elle aussi. Ironie du sort, alors qu'ils venaient de graver leurs noms sur cet arbre, leur avenir commun lui semblait tout à coup bien incertain.

Ce fut en gravant leurs noms dans l'écorce de cet arbre que Bobby prit cette décision irrévocable. Il n'allait pas se réengager. Il allait passer le reste de sa vie à chercher des endroits comme celui-là pour que Jennifer et lui les partagent ensemble. Fini les voyages d'un pays à l'autre à la vitesse de l'éclair, à en oublier son nom, sa date et son lieu de naissance. Fini de se languir de Jennifer. Fini le sang, la fureur, les cris. Fini de voir couler le sang de ses amis. Mais Jennifer n'était pas convaincue. Il le voyait dans ses yeux. Elle ne croyait pas qu'il allait rester. Elle n'était pas prête à lui accorder sa confiance.

Et ce doute qui lui faisait mal fit resurgir la désagréable réalité. Il était ici pour revoir son père. Pourtant, il aurait aimé oublier pourquoi il avait pris cette décision, sept ans plus tôt, de s'engager dans l'armée. Et, pour oublier, il aurait aimé se perdre en elle au pied de cet arbre — leur arbre — et ne plus penser à cette visite à son père.

Mais impossible d'oublier.

Il devait se souvenir, il devait affronter son passé pour pouvoir construire son avenir. Pour prouver à Jennifer qu'il valait la peine qu'elle lui ouvre de nouveau son cœur.

Il se gara sur un côté du garage, pour que son arrivée passe inaperçue. Les lampadaires éclairaient toute la zone, mais rien ne dissipait les ténèbres de la terreur qu'il ressentait. Le moment était venu pour lui d'affronter son père selon ses propres conditions. Pourvu qu'il soit à la hauteur…

Et pourvu que ce que Jennifer allait découvrir derrière ces murs ne l'effraie pas au point de la faire fuir pour toujours…

— Je l'ai déjà vu, dit-elle doucement, comme si elle avait lu dans ses pensées.

— Oui, mais ce jour-là, tu as eu de la chance. Il était presque à jeûn et de bonne humeur.

— Ne t'inquiète pas pour moi, dit-elle en pressant sa main, j'en ai vu d'autres.

Elle ouvrit sa portière.

— Prêt ?

Avant qu'elle ne sorte, il l'embrassa. Il s'abreuva de sa douceur, de cette douceur qui lui donnait une raison d'affronter l'amertume de son père.

Il resta de longues minutes ainsi, puis se força à briser

cette étreinte. Par bonheur, son goût était toujours sur sa langue. Alors, d'une voix ferme, il dit :

— Je suis prêt.

Et il avait vraiment l'intention de prouver à Jennifer que c'était le cas. A Jennifer et à lui-même.

17

Jennifer fit le tour de la voiture pour rejoindre Bobby et s'arrêta net lorsqu'elle entendit un grognement. Apeurée, elle attrapa son bras.

— Attends, Bobby.

— J'ai entendu, dit-il, juste avant qu'un doberman ne surgisse devant eux en aboyant, les babines retroussées.

— Ne bouge pas, dit-elle, le cœur battant. Tout mouvement de notre part peut être pris comme une tentative d'agression. Et là, il nous attaquera.

Le chien fit un bond en avant en aboyant de plus belle.

— Evidemment, reprit-elle, il peut très bien décider de nous attaquer de toute façon.

— Ne t'inquiète pas, répondit-il d'une voix calme et presque amusée, ce toutou ne nous fera rien.

Le chien grogna plus fort, comme s'il protestait de s'entendre appelé de la sorte. Bobby leva un sourcil.

— D'accord, tu n'es pas un toutou. Une féroce molosse, tu préfères ?

Sa décontraction la stupéfia. Sans doute avait-il déjà affronté des périls bien pires. Elle, en revanche, elle n'en était pas certaine… Et elle était à deux doigts d'aller se terrer sous la voiture.

— Vois-tu, Bobby, je serais plus rassurée si je ne sentais pas autant le chat. Et moi qui suis vétérinaire, je peux te dire à ses yeux que ce chien va attaquer si on ne fait pas quelque chose, et vite.

Soudain une voix féminine, grave et gouailleuse, s'éleva dans la nuit.

— Voyez-vous ça ? Voyez-vous ce que ce chien a flairé ? Au pied, ma fille.

Le chien grogna une dernière fois avant de reculer pour venir se planter aux côtés de la femme, qui lui caressa la tête.

— C'est bien, tu es une bonne chienne.

Le chien haleta et s'ébroua, avant de s'aplatir devant sa maîtresse. Le molosse était terrassé.

Rassurée, Jennifer regarda leur sauveuse. Rousse, pulpeuse, elle portait un short, un T-shirt et des bottes de cow-boy. Ses jambes étaient longues et fines, à faire pâlir d'envie la plupart des femmes, et seules quelques rides, peu marquées, trahissaient un âge plus proche de la cinquantaine que de la vingtaine.

— Kate ? demanda Bobby.

— Eh bien oui, c'est moi, répondit la femme. Qui d'autre pourrait supporter ton père ?

Alors que Jennifer les regardait tour à tour, sans rien comprendre, Kate se porta à son secours :

— Je suis sa belle-mère, expliqua-t-elle.

Puis, se tournant vers Bobby :

— Viens dans mes bras, mon grand.

Mais ce fut elle qui vint vers lui, et le serra fort.

— Je commençais à me demander s'il ne fallait pas que j'aille jusqu'en Russie ou en Irak pour retrouver ta trace. Tu aurais pu appeler ou passer nous voir.

Elle pinça ses lèvres.

— Enfin, ce n'est pas grave. Je sais bien pourquoi tu ne l'as pas fait.

Elle regarda Jennifer.

— J'imagine que cette jeune femme a quelque chose à voir avec le fait que tu sois là aujourd'hui.

— Voici Jennifer, Kate, dit Bobby en passant son bras

autour des épaules de Jennifer, avant de lui expliquer : Kate a été ma belle-mère.

— Je le suis toujours. J'ai quitté ce vieil ivrogne il y a quinze ans parce que la vie était impossible avec lui. Mais je n'ai jamais divorcé.

Elle sourit, avant de continuer :

— Et il y a quelque temps, j'ai décidé de revenir lui botter un peu le derrière.

Jennifer se tourna vers Bobby, tout excitée par cette découverte. Elle espérait lui voir une mine réjouie à lui aussi. Au lieu de cela, il avait l'air préoccupé et grave.

— Cela fait trois cent trois jours aujourd'hui qu'il est sobre, dit Kate. Tu as dû recevoir mes lettres…

— Ces derniers mois, j'ai enchaîné plusieurs longues missions. Je n'ai pas pris le temps de relever mon courrier.

Kate lui adressa un regard à la fois réprobateur et tendre.

— Alors viens vite voir ton père. Il va être fou de joie de te retrouver.

Elle se mit en marche, suivie par le chien.

Bobby ne bougeait pas. Il semblait abasourdi.

— C'est fantastique tout ça, n'est-ce pas ? lui demanda Jennifer.

— Kate de retour ici, mon père sobre et « fou de joie » à l'idée de me revoir… C'est trop beau pour être vrai. Je pense que je vais me réveiller d'un instant à l'autre.

Elle sourit et lui prit le bras.

— Viens, allons voir ton père.

Bras dessus bras dessous, ils se dirigèrent vers le garage. Kate s'y trouvait déjà, près d'une vieille voiture qui devait bien dater des années 1970.

— Sors de là-dessous, Joey, dit Kate. Tu as de la visite.

Un grommellement surgit de dessous la voiture.

— Qu'ils patientent un peu. J'ai presque terminé…

Puis il grogna plus fort encore :

— Ah, bon sang, j'ai besoin d'une clé à douille.

Bobby s'avança et attrapa l'outil en question sur un établi. Puis il tendit le bras sous la voiture.

— Tiens, papa.

Il y eut un moment de silence. Puis Joey Evans émergea de dessous la voiture, les yeux écarquillés.

— Bobby ?

Et, en un instant, il était debout, en train de serrer son fils dans ses bras. Au début, Bobby resta raide et figé, mais son père l'étreignit plus fort et il finit par se relâcher.

— Je m'excuse, fiston. Je m'excuse pour tout.

Finalement, le père de Bobby recula et tapa sur l'épaule de son fils.

— Allons boire un verre pour fêter ça.

Il marqua une courte pause, durant laquelle Bobby dut faire la grimace, car son père se mit à ricaner, et dit :

— Un Coca, bien sûr. Ce n'est vraiment pas le moment de me remettre à la bière maintenant que tu es là.

Puis, soudain, il sembla se rendre compte de la présence de Jennifer.

— Ça par exemple ! s'exclama-t-il. Jennifer Jones !

Elle le regarda, stupéfaite.

— Vous vous souvenez de moi ?

— Bien sûr que je me souviens de la femme que mon fils souhaitait épouser. J'étais le dernier des crétins quand je buvais, mais je n'ai pas oublié la moindre chose, pas même que j'étais un crétin, d'ailleurs…

Joey haussa les épaules, avant de poursuivre :

— En tout cas, Jennifer, je suis ravi de vous voir ici ce soir, en compagnie de Bobby.

— Et moi je suis flattée que vous souveniez de moi, répondit-elle en lui adressant son plus beau sourire.

— Alors, on va le boire, ce verre ? fit mine de s'impatienter Kate, en les poussant tous vers la porte.

Un peu plus tard, Jennifer était attablée à la salle à manger, en train passer au crible chaque détail de la maison où Bobby avait grandi. Et en train, aussi, de s'empiffrer de cookies.

— Ils sont absolument délicieux, Kate. Mais il faut que je m'arrête avant d'en engloutir autant que Bobby.

Il en avait déjà mangé au moins six. Elle quatre, même si elle n'osait pas l'avouer.

— J'ai travaillé dans une pâtisserie après avoir quitté Joey. Je ne me serais jamais vue faire ça auparavant, mais c'est le premier travail que j'ai trouvé, et il m'en fallait absolument un. Mais j'ai tout de suite adoré. A tel point que je songe à ouvrir une petite pâtisserie moi-même.

— Avec ces cookies, c'est le succès garanti, répondit Jennifer. D'ailleurs, il faudrait que vous m'appreniez à les faire.

— J'ai une meilleure idée : Bobby et vous, venez nous voir souvent, et je vous en préparerai chaque fois. Joey serait si heureux. Et moi aussi.

— Je ferai de mon mieux.

Presque malgré elle, son regard se posa sur Bobby et son père, qui étaient en train de regarder des albums photo et de parler. Ils travaillaient à panser leurs blessures. Soudain elle se sentit emplie de tristesse. Cela aurait été son souhait le plus cher, mais elle ne pouvait faire aucune promesse à Kate. Après le mariage de Marcie et Mark, elle ne savait pas quand elle reverrait Bobby, ni si elle le reverrait. Quelque chose — sur quoi elle n'aurait aucune emprise — déclencherait de nouveau chez lui le réflexe de la fuite, et il s'en irait.

Kate posa sa main sur la sienne.

— Bobby n'ira nulle part sans vous, dit-elle doucement, comme si elle avait lu dans ses pensées. Je le vois dans ses yeux quand il vous regarde.

Elle tapota la main de Jennifer et se mit à parler plus fort, comme si elle voulait que Bobby l'entende :

— Ça ne veut pas dire que Bobby n'aura pas besoin d'un bon coup de pied aux fesses de temps en temps comme son père. Mais quelque chose me dit que vous êtes la femme de la situation.

Jennifer se mit à rire. A chaque seconde qui passait, elle appréciait un peu plus la personnalité exubérante de Kate.

Deux heures plus tard, elles assistèrent toutes les deux aux adieux émouvants entre le père et son fils.

— Je suis fier de toi, mon fils, dit Joey à voix basse, mais pas assez basse pour que Jennifer et Kate n'entendent pas.

Puis Joey regarda Bobby dans les yeux.

— Et si tu disparais de nouveau, je jure que je viendrai te chercher, même au fin fond de la jungle. C'est compris ?

— C'est compris, papa.

— C'était une super soirée, n'est-ce pas ? Ton père a une volonté incroyable, et Kate est quelqu'un de formidable.

Cela faisait déjà quelques minutes qu'ils roulaient, mais Bobby n'avait toujours pas dit un mot, aussi avait-elle voulu briser le silence pesant qui s'était installé entre eux.

— Oui, répondit-il, les yeux rivés sur la route.

« Oui. » C'était tout. De toute évidence, il ne voulait pas parler. A quoi bon le forcer s'il n'en avait pas envie ? C'étaient ses retrouvailles avec son père qui l'avaient mis dans cet état. Mais au fond d'elle, elle sentit la boule d'angoisse qui ne l'avait pas quittée de la journée grossir encore un peu plus. Entre eux, cela se passerait toujours ainsi : il finirait toujours par trouver une excuse pour la fuir et la tenir à l'écart de sa vie. Exactement ce qu'elle avait toujours craint.

Lorsqu'ils furent arrivés au parking de son immeuble, elle se sentait sur le point d'exploser, bouleversée par le tourbillon d'émotions qui se déchaînait en elle. Mais elle se contint. C'était à lui de parler. Sauf qu'il ne dit rien.

Ils restèrent de longues secondes assis sans bouger, avant qu'il ne se décide enfin à parler :

— Jennifer…

Mais elle avait trop attendu.

— Bonne nuit, Bobby, dit-elle en ouvrant sa portière, craignant de ne pas réussir à retenir ses larmes ni sa colère.

Elle fut très vite devant son appartement, mais elle tremblait trop pour parvenir à ouvrir sa porte. Soudain, Bobby arriva derrière elle. Elle sentit sa chaleur toute puissante l'envahir : il se colla dans son dos et passa ses bras autour d'elle pour l'aider à ouvrir la porte.

— Je suis désolé, murmura-t-il. Je ne voulais pas t'énerver.

Elle ferma les yeux et, pendant quelques secondes, elle s'autorisa à profiter de la sensation de sa chair contre la sienne. De cette familière sensation de chaleur, de force et de réconfort. Et de cette passion qui les liait l'un à l'autre. Mais elle savait que cela ne durerait pas. Elle savait qu'il lui avait fait des promesses qu'il ne pourrait pas tenir. Elle savait qu'il finirait par se rétracter. Et elle savait aussi qu'elle ne voulait pas vivre cela.

— Tu n'as même pas voulu me parler dans la voiture, dit-elle, la voix chargée d'émotion. Laisse-moi partir, Bobby.

— Je ne te laisserai plus jamais partir.

Il la serra plus fort dans ses bras.

— Je ne te laisserai pas partir, Jen.

Elle se tourna vers lui.

— Ce n'est pas la peine. C'est moi. C'est moi qui te laisse partir.

Il serra la mâchoire et, dans un silence de plomb, lui adressa un regard où se lisait le désespoir le plus sincère. Troublée, elle ajouta, comme pour se justifier :

— Je suis fatiguée que tu me tiennes à l'écart de ta vie, Bobby.

— J'essaie de chercher un sens aux sept années qui viennent de s'écouler. Je t'ai quittée. J'ai laissé mon père. C'est Kate qui l'a sauvé à ma place. Ça fait beaucoup à encaisser.

— Si ça se trouve, tu n'aurais pas pu le sauver, toi. Il faut toujours trouver la bonne personne. Et je ne suis pas la bonne personne pour toi, Bobby. Je suis celle que tu as rejetée, et que tu rejetteras encore.

Il laissa passer un long silence, puis il dit d'une voix ferme :

— Non. Je ne suis pas prêt à te dire au revoir. Tu me dois toujours une nuit.

Puis il l'embrassa rapidement et disparut.

Elle n'arrivait pas à bouger, abasourdie par les mots qu'il venait de prononcer. Une nuit. Une seule. Pas deux. Pas une semaine. Pas toute une vie. Une seule nuit. Il n'avait même pas protesté contre son rejet. En même temps, ce n'était pas surprenant. Elle avait eu l'occasion de l'observer ce jour : il ne s'était toujours pas libéré de son passé. Et, aussi vrai qu'elle voulait Bobby, elle le voulait tout entier. Il serait tout à elle ou il ne serait pas. Il ne serait pas, vraisemblablement.

Mais s'il réclamait une dernière nuit, c'était qu'il avait une idée derrière la tête.

— Va au diable, Bobby, murmura-t-elle. Ce n'est pas toi qui prendras l'initiative de nos adieux cette fois.

Cette fois, ce serait elle qui dicterait ses conditions.

18

C'était vendredi soir, veille du mariage tant attendu de Marcie et Mark. Vêtue d'une robe en mousseline bleu marine, Jennifer s'affairait dans le salon privé du restaurant où devait se tenir le dîner en l'honneur des futurs mariés, en compagnie de leur proche famille et de leurs témoins. Les invités allaient arriver d'un moment à l'autre et elle n'avait pas encore tour préparé. Il lui restait encore à disposer sur les tables les cartons aux noms des invités, et les petits cadeaux que les fiancés leur avaient préparés.

Concentrée, elle posait les cartons et les présents à chaque place, en prenant bien soin de ne pas penser à Bobby, dont elle n'avait pas eu de nouvelles de la semaine. D'après Marcie, il était parti. Et il n'était censé revenir que la veille du mariage. C'est-à-dire aujourd'hui.

Elle s'était fait violence pour ne pas poser davantage de questions, et Marcie n'avait rien dit de plus. Mais elle savait quelque chose, Jennifer l'avait vu dans ses yeux. C'était ainsi. Cela faisait des années que Marcie et Bobby avaient leurs petits secrets. Toutes ces choses dont elle avait été exclue. Rien n'avait changé. Rien ne changerait jamais avec Bobby.

Elle avait pris sur elle pour essayer de se convaincre que cela lui était égal. Et, pour y parvenir, elle avait dû s'abrutir de travail, passant toute sa semaine à la clinique.

Cette journée, en revanche, elle venait de la passer avec

Marcie et sa mère, Sharon, pour peaufiner les derniers préparatifs du dîner et du mariage.

Elle avait déjà disposé une bonne partie des cartons lorsqu'elle se figea. Là, entre ses mains, elle tenait celui de Bobby. Pourtant, il ne comptait pas parmi les invités de ce dîner.

— Tu ne m'attendais pas, on dirait ?

Sa voix. C'était sa voix. Et quelle voix… Pourquoi était-elle toujours aussi profonde et sexy ? Pourquoi la remuait-elle toujours autant et la faisait-elle frissonner ?

Pour se calmer, elle prit le plus discrètement possible une grande inspiration. Puis elle le regarda. Il portait un costume noir et une chemise blanche avec — elle le remarqua tout de suite — une cravate bleu marine parfaitement assortie à sa robe. Cela ne pouvait pas être une coïncidence. Soit il avait demandé à Marcie ce qu'elle avait l'intention de porter, soit il l'avait choisie en connaissant son penchant pour cette couleur. Louable intention. Mais s'il espérait se faire pardonner son silence — celui de la semaine qui venait de s'écouler, et celui des sept années précédentes — de cette façon, il se trompait lourdement.

— Il me semble que tu ne fais pas partie des invités de ce soir, dit-elle en recommençant à placer ses cartons.

Malgré elle, elle releva la tête lorsqu'elle l'entendit refermer la porte derrière lui. Il lui sembla que ses cheveux blonds avaient légèrement poussé, ce qui lui donnait une allure un peu moins militaire. Quant à ses yeux, ils étaient toujours aussi bleus, aussi lumineux, et aussi magnifiques.

— Mark m'a fait garçon d'honneur à titre honoraire, pour me remercier d'avoir évité la prison à tout le monde. Ce soir-là j'ai marqué des points…

Il ne manquait plus que cela. Enervée, elle lui tourna le dos et se remit au travail. De toute façon, elle n'avait pas de temps à perdre. Les invités — les vrais — seraient là d'un moment à l'autre.

Il se mit à rire.

— Pas de commentaire ?

Elle le regarda rapidement.

— Non, dit-elle sur un ton détaché. Aucun commentaire.

— Tu ne veux pas savoir où j'étais passé ?

Elle était de plus en plus énervée. A tel point qu'elle ne préféra pas répondre. Pas tout de suite.

— Non. En fait…

Elle disposa les derniers cartons, puis attrapa le sien, qui, comme par hasard, était à côté de celui de Bobby — merci Marcie — et le remplaça par celui de quelqu'un d'autre.

— Voilà. Comme ça, on n'aura plus du tout besoin de se parler.

Soudain, les portes s'ouvrirent et un flot d'invités se déversa dans la salle. Bobby disparut dans la foule comme elle aurait aimé le faire disparaître de son esprit. Pourtant, quoi qu'elle fasse, elle le sentait toujours tout proche, elle le sentait l'observer, elle le sentait comme s'il était en train de la toucher.

Bientôt, tout le monde s'installa et commença à bavarder joyeusement. Mais elle avait du mal à partager la bonne humeur de l'assemblée : pour son plus vif déplaisir, Bobby était assis juste en face d'elle. Comment — mais comment — avait-il réussi ce tour de passe-passe sans qu'elle s'en rende compte ?

Chaque cellule de son corps sentait la présence de Bobby. Même le vin qu'elle buvait avait le même goût que lui : celui de la volupté et du péché. Elle en était en train de le siroter lorsqu'elle vit Bobby et une serveuse en train de flirter outrageusement. Il riait à quelque chose qu'elle lui disait, penchée tout près de son oreille. Là, il dépassait les bornes. Elle sentit la colère enfler en elle, prête à exploser.

Tout à coup, il leva la tête et croisa son regard. Il plissa les yeux, comme s'il sentait la tempête qui était en train de l'agiter. Elle crispa les mains sur son verre et tenta de le reposer le plus calmement possible. Non, elle ne serait pas jalouse. Non, elle n'était pas jalouse.

La serveuse, qui n'était toujours pas partie, se pencha de

nouveau vers lui. N'y tenant plus, Jennifer se leva d'un bond et quitta la salle. Elle se dirigea directement vers les toilettes, où elle savait qu'elle trouverait la tranquillité nécessaire pour tenter de calmer ses nerfs en furie. Mais, alors qu'elle allait y entrer, quelqu'un la dépassa et s'interposa entre elle et la porte. Evidemment, c'était Bobby.

Comme pour l'empêcher de fuir, Bobby posa ses mains sur la taille de Jennifer. Pensait-elle vraiment qu'il allait la laisser partir aussi facilement ? Bien sûr, elle ne savait pas qu'il venait de passer la semaine à peaufiner un plan pour la convaincre qu'il allait bien rester cette fois. Mais elle allait le savoir. Bientôt.

— Je peux savoir ce que tu fais ? demanda-t-elle à voix basse, l'air buté.

— Tu étais jalouse.

— Je n'étais pas jalouse !

— J'étais au lycée avec cette fille, Jen, dit-elle alors qu'elle se mettait à rougir. On n'était pas en train de flirter. Juste en train d'échanger quelques souvenirs.

— Bien sûr que si, vous flirtiez, je vous ai bien vus.

Puis elle regarda ses pieds, comme si elle regrettait ce qu'elle venait de dire.

— Donc, tu étais bien jalouse ?

— Non !

— Je te promets, je ne me permettrais pas de flirter avec quiconque. Sauf avec toi.

Elle tenta de se libérer en le repoussant.

— Je ne veux pas entendre ça, Bobby.

— Eh bien moi j'ai besoin que tu l'entendes. J'ai besoin que tu saches qu'aucune autre femme ne compte. Et je ne te laisserai pas te servir de ce genre de prétexte pour me tourner le dos.

Puis, en baissant la voix, il ajouta :

— Pour tourner le dos à notre histoire.

Au lieu de la lâcher, il la serra plus fort, et respira son parfum.

— Tu me dois une nuit, Jen. Tu me l'as promis.

Elle recula comme elle le put et plissa les yeux.

— Tu plaisantes ?

— Au contraire. Jamais je n'ai été aussi sérieux de ma vie.

Il l'attira de nouveau à lui et la força à poser sa main sur son torse. Instantanément, il sentit une douce chaleur se propager en lui.

— Je ne t'ai rien promis du tout. Ce n'est pas à toi de décider quand on peut se voir ou pas. Tu n'as pas à apparaître et à disparaître ainsi à ta guise. Je te l'ai déjà dit. J'en ai assez.

Des bruits de pas se firent soudain entendre.

— Jennifer ?

C'était Marcie, qui s'arrêta au bout du couloir.

— Je suis désolée. Je ne voulais pas vous interrompre. Je m'inquiétais juste pour vous.

Jennifer le regarda fixement.

— Laisse-moi partir.

Il la fixa à son tour. Etait-il vraiment prêt à la lâcher ? Il n'en était pas certain.

Marcie s'éclaircit la gorge :

— C'est bon, prenez votre temps. Je retourne à table.

— Je viens avec toi, dit rapidement Jennifer.

Il appuya son front contre le sien, et parla à voix basse :

— Marcie a besoin de toi ce soir. Mais moi aussi j'ai besoin de toi.

Il recula, mais lui reprit la main.

— Et je vais te montrer à quel point, Jen. Demain, après le mariage. Je te le promets.

Jennifer avait accepté de passer la nuit précédant le mariage chez Marcie. Elles étaient toutes les deux en pyjama, prêtes à se coucher, mais Marcie n'avait pas l'air décidée à dormir.

— Je t'assure, Marcie, tenta-t-elle de la raisonner. Il

faut que tu dormes. Sinon, demain, tu auras la mine toute chiffonnée et les yeux cernés.

Marcie était assise sur son lit, les yeux grands ouverts, tandis que Jennifer était installée dans le fauteuil qu'elle avait partagé avec Bobby lors de cette soirée trop arrosée pour certains, en essayant de ne pas penser au bonheur qu'elle avait ressenti dans ses bras.

— Je n'arrive pas à croire que c'est déjà demain, dit Marcie en attrapant son téléphone portable.

— S'il te plaît. Ne vérifie pas encore tes messages.

— Et si…

— L'organisatrice du mariage appelait ? On entendrait le téléphone sonner. On est juste à côté.

Marcie croisa et décroisa ses jambes avant de consentir à reposer son téléphone.

— Je suis en train de te rendre folle, hein, Jen ?

— Non, tu es en train de te rendre folle, toi. Tout va bien pour moi. Que demander de plus : j'ai le cœur brisé et une robe vert pomme ?

Elle fit un clin d'œil et ajouta en même temps que Marcie :

— Vert anis !

Elles rirent de bon cœur, avant que Marcie ne s'interrompe brusquement, l'air soudain décomposée.

— Je suis si nerveuse, Jen.

— Calme-toi. Tout va bien se passer.

— D'accord. Alors, pour m'aider à me détendre, tu vas me raconter comment se sont passées vos retrouvailles torrides à Bobby et toi, la semaine dernière.

— Des retrouvailles ? Il arrive et il repart sans un mot. Je n'appelle pas vraiment ça des retrouvailles. Et je peux t'assurer qu'il ne se passera plus rien de torride entre nous.

Marcie l'observa pendant un long moment.

— Tu ne lui as pas demandé où il était passé, cette semaine ?

— Tu le sais, toi ?

— Non. Mais Bobby fait partie des Forces spéciales. S'il avait pu te dire où il était, je suis sûre qu'il l'aurait fait.

— Si c'était le cas, il aurait pu au moins me dire qu'il était en mission.

— Tu en es sûre ? Il n'en avait peut-être pas le droit. Ecoute, Jen, toi et Bobby avez sauvé notre fête. Ensuite vous avez sauvé notre mariage. Ensemble, vous formez une bonne équipe.

Mais ils n'étaient pas ensemble. Ils étaient toujours loin l'un de l'autre. Et même s'ils étaient ensemble, elle passerait son temps à se demander quand ils seraient de nouveau séparés.

Elle regarda Marcie.

— Dors, ma puce. Demain tu vas épouser l'homme de tes rêves.

Et elle allait dire adieu pour toujours au sien.

19

L'heure de la cérémonie approchait et Marcie était à bout. Sa mère ne valait guère mieux. Dans la pièce où Marcie se préparait, Jennifer s'efforçait de les calmer toutes les deux. Sans grand succès.

— Mes chaussures, dit Marcie proche de l'hystérie. Je ne trouve pas mes chaussures.

— Calme-toi, ma chérie, dit sa mère d'une voix qui se voulait détendue mais qui ne laissait guère de doute sur l'état de nervosité dans lequel elle se trouvait elle aussi. On va les trouver.

Tout à coup, une nuée de jeunes femmes en robe anis se mirent à retourner la pièce. Mais les chaussures restèrent introuvables.

— Oh mon Dieu ! hurla Marcie. Je les ai laissées sur mon lit !

Sharon et tout le cortège nuptial glapirent à l'unisson. Jennifer, elle, se contenta de fermer les yeux.

— Mes chaussures ! hurlait Marcie.

— Ses chaussures ! hurlait Sharon qui n'essayait plus de dissimuler quoi que ce soit.

Du chœur des demoiselles d'honneur s'éleva un grondement paniqué.

— Tout le monde dehors ! cria Jennifer en ouvrant les yeux. Allez dans la pièce d'à côté. Marcie a besoin de calme.

Non mais. Elle, elle avait besoin de calme, en tout cas. Et

ce n'était pas la nuit blanche qu'elle avait passée à se souvenir de chaque seconde partagée avec Bobby durant ces deux dernières semaines qui allait l'aider à trouver une solution à ce problème de chaussures. Pas plus que le fait de savoir qu'elle allait le voir d'une minute à l'autre.

Toutes les filles la regardaient, l'air outré, comme si elles étaient choquées qu'elle ait pu leur demander de sortir. Mais Sharon se rangea de son côté :

— Allez, sortez, c'est moi qui vous le demande.

Elles obéirent à son injonction et, à contrecœur, quittèrent la pièce.

Tout de suite, Jennifer se sentit mieux. Elle examina sa robe. Elle savait ce qu'il lui restait à faire, mais il fallait seulement espérer que le tissu de sa robe ne se froisse pas facilement, sinon elle ferait une demoiselle d'honneur un peu piteuse.

— Je vais chercher tes chaussures, Marcie.

— Tu n'auras jamais le temps, dit Marcie d'une voix désespérée, son voile se balançant derrière elle alors qu'elle arpentait nerveusement la pièce.

— Arrête de t'agiter, la réprimanda Sharon. Tu vas abîmer ta tenue.

— Je n'ai pas de chaussures, maman. Et il est trop tard pour aller les chercher.

— Ne t'inquiète pas, j'ai le temps d'y aller, insista Jennifer. Et si la cérémonie commence cinq minutes en retard, qu'est-ce que ça peut faire ?

— C'est vrai ça, dit Sharon, qu'est-ce que ça peut faire ?

— J'y vais, dit Jennifer.

— Je t'en supplie, fais vite. Fais vite.

Elle avait déjà attrapé ses clés et franchi la porte, lorsque Marcie cria encore :

— Et surtout, ne déchire pas ta robe ! Et ne te tache pas non plus !

Pas de problème. Elle allait s'en tirer avec brio. Ce n'était pas comme si elle était maladroite en ce moment… Soudain, en passant devant la pièce où s'habillaient les hommes, elle entendit la voix de Bobby. Puis la porte s'ouvrit et elle l'aperçut, magnifique dans sa jaquette de garçon d'honneur.

Son cœur cogna dans sa poitrine, mais elle ne s'arrêta pas.

— Jennifer !

— Il faut que j'y aille. Je suis en service commandé pour la mariée.

Elle continua son chemin et se dirigea vers la sortie. Sa mission, c'étaient les chaussures. Et rien ne devait l'en distraire. Pas même Bobby.

Arrivée au parking, elle poussa un cri d'horreur. Quelqu'un s'était garé n'importe comment et l'empêchait de sortir. Non, ce n'était pas possible !

— Pas la peine de t'enfuir, ce n'est pas à toi qu'on demandera de dire oui, fit une voix familière dans son dos.

Bobby. Encore lui. Electrisée par sa voix, elle resta un long moment immobile, avant de se retourner, en essayant d'ignorer combien il avait fière allure.

— Il faut que tu m'emmènes. Et vite. Marcie a laissé ses chaussures chez elle.

Ses yeux bleus encore si pétillants un instant plus tôt devinrent soucieux.

— Qu'est-ce que tu attends ? Allons-y.

Il sortit ses clés de sa poche et lui indiqua, sur sa droite, un pick-up comme celui qu'il lui avait dit posséder à la base.

Elle s'arrêta un instant, stupéfaite.

— C'est à toi, ce pick-up ?

D'un air de défi, il répondit :

— Je t'avais bien dit que j'avais un pick-up.

Un sentiment étrange s'empara d'elle.

Et si…

Il fallait qu'elle en ait le cœur net :

— Mais qu'est-ce qu'il fait là ?

— Je suis allé le chercher. Et ces chaussures, alors ?

Ah oui, les chaussures. Elle se reprit et se dirigea au pas de course vers le pick-up. Mais au moment de grimper à bord, les choses se compliquèrent : c'était très haut, et sa robe était serrée aux genoux. Et, si elle la remontait, elle se froisserait à coup sûr.

— Tu as besoin d'aide ?

Avant qu'elle n'ait le temps de répondre, il la prit par la taille et la déposa tout en douceur à bord.

Hélas. Il faisait tout pour qu'elle se sente délicate et protégée. Elle ne voulait pas dépendre de Bobby et le voir partir, mais qu'il se comporte comme son chevalier servant était terriblement agréable.

Sa main se posa sur sa cuisse, accompagnée par un regard appuyé.

— Ce serait dommage d'abîmer ta robe. Elle te va si bien.

Puis il dut aller s'installer à sa place, mais elle ne s'en rendit même pas compte. Elle ne recouvra ses esprits que lorsqu'il démarra en trombe, en s'écriant :

— Jusqu'au dernier moment Marcie ne nous aura rien épargné !

Sa bonne humeur était communicative, et elle se mit à rire à son tour.

— Oui, acquiesça-t-elle. J'aurai besoin d'un bon voyage de noces pour m'en remettre.

Tout de suite, elle se rendit compte de son lapsus. Mais il était trop tard. Elle l'avait dit.

— Et où voudrais-tu le passer, ce voyage de noces ? demanda-t-il en lui adressant le plus taquin des sourires.

— Je ne voulais pas dire « voyage de noces », corrigea-t-elle alors qu'il lui semblait que son cœur allait exploser dans sa poitrine. Je voulais dire « voyage » tout court.

— C'est la même chose.

— Pas vraiment.

Il insistait. Et, malgré elle, elle se remit à espérer. Mais non, elle ne devait rien attendre de lui. Sinon elle souffrirait.

— Est-ce que tu as ramené ton pick-up exprès pour me convaincre que tu allais rester ? demanda-t-elle sur un ton narquois. Et ne me dis surtout pas que tu as quitté l'armée…

— Si tu y tiens, je ne te dirai pas que j'ai quitté l'armée, dit-il en s'engageant dans la rue de Marcie et Mark.

D'accord, il faisait le malin. Alors qu'elle arrivait à peine à respirer.

— Tu l'as fait ?

Il sourit.

— Tu m'as dit de ne pas te le dire.

Puis il s'arrêta devant chez Marcie et Mark.

— Toi, reste ici et fais attention à ta robe, reprit-il. Où se trouvent les chaussures et les clés ?

Les clés. Où étaient les clés ? Ah oui…

— Dans mon sac.

Elle fouilla dans ses affaires et les lui tendit.

— Quant aux chaussures, elles sont sur le lit de Marcie et Mark. En tout cas, j'espère.

Il referma sa main sur les clés et caressa ses doigts en s'y attardant un peu trop longtemps.

Puis il disparut à grands pas, et elle le suivit du regard. Sa silhouette athlétique traversant la pelouse la captiva et elle resta un moment bouche bée, à l'admirer. Soudain son téléphone sonna et elle dut se baisser pour le sortir de son sac. A coup sûr c'était Marcie qui voulait savoir si ses chaussures étaient retrouvées.

— Je suis chez toi, Marcie. Ne t'inquiète pas, je suis là dans cinq minutes.

— Est-ce que Bobby est avec toi ? Parce qu'il a laissé Mark pour aller lui chercher une bouteille d'eau et il n'est jamais revenu.

Zut alors, maintenant, tout le monde était aussi à la recherche de Bobby. Vite, il fallait les rassurer.

— Oui, il est avec moi. Je ne pouvais pas sortir ma voiture du parking, alors il m'a emmené.

A ce moment, elle l'aperçut qui sortait de la maison, une boîte en carton à la main. Enfin tout allait pouvoir rentrer dans l'ordre.

— Ça y est, Marcie, nous avons tes chaussures.

— Tu es sûre que ce sont les bonnes ? Vérifie bien avant de repartir, s'il te plaît.

Elle leva les yeux au ciel et plaça sa main devant le micro du téléphone.

— Bobby, dit-elle alors qu'il était déjà remonté en voiture, c'est Marcie. Elle veut que je m'assure qu'il s'agit bien de la bonne paire de chaussures.

Il souleva le couvercle. C'étaient bien les bonnes. Une fois de plus, il avait réussi sa mission.

— C'est bon, Marcie.

— Alors qu'est-ce que vous attendez pour repartir ? s'exclama-t-elle avant de raccrocher.

— Accroche-toi, poupée, dit-il en appuyant à fond sur l'accélérateur. Il y a urgence.

L'incongruité de la situation la fit rire, mais, en même temps, elle s'accrocha à sa portière car la conduite sportive de Bobby l'effrayait un peu. A cette vitesse, il ne leur fallut que quelques minutes pour rejoindre l'église et ils se garèrent sur le premier emplacement qu'ils trouvèrent.

Dès que le moteur fut coupé, elle voulut descendre.

— Tu n'y penses pas, dit-il en la retenant par le bras. Songe un peu à ta robe.

Très vite, il fit le tour de son pick-up, ouvrit sa portière et la prit dans ses bras pour la faire descendre. Puis, pour la reposer à terre, il la laissa glisser le long de son corps, dans un mouvement si sensuel qu'elle en défaillit presque.

Il lui tendit les chaussures, en lui adressant un regard intense.

— A tout à l'heure à la cérémonie.

Elle se précipita vers la porte, où l'attendait Sharon.

— Vite, venez, on a besoin des chaussures, et aussi de vous par la même occasion. Un mariage sans demoiselle d'honneur, ce n'est pas vraiment un mariage.

Après quelques minutes de pur chaos, le cortège nuptial fit son entrée dans l'église, et bientôt Marcie et Mark échangèrent leurs consentements. Bobby était sur le côté, en compagnie des autres garçons d'honneur, et, avec Jennifer, ils ne se quittaient pas des yeux.

Cela aurait pu être eux, songea-t-elle avec un pincement de cœur trop familier. Mais ce n'était pas le cas. Et — elle ne devait pas l'oublier — il y avait des raisons à cela. Elle avait travaillé dur pour construire sa vie. Elle ne pouvait pas laisser Bobby s'y installer si c'était pour le voir prendre la fuite à la première occasion. Elle l'aimait trop pour endurer de nouveau ce chagrin.

Alors qu'elle le voulait plus que jamais et avait plus que jamais besoin de lui, elle ressentit un grand vide en elle en songeant à ce qu'il y aurait pu y avoir entre eux. Elle se força à ne plus le regarder. Elle s'était construit une belle et bonne vie. Elle ne voulait pas vivre dans la crainte perpétuelle du moment où Bobby repartirait. Elle ne le laisserait pas de nouveau la détruire.

Il y avait un gâteau et des cadeaux. Il y avait de la joie et de l'amour. Une heure et demie après la cérémonie, la réception battait son plein dans une salle qui, bien qu'elle fût en plein centre d'Austin, possédait une cour magnifique, écrin rêvé pour de belles photographies de mariage.

Et le photographe ne manqua pas d'en faire, encore et encore. Lorsqu'elle eut fini de poser avec les mariés et le garçon d'honneur, Jennifer eut envie d'un peu de solitude. D'autant plus qu'elle n'arrêtait pas de croiser le regard de Bobby, ce qui, chaque fois, faisait cogner son cœur dans sa poitrine.

Elle s'éloignait, à la recherche d'un endroit calme, lorsque Marcie l'appela :

— Attends, Jennifer ! Je voudrais faire une dernière série de photos.

Puis elle regarda tout autour d'elle.

— Bobby ! Où es-tu ?

Jennifer fondit sur elle, lui adressant un regard mauvais.

— Tu es folle ou quoi ?

— Pas du tout, dit Marcie, un large sourire aux lèvres. Va prendre la pose. Je suis la mariée, c'est moi qui commande.

Jennifer se retourna et vit Bobby déjà en train de poser. Elle fusilla de nouveau Marcie du regard en la traitant intérieurement de tous les noms.

— Hé, s'indigna Marcie. On n'insulte pas la mariée le jour de son mariage.

— Je n'ai rien dit.

— Non, mais tu l'as pensé, et j'ai très bien entendu. Maintenant, continua-t-elle, les poings sur les hanches, va rejoindre ton chéri.

— Ce n'est pas mon chéri, grommela-t-elle.

De mauvaise grâce, elle alla le rejoindre. Pas grave. De toute façon, encore quelques heures et tout serait terminé.

Dès qu'elle approcha, il passa son bras autour de sa taille.

— Toi aussi, tu m'as manqué, trésor.

Elle se tourna vers lui, tellement troublée — alors qu'elle aurait dû être en colère, ce qui la troubla encore plus — qu'elle n'entendit même pas le flash crépiter.

— Mais ce n'est pas vrai ! Tu n'arrêteras donc jamais ?

Il fit un pas de côté vers elle.

— Tu voudrais vraiment que j'arrête ?

— Non. Enfin oui. Enfin non… Et pourquoi est-ce que tu sens toujours aussi bon ? Je voudrais que…

— Jennifer.

Le photographe l'interrompit, lui rendant du même coup un fier service, car elle ne savait pas du tout quoi lui répondre.

— Jennifer, posez votre main sur le bras de Bobby et continuez de le regarder comme vous le faisiez il y a un instant.

Elle obéit. Chaque contact était électrique. Et il se rendait bien compte de l'effet qu'il lui faisait, elle le voyait dans ses yeux.

— Parfait, déclara le photographe. Ne bougez pas.

— Tu es superbe dans cette robe, murmura-t-il.

— Arrête, Bobby.

— Ah bon, je dois encore arrêter ?

— Oui. Et tiens-toi bien, cette fois.

— Mettez-vous de face, demanda le photographe. Jennifer, passez devant, et Bobby, mettez-vous derrière elle et posez vos mains sur sa taille.

Les yeux de Bobby se mirent à pétiller.

— Je suis sûr qu'il veut que tu souries pour celle-là.

Elle serra les dents.

— Je te le répète : tiens-toi bien.

Puis elle se mit de face. Bobby l'enveloppa de son corps, appuyant ses mains sur ses épaules pour lui murmurer à l'oreille :

— Pourtant, tu aimes ça quand je me tiens mal.

— Non, je…

Il enfouit son visage dans sa nuque et un frisson de volupté parcourut son corps. Elle ferma les yeux alors que cette divine chaleur se propageait en elle. En cet instant, rien d'autre n'existait que Bobby.

— Ça c'est une photo ! s'exclama le photographe. Là, je crois que ça y est, on peut arrêter, si la mariée est satisfaite…

— Oh oui, elle l'est, dit Marcie en passant son bras sous celui de Mark. Et, plus que satisfaite, elle est même heureuse. Et maintenant, c'est le moment d'ouvrir le bal. Ils nous attendent.

De loin, Jennifer observait la piste de danse. Elle s'était frayé un chemin parmi la foule jusqu'à l'autre bout de la cour, où, enfin, elle allait pouvoir être tranquille. Marcie et Mark avaient ouvert le bal, amoureusement serrés l'un contre l'autre, puis, très vite, la musique était devenue plus rythmée, et, à présent, de nombreux invités dansaient sur la piste.

Tout le monde avait l'air de bien s'amuser. Sauf elle… Réprimant les mauvaises pensées qui lui traversaient l'esprit, elle décida d'aller se chercher un verre au bar, de l'autre côté de la cour. Mais alors qu'elle tentait de longer les murs sans se faire remarquer, Scott, le garçon d'honneur, l'intercepta et la traîna de force jusqu'à la piste.

— Non ! cria-t-elle.

Mais c'était trop tard.

En riant, Scott l'attira à lui, beaucoup trop près à son goût.

— Tout le monde sait que le garçon et la demoiselle d'honneur doivent danser ensemble, et on ne l'a pas encore fait.

Puis il posa sa main sur son dos, beaucoup trop bas à son goût, tandis que, comble de malchance, s'élevaient les premières notes d'un slow.

Elle voulut protester, mais elle n'en eut pas le temps. Quelqu'un venait de poser une main sur son bras.

— Cette danse est pour moi, dit Bobby, qui venait de se matérialiser à leurs côtés, impressionnant de force tranquille et de confiance.

Sans même discuter, Scott s'éclipsa, et elle tenta de faire de même. D'accord, elle n'avait aucune envie de danser avec Scott, qui était lourd, mais elle n'avait pas non plus envie d'être obligée de passer cinq minutes collée contre Bobby. Tout contre. C'était beaucoup trop dangereux.

Mais, alors qu'elle se faufilait entre les couples de danseurs, Bobby réapparut devant elle, comme surgi de nulle part, et lui prit la main.

— Tu m'as promis qu'on retournerait à l'endroit que je t'ai montré l'autre jour. Je veux que tu n'oublies jamais la nuit qui va venir. Rejoins-moi près de notre arbre à minuit.

Une nuit avec Bobby. Des images de leurs corps nus, des images d'étreintes passionnées s'imposèrent à elle. Il lui proposait une dernière nuit d'amour, et elle était plus que tentée. Pourtant elle s'était juré de ne pas le laisser décider des conditions de leurs adieux.

Alors, luttant de toutes ses forces pour ne pas succomber, elle essaya de lui adresser le regard le plus dédaigneux possible.

— Notre arbre ? Mais nous n'avons pas d'arbre.

— Tu oublies nos noms gravés, qui disent le contraire. Tu me dois ça, Jennifer. Tu nous dois ça.

Il s'approcha et lui murmura à l'oreille :

— J'emmènerai une couverture.

Sur ce, il l'embrassa dans le cou et disparut.

Quelques heures plus tard, après que Marcie eut refusé de jeter son bouquet pour l'offrir directement à Jennifer, Bobby avait bel et bien disparu. Les jeunes mariés s'étaient éclipsés eux aussi et minuit approchait.

Elle allait devoir prendre une décision.

Allait-elle ou non commettre la folie d'aller rejoindre Bobby ?

Bobby attendait, sous cet arbre qui signifiait tant pour lui. C'était l'endroit où il avait senti, enfin, qu'il avait vaincu ses démons. C'était l'endroit où, avait-il espéré, il avait su reconquérir le cœur de Jennifer. Nerveux comme jamais, il jeta un coup d'œil à sa montre. Il était minuit passé de cinq minutes. Elle n'arrivait pas. Pourtant il avait cru qu'elle viendrait. Il avait cru qu'elle leur accorderait une dernière chance. Et il avait tout organisé pour que cette nuit soit vraiment mémorable. Il était passé se changer et avait préparé les lieux. Une couverture sur le sol, deux lanternes et quelques belles surprises pour lui prouver qu'il était prêt à tout pour elle. Mais elle n'était pas là.

Cinq minutes plus tard, il faisait les cent pas. Cinq autres minutes plus tard, il était assis sur la couverture, décomposé, et fixait tristement leurs deux noms gravés sur l'écorce. Il se passa la main dans les cheveux. Mais pourquoi ne lui avait-il pas parlé durant le trajet qui les ramenait de chez son père ? C'était là qu'il l'avait perdue, et jamais il ne se le pardonnerait…

Soudain une lumière, sur la route, le tira de sa torpeur. Une voiture. Lorsqu'il fut sûr qu'il s'agissait bien de Jennifer, il voulut tout d'abord se lever, mais se ravisa. Son retard signifiait qu'elle avait hésité à venir. Pour ne pas la braquer, il fallait donc qu'il procède en douceur et avec précaution.

Elle gara sa voiture à côté de son pick-up mais ne descendit pas tout de suite. De longues secondes passèrent durant lesquelles il dut se faire violence pour ne pas aller à sa rencontre. Finalement, alors qu'il était tout de même sur le point de se lever, il entendit une portière s'ouvrir.

Elle marcha vers lui. Elle aussi s'était changée, elle était en jean, tout de noir vêtue. Alors qu'elle arrivait près des arbres, elle marqua un temps d'arrêt, infime, comme si elle était surprise par le décor romantique qu'il avait composé.

Pourvu qu'elle aime, songea-t-il, inquiet.

Elle s'avança jusqu'au bord de la couverture, les bras croisés sur sa poitrine.

— Hello, dit-elle doucement.

— Hello, dit-il en luttant pour ne pas la prendre dans ses bras. Je pensais que tu ne viendrais pas.

— Moi aussi, je pensais que je ne viendrais pas.

— Mais tu es venue.

— Oui.

Il tapota la couverture.

— Est-ce que tu veux bien t'asseoir à côté de moi ?

Elle secoua la tête.

— Non, je… Je crois que je ferais mieux de ne pas rester, Bobby. Tout ça… c'est fantastique. Tu as toujours été fantastique, d'ailleurs. Toujours très romantique. Mais…

— Je suis parti. Je sais… L'autre nuit où je me suis tu en voiture, ce n'était pas parce que je voulais te tenir à l'écart de ma vie. C'était que je n'arrivais pas à mettre des mots sur ce que je ressentais. Mais j'y serais parvenu si tu m'avais laissé un peu plus de temps. J'aurais fini par te parler. Et c'est ce que je vais faire cette nuit. Si tu m'y autorises.

Il lui tendit la main.

— Assieds-toi avec moi.

Dans la lumière dansante des lanternes, il vit son visage se détendre et son expression s'adoucir. Lentement, elle glissa sa main dans la sienne et s'installa en face de lui, dans la même position que lui, les genoux repliés contre son buste.

Il tendit la main pour lui caresser la joue.

— Après cette nuit-là, lorsque j'ai vu avec quelle facilité tu me croyais capable de me détourner de toi, j'ai compris que je devais faire quelque chose qui te prouverait mieux que des mots combien j'étais sérieux à propos de nous deux. Je savais que je devais te le montrer. Et je savais que tu méritais de savoir ce que je deviendrais et ce que je ferais une fois que j'aurais quitté l'armée. Alors je me suis lancé. La première chose que j'ai faite, ça a été de retourner à la base pour démissionner. Je leur dois encore une semaine, mais c'est terminé, j'ai quitté l'armée.

— Ça fait sept ans que tu es un soldat, Bobby. Je t'ai vu sauver des vies à l'aérodrome. Ne te sens pas obligé de quitter l'armée pour moi. Le problème n'est pas là.

— Je serais toujours parti. Dans ces conditions, c'est impossible d'avoir la moindre vie de couple. Et puis j'ai fait ce choix. J'en ai assez de la mort. J'en ai assez de ne plus avoir de maison. J'en ai assez de passer ma vie aux quatre coins du monde. Alors…

Il tendit le bras et attrapa un trousseau de clés.

— Qu'est-ce que c'est ?

— J'avais un peu d'argent de côté et je m'en suis servi. Je suis maintenant copropriétaire de l'aérodrome dont Rocky voulait se défaire. J'ai réussi à le faire changer d'avis en lui proposant de m'associer à lui. Et j'espère convaincre Caleb et Ryan — ceux que tu as vus l'autre soir — de se joindre à nous un jour.

Elle posa sa main sur sa cuisse, et murmura d'une voix teintée d'une pointe d'excitation :

— Tu as fait ça, Bobby ? Vraiment ?

Il acquiesça.

— Oui, je l'ai fait. Et j'ai pris contact avec un agent immobilier d'Austin pour lui demander s'il avait des maisons au bord du lac à nous proposer.

Il lui tendit un dossier.

— Tu te souviens de cette maison dont nous rêvions il y a quelques années, Jen ?

Elle prit le dossier, et le feuilleta, les mains tremblantes. Puis elle posa sur lui ses beaux yeux devenus humides.

— Bobby, je…

— Attends, dit-il en lui embrassant la main et en reposant le dossier sur la couverture. Encore une chose.

Il l'aida à se relever et porta discrètement la main à sa poche, avant de poser un genou à terre et de lui prendre la main. Puis il tendit la bague qu'il avait achetée quelques jours auparavant, un solitaire, simple et élégant comme celle à qui il était destiné.

— Oh ! non…, murmura-t-elle en commençant à pleurer.

— Jennifer, je t'aime. Fais de moi un homme heureux et laisse-moi te le prouver chaque jour de notre vie. Je t'en prie, dis-moi que j'ai réussi à te convaincre que je ne vais plus jamais repartir. Jennifer, veux-tu bien m'épouser ?

— Oui, répondit-elle en s'agenouillant pour passer ses bras autour de son cou. Oui ! Je t'aime, Bobby. Et si tu savais combien tu m'as manqué.

Il prit son visage entre ses mains et essuya ses larmes. C'était la première fois depuis son retour qu'elle lui répondait sans la moindre hésitation.

— Si tu savais, Jen, comme c'est bon de t'entendre dire que tu m'aimes. Est-ce que tu peux le répéter ?

— Je t'aime, Bobby.

Il l'embrassa et lui passa la bague au doigt.

— Elle est magnifique, Bobby, et je suis la plus heureuse des femmes. Mais attention, ajouta-t-elle avec un petit sourire, ça ne veut pas dire pour autant que je suis prête à sauter d'un avion.

Il l'aida à se rasseoir.

— Tu peux sauter, trésor. Parce que je serai toujours là pour te rattraper. Tu as ma parole. Mais maintenant, faisons honneur à cette couverture qui nous tend si gentiment les bras.

LISA RENEE JONES

Un défi délicieux

INTÉGRALE
LES AMANTS DU TEXAS

Traduction française de
MARIE PASCAL

• SAGAS •

HARLEQUIN

Titre original :
HIGH OCTANE

Ce roman a déjà été publié en 2012

1

— Sabrina ! Où est Sabrina ?

Sabrina Cameron, à la fois surprise et incrédule, reconnut la voix nasillarde si caractéristique de son nouveau rédacteur en chef qui hurlait son nom dans les couloirs de l'*Austin Herald*. Elle se sécha les mains en vitesse et se dirigea au plus vite vers son poste de travail.

A peine un mois plus tôt, elle avait mis un point final à la chronique politique qu'elle tenait dans un grand quotidien national, et dit au revoir à New York et à son sénateur de père. Elle pensait donc également en avoir fini avec une vie trépidante où être poursuivie jusque dans les lieux les plus improbables était la norme.

Mais elle s'était manifestement trompée.

— Sabrina !

Frank Roberts surgit au détour du couloir, sa grande silhouette dégingandée tout entière tendue vers sa cible : elle.

Elle commençait à cerner le personnage. Il avait parfois des accès d'activité frénétique, qui pouvaient durer des heures. Dans ces moments-là, il ne laissait pas un moment de répit à ses collaborateurs, qui avaient plutôt intérêt à filer doux.

Lorsqu'il l'aperçut, ses yeux durs se plissèrent et il marqua un léger temps d'arrêt, comme s'il était surpris de la voir les cheveux lâchés. C'était en effet la première fois qu'elle se le permettait depuis son arrivée au journal, et elle arborait de plus une tenue décontractée — jean noir et chemise de cow-boy bleu pâle — dont elle n'était pas coutumière.

Les lèvres pincées en signe évident de désapprobation, il demanda :

— Vous étiez en tailleur ce matin, qu'est-ce que c'est que cette tenue ?

— Je pars en reportage à Kyle pour la Fête de la Fraise, répondit-elle sur un ton guilleret.

Elle se réjouissait surtout de la soirée tranquille qu'elle passerait ensuite. Quel soulagement de ne plus avoir à redouter les réactions à sa chronique politique quotidienne. Ses prises de position — souvent contraires à celles de son père — soulevaient régulièrement des commentaires passionnés.

Et puis, elle allait sans doute s'amuser comme une petite folle. Elle imaginait déjà les rires, l'ambiance bon enfant… Bref, tout ce qui lui avait manqué à New York. Sans parler des cow-boys qui abonderaient sans aucun doute dans cette sympathique fête de village.

Ils étaient si charmants avec leurs jeans moulants, leurs belles bottes pointues et leurs chemises à franges. Ils portaient cette tenue avec autant de naturel que les New-Yorkais le costume trois-pièces, la décontraction et le côté sexy en plus…

— Retournez tout de suite vous changer, dit Frank d'un ton brusque qui la tira de la douce rêverie dans laquelle elle était en train de sombrer. Cet après-midi, vous assistez à la conférence de presse du maire en ville.

— Oh non, répondit-elle. Ça ne fait pas partie de mes attributions. Je ne m'occupe plus de politique.

Elle ne voulait même plus se souvenir qu'elle s'en était un jour occupée. A tel point qu'elle signait maintenant ses articles sous un pseudonyme, pour que personne ne puisse faire le lien avec son passé. Elle avait besoin de mener sa vie comme elle l'entendait, de se construire une identité propre. Elle voulait se sentir libre de prendre les décisions qu'elle souhaitait sans avoir à réfléchir à leurs éventuelles conséquences sur la carrière de son père.

— J'ai besoin que vous couvriez cette conférence de presse, dit Frank en croisant les bras sur sa poitrine. Et vous allez le faire.

— Pas de politique, répéta-t-elle en posant les poings sur ses hanches. C'était l'une des conditions de mon recrutement.

— Jusqu'ici, dit-il, agité, je vous ai donné ce que vous vouliez : vous avez couvert une première au théâtre, une course à pied, et maintenant cette espèce de Fête de la Fraise. Il est temps de me renvoyer l'ascenseur. Vous allez vous rendre à cette conférence de presse, et certainement pas en jean.

— J'ai couvert ces événements parce que nous nous étions mis d'accord que je ne ferais que ce genre de papiers pendant mes six premiers mois ici. Le temps de me faire oublier et de prendre un nouveau départ. De ce point de vue, me montrer à la conférence de presse du maire ne me paraît pas exactement judicieux.

— Puisque vous ne vous intéressez plus qu'aux chiens écrasés, vous ignorez sans doute qu'un soldat de l'armée américaine, qui trempait dans un trafic de drogue, a dévalisé une banque cette nuit, avant d'être abattu par la police. C'est une nouvelle énorme. La télévision et la presse nationales vont s'en emparer, c'est certain.

— Je suis au courant, et ce n'est pas la première fois que quelqu'un fait quelque chose de stupide. C'est triste, mais je ne vois pas pourquoi je devrais m'en occuper personnellement. D'ailleurs il est hors de question que vous vous serviez de mon nom pour vous vendre à la télé ou aux grands quotidiens. Pas alors que je fais tout pour fuir le devant de la scène.

— Vous connaissez ce milieu-là. Vous pouvez mieux que personne découvrir ce que je veux savoir.

— Si, par « ce milieu », vous entendez la politique, oui, je le connais. Et je m'en passerais bien, croyez-moi. Si je suis ici, c'est même pour tenter d'oublier que « ce milieu » existe.

Pendant trente-deux ans, elle avait vécu dans ce monde, où tout était assujetti à la carrière de son père, et elle n'en pouvait vraiment plus.

— Et si je vous disais qu'une source proche de la mairie prétend non seulement que le maire connaît le soldat en question, mais qu'il est également en train d'essayer d'étouffer l'affaire ?

— Pourquoi ferait-il ça ? demanda-t-elle, sa curiosité journalistique prenant malgré elle le dessus.

— Il a peut-être les mains sales, et je sais combien vous détestez cela chez les politiciens. Peut-être même trempe-t-il dans ce trafic de drogue. On peut tout imaginer. C'est pourquoi j'ai besoin de quelqu'un de votre compétence pour couvrir cette affaire. Est-ce que vous êtes intéressée à présent ?

— Non, dit-elle. Absolument pas.

Elle mentait, évidemment, mais elle était venue au Texas pour commencer une nouvelle vie, pas pour faire la même chose qu'avant, ailleurs.

— Je n'ai pas été embauchée pour ça. Et avec le nom que je porte, je ne veux pas me retrouver mêlée à un scandale politique.

— Si quelqu'un peut démêler cette histoire, c'est bien vous.

— Peut-être, mais je ne le veux pas, répondit-elle d'un ton sec.

— Eh bien moi si. Ce qui veut dire que vous allez le faire. C'est du journalisme d'investigation, Sabrina. Je ne vous demande pas de reprendre votre chronique politique ni d'émettre la moindre opinion personnelle. Ce qui m'intéresse, ce sont les faits. Après, libre à chacun de démêler le vrai du faux.

— Mon travail consiste à…

— A faire ce que je vous dis de faire, dit-il, l'interrompant sèchement. Et le mien consiste à rapporter les faits en exploitant au mieux toutes les ressources dont je dispose. C'est fini, les Fêtes de la Fraise, pour vous. J'ai dit.

Puis ses yeux se durcirent et sa voix devint plus ferme encore.

— La conférence de presse est à 16 heures. Ne soyez pas en retard.

Grinçant des dents, elle lui adressa un regard hostile, buté. Elle ne pouvait nier que cette histoire l'intéressait, mais elle était là pour reprendre le contrôle sur sa propre vie, et voilà qu'on lui imposait de faire quelque chose contre son gré.

— Sabrina…, fit-il sur un ton de reproches.

— C'est bon, Frank, vous avez gagné, dit-elle finalement. J'irai. Mais je ne veux pas que mon nom apparaisse. Demandez à quelqu'un d'autre d'écrire l'article à partir des notes que je prendrai.

Il eut un rictus avant de tourner les talons en maugréant un « on en reparlera ». Puis il s'éloigna vers la salle de rédaction.

Elle se demandait si elle n'allait pas lui emboîter le pas pour « en reparler » tout de suite lorsque Jennifer Jones, la jeune et jolie vétérinaire chargée depuis peu de la chronique animalière au journal, apparut et se dirigea vers elle.

— Qu'est-ce qu'il avait à crier si fort après toi ? demanda-t-elle en regardant autour d'elle d'un œil inquiet. Je ne m'habituerai jamais à cet endroit. Je ferais mieux de rentrer bien vite à ma clinique. Les aboiements et les miaulements en tout genre me conviennent beaucoup mieux que les éructations de Frank.

Sabrina aurait volontiers ri devant son air soucieux si elle-même n'avait pas eu l'estomac noué.

— Est-ce que je peux venir avec toi ?

— Ça dépend, répondit la jeune vétérinaire en souriant. Tu n'as rien contre les poules ? Parce que, si mes souvenirs sont bons, je dois en ausculter une cet après-midi.

— Une poule ? demanda-t-elle, amusée.

Cela ne faisait qu'un mois qu'elles se connaissaient, mais elle considérait déjà Jennifer comme une amie. Avec ses anecdotes sur ses patients à poils, à plumes ou à écailles, elle savait toujours la faire rire quand elle en avait besoin.

— Tu ne parles pas sérieusement ?

— Bien sûr que si. Nous sommes au Texas, les gens font très attention à leurs poules.

— A New York, ils élèvent plutôt des rats.

— Eh oui, tu as changé d'environnement, il faudra t'y

faire, dit Jennifer en souriant avant de changer de sujet. Les vociférations de Frank signifiaient-elles que notre déjeuner est compromis ?

— Elles signifiaient surtout que j'aurais bien besoin d'une margarita et d'une bonne dose de chocolat. Mais je dois…

— Conduire. Je sais.

Sabrina fronça les sourcils.

— Comment as-tu deviné ce que j'allais dire ?

— Tu trouves toujours une excuse pour ne pas te laisser aller, de la même façon que, lorsqu'on déjeune ensemble, j'ai remarqué que tu posais toujours ton verre exactement à la même place. On ne se connaît pas depuis très longtemps, mais j'ai bien compris que tu étais obsédée par le contrôle.

Elle ouvrit la bouche pour contester, mais Jennifer leva un doigt pour l'empêcher de prendre la parole.

— N'essaie pas de nier, et viens manger avec moi. J'arrive tout de suite, je vais chercher mon sac.

Alors que Jennifer quittait la salle de rédaction, Sabrina resta sans bouger, déconcertée, les sourcils toujours froncés. Pourquoi son amie disait-elle cela ? Elle ne cherchait pas à tout maîtriser. Son père oui, mais pas elle. Elle ne pouvait pas la laisser continuer à penser cela d'elle.

Une heure plus tard, confortablement installée sur la banquette d'un restaurant cosy, Sabrina s'apprêtait à attaquer l'énorme brownie nappé de glace et de sauce chocolat qui se trouvait devant elle.

— Tu vois, je ne cherche pas obsessionnellement à tout contrôler, dit-elle, alors qu'elle venait d'expliquer à Jennifer les raisons de son installation au Texas.

Jennifer haussa un sourcil.

Sabrina fit la moue. Sa nouvelle amie était impossible à convaincre, et vraiment redoutable. Elle l'avait percée à jour et la forçait à regarder la vérité en face.

— D'accord. Je l'admets. Je suis obsédée par le contrôle.

Mais je le suis devenue par nécessité. Chez moi, tout ce que je faisais était analysé et disséqué, pour estimer en quoi ça pouvait servir ou desservir la carrière de mon père. J'ai fui tout cela et j'aspire à être libre, mais c'est difficile.

— Je suis certaine que tu vas finir par y arriver.

— J'aimerais en être aussi sûre que toi, mais je me demande parfois si mon cas n'est pas désespéré.

— Tu doutes, et c'est bien normal. Ça prouve juste que tu es humaine.

— Que les humains sont compliqués, alors ! Crois-moi, tu as bien fait de choisir de passer tout ton temps avec des animaux…

Sur ce, elle se tut un instant pour savourer un beau morceau de brownie. C'était bon, et c'était tout à fait ce qu'il lui fallait…

— Mais si je me souviens bien, tu es mariée, non ? reprit-elle après avoir terminé sa bouchée.

— Oui. Et heureusement, Bobby sait laisser parler l'animal qui est en lui quand il le faut.

Elles rirent toutes deux de bon cœur.

— Sérieusement, reprit Jennifer, tu devrais te forcer à lâcher prise de temps en temps. Tu verras, le monde ne s'écroulera pas pour autant.

Soudain, son regard s'illumina, et elle poursuivit :

— Et je sais exactement ce que tu dois faire pour ça.

— Ah oui, et quoi donc ? demanda-t-elle, intriguée.

— Sauter en parachute ! répondit-elle d'un air triomphant.

Sabrina resta un instant bouche bée. Si elle s'attendait à cela…

— Tu es folle ou quoi ? Tu me vois sauter d'un avion ? Tu n'aurais pas une solution un peu moins extrême ?

— Avec quelques-uns de ses copains de l'Armée, Bobby a investi dans un petit aérodrome à une demi-heure d'Austin. Tu pourrais faire ton premier saut avec Caleb. C'est l'un des meilleurs amis de Bobby. Il est gentil, un peu réservé, et très doux. Il saura te mettre en confiance.

— Non, répondit-elle en repoussant son assiette comme

pour appuyer son refus. Je suis venue ici dans l'idée de vivre enfin ma vie. Je n'ai pas envie de mourir tout de suite.

Jennifer haussa les épaules.

— Je saute et j'adore ça. Mais moi, je ne suis pas obsédée par le contrôle. J'imagine que ça me permet d'apprécier certaines choses que tu ne pourras jamais connaître.

— C'est bas comme attaque, répondit Sabrina en plissant les yeux. Très bas.

— Je sais, répondit Jennifer en se penchant vers elle. Mais j'ai fait mouche, et tu le sais.

Soudain, le téléphone portable de Jennifer se mit à sonner.

— C'est l'heure, il faut que j'y aille.

Elle saisit son sac.

— Je ne repasserai pas au journal avant la semaine prochaine.

Puis elle posa une carte de visite sur la table.

— Voici l'adresse de l'aérodrome. Rendez-vous là-bas samedi un peu avant 14 heures. Ça te laisse trois jours pour paniquer. Mais il n'y a aucune raison. Tu as traversé le pays pour changer de vie, alors saute sur l'occasion.

Sur ce, elle se leva.

— Je te lance ce défi, Sabrina !

Elle resta assise, à regarder Jennifer s'en aller sans réellement la voir. Elle avait parcouru des milliers de kilomètres, quitté son travail, changé de nom. Tout ça pour quoi ? Pour rester prisonnière du monde de son père ?

Elle fit la grimace. Qui espérait-elle berner ? Elle n'avait aucune envie d'enchaîner les reportages sur les fêtes du Texas. C'était juste une façon de se protéger.

Au fond d'elle-même, elle savait qu'elle voulait assister à cette conférence de presse. Elle voulait enquêter, découvrir la vérité. Elle voulait écrire les histoires qui l'intéressaient. S'entourer des amis qui lui plaisaient. Choisir un homme parce qu'il l'excitait et non parce qu'elle pensait qu'il pouvait la protéger.

Oh oui, elle aurait aimé pouvoir avoir une aventure d'une

nuit sans devoir craindre que les ragots ne se déchaînent. Mais, jusque-là, elle n'avait jamais osé. Elle essaya de se l'imaginer un instant. Elle ferma les yeux et entrevit un corps parfait, mû par une passion sauvage et débridée.

Mais elle soupira et repoussa cette vision au plus vite. Puis elle rapprocha de nouveau son assiette, bien décidée à savourer chaque bouchée de son dessert. Pour l'heure, c'était la chose la plus proche de l'orgasme qu'elle pouvait s'autoriser sans avoir à craindre pour sa réputation. Elle ferait peut-être bien de relever le défi lancé par Jennifer, finalement. Au moins, sauter d'un avion n'avait rien de scandaleux.

Ah, cette fichue peur du scandale... Quand la quitterait-elle ?

En ce samedi après-midi, il faisait chaud, très chaud, à l'aérodrome. Ryan Walker, à la recherche d'un peu de fraîcheur, s'était réfugié dans le bureau climatisé et en profitait pour consulter le planning de l'après-midi. Il était arrivé très tôt dans la matinée, et avait volé pour la première fois depuis son arrivée, un mois plus tôt. Comme il n'avait rien d'autre de prévu ce jour-là, il irait rendre visite à son agent immobilier. Peut-être avait-il des maisons à lui faire visiter. Il n'en avait parlé à personne, et ne le ferait pas tant qu'il n'aurait pas trouvé son bonheur. Pour tout dire, l'idée de posséder une maison l'effrayait encore. C'était sans doute pour cela qu'il menait pour l'instant ses recherches en dilettante. Mais si jamais il décidait de s'établir définitivement ici — et il s'était fixé une date butoir pour décider de son avenir — alors il se donnerait à fond.

Il n'avait jamais aimé les demi-mesures, et, lorsqu'il sentait ses motivations faiblir, il préférait abandonner la partie. C'était pour cela qu'il avait quitté l'Armée un mois plus tôt. Tout à coup, il en avait eu assez d'obéir aux ordres sans poser de question et s'était mis à douter du bien-fondé de certaines des missions qu'on l'avait forcé à accomplir. Alors, ni une ni deux, il avait répondu à l'appel de son camarade Bobby

Evans, qui venait lui-même de décider, après plusieurs années de bons et loyaux services dans les Forces Spéciales, de ne pas se réengager.

Il referma l'agenda, impatient d'être au lundi matin pour faire une démonstration de saut devant les nouvelles recrues de leur ancien commando, les Fous Volants. Car sauter dans le vide lui plaisait toujours autant. De cela, il n'y avait pas à douter. Il aimait même tellement cela que cela ne lui passerait sans doute jamais.

Il était presque à la porte lorsqu'il aperçut une femme qui se dirigeait vers l'accueil. C'était une vraie bombe. Sous le charme, il se figea net et ne put retenir un petit sifflement.

Immédiatement intéressé — bien plus qu'il ne le serait jamais par la recherche d'une maison —, il regarda la plantureuse créature s'approcher.

Elle avançait d'une démarche décidée, et ses magnifiques jambes abolissaient à chaque pas un peu plus la distance qui les séparait. Il n'y avait pas de doute, c'était une femme pour lui. Sous les effets de l'anticipation, ses terminaisons nerveuses se mirent à brûler d'un feu qu'il ne connaissait que trop bien. Jusqu'à présent, ses journées plus que remplies à l'aérodrome ne lui avaient pas laissé le temps de sortir ni de s'amuser de quelque façon que ce soit. Cette période d'abstinence avait assez duré, décida-t-il sur-le-champ. A la vue de ce corps à se damner moulé dans un jean et un T-shirt noirs, il sentit son sang cogner dans ses tempes.

Elle poussa la porte. Ses cheveux sombres et soyeux se promenaient sur ses épaules menues, sur sa poitrine haute. C'était plus fort que lui. Il voulait sentir ces cheveux sur son visage, sur son ventre. Il voulait cette femme.

Elle pénétra dans le petit bureau et remonta ses lunettes de soleil sur le sommet de son crâne. Ses yeux d'un vert ardent et lumineux croisèrent son regard déjà captivé et, entre eux, la connexion fut instantanée, et l'attraction, torride. L'air se chargea d'une électricité qui le fit tressaillir. Un silence tendu s'installa.

— Bonjour, dit-elle finalement d'une voix grave et chaude qui se propagea dans tout son corps, faisant bouillir le sang dans ses veines.

Son regard fut attiré par sa poitrine généreuse, qui se soulevait et se baissait de façon un peu saccadée. Il le releva à temps pour voir ses dents blanches mordiller ses lèvres pulpeuses. Il voulait la goûter, et pas seulement sa bouche, elle tout entière. Il souleva son chapeau de cow-boy afin qu'elle puisse lire dans ses yeux tout l'intérêt qu'il lui portait.

Il y eut un nouveau moment de silence, tout aussi lourd que le précédent, puis elle déclara :

— Je cherche Caleb.

Il réprima tant bien que mal un juron. Caleb. Elle cherchait Caleb. Son partenaire. Son camarade de commando. Son ami. Il serra les dents. Il était en train de franchir des limites interdites. Malgré l'élan qui le poussait vers cette femme, il devait battre en retraite. Ce qui appartenait à l'un des Fous Volants était sacré. Mais Caleb avait intérêt à faire valoir ses droits sur cette femme, et vite. Parce que lui, Ryan, la voulait. Et il finissait généralement par obtenir ce qu'il désirait.

2

Ryan fixait cette beauté brune, déterminé à ne pas la laisser repartir avant d'avoir obtenu ce qu'il voulait. Soit bien plus que son nom, son adresse et son numéro de téléphone.

Malheureusement, quelqu'un l'intercepta aussitôt.

— Sabrina ! fit Jennifer sur un ton de reproche, le bousculant pour s'interposer entre lui et sa cible. Tu es en retard. Je pensais que tu ne viendrais plus.

— Alors comme ça, tu me prenais vraiment pour une poule mouillée, répondit la belle brune.

Sabrina, puisque c'était ainsi qu'elle s'appelait.

Sur ce, elle partit d'un grand éclat de rire. Elle avait un rire rauque et sexy qui attisa un peu plus le désir qu'il éprouvait pour elle.

Jennifer fit la moue et avança de quelques pas vers Sabrina, le privant du délicieux spectacle.

— Ton retard en dit long, tu le sais aussi bien que moi.

Puis elle se décala un peu sur sa droite, les poings sur les hanches, et il put voir le rouge gagner progressivement les joues ivoire de la belle Sabrina, qui demanda :

— Je devais me présenter à une heure précise ? Je croyais que tu avais dit samedi, sans préciser quand.

— Ne joue pas les ingénues avec moi, répondit Jennifer du tac au tac. J'avais dit un peu avant 14 heures et tu le sais très bien.

Sabrina rit, cessant d'essayer de se défendre.

— D'accord, j'ai failli ne pas venir. Et je sais que je suis en retard.

— C'est bien ce que je pensais, dit Jennifer sur un ton triomphant. Et tu espérais sans doute secrètement qu'il serait trop tard pour sauter. Eh bien, tes souhaits sont exaucés. Caleb est pris tout l'après-midi.

Entendant cela, Ryan s'approcha et, l'air de rien, s'accouda au comptoir de l'accueil. Il remettait sa recherche de maison à plus tard. Il y avait plus important.

— Je l'emmène, moi, dit-il en s'efforçant de prendre un ton détaché.

Sabrina se tourna vers lui. Elle le détailla lentement de haut en bas et, lorsqu'elle planta son regard dans le sien, ses yeux vert clair brillaient comme le cristal.

— Et qui êtes-vous, monsieur ? demanda-t-elle.

— Un meilleur choix que Caleb, répondit-il avec assurance.

— Certainement pas pour Sabrina, fit Jennifer.

Puis, se tournant vers son amie :

— Ryan est une vraie tête brûlée, et ce n'est pas ce que tu veux. Fais-moi confiance. C'est Caleb qu'il te faut.

Pour ce qu'elle avait pu voir de Ryan, Sabrina était presque certaine qu'il était celui qu'elle voulait. Mais l'expression « tête brûlée » l'avait tout de même inquiétée. Elle était déjà assez terrorisée à l'idée de sauter d'un avion pour ne pas avoir à en rajouter. Certes, il était le plus beau cow-boy qu'elle ait jamais vu, avec un corps qu'elle devinait ferme comme le roc et un regard sombre d'une intensité prometteuse, mais elle tenait trop à sa vie pour tenter l'expérience avec lui.

— Je peux attendre Caleb. Et s'il le faut, je peux toujours revenir le week-end prochain.

Un petit sourire passa sur le visage trop charmeur de Ryan.

— Je vais y aller doucement avec vous, princesse. C'est promis.

Elle n'en crut rien, mais cela ne l'empêcha pas de l'imaginer collé dans son dos, alors qu'elle était suspendue à un parachute. C'était très dangereux. Et à plus d'un titre…

— Non, Ryan, n'insiste pas, dit Jennifer avant de s'adresser à Sabrina. Caleb est calme et prudent. Avec lui, tu n'as rien à craindre.

— Moi aussi je suis calme et prudent.

Jennifer le regarda longuement.

— A d'autres ! Ce n'est pas pour rien que c'est toi qui accompagnes les sauteurs expérimentés. Et tu le sais aussi bien que moi.

— Oui, reconnut-il. C'est parce que je leur enseigne que le calme et le contrôle de soi ne doivent pas nécessairement être ennuyeux. Je les pousse à aller toujours plus loin plutôt qu'à battre en retraite. Je leur montre comment repousser leurs limites.

Ces mots résonnèrent en Sabrina et s'insinuèrent au plus profond d'elle-même. Elle savait déjà faire preuve de calme et de contrôle. Elle l'avait fait durant toute sa vie. Ce qu'elle souhaitait, c'était apprendre à être calme, maîtresse d'elle-même et audacieuse tout à la fois. C'était apprendre à sortir de sa zone de sécurité. Ryan n'était donc pas seulement celui qu'elle voulait. Il était celui dont elle avait besoin.

— Je veux sauter avec Ryan, déclara-t-elle d'une voix décidée.

Jennifer, l'air surprise, commença à protester :

— Mais, Sabrina…

— C'est bon, je sais ce que je fais, répondit-elle à voix basse en posant la main sur le bras de son amie. Je t'assure. Je suis là, et, honnêtement, si je repars, je ne le ferai peut-être jamais. Et c'est une bonne idée de sauter en parachute. Ça me fera le plus grand bien.

— Tu es sûre de toi ?

— Non, à vrai dire, je ne suis sûre de rien, et encore moins d'avoir vraiment envie de me jeter dans le vide. Mais au moins je l'aurai fait. Et c'est maintenant ou jamais.

Jennifer sembla vouloir émettre une nouvelle objection, avant de se raviser et de lui attraper le bras.

— Suis-moi.

Elle l'entraîna à l'intérieur du bureau. Ryan se trouvait sur leur chemin, et Sabrina le frôla presque en le contournant. Elle en profita pour l'étudier de près, et en détail. Son regard s'attarda sur ses cuisses, longues et musclées, mises en valeur par son jean moulant, qu'elle sentirait très bientôt contre ses jambes à elle. Sans pouvoir s'en empêcher, elle se mit à saliver, et leva les yeux pour rencontrer la seule chose qui semblait douce chez lui : son regard. Ils restèrent un moment les yeux dans les yeux, comme liés par une force invisible. C'était certain, il allait lui faire vivre une expérience intense. Et, bien qu'effrayée, elle ne put que constater que cette perspective l'excitait aussi au plus haut point. Pour la première fois depuis des années, elle se sentait vivante. Elle était sur le point de faire quelque chose dont elle n'aurait même pas osé rêver quelques mois auparavant. Elle était en train de changer de vie, et, enfin, tout un monde s'ouvrait à elle.

Mais avant d'explorer ces nouveaux horizons, il lui restait quelques formalités à accomplir. A contrecœur, elle passa son chemin et suivit Jennifer dans la petite pièce occupée par un bureau et quelques chaises. Elle s'assit et se mit à signer les papiers — incroyablement nombreux — que Jennifer lui présentait. Des certificats de bonne santé, des décharges, des autorisations d'hospitalisation en cas d'accident… Soudain, elle oublia Ryan pour ne plus songer qu'à l'interminable chute qui serait la sienne si par malheur son parachute ne s'ouvrait pas. Son angoisse devait être perceptible car, immédiatement, Jennifer vint s'asseoir à ses côtés.

— Tu sais, ce n'est pas parce que tu as signé que tu n'as pas le droit de changer d'avis, dit-elle d'une voix douce. Jusqu'au dernier moment il sera encore temps de renoncer.

— Là tu ne m'aides pas beaucoup, Jennifer. Je te rappelle que c'était ton idée.

— Mon idée, c'était de te faire sauter avec Caleb. Pas avec Ryan.

— Et alors ? Caleb ou Ryan, qu'est-ce que ça change ?

Jennifer poussa un soupir et se laissa tomber contre le dossier de sa chaise.

— C'est moi qui t'ai entraînée là-dedans. Je ne veux pas que, par ma faute, tu vives une expérience traumatisante. Je veux que tu trouves ça drôle, et que ça t'aide à te libérer. Caleb aurait été parfait pour ça. Il est sensible, patient. Il aurait compris si tu avais atteint tes limites ou pas. Et il n'aurait pas insisté s'il ne t'avait pas sentie prête. Ryan ne connaît pas les limites. Il est capable de te pousser, même si tu es morte de peur. Surtout s'il sait pourquoi tu fais ça.

— Ryan me va très bien. Et, pour dire la vérité, si j'ai accepté de le faire avec lui, c'est que j'ai mes raisons.

Soudain la voix profonde et veloutée de Ryan se fit entendre :

— Jenn ! Un coup de fil pour toi.

Sabrina leva les yeux. Ryan se tenait dans l'embrasure de la porte, débordant de cette mâle assurance dont il semblait ne pas manquer. Elle le fixa, captivée, tandis qu'il lui adressait un regard sensuel et appuyé.

— Bonne chance, ma chérie, dit Jennifer en se levant. Tu le voulais, il est à toi.

Ryan pénétra dans la pièce pour laisser passer Jennifer. Mais elle s'arrêta au contraire à sa hauteur et lui adressa un regard sévère.

— Tu seras sage !

— Comme une image…

Jennifer eut un petit ricanement d'incrédulité avant de disparaître.

Ryan avança dans la pièce et se pencha au-dessus de la table, juste en face de Sabrina.

— Et ces raisons dont vous parliez à l'instant à Jennifer auraient-elles par hasard un quelconque rapport avec mon corps d'athlète ? demanda-t-il, les yeux pétillant de malice.

Elle ne se laissa pas désarçonner. Côtoyer de près des

hommes politiques durant toute sa vie lui avait appris le sens de la repartie et de l'à-propos.

— Vous ne croyez pas si bien dire, répondit-elle. Si vous aviez été chétif et souffreteux, je ne pense pas que j'aurais eu envie de sauter d'un avion avec vous.

— De toute façon, j'ai comme l'impression que vous n'avez envie de sauter d'un avion avec personne.

— Je suis certaine que la plupart des gens ressentent la même chose après avoir signé tous ces papiers.

— Seulement ceux qui viennent ici contraints et forcés. Mais, normalement, ces personnes ne viennent pas seules. Elles viennent avec leur petit copain ou leur petite copine, avec un ami, bref, avec quelqu'un qu'elles espèrent impressionner en se dépassant. Mais vous, qui essayez-vous d'impressionner, Sabrina ?

— Moi-même.

Et ce serait la première fois depuis bien longtemps.

Il plissa les yeux.

— En vous forçant à faire quelque chose qui vous effraie ?

— Je dirais plutôt en me forçant à faire quelque chose que je n'ai pas l'habitude de faire.

Elle préférait ne pas entrer dans les détails. Après tout, ce qu'elle faisait là ne regardait qu'elle. Et Ryan n'avait pas besoin de la comprendre pour remplir le rôle qui lui revenait. Mais, visiblement, sa réponse évasive ne lui suffit pas :

— Dites-m'en davantage. J'ai besoin d'en savoir un peu plus si je saute avec vous.

— Pourquoi ?

— Parce que, une fois que nous serons là-haut, c'est moi qui serai responsable de vous. Est-ce que vous avez le vertige ?

— Non.

— Peur de l'avion ?

— Non.

— Peur de tomber ?

— Non.

Il l'observa un moment par en dessous, avant de reprendre son interrogatoire :

— Peur de mourir ?

Elle réfléchit un instant avant de répondre :

— Non. Non, je ne pense pas avoir peur de mourir. C'est ce qui nous attend tous, et je pense que j'ai accepté l'idée. Mais, dites-moi, est-ce que vous posez ces questions à tous vos clients ?

— Non. Mais Caleb oui.

— Ce n'est pas Caleb que j'ai choisi. C'est vous.

— Pourquoi ?

Pourquoi ? Elle s'en était doutée, il aurait fini, à un moment ou à un autre, par poser la question. Mais, après tout, autant se montrer honnête. Il était en droit de savoir. Et partager ce qu'elle ressentait, c'était peut-être aussi accepter de ne plus tout contrôler.

— Parce que j'ai besoin qu'on me force à me dépasser, plutôt que de me freiner. Parce que j'ai besoin de repousser mes limites. Et parce que je pense que vous êtes celui qui peut m'y aider.

Il eut tout d'abord l'air un peu surpris, avant de paraître très intéressé.

— Vous pensez vraiment que je suis celui qu'il vous faut, Sabrina ?

A dire vrai, il la terrorisait. Mais il l'excitait également, et c'était une sensation absolument délicieuse, comme jamais elle n'en avait ressenti jusqu'ici.

— Oui, cow-boy, j'en suis sûre, répondit-elle avec une assurance à peine forcée. Mais la question est de savoir si vous vous sentez prêt à relever ce défi ?

Il esquissa un léger sourire.

— Trésor, je préférerais mourir plutôt que de passer à côté de ça…

L'expression qu'il avait choisie la mit légèrement mal à l'aise, étant donné qu'ils étaient sur le point de sauter dans le vide. Mais elle essaya de ne pas s'y arrêter, et de songer plutôt à ce cow-boy si sexy qui semblait prendre tant de plaisir à flirter avec elle.

Elle lui tendit la liasse de papiers qu'elle avait signés.

— Si vous êtes prêt, je le suis aussi.

Sans quitter son regard, il répondit :

— Il vous reste une décision à prendre.

Encore une ? Elle venait pourtant de décider de sauter en parachute avec un homme réputé être une tête brûlée… Que pouvait-on lui demander de plus ?

— Laquelle ?

— En fait, il s'agit de choisir. Vous pouvez prendre plusieurs heures de cours et sauter toute seule. Ça vous permettrait de garder le contrôle, puisque j'ai cru comprendre que c'était important pour vous.

— Sauter dans le vide sans personne à mes côtés pour m'aider n'est pas exactement ce que j'appelle garder le contrôle, répondit-elle sans hésiter.

Puis, tout de suite, elle sentit la panique la gagner.

— Je pensais que j'allais sauter avec vous. Ce n'est pas possible de sauter avec vous ?

Elle se leva d'un bond, et il prit ses mains dans les siennes comme pour la calmer.

— Détendez-vous, trésor, dit-il d'une voix douce. Bien sûr que vous pouvez sauter avec moi. Mais avant de monter dans un avion, on ferait peut-être aussi bien d'aller boire un verre. Il est encore temps de réfléchir.

Soudain, elle comprit combien elle devait paraître stupide. Comment était-elle devenue cette gamine peureuse, terrorisée à l'idée de faire ce que tant de personnes faisaient sans la moindre crainte ?

— Non, répondit-elle, sachant très bien qu'elle renoncerait si elle s'accordait le temps de la réflexion. Allons-y maintenant. Je veux sauter.

Ryan s'approcha. Près. Très près. Puis il lui tendit la main.

— Alors venez. Et je ferai en sorte que vous appréciiez chaque minute que nous allons passer ensemble.

3

Ennuyeux, sans risque, danger, ni surprise. Ainsi avaient été jusqu'alors les hommes qu'elle avait fréquentés et les événements qui avaient émaillé son existence. Pourtant, elle aspirait au frisson. Elle aspirait à surmonter ses peurs. A vivre, à respirer, à profiter de la vie. Et plus seulement à la subir.

Sabrina fixa la main de Ryan. Large, forte, elle était une invitation à l'audace, qui ne concernait pas uniquement le saut dans le vide qu'ils s'apprêtaient à effectuer ensemble. Elle leva les yeux et rencontra son regard moka. L'envie de le toucher faisait trembler ses mains. Entre eux, la tension sexuelle était palpable, presque explosive.

— Sabrina, dit Jennifer en entrant précipitamment dans le bureau. J'ai une nouvelle qui risque de te décevoir, ou de te sauver la journée.

Sabrina se tourna vers son amie, retirant précipitamment sa main de celle de Ryan, comme une enfant prise en faute.

— Une nouvelle ? Quelle nouvelle ?

Jennifer approcha et leur adressa un regard suspicieux.

— Que se passe-t-il ? demanda-t-elle sur un ton méfiant.

— Rien, répondit précipitamment Sabrina. On finissait de signer les papiers. Mais voilà, c'est fait !

Elle lui tendit la liasse de documents.

— Oui, on signait les papiers, dit Ryan à sa suite avec un sourire forcé. Et cette nouvelle, quelle est-elle ?

Non sans les avoir gratifiés d'un regard sceptique, Jennifer récupéra les papiers.

— Apparemment Marco Montey s'est beaucoup amusé hier, dit-elle en se tournant vers Ryan. A tel point qu'il revient cet après-midi. Il prétend que, grâce à toi, il avait eu une montée d'adrénaline comme il n'avait pas connu depuis des années. En d'autres termes, tu ne peux pas sauter avec Sabrina aujourd'hui. Et, au passage, c'est précisément parce que tu es capable de susciter ce genre de réaction chez tes clients que je ne veux pas que tu sautes avec Sabrina.

Puis elle adressa un regard désolé à Sabrina.

— Je m'excuse, ma puce. Je sais que tu as dû prendre sur toi pour venir à l'aérodrome aujourd'hui. Je m'en veux de t'avoir attirée ici pour finalement te renvoyer chez toi, mais c'est peut-être mieux comme ça.

Même si elle essayait, Jennifer ne saurait jamais à quel point elle avait pris sur elle pour venir. Elle ne saurait jamais à quel point elle s'était torturée. A quel travail d'introspection elle s'était livrée. Elle ne saurait jamais à quel point elle s'était fait violence. Alors, comme cela, il valait mieux qu'elle ne saute pas ? Elle n'était pas tout à fait de cet avis. Elle n'avait pas envie d'avoir accompli tout ce chemin pour rien. Pourtant… Elle soupira et ferma les paupières. Pourtant, elle aurait dû se sentir soulagée de ne pas sauter. Malgré cela, de façon surprenante, elle le regrettait amèrement.

Elle rouvrit les yeux en entendant Ryan s'éclaircir la gorge.

— Si vous voulez bien attendre un peu, je vous emmènerai au coucher du soleil, dit-il.

Pour une fois, ses yeux étaient emplis de douceur plutôt que de défi. Et il ajouta, à voix basse :

— Si vous ne deviez sauter qu'une seule fois en parachute de toute votre vie, ce serait à cette heure-là qu'il faudrait le faire. C'est un spectacle d'une beauté inimaginable.

Elle cligna des yeux, résistant comme elle le put à l'envie de poser la main sur sa joue et de caresser sa barbe naissante. Cet homme aimait sauter en parachute. Il aimait ce qu'il faisait. Il vivait pleinement sa vie tandis qu'elle, elle se contentait d'exister tant bien que mal. Elle aurait aimé être aussi courageuse et fascinante que lui, mais force était de reconnaître qu'elle ne lui arrivait pas à la cheville.

Le cœur débordant d'un regret qui concernait beaucoup plus Ryan que le saut en lui-même, elle répondit :

— Je ferais mieux de m'en aller. Parce que, vous voyez, attendre assise ici que vienne mon tour de sauter dans le vide, et, peut-être, de mourir, ça risque fort de m'empêcher d'apprécier la beauté du spectacle.

— Voyons, Sabrina, vous n'allez pas mourir. Je vous le promets.

— Vous ne pouvez rien me promettre de tel et vous le savez bien.

Il ouvrit la bouche pour répondre, mais elle leva vivement la main pour l'empêcher de prendre la parole. Le brassage d'air porta à ses narines son odeur épicée, qui faillit avoir raison de sa détermination. Ce fut donc comme à contrecœur qu'elle ajouta :

— Je ne supporte pas les fausses promesses. Vous savez très bien que, parfois, des gens meurent en sautant en parachute.

— Des gens meurent en traversant la rue.

— Rarement.

— Plus souvent qu'en sautant en parachute.

— Parce qu'il y a plus de gens qui traversent la rue qu'il n'y en a qui sautent dans le vide, et non pas parce que le saut en parachute est plus sûr. J'ai regardé les statistiques. Nous ne sommes qu'en juin, et depuis le début de l'année civile, il y a déjà eu vingt-cinq accidents mortels de parachutisme. J'ai passé toute la matinée à me demander si je serais le numéro vingt-six. Et je n'ai pas envie de recommencer cet après-midi.

Elle secoua la tête avec vigueur.

— Non, vraiment, ce serait au-dessus de mes forces.

— Alors laissez-moi m'inquiéter à votre place. Ça fait partie de mon travail, après tout.

Elle ricana et se passa la main dans les cheveux.

— En d'autres termes, aucun de nous deux ne va s'inquiéter.

— Et alors ? Ça ne vous paraît pas être la solution la plus commode ?

Il affichait une expression amusée. Et sexy. Très sexy. Trop sexy.

— C'est l'inquiétude qui rend les gens prudents, dit-elle comme si elle récitait une leçon.

— Non, vous vous trompez. L'inquiétude rend les gens nerveux, et, ensuite, ils commettent des erreurs. L'entraînement et l'expérience rendent les gens vigilants ; et la vigilance, c'est la sécurité.

— Laisse tomber, Ryan, dit Jennifer. Ce serait vraiment trop cruel de la faire attendre. Montey a les poches qui débordent d'argent et, d'après ce que dit Bobby, il ne regarde pas à la dépense. Si l'envie lui en prenait, il pourrait décider de rester jusqu'en soirée, et même au-delà. Et il faudra faire tout ce qu'il voudra, parce que ce n'est pas tous les jours qu'on a la chance d'accueillir des clients comme lui.

Sa peur se dissipant, Sabrina commença à se rendre compte de ce qui se passait autour d'elle.

— Ah bon, Marco Montey vient à l'aérodrome ? demanda-t-elle soudain. Le pilote automobile ?

— Oui, lui-même, dit Jennifer. Apparemment, il a fait ses études au Texas et il a encore de la famille par ici. Comme le disent si bien les tabloïds, il ne peut pas passer une seule journée sans mettre sa vie en danger.

Puis elle se tourna vers Ryan.

— Au fait, il vient accompagné. De sa sœur, je crois…

— Est-ce que je peux le rencontrer ? demanda Sabrina. Ou mieux encore, l'interviewer ?

Elle s'approcha de Jennifer et lui adressa un regard suppliant.

— Je m'intéresse de près aux courses de voiture, je saurai quelles questions lui poser, ne t'inquiète pas. Montey est connu pour se méfier de la presse et ne jamais rien révéler concernant sa vie privée ni sa carrière. Je sais qu'en ce moment, il est en litige avec son sponsor et songe à en changer. Si je parvenais à obtenir ce scoop, et quelques autres révélations, ce serait l'occasion de prouver à Frank que je peux lui trouver des informations de taille même sans m'occuper de politique. Tu sais combien c'est important pour moi. S'il te plaît…

Puis, regardant tour à tour Jennifer et Ryan dans les yeux :

— J'ai vraiment besoin de cette interview.

— Je ne sais pas quoi penser, répondit Jennifer d'une voix hésitante. Qu'en dis-tu, Ryan ? Est-ce qu'elle peut interviewer Montey ? Est-ce que tu arriverais à le convaincre de lui parler ?

Sabrina fixa Ryan, mais le regard de braise qu'il lui adressa en retour lui fit vite baisser les yeux…

— Je ne sais pas…, dit-il en prenant un air malicieux.

Il la fit languir quelques secondes, avant d'ajouter :

— Faisons un marché. Je vous décroche cette interview et vous, vous acceptez de prendre un verre avec moi.

Elle sentit ses jambes se mettre à trembler légèrement et son pouls s'accélérer.

Une interview de Montey et un rendez-vous avec ce cow-boy si sexy ?

C'était certain, interviewer Montey lui permettrait de relancer pour de bon sa carrière et de commencer sa nouvelle vie comme elle l'entendait. Quant à sortir avec Ryan… Tout à coup, une image vint parasiter son esprit. Elle se vit nue, se tenant aux barreaux d'un lit, entre les mains d'un Ryan nu lui aussi et totalement dévoué à son plaisir. Troublée, elle chassa cette vision surgie d'elle ne savait où et, de toutes ses forces, essaya de se concentrer sur ce qui devait à présent être son but : cette interview.

— Et avant ce rendez-vous, devra-t-on sauter en parachute ?

— Oh, Sabrina, ne remets pas ça sur le tapis, dit Jennifer en secouant la tête avec incrédulité. Bon, je vous laisse régler ça entre vous, je t'attends dehors.

Aucun d'eux ne prêtait réellement attention à elle, ni avant, ni pendant son départ.

— Seulement si vous en avez envie, répondit-il, comme si Jennifer n'avait jamais parlé.

Puis il se pencha vers elle :

— Pour information, je préfère que notre premier rendez-vous soit pour vous synonyme de plaisir, plutôt que d'angoisse.

Il recula, mais son odeur mâle et épicée ne la quitta pas, la troublant et l'envoûtant davantage.

— Marché conclu ? demanda-t-il.

Passer un accord avec cet homme n'était sans doute pas sans risque. Dans des circonstances normales, elle ne l'aurait même certainement pas fait.

Pourtant…

— Un rendez-vous en échange d'une interview. D'accord. Marché conclu.

Elle voulait cette interview. Elle voulait Ryan. Et pour la première fois de sa vie, elle ne renonçait pas à ses désirs sous prétexte de ne pas se mettre en danger. Pour la première fois de sa vie, elle choisissait le frisson, le risque, et l'inconnu.

Ryan afficha une expression des plus satisfaites.

— Grâce aux papiers que vous avez remplis, j'ai vos coordonnées. Je vous contacte bientôt pour fixer notre rendez-vous.

— Comment ? répondit-elle, estomaquée. Et mon interview ?

— Vous allez rencontrer Montey, ne vous inquiétez pas.

— Vous êtes sûr de vous ? demanda-t-elle, incrédule. Il ne faudrait pas mieux que j'attende ici ?

— Pas la peine, dit-il en se dirigeant vers la porte. Je sais comment vous trouver et je le ferai.

Il poussa la porte et lui adressa un petit signe de la main.

— Et ce n'est pas une fausse promesse, trésor.

Puis il disparut dans le couloir. Elle dut se faire violence pour ne pas se lancer à sa poursuite, pour ne pas essayer de contrôler ce qu'elle ne pouvait pas contrôler.

Mais c'était ainsi. Elle devait se faire une raison : elle venait de rencontrer Ryan Walker et sa vie avait déjà changé.

4

Pour bien commencer sa nouvelle vie au Texas, il lui fallait cet entretien avec Marco Montey. Et il ne devrait pas s'agir d'une interview aussi banale que celle qu'avait donnée le maire durant sa conférence de presse. Il avait déclaré que le soldat impliqué dans le braquage souffrait de troubles psychologiques depuis son retour du front, comme beaucoup d'anciens militaires, mais elle avait de sérieux doutes sur la véracité de cette histoire. Surtout depuis que Frank lui avait fait parvenir par mail une photo du soldat en question et de sa famille — il était marié et avait deux enfants — où ils semblaient tous très heureux et épanouis. Dans son e-mail, Frank disait aussi que, d'après son contact, la femme du soldat était venue trouver le maire dans son bureau et que, depuis, son nom avait été effacé du registre des visiteurs.

Ne pas se battre pour les gens qui avaient besoin d'aide était contraire à sa nature. L'idée que la femme du soldat pouvait avoir besoin de la sienne germait peu à peu dans son esprit. Elle avait commencé à se renseigner ici et là, en se gardant bien d'en informer Frank. Et surtout, avant que ses recherches n'aboutissent, elle tenait absolument à interviewer Marco Montey. Elle voulait que leur entretien ressemble à une conversation entre deux passionnés de courses automobiles, et que ses talents de journaliste y éclatent au grand jour. Comment allait-elle s'y prendre ? Elle ne le savait pas encore. Mais si elle réussissait à décrocher cette interview, elle se faisait confiance pour trouver une idée du tonnerre.

En attendant, elle avait posé son téléphone portable sur le bord de sa baignoire en marbre. La baignoire — luxe inespéré pour quelqu'un venant comme elle de New York et habitué aux petits appartements et aux salles de bains avec douche — l'avait tout de suite convaincue de louer cet appartement. Et, honnêtement, elle n'avait plus envie de s'en passer pour rien au monde. Pas plus que de renoncer à cette belle hauteur sous plafond ni au magnifique parquet de bois massif dont étaient couverts tous les sols. Pourtant c'était ce qui risquait de lui arriver si elle ne décrochait pas cette interview et si elle devait de nouveau s'occuper de politique. Car, dans ce cas, rester au Texas n'aurait aucun sens. Elle aurait échoué, purement et simplement, et n'aurait plus qu'à rentrer à New York.

Voilà pourquoi elle était particulièrement nerveuse et attendait, l'estomac noué, que Ryan l'appelle.

Ah, Ryan… A lui non plus, elle n'avait pas envie de renoncer. Depuis qu'elle avait quitté l'aérodrome, elle n'avait cessé de penser à lui. Et là, dans son bain, dès qu'elle fermait les yeux, elle l'imaginait nu, les muscles ruisselants d'une eau dont elle se serait désaltérée avec plaisir. Mais stop… Ce n'était pas le moment de se laisser aller aux fantasmes.

Car l'heure était grave. Fatiguée par cette interminable attente, elle jeta un coup d'œil à son téléphone. 21 heures. Les chances de recevoir une bonne nouvelle à cette heure tardive étaient minces. Elle résista à l'envie d'appeler Jennifer pour lui confier sa déception. Plus que l'interview en elle-même, celle-ci concernait Ryan et le marché qu'ils avaient conclu tous les deux. Leur accord la rendait dépendante et tributaire de lui. Car, après tout, c'était lui qui pouvait la conduire à Marco. Et à…

— A quelque chose que tu devrais oublier, murmura-t-elle en sortant de sa baignoire et en se drapant dans une grande serviette-éponge blanche.

Face au lavabo, elle s'observa dans le miroir. Elle avait rassemblé n'importe comment ses cheveux au sommet de sa tête et, à vrai dire, elle ne ressemblait à rien. A rien de sexy en tout cas. Même si, depuis quelques heures, le sexe était au cœur de toutes ses pensées.

Elle fit la moue.

— Non, ma fille, dit-elle en s'adressant à son reflet, tu ne coucheras pas avec Ryan. C'est bien triste, mais c'est comme ça.

Elle poussa un gros soupir et, pour se changer les idées, appliqua consciencieusement un masque d'argile sur son visage. Une fois la couche verte bien étalée, elle s'inspecta de nouveau dans la glace. Formidable. Maintenant elle ressemblait à Frankenstein. Difficile de faire moins sexy…

Elle venait d'enfiler un petit peignoir de soie gris perle et se dirigeait vers le salon, prête à s'accorder une soirée cocooning, lorsqu'on frappa à la porte.

Elle resta un moment interdite, avant de demander timidement :

— Qui est-ce ?

— C'est votre moniteur de parachutisme, trésor, fit une voix profonde et à présent familière.

La voix de la tentation.

— Ouvrez.

Elle sentit son cœur s'emballer et un flot d'adrénaline se déversa dans ses veines.

— Vous me devez un rendez-vous, Sabrina. Je viens réclamer mon dû.

— Et vous, vous me devez une interview.

Non, ce n'était pas possible. Ryan n'était pas là, derrière sa porte, alors que son visage était couvert de boue. C'était vraiment trop de malchance.

— Vous ne pouvez pas débarquer chez moi sans prévenir.

— Même si je vous dis que Marco attend dans ma voiture que nous le conduisions à l'aéroport ?

Marco ? Marco Montey ? Sans réfléchir, elle se précipita pour ouvrir la porte.

— Il est là ? En bas de chez moi ? Il a accepté l'interview ?

A peine eut-elle fini de parler qu'elle se rendit compte de ce qu'elle venait de faire. Le beau et grand Ryan se tenait tout près d'elle, appuyé contre le cadre de la porte, et fixait son visage vert avec un amusement non dissimulé. Elle avait rêvé de perdre le contrôle avec lui, et c'était ce qui venait de se produire. Mais de la façon la moins sexy qui puisse être.

Comme pour fuir cette atroce réalité, elle ferma les yeux, non sans l'avoir admiré une dernière fois.

— Maintenant je vais fermer cette porte. Et je vous en supplie, faites comme si cette scène n'avait jamais eu lieu.

La vision de Sabrina dans un minuscule peignoir resterait à jamais gravée dans la mémoire de Ryan.

— Je m'excuse, mais ça ne va pas être possible, répondit-il en avançant vers elle, mû par une sorte d'instinct de prédation.

En un éclair, il réussit à l'entraîner avec lui à l'intérieur de l'appartement et à refermer la porte derrière eux. Puis il toucha son peignoir à l'endroit où le tissu s'écartait pour laisser voir la naissance de sa magnifique et plantureuse poitrine.

— Pas si vous me tentez avec un tel décolleté.

Elle en resserra les pans à la hâte, rencontrant sa main au passage. Puis elle posa sur lui des yeux paniqués.

— Je… Je ferais mieux d'aller m'habiller…

— Moi je vous aime bien dans cette tenue. Même cette chose verte sur votre visage, ça vous va plutôt bien. Et je vous le dis tout de suite, ce n'est pas ça qui va m'empêcher de vous embrasser.

— Vous plaisantez ? demanda-t-elle d'une voix rauque et étranglée. Vous en auriez partout. Et Marco, qu'en faites-vous ?

— Je l'ai prévenu qu'il devrait patienter un peu.

Lui, en revanche, ne pouvait plus attendre. Il voulait la sentir. La goûter. Et tant pis pour ce masque sur son visage.

— Et vous oubliez que je suis un soldat, trésor. J'adore me salir.

Il passa les mains derrière sa nuque et l'attira à lui, lèvres entrouvertes.

— A moins que vous ne m'en empêchiez, et vite, je vais vous le prouver.

— Ryan…

Ce n'était pas une protestation mais un seul mot, murmuré. Une invitation. Il s'empressa de la saisir au vol et posa ses lèvres sur les siennes. Elle était sucrée et délicieuse, tout ce qu'il s'était imaginé depuis le moment où ils s'étaient rencontrés, et bien plus encore…

Sa bouche était douce et caressante, sa langue répondait à la sienne, même si c'était encore de façon timide. Elle avait une saveur à la fois exotique et douce, audacieuse et hésitante. C'était une femme qui avait beaucoup à offrir mais qui avait peur de donner ou de recevoir. L'inquiétude qu'il décela en elle l'empêcha de couvrir son corps de caresses, le persuada de ne pas aller trop vite ni de la brusquer. Il savait qu'elle en valait la peine. Mais elle gémit, et ce son lui fit perdre la tête, le poussa à toucher, à prendre. Ses douces mains, qui ne caressaient que son torse et son cou, le mettaient au supplice. Elles le poussaient à bout. C'était trop pour lui, d'autant que seul un minuscule morceau de soie le séparait d'elle, de cette chair ivoire qu'il avait déjà pu admirer. Tous ses instincts lui criaient de lui arracher son peignoir et de saisir ses seins à pleines paumes. Il imagina un instant la scène, et il lui sembla déjà ressentir mille délices.

Mais, soudain, son téléphone se mit à sonner, le tirant de son exquise rêverie.

— Ça doit être Marco, dit-il tout contre ses lèvres.

Elle poussa un petit grognement de protestation et recula.

— Il faut absolument que j'aille m'habiller. Et que je retire ce masque.

Elle écarquilla les yeux et rit, passant un doigt sur sa joue.

— Au moins je ne suis plus la seule à avoir de la boue sur le visage. Vous…

Il la fit taire en plaquant sa bouche sur la sienne. Bon sang, elle était adorable. Doucement, mais non sans détermination, il passa de nouveau les bras autour de sa nuque et l'embrassa encore.

— On reprendra ça plus tard. Maintenant, vous avez trois minutes pour vous préparer.

— Plus tard… C'est ce que nous verrons, répondit-elle d'un ton un peu brusque.

Mais elle ne parvint pas longtemps à garder son attitude sévère, et finit par esquisser un sourire.

— Je ne plaisantais pas à propos de la boue sur votre visage. Il y a une deuxième salle de bains près de la cuisine, si vous voulez vous débarbouiller.

Puis son sourire s'agrandit.

— Je me dépêche.

Même si elle revenait très vite, ce ne serait jamais assez rapide. Il ne songeait déjà qu'à la reprendre dans ses bras. A quand remontait la dernière fois où il avait à ce point désiré une femme ? Il ne s'en souvenait pas.

La dévorant des yeux, il la regarda se précipiter dans le couloir. D'une certaine façon, on aurait dit qu'elle était soulagée de lui échapper. Oui, elle le fuyait… Mais c'était prévu. Le contraire, d'ailleurs, l'aurait étonné.

Car il avait déjà tout compris d'elle. Elle avait des problèmes à surmonter. Elle se montrerait émotive, distante, mais, lorsqu'elle se laisserait enfin aller, plus rien ne pourrait l'arrêter. Pour cela, il lui fallait quelqu'un dont elle puisse user et abuser, sans autre but que la seule recherche du plaisir. Quelqu'un comme lui, qui se moquait d'avoir un peu de boue sur le visage. Il fronça les sourcils. Ce ne serait pas un travail facile. Mais il fallait bien que quelqu'un s'en charge.

5

Sabrina n'arrivait pas à croire qu'elle venait de prendre place à l'arrière d'une voiture pour interviewer l'un des sportifs les plus en vue du pays. Ni qu'il lui avait suffi pour cela de suivre le cow-boy sans doute le plus convoité de tout le Texas, qu'elle venait d'embrasser. Avec un masque d'argile sur le visage. Dont elle l'avait barbouillé.

Avant de sortir de chez elle, elle n'avait pas osé lui signaler qu'il avait une trace de boue près de l'oreille. Elle n'avait aucune idée de la façon dont elle était arrivée là car, pour autant qu'elle s'en souvienne, sa bouche n'était pas allée jusqu'à son oreille. Mais cela aurait très bien pu être le cas, tant elle était appétissante. D'ailleurs tout, chez lui, faisait envie. Elle avait encore le goût de ses baisers sur les lèvres, et avait du mal à se souvenir de ce qui, à l'aérodrome, lui avait laissé penser qu'elle devrait se méfier de lui plus encore que d'un saut en parachute.

— Vous devez être Sabrina, dit Marco en tournant son visage racé vers elle.

Marco Montey venait de lui adresser la parole, ses yeux vifs et intelligents étaient posés sur elle, et pourtant elle ne pensait qu'au corps parfait de Ryan qui prenait place dans l'habitacle à côté du sien.

Marco lui adressa un regard amusé, s'attardant sur son visage sans maquillage, ses cheveux attachés à la hâte et son survêtement noir. C'était la seule chose qu'elle avait réussi à trouver durant les deux minutes que lui avait accordées Ryan.

— On dirait que vous ne vous attendiez pas à me voir, reprit-il. Ryan était pourtant censé vous prévenir.

— Je ne connais pas Ryan depuis longtemps, répondit-elle, un léger sourire aux lèvres, mais je ne crois pas m'avancer en disant qu'il aime bousculer les gens.

Elle se tut un instant et se tourna vers celui-ci.

— Surtout moi, dit-elle en lui adressant un regard réprobateur.

— Et vous aimez ça, répondit-il sur un ton plein d'assurance.

Il lui fit un clin d'œil, claqua la portière, et une obscurité complice les enveloppa. Un frisson la parcourut lorsque la cuisse de Ryan se colla contre la sienne.

Marco tapota l'arrière du siège conducteur, aidant sans le savoir Sabrina à revenir à la réalité.

— Faites comme si c'était moi qui étais derrière le volant, demanda-t-il au chauffeur. J'ai un avion à prendre.

— Si j'étais capable de conduire comme vous, répondit le chauffeur, je n'en serais pas à faire la navette vers l'aéroport. Mais je vais faire du mieux possible.

Il appuya sur l'accélérateur et la voiture démarra si brusquement que le sac de Sabrina, qui contenait son bloc-notes, son crayon et son magnétophone, tomba par terre, aux pieds de Ryan. En se penchant pour essayer de le rattraper, elle perdit l'équilibre et, instinctivement, chercha quelque chose de solide à quoi s'accrocher, qui s'avéra être la jambe de Ryan. Tout de suite, il posa sa main sur la sienne, l'empêchant de la retirer. Leurs regards se croisèrent et l'éclat de ses yeux marron transperça l'obscurité.

— J'imagine que Ryan vous a dit que ma sœur était une grande fan.

— Fan de quoi ? demanda-t-elle, bredouillant presque tant elle peinait à recouvrer ses esprits. Je suis désolée, mais j'ai dû manquer un épisode.

Elle regarda alternativement les deux hommes avec une

certaine gêne car elle était certaine que Marco avait remarqué sa main toujours prisonnière de celle de Ryan.

— Sabrina et moi n'avons pas beaucoup eu le temps de parler, répondit Ryan en la lâchant.

Elle était libre, mais laissa pourtant sa main posée sur sa cuisse.

— Et de quoi aurions-nous dû parler ? demanda-t-elle, préférant ne pas trop réfléchir aux conséquences de ce geste audacieux dont elle n'était pas coutumière.

— On dirait que c'est la journée de toutes les négociations, dit Ryan. Lorsque j'ai parlé de cette interview à Marco, à l'aérodrome, sa sœur était avec lui. Et elle vous a immédiatement reconnue comme la célèbre chroniqueuse du *New York Prime*.

— Et les tractations ont commencé, dit Marco en poussant un soupir résigné. Ma sœur aurait pu faire de la politique. Elle en fait d'ailleurs… Pour l'instant elle est conseillère municipale, mais elle ne compte pas s'arrêter là.

La gorge de Sabrina se serra. Tout cela sentait le piège.

— Ah oui ? dit-elle, en essayant de garder un ton neutre.

— Voici ce qui se passe, Sabrina. Ma sœur essaie de me convaincre de faire une apparition, voire de prendre la parole, à un meeting politique. Et je ne vous dirai pas de quel parti il s'agit, car j'essaie toujours, dans la mesure du possible, de ne pas prendre position. Sinon ça me vaut des ennuis avec la presse.

— Et vous avez déjà assez de soucis comme ça, à cause des problèmes avec votre sponsor, dit-elle, prête à tout pour ne pas parler politique.

Il rit.

— Je vois que vous êtes bien renseignée. Effectivement, il se pourrait que je change de sponsor très prochainement.

— Est-ce que j'ai le droit de l'écrire ?

— Attendez l'interview pour cela.

— Si je comprends bien, pour l'interview, ce n'est pas encore gagné ? demanda-t-elle, déçue et contrariée.

Car elle avait très bien compris ce qui était en train de se passer : en échange de cette interview, il allait lui demander de participer à sa place à ce meeting politique.

— Marco ne vous demande pas de prendre sa place, sinon je n'aurais jamais organisé cette rencontre, Sabrina, dit Ryan comme s'il lisait dans ses pensées. Vous avez ma parole.

Sa parole… Dans la bouche de bien des hommes politiques, cela n'avait pas la moindre valeur. Mais Ryan n'était pas un homme politique. Il était l'homme qui embrassait le mieux au monde, et celui grâce à qui elle était en ce moment même assise en voiture à côté de Marco Montey.

— Tout ce que j'ai promis à Calista, reprit Marco, c'est qu'elle pourrait vous parler. Après, que vous participiez ou non à ce meeting, ça ne me concerne plus. Mon rôle se borne à arranger un rendez-vous téléphonique entre vous deux. En échange, elle arrêtera de me bassiner avec vous, et vous, vous aurez votre interview. Par téléphone, si ça vous convient. Je vous dirai tout ce que je n'ai jamais dit. A une seule condition : qu'il ne soit jamais question de politique. Je sais que c'est votre dada, mais je ne parle jamais de politique. Ça agace mes sponsors. De toute façon, je ne vote même pas.

— Vous ne votez pas ?

Sous le coup de la surprise, la question avait franchi ses lèvres avant qu'elle ne puisse la retenir.

Marco pointa un doigt vers elle.

— Pas de politique, j'avais dit…

Parfait. Si c'était ce qu'il voulait, cela l'arrangeait aussi. Mais elle décida de le tester, pour être sûr qu'il ne lui mentait pas.

— Je vous préviens, je n'ai pas l'intention de participer à ce meeting, n'en déplaise à votre sœur.

Marco sourit.

— C'est votre droit le plus strict. Mais je vous rassure, vous l'aurez quand même, cette interview. De toute façon, ça tombe à pic. J'ai besoin de redorer un peu mon blason.

Elle se sentit soudain soulagée. Cette interview allait se faire, et elle pouvait dire merci à Ryan. L'homme qu'elle venait d'embrasser, celui dont l'audace était sans limite. Celui dont elle devait se méfier.

Il la faisait vibrer de désir et, puisqu'ils étaient dans la même voiture, il la raccompagnerait sans doute jusqu'à chez elle.

Quelques instants plus tard, ils arrivèrent à l'aéroport. L'interview avec Marco avait été programmée, tout comme l'entretien téléphonique avec Calista.

— Le chauffeur va vous ramener chez vous, dit Marco à Sabrina en souriant. Moi, je vous dis à bientôt au téléphone.

Sur ce, il sortit de la voiture, les laissant seuls, elle et Ryan. Assis tout près l'un de l'autre.

Que faire maintenant ? Elle était paniquée. Devait-elle bouger ? Ne pas bouger ?

Qu'attendait-elle pour bouger d'ailleurs ?

Mais bouger, c'était se dérober, fuir… Et fuir, c'était contraire à ses nouvelles résolutions.

Le téléphone de Ryan se mit à sonner et elle remercia silencieusement son correspondant pour le sursis bienvenu qu'il lui offrait. Elle glissa vers l'autre bout de la banquette pour permettre à Ryan de sortir son téléphone et de vérifier qui l'appelait. Elle ne fuyait pas, non. Elle était simplement… bien élevée.

Il fit taire la sonnerie et ignora l'appel. Quelques secondes plus tard, elle sentit quelque chose vibrer dans son sac. Son téléphone, sans aucun doute.

— Ce doit être Jennifer qui insiste, dit-il sur un ton amusé. Je suis sûr qu'elle veut savoir comment s'est passée la rencontre avec Marco.

Puis il se tut un instant et esquissa un sourire.

— Et s'assurer que j'ai réussi à garder mes distances, comme elle me l'avait ordonné.

Evidemment, il était hors de question qu'elle réponde à Jennifer devant lui, il devait bien s'en douter.

— Je la rappellerai plus tard pour lui raconter ce qui a

été convenu avec Marco. Quant à votre promesse, de toute évidence, vous ne l'avez pas tenue.

— Je ne lui ai rien promis du tout, dit-il, se défendant. Elle a parlé et je l'ai écoutée. Je crois qu'elle a peur que je ne froisse votre délicate sensibilité de jeune femme de bonne famille.

— Je n'ai pas une sensibilité spécialement délicate, fit-elle, vexée, en croisant les bras sur sa poitrine.

— Jennifer a l'air de penser le contraire, pourtant.

— Peut-être pense-t-elle simplement que vous n'êtes pas fréquentable.

— Alors vous devriez sans doute fuir tant qu'il est encore temps.

Fuir. Encore ce fichu mot.

— Je ne suis pas comme ça.

— Dans ce cas pourquoi avez-vous quitté New York ?

S'il avait décidé de l'agacer, il ne s'y serait pas pris autrement.

— Et vous, pourquoi avez-vous quitté l'Armée ?

Il la fixa en ricanant.

— J'avais mes raisons, dit-il après un temps.

— Tout comme moi.

— Je note. Donc j'imagine qu'on se comprend, tous les deux.

— Se comprendre ? J'en doute fort.

— A cause de votre sensibilité délicate ? dit-il, taquin.

Elle se pencha vers lui et tendit un doigt menaçant.

— Ne me cherchez pas, Ryan.

Il se pencha à son tour, jusqu'à se rapprocher très près d'elle.

— C'est plus fort que moi, dit-il en lui adressant un clin d'œil malicieux.

Il prenait un malin plaisir à la contrarier, et, malgré ce qu'elle tentait de lui faire croire, elle trouvait cela merveilleusement agréable. Et terriblement érotique.

Quelques secondes passèrent. Et elle se rendit compte qu'elle avait envie de l'embrasser. De prendre, elle et elle seule, cette initiative. Mais s'ils restaient un peu plus longtemps dans cette position, ce serait lui qui le ferait, et elle ne saurait jamais si elle aurait eu le courage de se lancer.

Alors elle reprit sa place, bien calée dans le fond de la banquette, et croisa de nouveau les bras sur sa poitrine. Il l'imita. Le silence s'installa tandis qu'ils se lançaient des petits regards à la dérobée. La tension sexuelle était à son comble. Elle, en tout cas, n'en pouvait plus de désir. Tout chez lui, depuis sa personnalité affirmée jusqu'à la petite cicatrice qu'il portait juste au-dessus de sa bouche ô combien sensuelle, la mettait dans tous ses états. La situation devenait intenable, car il était loin, bien trop loin d'elle.

Elle voulait tout oublier avec lui, tout oublier sauf lui. Elle voulait lâcher prise, se laisser guider par ses sensations. Mais pouvait-elle se le permettre ? A l'aérodrome, elle avait senti qu'elle devait se méfier de lui. Elle l'avait trouvé dangereux précisément parce qu'il l'excitait et l'effrayait tout à la fois, parce qu'il lui donnait envie de franchir la ligne invisible qui la ferait basculer du côté de l'inconnu.

Elle ne le connaissait pas. Pouvait-elle lui faire confiance ? S'abandonner à lui ? Alors que, justement, de par son intervention, elle allait de nouveau devoir se mêler de politique en parlant avec la sœur de Marco ? A première vue, il ne lui semblait pas avoir le moindre intérêt pour la politique, mais peut-être s'était-elle trompée à son sujet. Peut-être voulait-il la manipuler, l'utiliser ? Avant de se lancer dans quoi que ce soit avec lui, elle devait en avoir le cœur net.

— Est-ce que vous votez, Ryan ?

— Vous allez peut-être me trouver parano, mais voter c'est se faire des ennemis dans son propre pays. Et croyez-moi, vu mes activités, j'ai déjà assez d'ennemis à l'étranger.

Paranoïaque, lui ? Jamais l'idée ne lui serait venue à l'esprit. Etait-il encore en train de jouer avec elle ?

— Les soldats ont droit au secret de l'isoloir, comme tout le monde.

— Je n'étais pas un soldat comme les autres, dit-il sur un ton devenu soudain plus grave. En fait, pour toutes sortes de raisons pratiques, je n'existais pas. J'aurais très bien pu disparaître en pleine mission…

— Etes-vous en train de me dire que vous aviez peur de voter ? Peur pour votre vie ?

— Attention à ce que vous dites, dit-il d'une voix malicieuse. Les soldats comme moi n'aiment pas être traités de peureux. D'ailleurs j'ai passé tellement de temps en immersion totale en territoire ennemi qu'on aurait eu beaucoup de mal à me trouver pour me faire voter. La plupart de mes missions étaient top secrètes, et je n'étais couvert par personne. A tel point, d'ailleurs, que j'aurais très bien pu ne pas en revenir sans que personne ne bouge.

— Une personne ne peut pas disparaître du jour au lendemain, répondit-elle à voix basse. Votre famille aurait réagi. Ils auraient voulu savoir.

Il contracta la mâchoire et un lourd silence s'installa, avant qu'il ne réponde, d'une voix sourde :

— L'Armée était ma seule famille.

D'accord. Il était seul, sans personne. Sans parents pour le rendre fou, mais aussi pour l'entourer de tout leur amour, comme le faisaient ses parents à elle. Car, pour pesante que soit sa vie de famille, elle n'avait jamais douté de l'amour infini que lui portaient ses parents. Et cette certitude avait souvent été le plus précieux des réconforts.

Elle aurait eu envie de lui poser mille questions. Mais par timidité, par pudeur, elle s'abstint.

— Et pourtant, vous avez quitté l'Armée, dit-elle seulement.

— Comme je vous l'ai dit, j'avais mes raisons.

Soudain il changea de position. Il se pencha vers elle et passa ses bras de chaque côté de ses épaules.

— Posez-moi la question qui vous démange, Sabrina. La seule et unique qui importe vraiment.

Elle prit une grande inspiration. L'air était chargé de son odeur chaude et épicée, sa bouche était tout près. Son baiser était une promesse qu'elle voulait voir se concrétiser. Et pas question de se dérober. Elle détestait le flou, les non-dits. Elle aimait la franchise, la droiture. Les choses claires et nettes. Et elle avait besoin de savoir ce qu'il allait lui donner. Alors, elle posa la question qu'il voulait entendre, la question dont elle-même brûlait de connaître la réponse.

— Que voulez-vous de moi, Ryan ?

— Vous, dit-il. Vous et rien d'autre.

Cette réponse, prononcée d'une voix grave et profonde, était d'une sensualité torride. Un frisson parcourut son dos, mais, au moment où elle allait succomber, la présence du chauffeur l'empêcha de poser ses lèvres sur les siennes. Elle ferma les yeux et se raidit. Décidément, il y avait quelque chose en elle qu'elle ne parviendrait jamais à changer. Mais elle se haïssait d'être comme cela. Elle ne supportait pas d'avoir peur des ragots, des rumeurs. Elle se détestait de ne pas réussir à oublier sa peur du scandale et la carrière de son père lorsqu'elle était sur le point d'embrasser quelqu'un comme Ryan.

Quand, enfin, réussirait-elle à se libérer de tout cela ?

— Sabrina, regardez-moi, dit-il d'une voix douce mais ferme.

Elle leva les yeux, s'avança vers lui et posa sa bouche contre la sienne.

Instantanément, il prit son visage entre ses mains puissantes et pressa fort sa bouche contre la sienne tandis que sa langue se frayait un chemin entre ses lèvres. Il s'insinua profondément en elle, avec sensualité, ne lui laissant d'autre choix que celui de répondre avec la même fougue et la même urgence à son assaut. La forçant à tout oublier à l'exception de leurs langues mêlées. A l'exception du contact chaud de ses épaules musclées sous ses paumes. Une nouvelle caresse de ses lèvres et de sa langue, et elle passa les bras autour de sa nuque.

Il avait posé les mains sur ses hanches, ses longs doigts enserraient sa taille. Puis, de plus en plus hardis, ils se promenèrent le long de son buste. Effleurèrent la courbe de sa poitrine. Ses seins se mirent à pointer, puis elle serra les jambes, se rendant tout à coup compte qu'il venait de glisser sa main entre ses cuisses. Une peur panique la submergea. Elle imagina une photo, les gros titres des tabloïds. Elle devait s'éloigner, partir. Elle… Ryan l'embrassa avec passion, lui faisant un instant oublier ses craintes, puis il dit :

— Nous y sommes.

Elle regarda autour d'elle, déconcertée. Effectivement, ils étaient arrivés chez elle. Bientôt, elle n'aurait plus à avoir peur du chauffeur. En revanche, elle n'était pas pour autant tirée d'affaire. Le moment de vérité était proche. Chez elle, il n'y aurait ni témoin, ni caméra. Ni barrière. Ni rien pouvant lui servir de prétexte pour se dérober.

Juste elle et lui.

6

Ryan voulut aider Sabrina à sortir de la voiture et eut du mal à contenir un petit rire lorsqu'elle se précipita dehors comme si une mouche l'avait piquée. C'était la première fois de sa vie qu'il rencontrait une femme aussi angoissée, aussi compliquée. Et aussi sexy… Il avait hâte de découvrir ce qui se cachait derrière la façade de la jeune fille de bonne famille un peu rigide et inhibée. D'autant plus qu'il avait le sentiment qu'aucun homme avant lui n'y était parvenu, pour autant que quelqu'un se soit jamais donné la peine d'essayer.

— Si je ne suis pas de retour dans trente minutes, vous n'aurez qu'à repartir sans moi, dit-il au chauffeur juste avant de refermer la portière.

Lorsqu'il se retourna, il fut surpris de la trouver tout près de lui, le fixant avec intensité. Elle ouvrit la bouche, avant de se raviser et de tourner les talons en direction de son immeuble. Il lui emboîta instantanément le pas, mais ne tenta pas de la rattraper — alors qu'il aurait très bien pu le faire — avant qu'ils ne soient arrivés dans le hall. Alors, seulement, il lui prit la main pour l'attirer à lui.

— Vous ne savez donc pas ce qu'est la discrétion, Ryan ? demanda-t-elle.

Elle avait relevé son joli petit menton, sans doute en signe d'avertissement. Ses yeux verts lançaient des éclairs et sa voix était brusque et rapide. Elle semblait vraiment lui en vouloir. Mais de quoi ?

— Mon père a l'intention de se présenter à la présidentielle. Si ce chauffeur raconte aux tabloïds que je mène une vie dissolue au Texas, il peut dire adieu à son rêve.

Il se passa une main dans les cheveux, à la fois surpris et ennuyé. Candidat à la présidentielle. Tout de même. Ce n'était pas rien.

— Le chauffeur ne sait pas qui vous êtes, dit-il pour tenter de la rassurer. Aucun de nous n'a prononcé votre nom.

— Peut-être le sait-il. Ou peut-être pas. Mais je ne peux pas me permettre de courir le risque. A New York ou au Texas, ma vie privée doit rester strictement privée. Ce genre d'histoire, vraie ou supposée, est exactement ce dont la presse à scandale est friande. Et je voudrais épargner cela à mon père.

Il réfléchit un instant. Il n'avait pas envie de s'en aller. Il voulait cette femme, il la voulait tout près de lui, dans ses bras, il voulait l'entendre murmurer son nom. Et il allait faire tout ce qui était possible pour qu'il en soit ainsi, il s'en fit la promesse. Peu importait qui elle était, ou qui était son père.

Mais un candidat à la présidentielle…

Evidemment, à présent qu'il savait, une partie du mystère était levée. Il commençait à comprendre un peu mieux les conflits et les tourments qui devaient l'habiter. Effectivement, sa vie ne devait pas être facile tous les jours, et sa liberté était toute relative. La pauvre, il la plaignait, lui pour qui la liberté n'avait pas de prix.

Il allait peut-être la laisser tranquille, finalement.

— Je m'en vais, dit-il.

Mais il ne lâcha pas sa main. Il ne pouvait s'y résoudre. Au contraire, il se mit à caresser sa paume.

Elle lui adressa un regard déchirant, et le fixa de ses beaux yeux verts pleins de désarroi pendant un long moment, avant de baisser la tête.

— Très bien, répondit-elle doucement. C'est sans doute mieux comme ça.

Ses mots étaient empreints de déception et de regret. Elle ne se décidait pas plus que lui à bouger, ne faisait pas le moindre effort pour s'écarter de lui. Sa main, fine et délicate, était toujours dans la sienne.

Il l'observa avec intensité et gravité, un peu comme il aurait préparé une mission. Il tentait d'analyser les émotions qu'il voyait passer sur son visage. De comprendre. De toute évidence, elle ne voulait pas qu'il s'en aille. Elle ne voulait pas qu'il abandonne aussi facilement la partie. Elle voulait échapper à son destin. Et pourtant, elle était résignée et s'attendait à ce qu'il lui lâche la main d'un instant à l'autre pour rentrer chez lui.

Eh bien, il n'avait jamais été du genre à faire ce qu'on attendait de lui. Et ce n'était pas cette nuit, avec elle, qu'il allait commencer. Pas alors que tout son corps était au bord de l'implosion.

Il serra davantage sa main dans la sienne et l'attira jusqu'à la cage d'escalier.

— Que faites-vous ? dit-elle dans un murmure. Ryan !

Il ne répondit pas. Elle découvrirait bien assez tôt ses intentions. Quand il était avec elle, il avait l'impression de se trouver à bord d'un avion, lorsque la porte s'ouvrait et qu'il s'apprêtait à sauter dans le vide. Le même flot d'adrénaline se déversait dans ses veines, décuplant toutes ses sensations. Au moins une fois dans sa vie, il fallait qu'elle vive cela elle aussi. Et c'était ce qu'il allait lui faire découvrir. Maintenant.

Il ouvrit la porte de l'escalier, chercha les caméras du regard et n'en trouva aucune. Il l'attira à l'intérieur, puis, la plaquant contre la porte refermée, colla ses jambes contre les siennes. Son sexe en érection appuyait contre son ventre. Enfin il la sentait pour de bon, tout contre lui. Bientôt, il la sentirait davantage encore.

Elle posa les mains sur son torse, comme pour le repousser.

— Ryan ! Vous êtes devenu fou ?

Ses yeux verts étincelants étaient tachetés de petites paillettes d'ambre. Singulier regard. Jamais il n'en avait vu de tel. A quoi ressembleraient ses yeux pendant l'extase ?

— Non, je ne suis pas fou. Un peu audacieux, c'est tout,

dit-il en passant un bras autour de son cou pour l'attirer à lui. Comme vous aimeriez l'être.

— Que faites-vous ? demanda-t-elle, d'une voix troublée, rauque et sensuelle. Quelqu'un pourrait nous voir. Et les cam…

Il l'embrassa. Non, plutôt, il la but. Comme il avait bu l'eau fraîche et pure qui lui avait sauvé la vie il n'y avait pas si longtemps, durant la mission qu'il aurait préféré oublier. Mais ce baiser et cette femme, jamais il ne voudrait les oublier. Et jamais, de toute façon, il ne le pourrait.

— Il n'y a pas de caméra.

A peine la remarque de Ryan était-elle parvenue aux oreilles de Sabrina qu'il prit de nouveau possession de ses lèvres pour un second baiser passionné et irrésistible, la faisant instantanément plonger dans les brumes profondes du plaisir et du désir. Elle voulait se défendre, le repousser. Mais au lieu de cela elle se laissa enivrer par sa saveur, complexe et virile. Elle aurait désespérément voulu rester froide et inflexible, mais ses tentatives échouèrent misérablement. Chaque caresse lente et sensuelle de sa langue contre la sienne renforçait le sortilège dont elle était la proie et, bientôt, elle n'essaya même plus de résister.

Une petite partie d'elle-même, pourtant, continuait à craindre qu'on les surprenne. Mais les mains de Ryan, sa peau, sa langue, sa saveur eurent vite raison de ses dernières réticences. Avec un petit gémissement, elle colla son buste contre son corps, et, sans attendre, il glissa ses mains le long de son dos. Ses caresses firent naître chez elle un besoin impérieux qu'elle n'était pas sûre de pouvoir combattre, à condition qu'elle en ait eu envie.

Se consumer de désir. Pour la première fois, elle comprenait vraiment ce que cela voulait dire.

Une nouvelle caresse de ses doigts et de sa langue, et une nouvelle bouffée de son odeur mâle et épicée balayèrent ses dernières craintes. Peu importait qu'ils se trouvent dans la cage d'escalier de son immeuble. En cet instant précis, Ryan était tout ce qui comptait. Il était sa raison d'être.

Son abandon s'accompagna d'un irrépressible élan de passion. Elle ne voulait plus rien sentir que son corps contre le sien. Elle se hissa sur la pointe des pieds, pour offrir et recevoir davantage. Elle gémit lorsque son baiser se fit plus profond. Mais ce n'était pas encore assez. Avide de contact, elle glissa une main sous sa chemise et soupira de bonheur lorsqu'elle sentit sa peau brûlante sous ses doigts. Cela acheva de la consumer.

Il posa ses mains sur ses seins et caressa leur pointe à travers son T-shirt. Soudain, elle eut besoin de sentir sa bouche, avide, audacieuse, sur sa poitrine. Il embrassa son cou, sa nuque et elle rejeta sa tête en arrière pour l'inviter à poursuivre son exploration. Sans crier gare, alors qu'elle commençait à se croire débarrassée de ses anciens démons, la crainte et la culpabilité refirent surface, à son plus grand regret.

— Je ne devrais pas faire ça, dit-elle d'une voix brusque, mais sans conviction.

— Je te l'ai déjà dit, dit-il en mordillant le lobe de son oreille et en glissant la main sous son T-shirt, surtout ne t'inquiète pas.

Puis il dégrafa son soutien-gorge et pinça doucement les pointes de ses seins.

— Ryan, dit-elle en haletant.

Comme pour la faire taire, il l'embrassa.

— Sabrina, dit-il alors que sa langue caressait la sienne, et qu'il pressait langoureusement son bassin contre le sien. Fais-moi confiance.

Elle eut un petit rire cynique.

— C'est toujours ce qu'on dit quand on veut obtenir quelque chose de quelqu'un.

— Mais tu peux vraiment me faire confiance.

Puis il mit un genou à terre et la caressa avec fièvre. Il ne négligeait aucune des parties de son corps qui se présentaient devant lui. Ses hanches, sa taille, son torse. Elle sentait son souffle tiède sur sa peau, et c'était à la fois merveilleux et terrifiant.

— Que fais-tu ? demanda-t-elle. Lève-toi. Quelqu'un va finir par nous surprendre.

— Personne ne nous surprendra, dit-il, avant de poser ses lèvres sur son ventre nu. Détends-toi, Sabrina.

Puis il commença doucement à baisser son pantalon. Et sa culotte avec.

Elle déglutit péniblement.

— Non, arrête. Il faut…

— Te débarrasser de tout ça. Je suis bien d'accord.

Il caressa son dos, ses fesses, et continua à écarter ses vêtements. En même temps, sa bouche explorait son ventre, ses hanches. Chaque petit mouvement de ses lèvres et chaque coup de langue la faisaient frissonner et accroissaient le désir qui la dévorait. Elle posa les mains sur sa tête tout en priant secrètement pour qu'il pose sa bouche là où elle en avait tant envie. Alors que ses lèvres descendaient lentement, s'approchant, elle eut un moment de lucidité paniquée.

Elle planta ses ongles dans ses épaules.

— Attends ! Non ! Nous allons nous faire prendre, Ryan. Je ne peux pas. Pas ici… Pas comme ça…

Il leva les yeux vers elle, des yeux sombres et torrides, dangereusement intenses. Puis il fit remonter doucement son doigt à l'intérieur de ses cuisses.

Elle sentit sa gorge se serrer.

— Oh ! Ryan…

Il glissa deux doigts en elle, et elle haleta, tendant ses hanches vers lui, mue par une pulsion incontrôlable.

— C'est ça, trésor. Et ne crains rien. J'ai bloqué la porte et j'entendrai forcément si quelqu'un ouvre celle du haut.

Ses doigts l'explorèrent, allèrent et vinrent en elle. Elle se mordit la lèvre, puis gémit doucement, incapable de se retenir de se frotter contre sa main.

— C'est ça, répéta-t-il. Tu es si belle, si excitante.

Il embrassa de nouveau son ventre. Elle haletait. Ses seins étaient douloureux, et elle ne pouvait pas s'empêcher de les toucher. Elle n'avait jamais rien fait de tel. C'était mal. Mais c'était si bon. Et… Sa bouche se referma sur elle, aspirant son clitoris avec avidité.

— Ryan. Ooh. Non… Je… S'il te plaît, Ryan…

« S'il te plaît, surtout n'arrête pas. Lèche-moi, suce-moi, touche-moi… Oh oui, comme ça… »

Chaque objection qu'elle essayait de formuler se terminait en gémissement ou en halètement, qu'elle peinait à reconnaître comme siens. Le temps s'était arrêté. La peur et le danger n'avaient plus prise sur elle. Il n'y avait plus que le frôlement de ses doigts, ses lèvres, cette langue. Et le danger. C'était excitant. Intense. Elle était emportée, loin, très loin.

Très vite, le plaisir vint la cueillir. Tremblante, parcourue de soubresauts, elle tendit davantage ses hanches. Une boule de feu la parcourait des pieds à la tête tandis qu'il la caressait de plus belle, au rythme des spasmes qui l'agitaient. Puis, progressivement, il ralentit ses mouvements, accompagnant en douceur son retour à la réalité.

Elle déglutit et se passa une main dans les cheveux. Qu'avait-elle fait ? Que lui avait-il fait ? Que devait-elle faire à présent ?

Il embrassa une dernière fois son ventre puis, avec une adresse rare, il remit ses vêtements aussi vite qu'il les lui avait enlevés. Cela aussi, elle le laissa faire. Elle se sentait trop peu sûre d'elle pour bouger.

Qu'était-on censé dire après un orgasme dans une cage d'escalier ?

Merci ?

C'était bien, mais si on faisait ça sur un lit la prochaine fois ? Sur un canapé, éventuellement ?

Bonne nuit ?

Oui, c'était cela qu'elle devait lui dire. Bonne nuit. Elle avait besoin d'être seule pour se remettre. Pour faire le point. Pour…

Dès qu'il eut fini de la rhabiller, elle voulut s'échapper.

— Oh non, dit-il doucement en la prenant dans ses bras, lui barrant le passage alors qu'elle essayait de s'enfuir. Tu ne t'en iras pas comme ça. Je n'en ai pas encore fini avec toi.

7

Sabrina n'arrivait pas à croire que les lèvres de Ryan se trouvaient de nouveau sur les siennes. « Je n'en ai pas encore fini avec toi. » Elle aurait dû lui en vouloir pour son culot. Mais sa bouche, délicieuse et irrésistible, avait pris la sienne, faisant taire toutes les objections qu'elle aurait pu formuler.

Il mit fin à son baiser, mais demeura à un souffle de ses lèvres, comme s'il ne pouvait se résoudre à s'éloigner pour de bon. Et cette palpitation étrange et inédite qu'elle avait déjà ressentie à l'intérieur de sa poitrine quelques minutes auparavant s'amplifia. Elle avait eu raison de penser qu'il fallait se méfier de lui. Cet homme lui avait fait tout oublier. La logique, la raison, les cages d'escalier. Tout sauf lui. Elle ignorait ce qu'il avait bien pu lui faire. Mais, de quoi qu'il s'agisse, elle savait qu'elle aimait déjà trop cela.

Lentement, il recula, la transperçant de son regard brûlant.

— Rien ne me ferait plus plaisir que de te raccompagner à ta porte et te convaincre de me laisser recommencer. En toute discrétion, bien entendu, dit-il avec un petit sourire en coin.

— C'est un peu tard pour la discrétion, tu ne crois pas ?

Soudain, en prononçant ces mots, elle sentit son visage s'empourprer. Quelques minutes plus tôt, elle avait été là, à moitié nue, toute à lui, tandis qu'il lui faisait subir toutes sortes de choses aussi peu convenables que délicieuses. A sa grande consternation, ce seul souvenir suffit à raviver son désir. Une sourde colère la gagna. Oui, elle était en colère.

Contre elle. Et contre lui aussi, qui avait une emprise sur elle d'une effrayante et implacable puissance. Cela ne lui ressemblait pourtant pas de se laisser aller à ce point. Comment avait-elle pu en arriver là ?

— Et si quelqu'un nous avait vus ? demanda-t-elle, frémissante. Tu y as songé ?

Il caressa son visage.

— Personne ne nous a vus.

Puis sa voix baissa d'un ton pour se faire enjôleuse :

— Et personne, sauf toi et moi, ne saura jamais ce qui s'est passé ici.

Il la lâcha, et ouvrit la porte pour dire, en se retournant :

— Au fait, tu me dois toujours un rendez-vous.

Puis, à sa grande surprise, il s'en alla. Il venait de lui faire vivre un orgasme incroyable dans la cage d'escalier de son immeuble, et il s'en allait. Non. Ce n'était pas possible. Quelque chose lui échappait. S'était-elle servie de lui ? Ou bien était-ce lui qui s'était servi d'elle ?

De toute évidence, il avait le pouvoir de la pousser à agir sans réfléchir car elle se lança à sa poursuite. Elle voulait plus que… Plus qu'un simple orgasme.

Elle sortit de la cage d'escalier juste à temps pour voir la porte du couloir se refermer. Elle se mit à courir, et se retrouva dans la chaude nuit texane juste au moment où la voiture démarrait.

Sabrina soupira en posant les coudes sur la table basse. Elle était assise par terre, au pied de son canapé, face à la grande baie vitrée qui offrait une vue imprenable sur le soleil en train de se lever sur Austin.

Ce dimanche matin avait été long, très long à venir. Elle n'avait pas réussi à fermer l'œil de la nuit. A 6 heures, n'y tenant plus, elle avait quitté son lit pour se préparer du café. Et une heure plus tard, elle était déjà douchée et habillée.

Elle s'était fait plaisir en enfilant son jean le plus usé

— mais aussi le plus confortable — et son T-shirt Harley Davidson que, à New York, sa mère ne lui aurait jamais laissé porter. C'était une tenue totalement saugrenue pour la jeune fille de bonne famille qu'elle était.

Pourtant, secrètement, elle avait toujours rêvé de conduire une Harley. Ou d'avoir pour amant un homme qui en conduirait une. Ryan, d'ailleurs, était tout à fait ce genre-là.

Elle ne put s'empêcher de rire en imaginant l'air consterné, catastrophé même, de sa mère si elle apprenait cela. Evidemment, elle aimait sa mère. Mais elle aussi aurait parfois dû se laisser aller à ses fantasmes, cela lui aurait fait le plus grand bien. La plupart du temps, la pauvre femme ne respirait pas la joie de vivre. D'ailleurs à quand remontait la dernière fois où elle l'avait vue sourire ?

Elle avala une gorgée de café, prenant le temps de la savourer, et essaya de mettre en forme, sur son ordinateur portable, deux ou trois idées qui lui étaient venues pour préparer au mieux sa future interview de Marco Montey. Mais il n'y avait rien à faire. Au bout de quelques minutes elle dut se rendre à l'évidence : elle ne parvenait pas à penser à autre chose qu'à Ryan. A la manière dont il l'avait déshabillée dans la cage d'escalier, puis laissée en plan au même endroit.

— Ça suffit, Sabrina, dit-elle entre ses lèvres. Arrête de penser à lui.

Mais plus elle essayait de s'en empêcher, plus elle pensait à lui, et à sa dernière phrase, où il lui avait réclamé un rendez-vous. Evidemment, étant donné la vitesse avec laquelle elle lui avait cédé, il aurait eu tort de se priver s'il avait envie d'une nuit de plaisir facile. Ou bien… Peut-être ne l'appellerait-il même pas. Peut-être était-ce trop facile justement. Elle savait ce qu'on disait à ce propos : à vaincre sans péril… Dans ce cas, il ne lui resterait plus qu'à vivre dans l'angoisse qu'il ne raconte à tout le monde quelle dévergondée elle était, alors qu'on attendait d'elle qu'elle se comporte comme une sainte.

Elle eut un grognement contrarié et se força à se concentrer sur son ordinateur. Mais au lieu de préparer cette interview qui se devait d'être parfaite, elle jeta un coup d'œil sur le dossier qu'elle avait ouvert au sujet de la conférence de presse et du braquage de la banque. Dans ses e-mails, elle trouva le nom et le numéro de téléphone du contact de Frank à la mairie d'Austin, et se décida à l'appeler.

Une demi-heure plus tard, elle raccrocha, sans en avoir appris beaucoup plus. Une des secrétaires du maire était restée tard au bureau et avait juré y avoir vu la femme du soldat abattu. Rien de plus que ce que Frank ne lui avait déjà raconté, et pas assez pour certifier que la veuve avait bien rencontré le maire. La secrétaire pouvait s'être trompée, ou vouloir son quart d'heure de gloire. Sabrina savait que la femme du soldat avait disparu sans laisser d'adresse, puisqu'elle avait suggéré à Frank d'envoyer un reporter l'interroger chez elle, et que ce dernier avait fait chou blanc. Elle envoya un e-mail à Frank pour lui demander si la veuve avait réapparu. Elle savait très bien qu'elle allait regretter son geste, que Frank interpréterait comme l'aveu de son intérêt pour l'affaire. Pourtant non, elle ne s'y intéressait pas. Pas vraiment. Elle voulait seulement s'assurer personnellement que toute la vérité serait faite.

Elle se leva en faisant la grimace et se dirigea vers sa cuisine. Sa tasse de café était vide.

Soudain, on frappa à la porte. Son cœur se mit à battre, plein d'espoir, et elle secoua la tête en signe de désapprobation.

— Pas la peine de t'emballer, mon cœur, dit-elle à voix basse. Tu vas être déçu : ce n'est pas Ryan.

Sûre de ce qu'elle avançait, elle ouvrit sa porte sans hésiter.

Ryan.

Elle manqua de s'étrangler en le voyant là, devant elle, si grand, si beau avec ses bottes couvertes de poussière, son jean délavé et son T-shirt bleu marine moulant ses pectoraux parfaits. Vraiment, il était irrésistible. Elle ne pourrait rien faire pour lui résister, elle le savait.

— J'ai apporté le petit déjeuner, dit-il.

Puis il huma l'air.

— Génial, reprit-il, l'air ravi. Tu as déjà fait du café.

Et sans plus de manières, il entra, passa devant elle et se dirigea tout droit vers la cuisine.

— Ryan ! fit-elle, incrédule.

Décidément, cet homme n'avait pas son pareil pour la prendre de court. Après quelques secondes d'hésitation, elle se lança à sa poursuite.

— De quel droit entres-tu chez moi sans y avoir été invité ? Et est-ce que tu te rends compte qu'il n'est que 7 heures du matin ?

— Bientôt 8, répondit-il en se retournant.

Puis il s'arrêta un court instant dans le salon, avisa la baie vitrée et émit un petit sifflement.

— Belle vue. J'espère que mon futur appartement en aura une aussi belle.

Elle le rattrapa alors qu'il arrivait dans la cuisine. Il posa le sac en papier qu'il tenait à la main sur le plan de travail, puis il sortit une tasse d'un placard comme s'il savait exactement où tout était rangé.

— Trop fort ! dit-il, manifestement content de lui.

Elle pinça les lèvres et croisa les bras, essayant d'ignorer son sourire canaille, désarmant et charmeur.

— Tu te crois chez toi, on dirait. Et si j'avais été en train de dormir ?

Il remplit sa tasse sans se laisser démonter.

Décidément, il ne manquait pas d'air. Pensait-il que tout ici lui appartenait ? Son appartement, sa vaisselle ? Et son corps aussi, pendant qu'il y était ?

— Je me suis dit que les journalistes devaient être des lève-tôt, répondit-il le plus naturellement du monde. Un peu comme nous, les militaires.

Il ajouta plusieurs sucres à son café, et, tandis qu'il remuait le tout, elle observa la barbe naissante qui couvrait ses joues et sa mâchoire carrée. Pas très militaire, tout cela. En revanche, il avait tout à fait l'air d'un conducteur de Harley. Elle l'imagina soudain vêtu d'un blouson en cuir, en train de chevaucher une grosse cylindrée. Libre, magnifique, et insolemment sexy.

Troublée, elle préféra détourner le regard et jeta son dévolu sur le sac de victuailles qu'il avait apporté.

— Il n'y a pas que toi qui peux faire le mal élevé, dit-elle sur un ton pincé. Tu vas voir.

Sur ce, elle s'empara du sac et tourna les talons en prenant un air pimbêche.

— De toute façon, fit-elle, vu ce que tu m'as fait faire, j'ai bien mérité une petite compensation.

Un rire rauque et viril accompagna sa sortie. Son timbre de voix était caressant, pénétrant… Elle alla s'asseoir sur le canapé, la moue boudeuse et le dos bien droit. C'était au tour de Ryan de la suivre. Ce qu'il fit, sa tasse à la main, avec la même assurance dont il faisait preuve depuis son arrivée chez elle.

Elle fit la grimace.

— Encore toi, dit-elle, masquant son trouble par une agressivité exagérée. Mais vas-y, surtout fais comme chez toi…

— Tout doux, ma belle, répondit-il en s'asseyant à l'autre bout du canapé, sans déplacer les coussins qui les séparaient. J'ai apporté le petit déjeuner. Tu pourrais être un peu plus gentille avec moi.

Elle leva le menton d'un air dédaigneux et ouvrit le sac.

— Non.

— Non ?

— Tu m'as bien entendue. Non.

— Et pourquoi non ? demanda-t-il d'un air de défi. Tu as l'air de m'en vouloir pour quelque chose…

— Oui, parfaitement, je t'en veux, répondit-elle rapidement. C'était mal de me prendre de court avec la sœur de Marco. Et ne me dis pas que Marco m'accordera cette interview quoi qu'il arrive, poursuivit-elle après une courte pause. J'ai une énorme pression pour accepter ce meeting. Et tu ne peux pas t'imaginer comme j'en ai soupé, de ce type de chantage, Ryan. Tu aurais au moins pu me prévenir.

Il lui adressa un regard compréhensif.

— Tu as raison, répondit-il à sa plus grande surprise. Mais, en toute honnêteté, tu m'as distrait en m'ouvrant ta porte avec ce masque si sexy sur ton visage. Ça a été plus fort que moi, j'ai dû t'embrasser.

Elle ouvrit la bouche pour protester, mais il ajouta aussitôt :

— Je te taquine. Tu as raison. J'aurais dû te prévenir. Mais je ne pensais pas que ça te poserait un tel problème.

Sa voix s'adoucit et il lui adressa un regard désolé qui semblait sincère.

— Excuse-moi, je ne le ferai plus.

Ah ce regard… Vraiment, il était doué. Trop sans doute.

— Ne crois pas que tu vas t'en tirer aussi facilement.

— Le contraire m'aurait étonné, répondit-il, l'air amusé. Et que dois-je faire pour me faire pardonner ?

« Me donner un autre orgasme », fut la réponse à laquelle elle songea tout de suite. Mais, bien entendu, elle s'abstint de lui dire.

— Je vais y réfléchir en mangeant.

Elle replia ses pieds nus sous elle et mordit dans un muffin au chocolat. C'était un vrai délice.

— Excellent, dit-elle. Où les as-tu trouvés ?

— A la boulangerie qui se trouve juste au coin de la rue, répondit-il en piochant à son tour dans le sac. La vendeuse m'a assuré que les gens traversaient la ville pour venir s'approvisionner chez eux.

Il y planta les dents à son tour.

— Pas mal. Pas mal du tout.

Puis son regard se posa sur le journal qui traînait sur la table basse. Sans signer de son nom, elle en avait rédigé la une car, après avoir fait ses recherches, elle n'avait pu se résoudre à confier la rédaction de son article à quelqu'un d'autre. C'était sans doute ce sur quoi Frank avait tablé depuis le début, mais tant pis. Elle n'avait pas pu résister à l'appel de la vérité.

Ryan fronça les sourcils et se dépêcha de finir son muffin.

— Ce soldat ne souffrait pas de stress post-traumatique.

— Comment peux-tu en être si sûr ? demanda-t-elle, très intéressée par sa remarque.

— Je le sais, c'est tout.

Elle commença à ressentir une excitation qu'elle ne connaissait que trop bien. Il y avait peut-être du scoop dans l'air.

— Es-tu en train de me dire que tu as servi aux côtés de cet homme, Ryan ? Tu le connaissais ?

— Non, dit-il en se penchant pour attraper le journal.

On y voyait une photo du soldat en question, juste avant qu'il ne se fasse abattre par un tireur d'élite.

— Tu vois son poignet ? demanda-t-il. Le symbole tatoué sur son bras ?

Elle acquiesça et il lui montra son propre poignet.

— Ce soldat faisait partie des Forces Spéciales. Autant dire que c'était un dur à cuire imperméable à tout désordre ou trouble psychologique, un roc inébranlable. Jamais il n'aurait pu souffrir de stress post-traumatique.

Il marqua une courte pause, avant de reprendre, en soupirant :

— Non, ce n'était pas ça, son problème.

Ses mots sous-entendaient qu'il comprenait ce soldat un peu mieux qu'il ne l'aurait souhaité, et cela piqua sa curiosité. Pourquoi Ryan avait-il quitté l'Armée, alors qu'il y semblait encore si attaché ? Y avait-il là aussi un secret à découvrir ?

Mais, avant qu'elle n'ait le temps de le questionner, il frappa sur ses cuisses puissantes.

— Mais ton café doit être froid, et ma tasse est vide.

Sans attendre, il s'empara de sa tasse et se dirigea vers la cuisine. Surprise, elle le suivit avidement des yeux. Il était si… viril, si parfait. Un soldat dévoué. Un gentleman qui jouait les chevaliers servants avec classe et naturel, sans avoir à se forcer, simplement parce que c'était dans sa nature. Il semblait toujours dire ce qu'il pensait, faire ce qu'il avait envie de faire. Il la troublait. Il l'intéressait. Bien plus que de raison. Et pour la première fois depuis très longtemps, elle se rendit compte qu'elle pourrait tomber amoureuse.

Et souffrir. Ce sentiment la terrifia. Il fallait qu'elle fasse machine arrière rapidement, qu'elle réagisse, qu'elle reprenne le contrôle. Dès maintenant.

— Combien de sucres ? demanda-t-il depuis la cuisine.

— Oh ! répondit-elle en se levant d'un bond pour venir le rejoindre. C'est gentil, mais je vais m'en occuper.

Elle avait obéi à un élan incontrôlé et maintenant elle était là, tout près de lui.

Elle aurait mieux fait de réfléchir, car, à présent, ils se regardaient dans les yeux, et la tension sexuelle qui avait été à son comble la veille semblait renaître de plus belle. Il fit un pas en avant et elle recula aussitôt.

— Attends. Ryan. Je voulais te dire. A propos de la nuit dernière. Ce qui s'est passé, c'était…

Il leva un sourcil.

— C'était ?

Excitant. Terrifiant. Parfait. Mal.

— C'était une erreur.

Une erreur dont elle se souviendrait jusqu'à la fin de ses jours.

8

— La nuit dernière…, dit Ryan en plaquant Sabrina contre le plan de travail.

Il enserra ses jambes entre les siennes, se laissant au passage enivrer par son odeur, puis reprit.

— C'était torride. Tu étais torride. Nous étions torrides. Tout l'était.

Elle posa les mains sur ses épaules, comme pour tempérer ses ardeurs.

— Je te rappelle, Ryan, qu'on a presque fait l'amour dans la cage d'escalier. Ce qui est illégal, soit dit en passant.

— Au fait, je t'ai dit que j'avais trouvé ça torride ?

Elle lui adressa un regard glacial probablement destiné à doucher ses ardeurs, qui eut exactement l'effet inverse. Les flammes qui les consumaient redoublèrent. De toute façon, tout chez elle l'excitait.

— Tu es très sexy quand tu es en colère.

Elle fit une moue incrédule.

— Tu dis ça pour me consoler ou pour m'enfoncer ?

Puis elle détourna le regard et le repoussa pour de bon.

— Laisse-moi passer. Je ne peux pas faire ça, Ryan. Ce n'est pas moi.

Il ne s'écarta pas mais resserra au contraire son étreinte, la saisissant doucement par les poignets.

— Parce que tu crois qu'entre nous il n'est question que de sexe ?

Elle releva son joli petit menton, les yeux lançant des éclairs, dans cette attitude de défi qu'il connaissait déjà par cœur et trouvait absolument irrésistible.

— Pourquoi, ça n'est pas le cas ? demanda-t-elle.

— Non. Ou peut-être que si. Comment le saurais-je ? Et comment le saurais-tu ? Nous venons à peine de nous rencontrer. Nous sommes peut-être simplement en train d'assouvir un fantasme, toi et moi. Moi celui de la fille de bonne famille, et toi celui du cow-boy. Mais c'est peut-être aussi plus profond que cela. La seule erreur serait de considérer d'emblée ce qui nous arrive comme une erreur. Laissons-nous un peu de temps.

— Un fantasme entre une fille de bonne famille et un cow-boy ? demanda-t-elle, l'air interloqué.

— Je plaisante, dit-il en enserrant sa taille de ses mains. Enfin, presque. Sérieusement, Sabrina, tu viens de déménager de New York, et moi de quitter l'Armée. Explorons ensemble ces nouveaux territoires et voyons où tout ça nous mène. Quoi que tu veuilles, quoi qu'il te faille, je suis prêt à te l'apporter. Et tout ce qui se passera restera entre nous, tu as ma parole. Alors vas-y, lâche-toi.

Elle ne semblait toujours pas convaincue.

— Vraiment ?

— Je t'assure, tu n'as absolument rien à craindre avec moi. En fait — il la relâcha et recula d'un pas — nous ne ferons pas l'amour avant que tu ne le décides. Je ne te mettrai pas la pression, je n'insisterai pas. J'en mourrai d'envie et ce sera une torture, mais — il leva les mains — j'attendrai que tu sois prête. Ce ne sera pas facile, mais je le jure.

— Ce sera à moi de décider ? demanda-t-elle, l'air paniqué. Mais j'en suis absolument incapable…

— Et pourquoi ça ?

— C'est trop de pression.

Il leva un sourcil.

— Si tu veux, on peut passer la journée à faire l'amour.

Comme ça, ce sera fait. Ce n'est certainement pas moi qui m'en plaindrai.

D'autant plus qu'il avait passé la nuit à ne penser qu'à cela, qu'à elle, qui lui faisait plus d'effet que n'importe quelle autre femme.

Elle lui adressa un regard médusé.

— Tu es toujours comme ça ? Tu dis toujours ce que tu penses sans te censurer ?

— Tu trouves que je ne suis pas assez politiquement correct, c'est ça ?

— Au contraire, répondit-elle dans un cri du cœur, je te trouve parfait tel que tu es. Ne change rien, surtout.

Sa réponse lui plut. Dieu sait si, à l'Armée, il avait souffert de ne pouvoir s'exprimer franchement et en toute liberté.

— Très bien, dit-il sur un ton approbateur. Je vois que nous sommes sur la même longueur d'ondes. Dans ce cas, autant ne pas tourner autour du pot et parler de la seule chose qui nous intéresse vraiment.

— Oserais-je demander de quoi il s'agit ? fit-elle, taquine.

Elle commençait à se détendre, ce qui le réjouit. D'ailleurs, elle se mit à rire, d'un rire doux et musical qui s'insinua en lui, le faisant vibrer. Instantanément il sentit son désir pour elle redoubler. Décidément, cette fille n'était pas comme les autres. Qu'est-ce qu'il lui avait pris de promettre de ne pas la toucher ?

— Il faut toujours oser, trésor, répondit-il en espérant qu'elle suivrait très vite son conseil.

Puis il sortit une carte de visite de sa poche.

— Il faut qu'on avance sur cette histoire d'interview parce que j'ai hâte de pouvoir fixer pour de bon la date de notre rendez-vous, dit-il en composant un numéro sur son téléphone portable.

— Je suis censée téléphoner à Calista lundi, dit-elle en fronçant les sourcils. Qui appelles-tu ?

— Hello, Calista, fit-il en ignorant sa question, amusé

de constater son air surpris et contrarié. J'ai, en ce moment même, Sabrina à côté de moi.

Puis, posant sa main sur le micro :

— Est-ce que tu peux lui parler maintenant ?

— Je n'arrive pas à croire que tu aies fait ça, dit-elle à voix basse mais sur un ton courroucé. Je n'ai pas eu le temps de me préparer.

— Pas besoin de se préparer pour dire non, répondit-il en lui tendant son téléphone.

Elle pinça les lèvres et saisit l'appareil, prenant bien soin de mettre à son tour sa main sur le combiné.

— Je te le ferai payer, Ryan.

— Je n'attends que ça.

L'air furieuse, elle lui tourna le dos, avant d'engager sa conversation téléphonique sur le ton le plus affable.

— Bonjour. Oui, merci. C'est gentil de votre part, vous me flattez. Oui. Je… A quelle heure ? D'accord. Oui. Je trouverai. Bien sûr. A tout à l'heure.

Puis elle se retourna vers lui.

— J'ai rendez-vous avec elle pour le brunch au country club du Barton Creek.

— Ah non, je ne suis pas d'accord. Pour décrocher ton interview avec Marco, le marché, c'était simplement que tu lui parles. Ça y est, tu lui as parlé.

— Lui parler, ça veut dire écouter ce qu'elle a à me dire, Ryan. Je dois y aller.

— Pas du tout.

— Si.

— J'appelle Marco.

— Non. Je ne veux pas courir le risque qu'il me refuse cette interview. Il faut que j'aille me changer, j'ai rendez-vous dans une heure.

— Non, dit-il en l'attrapant par les mains avant qu'elle ne s'enfuie. Tu ne vas pas te changer pour Calista. Tu n'en as pas envie, alors ne le fais pas.

— C'est un club assez select. Il faut que je me change. Cette tenue, ce serait contraire à l'étiquette.

— On s'en moque, de l'étiquette ! On fait un passage éclair à ce club, tu dis non à tout ce qu'elle te demande, et ensuite j'appelle Marco pour que vous fixiez la date et l'heure de votre rendez-vous téléphonique.

— Tu n'as pas besoin de m'accompagner, dit-elle en croisant les bras sur sa poitrine. Je suis assez grande pour me débrouiller toute seule.

Il la prit dans ses bras.

— Je n'en doute pas un seul instant. Mais c'est moi qui t'ai entraînée là-dedans. La moindre des choses c'est que je t'aide à t'en sortir. C'est peut-être égoïste, mais je n'ai pas envie que tu te laisses convaincre par Calista de participer à ce meeting. Je te veux détendue et disponible…

Il récupéra son téléphone et vérifia l'heure.

— J'ai mieux à te proposer : si ça ne te fait rien, j'aimerais que tu viennes visiter quelques maisons avec moi.

— Tu veux acheter une maison ?

Il se mit à rire.

— Oui. J'ai besoin d'un geste fort pour convaincre Bobby et Caleb que je fais un associé sérieux.

Il regarda autour de lui.

— Et toi ? Je trouve cet appartement fantastique. Il est à toi ?

— C'est une location avec option d'achat, dit-elle, l'air mal à l'aise. Je ne sais pas encore si je vais réussir à lancer ma nouvelle carrière ici, sans les appuis que j'avais à New York.

— Et tu penses que l'interview de Marco pourra t'aider à te mettre en selle ?

— Oui, je peux faire quelque chose de vraiment bien. Quelque chose de différent, qui me permettra de tirer mon épingle du jeu. J'ai quelques idées déjà.

— Tu me raconteras tout ça pendant le trajet.

Quoi qu'elle paraisse en penser, il avait le sentiment qu'elle ne resterait pas. Son père allait se lancer dans la course à la

Maison Blanche, et il aurait besoin d'elle à ses côtés. Son séjour au Texas était donc sa dernière chance de se trouver avant que la carrière de son père ne la happe pour de bon. Et il allait tout faire pour l'aider dans cette découverte d'elle-même, avant d'ouvrir les bras et de la laisser partir. Il était, après tout, expert en relations de courte durée, puisque, sa vie durant, c'était tout ce qu'il avait eu l'occasion de connaître. Enfant et adolescent, il avait navigué d'une famille d'accueil à une autre, et puis, à l'Armée, d'une femme à une autre, au fil des missions. Cette fois, ça ne serait pas bien différent, même si c'était la première fois qu'une femme l'obsédait tant, au point de l'empêcher de dormir la nuit.

Avec Ryan, Sabrina se trouvait bien au-delà de sa zone de confort, et cela l'effrayait autant que cela l'excitait. Se rendre dans un club select en jean et T-shirt Harley Davidson et en compagnie d'un genre de biker était quelque chose qu'elle n'aurait jamais osé faire à New York. Mais lorsqu'elle pénétra dans l'élégant restaurant du club, elle fut surprise de ne pas être regardée de travers par l'hôtesse en tailleur beige qui se tenait, tout sourire, près d'une magnifique composition florale. Elle fut plus étonnée encore de constater que, parmi les clients, elle n'était pas la seule, et loin de là, à porter un jean.

— Bienvenue au Texas, dit Ryan à son oreille.

Il en profita pour lui effleurer le coude, alors que, suivant l'hôtesse, il la guidait entre les tables.

A ce contact, une douce chaleur se propagea le long de son bras et vint se loger dans sa poitrine.

— Je crois que je vais réussir à m'y faire, dit-elle, ravie de la connivence qui s'était déjà installée entre eux.

L'hôtesse leur indiqua la table de Calista, puis, avant de se décider à tourner les talons, laissa son regard s'attarder un peu trop longuement sur Ryan. S'il le remarqua, il n'en laissa rien paraître.

Ils furent accueillis par une très jolie jeune femme blonde, d'une trentaine d'années environ, qui s'empressa de se lever dès qu'elle les aperçut. Elle dévoila ainsi sa silhouette élancée mise en valeur par un chemisier de soie… et un jean.

— Ah, Ryan, bonjour, dit-elle. Je suis contente que vous soyez venu.

Et, même si ses mots parurent sincères, elle se tourna rapidement vers Sabrina.

— Sabrina, dit-elle en lui tendant la main, je suis absolument ravie de vous rencontrer. Je suis Calista Montey, et l'une de vos plus grandes admiratrices.

— Merci, répondit Sabrina en serrant sa main. C'est toujours un honneur et une grande joie de rencontrer quelqu'un qui aime mon travail. Ça me fait chaud au cœur.

Et c'était la vérité. Sa chronique avait fait sa fierté et son bonheur, et y mettre fin avait été un crève-cœur. Si sa tribune n'avait pas été un sujet de querelles incessantes avec son père, elle ne l'aurait sans doute pas abandonnée.

— Vous avez le courage de vos opinions, dit Calista, et c'est ce que j'admire particulièrement chez vous. D'autant plus que c'est une qualité qui se fait rare. Si seulement d'autres pouvaient en prendre de la graine…

Puis elle désigna les chaises.

— Mais je vous en prie, asseyez-vous.

Ryan, en parfait gentleman, aida Sabrina à s'installer, ce qui, au fond, n'était pas surprenant pour un militaire. Mais ce qu'elle trouva prodigieux, ce fut la caresse de sa main dans son dos, un geste tendre et affectueux, accompagné d'un petit regard complice par lequel il semblait vouloir lui transmettre toute sa force et sa détermination. C'était extraordinaire, en effet, de se sentir soutenue, comme jamais auparavant cela ne lui était arrivé, par quelqu'un qu'elle venait à peine de rencontrer.

Dès qu'ils furent assis, un serveur apparut. Ils commandèrent tous deux une tasse de café sans rien prendre à manger. Apparemment, il était aussi accro qu'elle à la caféine. Encore un bon point pour lui…

— Nous venions tout juste de finir de manger lorsqu'on s'est parlé au téléphone, dit Ryan.

Ils s'étaient mis d'accord pendant le trajet pour servir ce petit mensonge à Calista. Ils mangeraient plus tard en tête à tête, quand les formalités seraient expédiées avec elle.

— C'est d'autant plus sympathique de votre part de vous être déplacés pour venir discuter avec moi, dit Calista, tout sourire.

— Oui, c'est très agréable de se rencontrer, dit Ryan qui réussit le tour de force de se montrer à la fois ferme et diplomate, mais autant mettre tout de suite les choses au point. Sabrina a tiré un trait sur sa chronique, et sur la politique. Tout cela appartient au passé maintenant, et elle veut à tout prix préserver sa vie privée et son anonymat. Quoi qu'il arrive, vous devez nous promettre de ne dévoiler sa véritable identité à personne, pas plus que l'endroit où elle vit désormais, sauf si elle vous en donne l'autorisation.

Sabrina sentit l'émotion la gagner. Ryan se montrait tellement protecteur, et elle en avait si peu l'habitude. Le sentiment de sécurité qu'il faisait naître en elle était très agréable. Aurait-elle eu tort de vouloir se méfier de lui ? Elle avait presque honte d'avoir eu des doutes à son sujet.

Calista la regarda, les yeux écarquillés.

— Vous…

Elle s'interrompit un instant, l'air vraiment stupéfaite.

— Vous avez quitté la rédaction du journal ? Je veux dire, je savais que vous aviez interrompu votre chronique pour quelques semaines, mais je pensais que vous étiez en congé. Quand Ryan a mentionné que vous vouliez interviewer mon frère, j'ai cru que, justement, étant par ici en vacances, vous vouliez profiter de ce que le hasard vous avait fait croiser sa route pour vous amuser un peu, en traitant un sujet plus léger.

— Non, répondit-elle, je ne fais pas cela pour m'amuser. Au contraire, je prends cette interview de votre frère très au sérieux. Plus même que vous ne pouvez l'imaginer.

— Mais vous avez vraiment quitté New York ? Et tiré un trait sur la politique ?

Elle acquiesça timidement et Calista demanda :

— Mais votre chronique n'était-elle pas extrêmement populaire ?

— J'avais la chance, en effet, d'avoir quelques lecteurs assidus et fidèles.

— Dans ce cas, pourquoi tout laisser tomber ? Pourquoi être partie ?

— C'est compliqué, répondit-elle, embarrassée.

Pour masquer son trouble, et échapper au regard inquisiteur de Calista, elle but une gorgée de café.

Discrètement, Ryan glissa sa main sous la table et la posa sur la sienne, l'invitant au silence. Décidément, il était bien là, et il veillait sur elle.

— Il nous faut cette promesse, Calista, dit-il. Ce que vous venez d'apprendre ne doit pas quitter cette table.

Calista eut un regard rapide vers lui.

— C'est bon, vous avez ma promesse.

Puis elle se tourna de nouveau vers Sabrina.

— J'imagine que votre décision a un rapport direct avec les rumeurs qui courent au sujet de votre père, à propos de ses ambitions présidentielles. Je ne me trompe pas, n'est-ce pas ? Ce serait sans doute gênant si vous preniez position contre les idées qu'il défend. Cela risquerait d'entamer sérieusement sa crédibilité, car, si même sa propre fille ne croyait pas en lui, qui le pourrait ?

— Comme je l'ai dit, dit de nouveau Sabrina, c'est compliqué.

— Est-ce votre père qui vous a forcée à vous retirer du devant de la scène ?

— Non, répondit-elle aussitôt avec véhémence.

Cette idée était aussi saugrenue qu'erronée, elle la révoltait presque. Combien de fois aurait-elle à se défendre à ce sujet, à se justifier ?

— J'ai pris cette décision toute seule, dit-elle d'une voix plus ferme.

Et c'était la vérité.

Enfin presque.

Calista la regarda comme si elle s'apprêtait à poursuivre l'interrogatoire, avant de paraître changer d'avis.

— Votre chronique était courageuse, dit-elle, la voix empreinte d'une admiration évidente. L'homme, bien plus que la politique, semblait au cœur de vos préoccupations. Et vous n'aviez pas peur de dire ce que vous pensiez, au risque de vous mettre à dos un bon nombre de personnes, dont votre père. Pour moi, c'était l'amorce d'un vrai changement.

— Pour qu'un tel changement s'opère, répondit Sabrina, il faudrait repenser entièrement notre système politique. Ma contribution était modeste et je n'ai fait que mettre le doigt sur quelques-uns des dysfonctionnements de la politique, ceux qui sont rendus évidents par ses acteurs mêmes.

— Dont votre père… qui risque de se trouver un jour à la tête de ce système.

Sabrina sentit sa gêne redoubler, en partie parce que c'était une remarque pertinente. Un souvenir récent, mais qu'elle avait préféré éluder, lui revint à la mémoire. Elle s'était rendue à une soirée avec ses parents, et un farouche partisan de son père l'avait prise à partie pour lui dire qu'elle lui causait du tort et qu'elle était un frein à sa carrière. Il l'avait même menacée. Si elle ne se renonçait pas à sa chronique — ce que ses parents, malgré de fréquents conflits d'opinions, ne lui auraient jamais demandé de faire — son père n'obtiendrait jamais l'investiture de son parti.

Cela avait été un moment très désagréable, en vérité. Et un très mauvais souvenir.

— Vous savez, Calista, dit Ryan d'un ton sec qui tira brusquement Sabrina de ses pensées, ce n'est pas en interrogeant Sabrina sur des sujets dont elle ne veut pas parler que vous réussirez à la convaincre de…

— … de participer au meeting que nous organisons, avec

mes collègues de la municipalité. Pardon, Sabrina, dit Calista en faisant amende honorable. Je n'aurais pas dû insister. Mais croyez bien que si je l'ai fait, c'est parce que je vous ai toujours admirée. J'imagine qu'abandonner votre chronique a dû être très difficile. D'ailleurs, je n'arrive toujours pas à y croire.

— Il faudra bien vous faire à cette idée, pourtant, fit Ryan. Et pour parler d'autre chose, pourquoi n'expliquez-vous pas plutôt à Sabrina ce que vous attendez d'elle ?

— Vous avez raison, Ryan.

Immédiatement, elle se tourna de nouveau vers Sabrina.

— En fait, la municipalité organise un grand meeting politique, auquel les différents partis, les commentateurs de tous bords et tous les journalistes seront invités à participer. En tant que coorganisatrice, je serais honorée si vous acceptiez d'y prendre la parole.

Sabrina était tiraillée. D'un côté, elle brûlait d'accepter cette invitation. Que Calista semble tant tenir à sa présence la flattait, et c'était très gratifiant de savoir son travail apprécié et reconnu. Plus que tout, elle voulait être utile, défendre les gens qui en avaient besoin, faire valoir leurs droits. Mais participer à ce meeting lui permettrait-il vraiment de faire entendre sa voix, de faire bouger les choses ? Elle n'en était pas certaine. Le jeu n'en valait peut-être pas la chandelle. Elle avait récemment pris la décision de changer de vie pour se recentrer sur elle-même, elle ne devait pas laisser ses sentiments ni ses émotions — aussi nobles puissent-ils sembler — la détourner des nouveaux objectifs — cruciaux — qu'elle s'était fixés.

Non, elle n'y participerait pas.

— Je suis extrêmement flattée par votre invitation, Calista, dit-elle sur un ton déterminé. Mais un événement d'une telle ampleur me ferait forcément sortir de l'ombre que je suis venue chercher ici. Et je ne veux pas courir ce risque.

— Bien entendu, vous pouvez vous douter que je souhaiterais insister.

— Mais vous ne le ferez pas, dit Ryan d'une voix ferme en lui adressant un regard insistant. Et c'est tout à votre honneur.

Alors qu'il finissait sa phrase, son téléphone se mit à sonner.

— C'est mon agent immobilier, dit-il à Sabrina après un rapide coup d'œil à son appareil. Je vais prendre la communication dehors.

Sur ce, il s'éclipsa. Elle le regarda s'éloigner, réconfortée par son attitude protectrice à son égard. A New York, certains de ses amis, dont son éditrice, Ava, avaient défendu son travail. Mais ce n'était pas son travail que protégeait Ryan, c'était elle.

— De la politique aux sports extrêmes, d'après ce que je vois…, dit Calista.

Sabrina quitta Ryan des yeux pour se concentrer sur Calista, qui lui adressa un clin d'œil par-dessus sa tasse de café.

— Je commence à comprendre pourquoi vous avez abandonné la politique.

Heureusement que Sabrina n'était pas en train de boire son café, car elle se serait certainement étranglée. Gênée, elle fit comme si Calista faisait allusion à son frère, Marco.

— Je ne savais pas que la course automobile faisait partie des sports extrêmes.

— Je n'en suis pas sûre non plus. Mais sauter dans le vide en compagnie de cet homme en est un, ça, c'est certain. Je n'arrive d'ailleurs toujours pas à comprendre comment j'ai pu me laisser convaincre de le faire. Est-ce que vous avez essayé ?

— Non. J'étais sur le point de le faire lorsque, fort heureusement, Marco et vous-même vous êtes annoncés à l'aérodrome.

— Vous avez eu de la chance ce jour-là, dit Calista en souriant avec bienveillance. Mais aujourd'hui, j'aimerais, moi, avoir la chance de vous convaincre de prendre la parole au meeting.

Puis elle changea aussitôt de sujet, comme pour mieux lui signifier qu'elle ne voulait surtout pas lui forcer la main.

— Pour en revenir à ce sport extrême également connu sous le nom de Ryan Walker, je suis sûre qu'il a d'autres activités, tout aussi exaltantes que le saut en parachute, à vous proposer. Surtout ne le laissez pas vous embobiner.

Un léger sourire passa sur ses lèvres, puis elle poursuivit :

— Il est très, très séduisant, et il vous regarde comme s'il voulait vous dévorer toute crue.

— Vous vous trompez, répondit-elle à la hâte.

Puis, incapable de s'en empêcher, elle se pencha en avant et demanda à voix basse :

— Vous êtes sûre ?

— Oh, que oui. Et il est évident qu'il a de quoi vous faire oublier les hommes politiques que vous avez laissés à New York. Je dois vous avouer qu'avec un homme comme ça qui, de plus, semble prêt à tout pour vous, je comprends que vous ayez envie de préserver votre intimité.

Sabrina se mordit la lèvre.

— Ça n'a rien avoir avec Ryan.

— Peut-être pas, mais si c'était le cas, je comprendrais…

Sur ce, elle fouilla dans son sac et posa une carte de visite sur la table.

— Ecoutez, le journal où vous travaillez ne se trouve qu'à quelques pâtés de maisons de mon bureau. On pourrait déjeuner ensemble. Un vrai déjeuner, sans politique, entre amies.

Sabrina ne se faisait aucune illusion. Jamais elles n'arriveraient à ne pas parler de politique. Aussi accepta-t-elle la carte en se contentant de dire :

— Merci. Pourquoi pas ?

— Traduction, dit Calista sur un ton défaitiste, non merci.

— Ne le prenez pas mal, Calista, ça n'a rien à voir avec vous.

C'était vrai, et elle sentait même qu'elles pourraient très bien s'entendre. Mais c'était précisément le problème. Elle poursuivit :

— J'ai vraiment besoin d'une coupure nette avec la politique, et vous êtes totalement immergée dans ce monde.

— Donc je ne réussirai pas à vous convaincre de participer à ce meeting ?

— J'ai bien peur que non, en effet.

Calista pinça les lèvres. Elle semblait déçue, mais, de toute évidence, elle avait appris à se dominer.

— Je respecte votre décision, mais je ne désespère pas de vous faire changer d'avis.

Quelques secondes plus tard, Ryan réapparut et fit ce qui semblait chez lui le plus naturel du monde : il alla droit au but.

— Alors, Calista, vous allez appeler Marco pour le presser d'accorder cette interview à Sabrina ?

— Mais évidemment, répondit-elle de bonne grâce. Il n'a jamais été question que l'interview dépende de la réponse de Sabrina. Si Marco a pu vous laisser croire le contraire, je me ferai un plaisir de lui botter le derrière.

Ah, les rapports frère-sœur, songea Sabrina, amusée mais aussi attristée. C'était quelque chose qui lui était étranger, et elle avait toujours regretté de ne pas connaître le bonheur d'avoir quelqu'un sur qui compter en toutes circonstances.

— Dans ce cas, dit Ryan, vous ne verrez aucun inconvénient à l'appeler tout de suite, j'imagine.

Ce n'était pas une question.

Calista secoua la tête et regarda Sabrina.

— Vous savez que ce n'est pas moi qui ai sauté de cet avion, mais lui qui m'a poussée ?

— Je vous ai encouragée, répondit Ryan.

Mais il adressa à Sabrina un regard en coin si malicieux qu'elle comprit sur-le-champ : Calista n'avait pas menti.

Calista pouffa et sortit son téléphone de son sac.

— J'ai distinctement senti qu'on me poussait. Comme maintenant. Sauf que cette fois, ça ne me dérange pas. J'appelle Marco.

Quelques minutes plus tard, Sabrina avait l'aval du manager de Marco et obtenu un rendez-vous téléphonique non seulement avec Marco lui-même mais aussi avec son mécanicien en chef. Elle était bien partie pour son article, dont elle imaginait déjà les grandes lignes. Il ne lui manquait plus que le feu vert de Frank.

Sabrina et Ryan prirent congé de Calista et regagnèrent le parking de fort bonne humeur.

— Dis-moi que tu n'as pas vraiment poussé Calista hors de l'avion, dit-elle en riant.

— Juste un peu, répondit-il. Marco venait de me dire que nous ferions un crochet par chez toi avant son vol si nous avions le temps. J'ai fait en sorte que nous l'ayons.

Il ouvrit les portes de son pick-up et, la saisissant par la taille, l'aida à y grimper. Dans un élan spontané, elle se tourna vers lui, les mains posées sur son torse, son corps tout près du sien.

— Merci, dit-elle en passant les bras autour de son cou.

— De quoi ?

— De n'avoir aucune ambition politique. J'avoue que j'ai eu un peu peur que…

« Que tu sois comme tous les autres. »

— … que tu aies envie de rencontrer Calista pour servir tes propres intérêts.

Il serra plus fort sa taille et l'attira à lui.

— La politique est la dernière chose qui m'intéresse quand je suis avec toi.

Il posa ses lèvres sur le coin de sa bouche et s'immobilisa là un instant, dans cette esquisse de baiser, avant de se décider à l'embrasser pour de bon. Elle eut l'impression que toutes ses terminaisons nerveuses volaient en éclats pour venir se regrouper en un endroit unique, avant de se propager dans tout son corps. Et, pour la première fois depuis très longtemps, la politique fut le cadet de ses soucis. Si cela continuait ainsi, elle allait développer un amour immodéré pour les sports extrêmes.

Ou au moins pour celui qui était connu sous le nom de Ryan.

9

— Ce n'est pas du tout ce que je recherche, dit Ryan sur un ton sans appel.

Sabrina resta un instant bouche bée, surprise par la rapidité et l'apparente irrévocabilité de cette décision.

Appuyée contre les placards en merisier de la dernière des cinq maisons qu'ils avaient visitées dans l'après-midi, elle observait du coin de l'œil Scott Miller, l'agent immobilier de Ryan, qui tentait tant bien que mal de cacher son irritation. Car, si sa tenue décontractée pouvait un instant laisser croire le contraire — il portait, comme la plupart des Texans en toutes circonstances, un jean et des bottes —, il paraissait déterminé à conclure au plus vite une affaire avec Ryan. Aucune des cinq maisons qu'ils avaient vues — et qui, pourtant, possédaient toutes leur charme — n'avait plu à Ryan et, chaque fois, son rejet avait été aussi catégorique et instantané. Les visites n'en finiraient-elles jamais ? Quand se retrouveraient-ils en tête à tête, quand les choses sérieuses allaient-elles enfin pouvoir commencer entre eux ?

— Peut-être pourriez-vous me dire plus précisément ce que vous aimez et ce que vous n'aimez pas, pour que je puisse affiner mes recherches, dit Scott.

Jusqu'ici les commentaires de Ryan avaient été plutôt laconiques. « Ce n'est pas pour moi », « ce n'est pas la bonne », « je ne me vois pas vivre ici », « ce n'est pas du tout ce que je recherche » avaient été les seules phrases qu'il avait daigné prononcer.

— J'aime bien les placards, dit Sabrina, poussée par un élan de solidarité envers ce pauvre agent immobilier qui commençait à lui faire pitié. Et toi, Ryan ? Tu préférais les boiseries un peu plus claires de la précédente maison ?

Ryan haussa les épaules.

— Ils sont bien, dit-il sans préciser lesquels il préférait.

Elle désigna le sol.

— Et ce parquet est incroyable.

Il était clair avec des veines plus foncées parfaitement assorties à la couleur des placards.

— Vraiment magnifique, dit-elle, insistant.

— C'est du noyer blanc, fit Scott.

— Vraiment ? demanda-t-elle. C'est la première fois que je vois un parquet en noyer blanc. Je ne savais même pas que ça existait. J'adore.

— La cour est grande, dit Ryan en s'approchant des baies vitrées qui fermaient la salle à manger. Je ne sais pas trop ce que j'en ferais, elle est grande.

Il avait écarté deux des précédentes maisons sous prétexte que leur cour était trop petite, et voilà que celle-là lui paraissait trop vaste. La frustration se lut sur le visage de Scott et, franchement, elle ne pouvait pas l'en blâmer.

— Puisque la maison est inoccupée, pourrait-on rester, Ryan et moi, pour l'inspecter d'un peu plus près ? Avec mon aide, il parviendra peut-être à mieux définir ce qu'il recherche, et ça vous facilitera la tâche.

— Très bonne idée, dit Scott sans hésitation.

Il s'empressa de lui expliquer comment refermer la maison puis s'éclipsa, la laissant seule avec Ryan qui se trouvait toujours devant la fenêtre, en train de scruter la cour.

Elle observa un instant sa silhouette qui se détachait à contre-jour devant la fenêtre et fronça les sourcils. Il dégageait toujours la même énergie brute, mais, à cet instant, elle était moins solaire et limpide que d'habitude. Plus sombre. Sans réfléchir, elle se dirigea vers lui, pressée de comprendre ce qui se passait dans sa tête et dans son cœur. Elle ne craignait pas de l'importuner ni de se montrer indiscrète. En fait, elle se sentait étrangement à l'aise avec lui, alors qu'elle venait à peine de le rencontrer. D'une certaine façon, il lui paraissait incroyablement familier. Et elle l'appréciait déjà comme on apprécie un ami. Un ami pour qui elle aurait ressenti une irrésistible attirance physique, pour qui elle aurait été prête à tout oser, ou presque.

Arrivée derrière lui, elle passa les bras autour de son buste et se colla à lui, posant sa tête contre son dos.

— On pourrait croire que tu n'as pas spécialement envie d'acheter une maison.

Il se tourna et la prit dans ses bras, lui offrant son premier sourire de l'après-midi.

Certes c'était un sourire timide, mais c'était mieux que rien.

— Si jamais tu m'emmènes un jour faire du shopping avec toi, dit-il, je te promets de ne pas protester si tu veux essayer tout le magasin avant de te décider.

Soudain, elle imagina le grand, le fort, et le très beau Ryan assis près d'une cabine pendant qu'elle essayait des vêtements. C'était une vision étrange, mais pas désagréable du tout.

La prenant par la main, il la guida vers la cuisine.

— La cuisine est bien, dit-il en lâchant sa main pour inspecter les plans de travail et les équipements en inox.

— Elle est superbe. C'est même la plus belle pièce de la maison.

— Ce n'est pas que je cuisine beaucoup…

— En fait, moi non plus, dit-elle. Ma mère était toujours très occupée, à la maison, et on avait l'habitude d'acheter des plats à emporter ou des surgelés. Je continue. Mais quand même, une belle cuisine, ça aide à se sentir chez soi.

Il fronça les sourcils, comme si elle avait dit quelque chose qui suscitait un écho chez lui.

— Et ton appartement ? demanda-t-il. Tu t'es tout de suite sentie chez toi quand tu l'as vu pour la première fois ?

Elle acquiesça et se rapprocha de lui.

— J'ai eu le coup de cœur. Je ne me suis pas instantanément sentie chez moi, mais j'ai compris que c'était un endroit qui pourrait devenir mon chez-moi. En même temps, j'ai grandi à Manhattan, dans un appartement. Ça aide. Peut-être que si tu réfléchissais à ce qui caractérisait les endroits où tu t'es senti « chez toi », ça t'aiderait à trouver ce que tu recherches.

Il eut un petit rire et croisa les bras sur sa poitrine.

— J'ai passé tant d'années au milieu de la jungle ou en plein désert que l'hôtel où je loge en ce moment me paraît bien plus conforme à l'idée que je peux me faire d'un foyer que toutes ces maisons. Même si j'aime bien ton appartement.

Un éclair de malice passa dans ses yeux.

— Mais c'est peut-être l'effet magique du masque de boue.

Elle leva les yeux au ciel.

— Est-ce qu'on pourrait essayer de remplacer ce souvenir par un autre épisode, sans aucun rapport avec ce fichu masque de boue ?

— Oh non, surtout pas, dit-il d'une voix aux accents provocants et sensuels. C'est un souvenir qui restera à jamais associé dans mon esprit à un immense plaisir.

Certes, c'était le genre de remarques auxquelles il l'avait déjà habituée, mais il n'était pas tout à fait lui-même en ce moment. Il plaisantait. Il la taquinait. Toutefois, il était plus réservé qu'à la normale.

Elle se rapprocha encore, jusqu'à s'appuyer contre lui. Instantanément elle vit ses yeux marron s'assombrir. La chaleur de son corps puissant se propagea au sien avec la rapidité d'un feu de paille.

Elle l'interrogea du regard. Elle brûlait de lui demander ce qui n'allait pas, mais, par pudeur, elle n'osa pas. Peut-être pouvait-elle, pour l'aider, se contenter de lui faire penser à autre chose. Lui offrir une échappatoire. Agréable. Un moment de plaisir.

— Cet endroit ne sera peut-être jamais ta maison, dit-elle en caressant son torse, mais, au moins, il pourrait devenir un souvenir. Et ça tombe bien car, à ce qu'il me semble, je te dois un souvenir.

Lentement, sa main descendit vers sa ceinture, puis vers son entrejambe.

Elle vit son visage se crisper sous l'effet du désir. Il posa sa main sur la sienne et appuya fort. Son sexe était dur comme de la pierre.

— Tu tentes la bête, dit-il, d'une voix tendue.

A son propre étonnement, elle se mit à rire.

— Laquelle ? Celle qui est dans ton pantalon, ou celle qui est à l'extérieur ? demanda-t-elle, incroyablement détendue alors qu'elle était en train de repousser ses propres limites.

— Les deux. Et les deux ont tellement envie de toi qu'il ne faut pas leur donner de fausse joie.

— Ce n'est pas mon intention, répondit-elle sans cesser de caresser son sexe à travers le tissu épais et rugueux de son jean. Je te dois un souvenir, et je compte bien payer ma dette.

Elle sourit puis se mit à chercher sa fermeture Eclair. Mais, tout de suite, il arrêta sa main.

— Tu ne me dois rien, à part un rendez-vous.

Elle resta un instant immobile.

Elle ne lui devait rien.

— Alors ce sera pour moi, dit-elle finalement. J'ai très envie de ce souvenir.

Et c'était vrai. Elle en avait envie comme jamais elle n'aurait pu l'imaginer. Elle voulait offrir du plaisir à cet homme comme jamais elle n'avait voulu en offrir à personne. Elle voulait oublier le reste du monde. Oublier ce qui était convenable et ce qui ne l'était pas. Elle voulait seulement profiter de lui, là et maintenant.

Pendant quelques secondes, il lui tint la main, l'observant, scrutant l'expression de son visage.

— J'en ai envie, dit-elle dans un souffle.

Tout en parlant, elle glissa sa main libre sous sa chemise et pressa ses doigts contre sa chair brûlante, avant de les laisser courir sur ses muscles saillants avec émerveillement et délice.

Il retira sa main, la laissant de nouveau libre de ses mouvements, et elle put ouvrir son pantalon. Ses doigts trouvèrent rapidement ce qu'ils cherchaient. Lequel des deux respirait le plus difficilement lorsqu'elle glissa sa main dans son caleçon et effleura son sexe du bout des doigts ? Elle n'aurait su le dire. Elle le chercha du regard et la connexion s'établit instantanément, fulgurante, intime, érotique. Comme le fut le moment où elle le libéra de toute entrave et enroula sa paume autour de sa chair brûlante et palpitante pour le caresser doucement, de bas en haut.

Il gémit, et un désir sauvage s'empara d'elle. Sans la moindre hésitation, sans la moindre crainte d'être surprise, elle se laissa tomber à genoux et passa les bras autour de ses jambes. Puis elle approcha son visage de son sexe et l'effleura du bout de sa langue.

— Sabrina, murmura-t-il.

Elle sourit, alors que sa main caressait la base de son sexe. Le regardant dans les yeux, elle le prit dans sa bouche, d'abord un peu, puis de plus en plus. Enfin elle commença à aller et venir. Il posa sa main sur sa tête, la guidant et l'encourageant à poursuivre. Très vite, elle en voulut davantage. Elle posa les mains sur ses fesses parfaites et l'attira en elle plus fort et plus loin.

Il gémit son nom, son souffle était court, sa respiration lourde.

Elle n'avait jamais eu autant envie d'un homme, de le sentir en elle. Sa langue, ses lèvres et ses mains exploraient, assaillaient, le poussaient à bout. Elle n'en pouvait plus de désir. Son sexe se contractait douloureusement, comme s'il lançait un appel désespéré. Plus tard, songea-t-elle. Plus tard, lorsqu'elle pourrait l'avoir tout entier et sans restriction. Sans limite. Car il y avait toujours des limites. Et, plus que jamais, elle voulait les repousser, et découvrir ce que cela signifiait de le faire avec et pour cet homme. Ce que faire l'amour voulait vraiment dire. Elle voulait aller au bout de l'érotisme, de l'intensité, de l'audace.

Soudain, les jambes de Ryan se raidirent et son corps se mit à trembler.

— Arrête, dit-il, essayant de se dégager, de s'éloigner.

Elle refusa de le laisser faire, s'accrochant au contraire plus fort à lui et l'aspirant davantage. Elle vint à bout de sa résistance, de sa détermination, et bientôt il reposa la main sur sa tête comme pour la supplier, cette fois, de ne pas arrêter. Et bientôt il explosa.

Enfin il s'abandonnait à elle.

Quand ce fut terminé, elle remonta le long de son corps, puis elle l'aida à se rhabiller, comme il l'avait fait pour elle. Elle reprit sa place entre ses bras, un petit sourire au coin des lèvres. Son beau visage n'était plus sombre, au contraire. Il exprimait une reconnaissance et une satisfaction dont elle était la cause. Elle était fière et heureuse d'avoir fait cela pour lui. Et pour elle. Elle ne pensait pas au regard ni au jugement d'autrui, ni à ce qu'elle avait laissé derrière elle à New York. Elle pensait au moment qu'elle était en train de vivre, et à l'homme avec qui elle le vivait.

Elle joua avec une mèche qui retombait sur son front. On voyait qu'il avait quitté l'Armée depuis un certain temps déjà : il avait quelques mèches rebelles qui donnaient à son visage un air canaille absolument craquant. Elle caressa sa joue rugueuse.

— Et maintenant, que penses-tu de cette maison ?

Il passa les bras autour de sa taille.

— Tout ce à quoi je suis capable de penser en ce moment, c'est à toi.

Sans qu'elle parvienne à se contrôler, son estomac émit un gargouillis dont elle eut un peu honte.

— Et toi, dit-il en riant, tout ce à quoi tu penses, c'est à manger. Je ne sais pas comment je dois le prendre…

— Que veux-tu, quelques bouchées de muffin ne me suffisent pas.

— Alors allons manger.

Il caressa son cou et déposa sur ses lèvres un baiser rapide.

— Te satisfaire est ma priorité.

Elle sourit, une nouvelle fois surprise de se sentir aussi à l'aise en sa compagnie.

— Je l'espère bien, Ryan. Je l'espère bien.

10

Après avoir transformé cette maison à vendre en un endroit qu'ils n'oublieraient jamais, Ryan et Sabrina étaient allés s'acheter à manger au meilleur drive-in tex-mex de la ville, et avaient décidé de rentrer manger chez elle. C'était extraordinaire : ils venaient de se rencontrer et, déjà, il se sentait incroyablement à l'aise avec elle, comme avec une amie de longue date — une amie incroyablement sexy et absolument irrésistible. Dans la décontraction la plus totale, il était assis par terre à côté d'elle, dans sa salle à manger. La table basse portait les dernières traces de leur repas et la radio diffusait de la country, car il ne pouvait concevoir de manger tex-mex sans le fond musical approprié.

Tout à coup, elle s'éventa et attrapa son verre de soda.

— Tu m'avais dit que ce n'était pas trop fort, dit-elle d'un ton plaintif avant d'aspirer à la paille une longue gorgée de boisson bien fraîche. C'est horriblement fort, au contraire !

Elle avait les yeux humides.

Il rit. C'était absolument adorable et charmant, cette sensibilité extrême aux épices.

— Si tu ne te fais pas au piment, tu ne deviendras jamais une vraie Texane.

— Je suis d'accord pour pimenter un peu ma vie, dit-elle après avoir avalé une nouvelle gorgée, mais pas pour avoir constamment la bouche en feu.

— Il faut dire que pour quelqu'un qui n'aime pas le piment, tu t'es jetée sur ton assiette.

Elle prit l'air offensée.

— Tu as essayé de m'affamer ; je me suis précipitée sur la première chose que tu m'as proposée.

— Tu verras, tu t'y feras. Je pense même que tu regretteras le tex-mex quand tu seras partie.

— Si tout se passe bien avec l'interview de Marco, dit-elle en croisant les doigts, je n'aurai aucune raison de partir. D'ailleurs, à ce propos, merci encore. Sans toi, je n'aurais jamais obtenu cet entretien.

Il l'aida à débarrasser les assiettes et les posa sur un plateau.

— C'était totalement égoïste de ma part, dit-il sur le ton de la confidence. Je voulais te revoir, et j'avais la certitude que si tu quittais l'aérodrome sans avoir sauté, tu ne reviendrais jamais.

Elle ramena ses genoux contre sa poitrine et ses cheveux soyeux s'étalèrent sur ses frêles épaules. Le silence s'installa entre eux et elle sembla prêter plus d'attention à la musique.

— Finalement, la country, ça se laisse écouter, dit-elle au bout d'un moment. Mais qu'est-ce que c'est triste…

— Quand une chanson te rend triste, c'est qu'elle te parle. Et c'est exactement ça, la country : c'est une musique pour penser. Bon, pour boire et danser aussi…

— Penser et boire, je sais faire, dit-elle en attrapant le plateau et en se levant avec une grâce inouïe. Danser, c'est autre chose…

Il se leva à son tour, et, d'une main, saisit son poignet tandis que, de l'autre, il reposait le plateau sur la petite table.

— Penser et boire, on peut s'en passer pour l'instant, dit-il. Danser, en revanche, ça me tente.

Elle écarquilla les yeux.

— Comment ? demanda-t-elle en secouant la tête. Non, Ryan, je viens de te dire que je ne savais pas danser.

Il l'entraîna plus loin, où il y avait davantage d'espace.

— C'est une bonne chose que moi je sache, alors, murmura-t-il en passant un bras autour de sa taille. Tout ce que tu dois faire, c'est me suivre.

— Mais je vais t'écraser les pieds, répondit-elle.

C'était adorable : elle paraissait vraiment angoissée à l'idée de lui marcher sur les pieds. Attendri, il lui caressa la joue et l'embrassa.

— C'est pour ça qu'on a inventé les bottes, trésor. Ne t'inquiète pas, ajouta-t-il après s'être penché vers ses pieds menus, moi je n'abîmerai pas tes jolis petits orteils.

Il se concentra un instant sur la musique. A la chanson qu'elle avait trouvée triste venait de succéder un air beaucoup plus entraînant.

— C'est parti, dit-il, ignorant ses protestations. Un pas en avant. Un autre. C'est bien. Maintenant trois pas. Suis-moi et, surtout, garde le dos bien droit. Un pas. Un pas. Trois pas.

Il fit glisser sa main le long de son dos.

— Ne remue pas trop ton joli petit derrière. Voilà, comme ça. Très bien.

— Je ne suis vraiment pas douée.

— Tu plaisantes ? Tu te débrouilles très bien.

— C'est parce que tu es vraiment un très très bon danseur. C'est toi qui fais tout.

— J'ai des années de pratique derrière moi, répondit-il en la guidant en douceur.

— Dans la jungle ou dans le désert ?

— Tu serais surprise de découvrir jusqu'où peut venir se nicher le Texas parfois.

Ils exécutèrent encore quelques pas en cadence puis le morceau se termina. Il fut suivi par une chanson plus lente, plus sentimentale. Aussitôt, l'atmosphère changea elle aussi, pour devenir moins innocente, moins légère. Il se rapprocha d'elle et laissa ses hanches guider leurs mouvements à tous les deux. Tout son être était tendu. Dans cette position, bien entendu, elle ne pouvait pas ignorer l'effet qu'elle lui faisait.

Elle était menue et douce. Il mourait d'envie de faire tomber les barrières qui se dressaient encore entre eux et de la prendre pour de bon dans ses bras. De la sentir, de toutes les façons, des plus simples aux plus intimes. Mais c'était à elle et à elle seule de décider quand et comment ils feraient l'amour. Il le lui avait promis. Et si elle ne le voulait pas du tout, il se plierait à son choix. Ce qui s'était passé entre eux dans l'après-midi ne le ferait pas revenir sur sa décision. Peu importait la force de son désir, il tiendrait bon.

— Ce n'était peut-être pas une si mauvaise idée de danser, finalement, dit-elle tout bas.

— Voyez-vous ça ! Si ça continue, j'arriverai à te faire sauter d'un avion.

— Oh non, répondit-elle aussitôt. Cette idée, c'était un coup de folie, mais j'ai retrouvé toute ma tête. Ça ne risque pas de se reproduire de sitôt.

Leurs petits pas, rapprochés et lents, n'étaient plus vraiment de la danse. Mais c'était tout aussi agréable.

— Pourtant, dit-il d'une voix douce, quelque chose t'a amenée à penser, à un moment, que sauter en parachute te ferait du bien.

Elle baissa les yeux et ne répondit pas tout de suite.

— C'est compliqué, dit-elle finalement.

— Ah. Compliqué. C'est ce que tu as dit à Calista. En d'autres termes, tu n'as pas envie d'en parler.

Elle s'immobilisa, l'air peinée, tourmentée. Les lumières étaient tamisées, mais cela ne l'empêcha pas de voir le rouge lui monter aux joues.

— Non, dit-elle comme pour se défendre. Ce n'est pas ce que je voulais dire. Ça ne me gêne pas de parler avec toi. Au contraire, c'est si facile de te parler. La vérité, c'est que je pensais être maladivement obsédée par le contrôle. Je croyais que sauter dans le vide pourrait m'apprendre à lâcher prise, à vivre un peu plus à fond. Ou, tout du moins, c'était ce que croyait Jennifer.

— Et maintenant tu as changé d'avis ? demanda-t-il, en posant sa main sur la sienne, qu'elle avait laissée sur son torse.

— Oui. Ou bien non. Je ne sais pas. C'est assez confus pour moi. Je crois…

Elle s'interrompit, et fronça les sourcils. Elle chercha ses mots, avant de reprendre la parole.

— Je crois que j'ai seulement besoin d'avoir l'impression que mes décisions viennent de moi et de moi seule. Que le contrôle que j'exerce sur moi-même n'émane pas d'un besoin maladif de ne pas franchir certaines limites. J'aimerais être comme toi. libre. Sans peur.

Ses doigts effilés se promenèrent sur son torse et elle planta dans ses yeux un regard plein de vulnérabilité et d'incertitude. Sa voix, pourtant, ne flancha pas.

— Je veux que tu me montres comment lâcher prise, Ryan. Je veux que…

Soudain, on frappa à la porte. Des coups très forts et insistants.

Il jura tout bas, suspendu à ses mots. Elle voulait… Quoi donc ? Alors qu'il émettait les hypothèses les plus osées, les coups à la porte reprirent de plus belle.

Bon sang ! Il n'y avait pas moyen d'être tranquilles.

— Ça doit être le jeune voisin. Il frappe toujours comme s'il y avait le feu à l'immeuble, dit-elle.

Son ton, qui, quelques minutes plus tôt était encore si caressant, si prometteur, était redevenu très terre à terre. Son moment d'abandon était bel et bien passé.

— Il est gentil mais un peu collant. Laisse-moi lui acheter ses bonbons et le renvoyer chez lui.

Elle se hissa sur la pointe des pieds pour l'embrasser.

— Et surtout, n'oublie pas où nous en étions.

Elle essaya de s'en aller, mais il l'en empêcha en l'attirant à lui, et, ignorant les coups insistants, l'embrassa longuement.

— N'oublie pas, toi, où nous en étions, dit-il en la lâchant.

Elle lui adressa un sourire enjôleur.

— Je n'oublierai pas, dit-elle. Tu peux me faire confiance.

Ils se dirigèrent ensemble vers la porte.

— Et que veut-il, d'habitude, ce gamin ? demanda-t-il.

— Me vendre toutes sortes de choses.

Il porta les mains à sa poche.

— J'achète tout son stock s'il nous laisse reprendre là où nous en étions.

Elle ouvrit la porte en souriant. Sur le paillasson se tenait un gamin grand et maigre, à lunettes, qui paraissait avoir quatorze-quinze ans. Il portait un énorme paquet qui dissimulait une partie de son buste étroit. Il regarda Ryan avec stupéfaction, comme s'il avait espéré trouver Sabrina seule chez elle. Il le comprenait d'ailleurs, le pauvre. Lui aussi, il la voulait pour lui tout seul.

— Salut, Kevin, dit Sabrina. Qu'est-ce que tu veux me vendre ce soir ?

— Bonsoir, Sabrina, dit-il en bredouillant.

Là aussi, il le comprenait. Quand il avait quatorze ans, les belles filles lui faisaient le même effet. Surtout Laurie Monroe, la voisine — il en était, à l'époque, à sa troisième famille d'accueil —, une magnifique blonde qui, bien qu'elle ait eu quatre ans de plus que lui, l'avait laissé contempler sa magnifique et généreuse poitrine. Jusqu'à ses seize ans, elle avait été l'unique objet de ses fantasmes d'adolescent. Et puis il avait découvert l'Armée, et, d'un coup, ses centres d'intérêt avaient changé…

— Le facteur a déposé ce paquet chez nous, dit Kevin. Il est pour vous. C'est arrivé hier. Je vous l'aurais bien apporté plus tôt, mais on a été absents toute la soirée hier. J'avais un concours de guitare.

Elle prit l'énorme paquet carré, et Ryan s'empressa de l'en débarrasser.

— Merci beaucoup, Kevin, dit-elle. Et ce concours, alors, qu'est-ce que ça a donné ?

Il se redressa avec fierté.

— J'ai gagné le premier prix.

— Génial, Kevin, dit-elle en applaudissant. Félicitations !

Elle s'approcha pour lui faire la bise, et l'expression à

la fois incrédule et euphorique qui s'afficha sur son visage n'échappa pas à Ryan.

Il eut du mal à ne pas rire, et se laissa aller lorsque la porte se fut refermée derrière Kevin.

— Pauvre garçon, dit-il en riant. Il a failli avoir un arrêt cardiaque, à son âge !

Elle fronça les sourcils.

— De quoi est-ce que tu parles ?

Ils retournaient vers le salon lorsqu'il répondit :

— Ne me dis pas que tu n'as pas remarqué les yeux de merlan frit avec lesquels il te dévisage.

— Voyons, ce n'est qu'un enfant, Ryan !

— C'est un ado. Et ça fait toute la différence.

— Ça n'a pas de sens, dit-elle en haussant les épaules. Il est tellement mignon. Et tellement gentil.

Elle s'assit sur le canapé.

— Et tellement travaillé par ses hormones.

Puis il posa le paquet sur la petite table et vint la rejoindre sur le canapé.

Elle s'empara aussitôt du colis.

— L'expéditeur n'a indiqué ni son nom ni son adresse. Mmm. J'avoue que ma curiosité est piquée.

Sur ce, elle déchira l'emballage.

Il le récupéra et le froissa en boule.

— La poubelle est dans la cuisine, je suppose ?

— Oui, dans le placard sous l'évier. Merci, Ryan.

En sifflotant, il se dirigea vers la cuisine et admira au passage les lumières de la ville par les grandes fenêtres du salon. Il se sentait bien ici. Mieux que jamais il ne pourrait se sentir dans les maisons qu'ils avaient visitées l'après-midi. C'était peut-être un appartement qu'il lui fallait. Ou bien Sabrina. Vite, il chassa cette pensée, venue il ne savait d'où. Il pénétra dans la cuisine, qu'il inspecta après s'être débarrassé du papier. Sur les étagères, tout était impeccablement rangé, rien ne dépassait.

— Eh bien, on dirait que c'est elle qui a passé quatorze ans dans l'Armée…

En effet, elle devait avoir quelques petits problèmes de contrôle, besoin de maîtriser les choses, et il était curieux de savoir comment cela pouvait s'exprimer au lit.

Emoustillé par cette idée, il retourna immédiatement dans le salon. Instantanément, il remarqua le silence qui y régnait, et l'air absorbé avec lequel Sabrina était en train de feuilleter ce qui ressemblait à un album photo.

Il hésita à approcher davantage et marqua un temps d'arrêt, captivé par son image. Elle était magnifique, élégante même en T-shirt Harley Davidson et en jean. Il l'imaginait très bien à Washington, dans un bureau, en train d'envoyer des types comme lui se battre à l'autre bout du monde.

Comme si elle avait senti son regard posé sur elle, elle leva les yeux.

— Ça vient de mon père, dit-elle, une pointe d'amertume dans la voix. C'est un album souvenir des meilleurs moments de ma carrière.

Il la rejoignit en silence, la regardant feuilleter les pages. Soudain, elle lui montra la photo d'un homme recevant une tarte à la crème en pleine figure.

— Cette histoire m'a causé de sérieux ennuis.

— C'est toi qui avais lancé la tarte ? dit-il, moqueur, dans l'espoir de la faire sourire. Surtout, rappelle-moi de ne jamais te mettre en colère.

Elle le gratifia du sourire escompté.

— Non, ce n'est pas moi. En revanche, j'avais suggéré que tous ceux qui appelaient à voter pour un certain projet de loi — dont je te passe les détails — reçoivent une tarte à la crème à la figure. Mon père a eu la mauvaise idée de se montrer au journal le jour où j'ai publié cette chronique.

Soudain, il comprit. L'homme sur la photo, c'était son père. Elle avait osé…

— Tu savais que ton père avait l'intention de voter pour ? demanda-t-il, médusé.

— Oui, je le savais, répondit-elle en perdant son sourire. Le contenu de ce projet de loi était l'un de nos nombreux points de désaccord. Et il ne supportait pas que je l'expose dans la presse. Il a pris cela comme une attaque personnelle alors que ce n'était absolument pas le cas. La bataille qui s'en est suivie a été assez douloureuse et a cristallisé l'attention davantage encore que l'article en lui-même.

Il l'observa avec attention.

— Dans ce cas, pourquoi ton père t'a-t-il envoyé une copie de cet article-là ?

Elle attrapa un papier posé sur le canapé et se mit à lire :

« Ensemble nous pouvons montrer au monde entier la beauté du désaccord. Nous pouvons dépasser les clivages politiques et changer le monde. Rentre à la maison. Tu combleras un manque et un besoin. »

Elle laissa tomber le papier et regarda de nouveau la photographie.

— Après tout ce tapage, il avait fini par s'abstenir, dit-elle à voix basse.

— A cause de toi ?

— A cause de l'opinion publique. Que j'ai contribué à alerter, mais ce n'est pas le problème. Le problème, c'est que, tout récemment, un membre de son équipe de campagne a dû décider que je pouvais l'aider à remporter les élections, après m'avoir accusée du contraire. Ou il estime que mon silence peut le desservir autant que mes prises de position publiques. Sinon je n'explique pas du tout son geste ni cette soudaine sollicitude.

— Il est peut-être sincère quand il dit que tu lui manques.

Elle reprit la lettre et la retourna dans tous les sens.

— Je ne vois ça écrit nulle part. Mon père comme ma mère étaient soulagés que j'abandonne ma chronique.

Il voulut en savoir un peu plus sur sa mère, et elle lui apprit qu'elle était enseignante, et totalement soumise aux ambitions présidentielles de son mari.

— Mais ne te méprends pas, dit-elle. Mes parents m'aiment.

Je le sais. C'est juste que… que la Maison Blanche passe avant tout. C'est plus important que moi.

Elle referma l'album.

— C'est très stratégique, comme cadeau.

Elle posa le livre sur la table et se tourna vers lui.

— Je suis bien contente d'avoir quitté ce monde-là.

Puis elle se rapprocha davantage et posa la main sur sa cuisse.

— J'ai vraiment besoin de couper les ponts. D'oublier tout ça.

Elle fit remonter sa main le long de sa jambe. Il était évident que des émotions, qui n'avaient pas forcément à voir avec lui, étaient en train de se déchaîner violemment en elle. Tout ce qu'elle faisait à ce moment précis était dicté par elles, et certainement pas par un jugement mûrement réfléchi.

Il la regarda se rapprocher encore, il regarda sa main explorer sa cuisse. Son odeur florale mêlée à un parfum de désir lui chatouilla les narines. Il avait envie d'elle. Il avait envie d'elle comme jamais. Elle était tout à fait le genre de femme dont il aurait pu tomber amoureux. C'était une idée difficile à admettre, comme l'était le fait qu'elle veuille se servir de lui pour échapper à son passé. Il devait pourtant garder cela présent à l'esprit, même si le désir qu'elle lui inspirait avait tendance à lui faire tout oublier. Son supplice augmenta lorsqu'elle se blottit contre lui et que ses lèvres effleurèrent sa joue, tandis que sa main se faisait de plus en plus audacieuse. Elle ne tentait pas de lui échapper cette fois. C'était à son passé qu'elle tentait d'échapper.

Il savait ce que cela signifiait. Qu'elle regretterait très vite son geste. Et le regret n'était pas le genre de sentiment qu'il souhaitait lui inspirer. En temps normal, il aurait accepté sans sourciller ce genre d'arrangement, les assauts d'une femme sexy et voluptueuse vouée à disparaître rapidement de sa vie. Mais il n'y avait rien de normal dans la façon dont Sabrina avait pris possession de lui.

C'était justement ce qu'elle essayait de faire en grimpant sur ses genoux.

Il la saisit par la taille tandis qu'elle passait les bras autour de son cou. Elle pressa son bassin contre son sexe en érection et une onde de désir se propagea dans tout son corps. Lorsqu'elle se pencha pour l'embrasser, il sentit ses seins tout près de lui, tendus comme s'ils imploraient ses caresses.

Sans savoir comment, il recula. Les émotions de Sabrina altéraient son jugement.

— Que fais-tu, Sabrina ? demanda-t-il.

— Je ne veux pas attendre, Ryan, dit-elle dans un murmure. Je te veux. Je te veux maintenant.

Elle avait réussi à rapprocher sa bouche et il sentit son souffle chaud contre son visage.

— Et qu'as-tu fait de cette réserve qui te caractérisait ? demanda-t-il d'une voix plus brusque qu'il ne l'aurait souhaité, car altérée par le désir.

— Je croyais que c'était ce que tu voulais toi aussi, dit-elle, ignorant sa question. Je croyais que tu avais envie de moi.

Insensiblement, elle rapprocha ses hanches et se pressa contre son sexe presque douloureux à force d'être dur. Il voulait qu'elle continue à bouger comme cela, de bas en haut, mais sans rien entre elle et lui. Il voulait la sentir humide et brûlante de désir tout autour de lui.

Elle posa sur ses lèvres une bouche douce, gourmande et pleine de promesses. Il ressentit ce contact dans chaque partie de son corps. Vite, il fallait que cela cesse. Non, il pouvait prolonger ce délicieux moment une seconde encore. Et une autre. Sa langue était dotée d'un pouvoir incroyable. En glissant doucement sur ses lèvres, elle le privait de toute volonté autre que celle de la posséder.

Il posa la main sur sa nuque, plongea ses doigts dans la jungle de ses cheveux soyeux et s'empara à son tour de sa bouche avec avidité. Il la savoura. Il la but. Et ce baiser lui ouvrit davantage l'appétit. Elle poussait de tout petits gémissements qui ne faisaient qu'accroître son désir. Il ne put s'empêcher de la toucher, de la caresser. Pour lui faciliter la tâche, elle se débarrassa de son T-shirt. Dans le mouvement, l'album tomba de la table basse où elle l'avait posé. Le bruit ne fut pas violent, mais il s'insinua en lui, sournois et désagréable.

Pendant ce temps, elle était en train de dégrafer son soutien-gorge. Il l'attira à lui, l'étreignit et s'enivra de son odeur. Mais il pensait à l'album. Ce satané album qui avait tout déclenché. L'album qui, à lui seul, symbolisait si bien les univers diamétralement opposés dans lesquels ils évoluaient. Qui disait si bien, au fond, qu'ils n'avaient rien en commun, ni rien à faire ensemble, à part partager un moment fugace.

Et lui était en quelque sorte comme la nourriture mexicaine pour elle. Une entorse à l'ordinaire. Une incursion dans l'inconnu. Une aventure. Un futur souvenir, qu'elle se rappellerait, avec plaisir ou pas. Pour des raisons qu'il ne put expliquer, cette idée lui parut intolérable. Il devait réagir. Se servir d'elle comme elle se servait de lui. Comme tant d'autres auparavant s'étaient servies de lui.

Pourtant, elle n'était pas comme les autres, il le savait. Mais, quelle qu'elle soit, cela n'avait pas d'importance, car tout cela ne les mènerait à rien de bon. Parce qu'elle agissait sous le coup de l'émotion et que, dès le lendemain, elle le détesterait d'avoir fait cela.

Elle allait le détester maintenant mais tant pis, il fallait absolument qu'il l'arrête.

Dans un effort de volonté surhumain, il la repoussa doucement.

— Non, dit-il.

Elle avait le souffle court, l'air hagard.

Il se leva et se passa la main dans les cheveux.

— Pas comme ça. Tu as envie de moi pour de mauvaises raisons. Je pourrais en profiter.

Il se baissa pour récupérer son T-shirt et le lui tendit.

— Mais je ne le ferai pas.

Elle baissa les yeux, fuyant clairement son regard, et se

rhabilla. Elle ne protesta pas. Ne se défendit pas. Elle ne prononça pas le moindre mot. Et ce silence le crucifia.

Il se passa de nouveau la main dans les cheveux et se dirigea vers la porte. A grands pas, il sortit de sa vie.

11

— Vous êtes la femme la plus incroyable que j'ai jamais rencontrée.

C'était un vendredi après-midi, et presque une semaine s'était écoulée depuis sa tentative désastreuse pour séduire Ryan. Sabrina leva les yeux et vit Frank debout dans l'embrasure de la porte de son bureau. En fait, elle le voyait sans vraiment le voir. D'ailleurs, il était toujours égal à lui-même. Chemise blanche, cravate noire, visage crispé, air suffisant.

Elle, en revanche, arborait une tenue qui sortait de l'ordinaire et dont elle espérait qu'elle lui porterait chance. Pour célébrer l'événement tant attendu, elle avait choisi un jean noir et un blouson de course en cuir rouge et noir — un cadeau de Calista, destiné sans doute à la faire changer d'avis à propos du meeting — tout à fait approprié à l'occasion.

Sur son bureau, elle avait déplié le journal du jour. Il contenait la première partie de l'interview fleuve en six épisodes consacrée au plus célèbre pilote automobile du pays et intitulée « Une virée intime avec Marco Montey ». Apparemment, Frank était satisfait du résultat. Cela prouvait, au moins, qu'elle était capable de satisfaire quelqu'un, ce qui avait été loin d'être le cas avec Ryan. Il n'avait de toute évidence pas apprécié que, de jeune fille de bonne famille, elle se soit muée en séductrice. Elle avait pris des risques pour lui, et tout ce qu'il avait trouvé à dire, c'était « tu vas le regretter » et « je ne peux pas faire ça ». Puis il avait fui. C'était précisément pour cela qu'elle avait ignoré tous ses appels — comme ceux de son père et de sa mère, mais c'était une autre histoire — et travaillé tard tous les soirs. Mais cela ne l'aurait pas empêché de trouver un moyen de la revoir, s'il l'avait voulu.

— Crétin, dit-elle entre ses dents.

— Je vous en prie, Sabrina, dit Frank d'un ton sec, la ramenant brusquement à la réalité. Un certain nombre de femmes m'ont traité de crétin, mais encore aucune après que je lui ai dit que je la trouvais merveilleuse.

— Incroyable. Vous m'avez dit que vous me trouviez incroyable.

— D'accord. Vous êtes merveilleuse et incroyable. Et vous êtes censée me répondre « merci, Frank », voire « je sais » ou « je vous l'avais bien dit », mais certainement pas me traiter de crétin.

— Dois-je comprendre que vous allez enfin me laisser tranquille avec la politique ?

— Si c'est vraiment ce que vous voulez. Mais regardez quand même vos e-mails, je viens de vous envoyer quelques précisions intéressantes à propos du soldat casseur de banque. Ensuite, concentrez-vous sur le deuxième volet de votre entretien avec Marco. Vous nous avez parlé de la bataille des sponsors dans la première partie. Je veux quelque chose d'aussi palpitant pour la semaine prochaine. Les téléphones et les messageries doivent exploser toutes les semaines, comme c'est le cas aujourd'hui.

Sur ce, il tourna les talons et disparut dans le couloir.

Depuis le début de la semaine, il était euphorique et ne lui avait pas une seule fois parlé de politique — mis à part cette histoire de soldat qui l'obsédait toujours autant. Elle aussi aurait dû être surexcitée, aux anges. Elle était bien partie pour lancer sa nouvelle carrière et commencer sa nouvelle vie. C'était un grand jour.

Un. Grand. Jour.

Lire cet e-mail la démangeait. Mais non, il ne fallait pas

qu'elle le fasse. Elle aurait dû protester, envoyer ce rédacteur en chef tyrannique au diable. Remontée, elle était sur le point de supprimer le message lorsque son téléphone sonna. Elle prit une grande inspiration et décrocha.

— Sabrina, j'écoute.

— Lisez cet e-mail, dit Frank avant de raccrocher aussitôt.

Elle grimaça en reposant le combiné, et ouvrit le fameux e-mail, dont le texte était bref, pour le moins : « Regardez la date de la pièce jointe », avait écrit Frank.

Elle fronça les sourcils et ouvrit la pièce jointe. C'était une copie du registre des visites du maire sur lequel figurait le nom de la femme du soldat abattu, accompagnée d'une autre copie du même document, où le nom de la veuve avait disparu. Lorsqu'elle regarda la date, elle faillit tomber de son siège. La femme du soldat avait rendu visite au maire *avant* que son mari ne soit abattu. Qu'est-ce que cela signifiait ?

Elle rédigea un e-mail rapide à un ami haut placé, pour essayer d'obtenir des renseignements sur l'unité spéciale dont le soldat en question avait fait partie, ainsi qu'un autre à un spécialiste des questions médicales réputé pour le sérieux de ses expertises. Elle connaissait aussi quelqu'un d'influent dans l'Armée, un ami de son père. Mais pour lui parler, elle aurait dû d'abord parler à son père. Elle essayerait de se passer de ce contact aussi longtemps qu'elle le pourrait. Elle venait de rédiger ses e-mails lorsque son téléphone sonna de nouveau.

— J'ai vu le document, dit-elle en décrochant, sans laisser à Frank le temps de parler. Et oui, je vais essayer de tirer tout ça au clair. Mais je fais juste ça comme ça. Ce n'est pas moi qui écrirai l'article. Et, non, ce n'est pas la peine d'insister.

— Je m'attendais bien à un « non » de ta part, puisque tu ignores mes appels depuis une semaine, mais tu pourrais tout de même dire bonjour d'abord, fit une voix chaude, sexy et envoûtante, qu'elle aurait reconnue entre mille.

Ryan.

— C'est drôle, répondit-elle du tac au tac, avant de se laisser déstabiliser, je croyais que tu préférais le « non » au « oui ».

— Je n’aime rien autant que le « oui », dit-il d’une voix caressante et séductrice.

— Sauf dans ma bouche, alors.

— Surtout dans ta bouche.

Sans le vouloir, elle sentit sa mâchoire se crisper.

— C’est ça. Et c’est pour ça que tu es parti. Parce que tu avais envie de moi.

— J’ai envie de toi. Mais je veux que tu sois honnête. Et pas que tu réagisses à une impulsion que tu pourrais regretter le lendemain matin. Ce soir-là, les choses étaient, comme tu aimes le dire, compliquées. Si ces circonstances se reproduisaient, je me conduirais exactement de la même façon.

Les émotions les plus contradictoires se déchaînèrent en elle et vinrent gonfler sa poitrine, qu’elle sentit prête à exploser. Elle voulait le voir, le toucher. Elle voulait qu’il ait tant envie d’elle qu’il ne puisse s’enfuir comme il l’avait fait. Mais ce n’était pas le cas. Et cela la contrariait au-delà de tout ce qu’elle aurait pu imaginer. C’était une réaction tout à fait exagérée, irrationnelle. Sans doute était-ce là un trait de caractère typiquement féminin, vouloir se sentir désirée par un homme aussi désirable que Ryan. Cela ne pouvait être que cela. Quoi d’autre, de toute façon ? Ils se connaissaient à peine…

Comme elle tardait à répondre, il lui tendit une perche en abordant un sujet plus léger :

— J’ai vu ton portrait de Marco. Je l’ai trouvé bon, Sabrina. Très bon, même.

— Merci, répondit-elle. Tout ça aurait été impossible sans ton aide.

Elle était soulagée, le nouveau tour que prenait la conversation allait lui permettre de reprendre ses esprits.

— Mon intervention n’aurait servi à rien si tu n’y avais pas mis ta patte et fait de cette interview quelque chose d’absolument génial. Tu es bien partie pour connaître une nouvelle carrière, tout aussi brillante que la précédente. Si c’est toujours ce que tu veux, bien sûr.

Si c'était toujours ce qu'elle voulait ? Que voulait-il dire par là ? Elle s'apprêtait à le lui demander quand il reprit la parole.

— Nous devrions parler tous les deux, dit-il d'une voix douce. Et pas au téléphone.

— Non, répondit-elle sèchement et avec empressement, alors même qu'elle ne rêvait que de cela.

Le désirer plus qu'il ne la désirait la condamnait à une souffrance certaine, et c'était la dernière chose dont elle avait besoin en ce moment. Avec détermination, elle répéta :

— Non. Je pense que c'est mieux que les choses en restent là. Les événements n'arrivent jamais par hasard, ça ne sert à rien de forcer le destin.

Soudain, Jennifer apparut à la porte de son bureau, tout sourire. Elle lui fit un petit signe de la main puis elle mima le geste de boire un verre.

— Happy hour, chuchota-t-elle en détachant chaque syllabe et en exagérant les mouvements de sa bouche.

— Sabrina…, fit Ryan.

— Je dois te laisser. J'ai quelqu'un dans mon bureau. Merci de ton appel. C'était…

Elle marqua une pause, à la recherche des mots justes.

— C'était agréable de t'entendre.

A l'autre bout de la ligne, il y eut un silence lourd d'hésitation et de frustration, avant qu'il ne se décide à dire :

— Au revoir, Sabrina.

Et il raccrocha.

Sa gorge se serra. C'était terminé. Elle aurait dû être soulagée. Elle le serait.

Bientôt.

Un jour.

Elle fit signe à Jennifer d'approcher.

— Quelqu'un a dit « Happy hour » ?

Ryan raccrocha en faisant la grimace. Il laissa l'appareil retomber bruyamment sur son bureau et se leva d'un bond.

Bon sang, cette fille était en train de le rendre fou. C'était la première fois qu'une femme le mettait dans cet état. Heureusement, l'Armée avait envoyé toute une troupe de jeunes recrues en formation à l'aérodrome et il avait été très occupé toute la semaine, du lever au coucher du soleil. Sans cela, il aurait été capable de se ridiculiser en allant la trouver chez elle ou au journal. Au moins il venait de se faire éconduire par téléphone. C'était déjà cela.

Rasant les murs, il se dirigea vers la sortie de l'aérodrome, bien décidé à ne parler à personne, car il se sentait plus idiot que le dernier des idiots. Mais avant qu'il ne réussisse à atteindre la porte, il entendit appeler son nom.

C'était Bobby, et il entendait Caleb essayer d'articuler quelque chose par-derrière.

Maugréant, il répondit par-dessus son épaule :

— Je ne sais pas de quoi il s'agit, mais ça attendra. Je pars.

La dernière chose dont il avait envie, c'était de parler affaires, comme ils le faisaient tous les trois depuis un mois dès qu'ils avaient une minute de libre. Il aimait beaucoup ça, mais pas maintenant, pas ce soir.

— Et si je te disais qu'il s'agissait de bière à un dollar, que me répondrais-tu ? cria Caleb.

Il s'arrêta net et se retourna.

— Je te répondrais : qu'est-ce qu'on attend ?

Le Shorty était un bar typique, rempli de cow-boys, de femmes en jeans moulants, de sonores éclats de voix et de rires tonitruants. Alors qu'elle jetait un coup d'œil aux couples qui évoluaient sur la piste de danse, le souvenir de sa danse avec Ryan, si douce, si agréable, l'assaillit. Pourquoi, mais pourquoi avait-elle accepté de suivre Jennifer ?

Les margaritas à deux dollars qu'elles avaient commandées arrivèrent à leur table avant même qu'elles n'aient eu le temps de s'asseoir. Tout de suite, ses yeux s'éclairèrent.

— Oh oui, c'est exactement ce qu'il me faut, là, tout de suite.

Elle s'assit à côté de Jennifer et but une longue gorgée.

Un grand cow-boy aux cheveux châtains se présenta à leur table.

— Madame, dit-il en soulevant son chapeau. Vous voulez danser ?

Elle regarda Jennifer, qui se mit à rire.

— C'est à toi qu'il parle, Sabrina.

— A moi ? demanda-t-elle à mi-voix.

Puis elle regarda le cow-boy et lui dit :

— Oh non, non. Enfin, merci, mais je suis venue ici pour boire. Pas pour danser.

Le cow-boy la regarda un moment, l'air un peu interloqué, avant de tourner les talons.

— Eh bien non, dit-elle à Jennifer, comme pour se justifier, je ne danse pas.

— Tu as tort, répondit Jennifer. Danser rend la vie plus belle. Boire aussi, tu me diras…

— C'est ma méthode, dit-elle après avoir avalé une nouvelle gorgée. Et puis, je n'arriverai jamais à me faire à ce « madame ». Ce n'est pas en s'adressant à moi comme à une vieille dame qu'on me donnera envie de danser. Ni de quoi que ce soit d'autre d'ailleurs.

— C'est le Texas, Sabrina. Appeler toutes les femmes « Madame » fait partie de la culture. Ça n'a rien à voir avec l'âge.

Soudain une petite sonnerie retentit. Jennifer venait de recevoir un SMS.

— Oh ! super ! dit-elle après l'avoir lu.

Puis elle se leva et fit de grands gestes.

— Bobby ! appela-t-elle.

Il apparut parmi la foule et Jennifer lui fit signe d'approcher, avant de se rasseoir.

— Je ne l'ai presque pas vu de la semaine. L'aérodrome vient de décrocher un contrat pour entraîner de petits groupes de soldats. Ils ont travaillé comme des fous tous les trois.

Tous les trois. C'est-à-dire Bobby, Caleb et Ryan. Alors,

comme cela, il avait « travaillé comme un fou » toute la semaine ? C'était bon à savoir. Ce n'est peut-être pas entièrement sa faute, finalement, s'il n'était pas venu la trouver.

Soudain, Caleb apparut à son tour, juste derrière Bobby. Tous les deux traversèrent la salle avec cette même assurance solaire que possédait Ryan. Elle retint son souffle. Allait-il se montrer à son tour ? Son cœur battait la chamade.

Mais Ryan n'était pas en vue. Elle aurait aimé se sentir soulagée. Mais cette boule dans son estomac, elle devait se résoudre à l'admettre, c'était bien de la déception.

Bobby se dirigea vers Jennifer pour la prendre dans ses bras et l'embrasser. Caleb s'installa en face d'eux et salua rapidement Sabrina avant de héler un serveur. Très vite la bière se mit à couler à flots, et les rires avec.

Ce fut seulement à ce moment que Caleb lui tendit la main.

— Au fait, moi, c'est Caleb. Il me semble qu'on était censés faire un saut ensemble, non ?

— Oui, mais il y a eu un petit problème de timing, répondit-elle. Ryan était sur le point de vous remplacer quand Marco s'est annoncé.

— Alors, quand allez-vous retenter l'aventure ? Je suis prêt à vous emmener quand vous voulez.

Il sourit, d'un sourire franc et amical bien plus que charmeur.

— Et je suis plus gentil que Ryan, ajouta-t-il en lui adressant un clin d'œil.

C'était probablement vrai. Mais il était aussi moins intéressant et beaucoup moins sexy.

Honteuse de ses pensées, elle se mit à rougir, et essaya de dissimuler sa réaction en piquant du nez dans son verre. Puis elle répondit :

— Je crois que je vais laisser tomber. Le saut en parachute, ce n'est pas pour moi.

Caleb repoussa son verre et l'observa.

— C'est Ryan qui vous a fait fuir, c'est ça ?

En fait, c'était plutôt le contraire, mais elle ne pouvait pas lui répondre cela.

— Le saut, c'était une idée de Jennifer, dit-elle alors. Je n'aurais jamais dû l'écouter.

— Elle a besoin de tout maîtriser, dit Jennifer, d'une voix claironnante.

— Ryan vous aurait causé la frayeur de votre vie, alors, dit-il.

Puis il fronça les sourcils et regarda Bobby.

— En parlant de Ryan. Où est-il ? Il avait dit qu'il viendrait.

— Il s'est arrêté à la station-service. Il arrive. Le voilà, d'ailleurs ! dit Bobby, avant de siffler. Eh, Ryan, par ici !

Elle eut un coup au cœur. Non, c'était impossible, elle ne s'était pas préparée à ces retrouvailles. Paniquée, elle se pencha vers Jennifer.

— Je vais aux toilettes. Je reviens tout de suite.

Elle n'attendit pas la réponse et disparut vite dans la foule, prenant bien soin de ne pas croiser le chemin de Ryan.

Les toilettes se trouvaient à l'autre bout de la salle, ce qui était parfait car cela lui laissait un peu plus de temps pour réfléchir à la façon dont elle allait se tirer de ce mauvais pas. Elle ne se sentait pas la force de partager un verre comme si de rien n'était avec une aventure d'une nuit qui n'en était même pas une. D'affronter le regard de celui qui n'avait pas voulu d'elle.

Elle poussa la porte des toilettes. Elles étaient très vastes, avec une grande pièce contenant des miroirs et des chaises. Une chaise, oui, c'était ce qu'il lui fallait. Les genoux tremblants, elle se laissa tomber dans le premier siège qui lui tendit les bras.

— Ça ne va pas, ma grande ? lui demanda une femme d'un certain âge en jean moulant et T-shirt à paillettes. On dirait que vous avez vu un fantôme… ou votre ex.

Elle se força à sourire.

— Non, juste un type qui n'arrête pas de m'écraser les pieds en dansant, dit-elle. Alors je me cache. En espérant qu'il s'en aille.

La femme se mit à ricaner.

— Bonne stratégie. Espérons pour vous que ça marche.

Puis, d'une démarche chaloupée, elle se dirigea vers la porte.

Les femmes se succédèrent les unes derrière les autres et soudain elle comprit qu'elle ne pouvait pas rester là éternellement. Jennifer allait finir par venir la chercher. Il fallait à tout prix qu'elle réussisse à s'enfuir du bar. Elle appellerait Jennifer depuis sa voiture.

Elle se leva et aperçut son reflet dans l'un des miroirs. Elle se reconnut à peine et eut une sorte de révélation. Cela n'avait rien à voir avec ses vêtements. Elle avait changé, déjà.

Ici, elle n'était pas la fille de son père. Et cela lui plaisait. Elle était elle-même, tout simplement. En elle-même, elle savait bien que les courses de voiture ne la passionnaient pas. Pas plus que la politique. Non, ce qui la passionnait, c'était le rêve américain. Les gens. Les héros du peuple. Un soldat qui avait voué une partie de sa vie à défendre les innocents avant de basculer dans l'illégalité. Quelle en était la cause ? Comment aurait-on pu l'en empêcher ? C'était cela, le genre d'histoires qui la passionnaient. Elle s'était servie de ce portrait de Marco pour se faire ouvrir des portes, pour pouvoir traiter les sujets qui lui tenaient vraiment à cœur. Elle n'avait pas à en douter : elle savait ce qu'elle voulait, et elle était prête à tout pour s'en donner les moyens. Elle avait une vraie personnalité, une existence propre.

Et personne, pas même un cow-boy torride qui l'avait envoyée se rhabiller — c'était le cas de le dire — alors qu'elle avait osé pour lui ce qu'elle n'avait jamais osé, ne l'arrêterait.

Elle se dirigea vers la porte. Non, elle n'allait pas fuir. Et tant pis pour Ryan Walker. Elle allait se servir des cours de danse qu'il lui avait donnés et les mettre en pratique avec tous ceux qui le voudraient sauf lui. Pour lui prouver qu'elle n'était pas du genre à se laisser abattre. Pour se prouver qu'elle était maîtresse de son propre destin. Celui qui pourrait lui dire le contraire n'était pas encore né.

12

Les épaules fièrement rejetées en arrière, Sabrina se dirigea vers la sortie des toilettes, franchit la porte et, presque sans hésiter, se dirigea vers la table. Mais son élan et sa belle assurance furent stoppés net lorsque, dès le premier pas, elle tomba sur un grand cow-boy négligemment appuyé contre le mur.

Elle avala sa salive. Non, elle n'allait pas faire demi-tour. Sa panique était totale, mais il n'en saurait rien. Feindre. Elle devait feindre. C'était le moment ou jamais de se rappeler tout ce qu'elle avait appris à ce propos en côtoyant des hommes politiques et en les observant pendant des années.

— Ryan, dit-elle en prenant une voix surprise, je ne savais pas que tu étais ici.

— Menteuse, répondit-il en lui prenant la main et en l'attirant si près que leurs genoux se touchèrent presque. Tu t'es enfuie quand tu m'as vu arriver.

Sa main était si chaude et ferme que son bras se mit à trembler jusqu'à son épaule.

— Chacun son tour, répondit-elle, choisissant finalement de dire la vérité. La dernière fois, c'est toi qui es parti.

Si la musique n'avait pas été aussi forte, elle aurait peut-être pu lui en dire davantage. Comment, par exemple, elle avait osé croire qu'il était celui avec qui elle allait pouvoir se laisser aller, avant de découvrir qu'il n'avait pas vraiment envie d'elle. Elle ne représentait sans doute pour lui qu'un idéal ou un fantasme.

— Et pourtant nous voilà de nouveau réunis, dit-il. Les choses n'arrivent jamais par hasard, n'est-ce pas ? Ça doit être un signe.

Elle le sentait dans chaque parcelle de son corps. Elle sentait son odeur, et même sa saveur sur sa langue. Troublée, elle fit un pas de côté.

— C'est le signe que j'ai besoin d'un verre.

Il attrapa doucement son bras et l'attira de nouveau à lui. Mais il ne dit rien, et la regarda dans les yeux, longuement, gravement. Et lorsqu'elle crut qu'il allait parler, il se contenta de la relâcher. Elle reprit son souffle, qu'elle avait inconsciemment retenu pendant tout ce temps, et se dirigea vers la table.

Assis juste en face d'elle, il était comme le soleil texan baignant une chaude journée d'été de sa présence écrasante, aveuglante. Cela faisait une heure qu'ils avaient regagné la table et elle — qui d'habitude s'arrêtait toujours après le premier verre — en était déjà à sa troisième margarita. Sa tête tournait, mais elle s'en moquait.

Elle en avait assez des limites.

Les limites… Ryan se vantait de pouvoir aider tous ceux qui le souhaitaient à repousser leurs limites. Tous ceux qui le souhaitaient, sauf elle. Car il s'était comporté avec elle comme tout le monde l'avait fait avant lui, en lui imposant des limites. Elle ne le lui pardonnait pas. Mais, malheureusement, cela ne l'empêchait pas de le désirer toujours autant, avec une force qui confinait à la rage. Une force telle qu'il lui était difficile de penser à autre chose.

Elle l'observa à la dérobée. Il était assis à côté de Caleb, tandis qu'elle avait Jennifer et Bobby à sa gauche. Les trois Fous Volants discutaient avec animation de leur semaine bien remplie. Et, chaque fois que son regard croisait le sien, des étincelles invisibles se mettaient à crépiter autour d'eux avec tant d'éclat qu'elles ne pouvaient pas passer inaperçues. Si quelqu'un le remarqua, toutefois, il le garda pour lui. Mais elle n'était pas dupe. Jennifer avait dû tout repérer, et le lendemain, c'était certain, elle aurait droit à un interrogatoire en règle.

Pour échapper à l'emprise à Ryan, elle essaya de se concentrer uniquement sur sa discussion avec Jennifer. Mais, manque de chance, les trois Fous étaient bavards et avaient visiblement envie de leur raconter dans le détail cette semaine particulièrement riche en événements.

— Tu te souviens de ce Kris Wilks dont je t'ai déjà parlé ? demanda Bobby à Jennifer en riant. Eh bien, aujourd'hui, Ryan lui a collé la frousse de sa vie.

Caleb faillit s'étrangler de rire.

— Oui, le pauvre garçon. Il a cru sa dernière heure venue lorsque son parachute ne s'est pas ouvert.

— Tu as trafiqué son parachute pour qu'il ne s'ouvre pas ? ne put-elle s'empêcher de demander à Ryan, horrifiée par ce qu'elle venait d'entendre.

Caleb, comme si elle n'avait rien dit, continua :

— Après tout ce dont il s'était vanté, ce gamin — d'être le meilleur, de ne pas avoir besoin de s'entraîner… —, il a moins fait le malin quand il n'a pas réussi à ouvrir son parachute.

— Oh, mon Dieu, dit-elle dans un souffle.

— Bon sang, Ryan ! dit Jennifer. Il aurait pu se tuer.

Il haussa les épaules.

— Je l'ai rattrapé au vol.

Bobby posa sa main sur le bras de Jennifer.

— On se calme, tigresse. Ryan avait ses raisons. Et elles étaient excellentes.

— C'était vraiment un spectacle inoubliable, dit Caleb. Dès que vous avez touché terre, il t'a serré dans ses bras comme s'il t'aimait d'amour, Ryan.

Sabrina fronça les sourcils et se tourna vers Ryan.

— Que se serait-il passé si tu ne l'avais pas rattrapé à temps ?

— Il serait mort, répondit Jennifer à sa place, avant de fixer tour à tour Bobby et Caleb. Vous deux, vous devriez avoir honte d'avoir laissé faire ça.

— Ce gamin avait vraiment besoin d'une bonne leçon, dit Bobby.

— Oui, fit Caleb. Et Ryan lui a rendu là un fier service. Il était arrogant sans aucune raison de l'être. A tel point qu'il était un danger pour lui-même et pour tout le monde autour de lui.

Puis Caleb et Bobby levèrent leurs verres en direction de Ryan.

— A Ryan, le meilleur d'entre nous.

Sabrina le fixa. Il la fascinait, l'excitait, l'intriguait. Et, aussi, elle l'admirait, elle l'enviait. Il vivait pleinement sa vie. Il était audacieux et courageux. Mais, chez lui, l'audace n'était pas tout. Bobby et Caleb le respectaient. Depuis quand n'avait-elle pas bu un verre en compagnie de gens qui semblaient s'apprécier pour ce qu'ils étaient ? Et combien de ses amies new-yorkaises l'avaient-elles appelée depuis son départ, à présent qu'elle ne pouvait plus leur être d'aucune utilité ?

Elle faisait confiance à Ryan. Tout le monde à cette table savait qu'il pouvait compter sur les autres. « Fais-moi confiance », lui avait-il d'ailleurs dit, et cela n'avait certainement pas été à la légère. Elle ne s'était pas rendu compte, jusqu'à ce moment, combien elle avait besoin d'avoir quelqu'un à qui pouvoir s'en remettre. Combien Ryan lui avait paru être cette personne jusqu'à ce qu'il ne la quitte précipitamment cette nuit-là. Elle s'était ouverte à lui et il lui avait tourné le dos.

Ryan s'immobilisa, le verre au bord des lèvres, comme s'il avait remarqué l'attention dont il était l'objet. Il leva un sourcil interrogateur. Sous son regard scrutateur elle se sentit vulnérable, et elle baissa les yeux. Il la troublait tellement. S'ils avaient couché ensemble, elle aurait pu plus facilement l'oublier, tirer un trait sur lui et passer à autre chose. Mais ils ne l'avaient pas fait, et entre eux les choses étaient encore en suspens, inachevées. Obsédantes.

Soudain, de grands éclats de rire la tirèrent de ses pensées. De fort bonne humeur, Caleb et Ryan s'en donnaient à cœur joie avec des blagues dont certaines étaient largement situées en dessous de la ceinture. Jennifer riait de bon cœur avec eux. Mais elle se tourna soudain vers Sabrina, l'air ennuyée.

— Je suis désolée, Sabrina, dit-elle. Je suis sûre que tu es habituée à des conversations un peu plus relevées que celle-ci. Tu vas avoir une bien piètre opinion des Texans.

— Tu plaisantes ? dit-elle, amusée que Jennifer la croie choquée. Les New-Yorkais s'y connaissent en blagues graveleuses. Et les hommes politiques… Si tu savais. Il n'y a pas plus trash. Non, crois-moi, à côté, Bobby et Caleb sont des enfants de chœur.

— Vous entendez ça, les gars ? demanda Jennifer. Il paraît qu'il y a pire que vous. J'ai du mal à y croire, mais si Sabrina le dit, ça doit être vrai.

Soudain, la musique changea et, enthousiaste, Jennifer agrippa le bras de Sabrina.

— Génial !

Puis elle se tourna vers Bobby, interrompant sa conversation avec Caleb.

— C'est notre chanson, Bobby. Notre chanson.

Elle se leva d'un bond et entraîna Bobby vers la piste de danse.

Une jolie blonde s'approcha de Caleb et lui chuchota quelques mots à l'oreille. Il tourna sa chaise pour discuter avec elle de manière à ce que Ryan et Sabrina n'entendent pas ce qu'ils se disaient.

Quelques interminables secondes de silence passèrent. Puis Ryan posa son regard sur le verre presque vide de Sabrina. Il rapprocha son siège. Son bras effleura le sien et cela suffit à embraser son corps tout entier. Elle sentit sa peau devenir brûlante puis glaciale. Glaciale puis brûlante. Il se tourna vers elle, les coudes posés sur la table.

— Encore un verre, dit-il, et il faudra peut-être que je te reconduise chez toi.

— Encore un verre et il faudra peut-être que j'appelle un taxi, répliqua-t-elle, acerbe.

— Pourquoi m'en veux-tu tellement, Sabrina ?

— Pourquoi ? J'avais besoin de toi l'autre nuit, et tu m'as laissée seule.

Dès qu'elle eut prononcé ces mots, elle les regretta. Quelle idiote, elle venait de lui avouer sa pitoyable vulnérabilité.

L'expression de Ryan s'adoucit, et il tendit la main vers elle.

— Sabrina…

— Caleb ! dit-elle en se détournant ostensiblement de Ryan.

Caleb et la jolie blonde interrompirent leur conversation et se tournèrent vers elle, l'air surpris.

— Allons danser ! fit-elle en se levant déjà.

Ryan resta seul à la table, à regarder Sabrina qui, non contente de s'enfuir, venait également d'enlever Caleb à la jolie blonde avec laquelle il était en train de flirter. Elle qui, de son propre aveu, ne savait même pas danser, entraînait son collègue vers la piste de danse. Il grinça des dents et rugit presque quand il vit la main de Caleb se poser sur sa taille. Quand il la vit rire alors qu'elle lui marchait sur les pieds… Caleb, son frère, son compagnon d'armes, tenait Sabrina entre ses bras. Non, ce n'était pas possible…

Hors de lui, il se précipita à son tour vers la piste de danse avec la détermination d'un homme en mission commandée. Il frappa sur l'épaule de Caleb en essayant d'y mettre toute la réserve dont il était encore capable et dit :

— Cette danse est pour moi.

— Hé, Ryan, fit Caleb en se retournant. Non mais pour qui…

Soudain, il s'interrompit. Leurs regards venaient de se croiser et Caleb, de toute évidence, avait compris qu'il ne fallait pas plaisanter.

— Si ça peut te faire plaisir, dit-il avec un sourire en haussant les épaules.

— C'est Caleb que j'ai invité à danser, protesta Sabrina.

Caleb eut la présence d'esprit de ne pas renchérir. Au contraire, il retira rapidement ses mains de sa taille, comme s'il avait senti qu'il risquait gros en se comportant autrement. Ce en quoi il n'avait pas tort.

Dès qu'il se fut éloigné de quelques pas, Ryan prit possession de Sabrina. Il l'attira contre lui, passa un bras autour de sa taille et colla ses jambes contre les siennes. Sans attendre, il commença à se mouvoir au rythme lent de la musique, la guidant de ses mouvements de hanches.

— Si c'était destiné à me faire réagir, dit-il en faisant glisser sa main dans le bas de son dos pour l'attirer davantage à lui, c'est réussi.

Leurs lèvres étaient toutes proches. Leurs souffles se mêlaient.

— Je suis là, Sabrina, dit-il. Maintenant, dis-moi ce que tu attends de moi.

— Je voulais juste danser, dit-elle en appuyant ses mains contre sa poitrine.

— Avec Caleb, dit-il d'un ton provocant.

Elle marqua un temps d'hésitation et baissa les yeux, lui offrant un visage impénétrable à contempler.

— Toi et moi, on a déjà dansé ensemble, dit-elle finalement. Et ça n'a rien donné de bon.

— Sabrina, dit-il en collant sa joue contre la sienne. Je suis parti parce que je ne voulais pas que tu te réveilles, le lendemain matin, en m'accusant d'avoir profité de toi.

Elle leva les yeux vers lui. Des yeux froids et durs.

— Tu es parti à la minute où tu n'as plus vu en moi la fille de bonne famille qui avait l'air de tant te plaire.

Instantanément il se figea sur place. Quelle accusation ridicule. Et infondée.

— Je suis parti à la minute où tu es devenue une fille de bonne famille en colère contre son sénateur de père et prête à faire n'importe quoi, y compris m'utiliser, pour se venger de lui.

Les émotions se déchaînaient en lui. Impétueux. Sombres.

— Et tu sais quoi ? continua-t-il. Tu as raison. La première danse n'avait rien donné de bon. Et celle-là non plus.

Il la lâcha et s'éloigna de quelques pas. Vite, il fallait partir. Et, surtout, ne pas se retourner. Mais il s'arrêta. Les mots de Sabrina passaient en boucle dans sa tête. « Tu m'as laissée quand j'avais besoin de toi. » Non, il ne pouvait pas la laisser, cette fois. Elle allait le faire souffrir, c'était certain, mais il ne pouvait pas la laisser.

Il se retourna et la vit qui le regardait avec, au fond des yeux, les mêmes émotions déchirantes, troublantes, que celles auxquelles il était en proie. Il la rejoignit et l'attira violemment à lui.

Elle ouvrit la bouche pour parler, mais ses mots se perdirent sous les flots de guitare que déversait le nouveau morceau de musique. Contrairement à la précédente, c'était une chanson enlevée, les couples virevoltaient bruyamment autour d'eux. Cela ne leur laissait qu'une seule façon de communiquer.

— Tant pis pour la discrétion, dit-il.

Il l'embrassa, et elle répondit à son baiser sans hésitation. Tout à la passion, il perdit contact avec la réalité pendant de longues minutes.

Il retrouva partiellement ses esprits lorsque le morceau prit fin. A contrecœur, il s'éloigna de sa bouche et chercha son visage. Il n'y lut ni regret, ni colère, ni gêne. Il n'y vit que du désir et des promesses.

— Viens, dit-il en la prenant par la main et en l'entraînant vers la sortie.

Ils étaient presque à la porte lorsque, soudain, elle s'arrêta.

— Attends, Ryan.

13

Même emportée par un tourbillon de passion, Sabrina n'avait pas perdu toute présence d'esprit.

— J'ai laissé mon sac à main à la table. Il faut que j'aille le chercher.

Le visage de Ryan se radoucit légèrement.

— Tu ne peux pas le récupérer demain chez Jennifer ?

Elle aurait bien aimé, mais ce n'était pas possible. Elle secoua la tête.

— Il y a mes clés dedans. Et mon téléphone. Ne t'inquiète pas, je n'en ai pas pour longtemps.

Il lui emboîta le pas.

— Non, laisse, dit-il. J'y vais.

Il avait l'air inquiet. Peut-être avait-il peur qu'elle en profite pour s'éclipser en douce ? Elle se hissa sur la pointe des pieds et déposa un baiser furtif sur ses lèvres.

— Si c'est toi qui récupères mon sac, Jennifer va nous presser de questions. Je me dépêche, c'est promis.

Il acquiesça comme à contrecœur et elle fila vers la table. A son grand soulagement, il n'y avait plus personne, et elle se dirigea tout de suite vers sa chaise. Son sac n'y était pas. Elle le chercha partout, en vain. Bientôt, elle dut se rendre à l'évidence. Elle avait été d'une stupidité sans borne.

Soudain Ryan apparut, l'air soucieux.

— Mon sac a disparu ! dit-elle en se précipitant à sa rencontre pour se jeter dans ses bras. Pour une fois que je prends un verre de trop et que j'agis sans réfléchir, je ne suis pas près de recommencer… Je n'arrive pas à y croire. On m'a pris mes cartes de crédit, mes clés, et on peut facilement retrouver mon adresse grâce à mes papiers d'identité. C'est la panique totale, je ne sais pas ce que je dois faire ni par où commencer. D'habitude je ne suis jamais comme ça. Jamais.

Il l'embrassa sur le front. C'était la chose la plus tendre et la plus gentille qu'un homme ait jamais faite pour elle.

— Je peux t'héberger pour la nuit, dit-il. Demain, je changerai ta serrure. Mais, pour l'instant, il faut aller raconter ça au patron du bar.

Caleb qui passait par là offrit son aide et réussit à intercepter le patron du bar. Quelques minutes plus tard, Ryan et Sabrina expliquaient ce qui s'était passé à l'officier de police qui avait été appelé sur les lieux. Evidemment, cela ne fit pas réapparaître son sac à main. Le policier conseilla à Sabrina de contacter sa banque au plus vite afin de faire opposition.

Lorsqu'il fut parti, elle dut demander à Ryan de la soutenir tant elle se sentait chancelante.

— Allons-nous-en d'ici, dit-il en passant son bras autour de sa taille.

— Oui, s'il te plaît. Avant que je me fasse remarquer en ayant un malaise.

Elle rit, mais cela ressemblait davantage à un gémissement qu'à un rire.

— Pour la romance, on repassera, hein ? fit-elle, désolée.

— On aura tout le temps de se rattraper plus tard.

Ils saluèrent leurs amis, qui semblaient tous très ennuyés pour elle. Tant de sollicitude la toucha. Jennifer, en particulier, insista pour qu'elle l'appelle si elle avait besoin de quoi que ce soit. Elle avait trouvé là une amie, une vraie. Elle s'en souviendrait.

Une demi-heure plus tard, elle était au téléphone avec sa banque, assise à côté de Ryan dans son véhicule. Il avait tenu à faire un crochet par un fast-food, insistant pour qu'elle mange quelque chose. Mais la simple odeur de la nourriture suffisait à lui donner la nausée.

— Je suis désolée, mais je ne peux rien avaler pour l'instant, dit-elle.

Elle enchaînait les démarches, composant un numéro après l'autre.

— Demain tu te sentiras encore plus mal si tu ne manges rien.

— C'est pour ce soir que je me fais du souci, répondit-elle. Pas pour demain.

— C'est mon rôle de me faire du souci, tu te souviens ?

— Puisque ta façon de te faire du souci consiste à ne pas t'en faire, je préfère m'en charger jusqu'à ce que je n'en puisse plus. Après je te passerai le flambeau.

— Et ce sera pour bientôt ?

— Je n'en suis pas certaine, j'ai encore plein d'appels à passer.

Il lui caressa les cheveux.

— Repose-toi, Sabrina. Si tu veux je te réveille un peu plus tard.

Se reposer. Oui, il avait raison. Elle en avait besoin. Le sommeil lui permettrait d'oublier ses yeux brûlants, son estomac agité de spasmes et sa tête qui cognait. Elle avait besoin de ce refuge. Elle lâcha le téléphone et elle appuya sa tête contre ses mains jointes. Il continuait à caresser doucement ses cheveux, l'apaisant et la réconfortant davantage qu'il ne devait l'imaginer. Et, alors qu'elle succombait au sommeil, se sentant assez à l'aise pour le laisser s'occuper d'elle, elle était certaine que cette confiance signifiait quelque chose d'important. Quelque chose dont elle devrait absolument se souvenir quand elle se réveillerait.

Au moment où Ryan prit Sabrina dans ses bras pour la faire descendre de son pick-up, elle se blottit contre lui. Elle semblait dormir, confiante. Son instinct de protection se réveilla. Cela devenait une habitude, en sa compagnie. Elle jouait les dures, faisait comme si elle était assez forte pour se débrouiller toute seule. Mais ce qu'elle avait voulu dire en l'accusant d'être parti quand elle avait eu besoin de lui prenait à présent tout son sens. Elle n'avait personne sur qui se reposer, personne avec qui se laisser aller sans être obligée de prendre sur elle. Ce soir, il venait de prendre une décision. Il voulait être cette personne, même s'il courait le risque qu'elle se serve de lui pour s'affirmer avant de prendre le large, seule. Mais c'était un risque à prendre, et il était prêt à l'assumer.

Du pied, il poussa la porte de l'hôtel, et la porta jusqu'à sa chambre, qui comprenait un lit, un coin cuisine et une salle de bains.

Il la déposa sur le lit, s'attendant à ce qu'elle se réveille d'une minute à l'autre, mais elle ne bougea pas. La pauvre, elle était complètement K.O. Il lui enleva ses bottes et allait s'attaquer à son jean lorsqu'elle se mit à gémir et, d'un bond, s'assit. L'air un peu hagard, elle regarda autour d'elle, semblant se demander où elle se trouvait, avant de pousser un nouveau gémissement.

— Les toilettes. Vite, où sont les toilettes ?

Il indiqua la porte et elle se précipita vers la salle de bains comme si sa vie en dépendait. Il laissa passer quelques minutes puis, inquiet de ne pas la voir revenir, alla la rejoindre.

Elle était assise par terre, à côté des toilettes, les cheveux mouillés de sueur, l'air livide, la mâchoire tremblante. Visiblement, elle venait de vomir, et elle semblait encore se sentir bien mal. Il s'approcha et essaya de remettre un peu d'ordre dans ses cheveux, lui murmurant quelques mots gentils.

— Je suis désolée, dit-elle en lui adressant un regard qui lui fit pitié. Vraiment désolée, Ryan. Ce n'est pas du tout ce que j'avais espéré pour cette nuit.

— Ce n'est pas grave. Ça peut arriver à tout le monde.

— Je dois être atroce. Ce n'est pas comme ça que je vais réussir à te plaire.

— Tu sais, je t'ai trouvée belle avec un masque de boue sur la figure.

Elle poussa un petit grognement.

— Surtout ne me parle pas de ça.

Elle essaya de se relever, mais chancela dès qu'elle fut debout.

Il se précipita pour la soutenir.

— Vite, au lit, dit-il.

— Je veux prendre une douche. Je me sens sale.

— Tu devrais peut-être attendre demain matin.

— Ça va aller. Je t'assure.

Sceptique, il se résigna et ouvrit l'eau pour elle. Elle semblait assez stable à présent pour se déshabiller seule.

— Je vais te passer un T-shirt à moi. Les serviettes de l'hôtel ne sont pas terribles, mais c'est mieux que rien, dit-il en en posant une sur une petite console à côté de la douche. Et je te préviens, pas la peine de faire ta timide, je vais laisser la porte ouverte. Je veux pouvoir t'entendre si tu m'appelles.

Il ne lui laissa pas le temps de protester, sortit pour la laisser se déshabiller, et ne revint qu'une fois sûr de la trouver sous la douche pour déposer un de ses T-shirts de l'Armée sur le petit meuble. Il ne savait pas pourquoi, mais il avait très envie de la voir dans ce T-shirt.

Il s'arrêta à la porte, comme frappé de stupeur.

Le rideau de la douche laissait deviner sa silhouette nue et ce spectacle était si érotique qu'il dut réprimer un grognement. Il s'accrocha au montant de la porte. Soudain, c'était lui qui avait du mal à tenir debout. Tout son corps se mit à frémir tandis qu'un désir féroce s'empara de lui.

Il devait absolument se calmer. Ce n'était vraiment pas le moment.

Il se força à déposer le T-shirt et à quitter la pièce au plus vite. Lorsqu'elle ferma l'eau, il buvait un soda qu'il était allé chercher au distributeur dans le hall de l'hôtel, et il s'était changé. Il avait enfilé un survêtement de l'Armée — parfaitement assorti au T-shirt de Sabrina — dans lequel il avait l'intention d'enfermer son corps en furie jusqu'à ce qu'elle aille mieux.

Il était dans le coin cuisine, en train de remplir un verre de glaçons lorsqu'elle apparut dans l'embrasure de la porte, très appétissante dans son T-shirt vert kaki estampillé « Armée », ses cheveux humides retombant librement sur ses épaules. Ses seins pointaient à travers le fin tissu. C'était certain, il ne regarderait plus jamais ce T-shirt de la même façon.

Il lui tendit le verre.

— Soda ?

— Oh oui, s'il te plaît, dit-elle en s'approchant, avant de se jeter sur le verre.

— Pas trop vite, dit-il en lui retirant le verre des lèvres. Tu vas encore te rendre malade.

— Tu as raison, dit-elle en regardant autour d'elle. Dormir. C'est ce qu'il me faut.

Elle se dirigea vers le lit et se glissa sans hésiter sous les couvertures.

— Dire que je vais devoir remettre mes vêtements demain matin. Quelle horreur, dit-elle en fermant déjà les yeux.

Il sentit l'adrénaline pulser dans ses veines lorsqu'il la vit dans son lit. Des images de ce qu'ils auraient pu y faire lui vinrent à l'esprit. Il se força à respirer lentement pour obliger son corps à se calmer.

Il évitait de la regarder et posa ses yeux sur tout ce qu'il pouvait et qui n'était pas elle. Mais il eut vite terminé car la chambre était petite. C'était un logement temporaire. Mais il ne se plaignait pas : le temporaire avait quelque chose de confortable. Il ne connaissait que cela, de toute façon. Les familles d'accueil, les missions éclair, les femmes de passage…

L'Armée avait été la seule exception. Il avait pensé qu'elle ferait indéfiniment partie de sa vie. L'Armée avait été sa famille, la seule qu'il ait jamais eue. La découverte qu'il avait faite avait été un coup dur. Même maintenant, il ne pouvait songer à la trahison qui avait causé son départ sans que son sang ne se mette à bouillir.

Malgré lui son regard se posa de nouveau sur Sabrina. Elle dormait paisiblement et ce spectacle calma les tumultes qui l'agitaient. Elle était sienne. Cette pensée s'imposa à lui et se développa conjointement à un élan de possessivité qu'il n'avait jamais éprouvé auparavant.

L'idée de l'avoir dans sa vie, dans sa maison, le séduisait tout autant qu'elle l'effrayait. Mais il était stupide de raisonner ainsi. Ce n'était même pas son lit ni sa maison. Ce n'était qu'un hôtel. Un arrangement temporaire de plus dans sa vie. De la même façon, elle ne serait rien d'autre qu'une aventure temporaire de plus. Il ne pouvait pas se permettre de l'oublier et il ne pouvait pas se permettre de croire à quoi ce soit d'autre.

De toute façon, contrairement à lui, elle avait, elle, un foyer, un « chez elle ». Ce « chez elle » était loin d'ici, à New York. Cela non plus, il ne devait pas l'oublier. Ce qui signifiait qu'il ferait mieux de se secouer pour revenir à la réalité. Il devait profiter des moments passés avec elle de la même façon qu'il s'efforçait toujours de profiter de tout dans la vie. Comme si cela n'allait pas durer.

Car rien ne durait jamais.

14

Sabrina battit des cils et ouvrit doucement les yeux. La lumière du soleil atteignit ses sens en même temps qu'une odeur sucrée et vanillée. Elle était encore allongée, blottie dans les couvertures, mais elle se raidit d'un coup lorsque les événements de la veille au soir lui revinrent à la mémoire. Mon Dieu, elle s'était ridiculisée. Elle se revoyait, pitoyable, après avoir vomi dans les toilettes, consolée et soutenue par Ryan. Le pauvre, elle ne lui avait décidément rien épargné. Il y avait d'autres façons de séduire un homme ! A quoi pouvait-elle ressembler en ce moment ? Elle ne voulait même pas l'imaginer. Si son apparence avait un quelconque lien avec le goût qu'elle avait dans la bouche, cela devait être atroce. Mais maintenant qu'elle avait fait ses saletés, comme disait son père, il ne lui restait plus qu'à nettoyer. Affronter la réalité. En outre, contre toute attente, son estomac criait tant famine qu'elle ne pourrait jamais se rendormir.

Elle s'assit et chercha Ryan des yeux. Il était dans le coin cuisine et s'activait aux fourneaux. Comme s'il avait senti son regard dans son dos, il se retourna.

— Bonjour, dit-il.

Ses cheveux étaient mouillés et il était rasé de près. Il était magnifique, tout simplement, d'une beauté limpide et évidente.

— Bonjour, répondit-elle, non sans peine, car sa gorge était sèche.

Soudain, elle se rendit compte que non seulement elle

portait l'un de ses T-shirts mais qu'elle était également dans son lit, le seul lit de la chambre. Mais cela ne semblait pas spécialement déranger Ryan, qui paraissait d'excellente humeur.

— Comment te sens-tu ? demanda-t-il.

Elle réfléchit un instant.

— Etonnamment bien. Et affamée. Qu'est-ce que tu prépares et qui sent si bon ?

— Des pancakes, répondit-il en coupant le feu sous la poêle. Je me suis dit que ce serait plus facile à digérer pour ton estomac que des œufs ou du bacon.

Il installa deux assiettes sur le bar qui séparait le petit coin cuisine du reste de la chambre.

— Tu viens avec moi ou tu veux que je t'apporte ton petit déjeuner au lit ?

— Je peux me lever, quand même, répondit-elle, gênée par tant de sollicitude. Tu en as assez fait. Mais avant, si tu le permets, j'aimerais me rafraîchir un peu dans la salle de bains… Et me brosser les dents, si, par hasard, tu avais une brosse à dents à me prêter.

— Tu as de la chance, j'en ai toujours une d'avance. Sous le lavabo.

— Génial, dit-elle en se précipitant vers la salle de bains, pas très à l'aise de ne porter que son seul T-shirt. Merci.

Elle disparut vite et ferma la porte. Dès qu'elle croisa son reflet dans le miroir, elle crut mourir. Elle était d'une pâleur extrême, et ses cernes étaient soulignés par d'horribles traces de mascara qui avait coulé tout autour de ses yeux. Ses cheveux, en désordre et complètement emmêlés, ne ressemblaient à rien. C'était normal, se souvint-elle. Elle s'était lavé les cheveux et ne les avait pas séchés. Mauvaise idée. Très mauvaise idée.

Elle ouvrit le placard et trouva la brosse à dents. Et puis une brosse à cheveux. Elle se lava le visage avec un échantillon de savon pour homme et étala sur sa peau ce qui avait l'air de ressembler à une crème hydrante. Elle avait la même odeur boisée et masculine que Ryan. Elle huma le T-shirt qu'elle portait. Non, pas le T-shirt. Dommage. La prochaine fois, si elle pouvait porter quelque chose qu'il avait déjà mis… La prochaine fois ? Quelle prochaine fois ?

Elle se dépêcha de sortir. Elle devait absolument savoir ce qui s'était passé entre eux.

La voyant surgir comme une furie de la salle de bains, il suspendit tout mouvement — il s'apprêtait à remplir deux grands verres de jus d'orange — et, en levant un sourcil, lui adressa ce regard interrogateur qu'elle commençait à connaître.

— Je ne me souviens plus du moment où je me suis mise au lit, dit-elle, d'une voix plus aiguë qu'elle ne l'aurait souhaité. Est-ce que… Tu sais… Est-ce qu'on a… ? Enfin, tu vois ce que je veux dire…

Appuyé sur le comptoir, il l'observa, l'air amusé.

— Oui. Il s'est passé des choses, si tu veux savoir.

Son cœur se mit à cogner dans sa poitrine. Ils avaient couché ensemble et elle ne s'en souvenait même pas. Comment était-ce possible ? Comment aurait-elle pu oublier une nuit d'amour avec Ryan ?

— Tu t'es endormie et je n'ai pas tardé à t'imiter. Et c'est tout.

C'était tout. Quel soulagement. Mais il s'était moqué d'elle, et ce n'était pas gentil.

— C'était un peu cruel de ta part de me laisser croire le contraire, dit-elle sur un ton de reproches.

— Ce qui est cruel, c'est de te voir dans ce T-shirt alors que je dois partir travailler. Viens manger, ton assiette va refroidir. Caleb passe me chercher dans une demi-heure. Je te laisse mon pick-up et mon portable. Fais-en ce que tu veux.

— Non, répondit-elle en s'installant sur un tabouret de bar. Je ne peux pas accepter, c'est trop. Tu risques d'avoir besoin de l'un comme de l'autre. En plus, je ne peux pas conduire, mon permis était dans mon sac.

— Si, prends-les. J'insiste. Je n'en aurai pas besoin. Et si la police t'arrête, ton sourire suffira.

Il s'installa sur le tabouret en face d'elle et remplit deux tasses de café.

— Et, surtout, dit-il en la regardant dans les yeux, je ne veux pas que tu retournes chez toi avant que j'aie changé les serrures. Il faudrait que tu passes à l'agence immobilière qui te loue ton appartement pour leur expliquer la situation et demander une nouvelle clé. Ensuite, si tu peux venir me prendre au travail, ce serait parfait. Ça nous ferait gagner du temps. Sinon, ce n'est pas grave, je te rejoindrai ici et on ira chez toi ensemble pour que je change les serrures.

— Ryan, dit-elle, gênée. Je ne peux pas te demander de faire tout ça.

— C'est normal entre amis.

— Amis ? C'est ce que nous sommes d'après toi ?

— Oui, répondit-il sans hésiter. Nous sommes amis. Mais j'espère bien qu'on n'en restera pas là, ajouta-t-il en lui adressant un sourire charmeur.

De son côté, elle n'osait l'espérer. Il l'avait déjà repoussée une fois, et elle lui était apparue, la nuit passée, sous un jour assez peu séduisant. Comment pourrait-il avoir envie d'elle après cela ?

— D'ailleurs, à ce propos, dit-il alors qu'elle ne répondait rien, je me disais que ce soir, peut-être…

Ce soir peut-être… Tout espoir n'était pas mort, finalement. Mais elle préférait ne rien imaginer pour l'instant. Par peur d'être déçue. Elle ne voulait pas se projeter dans le futur, seulement profiter du présent. Et le présent, c'était son petit déjeuner en compagnie du plus sexy des cow-boys. Tout sourire, elle se jeta sur son assiette et se surprit elle-même en dévorant quatre pancakes. Il en avala le double avant de se déclarer encore affamé.

Il avait allumé la radio et, soudain, alors qu'elle était en train de finir sa tasse de café, une nouvelle attira son attention. Elle s'immobilisa. Ryan, voyant sans doute qu'elle était intéressée, augmenta le volume.

« Des sources proches de l'entourage du maire affirment que

la femme du soldat abattu a rendu visite au maire en dehors des horaires d'ouverture de sa permanence une semaine avant la mort de son mari. Le maire a catégoriquement démenti l'information et s'est refusé à tout commentaire. »

Elle aurait dû se douter que l'histoire s'ébruiterait avant qu'elle n'ait terminé son enquête. Frank allait être furieux.

— C'est le soldat au sujet duquel j'ai écrit cet article, dit-elle. Celui dont je pensais qu'il pouvait souffrir de stress post-traumatique.

— Attends un peu. L'article était de toi ?

— Oui. Mon rédacteur en chef m'a forcée à couvrir l'affaire, et j'ai accepté à condition que personne, même au journal, ne sache que j'en étais l'auteur. D'après un de ses informateurs, il pouvait s'agir d'un complot, mais je n'ai rien trouvé pour étayer cette thèse. En revanche, ce qu'on vient d'entendre, c'est énorme. Pourquoi la femme du soldat aurait-elle rendu visite au maire ?

— Je croyais que tu ne voulais plus entendre parler de politique. Commencer une nouvelle vie…

— C'est la vérité, dit-elle. Mais, pour tout dire, les courses de voitures ne me passionnent pas plus que ça. Et j'ai besoin d'être passionnée par ce que je fais. Je ne me plains pas, bien au contraire. L'interview de Marco représente une opportunité fantastique, et je ne te remercierai jamais assez.

L'évocation du passé lui rafraîchit la mémoire, et lui fit se rappeler ce que Ryan lui avait dit au bar.

— Ryan, reprit-elle, devenue plus grave, à propos de cette nuit chez moi…

— C'est du passé, répondit-il, trop rapidement, mais doucement, sans la moindre pointe d'agacement ni d'agressivité. Laisse tomber. Ce n'est pas ce dont on parlait justement à l'instant ? Passer à autre chose…

— Tu as raison. Mais je veux que tu saches que j'avais envie de toi à cause de toi et de rien d'autre. A cause des sentiments que tu m'inspires.

Elle vit une lueur d'intérêt dans ses yeux.

— Et quels sont-ils, ces sentiments ?

Elle songea à la cage d'escalier, au masque de boue, à sa présence à ses côtés la nuit précédente lorsqu'elle lui offrait une image aussi pitoyable d'elle-même.

— Avec toi, j'ai l'impression de pouvoir être moi-même sans être jugée. Je ne me sens jamais en danger.

Pendant quelques secondes, il la regarda avec, sur le visage, une expression indéchiffrable, avant de dire :

— Tant mieux.

Puis il regarda sa montre et ramassa les assiettes pour les poser dans l'évier.

— Caleb sera là dans dix minutes. Il faut que je m'active.

Elle fixa son dos, perplexe et ennuyée. Qu'avait-elle bien pu dire de mal ? Car, de toute évidence, elle avait dit quelque chose de mal.

Elle alla le rejoindre, désolée.

— Je vais faire la vaisselle. Tu as préparé à manger.

Il se retourna et un silence tendu s'installa entre eux.

— Sabrina, finit-il par dire au bout de quelques longues secondes.

— Oui ? demanda-t-elle, suspendue à ses lèvres, espérant enfin comprendre ce qui avait causé ce changement d'humeur.

Mais il ne dit rien, semblant se raviser. Il s'avança et posa sur ses lèvres un baiser sombre, tumultueux, avide. Elle se hissa sur la pointe des pieds pour mieux se fondre en lui. Lorsqu'il mit fin à leur étreinte, elle n'en pouvait plus de désir. Il avait laissé ses mains posées sur sa taille et tout le reste de son corps réclamait ses caresses.

— Merci de faire la vaisselle, dit-il.

— Si ce baiser est ma récompense, dit-elle tout bas, je suis d'accord pour la faire après chaque repas.

— Il y a d'autres choses que tu peux faire pour moi. Je te montrerai ce soir.

Sur ce, il la lâcha, et elle dut dire adieu au contact de sa peau contre la sienne.

— Voici mes clés, dit-il en les sortant de sa poche. Et mon téléphone.

Puis il griffonna un numéro sur une petite feuille de papier.

— C'est le numéro de l'aérodrome. Appelle-moi là-bas en cas de besoin. Je termine à 16 heures.

Après son départ, elle s'assit au bord de son lit et regarda la chambre d'hôtel. C'était étrange. Pourquoi avait-il choisi de rester là plutôt que de louer un appartement pour quelques mois ? Il ne pouvait quand même pas rester éternellement dans cette petite chambre. Puisqu'il se montrait si serviable et prévenant à son égard, à elle de faire quelque chose pour lui également. C'était décidé, puisqu'il semblait ne pas y arriver seul, elle allait l'aider à trouver la maison qui lui convenait.

En inspirant, elle sentit autour d'elle la délicieuse odeur de son eau de Cologne et se laissa tomber sur son lit. Il ne ressemblait en rien aux hommes qu'elle avait fréquentés par le passé. Le changement, décidément, avait du bon.

— Etant donné que tu as failli me casser la figure parce que j'avais osé danser avec cette fille, dit Caleb sur la route entre l'hôtel et l'aérodrome, j'imagine que c'est du sérieux.

Ryan tourna vers Caleb un visage renfrogné.

— Tu racontes n'importe quoi. Je n'ai pas failli te casser la figure.

— Tu rigoles ou quoi ? J'ai cru que tu allais m'arracher la tête. Mais ce n'est pas grave. L'important, c'est que tu ne l'aies pas fait, finalement. Alors, raconte…

— On passe de bons moments ensemble. Rien de plus.

— Je ne marche pas. Tu lui as confié ton pick-up, ton téléphone, et tu l'as laissée seule chez toi.

— C'est une chambre d'hôtel. Ça ne veut rien dire.

Profitant d'un feu rouge, Caleb se tourna vers lui et le scruta attentivement.

— Ryan, après la façon dont tu t'es comporté hier soir,

tu ne vas pas me dire que tu lui as laissé ton véhicule juste parce qu'elle avait envie de se balader un peu.

Il se passa la main sur le visage, mal à l'aise. Il songea tout d'abord à démentir, mais y renonça.

— A vrai dire, c'est plutôt elle qui est en train de me balader, dit-il, embarrassé.

— Et elle n'a pas l'air d'avoir envie que ça s'arrête, fit remarquer Caleb.

— Je ne vois pas pourquoi elle en aurait envie, dit-il sur un ton fataliste. Elle est venue au Texas pour changer de vie, et elle a décidé que je serais celui qui allait l'aider à se découvrir, pour que le prochain puisse décrocher le gros lot.

— Ce n'est pas une mauvaise chose. Sauf si tu aurais préféré te trouver à la place du prochain homme qu'elle rencontrera. Et si c'est ça, c'est moche.

— Oui, dit-il. Si c'est ça, c'est moche.

15

Sabrina était toujours dans la chambre d'hôtel de Ryan. Elle avait passé quelques coups de téléphone et arrangé tout ce qu'elle avait pu arranger, mais elle avait un problème de taille. Sans vêtements propres, sans maquillage, sans argent, ni papiers pour prouver son identité, elle n'avait d'autre choix que de faire un saut chez elle.

Après de longues tergiversations, elle attrapa les clés du véhicule de Ryan et fonça vers son appartement.

Elle avait un peu peur que quelqu'un se soit introduit chez elle, et fut soulagée de croiser la gérante de l'immeuble, une adorable femme entre deux âges prénommée Nelda, devant sa porte.

— Je n'arrive pas à croire qu'on vous ait volé votre sac, s'exclama Nelda après qu'elle lui eut raconté sa mésaventure. Mais, mon Dieu, trésor, on dirait que vous êtes passée dans une essoreuse. Vous ne vous êtes pas fait agresser quand même ?

— Non, non, dit-elle aussitôt, soucieuse de la rassurer. J'ai commis la bêtise de laisser mon sac sans surveillance. J'ai été la dernière des idiotes. Heureusement, un ami m'a hébergée pour la nuit, mais j'ai besoin de vêtements propres.

— Heureusement que vous êtes saine et sauve, dit Nelda en lui posant la main sur le bras. Et, trésor, ne soyez pas trop dure avec vous-même. On commet tous des erreurs.

La simplicité et la gentillesse de cette femme l'étonnèrent. A New York, dans les mêmes circonstances, elle aurait été accueillie avec froideur et méfiance et se serait fait regarder de travers, dans le drôle d'accoutrement qui était le sien — T-shirt militaire beaucoup trop grand pour elle, jean fripé et cheveux en désordre.

— Je vais attendre devant votre porte pendant que vous récupérez vos affaires, reprit Nelda. C'est terrifiant de penser que quelqu'un se balade dans la nature avec vos clés et votre adresse. Vous êtes sûre que vous ne voulez pas que je fasse changer le verrou ? Je peux appeler un serrurier. Le problème, c'est que c'est hors de prix le week-end. Ça m'embêterait de devoir vous facturer ça.

— J'ai un ami qui peut s'en charger ce soir.

Ce soir, il lui avait aussi promis autre chose, ne put-elle s'empêcher de penser, impatiente de le retrouver.

— Je vous donnerai la nouvelle clé lundi, dit-elle en attrapant la poignée de la porte. Bon, si je crie, appelez la police.

— Oh non, ne dites pas des choses comme ça, répondit Nelda sur un ton de reproche. On devrait peut-être envoyer quelqu'un en éclaireur.

— Mais non. J'en ai juste pour une minute.

Malgré sa bravade, elle n'en menait pas large, et elle pénétra chez elle avec le cœur qui battait la chamade. Elle se précipita vers sa chambre et commença à fouiller dans ses placards. Elle eut soudain peur de se changer sur place, comme elle avait pourtant prévu de le faire. Par ailleurs, autant ne pas abuser de la gentillesse de Nelda en la faisant attendre trop longtemps. Elle attrapa un sac et fourra des affaires à l'intérieur, dont son passeport et son ordinateur. Puis elle se dépêcha de sortir, remercia encore Nelda et partit aussitôt vers le parking. Direction l'hôtel de Ryan, où elle allait enfin pouvoir se changer. Ensuite, elle pourrait se consacrer à ses démarches.

Dès qu'elle fut de retour à l'hôtel, elle se précipita dans la salle de bains pour se changer et pouvoir sortir avant que la banque ne ferme. Elle n'avait ni carte de crédit, ni chéquier, ni liquide et elle avait absolument besoin d'argent pour acheter une nouvelle clé de voiture chez son concessionnaire. Le lendemain, dimanche, toutes les banques seraient fermées. D'un autre côté, elle allait revoir Ryan dans quelques heures, elle devait se laver les cheveux pour avoir l'air présentable. Elle entrouvrit la porte de la salle de bains pour vérifier l'heure. Midi. Elle avait encore le temps.

Quinze minutes plus tard, douchée, et déjà maquillée, elle venait d'éteindre le sèche-cheveux lorsqu'elle entendit le portable de Ryan sonner. C'était sans doute pour lui. Bien sûr, il pouvait avoir essayé de l'appeler, mais il se trouvait selon toute vraisemblance en plein ciel à l'heure qu'il était, et elle ne jugea pas utile de se déplacer jusqu'au téléphone. Elle avait mieux à faire. Terminer de se coiffer par exemple. Après quelques coups de peigne, elle sortit de la salle de bains, satisfaite. Maintenant, il ne lui restait plus qu'à se changer.

Elle venait de laisser tomber la serviette dans laquelle elle s'était drapée lorsqu'on frappa à la porte.

— Sabrina, c'est Ryan.

Vite, elle récupéra la serviette et la remit en place.

— Je croyais que tu étais au travail.

— Tout un groupe a annulé à la dernière minute. J'ai pris un taxi. J'ai essayé de t'appeler. Est-ce que tu vas me laisser entrer, oui ou non ?

Avec frénésie elle fouilla dans son sac à la recherche de ses vêtements, qu'elle ne trouva pas.

— Sabrina ? C'est quand tu veux.

Elle jeta un coup d'œil à sa serviette. Et réfléchit aux options qui s'offraient à elle. Il l'avait repoussée une fois. Allait-elle oser risquer un nouveau rejet ? Eh bien… Si c'était le cas, au moins elle n'aurait aucun regret. Car elle en avait déjà assez eu dans sa vie.

Elle se dirigea vers la porte pour lui ouvrir. Lorsqu'il fut entré, elle fit quelque chose qu'elle n'avait jamais fait auparavant. Elle prit un risque énorme, s'exposant tout entière, à la fois émotionnellement et physiquement.

Elle laissa tomber sa serviette.

— Bienvenue, trésor.

Ryan se figea sur place. Il avait peur de se réveiller s'il bougeait. Car il devait être en train de rêver. Sabrina, dans sa glorieuse nudité, lui souhaitait la bienvenue. C'était trop beau pour être vrai. Avec un accueil comme cela, il aurait pu se sentir chez lui n'importe où. Le désir s'empara de lui, instantané et furieux, alors que ses yeux s'attardaient sur son corps fabuleusement sexy, sur ses cheveux sombres qui caressaient ses épaules ivoire — ses cheveux qu'il voulait sentir contre son ventre, contre son torse. Il s'attarda aussi sur ses seins, haut perchés, pleins, avec des mamelons rosés qu'il voulait prendre dans sa bouche.

— Ryan, dit-elle d'une voix implorante. Je t'en prie, dis ou fais quelque chose. Sinon je vais mourir.

Il l'interrogea du regard.

— Mais pourquoi ça ?

Il la rejoignit et l'attira vers le lit où il s'assit, la tenant entre ses jambes.

— Mon ange, dit-il en posant sa main sur son ventre, tu es absolument magnifique. J'étais juste en train de me demander si ce n'était pas un rêve.

Ses mains remontèrent vers sa taille, puis vers ses seins. Il les caressa, jusqu'à leurs pointes, qu'il lécha, l'une après l'autre.

— Et je profitais du spectacle, aussi, ajouta-t-il.

— La dernière fois…

Il la fit s'allonger sur le dos et s'installa en chien de fusil à ses côtés. Il posa de nouveau sa main sur son ventre qui, décidément, le fascinait.

— La dernière fois, j'avais tellement à cœur de ne pas profiter de ta colère que je n'ai pas vu l'essentiel. Je n'ai pas vu ta détresse, je n'ai pas vu combien tu avais besoin de moi. Et je m'en excuse.

Elle roula sur le côté, posa la main sur sa joue et l'embrassa.

— J'avais envie de toi, Ryan. Le seul effet de la lettre de mon père a été de me faire comprendre que j'avais fait trop de sacrifices dans ma vie, qu'il y avait certaines choses à côté desquelles je ne voulais plus passer. Comme toi, Ryan. Tu es, et de loin, la meilleure chose qui me soit arrivée depuis très, très longtemps.

Il but ses mots comme un malheureux se serait jeté sur verre d'eau après une traversée du désert. Leurs bouches étaient toutes proches. Leurs souffles se mêlaient. Une fois de plus, il s'immobilisa, se croyant en plein rêve. Il était en train de tomber amoureux. Il l'était sans doute déjà. Amoureux. Il ne pouvait rien faire d'autre en ce moment que d'embrasser cet état de plénitude qui était le sien. Elle ne voulait pas passer à côté de lui. Eh bien, il ne voulait pas passer à côté d'elle non plus. Et pour l'instant, dans cette chambre, elle était sienne, entièrement et totalement. Avec elle, il voulait aller jusqu'au bout du désir, au bout de la passion et de l'émotion.

— Ryan, dit-elle en reculant, prenant de toute évidence son silence comme un rejet. Je ne voulais rien dire de mal. Je sais que je ne suis sans doute pas le genre de femme que tu…

Il la fit basculer sur le dos et s'installa entre ses jambes.

— Tu ne pourrais pas mieux correspondre à mon type, Sabrina. Tu es parfaite pour moi.

— Vraiment ?

— Oh oui, trésor. Vraiment. Et je vais te montrer à quel point.

Le manque d'assurance et les peurs de Sabrina s'étaient envolés. La réaction de Ryan, ses mots, son empressement, lui avaient donné confiance, assez pour qu'elle laisse le désir s'emparer d'elle.

Il effleura ses lèvres des siennes, comme s'il voulait sceller sa promesse. Un doux murmure vint la caresser, si intense et sensuel qu'il lui donna la chair de poule.

— Il n'y aura aucune limite, cette fois, Sabrina.

Elle ignorait ce qu'il entendait par là. Mais cela paraissait un bon programme, un très bon programme. Tout avait très bien commencé, d'ailleurs, jusqu'à ce qu'il ne recule. Elle tendit le bras vers lui, comme pour le ramener à elle, sentir de nouveau son poids sur elle, le sentir la toucher et l'embrasser.

Mais il était debout, à l'autre bout du lit, en train de se déshabiller. Elle s'appuya sur ses coudes, oubliant toute la gêne qu'avait pu lui causer sa propre nudité. Il était midi, et la lumière du soleil filtrait à travers les fins rideaux, éclairant la silhouette musclée de Ryan, sans laisser aucune place à l'imagination. Il était absolument parfait. Des épaules larges. Un léger duvet brun clair qui recouvrait son torse impressionnant. Des mamelons sombres et plats. Elle découvrit, émerveillée, une fine ligne de poils qui partait de ses abdominaux spectaculaires et disparaissait à l'intérieur de son jean. Qu'il était en train de déboutonner.

— C'est le moment de parler contraception, dit-il.

L'espace d'un instant, elle s'obligea à détacher son regard de son ventre.

— Contraception ? répéta-t-elle sans avoir vraiment enregistré la question.

Vraiment, cette ligne de duvet était fascinante.

— Oui. Parlons-en maintenant, comme ça ce sera fait.

— Tu as raison, répondit-elle en riant.

Elle se sentait étonnamment à l'aise, surtout sachant qu'elle se montrait nue devant lui pour la première fois. Normalement, penser à ce qu'il était en train de penser aurait dû la rendre nerveuse. Mais la flamme qui dansait dans ses yeux sombres, l'animation qui se peignait sur son visage en disaient plus que n'importe quel mot et suffisaient à lui donner confiance en elle. Elle continua, sur le ton de la plaisanterie :

— Eh bien, voyons… Je prends la pilule, mais toute jeune fille de bonne famille qui se respecte exigerait un préservatif. Tu as ça chez toi ?

Il ouvrit un tiroir et lança une boîte de préservatifs sur le lit.

— Je n'ai jamais fait l'amour sans protection. Les femmes de ma vie n'y sont jamais restées très longtemps.

— En tout cas, tu as une belle réserve, dit-elle en contemplant la boîte.

De quoi voir venir, et de quoi en satisfaire quelques-unes, elle comprise, songea-t-elle, un peu refroidie. Combien de temps allait-elle, elle, rester dans sa vie — quelques jours, quelques semaines, quelques mois ? — avant qu'il ne passe à une autre ?

— Ce n'est pas ce que tu crois, dit-il comme s'il avait lu dans ses pensées. Je n'enchaîne pas les conquêtes. Ça fait même très longtemps que je n'ai pas eu d'aventure. J'ai passé six mois en mission avant de quitter l'Armée, donc, tu vois, ma dernière fois remonte à longtemps. Et toi ?

Le dernier homme avec qui elle avait couché était un avocat d'affaires qu'elle avait cru épris d'elle. Il l'avait invitée à boire un verre, puis à dîner, lui avait envoyé des fleurs… Mais au lit, il s'était montré brutal et expéditif, totalement insensible à ses désirs, faisant passer sa propre satisfaction avant tout. Elle lui avait laissé sa chance trois fois, et chaque fois, elle avait eu le sentiment d'être abusée. Lorsqu'elle avait rompu, il lui avait dit qu'il s'était ennuyé au lit avec elle et qu'il ne serait jamais resté avec elle si elle n'avait pas été la fille de son père.

— La dernière fois, c'était il y a un an, dit-elle, un peu plus sombre à présent.

Etait-elle vraiment ennuyeuse au lit ? Le problème était-il vraiment venu d'elle ?

— J'ai acheté ces préservatifs le soir où je t'ai rencontrée, dit-il, la faisant revenir à la réalité de la façon la plus agréable qui soit.

Sa façon de la regarder, de la comprendre sans qu'elle ait besoin de parler, la faisait se sentir sexy et la mettait en confiance.

Elle oublia le passé pour se consacrer à l'instant présent. A Ryan.

— C'était un peu présomptueux, peut-être ? demanda-t-elle en lui adressant un regard faussement sévère.

— La méticulosité de la préparation est essentielle chez un soldat, dit-il en la dévorant des yeux et en s'attardant longuement sur sa poitrine. Bon sang, qu'est-ce que tu es belle !

Une sorte de frénésie sembla s'emparer de lui.

En un tournemain, il se débarrassa de son jean et de son boxer. Un désir puissant, primaire, déferla en elle lorsqu'elle vit où menait la petite ligne de duvet qui l'avait tant fascinée tout à l'heure. Jusqu'à son sexe, impressionnant par sa taille et par sa fermeté.

Avant qu'elle ne comprenne ce qu'il voulait, il s'agenouilla sur le matelas et il la fit basculer sur le ventre. Il écarta ses jambes et vint s'y glisser. Il posa son corps brûlant sur le sien et approcha ses lèvres de son oreille.

— La méticulosité… Souviens-toi, dit-il. Je veux tout connaître de toi, Sabrina. Chaque millimètre carré.

Sa soumission était complète. Elle lui abandonnait tout pouvoir. Mais, ce faisant, elle gardait le pouvoir. Parce que c'était sa volonté. Et c'était encore plus significatif que de décider de sauter d'un avion. C'était intime. Personnel. Cela s'appelait la confiance.

Il releva ses cheveux et mordilla sa nuque. Il écarta ses bras de son corps et appuya les siens dessus, avant de poser ses lèvres entre ses omoplates. Son sexe vint se nicher entre ses jambes, et s'approcha dangereusement de l'endroit qui la brûlait, comme pour lui montrer combien il serait facile pour lui d'entrer en elle.

Ses mains caressèrent les contours de son corps, et s'insinuèrent sous son buste pour s'emparer de ses seins. Elle gémit et se mordit la lèvre. Il en pinça doucement les pointes et pressa ses hanches plus fort contre ses cuisses. Malgré elle, elle tendit le dos.

— Ryan, murmura-t-elle. Oh…

Elle se tut brusquement lorsqu'il changea de position, augmentant encore son désir et son impatience.

Il promena sa bouche le long de sa colonne vertébrale, ses mains effleurant son buste, ses hanches, ses fesses. Ses caresses devinrent de plus en plus appuyées, intimes. Le corps frémissant sous ses mains et sa bouche, elle perdait peu à peu tout contact avec la réalité.

Au moment où ses doigts se glissèrent entre ses jambes, elle poussa un cri suppliant :

— S'il te plaît, Ryan…

Il se hissa le long de son corps, ses muscles durs l'enserraient de toutes parts, son sexe rigide taquinait ses cuisses. Oui. C'était ce qu'elle voulait.

— S'il te plaît, quoi ? demanda-t-il en collant sa joue contre la sienne.

— Tu sais ce que je veux, dit-elle d'une voix brisée. Toi.

— Mais encore ?

Elle hésita l'espace d'une seconde, peu habituée à se sentir si désinhibée en face d'un homme. Mais sa gêne ne dura pas, et elle répondit :

— Je veux te sentir en moi.

— Bientôt. Bientôt.

Il décolla son corps du sien et roula à ses côtés. Elle en profita pour reprendre les choses en main. Elle lui avait laissé le contrôle, maintenant elle voulait le reprendre. C'était à son tour de le rendre fou de désir.

Elle s'installa à califourchon sur lui, calant son sexe derrière elle, contre ses fesses qui appréciaient ce contact.

— A mon tour, dit-elle, emportée par l'excitation qu'il provoquait rien qu'en la regardant de ses yeux brillants et coquins.

— Et si je disais non ? fit-il sur un ton plein de défi.

Elle se pencha et le léger duvet qui recouvrait son torse caressa sa poitrine.

— Tu n'as pas envie de me faire plaisir ?

Il fit remonter ses mains le long de son dos qui ondula à son contact.

— Tu sais bien que si.

En effet, elle le savait. Et c'était pour cela que c'était aussi facile de se sentir libre avec lui.

— Alors fais ce que je dis.

Il approcha son visage pour mordiller sa lèvre inférieure et sourit.

— A part ça, tu n'es pas obsédée par le contrôle ?

— Parfois, le contrôle a du bon.

Il enfouit ses doigts dans sa chevelure.

— Parfois, s'abandonner a du bon.

Il aspira ses lèvres avec ardeur. Sa langue prit d'assaut sa bouche, et elle ressentit cette invasion enivrante dans toutes les terminaisons nerveuses de son corps. Avec ses cuisses, elle enserrait sa taille, et son sexe, humide, brûlant, reposait sur le bas de son ventre. Il aurait été si facile de soulever légèrement son corps pour le prendre en elle. Il aurait été si bon de le faire. Mais elle combattit son désir. Avant cela, elle avait tant de choses à lui faire. Tant de choses.

Il mit fin à leur baiser en mordillant ses lèvres, la main posée sur sa nuque, la retenant captive jusqu'à ce qu'il ne réclame un second baiser qui l'emmena encore plus loin, dans une autre réalité où seul le plaisir existait. Il glissa sa main entre leurs deux corps et tira sur les pointes de ses seins si fort qu'il lui fit mal. Elle avait mal, oui, mais c'était si bon…

Il enfouit son visage dans son cou, puis dans ses cheveux.

— Tu sens délicieusement bon. Le chèvrefeuille, on dirait, dit-il sans cesser de caresser sa poitrine.

— Tu trouves ? dit-elle, absente.

Elle était absorbée par le contact de son sexe contre son dos, qui lui rappelait ce qu'elle avait prévu de faire. C'est-à-dire se laisser glisser le long de son corps et le prendre dans sa bouche. Pour lui montrer quel genre de plaisir il lui avait donné.

Pressée de mettre son plan à exécution, elle s'écarta et s'assit à côté de lui.

— Et arrête ça tout de suite. Ce n'est pas à toi de prendre les choses en mains pour l'instant.

— Mais, trésor, dit-il d'une voix grave et rauque, je suis totalement à ta merci, incapable de te résister, incapable de ne pas te toucher.

Sur ce, il tendit la main vers elle.

Elle l'attrapa et emprisonna ses doigts dans les siens.

— Tiens-toi bien, Ryan.

Son regard s'attarda sur ses seins.

— Laisse-moi les embrasser.

— J'ai dit : « Tiens-toi bien. »

— Laisse-moi embrasser tes seins et je me tiendrai bien.

— Ça suffit.

Un sourire maléfique se posa sur ses non moins maléfiques lèvres, capables de toutes sortes de choses incroyables.

— Allez, Sabrina, tu sais bien que tu n'as envie que de ça.

— Non, dit-elle. C'est faux.

Bien sûr que si, elle en avait envie. Elle en mourait d'envie, même. Ses seins étaient sans doute la zone la plus sensible de son corps. Avec sa nuque, ce dont il semblait s'être déjà rendu compte depuis longtemps.

— Laisse-moi les embrasser et je me tiendrai bien.

C'était tentant.

— Tu promets ?

— Tu as ma parole.

Sa parole. Elle y avait davantage cru la dernière fois où il la lui avait offerte. Il était en mode mauvais garçon. Très mauvais garçon, et elle adorait ça.

— Très bien.

Elle se pencha en avant et promena ses seins tout près de sa bouche, avant de dire :

— N'oublie pas ta promesse.

— Je n'oublierai pas, répondit-il avec empressement.

Elle se pencha plus franchement, et il ne se contenta pas de l'embrasser. Il l'aspira et la suça. Elle ne put retenir un gémissement, tant le plaisir déferlait en elle. Elle se cambra pour lui en offrir davantage et, sans y prendre garde, relâcha ses poignets qu'elle tenait encore. Lui suçait, aspirait, mordillait. Ses dents étaient dures, sa langue douce. Elle remua les hanches. C'était plus fort qu'elle. Elle avait besoin de lui. Un besoin furieux.

— Il est temps de me laisser entrer en toi, Sabrina, dit-il en plongeant la main dans ses cheveux et en attirant sa bouche vers la sienne.

Avec brio, il réussit à l'embrasser tout en la forçant à soulever les hanches jusqu'à ce que le sommet de son sexe appuie contre sa chair à vif.

Elle retint son souffle lorsqu'il se glissa tout entier en elle.

— Oh ! gémit-elle en le sentant la remplir et progresser en elle.

— Je pourrais dire la même chose, fit-il avant de l'embrasser de nouveau.

— Tu es si… si… dur, murmura-t-elle.

Il rit.

— C'est mieux, non ?

En souriant, elle répondit :

— Oui, mais tu l'es particulièrement.

Il la pénétra plus profondément, collant son bassin au sien.

— C'est parce que tu me fais un effet particulier, Sabrina.

En prononçant ces mots, il attrapa son menton, comme pour la forcer à le regarder dans les yeux.

— Un effet qu'aucune autre ne m'a jamais fait.

Cette confession inattendue la prit totalement par surprise. L'émut au plus profond d'elle-même. L'excita. La terrifia. Cet homme était en elle, et bien plus que physiquement. Elle ouvrit la bouche pour se confier à son tour, mais sa gorge se serra. Ce qu'il représentait pour elle allait bien au-delà du sexe. Ce qui voulait dire qu'elle courait le risque de souffrir par et pour lui. Le supporterait-elle ?

— Prouve-le, finit-elle par dire. Prouve-le maintenant.

L'espace d'un instant, une ombre passa sur son visage. La déception, peut-être. Ou peut-être pas. Elle l'avait peut-être imaginé, car, presque instantanément, un regard rempli de mâle désir anima ses traits.

Il prit sa bouche, avec une sauvagerie qu'il ne lui avait encore jamais montrée. Son sexe semblait s'insinuer de plus en plus profond et elle le sentait palpiter en elle. Elle l'avait toujours trouvé libre, mais à présent elle aussi était libre. Déchaînée. Ils se mirent à bouger ensemble, leurs bassins s'attirant et se repoussant sans fin. Leurs corps étaient pressés l'un contre l'autre, comme si cela lui permettrait de le recevoir plus profond en elle. Comme si cela allait abolir le peu qui les séparait encore. Jusqu'à ce que la rage du désir laisse place à une danse sensuelle et langoureuse. Jusqu'à ce que l'enchevêtrement rude de leurs langues devienne une caresse douce et musicale. Jusqu'à ce que leurs yeux se rencontrent et parlent pour eux.

Il se passait quelque chose entre eux. Quelque chose qu'ils ne contrôlaient pas davantage que leur besoin irrépressible de se rapprocher. Un dernier élan s'empara d'eux, un va-et-vient frénétique qui l'emmena au bord de l'extase. Elle s'y raccrocha désespérément, le plus longtemps qu'elle put. Jusqu'à ce qu'elle se laisse emporter, enfouissant sa tête dans son cou, et haletant sous l'effet du plaisir qui déferlait en elle. Enfin son corps venait de prendre ce qu'il réclamait depuis qu'elle l'avait vu pour la première fois. Il succomba juste après elle, et frémit en donnant un dernier coup de reins, fort et profond, qui la transperça et la ravit tout à la fois.

Sabrina était couchée sur Ryan, dans un état de détente et de bien-être absolu, lorsque, soudain, elle se souvint.

— La banque ! s'écria-t-elle en se précipitant au bord du lit. Je dois aller à la banque.

Elle regarda l'heure.

— J'ai une demi-heure. Je n'y arriverai jamais ! Je n'ai pas de papiers, pas d'argent, aucun moyen de payer mes nouvelles clés de voiture.

Elle se mit à chercher frénétiquement son sac et ses vêtements.

— Je pensais que tu y étais allée ce matin, dit Ryan, qui était déjà en train de renfiler son pantalon.

— Non, en fait, je…

Le regard de Ryan s'arrêta sur le jean qu'elle venait de sortir de son sac.

— D'où est-ce que ça sort, ça ? Attends… Tu es allée chez toi. Sabrina, bon sang, qu'est-ce qui t'est passé par la tête ?

— Que j'avais besoin de mon passeport pour prouver mon identité à la banque.

Elle avait dû laisser sa chemise dans la salle de bains. Elle voulut s'y précipiter, mais il lui attrapa le bras, l'arrêtant dans son mouvement.

— Tu es folle ou quoi ? Et si tu avais été suivie ? Ou attendue ?

— La gérante était là, prête à appeler de l'aide en cas de besoin.

— Quel plan génial, dit-il sur un ton moqueur et grinçant. Bon sang, Sabrina. Tu aurais dû m'appeler.

— Arrête de me parler comme ça, Ryan.

— J'arrêterai quand tu arrêteras de te mettre en danger.

— Tu n'es pas mon protecteur.

— Oui, eh bien, il serait peut-être bon que je le sois.

Elle le regarda, bouche bée.

— Que veux-tu dire par là ?

— Je veux dire que je tiens à toi. Et si tu restes nue devant moi une minute de plus, en train de me crier dessus, je vais te jeter sur ce lit et te montrer à quel point.

Elle ramassa la serviette par terre et s'en drapa, même si l'idée qu'il ne puisse pas lui résister était en train d'avoir raison de sa colère.

Il s'assit sur le bord du lit.

— Ecoute, Sabrina, dit-il en baissant les yeux, je suis désolé. Je ne sais pas ce qu'il y a entre nous, mais, de quoi qu'il s'agisse, ça me donne envie de te protéger. J'ai vu assez de choses moches dans ma vie pour réussir à toujours imaginer le pire. Ton voleur de sac te veut peut-être du mal, et, quoi que tu puisses en penser, c'est une idée insupportable pour moi.

Elle accueillit avec surprise à la fois le contenu de sa confession et la façon dont il s'était exprimé. Sa voix, pour la première fois, avait trahi une pointe de vulnérabilité et un léger manque d'assurance, comme s'il craignait sa réaction. Cette petite marque de faiblesse — venant d'un homme si fort, si sexy — la toucha profondément.

Elle s'approcha jusqu'à lui et, doucement, lui caressa la joue.

— Personne ne m'a jamais protégée auparavant. On a juste essayé de protéger ma réputation, mais pas moi. Et je peux te dire que j'apprécie.

Il parut surpris.

— Vraiment ?

Elle acquiesça.

— Oui. Enormément, dit-elle en souriant. Mais pourrais-tu te montrer juste un petit peu moins exigeant et autoritaire ?

Il attrapa sa main pour l'embrasser.

— Ça dépend… Est-ce que je pourrai rester exigeant et autoritaire au lit ?

La pièce se chargea instantanément d'électricité et d'énergie sexuelle.

— De temps en temps.

— Maintenant, par exemple ?

Elle regarda l'heure. Jamais elle n'arriverait à temps à la banque. Et le pire, c'était qu'elle s'en moquait éperdument.

— Maintenant, dit-elle en laissant tomber sa serviette pour la seconde fois de la journée.

16

Malgré le nombre de démarches qu'ils avaient eu à faire, et les difficultés qu'ils avaient rencontrées tout au long de l'après-midi, Ryan avait adoré passer le reste du samedi avec Sabrina. Il était presque 20 heures lorsqu'ils pénétrèrent dans l'ascenseur, chez Sabrina, les bras chargés de sacs contenant, entre autres, un jeu de serrures et des clés, une pizza — puisqu'ils n'avaient pas encore eu le temps de manger — et un nouveau téléphone portable en attente de chargement.

— Je n'arrive toujours pas à croire que ma voiture se trouve à la fourrière, dit-elle en secouant la tête.

S'occuper de sa voiture avait été le plus compliqué.

— Le gérant du bar nous avait pourtant promis que ça n'arriverait pas, fit-elle. J'ai même appelé ce matin et on m'a répondu que la voiture était toujours là.

Très animée, elle se tourna vers lui.

— Et tout ça alors que tu as dû payer pour ma clé. Je me sens vraiment coupable.

— De toute façon, tu auras besoin de cette clé. Et je te déposerai à la fourrière lundi matin.

— Je ne veux pas que tu manques encore ton travail pour moi. Déjà aujourd'hui, je t'ai empêché d'y aller…

— C'était très tranquille, aujourd'hui. D'ailleurs j'ai travaillé sept jours sur sept pendant plus d'un mois pour organiser les premières sessions d'entraînement militaire. Je peux bien me permettre de prendre quelques heures par-ci par-là.

L'ascenseur s'arrêta à son étage.

— Tu es sûr ? demanda-t-elle, l'air inquiète.

— Absolument sûr, répondit-il alors qu'ils traversaient le couloir vers son appartement. Et c'est très égoïste de ma part, tu sais. Je suis pressé de te remmener danser quelque part, je dois mettre le paquet pour te faire oublier les mauvais souvenirs de vendredi soir.

— Je n'ose pas repenser à l'état dans lequel j'étais hier soir, dit-elle en grimaçant. Si j'avais été à New York, quelqu'un m'aurait prise en photo et aurait essayé de me faire chanter, c'est sûr.

Il la prit par la main et l'attira à lui.

— Mais tu n'es pas à New York. Tu es au Texas. Avec moi.

Elle sourit.

— J'aime être au Texas.

Puis elle l'embrassa, avant de continuer :

— Avec toi. Mais s'il te plaît, la prochaine fois, arrête-moi après la première margarita.

— Je te le promets.

Elle sourit plus franchement.

— Tu me le promets, dit-elle sur un ton étrange, avant de faire un pas de côté.

Mais il ne la laissa pas s'éloigner.

— Et ça te fait sourire ? demanda-t-il, perplexe. Pourquoi ça ?

— Parce que tu le répètes sans cesse, et je sais que tu le penses. J'aime ça.

Elle l'embrassa de nouveau et il la laissa poursuivre son chemin vers son appartement. Soudain, presque arrivée à la porte, elle s'arrêta net. Il tendit le cou pour comprendre ce qui se passait et aperçut un paquet posé sur le paillasson.

— Ça vient encore de ton père ? demanda-t-il, alors qu'une inquiétude diffuse s'emparait de lui.

— Je n'en sais rien. Je ne réponds plus à ses appels ni à ceux de ma mère. Donc, c'est possible. Chaque fois que je leur parle, ils énumèrent les raisons pour lesquelles je devrais rentrer à New York et nos conversations se terminent toujours mal.

Elle approcha de la porte et il la suivit, la déchargeant du sac qu'elle portait.

Nerveux et légèrement contrarié, il la regarda se pencher pour étudier le paquet. Au cours de la journée, il avait pour de bon commencé à croire qu'elle avait réellement envie de rester au Texas et d'y faire sa vie. Peut-être même avec lui. Mais un homme pourrait l'en empêcher : son père, et il en était plus que jamais conscient.

— Etrange, dit-elle en se relevant avec la boîte en mains. L'adresse de l'expéditeur n'est pas précisée, et le paquet n'est même pas affranchi.

— Repose-le ! dit-il avec tant de force qu'elle le lâcha tout de suite.

— Comment ? Quoi ?

Elle porta la main à sa poitrine.

— Tu m'as fait une de ces peurs, Ryan.

Il posa ses sacs.

— Sabrina, recule et laisse-moi regarder.

Il attendit qu'elle lui obéisse, puis il s'accroupit à côté de la boîte. Il colla son oreille contre le carton pour essayer de déceler le moindre bruit suspect, avant de l'inspecter sous toutes les coutures.

Il se releva en se tournant vers elle.

— Passe-moi tes clés, s'il te plaît.

— Ryan, que se passe-t-il ?

— Tu vas aimer et détester ça en même temps : je joue les protecteurs. On t'a volé ton sac. Tu dois faire attention. Recule pendant que j'ouvre ce paquet.

— Pourquoi ? demanda-t-elle, les joues rouges d'émotion. Tu crois qu'il va exploser, ou qu'il contient un animal mort ou quelque chose de dégoûtant comme ça ?

Il prit son beau visage inquiet entre ses mains.

— Sabrina, trésor, je te demande juste de me faire

confiance, d'accord ? Laisse-moi faire ce que j'ai à faire. Ensuite, on pourra profiter de notre soirée.

Puis il déposa un baiser furtif sur ses lèvres, avant de terminer :

— Et l'un de l'autre…

Elle hésita mais finit par acquiescer.

— D'accord.

Alors qu'il s'éloignait avec le paquet, elle le retint par le bras.

— On ne devrait pas appeler la police ?

— Je suis mieux entraîné que quiconque pour faire ça. Tu peux me croire.

— Si tu le dis. Mais quand même…

— Je serai prudent, promit-il.

Elle était inquiète pour lui. A cause d'un colis à peine suspect. Qu'est-ce que cela aurait été si elle l'avait connu lorsqu'il disparaissait pendant des mois ?

— Reste ici jusqu'à ce que je te fasse signe.

Il inspecta le paquet d'un peu plus près. C'était du travail d'amateur, il l'avait remarqué au premier coup d'œil, à la façon dont l'emballage était ficelé. Le carton provenait à l'origine d'une conserverie de la région, son expéditeur habitait donc dans le coin et n'avait rien fait pour le cacher. Cela signifiait également que ce n'étaient pas les parents de Sabrina qui avaient envoyé ce colis.

Ces constatations faites, il commença par ouvrir la porte de l'appartement, avant de soulever précautionneusement le paquet.

— Fais attention, dit Sabrina.

Malgré les circonstances, il pénétra dans l'appartement en souriant. Il referma la porte derrière lui et se dirigea tout droit vers la cuisine, à l'autre bout du salon. C'était plus sûr.

Il posa la boîte et saisit un couteau. Puis il fit une entaille dans le carton et recula. Rien. Il agrandit l'entaille. Toujours rien. Finalement il découpa tout un côté. Le sac de Sabrina s'échappa par cette ouverture.

Qu'est-ce que cela voulait dire ?

A l'aide du couteau, il fouilla à l'intérieur de la boîte. Mais il ne trouva rien d'autre. Pas de lettre, rien. Pour finir, il déversa le contenu du sac sur un torchon de cuisine qu'il venait d'étaler sur la table du salon et inspecta son contenu, en prenant garde de ne rien toucher. Rouge à lèvres, poudre, clés. Portefeuille, qu'il réussit à ouvrir et à vider en s'aidant avec un coin du torchon. Tout semblait être là. Permis de conduire. Cartes de crédit. Et même quarante dollars en monnaie.

Il n'aimait pas cela du tout. Sabrina aurait-elle été victime d'un maniaque qui la traquait ? Ce n'était pas exclu. Pour plus de sécurité, il faudrait avertir la police le plus tôt possible.

A Sabrina aussi, il allait devoir faire part de ses doutes. Cela l'ennuyait mais il n'avait pas le choix.

Après avoir vérifié que tout était normal dans l'appartement, il alla la retrouver dans le couloir.

— Alors ? demanda-t-elle avec angoisse.

Il ramassa les sacs de course et lui montra la porte d'un signe de tête.

— Entrons, dit-il. Nous serons mieux pour parler.

Elle pâlit d'un coup.

— Que se passe-t-il, Ryan ?

— Entrons.

Il laissa les sacs à l'entrée de l'appartement et la conduisit tout de suite dans la cuisine.

— Mon sac ! dit-elle, tout excitée, avant de se précipiter.

— Surtout n'y touche pas. Il faut garder toutes les empreintes digitales intactes.

— Mais pourquoi ?

— Il n'y a aucune lettre et, apparemment, il ne manque rien. Même les quarante dollars que tu avais dans ton portefeuille sont encore là.

— On ne peut pas imaginer que quelqu'un de charitable et de désintéressé ait retrouvé mon sac et me le renvoie simplement, sans attendre de récompense ?

— Peut-être. Mais je n'aime ça, Sabrina. Appelons la police

et laissons-les faire un rapport. Comme ça, si la personne qui a déposé ton sac devant ta porte devient un problème, l'enquête sera lancée plus vite.

— Tu commences vraiment à me faire peur, Ryan.

— Je suis désolé, dit-il en la prenant dans ses bras. Ce n'était pas du tout mon intention. Mais, surtout, ne compte pas te débarrasser de moi ce soir. Je ne te laisserai pas seule tant qu'on n'aura pas tiré tout ça au clair.

Elle sourit, sans grande conviction.

— J'ai de la chance dans mon malheur, finalement, dit-elle doucement. Comme ça, je t'ai comme garde du corps.

Environ une heure plus tard, le jeune agent de police qui était arrivé assez vite après leur appel était en train de terminer ses questions.

— Y a-t-il autre chose que je devrais savoir ? Etes-vous sûre de ne jamais avoir reçu de menaces ?

Soudain, Ryan se souvint avoir vu un répondeur téléphonique dans la cuisine.

— Avant que M. l'agent ne s'en aille, dit-il en se tournant vers Sabrina, tu devrais peut-être écouter tes messages. On ne sait jamais.

— Non, répondit-elle en tordant nerveusement ses mains. Enfin, je veux dire que je les ai écoutés pendant que vous parliez tous les deux. Ils sont absolument sans intérêt pour l'enquête.

Même le policier ne parut pas convaincu.

— Vous en êtes sûre, madame ?

— Oui, répondit-elle. Absolument sûre. Merci de vous être déplacé. J'espère que ce n'est qu'une fausse alerte.

Une fois le policier sorti, elle ferma la porte à clé et revint vers Ryan, qui l'attendait, les bras croisés.

— Qu'est-ce qui se passe, Sabrina ?

— Je voulais juste qu'il s'en aille. Je voulais en finir.

— Pourquoi tu ne me dis pas la vérité ?

— La plupart des messages qu'on me laisse sur mon répondeur viennent de mes parents, et je ne veux pas que quiconque découvre qui je suis. Je suis trop bien, ici, au Texas. Tranquille.

Il comprenait. Mais il était obligé de regarder la vérité en face, et cela lui faisait mal. Elle ne pourrait jamais échapper à son passé, à sa famille, et il ne pouvait rien faire pour l'en protéger, même s'il essayait de toutes ses forces. Il ne pouvait que l'aider à faire avec.

— On devrait quand même écouter tes messages, dit-il. Ou bien, si tu préfères, je peux te laisser les écouter seule.

Elle poussa un soupir résigné.

— Autant que tu les écoutes avec moi, dit-elle en lui faisant signe de l'accompagner. Si tu dois faire partie de ma vie, autant que tu saches ce que ça implique, de bon et de mauvais. En écoutant les messages de mes parents, tu auras un petit aperçu de ce dont ils peuvent être capables.

Il y avait dix messages sur son répondeur. Ils ne pouvaient pas tous provenir de ses parents.

Et pourtant si.

Le plus récent commençait ainsi :

« Sabrina, c'est moi, ta mère. Je sais que tu es en vie et que tu vas bien parce que j'ai lu dans le journal le portrait de ce pilote de course. J'ai été très surprise, bien sûr, mais c'est un autre sujet. Tu devrais faire ce que tu sais si bien faire. De la politique. »

— Evidemment, si maintenant quelqu'un a décrété que cela pouvait servir la carrière de mon père…, dit-elle entre ses dents.

Le message n'était pas terminé :

« Nous nous faisons du souci pour toi. S'il te plaît, appelle-nous. Sinon je vais sauter dans le premier avion pour venir te voir au Texas. »

— Oh non, ce n'est pas vrai, dit-elle, la tête entre les mains. Elle est capable de le faire. Pour de bon. Il faut que je l'appelle dès ce soir. D'abord, je dois vérifier sur mon portable si elle n'a pas déjà mis sa menace à exécution. Pourvu que non…

— Je vais changer les serrures pendant que tu vérifies tes appels sur ton portable. Ensuite, une part de pizza serait vraiment la bienvenue, tu ne crois pas ?

— Je vais la faire réchauffer, dit-elle.

Tout en se dirigeant vers la porte, il se demandait ce qui avait bien pu empêcher Sabrina d'appeler ses parents plus tôt. Dix appels, c'était énorme. Bien sûr, il comprenait qu'elle n'ait pas envie de parler politique avec eux. Mais il y avait sans doute autre chose. Peut-être craignait-elle tout simplement qu'ils réussissent à la convaincre de rentrer à New York…

Sabrina s'assit à la table du salon et contempla, atterrée, l'état dans lequel se trouvaient son sac et son contenu. Tout en préférant croire qu'il avait été manipulé par quelqu'un de bien intentionné, elle ne voulait écarter aucune hypothèse. Et l'idée qu'un étranger — quel qu'il soit — ait pu fouiller dans ses affaires et découvrir ses nom et adresse était très dérangeante. Que Ryan change les serrures et reste auprès d'elle la rassurait. Et qu'il reste auprès d'elle, c'était, comment dire… Elle ne trouvait pas les mots, troublée qu'elle était. Il n'y avait pas de doute, elle était en train de tomber amoureuse de lui. Elle était déjà amoureuse. Pour la première fois de sa vie, c'était une certitude. Ils venaient à peine de se rencontrer, c'était rapide, elle le savait. Mais il lui était arrivé de fréquenter des hommes pendant des mois sans jamais éprouver pour eux le commencement de ce qu'elle ressentait pour Ryan.

C'était la raison principale pour laquelle elle n'avait pas appelé chez elle.

Chez elle.

Etait-ce à New York ? Elle regarda par la fenêtre cette ville d'Austin qu'elle commençait à aimer pour de bon. C'était une cité débordante de vie, où régnait une ambiance décontractée. Ses habitants étaient accueillants, amicaux, et semblaient ignorer le stress. Et puis, surtout, c'était l'endroit où vivait Ryan.

Une légère tension s'empara d'elle lorsqu'elle saisit son téléphone. Il était déchargé. Dès qu'elle le brancha, il se mit à sonner. C'était Frank. Au moins, ce n'était pas son père.

Elle décrocha et fut tout de suite accueillie par un :

— Que se passe-t-il, Cameron ?

Il l'appelait par son nom de famille. Ce n'était pas bon signe. Elle ouvrit la bouche pour répondre, mais il l'en empêcha :

— Vous ne savez plus répondre au téléphone ou quoi ? Vous êtes trop bonne journaliste pour travailler les week-ends, c'est ça ? Vous n'êtes pas une diva ici, au Texas. Vous êtes tenue de répondre au téléphone.

Elle sourit, et ne put s'empêcher de répondre :

— La diva, comme vous dites, s'est fait voler son sac, ses clés de voiture et son téléphone portable. Vous avez besoin d'une copie du rapport de police ? Ou bien vous préférez peut-être que j'écrive un article pour raconter ce qui s'est passé ?

— Ce n'est pas forcément une mauvaise i…

— Non, répondit-elle sèchement. Pour l'article, je plaisantais, Frank.

— Ce serait vendeur, pourtant. Vous devriez y songer sérieusement.

Elle préféra l'interrompre et changer de sujet :

— J'imagine qu'il y a une raison pour que vous m'en veuillez tant de ne pas avoir répondu à vos appels.

— Vous avez vu les infos, j'imagine. L'histoire de la visite de la femme du soldat chez le maire…

— J'ai vu.

— Cette histoire était pour nous.

Elle grinça des dents.

— Pourquoi votre service politique ne s'en est-il pas chargé, alors ?

— C'est à vous que j'avais confié cette histoire, l'interrompit-il sèchement. Et je vous ai envoyé le nom des personnes concernées, des pistes à explorer, mais vous avez laissé quelqu'un d'autre s'emparer de l'affaire. Franchement, j'enrage.

— Je vous avais prévenu, Frank, dit-elle, offensive. J'étais d'accord pour faire quelques recherches, pour apporter mon aide. Mais à la fin, c'est vous qui décidez de ce qui paraît dans le journal et de ce qui n'y paraît pas.

— J'attendais que vous ayez toutes les cartes en main pour frapper un grand coup avec cet article. Pour faire savoir à tout le pays que vous aviez quitté New York pour le Texas. Pour notre journal…

— Je suis en train de faire mon trou. Et certainement pas en tant que journaliste politique. Je vous ai offert une bonne histoire, sur six semaines, avec cette interview de Marco. Et vous ne pouvez pas dire que ça ne marche pas fort.

— Sur six semaines, fit-il d'une voix dédaigneuse. Et ensuite ? Pas la peine d'essayer de me répondre, vous n'en savez rien… Moi j'attends de vous un projet sur le long terme, quelque chose qui fera vendre, et qui justifiera votre salaire faramineux. D'ailleurs ça tombe bien, car j'ai une idée pour vous.

Sur ce, il se mit presque à hurler :

— Découvrez pourquoi la femme de ce soldat a rendu visite au maire. Utilisez votre réseau, vos connaissances.

— Frank, protesta-t-elle. Mon père et le maire appartiennent à deux bords politiques opposés. Aucun des deux ne voudra me parler.

Et elle ne voulait surtout pas se trouver au cœur d'une autre tempête qui la mettrait en conflit avec sa famille et avec les médias.

— Tout le monde est toujours prêt à parler. Je suis sûr que vous trouverez le moyen de délier les langues.

Fermant les yeux, elle accepta sa défaite. Qu'aurait-elle pu faire d'autre ? Démissionner ? Pour devenir quoi ?

— Je vais voir ce que je peux faire, dit-elle finalement.

— Je veux un plan d'action pour lundi, dit-il, avant de raccrocher.

Elle reposa son téléphone et se mit à ranger ses affaires dans son sac.

La pizza. Elle avait oublié de s'en occuper. Elle se précipita dans la cuisine, ravie de trouver une excuse pour ne pas appeler ses parents. Elle avait déjà eu sa dose de contrariétés avec Frank. Elle mit la pizza au four, sortit des verres, des assiettes. Un petit coup d'éponge sur le plan de travail. Malgré tout, prise de remords, elle écouta les cinq messages que ses parents lui avaient laissés sur son portable et qui étaient les mêmes que ceux qu'elle avait écoutés sur son fixe.

Bientôt, Ryan vint la rejoindre dans la cuisine, lui fournissant une nouvelle excuse pour ne pas rappeler sa mère. Pas de doute, ce soir elle était la reine de la procrastination.

— Alors, ces messages ? demanda-t-il en apportant la pizza à table pendant qu'elle le suivait avec les verres.

— Quels messages ? demanda-t-elle en feignant l'innocence.

Il posa la pizza au centre de la table.

— Ah, oui… Sur mon portable… Mes parents m'ont appelée. Surprise !

— Tu les as rappelés ?

— Mon rédacteur en chef m'a téléphoné, il ne voulait plus me lâcher. Ensuite j'ai dû m'occuper de la pizza, dit-elle en s'asseyant à un bout de la table.

— Tu as dû t'occuper de la pizza…, répéta-t-il en s'asseyant à l'autre bout, la regardant un peu trop fixement pour qu'elle se sente à l'aise.

— Oui, répondit-elle. Et maintenant, ça suffit, cet interrogatoire. Mange plutôt, que je ne me sois pas démenée en cuisine pour rien.

Il l'observa encore les yeux plissés, avant de répondre, railleur.

— Tu t'es démenée en cuisine, tu dis ? Pour réchauffer une pizza ?

— Serais-tu en train de minimiser mes efforts ?

— Pas du tout. Et j'ai hâte de goûter ce délicieux repas que tu as préparé. Mangeons, dit-il en se servant.

Ils avaient déjà mangé ensemble, couché ensemble et ils le referaient. Cette idée la réconforta et lui fit oublier la poussée d'autoritarisme de Frank. Ainsi que le coup de téléphone qu'elle devait passer et qu'elle ne pourrait repousser éternellement. Et ce maniaque qui la traquait peut-être et qui, espérait-elle de toutes ses forces, n'existait pas du tout.

Après quelques minutes pour décider de la façon la plus pratique de récupérer sa voiture le lundi suivant, Ryan lui expliqua quelles modifications il avait apportées à la porte d'entrée.

— Et j'ai posé la nouvelle clé sur la table près de l'entrée.

— Merci beaucoup d'avoir fait tout ça pour moi, Ryan. Je te suis infiniment redevable.

— Si tu veux, tu peux me remercier en sautant en parachute avec moi, dit-il d'une voix amusée.

— Laisse-moi y réfléchir, répondit-elle, avant d'ajouter immédiatement : Non.

— Un jour, tu sauteras avec moi, dit-il sur un ton plein d'assurance.

— Monsieur fait encore son prétentieux…

— Oui, comme avec les préservatifs. Tu sais, ceux qu'on n'a pas utilisés. C'est la première fois que je fais l'amour sans préservatif. Je sais que je te l'ai déjà dit, mais je veux que tu sois bien sûre que tu ne risques rien avec moi.

Elle ne risquait rien avec lui. Il le lui avait déjà fait comprendre à maintes reprises et, à ses côtés, elle se sentait en sécurité comme jamais. Pourtant, en même temps, avec lui, elle avait toujours l'impression de marcher au bord d'un précipice, et c'était cela qui était très fort.

— Moi non plus je n'avais jamais fait l'amour sans préservatif. Bien que je prenne la pilule. En fait, je la prends…, dit-elle avant de marquer un temps d'hésitation. Peu importe pourquoi je la prends, d'ailleurs. Tu es mon premier rapport non protégé.

L'air s'emplit de tension sexuelle. Son beau visage mâle changea d'expression. Elle y vit de la satisfaction, mêlée à beaucoup de gravité. Elle comprenait ce qu'il ressentait, car elle éprouvait la même chose elle aussi. Ils n'étaient pas en train de parler de préservatifs. Ils étaient en train de parler d'engagement.

— Ça me plaît d'être le premier, dit-il doucement en se resservant de la pizza, faisant retomber du même coup une partie de la tension qui s'était installée.

Ils mangèrent tout en discutant et elle ne pouvait s'empêcher de le dévorer des yeux. Il valait tous les repas du monde, aussi délicieux fussent-ils. Ses cheveux étaient légèrement ébouriffés. Sa barbe de quelques jours, ajoutée à son jean et à ses bottes déjà bien portés, lui donnaient une allure sauvage, irrésistible et virile, qui tranchait agréablement avec les hommes rasés de près et en chemises pastel qu'elle avait eu jusque-là l'habitude de fréquenter.

Il finit de manger et se cala dans le dossier de sa chaise, poussant un soupir de satisfaction.

— Ce n'est pas la meilleure pizza du monde, mais elle a quand même fait l'affaire.

— Hé, s'il te plaît, c'est de ma cuisine que tu parles.

— Si c'est tout ce que tu sais faire, quelque chose me dit qu'on achètera souvent des plats tout préparés.

Encore une allusion à un possible avenir ensemble, songea-t-elle, partagée entre la joie et une légère appréhension.

— De toute façon, c'est ce que j'ai l'habitude de faire, répondit-elle, en s'efforçant de ne pas trop penser au futur.

Il ne lui en laissa d'ailleurs pas le loisir, car, devenant soudain plus sérieux, il changea de conversation :

— Alors, demanda-t-il, quand vas-tu appeler tes parents ?

— A chaque jour suffit sa peine, répondit-elle en esquissant un sourire. Je le ferai demain.

— Pourquoi ne pas te débarrasser de cette corvée au plus vite ? Tu seras tranquille comme ça.

— C'est vrai. Mais d'un autre côté, j'ai peur d'être trop

fatiguée pour réussir à leur tenir tête ce soir. Comme tu as dû t'en rendre compte, ils ont l'intention de tout faire pour me forcer à m'occuper de nouveau de politique.

— La politique, c'est ce que tu aimes, non ? dit-il en rapprochant sa chaise de la sienne.

— Je déteste la politique. Ce que j'aimais, c'était révéler les affaires de corruption, dénoncer les accords, les dessous-de-table. Ce n'est pas pareil. Je pensais qu'en touchant une assez large audience, j'arriverais à convaincre les gens de défendre leurs droits. Car je pense qu'il est primordial de savoir se faire entendre.

— Tu m'as toujours l'air d'y croire. Et pourtant tu as tout quitté. Pourquoi ?

Elle se déchaussa et posa ses pieds sur sa chaise, puis appuya son menton sur ses genoux.

— Je n'en pouvais plus de me trouver toujours au milieu de la tempête, de provoquer des conflits malgré moi. Ce n'est pas comme ça que j'aime travailler. En plus, je ne suis pas persuadée que ma chronique ait vraiment servi à quelque chose. C'est pourquoi j'ai eu envie de prendre un nouveau départ et de tout recommencer de zéro. Ailleurs. Mais toi ? reprit-elle après avoir marqué une petite pause. Tu parles avec tant de fierté de l'Armée. Que s'est-il passé pour que tu la quittes ? Il s'est forcément passé quelque chose…

— On a failli perdre un des Fous Volants en essayant de sauver le jeune fils de l'un de nos alliés du Tiers-Monde. On a sauvé l'enfant mais il n'a jamais été rendu à ses parents. Il y a eu des tractations avec une agence de renseignements qui était censée être de notre côté mais qui en fait ne l'était pas. On ne sait pas au juste ce qui s'est passé, mais ça n'a été ni très propre ni très juste.

Il se passa la main sur le visage.

— Les soldats doivent obéir aux ordres sans poser de questions. Bobby, Caleb et moi avons décidé que nous ne pouvions plus continuer comme ça. On était tous les trois au bout de notre période d'engagement, et tu sais le reste.

Grâce à un heureux concours de circonstances, on a eu l'opportunité d'acquérir cet aérodrome, c'était une porte de sortie toute trouvée pour nous. Maintenant, j'ai la chance de dormir dans un vrai lit toutes les nuits, et c'est un luxe inouï.

Il la regarda en souriant. Bien sûr, il devait dire vrai. Il devait apprécier le confort d'une vie un peu plus tranquille. Mais elle savait également qu'il devait avoir quelques regrets. Comme elle, il avait été forcé de changer de voie suite à des événements sur lesquels il n'avait eu aucune prise.

— Avez-vous rapporté à vos supérieurs ce qui s'était passé ?

— Oui. C'est la première chose qu'on a faite dès qu'on est rentrés de cette mission. Il y a eu des poursuites, mais l'affaire a été étouffée au nom de la raison d'Etat. De toute façon, il y a des choses qu'il vaut mieux ne pas savoir, crois-moi.

Soudain, cette conversation lui fit repenser au coup de téléphone de Frank. Il lui avait demandé de fouiller dans le passé du soldat abattu. Qu'est-ce que Ryan allait penser de tout cela ? Il lui avait déjà dit qu'il aimait autant qu'elle reste en dehors de cette affaire. Ce qui, d'une certaine façon, lui donnait davantage envie de s'y intéresser de plus près. Mais elle devrait faire attention à ne pas se laisser emporter par sa curiosité journalistique. Le plus important pour elle, c'était Ryan. Le perdre serait une catastrophe.

— Mais en te laissant partir, dit-elle, l'Armée a perdu un bon soldat qui se battait pour de justes causes. C'est dommage.

— Il était hors de question que je reste, répondit-il, la voix rendue rauque par l'émotion.

En entendant ces mots, elle sentit son cœur se serrer. Ryan était un héros. Quelqu'un de vraiment exceptionnel. Plus elle en apprenait sur lui, plus elle avait envie de le connaître. Plus elle pensait qu'il était celui qu'elle attendait depuis toujours.

— Tu aurais peut-être pu demander à être transféré dans une autre unité ?

— Ce n'est pas quelque chose qui se fait couramment. J'aurais dû me justifier, expliquer, raconter…

Il s'approcha et la prit sur ses genoux.

— Serais-tu par hasard en train d'essayer de te débarrasser de moi ?

— Oh non, répondit-elle en lui caressant la joue.

Il sentait si bon qu'elle avait envie de le dévorer. Elle se retourna et l'enjamba pour se caler mieux contre lui. Puis elle passa les mains autour de sa nuque.

— En fait, j'ai le projet de te retenir en otage cette nuit. Dans ma chambre.

Il caressa son dos, un léger sourire aux lèvres.

— Tu as quelque chose pour me ligoter ?

Elle se rapprocha de son bassin et s'embrasa tout entière en sentant son érection naissante.

— J'ai des bas de soie qui feraient très bien l'affaire.

— J'adore les bas de soie. Je pense que tu devrais aller les enfiler tout de suite. Je me chargerai de te les enlever.

— Pourquoi ai-je l'impression que c'est moi qui vais finir ligotée ?

Il aspira et mordilla ses lèvres.

— Parce que, secrètement, tu aimes me laisser le contrôle de la situation. Admets-le.

Soudain sa gorge se serra et sa respiration resta comme prisonnière de sa poitrine.

— Je n'admettrai jamais une chose pareille, dit-elle en s'efforçant de garder un ton léger.

Elle aurait aimé réussir à plaisanter et à le taquiner à son tour mais l'émotion l'en empêchait. C'était vrai. Elle aimait lui laisser le contrôle de la situation. Quand elle était avec lui, elle aimait n'avoir à se soucier de rien, ne pas avoir à prouver quoi que ce soit à quiconque. Avec lui, elle se sentait heureuse.

— Un jour je réussirai à te le faire dire, dit-il en se levant et la soulevant du même coup.

— Attends, dit-elle en prenant son visage entre ses mains. Es-tu heureux ?

Il appuya son front contre le sien.

— Je suis sur le point de te faire l'amour, Sabrina. Alors oui, bien sûr, je suis heureux.

Ce n'était pas une vraie réponse. Ce n'était pas la réponse qu'elle attendait. Mais il posa sur ses lèvres un baiser intense et profond qui lui donna des frissons et lui permit de ne pas douter qu'ils s'apprêtaient, en effet, à vivre un moment très heureux.

17

Ce dimanche matin, Ryan se réveilla enveloppé par une douce senteur de chèvrefeuille et par la voluptueuse chaleur du corps de Sabrina allongé à côté du sien. C'était bien mieux que ses réveils habituels dans une chambre d'hôtel un peu minable. Incontestablement. Il pourrait très facilement s'y faire, et vite, ce qui le terrifia. Car rien dans sa vie ne durait jamais. Sabrina avait une famille et des racines, lui pas. Il devait garder cela à l'esprit et se souvenir que tout ceci était un voyage, et non une destination.

— Bonjour, fit-elle en s'étirant puis en roulant vers lui pour poser sa tête sur sa poitrine.

— Tu te réveilles tôt.

Le soleil, en effet, n'était pas encore levé.

— Toi aussi.

— Je viens à peine de quitter l'Armée. Je suis habitué aux réveils matinaux.

— Il va falloir que je te fasse perdre cette habitude.

— Tu as l'intention de te réveiller assez souvent à mes côtés pour pouvoir y parvenir ?

Elle acquiesça.

— Cette histoire de sac volé a aussi ses avantages : je t'ai dans mon lit, et j'aime ça.

Il rit.

— D'habitude, ce sont les hommes qui disent ce genre de choses, non ?

— Alors, dis-le.

— Ce n'est pas mon lit, répondit-il, même si, en ce moment, il aurait bien aimé que cela le soit. Mais j'aime t'avoir avec moi dans un lit. N'importe lequel.

— Quel beau parleur tu fais, dit-elle en riant. Au fait, d'après toi, combien de temps encore aurai-je besoin de mon garde du corps ?

Il la fit basculer sur le dos et se glissa entre ses jambes.

— Je ne sais pas. Il faut y réfléchir…

Soudain, un coup retentit à la porte. Il souleva un sourcil.

— Tu as souvent de la visite à 6 heures du matin ?

— Non, répondit-elle. C'est vraiment bizarre.

Puis, tout à coup, elle sembla prise de panique :

— Et s'il était arrivé quelque chose à un de mes proches ? Il faut que j'aille ouvrir.

Il se leva et attrapa son pantalon.

— Je vais voir, ce n'est pas la peine de t'habiller.

Mais elle était déjà debout, en train d'enfiler sa chemise.

— Où est mon téléphone ? demanda-t-elle, l'air toujours aussi affolée. Ah oui, dans la cuisine…

Alors qu'il se dirigeait vers la porte d'entrée, elle lui emboîta le pas.

— J'aurais dû écouter ma messagerie. Et j'aurais dû rappeler mes parents. Il est peut-être arrivé quelque chose de grave.

Il se tourna et posa les mains sur ses épaules.

— Trésor, arrête de te ronger les sangs. Je vais voir de quoi il s'agit, ensuite on avisera. En plus, on n'a frappé qu'une seule fois. C'était peut-être quelqu'un qui s'était trompé de porte.

Elle écarquilla les yeux, comme si elle venait d'avoir une nouvelle attaque de panique.

— Ou ma mère. Elle a dit qu'elle viendrait ici si je ne la rappelais pas.

— On va bientôt en avoir le cœur net, dit-il, la main sur la poignée de la porte. Mais tu préfères peut-être que j'enfile ma chemise d'abord.

Elle secoua la tête.

— Non, ouvre ! Je veux savoir.

S'il devait être présenté à la mère de Sabrina, il préférait ne pas être torse nu. Mais si c'était ce qu'elle voulait… Il ouvrit la porte et une grande enveloppe tomba.

— Qu'est-ce que c'est que ça ? demanda-t-elle, l'air stupéfaite. Qui a bien pu venir déposer une enveloppe à ma porte à 6 heures du matin ?

— Je parierais que c'est la même personne que celle qui t'a rendu ton sac.

— On peut l'ouvrir sans risque ?

— Je verrai bien.

Quelques minutes plus tard, il avait étalé le contenu de l'enveloppe sur la table du salon. Quelques portraits de famille. Une grande photographie représentant un soldat en uniforme.

— C'est le soldat au sujet duquel j'ai écrit cet article, dit-elle. Mike Patterson. Celui qui a dévalisé la banque. Comment ces documents sont-ils arrivés jusqu'à moi ? J'ai écrit cet article sous un pseudonyme.

— De toute évidence quelqu'un sait qui tu es.

Elle saisit la photo d'une petite fille et d'un jeune garçon.

— Il avait des enfants. Ça me fend le cœur.

Puis elle le regarda :

— Tu crois que c'est sa femme qui m'a envoyé tout ça ?

— On ne peut pas savoir. Tu as assisté à la conférence de presse du maire. Des gens ont dû te reconnaître. Ce qui m'embête, c'est que cette personne sait où tu vis. Je n'aime pas ça du tout.

Elle se frictionna les bras.

— Je crois qu'il me faut un bon café. Ou peut-être un autre margarita.

— Ce qu'il faut, c'est rester en dehors de toute cette histoire. Il faut que tu réussisses à convaincre cette personne — quelle qu'elle soit — que tu n'es pas celle qui pourra l'aider.

— Convaincre cette personne sera sans doute plus facile que de convaincre mon rédacteur en chef. Hier soir au téléphone, il m'a plus ou moins menacée de me renvoyer si je ne découvrais pas pourquoi la femme de ce soldat avait rendu visite au maire une semaine avant qu'il ne meure.

— Ça pourrait s'avérer dangereux, Sabrina.

— Et les enfants, Ryan ? dit-elle en tendant la photo. Et si leur père n'était pas le criminel que tout le monde veut nous faire croire qu'il est ? Ils n'auraient pas à grandir en étant constamment montrés du doigt.

Il prit la photo et la regarda de plus près.

— Se pourrait-il qu'il ait été en mission secrète ? Si c'était le cas et que tu fais éclater la vérité au grand jour, tu risques de mettre la vie d'autres agents en danger. Tu ne peux pas faire ça. Et si le maire était impliqué dans l'affaire ? Et la femme du soldat aussi ? Non, vraiment, tu dois abandonner. Si c'est la femme de Patterson qui a déposé cette enveloppe devant ta porte, elle doit également arrêter. Elle n'a pas besoin d'attirer l'attention sur elle en ce moment. Pas plus que toi. La vérité finira bien par éclater toute seule, et ton chef doit absolument te laisser tranquille avec ça. C'est une histoire bien plus risquée que toutes celles dont tu t'es occupée par le passé. Tu dois songer à ta sécurité avant tout.

— Je ne m'inquiète pas pour moi. Ce sont ces enfants. Ils me font de la peine.

— Dans ce cas, fais-leur une donation anonyme. On pourrait même mettre quelque chose en place au sein de l'aérodrome. En tant qu'anciens soldats, on ne peut pas rester indifférents au sort de ces pauvres enfants.

— Tu ferais ça ?

— Bien entendu. Et Bobby et Caleb également.

Il lui prit la main et l'embrassa.

— Viens te recoucher. J'ai bien envie d'annuler mon rendez-vous avec l'agent immobilier pour pouvoir profiter de toi toute la journée.

De retour dans la chambre, il s'assit sur le lit et l'attira à lui, pressé de sentir sa peau douce contre la sienne.

Elle posa les mains sur ses épaules.

— C'est pourtant agréable de chercher une maison, dit-elle. Pourquoi est-ce que ça te pèse tant ?

— Acheter une maison, c'est un engagement sur le long terme. Après n'avoir connu que du temporaire durant toute ma vie, je ne veux pas me tromper. Jusqu'ici, rien de ce que j'ai vu ne m'a convaincu.

— Et ta famille ? Où se trouve-t-elle ?

— A l'aérodrome. Ma famille, c'est Bobby et Caleb.

— Je voulais dire ta vraie famille. Tes parents.

Il savait bien que ce moment arriverait tôt ou tard. C'était fatal, elle ne pouvait pas ne pas lui poser un jour cette question.

— Je n'ai pas de famille, dit-il, réprimant à grand-peine un soupir.

Il aurait voulu s'arrêter là, mais il la connaissait maintenant assez bien pour savoir qu'elle ne se contenterait jamais de cette réponse laconique. Il ajouta donc, à contrecœur :

— Ma mère m'a laissé dans une église quand j'avais huit ans. Elle m'a dit qu'elle allait revenir, mais je ne l'ai jamais revue. J'étais trop vieux pour être adopté, alors j'ai été ballotté de famille d'accueil en famille d'accueil, jusqu'à ce que j'entre dans l'Armée.

— Donc pour toi une maison, c'est une chambre d'hôtel, ou un campement militaire, dit-elle presque comme si elle se parlait à elle-même.

« Mais maintenant, ça a changé. Maintenant ma maison, c'est toi. »

Evidemment, il se garda bien de le dire, et se contenta de répondre :

— C'est tout ce que je connais en tout cas.

Elle posa sur lui un regard plein de tendresse et caressa doucement sa joue. A sa grande surprise, elle ne le plaignit pas comme le faisaient la plupart des gens. Et c'était heureux, car il avait toujours détesté au plus haut point ces démonstrations de compassion. Elle ne parla pas non plus tout de suite. Elle se contenta de le regarder avec tant de compréhension qu'il aurait presque pu croire qu'elle non plus n'avait pas de famille.

Finalement, elle posa sur ses lèvres un baiser aussi agréable qu'une caresse, et doux comme une promesse, avant de reculer pour enlever sa chemise.

— Annule ton rendez-vous, dit-elle en passant les bras autour de sa nuque. Reste ici avec moi.

Près d'une semaine plus tard, le jeudi matin suivant, Ryan venait de se garer dans le parking de l'immeuble où travaillait Sabrina pour l'y déposer. Elle n'avait toujours pas récupéré sa voiture, qu'ils avaient trouvée enfoncée sur le devant lorsqu'ils étaient allés la chercher à la fourrière. Où et comment avait-elle été endommagée ? Nul n'avait su leur dire. Toujours est-il qu'ils avaïent dû la conduire au garage pour la faire réparer. Et qu'elle n'était toujours pas prête, alors qu'elle aurait dû l'être ce matin-là. Bien entendu, Sabrina avait déjà rendu la voiture qu'elle avait prise en location.

Mais ce n'était finalement pas si grave. De toute façon, rien n'aurait pu gâcher le bonheur qui était le leur depuis une semaine. En effet, depuis le week-end, il n'avait plus quitté Sabrina, et tous les matins, en se réveillant à ses côtés, il s'était cru au paradis.

— Tu sais, dit-elle, tu n'étais pas obligé de me conduire jusqu'ici. Tu aurais pu me déposer à l'agence de location de voiture, j'aurais attendu qu'ils aient un véhicule pour moi. Ou bien je serais venue à pied. Ce n'est pas si loin après tout.

— Jamais je ne t'aurais laissée te promener dans la rue toute seule.

— Tu exagères, Ryan. Quelqu'un a déposé des photos à ma porte. Rien de plus.

— Dimanche, lundi et mardi matin. Trois paquets laissés à ta porte. Trois jours de suite.

— Mais plus rien depuis deux jours.

— Ce qui ne veut rien dire. Tant qu'on ne sait pas qui est derrière tout ça ni quel est le but de la manœuvre, il faut rester prudents. On suppose qu'il s'agit de la femme de Mike

Patterson, et qu'elle réclame réparation pour son mari. Mais, au fond, on n'en sait rien. Quoi qu'il en soit, je suis de près cette histoire de fondation pour les enfants Patterson, on ne les laissera pas tomber. Quoi que leur père ait fait, ce n'est pas leur faute. Dès que cette fondation sera créée — ce qui se fera, je l'espère, dès aujourd'hui ou demain —, on ira rendre une petite visite à leur mère.

Il s'interrompit et sourit, avant de reprendre :

— En attendant, serre les dents et suis mes conseils. Je suis d'humeur un peu autoritaire ce matin.

— Comme tous les matins, répondit-elle en lui rendant son sourire.

— Ça, ma chère, nous n'en avons pas partagé suffisamment pour que tu puisses l'affirmer avec autant de conviction. Non, pour être sûre de ce que tu avances, tu vas devoir me tester sur plus long terme.

Elle lui adressa un regard espiègle.

— Bonne idée. Je vais peut-être faire ça.

Sur-le-champ, il sentit ses sens s'embraser. Pas de doute, elle savait s'y prendre avec lui.

— Peut-être ? demanda-t-il en tentant de l'attirer à lui.

Mais elle ouvrit la portière et fut hors de la voiture en un clin d'œil.

— Tu t'enfuis encore ? dit-il, amusé.

Elle passa la tête par la portière.

— Je ne m'enfuis pas. Mais si tu continues comme ça, tu vas abîmer mon maquillage.

— J'aimerais bien, répondit-il en songeant avec gourmandise à la façon dont il s'y prendrait.

— Mais tu ne le feras pas, répondit-elle du tac au tac. Pas juste avant que j'aille travailler. Allons plutôt prendre un café, il y a un bar tout près.

Il la rejoignit. Dans le tailleur bleu ciel à veste cintrée qu'elle portait au-dessus d'un chemisier très ajusté, elle lui faisait plus d'effet que toute la caféine du monde.

— Oublions le café. Occupons-nous de ton maquillage plutôt.

Elle le repoussa gentiment.

— Tiens-toi bien.

Il l'attira à lui avant qu'elle n'ait le temps de réagir.

— Tu es sûre que c'est ce dont tu as envie ?

Avec un grand sourire, elle attrapa sa main et l'entraîna à sa suite.

— Viens avec moi. Je t'emmène dans un endroit public où je pourrai vraiment te surveiller.

— Ne compte pas là-dessus.

C'était vrai, ses fesses étaient vraiment trop magnifiques dans cette jupe. Comment résister à l'envie de se jeter sur elle ?

Quelques minutes plus tard, ils étaient assis à une petite table, collés l'un contre l'autre, et bien. Si bien…

— Ne t'inquiète pas, dit-elle en sirotant son cappuccino, tu n'auras pas à passer me prendre ce soir. J'aurai ma nouvelle voiture de location. Ce sera plus pratique aussi pour déjeuner ce midi avec Calista.

— Ah, répondit-il, surpris d'apprendre cette nouvelle. Les sirènes de la politique continuent de t'appeler, à ce que je vois. Avant que tu t'en rendes compte, tu vas te retrouver à New York, en train d'écrire ta chronique.

Elle le regarda avec stupéfaction.

— Tu penses vraiment que je vais retourner à New York ?

Elle plissa les yeux, l'observa avec attention et sembla en conclure que c'était effectivement ce qu'il pensait.

— Je n'y retournerai pas, Ryan. Calista est quelqu'un que j'apprécie. Elle m'a appelée hier pour m'inviter, et ça me fait plaisir de la voir. Je crois qu'on peut devenir amies toutes les deux. Ce qui pourra m'aider à me sentir encore mieux ici.

— Tu sais très bien qu'elle va encore essayer de te convaincre de participer à ce meeting, dit-il pour la mettre en garde.

— C'est parce qu'elle est passionnée par ce qu'elle fait. Et ça fait partie de ce que j'apprécie chez elle.

Soudain, son expression s'assombrit et il la sentit se tendre, devenir plus froide et distante.

Elle décala sa chaise et il tendit la main pour essayer de la retenir.

— Que se passe-t-il, Sabrina ? Pourquoi t'écartes-tu de moi tout à coup ?

— C'est que… Est-ce que tu es avec moi parce que tu crois que je ne vais pas rester longtemps ? Parce que tu crois que notre histoire ne peut pas durer ? Je te pose la question car je pensais pouvoir m'en accommoder, et même peut-être, à un moment, était-ce ce que je voulais. Mais maintenant…

Elle s'interrompit et secoua la tête.

— Maintenant, je ne pourrais pas le supporter. Je dois absolument savoir ce qu'il en est pour toi. Ce que tu recherches. Parce que si tu ne veux que du temporaire, autant arrêter tout de suite.

Il avait dit « tant pis pour la discrétion » lorsqu'il l'avait embrassée sur la piste de danse, et maintenant, il disait « tant pis pour la retenue ». De toute façon, il n'avait jamais fait preuve de beaucoup de retenue dans sa vie. Il avait toujours été prêt à tout pour obtenir ce qu'il voulait. Et ce qu'il voulait, c'était Sabrina.

— La seule raison pour que notre histoire soit temporaire serait que toi, tu le veuilles.

Soudain, une émotion sourde sembla planer dans l'air, et finit par s'emparer d'eux.

— Tu me fais peur, Ryan, dit-elle en posant une main sur la sienne.

— Tu me fais peur aussi, trésor, dit-il.

— Tu crois que c'est normal ?

— Rien de ce qui nous arrive n'est normal. Mais c'est peut-être pour ça que c'est si bon.

— Je ne m'en irai pas. Je me plais vraiment ici. Mais toi… Tu vis dans cet hôtel, et on dirait que tu vas repartir pour l'Armée d'un jour à l'autre.

— Ça ne risque pas. Ma vie, c'est l'aérodrome maintenant.

— Dans ce cas, pourquoi est-ce que tu n'achètes pas une maison ?

Il avait déjà ouvert son cœur comme jamais il ne l'avait fait, et il avait l'intention de continuer sur sa lancée.

— J'attends d'éprouver un déclic, le sentiment d'être chez moi. Celui que je ressens quand je suis avec toi, Sabrina, dit-il en lui caressant la joue.

Elle marqua une légère hésitation, comme prise de court par sa confession. Puis elle lui caressa à son tour la joue et dit d'une voix très douce :

— Tu vas rester chez moi encore quelques jours, n'est-ce pas ?

— Tu crois ?

— C'est ce que ferait un bon garde du corps. Jusqu'à ce qu'il soit sûr qu'il n'y ait plus aucun danger.

Le fameux danger dont elle pensait qu'il n'existait pas. C'était la meilleure, songea-t-il, amusé et attendri.

— Tu as marqué un point, dit-il. Je devrais rester près de toi. Tout près.

— Puisqu'on ne sait pas jusqu'à quand cette menace pèsera sur moi, il me semble plus intelligent que tu quittes l'hôtel. Ce serait bête de dépenser de l'argent pour rien.

Elle marqua une pause et ajouta en insistant bien :

— Jusqu'à ce que tout danger soit passé, bien sûr…

L'espace d'un instant, il resta totalement silencieux. Quelque chose de brut et de tendre, mais aussi de turbulent et de trouble, s'insinua en lui. De vieux souvenirs de familles d'accueil, des espoirs déçus, des séparations douloureuses. Avec elle, il ne fallait pas que l'histoire se répète.

— Je veux que tu appelles tes parents, dit-il en poussant le téléphone de Sabrina vers elle.

Elle perdit son sourire et lui adressa un regard surpris.

— Qu'est-ce que tu dis ? Mais pourquoi ?

Il appuya son visage contre le sien. Il était déjà allé loin, il n'allait pas reculer maintenant.

— Tu dis que tu sais ce que tu veux. Et pourtant tu ne

veux pas parler à tes parents bien qu'ils s'inquiètent pour toi. Tu as préféré envoyer un e-mail à ta mère plutôt que de lui parler. Il y a quelque chose qui fait que tu les évites. Quelque chose que tu crains qu'ils ne déclenchent. Peu importe ce que c'est — et même si cela doit t'éloigner de moi —, je veux savoir ce dont il s'agit. Maintenant.

18

Sabrina regarda son téléphone, avant de le fourrer dans son sac.

— Je leur ai écrit, dit-elle, espérant pouvoir se défiler.

Ryan resta immobile, affichant une expression insondable, et elle ajouta :

— Je les appellerai plus tard.

Il continua à la regarder et elle continua à se justifier :

— L'agence de location de voitures va ouvrir. Et je dois aller travailler.

Il ne disait toujours rien, se contentant de laisser ses yeux sombres posés sur elle, et elle n'aima pas du tout la conclusion qu'elle y lut.

— Tu ne comprends pas, Ryan. Ce n'est pas du tout que je craigne qu'ils n'essaient de me convaincre de rentrer à New York ni même de participer à la campagne de mon père. Je n'ai simplement pas envie de les entendre me dire que toutes les décisions que je prends sont mauvaises. Je me suis libérée de tout ça. Je fais enfin ce que je veux faire. Je mets tout en œuvre pour obtenir ce que je veux.

— Et qu'est-ce que c'est, ce que tu veux ? demanda-t-il, sortant enfin de son silence.

Qu'est-ce que c'était ? Elle ne le savait pas, et cela la terrifiait au moins autant qu'il la terrifiait lui.

Elle devait se rendre à l'évidence, elle était incapable de lui répondre.

Troublée, elle se leva d'un bond.

— Je les appellerai. Plus tard. Mais là, c'est l'heure d'y aller.

Ils ne se parlèrent quasiment pas sur le court trajet qu'ils firent à pied vers l'agence de location, et elle ne savait comment faire pour briser la glace. Ryan était comme un étranger, fermé et silencieux. Très vite, elle commença à se sentir oppressée et un sentiment de peur diffuse s'insinua en elle. Il était en colère contre elle. Elle devait réparer cela. Mais, alors qu'ils étaient déjà dans la voiture de location, elle n'avait toujours pas trouvé quoi lui dire, et lui n'avait toujours pas ouvert la bouche.

Quelques minutes plus tard, elle gara la voiture dans le parking du journal, à côté du pick-up de Ryan.

— Ryan…

Il ouvrit la portière et se tourna vers elle.

— Demande-moi ce que je veux, Sabrina.

— Pardon ?

— Demande-moi ce que je veux.

Cet horrible sentiment diffus s'intensifia, au point de lui faire presque perdre la voix. Pourtant, sans savoir comment, elle réussit à dire :

— Que veux-tu, Ryan ?

— Toi, fit-il. Et je te réponds sans le moindre doute ni la moindre hésitation. Mais ça n'a pas été ton cas. Tu n'as pas su quoi me répondre. Comme je te l'ai déjà dit, je m'y connais en histoires temporaires. L'une des règles les plus importantes, c'est de tout arrêter dès qu'on sent que les émotions et les sentiments sont de la partie. Donc j'arrête tout. Si jamais tu découvres ce que tu veux, appelle-moi.

Sur ce il sortit et claqua la portière.

Elle resta là, assise, pendant un long moment, abasourdie, les yeux en feu et la gorge serrée, puis son téléphone sonna. Son cœur se mit à cogner pendant qu'elle le cherchait, espérant de toutes ses forces qu'il s'agissait de Ryan. Sans vérifier l'identité de son interlocuteur, elle décrocha.

— Où êtes-vous ? demanda une voix masculine et désagréable qu'elle reconnut tout de suite.

C'était Frank, malheureusement.

Elle déglutit pour essayer de faire passer la boule dans sa gorge.

— Au parking.

— Je vous attends dans votre bureau, fit-il avant de raccrocher aussi sec.

L'espace d'un instant, elle envisagea de démarrer et de s'enfuir loin. Elle n'avait aucune envie de le voir, et encore moins de parler avec lui. Pourtant, elle sortit de la voiture et se dirigea vers les locaux du journal.

Comme promis, il se trouvait devant la porte de son bureau. Il s'effaça pour la laisser entrer et elle s'installa à son poste de travail.

Toute la semaine, il l'avait relancée au sujet de l'entrevue entre la femme de Patterson et le maire, et toute la semaine, elle avait essayé de gagner du temps en fixant des délais qui n'avaient pas lieu d'être, espérant que l'affaire s'éteindrait d'elle-même. Mais elle devait cesser ce petit jeu à présent. Elle devait arrêter de laisser les gens la malmener et lui donner des ordres.

— Il faut qu'on parle, dit Frank d'une voix brusque depuis l'autre bout de la pièce.

Elle poussa dans un coin de son bureau le gros dossier qui se trouvait devant elle.

— Vous avez raison. Ceci est le dossier sur le maire. Moi j'en ai assez. Je me crois revenue à New York.

— Je comprends très bien que cette mise en lumière vous ait mise en colère, Sabrina. Mais le mal est fait, et de toute façon, ça devait arriver un jour ou l'autre. Prenez le temps de vous calmer. Ensuite, on discutera.

— Quelle mise en lumière ? De quoi est-ce que vous parlez, Frank ?

La surprise déforma ses traits ingrats.

— Vous n'avez pas vu le journal ?

— Quel journal ? demanda-t-elle, l'estomac noué. Que se passe-t-il ?

Il passa sa tête par la porte et hurla :

— Kate ! Apportez-moi le *Herald Tribune* d'aujourd'hui.

Après quelques secondes qui lui parurent des heures, elle attrapa le journal que Frank lança sur son bureau. En première page, dans un entrefilet en bas à droite, elle put lire :

« Alors que tout le monde s'attend à l'annonce de sa candidature pour la course à la présidentielle, le sénateur Jeffrey Cameron aurait-il contraint sa fille à un exil texan pour qu'elle cesse sa rhétorique contestataire ? »

— Sa rhétorique contestataire, dit-elle, pleine de dégoût.

Elle enfouit la tête dans ses mains. Non seulement elle était découverte, mais en plus son déménagement était, de façon erronée, mis sur le compte de son père. Elle en avait vraiment assez de tous ces raccourcis, ces mensonges.

Qu'allait penser Ryan, à présent ?

— Je m'en vais, Frank, dit-elle en attrapant le journal et son sac.

— Comment ça, vous vous en allez ?

— Je m'en vais, répéta-t-elle avec agacement. Maintenant.

— Vous voulez dire que vous démissionnez ? demanda-t-il, n'ayant d'autre choix que de la laisser passer.

— Je ne sais pas, Frank, dit-elle en quittant la pièce.

Puis, tout à coup, elle s'immobilisa, et se retourna.

— En fait oui, je démissionne.

Prononcer ces mots lui fit un bien fou. Ce fut comme une libération. Elle ne savait pas ce qu'elle allait devenir, mais elle savait qu'elle ne voulait plus continuer comme cela. En décidant de rester journaliste elle avait choisi la facilité. Elle s'était accrochée à son passé. Elle avait eu tort.

Elle savait à présent que son avenir, c'était Ryan.

Si ce n'était pas trop tard.

Elle était presque au bout du couloir lorsque Frank l'apostropha :

— Et votre série sur Marco Montey ?

Elle leva la main sans prendre la peine de se retourner.

— Je vous appellerai.

— Sabrina.

Kate, la réceptionniste, tenait une enveloppe à la main lorsqu'elle passa devant son bureau.

— Ceci est arrivé pour vous. C'est marqué « urgent ».

C'était une enveloppe blanche, format A4, semblable à celles qu'elle avait déjà reçues.

— Merci, dit-elle.

Elle sentit son pouls s'accélérer.

Elle se précipita aux toilettes et ferma la porte à clé, puis se laissa retomber contre le mur, inspirant et expirant très fort, espérant que son corps allait se calmer. Elle sentait les larmes lui monter aux yeux, mais surtout, elle ne voulait pas pleurer.

Lorsque, enfin, sa respiration se calma, elle ouvrit l'enveloppe, les mains tremblantes. Elle ne contenait aucune photographie cette fois. Seulement une lettre. Elle la parcourut fébrilement :

« Je vous ai reconnue le jour où je vous ai vue à la conférence de presse du maire, mais je voulais être sûre de moi. C'est pourquoi j'ai pris votre sac, pour vérifier votre identité avant de vous approcher. J'avais l'intention de le remettre à sa place pendant que vous étiez sur la piste de danse, bien entendu, mais vous êtes revenue trop vite. En tout cas, cela m'a confirmé que vous étiez bien la Sabrina Cameron de New York, celle dont j'ai été une fidèle lectrice, depuis ses débuts. Celle qui s'était toujours battue pour défendre les gens, qui n'avait pas peur de s'aventurer là où la majorité n'aurait jamais osé. Je savais que vous alliez m'aider. Je savais que vous alliez prouver que mon mari était innocent. Mais vous ne m'avez pas aidée. Vous étiez trop occupée à vous cacher. Vous avez changé et cela m'attriste. Mais voilà, maintenant vous êtes découverte. Vous m'avez forcée à révéler votre secret. Mon mari était en mission secrète et le maire le savait.

Il peut le réhabiliter, mais il refuse. Maintenant tout est entre vos mains. Rendez à mes enfants le héro qu'ils méritent. Car c'est bien en héro que leur père est mort. »

Sabrina chercha un numéro de téléphone sur la lettre, mais en vain. Elle n'avait aucun moyen de contacter cette femme. Quoi qu'elle ait l'air de penser, elle avait essayé de l'aider, elle voulait l'aider. Elle aurait dû se montrer plus rapide et plus déterminée. Elle aurait dû faire intervenir son père. C'était un énorme gâchis, dont elle se sentait entièrement responsable. Le sentiment de culpabilité l'empêcha de nouveau de respirer, et elle se sentit au bord du malaise. C'était comme si la pièce se refermait sur elle. Vite, elle ouvrit la porte et se précipita vers l'ascenseur.

Jennifer en sortait lorsqu'elle s'y engouffra.

— Oh ! Sabrina, ma puce, j'ai vu l'article. Je suis vraiment désolée pour toi.

— Est-ce que tu peux m'accompagner à ma voiture ? demanda-t-elle, réussissant, au prix d'un effort surhumain, à prendre sur elle.

— Bien sûr.

Heureusement, Jennifer ne dit pas un mot avant qu'elles ne soient dans la voiture, comme si elle avait compris que Sabrina était sur le point de craquer. A l'instant où elles furent à l'intérieur, ses larmes jaillirent. Jennifer la prit dans ses bras, comme une amie, une vraie. La première qu'elle ait jamais eue. Et cette évidence ne fit que redoubler ses larmes.

Elle lui raconta tout. Ryan, les lettres, tout. Mais surtout Ryan.

— Alors quand il m'a demandé ce que je voulais, je… je me suis tue. Ce n'est même pas parce que je ne savais pas que c'était lui que je voulais, au contraire. Mais je me suis sentie prise au dépourvu. Il voulait que j'appelle mes parents, contre qui j'étais en colère. Je ne voulais pas leur parler. Je ne voulais pas ressentir, alors qu'il était là à mes côtés, toutes ces émotions négatives qu'ils font naître en moi.

— Est-ce que tu lui as dit cela ?

— D'une façon maladroite. Très maladroite.

— Alors répète-le lui. Dis-lui que c'est lui que tu veux.

— Il ne voudra jamais me croire, dit-elle en essuyant ses joues du revers de la main. Jamais. Parce que c'est ce que j'aurais dû lui répondre tout de suite. Et maintenant, avec l'article de ce matin, il va vraiment croire que la seule chose qui compte pour moi, c'est mon retour en politique.

Jennifer écarta une mèche de cheveux humides du front de Sabrina.

— J'avais peur pour toi quand j'ai compris que tu t'intéressais à Ryan, parce que je le croyais incapable de tomber amoureux. Mais je l'ai vu au bar le soir où tu t'es fait voler ton sac, en train de te défendre, de te protéger. J'ai compris que je m'étais trompée.

— Tu crois qu'il est amoureux de moi ? demanda-t-elle, hésitant entre l'espoir et l'incrédulité.

— Pourquoi, pas toi ?

— Je n'ose pas l'espérer. Pas après ce qui vient de se passer entre nous.

— Il n'y a qu'une façon de le savoir. Dis-lui que tu l'aimes. Puisque nous savons toutes les deux que c'est le cas.

Oui, elle le savait. Bien entendu qu'elle le savait. Et cette certitude la terrifiait.

— Il ne me croira pas.

Jennifer lui adressa un clin d'œil complice.

— J'ai un plan, ne t'inquiète pas.

Sabrina sortit un mouchoir de son sac et sécha ses larmes.

— Très bien, mais regarde où ton premier plan m'a menée.

Jennifer ricana.

— Moi je pense qu'il a été un succès. Celui-là le sera aussi. Je dois aller travailler maintenant, mais ne t'inquiète pas, je m'en occupe.

Elle sortit de la voiture et Sabrina la regarda repartir vers l'ascenseur. Son amie venait de lui redonner espoir. Peut-être allait-elle pouvoir se tirer de ce mauvais pas, et tout irait de nouveau bien avec Ryan. Mais pour cela, elle le savait, elle devait se libérer définitivement de son passé. Elle sortit son téléphone et composa le numéro de ses parents. Quand elle irait trouver Ryan, elle devait pouvoir lui dire qu'elle savait ce qu'elle voulait.

19

Ryan passa la journée à essayer de ne pas penser à sa dispute avec Sabrina, mais il échoua lamentablement. Le soir venu, de mauvaise humeur comme jamais, il conclut un long et pénible après-midi passé à l'entrepôt de l'aérodrome en vérifiant l'équipement pour le lendemain. Il finissait de compter les parachutes et laissa le dernier tomber lourdement au sol, dans un geste exagéré qui trahissait toute sa frustration et sa colère. Il n'était pas de mauvaise humeur, non, il était d'une humeur exécrable.

Il n'avait eu aucune nouvelle de Sabrina durant la journée, ce qui voulait tout dire. Il avait pris un risque. Il s'était exposé. Et, au moins, il n'aurait pas de regrets à avoir : il lui avait donné tout ce qu'il avait.

Amer, il se dirigeait vers le bureau lorsque Bobby le rattrapa.

— Hé, Ryan ! Jennifer a une urgence vétérinaire à la clinique, et je dois absolument y aller. Malheureusement, j'ai quelqu'un de déjà prêt pour un saut au coucher du soleil. Il va falloir que tu t'en charges.

— Et Caleb ?

— Il doit s'occuper de tout un groupe, dit Bobby, l'air désolé. Tu es le seul à pouvoir assurer ce saut en tandem.

Il réfléchit un instant.

— C'est bon, je m'en occupe. J'ai juste besoin de passer un coup de téléphone, et je reviens.

Pour tout dire, l'idée de retourner à l'hôtel après cet

intervalle délicieux chez Sabrina lui faisait horreur, et il avait pris rendez-vous avec son agent immobilier, décidé à acheter quelque chose le soir même. Mais, finalement, le sort s'acharnait contre lui et il allait devoir renoncer à son projet.

— Super, répondit Bobby en posant une main sur son épaule. Quand tu seras prêt, tu n'auras qu'à aller dans la salle d'entraînement. La cliente t'y attend. Elle veut apprendre à sauter seule la prochaine fois, on l'a installée devant des vidéos pour qu'elle se fasse une idée.

Puis il s'en alla d'un pas alerte.

Après avoir annulé son rendez-vous avec son agent immobilier, Ryan se dirigea vers la salle d'entraînement. A sa grande surprise, il n'y trouva personne. Jusqu'à ce que Caleb n'y passe.

— Tu ne saurais par hasard où se trouve ma cliente ? Le saut en tandem…

— Dans l'avion, répondit Caleb sans s'arrêter. Désolé, mais j'ai un coup de téléphone à passer.

— Dans l'avion ? Que se passe-t-il, Caleb ? On ne laisse jamais les clients seuls dans l'avion.

Mais Caleb était déjà parti.

Il prit un parachute et tout l'équipement nécessaire, avant de se diriger vers le hangar. Quelle qu'elle soit, cette cliente allait descendre de l'avion et il allait d'abord lui poser quelques questions. Il ne sautait jamais avec quelqu'un qu'il n'avait pas un minimum sondé.

Il pénétra dans le hangar numéro un et s'approcha de l'avion. Joe Cantu, un ancien pilote de l'Armée de l'air, lui adressa un salut depuis le cockpit. Il le salua à son tour et se dirigea vers le côté de l'avion. Le vent qui soufflait assez fort s'engouffra par la porte du hangar, et une puissante odeur de chèvrefeuille parvint à ses narines. Il inspira profondément ce parfum si familier, si cher à son cœur. Puis il grinça des dents et se maudit d'être fou d'amour pour une femme qui, de toute évidence, n'avait pas grand-chose à faire de lui.

Dans l'avion, il distingua une femme menue, de dos, les

cheveux dissimulés dans une combinaison de vol. D'habitude les clients ne portaient pas de combinaison. Mais il n'y réfléchit pas longtemps, car l'odeur de chèvrefeuille lui chatouilla de nouveau les narines, altérant totalement ses capacités de raisonnement. Cela devenait pénible, et il n'avait qu'une envie : en finir avec ce saut au plus vite.

— Madame, dit-il en grimpant dans l'avion.

Elle était légèrement penchée en avant, appuyée sur les protections latérales. Génial. Elle devait être malade. Cela allait être plus rapide encore qu'il ne l'espérait : ils n'allaient pas sauter du tout.

— Madame, tout va bien ?

Le moteur se mit en route, et il tourna la tête vers l'avant de l'avion, surpris.

— Qu'est-ce que tu fabriques, Joe ? On ne décolle pas maintenant ! Coupe le moteur.

Mais Joe ne coupa rien du tout.

— Joe !

Il fut obligé de fermer la porte pour faire barrage au vent et au bruit assourdissant.

— Madame, vous allez bien ?

Elle leva la main en signe d'acquiescement. A priori, son état ne nécessitait pas de soins immédiats. Il pouvait donc la laisser un instant pour aller faire un tour dans le cockpit.

— Que se passe-t-il, Joe ? demanda-t-il alors que l'avion s'était mis à rouler.

— J'obéis aux ordres, patron, cria-t-il. Retournez à l'arrière de l'appareil et profitez de la balade.

Ryan s'immobilisa, le regard rivé sur la vitre avant, et assista, médusé, au décollage. Que se passait-il ? Et pourquoi sentait-il toujours cette odeur de chèvrefeuille ?

Il fit demi-tour vers la cabine, et il la vit.

Sabrina.

Elle était là, face à lui, ses longs cheveux flottant à présent sur ses épaules, comme un halo soyeux qui encadrait son visage.

— Qu'est-ce que tu fais là ?

Elle fit quelques pas en avant.

— Je saute avec toi.

— Non, dit-il en s'avançant et en posant les mains sur ses épaules. Non, tu ne vas pas sauter.

Sans rien répondre, elle colla ses lèvres sur les siennes. Il essaya de résister. Ou il voulut essayer de résister, car à l'instant où sa langue rencontra la sienne, il prit ce qu'elle lui offrait et plus encore. Il avait cru qu'il pourrait vivre sans elle, ne plus jamais l'embrasser, ne plus jamais sentir la caresse avide de sa langue contre la sienne. Mais il s'était trompé.

Un signal sonore retentit, leur annonçant qu'ils avaient atteint une altitude suffisante pour sauter. Sabrina recula aussitôt.

— Je veux sauter avec toi. J'ai besoin de sauter avec toi.

— Non, dit-il, remarquant qu'elle tremblait de peur. Tu es terrifiée.

— Je suis avec toi, dit-elle. Je sais qu'il ne m'arrivera rien. Bobby m'a tout expliqué. Je sais ce qu'il faut faire.

Il la regarda fixement. Qu'essayait-elle de prouver, au juste ? Il sentait la colère le gagner à l'idée qu'elle puisse penser qu'une simple pirouette, un saut en parachute par exemple, résoudrait tous leurs problèmes.

Mais avait-il le choix, au fond ? Il ne devait pas oublier qu'il s'était promis de l'aider. Si c'était ce qu'elle voulait, il devait s'y résigner, d'autant qu'il mettait toujours un point d'honneur à tenir toutes ses promesses. Et peu importaient les intentions qui animaient Sabrina.

Il la fit reculer et demanda à Joe de faire un nouveau tour. Puis il s'agenouilla en face d'elle et posa les mains sur ses jambes.

— Je te préviens, dit-il, même si on saute, ça ne changera rien entre nous.

Il fit remonter ses mains le long de ses cuisses pour vérifier que toutes ses sangles étaient bien placées, et, sans en avoir eu l'intention, il effleura son entrejambe.

Elle tressaillit et ferma un instant les paupières. Mais, très vite, elle serra les mâchoires et rouvrit les yeux pour poser sur lui un regard plein de détermination.

— Je veux absolument sauter avec toi, Ryan.

Il se releva sans rien répondre et continua de vérifier leur équipement. Puis, sans réfléchir, il se plaça derrière elle et l'attira à lui, la pressant fort contre son bassin.

Peut-être poussa-t-elle un petit cri. Mais en tout cas, elle s'agrippa à ses vêtements comme si elle était en train de s'accrocher à la vie. Aussitôt il sentit sa colère et sa tension s'évanouir et il se pencha pour lui murmurer à l'oreille :

— Tout va bien. Je suis là.

Il se harnacha avec elle puis, en caressant ses avant-bras, dit :

— Essaie de te détendre.

Elle tourna le buste et colla son visage contre le sien.

— Je te fais confiance, Ryan.

Ces mots résonnèrent au plus profond de lui et il les inspira comme il aurait avalé une grande bouffée d'air. Sauter dans le vide n'était pas rien pour elle. Dans sa colère, il l'avait oublié. Soudain le signal sonore retentit de nouveau et elle se crispa davantage.

— Tu n'auras peur que pendant quelques secondes, promit-il.

Et pour ne pas lui laisser le temps de réfléchir, il ouvrit la porte. Le vent s'engouffra à l'intérieur de l'avion. Il jeta un coup d'œil rapide à l'extérieur et ils se précipitèrent dans le vide.

Il sentait contre lui la raideur extrême de son corps. Mais au bout de trente-cinq secondes, il déclencha l'ouverture de leur parachute, espérant que sa peur allait disparaître. Il essaya de lui faire bouger les bras, mais elle tremblait et ne semblait pas se calmer le moins du monde. Alors il posa son bras sur le sien, chose qu'il ne faisait jamais d'habitude, et essaya de lui montrer les lumières de la ville, les étoiles qui brillaient déjà, la lune. Enfin, elle sembla se relaxer.

Il manœuvra pour atterrir tranquillement dans un champ, prêt à toucher terre comme à l'inévitable confrontation. Il voulait cette femme. Il la voulait plus que tout au monde. Et il savait combien cela avait dû être difficile pour elle de trouver le courage de sauter. Le message était clair : elle avait voulu lui prouver qu'elle en était capable.

Mais était-elle prête à lui donner autant que lui ? Etait-elle prête à tout lui donner ? Peu à peu, il sentit la tension le gagner de nouveau. Et la peur, inhabituelle, intense, qu'elle ait voulu se servir de ce saut pour apaiser sa colère comme elle s'était servie d'excuses pour se dérober à son passé.

L'atterrissage fut doux et facile, mais le plus difficile commençait.

Très vite il la libéra et se débarrassa ensuite du parachute. La tension qu'il éprouvait rendait ses gestes saccadés, presque brutaux. Comme effrayée par lui, elle s'écarta précipitamment. La mâchoire crispée, il la rattrapa par le poignet et l'attira à lui. Les émotions se déchaînaient en lui et l'adrénaline inondait ses veines.

— Quel genre de pirouette était-ce, Sabrina ?

Elle posa les mains sur sa poitrine.

— Je… Je n'arrive pas à respirer, dit-elle, haletant.

Puis elle s'accrocha à ses bras.

— Je t'aime, Ryan.

Stupéfait, il s'immobilisa.

— Qu'est-ce que tu as dit ?

— Je n'arrive pas à respirer.

Ce n'était pas ce qu'il aurait voulu qu'elle répète, mais ce n'était pas le moment de lui en vouloir. De toute évidence, elle était en proie à une terrible attaque de panique. Elle avait besoin d'aide, et vite.

— Tu fais de l'hyperventilation. C'est la peur, et l'émotion, c'est normal.

Avec douceur, il la prit dans ses bras et la berça. Elle était pâle et ses lèvres tremblaient.

— Ce n'est rien. Je te promets.

Tout en la berçant, il continua de murmurer doucement à son oreille et, peu à peu, elle se détendit et retrouva une respiration plus calme. Pendant ce temps les mots qu'elle avait prononcés et auxquels il avait du mal à croire repassaient en boucle dans sa tête.

« Je t'aime. »

C'était pourtant bien ce qu'elle avait dit…

— Ryan, chuchota-t-elle, la main posée sur son torse.

Elle allait mieux, et il n'attendait que ce petit signe pour se lancer.

— Je t'aime aussi, dit-il en prenant tendrement son visage entre ses mains et en effleurant ses lèvres. Plus que tu ne peux l'imaginer.

Un léger sourire éclaira son visage, et ses yeux se mirent à briller.

— Même si je ne saute plus jamais de ma vie ?

Il rit.

— Même si tu ne sautes plus jamais.

Il s'allongea dans l'herbe, l'invitant à venir le rejoindre. Les étoiles brillaient au-dessus de leurs têtes. Et ce fut alors qu'elle se mit à parler, lui racontant comment elle avait été découverte, et comment elle avait démissionné.

— Et que vas-tu faire maintenant ?

— Juste avant de quitter New York, j'ai été approchée par un éditeur pour écrire un livre basé sur ma chronique. Mais c'était une époque où je voulais tirer un trait sur tout cela, alors j'ai dit non. Mais, finalement, ce n'était peut-être pas une si mauvaise idée que ça. Il suffirait que je réfléchisse bien au sujet que j'aborderais.

— Est-ce que tu penses pouvoir être heureuse en faisant ça ?

— C'est toi qui me rends heureuse, Ryan. Ce que je veux, c'est toi.

Elle prit une grande inspiration, avant de continuer :

— J'ai appelé mes parents. J'ai parlé à cœur ouvert avec mon père. Ça m'a fait du bien. Il m'a dit de ne laisser personne — et même pas lui — essayer de m'influencer ou me manipuler. Il m'a dit de rester libre, et il m'a dit qu'il était fier de moi. Et, aussi, il veut te rencontrer.

Il fronça les sourcils.

— Tu lui as parlé de moi ?

Elle acquiesça.

— Oui. Je lui ai parlé de toi. Je lui ai dit que je n'irais nulle part sans toi, et que ça ne servait à rien de me le demander. Quitte cet hôtel, Ryan. Viens t'installer chez moi. Chez nous.

Les lumières de l'aérodrome brillaient au loin, et il l'attira à lui.

— Je t'aime, Sabrina. Je ne me suis jamais senti bien de toute ma vie. Tu es ma maison, mon « chez moi ».

Un quart d'heure plus tard, ils pénétraient dans les locaux de l'aérodrome.

Avec un regard aguicheur, elle chercha la fermeture de sa combinaison de vol.

— Je me suis dit qu'on pourrait célébrer notre amour retrouvé.

Elle baissa la fermeture et se débarrassa de la combinaison. Elle ne portait qu'un ensemble de sous-vêtements de soie rouge.

Il serait toujours chez lui avec elle, peu importait l'endroit où il se trouvait. Pour l'instant, cet endroit, c'était le bureau de l'aérodrome. Vu la façon dont les choses se présentaient, il allait y passer un moment mémorable, comme elle lui en avait déjà fait vivre beaucoup.

Et, il en avait la certitude, ce ne serait pas le dernier.

Epilogue

Un mois après son audacieux saut en parachute, Sabrina n'avait pas retenté l'aventure, même si Ryan essayait avec acharnement de la convaincre. Ce jour-là, un peu moins que les autres peut-être, car c'était la première journée de charité organisée par Ryan, Bobby et Caleb à l'aérodrome. Il y avait un barbecue party, des baptêmes de l'air pour les enfants et même des promenades à cheval.

A l'ombre d'un arbre, Sabrina observait les petits Ricky et Mindy Patterson en train de faire un tour à cheval, leur mère Cheryl à leurs côtés. Après de longues discussions, cette dernière avait fini par accepter l'aide que lui avaient proposée les trois ex-Fous Volants. Ils avaient mis sur pied un fonds d'aide destiné aux deux enfants. Marco Montey y avait contribué avec largesse, ainsi que quelques autres personnalités. Et les enfants avaient trouvé en la personne de Bobby, Caleb et Ryan des pères adoptifs prêts à assumer le rôle de modèles.

Evidemment, on pouvait sauter en parachute et elle leva les yeux pour suivre un avion qui venait de décoller. Son père y avait pris place, il s'apprêtait à sauter en tandem avec Ryan.

Quelques heures plus tard, une fois que ses parents eurent regagné leur hôtel et que l'aérodrome se fut vidé, Ryan l'entraîna dans un coin.

— J'ai une surprise. J'ai enfin trouvé une maison à

acheter. L'agent immobilier est d'accord pour te la faire visiter aujourd'hui.

Elle sentit son cœur se serrer. Il allait acheter une maison ? Quitter son appartement ? Elle avait cru que… Enfin, elle avait cru beaucoup de choses.

Immédiatement après avoir finalement accepté d'écrire le livre, elle avait reçu une proposition pour que ses chroniques soient elles aussi publiées sous forme d'ouvrage. Elle ne s'y était pas opposée, espérant que cette publicité lui donnerait la possibilité d'être un peu plus libre de ses choix à l'avenir. Comme à son habitude, Ryan s'était montré d'un grand soutien et d'une grande compréhension.

Il l'embrassa, et ses yeux étincelaient lorsqu'il la conduisit à son pick-up.

— Il faut passer par l'appartement, dit-il. J'ai laissé mon chéquier là-bas, et si je veux vraiment cette maison, je vais devoir agir vite. Fini le temporaire pour moi, ajouta-t-il en mettant le moteur en marche.

Elle essaya de sourire, mais c'était difficile, avec toutes les émotions qui l'assaillaient. Il en avait fini avec le temporaire. Elle seule y serait confrontée, désormais.

— Est-ce que ça va ? demanda-t-il à mi-chemin, alors qu'elle restait muette à toutes ses tentatives pour lancer la conversation.

— Je crois que j'ai attrapé un petit coup de chaud, dit-elle.

— Tu préfères peut-être remettre la visite à plus tard ? demanda-t-il, l'air préoccupé. Je peux très bien annuler.

— Non, répondit-elle avec empressement. Ça va.

La dernière chose qu'elle voulait, c'était rester dans l'expectative. Elle voulait savoir ce qui l'attendait, et vite. Même si elle avait déjà compris.

Il s'en allait.

— Je t'attends ici, dit-elle lorsqu'il se gara en bas de son immeuble.

— Non, monte. Tu pourras prendre une aspirine et te reposer un peu. Le rendez-vous n'est que dans une heure.

Elle accepta à contrecœur.

Lorsque sa porte fut en vue, elle s'arrêta net. Sur son paillasson était de nouveau posé un paquet.

Elle agrippa Ryan par le bras.

— Comment est-ce possible ? Cheryl dit que tout va bien pour elle maintenant. Elle est heureuse. Ce doit être quelqu'un d'autre.

Un grand sentiment de découragement s'empara d'elle. Cela et le départ de Ryan, c'était trop.

— Allons voir.

Il paraissait remarquablement calme pour quelqu'un qui se vantait d'être son protecteur, toujours sur le qui-vive, toujours en alerte.

Il se dirigea vers la porte, la tenant par la main.

— Hé, dit-elle, surprise. Tu ne veux pas d'abord vérifier seul ce dont il s'agit ?

Il jeta un coup d'œil au paquet et le ramassa.

— Ça ne me paraît pas spécialement dangereux.

Elle fronça les sourcils. Il se comportait de façon bizarre. Elle le suivit jusque dans le salon. Il posa la boîte sur la table, et l'ouvrit à l'aide de son canif.

— A toi l'honneur, dit-il en s'effaçant. C'est pour toi.

— Et si c'était dangereux ?

Elle n'en croyait pas ses yeux. Il semblait ne plus du tout s'en faire pour elle. Lui était-elle déjà devenue à ce point indifférente ? Comment ne s'était-elle rendu compte de rien ? Comment avaient-ils pu faire l'amour de façon si déchaînée et passionnée le matin même sans qu'elle ne sente aucun changement ?

— Très bien, dit-elle, de plus en plus malheureuse. Je regarde.

Elle souleva le rabat du carton et glissa sa main à l'intérieur. Elle en sortit une liasse de papiers et fronça les sourcils en les examinant.

— C'est un contrat de vente, on dirait. Pour un logement.

Elle écarquilla les yeux en découvrant l'adresse.

— C'est pour ici.

Soudain, elle comprit.

— Est-ce que tu… ? Ryan, est-ce que tu as acheté cet appartement ?

— J'ai fait une offre. Pour que nous l'achetions. Pas moi, nous. Ce n'est pas officiel tant que nous n'avons pas tous les deux signé l'offre. Et versé un acompte, bien entendu, ce que je suis prêt à faire aujourd'hui. Il n'y a qu'une chose qui me retienne.

— Laquelle ? demanda-t-elle, osant à peine respirer.

— Regarde dans la boîte.

Elle glissa une main tremblante dans le paquet. Ses doigts entrèrent en contact avec quelque chose qui ressemblait à du velours. Une petite boîte. Elle regarda Ryan, incrédule. Ses beaux yeux marron brillaient d'excitation et d'impatience. Elle sortit la boîte et, aussitôt, il s'agenouilla devant elle.

— Ce serait un grand honneur pour moi si tu acceptais d'être ma femme, dit-il. Je t'aime, Sabrina. Sans toi, je ne suis bien nulle part. Sans toi, je ne peux pas vivre.

Il ouvrit la boîte et dévoila un diamant qui étincelait et rayonnait comme l'espoir qu'elle croyait avoir perdu quelques instants auparavant. Ivre de joie, elle passa les bras autour de son cou.

— Oui, répondit-elle en l'embrassant. Oui, oui, oui.

Comme pour sceller son accord, elle l'embrassa fougueusement, puis déploya des trésors d'imagination pour lui dire oui de toutes les façons possibles.

LISA RENEE JONES

Parenthèse sensuelle

Intégrale
Les amants du Texas

Traduction française de
MARIE PASCAL

SAGAS

HARLEQUIN

Titre original :
BREATHLESS DESCENT

Ce roman a déjà été publié en 2012

Prologue

Sans quitter Shay White des yeux, Caleb Martin s'accouda au bar du Fresco Club. Shay célébrait son dix-huitième anniversaire en se déchaînant sur la piste de danse. Il fit de son mieux pour ne pas remarquer la façon dont sa robe de soie rouge soulignait la finesse de sa taille, et chaque ondulation de ses hanches voluptueuses. Elle dansait avec un camarade de classe. Décidément, sa robe moulait ses hanches et ses fesses parfaites d'une façon beaucoup trop suggestive. Et, lorsque le camarade enroula son bras autour de sa taille et se colla à elle, Caleb serra son verre si fort qu'il faillit le briser.

— Tu crois que je devrais intervenir ? Ou bien est-ce que tu veux le faire toi-même ? demanda Kent White, frère aîné de Shay et meilleur ami de Caleb.

Soudain, la musique disco laissa place à un slow langoureux. Le cavalier de Shay fit descendre sa main vers ses fesses.

— Oh non, je ne peux pas laisser faire ça, dit Kent en posant brusquement sa bière sur le comptoir.

Il se précipita vers la piste de danse, silencieusement encouragé par Caleb. Deux secondes plus tard, Shay, faisant au passage voler ses magnifiques cheveux blonds, se retournait vers son frère, l'air surpris et outré. Elle le toisa d'un air mauvais, les poings serrés plantés sur les hanches.

Caleb était soulagé. Au moins les mains intruses du camarade ne se trouvaient plus sur elle. C'était tout ce qu'il demandait. Mais, il devait bien l'admettre, sa réaction épidermique n'avait pas été dictée par un quelconque réflexe de protection, comme cela avait très certainement été le cas chez Kent. Pourtant il n'y aurait rien eu de surprenant à cela. Au contraire, même, rien n'aurait été plus normal. Depuis six ans en effet, suite à la mort de ses parents survenue à quelques mois d'intervalle alors qu'il n'avait que quinze ans, les White l'avaient accueilli chez eux — et ils le traitaient comme s'il faisait partie de la famille. D'ailleurs il se sentait de la famille. Ses cheveux châtain doré et ses yeux verts se fondaient sans problème dans les cheveux clairs et les yeux limpides qui caractérisaient les White, tous sans exception.

Mais, depuis deux ans, Shay flirtait avec lui. Lorsque cela avait commencé, elle n'avait que seize ans. Ce qui était jeune — bien trop jeune — pour ses dix-neuf ans à lui. Il avait donc, sagement et prudemment, repoussé ses avances, qu'elle avait pourtant renouvelées plusieurs fois.

Mais, ce soir là, ses regards appuyés et ses sourires entendus, alliés à cette robe sexy en diable, avaient eu raison de son inflexibilité. Il mourait d'envie de mordre dans ce fruit qu'il s'était lui-même défendu de jamais goûter.

Comme si elle avait deviné ses pensées, elle posa sur lui un regard caressant qui le fit frémir et le laissa vibrant. Oh oui, il aurait été stupide de croire qu'il pourrait lui résister alors qu'elle s'apprêtait à venir le rejoindre à l'université du Texas, qu'il fréquentait déjà depuis quelques années. Or, stupide, il ne l'était pas. C'était pourquoi, après avoir longuement réfléchi, il avait pris une décision capitale. Il allait partir, et vite. Dès la semaine suivante. Sans remettre les pieds au campus. Mais elle ne le savait pas encore. Elle était la seule à ne pas savoir. Il avait fait jurer à toute la famille de garder le secret jusqu'à ce qu'elle ait célébré son anniversaire. Il venait de recevoir ses papiers militaires, il ne voulait surtout pas que quoi que ce soit puisse gâcher la fête ni entacher les liens privilégiés qu'il avait tissés avec elle et le reste de la famille. La tentation qu'elle représentait risquait de tout gâter. Il le savait. C'était pour cela qu'il devait partir.

L'émotion l'étreignit, et il détourna le regard. Il se passa la main sur le visage et se dirigea vers les toilettes. Il voulait se rafraîchir les idées. Dès le lendemain, il serait un soldat. Comme son père, mort en héros en sauvant la vie d'un de ses camarades. Il avait pris la bonne décision, celle à laquelle il pensait depuis longtemps déjà. Mais, cette fois, c'était fait. Il avait franchi le pas.

Quelques minutes plus tard, en sortant des toilettes, il tomba sur Shay qui, de toute évidence, l'attendait.

— Tu t'engages dans l'armée ? demanda-t-elle. Tu avais l'intention de m'en parler à un moment ?

Il marmonna un « merci » entre ses dents à l'intention de Kent, avant de dire, plus haut :

— Bien sûr que j'allais t'en parler, Shay. Mais je ne voulais pas le faire le jour de ton anniversaire, et Kent le savait très bien.

— Ne fais pas ça, dit-elle tout bas en se jetant dans ses bras dans un grand élan de douceur, de chaleur et de sentiments. Ne pars pas.

Elle leva vers lui ses beaux yeux remplis de larmes.

— L'idée qu'il puisse t'arriver quelque chose m'est insupportable, Caleb.

L'émotion, de nouveau, le saisit à la gorge.

— Il ne m'arrivera rien, promit-il.

— Comme il n'est rien arrivé à ton père ? Non, je ne te laisserai pas partir. Je…

S'interrompant brusquement, elle se hissa sur la pointe des pieds et pressa ses lèvres contre les siennes.

Il resta un instant immobile, mais de nouveau l'émotion — cette affection profonde et particulière qu'il avait pour elle — surgit. Elle avait raison. Son père était mort au combat. Puis sa mère avait succombé à une crise cardiaque. Lui aussi, il pourrait mourir. Il pourrait ne jamais revenir au Texas. Et il ne voulait pas mourir avec des regrets. Avec le regret de ne l'avoir jamais embrassée.

Il glissa une main dans ses cheveux et l'embrassa avec

intensité et sensualité, avidement, emporté par l'innocent contact de sa langue contre la sienne. Il ne put retenir un gémissement, et son émoi fut décuplé lorsqu'elle gémit à son tour. Elle serra son corps plus fort contre le sien.

Des rires puis des voix le tirèrent de l'état second dans lequel il avait glissé. Il mit rapidement fin à leur baiser et la repoussa, déjà rongé par la culpabilité.

— Je regrette, dit-il en bredouillant. Ça n'aurait pas dû arriver. C'était une erreur. Pardon.

— Je ne regrette pas, moi, murmura-t-elle.

Kent surgit au détour du couloir, mettant un terme à leur conversation et interrompant la magie de l'instant, sans pour autant effacer le souvenir de ce baiser. Car il avait bel et bien eu lieu. Et non seulement était-ce le cas, mais il avait également tout changé pour Caleb et pour Shay.

Pour elle, c'était un baiser destiné à le dissuader de partir à l'armée. Et pour lui c'était un baiser qui rendait encore plus légitime sa décision de partir.

1

— Est-ce qu'il va venir ?

— Qui ça « il » ?

Shay posa le couteau avec lequel elle étalait le glaçage sur le gâteau des quarante ans de mariage de ses parents et regarda son frère aîné, Kent.

— Tu sais très bien de qui je veux parler.

— Caleb, répondit-il en piochant dans un saladier rempli de fraises.

Aussitôt, elle lui tapa sur la main.

— Ne mange pas tout avant l'arrivée des invités. Bien sûr que je parlais de Caleb. Je ne vois pas de qui d'autre je pourrais parler.

Le simple fait de prononcer son nom suffit à lui nouer l'estomac.

— Alors, est-ce qu'il viendra ? demanda-t-elle de nouveau, sur un ton qu'elle espéra le plus neutre possible.

Kent attrapa une autre fraise.

— Evidemment qu'il sera là. C'est l'anniversaire de papa et maman. Ce sont ses parents aussi. Pourquoi est-ce que tu poses la question ?

— Parce que ça fait plusieurs mois qu'il est rentré, et qu'il ne s'est pas encore montré. Voilà pourquoi.

Et aussi parce qu'elle l'avait embrassé. Dix ans plus tôt. Lors de son dix-huitième anniversaire. Ils ne s'étaient quasiment pas revus depuis.

— En dix ans, il n'est presque jamais revenu à la maison.

Il haussa les épaules.

— A quoi est-ce que tu t'attendais ? Il était dans les Forces spéciales. Dans une unité d'élite dont il n'avait même pas le droit de parler. Et toi, tu ne l'as peut-être pas revu depuis son retour, mais moi si.

— C'est normal, tu es allé à son aérodrome pour sauter en parachute.

En prononçant ces mots, elle regarda son frère. Elle n'y prêtait plus attention car elle y était habituée, mais il devait cette silhouette affûtée et athlétique, et ce teint toujours hâlé, à sa passion pour les sports extrêmes. Les plus extrêmes possibles, même.

— Je te rappelle que c'est toi qui es allé le voir, Kent. Pas l'inverse.

— C'est simplement parce qu'il travaille dur pour lancer son affaire. Sois un peu compréhensive. Depuis que tu as ouvert ton cabinet de psy, tu as tendance à tout surinterpréter.

— Ça me ferait mal au cœur que maman et papa soient déçus. C'est un jour important pour eux.

— Il viendra, dit Kent, l'air sûr de lui.

Soudain, on sonna à la porte.

— Ça doit être le traiteur, dit-il en regardant sa montre. Juste à l'heure. Nos trente invités ne mourront pas de faim, c'est toujours ça.

Il se dirigea vers la porte, avant de se raviser et de se retourner vers sa sœur.

— Arrête d'angoisser, Shay. Il sera là. Papa et maman auront une magnifique fête.

Son regard scrutateur et insistant l'incita à acquiescer. La sonnette retentit de nouveau et il se décida pour de bon à aller ouvrir la porte. Mais, elle l'aurait juré, il avait compris qu'elle lui cachait quelque chose. Il avait dû le voir à ses yeux. Et, dès qu'il reviendrait, il la presserait de questions auxquelles elle n'aurait aucune envie de répondre.

Elle rejeta ses longs cheveux blonds derrière ses épaules et croisa les bras sur sa légère sortie de bain. Sa mère, profitant de ce qu'elle avait passé son brevet de maître nageuse sauveteuse à l'université, l'avait chargée de surveiller la baignade des enfants durant toute la durée de la fête. Caleb aussi avait été maître nageur quand il était plus jeune… Décidément, elle était incapable de ne pas tout ramener à lui. Elle ferma les yeux. Elle le revoyait torse nu, un léger duvet recouvrant ses pectoraux parfaitement musclés. Le soleil, qui avait décoloré en blond ses cheveux châtain clair, faisait danser des pépites d'ambre dans ses yeux verts. Et lorsqu'il sifflait pour avertir les gens d'un danger… Eh bien c'était absolument irrésistible. Aussi stupide que cela puisse sembler, c'était un son qu'elle avait toujours trouvé sexy, et elle aurait donné n'importe quoi pour l'entendre de nouveau.

Elle se ressaisit, honteuse. Cela faisait dix ans qu'elle ne l'avait pas vu dans son short rouge de maître nageur, mais elle s'en souvenait comme si c'était hier. De la même façon qu'elle se souvenait du moment où elle avait posé ses lèvres sur les siennes, sur ses lèvres à la fois douces et fermes. Et du gémissement qu'il avait poussé, grâce auquel elle avait compris qu'il avait désiré ce baiser autant qu'elle, même s'il n'aurait jamais osé le réclamer. Ensuite, elle avait gémi à son tour et s'était serrée davantage contre lui.

Et puis Kent s'était montré. Et Caleb l'avait repoussée.

Une semaine plus tard, après des adieux déchirants à la famille, il était parti. Les rares fois où il était rentré à la maison durant ces dix années, il s'était installé entre eux une tension et une attraction si évidentes qu'elles en avaient été gênantes. Et maintenant qu'il était pour de bon de retour au Texas, il l'évitait. Ce qui signifiait qu'il évitait également la famille. Leur famille.

Elle se raidit. Les choses ne pouvaient pas continuer ainsi. Il fallait qu'elle réagisse. Elle était psy, bon sang. Elle aidait les gens à surmonter les aléas de l'existence, et elle le faisait plutôt bien. Elle devait regarder ses propres problèmes en face. Au lieu de faire l'autruche, elle devait parler avec Caleb, pour mettre des mots sur ce qui se passait entre eux.

Elle reprit le couteau et termina le glaçage du cadeau, puis elle s'appuya sur le comptoir en marbre de la cuisine. Qui comptait-elle abuser ? Ce n'était pas une petite discussion qui réglerait tout. Pas plus que cela ne permettrait de désamorcer la tension sexuelle explosive qui régnait entre eux. Non. Il n'y avait qu'une solution. Une solution drastique. Un autre baiser. Quelque chose qu'elle n'aurait jamais envisagé si les circonstances ne l'y avaient pas contrainte. Evidemment, le souvenir du short de bain rouge y avait sans doute contribué. Mais ils avaient besoin l'un comme l'autre de savoir une bonne fois pour toutes où ils allaient. Elle avait un plan : elle allait de nouveau embrasser Caleb. Et il était tout à fait possible qu'elle n'aime plus cela.

Si tel était le cas, serait-ce un soulagement ?

La femme la plus désirable qu'il ait jamais rencontrée se tenait en équilibre au bout du plongeoir, sublime dans son maillot de bain rouge et blanc. Elle était aussi la « petite sœur » — une petite sœur de vingt-huit ans — de son meilleur ami. Comme celui-ci était juste à côté de lui, Caleb essaya de rien laisser paraître de son trouble. Ce n'était pas facile. D'aussi loin qu'il se souvienne, Shay White lui avait toujours fait un effet incroyable.

En fait, sans elle et ce secret qu'ils partageaient — cette aventure ancienne à peine amorcée —, il n'aurait peut-être jamais suivi les traces de son père et ne se serait peut-être jamais engagé dans l'armée. Shay, en quelque sorte, avait joué un rôle de détonateur dans sa vie et sa carrière.

Il la regarda, fasciné, rebondir sur le plongeoir comme si elle voulait délibérément l'ensorceler et l'attirer dans un monde où rien d'autre n'existait. Ce moment et son corps sculptural, qu'il devinait sous le maillot de bain, effaçaient le reste du monde.

Elle rebondit une nouvelle fois avec grâce et son corps fin et élancé s'incurva pour former une arche délicate. Ses yeux avides ne perdirent pas une miette du spectacle et parcoururent chaque parcelle de sa peau, depuis ses ongles jusqu'à ses longs cheveux blonds, jusqu'à ses jambes interminables. Puis son corps tout entier finit par disparaître dans les profondeurs bleues de la piscine. Son cœur cognait dans sa poitrine. Shay aurait pu faire bouillir l'eau de la piscine. En tout cas, c'était certain, elle faisait bouillir son sang. Elle était plus torride que le soleil texan de cette fin juin qui perçait parmi les gros nuages amoncelés.

— Elle a toujours aimé être au centre de l'attention, n'est-ce pas ?

Caleb cligna des yeux, comme pour faire de nouveau entrer dans son champ de vision Kent et les vingt-cinq invités qui s'amusaient autour de la piscine.

— Oui, reconnut-il en avalant une gorgée de bière dont la saveur glacée lui fit le plus grand bien. Shay a toujours été au centre.

Et Kent ne se doutait pas du sens particulier que cette remarque revêtait pour lui.

— Caleb !

La voix chaleureuse et affectueuse de Sharon White le fit se retourner. Sans hésiter, elle le prit dans ses bras.

— Joyeux anniversaire, Sharon, dit-il. Quarante ans de mariage, il y a de quoi être fier.

— Merci, mon fils, répondit-elle en le serrant plus fort, avant de reculer légèrement pour le regarder rapidement de haut en bas. Maintenant qu'on n'enseigne plus, on a prévu de prendre un peu de bon temps.

— Vous le méritez bien.

Et il le pensait vraiment, car il savait combien Sharon et son époux s'étaient dévoués corps et âme à leurs élèves durant toute leur carrière. Lui-même avait été l'un d'entre eux, au lycée : il avait eu Sharon pour professeur — et Kent pour camarade de classe — l'année où, déjà orphelin de père, il avait perdu sa mère.

Soudain, une odeur familière le ramena à l'époque où Sharon était devenue sa seconde maman.

— Est-ce que je sens bien les sablés au sucre ? demanda-t-il en humant l'air autour de lui. Ou bien est-ce seulement le souvenir de ceux que tu préparais tous les week-ends ?

— Je n'ai pas oublié, dit-elle en souriant. Tu me suppliais toujours de t'en préparer. Je viens d'en faire cuire une fournée, que j'ai cachée dans l'arrière-cuisine pour toi. Il fallait bien que je fasse quelque chose pour que tu te résolves à venir me voir de temps en temps.

Elle pinça les lèvres et le regarda d'un air faussement sévère.

— Cela fait deux bons mois que tu as quitté l'armée, et je ne t'ai vu que deux fois, en comptant aujourd'hui. Une fois par mois : tu devrais avoir honte, Caleb Martin !

Il baissa la tête, gêné.

— Je suis désolé.

Et ce n'était pas une parole en l'air : il regrettait amèrement et sincèrement que la peur de tomber sur Shay ne l'ait fait éviter Sharon et son mari Bob. Et ses regrets concernaient surtout Sharon qui, pendant son adolescence malheureuse, avait été son principal soutien, son roc, celle qui avait essuyé ses larmes secrètes et l'avait aidé à se construire en l'absence de ses parents.

— Mais c'est promis, à partir de maintenant, tu vas me voir plus souvent.

Elle l'observa en plissant ses yeux bleus emplis de bonté. Dans un geste maternel, elle tendit le bras et toucha ses cheveux, ses joues, ses sourcils.

— Tu as l'air fatigué, dit-elle doucement d'une voix préoccupée. Toi et tes amis travaillez trop. Je sais que c'est important pour mettre votre affaire sur de bons rails. Mais tu ne peux pas continuer à sauter en parachute dans cet état d'épuisement. C'est dangereux.

Elle semblait déjà assez soucieuse pour qu'il n'ait pas

envie d'en rajouter. Ce n'était pas la peine de lui raconter que, deux mois plus tôt à peine, le sommeil était pour lui un luxe. Sauter en parachute pour atterrir en enfer avait été son quotidien. Aussi préféra-t-il la rassurer :

— Je fais très attention. Mais je dois travailler dur pour que l'aérodrome rapporte assez. Je ne veux pas être obligé de renoncer à la vie civile.

— Ça me paraît une bonne idée, fit, dans son dos, une voix douce et veloutée qu'il aurait reconnue entre mille.

Shay.

— Et je te signale, continua-t-elle, que tu ne t'es même pas donné la peine de venir me voir depuis ton retour. Ça fait quand même deux mois maintenant.

Une tension soudaine s'empara de lui, si violente qu'il crut durant un bref instant que son cœur allait s'arrêter de battre. Finalement, il réussit à se retourner.

Tout de suite, elle aimanta son regard. Elle était si belle avec sa serviette drapée autour de sa silhouette menue. D'une autre serviette, plus petite, elle essuyait ses cheveux blonds comme les blés, tout en le fixant de ses yeux bleu clair d'un air de défi.

— Je t'en prie, Shay, dit Sharon, ne sois pas trop dure avec Caleb. Ça réjouit mon cœur de mère de voir ses trois enfants réunis dans la joie et la bonne humeur.

— C'est vrai, ça, laissez-le un peu tranquille, le pauvre Caleb. Il se tue à la tâche pour lancer son affaire, et tout ce que vous trouvez à faire, c'est l'inonder de reproches.

Sans que Caleb ne l'ait remarqué — tout captivé qu'il était par le spectacle de Shay en train de se sécher —, Bob White s'était approché. Avec son short et son T-shirt, il respirait la joie de vivre et la décontraction. Il embrassa sa femme sur la joue et tendit la main à Caleb.

— Viens par ici, fiston, que je te serre dans mes bras.

Ils se donnèrent un accolade franche et vigoureuse, avant que Shay ne les interrompe :

— Et moi, alors, je n'y ai pas droit ?

Caleb serra la mâchoire. Il se souvenait comme si c'était hier de la sensation de son corps contre le sien lors de cette fameuse soirée d'anniversaire. Celle où tout avait basculé, où il avait oublié tous ses principes et ses bonnes résolutions pour l'embrasser. S'ils n'avaient pas été interrompus, Dieu seul savait jusqu'où il aurait pu aller. Son attirance pour Shay était toujours aussi forte. Elle s'était même amplifiée avec le temps, devenant plus profonde, plus complexe et plus irrésistible, à l'image de la richesse aromatique d'un grand vin. C'était la dure leçon qu'il avait tirée des quelques rares visites rendues à la famille pendant sa période d'engagement.

Elle se tenait en face de lui à présent, et cette proximité le rendait fou.

— Mais tu as peut-être peur que je te mouille ? fit-elle, taquine.

Elle promena son regard sur son jean et son T-shirt qui tranchaient avec les vêtements légers et estivaux que portaient tous les autres invités.

— Tu n'as pas vraiment choisi une tenue de circonstance, dit-elle. On avait pourtant dit à tous les invités que la fête se tiendrait autour de la piscine.

Rien ne lui aurait fait plus plaisir que de plonger dans cette piscine avec elle, sans rien d'autre que leurs maillots de bain et un peu d'eau entre eux. C'était précisément pour résister à la tentation qu'il s'était habillé ainsi.

Se préparant à cette étreinte à la fois si désirée et si redoutée, il décida de sacrifier au rituel — inévitable — de l'accolade, après quoi il s'enfuirait à l'autre bout du jardin. Il voulait faire en sorte qu'elle soit brève, à une seule main. Il se servirait de sa bière comme excuse pour éviter tout contact prolongé.

— Qu'es-tu devenue, depuis tout ce temps, Shay ? demanda-t-il.

Aussitôt elle passa ses bras autour de son cou, l'empêchant de se dégager. Elle se colla à lui, ses courbes douces et chaudes épousant son corps. N'importe qui aurait pu prendre cela pour une simple embrassade chaleureuse. Mais eux savaient que c'était davantage. Et pourtant ce n'était pas assez. Cela faisait si longtemps qu'il mourait d'envie de la reprendre dans ses bras. A présent, il voulait la serrer plus fort, la sentir, l'aspirer.

Certes, après avoir parcouru le monde pendant une décennie, il avait eu des aventures. Mais aucune femme, jamais, ne lui avait fait le même effet qu'elle. Il devait se rendre à l'évidence : elle s'était depuis longtemps insinuée au plus profond de lui et ne voulait pas en sortir.

— Tu m'as manqué, Caleb, fit-elle à son oreille.

Elle lui avait manqué aussi, mais il n'osa pas le dire tout haut, de peur que ses mots ne ressemblent guère à ceux d'un frère.

Or il était son frère. Pour toujours. Durant la minute où ils avaient été plus que cela, ils avaient été comme n'importe quel couple, susceptible de se défaire, de se déchirer, de se perdre. Alors il aurait tout perdu. Il aurait perdu la seule famille qu'il lui restait.

— C'est gentil de me rafraîchir, Shay-Shay, dit-il en reculant et en contemplant son T-shirt qu'elle avait trempé. J'avais justement un peu chaud.

Il lui adressa un clin d'œil narquois, comme un grand frère qui aurait taquiné sa petite sœur.

— Oh ! je t'en prie, dit-elle en roulant les yeux, ne m'appelle pas comme ça. Tu sais que je déteste cela.

Il ricana.

— Tu adorais ça quand tu avais treize ans.

— Oui, je m'en souviens très bien, dit Kent, venu se mêler à la conversation au grand soulagement de Caleb. Et je me souviens aussi que tu étais déjà la poseuse que tu es maintenant.

— Je te déteste, Kent, dit-elle entre ses dents. Vraiment, je te déteste.

— Pour un frère, c'est la plus belle des déclarations d'amour. N'est-ce pas, Caleb ?

— Tu as raison, répondit-il.

Parfait. La conversation était en train de prendre un meilleur tour. Un peu plus détendu, il attrapa sa bière, mais, avant qu'il ne la porte à sa bouche, elle s'empara de la bouteille. Leurs doigts s'effleurèrent et une décharge électrique le parcourut.

— Je suis la plus jeune, dit-elle avant d'avaler une gorgée. J'ai le droit de faire des caprices.

Sa remarque, qui dut paraître innocente à tout le monde, ne l'était pas.

Il reprit sa bière, troublé par l'intimité de ce partage.

— Cette bière, justement, dit-il pour masquer son émoi, je l'ai prise dans la cuisine. Figure-toi que chaque fois que je pénètre dans cette pièce, je ne peux pas m'empêcher de repenser à ce fameux jean que tu aimais tant.

Elle se figea, l'air à la fois surpris et outré.

— Ne commence pas avec ça, répondit-elle, le mettant en garde avec véhémence.

Kent ricana.

— Oh oui, je me souviens de cette histoire.

— Kent, tais-toi. Sinon tu peux dire adieu à ce rendez-vous que tu veux que je t'arrange avec ma copine Anna.

— C'est moi qui vais m'y mettre, alors, dit Bob, hilare. Dis-nous donc pourquoi, ma petite Shay, tu as eu l'idée de mettre ton jean au four ? J'ai toujours voulu comprendre.

— J'ai déjà répondu à cette question un million de fois, dit-elle en pinçant d'un air contrarié ses jolies lèvres vermeilles. J'avais seize ans quand j'ai fait ça. Seize ans ! J'en ai vingt-huit à présent et je me permets d'ajouter que mon métier, c'est d'aider les gens à surmonter les traumatismes du passé. Au cas où tu ne le saurais pas, papa, ceci est un traumatisme du passé.

— Le sèche-linge était en panne, répondit Caleb à l'attention de Bob qui baissait à présent les yeux d'un air contrit, pendant que Shay le fusillait du regard. Elle se préparait pour une soirée et elle voulait absolument mettre ce jean. C'était capital pour elle.

Non seulement il se souvenait très bien de l'incident, mais il se souvenait aussi que ce jean lui allait merveilleusement bien. Cela avait été une torture chaque fois qu'elle l'avait porté.

Sharon soupira.

— Que veux-tu, ma fille, c'est quelque chose qui dépassera toujours les hommes. Et moi je trouve que ce n'était pas idiot d'utiliser le four comme sèche-linge. Il fallait, pour y penser, avoir l'esprit d'initiative et une bonne dose d'ingéniosité.

A cette remarque, Bob écarquilla les yeux.

— Depuis quand mettre le feu à une cuisine est-il signe d'esprit d'initiative et d'ingéniosité ? Qu'essayait-elle de découvrir ? La méthode la plus rapide et la plus efficace pour détruire la maison de ses parents ?

— Peut-être que si tu n'avais pas réglé le four sur la position gril, dit Kent l'air de rien, en sirotant nonchalamment sa bière, le désastre aurait pu être évité. Tu ne penses pas, Caleb ?

— Je n'ai pas mis le gril ! dit-elle aussitôt avant qu'il n'ait le temps de répondre.

Dans son emportement, elle s'anima et fit tomber sa serviette sur ses hanches. Il resta presque bouche bée à la vue de sa poitrine haute et généreuse à peine dissimulée par son maillot de bain.

— J'ai mis mon jean au four et je suis allée prendre ma douche. Comment aurais-je pu deviner qu'il allait prendre feu ?

Elle remonta sa serviette et adressa un signe de la main à Caleb et à Kent.

— Et comment se fait-il que chaque fois que vous êtes ensemble, tous les deux, vous me forciez à redevenir une ado sur la défensive ?

— C'est un petit cadeau, dit Kent en ricanant.

— Moi aussi, j'ai un cadeau pour toi, répondit-elle. Et il ne s'appelle pas Anna, figure-toi.

Puis, s'adressant à Caleb :

— Ce n'est pas juste, ce que tu viens de faire. Mais j'aurai ma revanche, Caleb Martin. Tu peux en être sûr.

Elle tourna les talons, retourna vers la piscine et laissa tomber sa serviette, intentionnellement cette fois, dévoilant ses magnifiques fesses. Caleb gémit intérieurement.

2

Caleb était parti longtemps, mais la passion de la famille pour les fléchettes ne s'était pas démentie. En sirotant une bière, il regardait Kent qui s'apprêtait à tirer. Il y avait bien sept ou huit personnes autour de lui, attendant leur tour. Tous étaient des amis ou des membres de la famille. Il en reconnut quelques-uns. Mais pas tous.

Il était parti longtemps…

Bob laissa échapper un éclat de rire sonore lorsque la fléchette lancée par Kent manqua totalement la cible. A vrai dire Caleb ne s'en était même pas rendu compte. Il suivait la partie d'un œil distrait. Bien entendu, Shay accaparait toute son attention. Quelques minutes auparavant, elle était encore dans la piscine, surveillant les enfants, les occupant. Il l'avait bien reconnue là. Douce, gentille et patiente, toujours prête à consacrer un peu de son temps aux autres.

Il n'avait pas été surpris lorsqu'il avait appris, au cours d'une de ses permissions, qu'elle avait décidé de devenir psychologue. Elle avait toujours été sensible à la souffrance d'autrui. C'était de famille, du reste. Dès qu'ils l'avaient pris sous leur aile, les White avaient été formidables pour lui, l'aidant à se construire malgré le décès de ses parents. Ils l'avaient traité comme un des leurs et lui avaient donné le sens de la famille.

— Tu essayais d'atteindre la cible des voisins ou quoi,

Kent ? demanda Bob alors que celui-ci enfouissait sa tête dans ses mains, dépité par son tir désastreux.

Maintenant il se souvenait. Kent n'avait jamais très bien tenu l'alcool et, après quelques bières, il n'était déjà plus au meilleur de sa forme. Dix années n'avaient pas changé cela non plus.

Kent le prit à partie, sans doute parce qu'il le vit sourire en le regardant :

— Tu ne vas pas t'y mettre toi aussi ?

— Non, rassure-toi, répondit-il innocemment. Tu n'as pas besoin de moi pour te rendre compte de ta nullité.

— Ouais, mon gars, dit Rick Jensen, un ami de Kent. Qu'est-ce que tu attends pour jouer ?

— Et toi, Rick, répondit Kent sur un ton acerbe, se penchant pour ramasser sa bouteille de bière, qu'est-ce que tu attends pour demander à Shay de sortir avec toi ? Ça fait un certain temps que tu en meurs d'envie, il me semble.

Caleb en fut abasourdi. Il aurait été difficile de dire qui eut l'air le plus surpris, de Rick, Bob ou de lui-même ? En tout cas Rick, qui avait soudain blêmi, fut le premier à s'exprimer :

— Bon sang, Kent, dit-il entre ses dents, tu ne peux pas te taire ?

— Se taire n'a jamais été son fort, répondit Bob sur un ton pincé. Ça dure depuis qu'il est sorti de la maternité…

La vie sentimentale de Shay ne le regardait pas, pourtant Caleb était en alerte, les oreilles grandes ouvertes, les muscles crispés.

— Tu attends désespérément un signe, fit Kent, imperturbable. Mais il n'y en aura pas. Shay est du genre traditionnel. Elle ne flirte pas. Elle ne fait pas le premier pas. Si elle t'intéresse vraiment, c'est à toi de trouver le courage de le faire.

Rick ne parut pas convaincu. Il ouvrit la bouche pour parler, mais, au dernier moment, se ravisa.

— De quoi as-tu peur, mon garçon ? demanda Bob.

Cette question fit frémir Caleb. Bob avait l'air de bien

aimer Rick. Comme lui-même, d'ailleurs… Sauf que maintenant, il le détestait.

— J'ai du mal à savoir ce qu'elle pense de moi, répondit Rick après un autre moment d'hésitation. Et je ne voudrais pas que la situation devienne gênante pour tout le monde si elle m'envoyait balader. Ni que Kent me casse la figure si les choses ne se passaient pas bien, ajouta-t-il en riant.

Caleb comprenait. C'était ce qu'il ressentait. Exactement. Et cette similitude lui donna le vertige.

— Pour information, dit Kent, ma sœur a beau être bien élevée, elle n'en sait pas moins se défendre. Et elle n'hésiterait pas à te botter le derrière elle-même si tu ne la traitais pas comme il faut. Mais pour ça, encore faudrait-il que tu oses l'aborder.

— Tu sais très bien que j'en ai très envie. Mais ce n'est pas ce que tu viens de me dire qui va m'y inciter.

Kent poussa un soupir impatient et se tourna vers Caleb, comme pour demander de l'aide.

— Dis-lui, toi, Caleb. Dis à Rick que, s'il est intéressé par Shay, il doit aller la trouver.

Puis il se tourna légèrement vers les tables du buffet, de l'autre côté de la cour, où se tenait Shay.

Caleb l'imita. Shay portait à présent une tunique en crochet transparente par-dessus son maillot. Elle était si magnifique que c'en était presque une souffrance.

— Fais-le, Rick, dit Kent. Va la voir. Maintenant.

Soudain, les mots que Kent avait prononcés quelques minutes plus tôt lui revinrent à l'esprit. Il n'y avait pas spécialement prêté attention, mais il y avait quelque chose de très intéressant dans ce qu'il avait dit. « Elle ne fait pas le premier pas. » Kent avait tout à fait raison. Pourtant elle l'avait fait, déjà. Vers lui. Dix ans plus tôt. Et aussi aujourd'hui : elle avait ouvertement flirté avec lui, l'avait serré dans ses bras, s'était pendue à son cou, s'était plaquée contre lui, avec l'intention évidente de le provoquer. Cela voulait peut-être dire qu'elle avait pour de bon envie de lui. Mais cela pouvait aussi vouloir dire qu'elle avait un côté sombre qu'il ne connaissait pas, et qu'elle s'amusait à le tenter tout en sachant qu'il ne pourrait agir selon son désir. S'il l'avait crue capable d'un tel comportement, il aurait été facile de tirer un trait sur elle. Mais, au fond de lui-même, il savait très bien qu'il n'y avait aucun côté sombre chez elle. Un lien les unissait pour de bon, un lien fait d'amitié et d'attraction réciproques.

— … ce qu'on peut faire le jour même. Pas vrai, Caleb ?

Perdu dans ses pensées, il n'avait pas remarqué que Kent le prenait encore à partie.

— Pardon ?

— Je dis qu'il ne faut jamais remettre au lendemain ce qu'on peut faire le jour même, répéta Kent. C'est pourquoi, Rick, tu vas aller la trouver et lui dire tout le bien que tu penses d'elle.

Caleb soupira discrètement et leva sa bouteille de bière.

— Kent a raison, Rick, dit-il. Si tu dois le faire, vas-y maintenant.

Comme cela, s'il se montrait incorrect, il serait là pour lui botter le derrière. Ce qui ne se produirait sans doute pas, car Rick était quelqu'un de bien élevé, mais on pouvait toujours espérer.

Soudain un souvenir l'assaillit. Il revoyait Shay se hissant sur la pointe des pieds pour poser ses lèvres douces sur les siennes. Et il sentait encore la caresse de sa langue inexpérimentée mais téméraire. Troublé, il ne put s'empêcher de pousser un léger gémissement.

— Tu as entendu ce que vient de dire Caleb, Rick, dit Kent. Vas-y.

Rick prit une grande inspiration et tendit sa bière à Caleb.

— Garde-moi ça s'il te plaît. Je pourrais en avoir besoin.

Mais Rick rêvait. Il lui offrait déjà sur un plateau la femme qu'il désirait et qu'il ne pouvait pas avoir. Alors si, en plus, il devait surveiller sa bière…

*
* *

Shay se tenait près du buffet. Elle picorait des crudités qu'elle trempait dans un bol de sauce au yaourt, son péché mignon depuis qu'elle était toute petite. Elle n'épiait plus la partie de fléchettes. Elle en avait vu assez pour comprendre qu'elle aurait beaucoup de mal à mettre à exécution son plan d'embrasser Caleb. En le regardant évoluer au milieu de la famille et des amis, elle avait dû se rendre à l'évidence. A chaque seconde, il semblait se détendre davantage, retrouver ses anciennes habitudes, reprendre ses marques.

Il était ici chez lui, même s'il était parti longtemps. Et elle savait pourquoi il était parti. C'était à cause d'elle. C'était parce qu'elle l'avait embrassé et que, ce faisant, elle l'avait mis dans une situation gênante. Parce que, d'après lui, ils ne pouvaient être à la fois parents et amants. Ce qui signifiait que l'embrasser de nouveau, même si elle en mourait d'envie, aurait été très égoïste de sa part, et donc déplacé.

— Salut, Shay.

Elle sursauta et, dans la surprise et l'affolement, lâcha son petit bol de sauce. Une partie du contenu atterrit sur la chemise de Rick, qui s'était approché d'elle sans qu'elle l'entende venir.

— Rick, excuse-moi, j'étais en train de penser à…, à…, dit-elle, confuse, en essuyant sa chemise maculée de sauce avec une serviette en papier. Enfin, peu importe à quoi je pensais. Que puis-je pour toi ?

Que pouvait-elle faire d'autre, pour se rattraper, que de se montrer aimable ?

Il prit une grande inspiration et regarda ses pieds, l'air gêné. Que voulait-il donc ? Elle n'en avait pas la moindre idée.

— Eh bien, dit-il finalement, je serais très heureux si tu acceptais de m'accompagner au restaurant et au cinéma.

Pour une surprise, c'était une surprise : elle n'avait rien vu venir. Depuis qu'ils se connaissaient, ils n'avaient jamais échangé plus de quelques mots. Prise de court, elle bredouilla de plus belle :

— A… aller dîner et au ciné ? Eh bien, je… je ne sais pas quoi dire.

— Si tu disais « oui », par exemple ? répondit-il d'un ton plein d'espoir.

Il semblait étonnamment peu confiant pour quelqu'un qui aurait eu tant de raisons de se sentir sûr de lui. Il avait beaucoup de charme, avec ses cheveux et ses yeux sombres et avec son sourire timide. Il était médecin et travaillait pour une équipe de base-ball professionnelle. Ils auraient eu des choses à se dire. A propos de leur travail respectif, des patients. Des manifestations physiques du stress.

Pourquoi, dans ce cas, ne lui disait-elle pas tout de suite oui ? A cause de Caleb bien évidemment. Pourtant il n'y avait absolument rien entre eux, pas même en germe.

Dis « oui », alors, essaya-t-elle de se convaincre.

Au lieu de quoi elle répondit :

— Je ne voudrais pas risquer de mettre en péril ton amitié avec Kent. Il est très protecteur, et parfois impulsif.

— Oh ! il est au courant, dit-il avec empressement. Comme ton père et Caleb. Je ne me serais pas permis de t'inviter sans l'aval de ta famille.

Son cœur se mit à cogner dans sa poitrine. Elle était redevenue l'adolescente qui avait le béguin pour un garçon qu'elle n'intéressait pas. Pour un garçon qui la trouvait trop jeune. Cela commençait à bien faire. Elle ne l'avait pas attendu dix ans pour qu'il la rejette de nouveau.

— Caleb ? fit-elle. Caleb savait que tu voulais m'inviter à dîner ?

Mais elle n'attendit pas la réponse. De toute façon, elle avait compris.

Elle se retourna. Caleb était nonchalamment appuyé contre un arbre et les regardait fixement, elle et Rick. Il était trop loin pour qu'elle puisse voir l'expression de son visage. Mais elle n'en avait pas besoin. Elle savait ce qu'il pensait, elle le sentait par chaque pore de sa peau. Et elle en avait assez. Elle voulait le chasser de son esprit, le faire sortir de sa vie, de sa tête, de son corps. Et s'il avait l'air de penser que Rick et elle étaient faits pour s'entendre, elle allait essayer de le penser elle aussi. Elle leva un sourcil d'un air de défi, ignorant la douleur qui lui ravageait la poitrine.

— Je ne voulais pas te contrarier, dit Rick. Je croyais que Caleb était comme ton frère. Kent m'a dit…

— C'est le cas, répondit-elle en se tournant vers lui. Caleb est comme mon frère. C'est juste qu'il faut que je me refasse à sa présence.

Elle regarda Rick avec un peu plus d'attention. Il était vraiment mignon. Et gentil. Elle aurait été stupide de l'envoyer balader. En plus, elle avait besoin de quelqu'un à embrasser. Quelqu'un qui ne soit pas Caleb. Quelqu'un qui pourrait la ramener à la raison.

Elle lui adressa son plus beau sourire, priant pour qu'il paraisse sincère, et le prit par le bras.

— Allons voir à l'intérieur si on te trouve une chemise qui ne soit pas pleine de sauce.

Elle vit son regard s'éclairer, et il la suivit vers la maison. En chemin, il commença à lui faire la conversation. Mais elle ne parvenait pas à se concentrer sur ce qu'il lui disait. Elle se sentait observée. Par lui. Par Caleb. Qui devait être bien content de s'être enfin débarrassé d'elle.

A l'instant où Shay prit Rick par le bras pour le mener vers la maison, Caleb se sentit trahi. Comme si elle était un membre de son ancien commando, quelqu'un à qui il avait toujours fait confiance, et qu'elle pointait son arme sur lui.

Mais c'était complètement idiot : elle ne lui devait rien. Et il n'avait aucun droit sur elle.

Il finit sa bière, puis celle de Rick. Cela ne lui était pas arrivé depuis des années, mais il avait envie de boire. Beaucoup. Trop. Entre deux gorgées, il jeta un coup d'œil autour de lui. Sharon avait rejoint les joueurs de fléchettes, et le regardait en souriant, l'air heureux. Non, finalement, boire n'était peut-être pas une bonne idée. En tout cas ni ici ni maintenant.

Il observa Mickey, l'un des frères de Bob, en train de tirer. C'était quelqu'un d'adorable. Il l'avait toujours traité comme s'il faisait partie de la famille. Tous ces gens réunis étaient sa famille. Shay était sa famille. Il avala une autre gorgée. La bière était devenue chaude et amère. Comme les sentiments qui l'agitaient.

Kent tira de nouveau et, de nouveau, manqua la cible, sous les quolibets de Bob et Mickey. Kent avança vers lui :

— Vas-y, ne te gêne pas, dis ce que tu penses.

Il entendit à peine Kent, bien qu'il soit maintenant tout près de lui. Il pensait à Shay. A son expression au moment où elle lui avait tourné le dos. Il n'arrivait pas à faire sortir de son esprit cet air de défi farouche qui avait animé ses traits délicats. Ni l'image de son bras gracile se glissant sous celui de Rick. Elle avait essayé de le rendre jaloux, c'était l'évidence. Ou de le provoquer.

Il jeta un coup d'œil à Kent et lui tendit les deux bières.

— Tiens, prends ça, moi je pense que tu n'as pas encore assez bu.

Avant que Kent ait le temps de répondre, il tourna les talons, décidé à réagir. Cela faisait trop longtemps qu'il jouait au chat à la souris avec Shay. Elle pouvait avoir tous les hommes qu'elle voulait, mais pas comme ça, pas à cause de lui. Et non, cette réaction n'avait rien à voir avec la jalousie qui le dévorait…

Il se dirigea vers la maison, et traversa, mâchoires serrées, le hall d'entrée et le couloir. Shay et Rick n'étaient nulle part en vue. Pas plus que qui que ce soit d'autre, d'ailleurs. Tout le monde était dehors, en train de s'amuser. Shay et Rick pouvaient disposer de la maison comme bon leur semblait. Un sentiment de possessivité l'étreignit, qu'il essaya de faire passer pour un instinct de protection.

Soudain le rire de Shay résonna au détour d'un couloir, ce rire angélique qui lui avait si souvent fait perdre la tête. Aujourd'hui, il avait une tonalité particulière, un peu rauque, un peu moins naturelle. Elle flirtait, c'était l'évidence même. Cette certitude fit grimper sa tension d'un cran. Il s'immobilisa, aux aguets. Le son semblait provenir de l'ancienne chambre à coucher de Shay. Empli d'effroi, il se précipita tête baissée jusqu'à la chambre. La porte était ouverte. Rick était assis sur le lit dans lequel Shay avait dormi tant qu'elle avait logé chez ses parents.

— J'y suis presque, fit la voix étouffée de Shay, qui semblait provenir du dressing.

Il préférait ne pas savoir à quoi elle faisait référence. De toute façon la colère était déjà là, en lui, qui le faisait bouillir.

Rick leva les yeux vers la porte, comme s'il avait senti un malaise palpable dans l'air. Leur regards se croisèrent. Caleb ne devait pas avoir l'air spécialement ravi ni amical, car, à sa vue, il pâlit et se leva d'un bond.

— Va-t'en maintenant, dit Caleb d'une voix forte et menaçante, avant que Rick n'ait le temps de dire un mot.

Il était déjà presque à la porte lorsque Shay sortit du dressing.

— C'est bon, j'ai trouvé une chemise.

Elle portait toujours sa tunique en crochet que Caleb trouva encore plus sexy que dehors.

— Caleb ? dit-elle, l'air surpris. Que se passe-t-il ? Rick, attends ! Il te faut une chemise.

— Rick était sur le point de partir. Et, comme chemise, il a la sienne.

Rick ne put faire autrement que de s'arrêter devant Caleb, qui lui barrait le chemin.

— Ce n'est pas ce que tu crois, Caleb. Je…

— Ça m'est égal, dit-il. Je ne veux pas savoir.

— Caleb ! dit Shay. Arrête de te comporter comme une brute. Et toi, Rick, ne t'en va pas.

Mais Rick ne tourna même pas la tête vers elle, et Caleb fit un pas de côté.

— Au revoir, Rick.

Rick fila sans demander son reste. Shay planta ses poings sur ses hanches, et dit, hors d'elle :

— Pour qui est-ce que tu te prends, Caleb ?

Il ferma la porte. Une odeur de citron et de miel parvint à ses narines. C'était l'odeur de Shay, son odeur depuis toujours, qui remplissait la pièce comme si elle était vivante. Tout comme la tension et le désir qui s'étaient emparés d'eux depuis beaucoup trop longtemps maintenant. Il était temps d'y remédier, une bonne fois pour toutes.

Il s'appuya contre la porte, les bras croisés sur la poitrine.

— Il faut qu'on parle, Shay.

3

Caleb voyait l'orage venir. Les yeux de Shay s'étaient assombris et ses joues avaient rosi. C'étaient des signes qui ne trompaient pas : elle allait lancer les hostilités. A vrai dire, c'était voulu. Il avait exagéré à dessein, afin de ne pas se laisser emporter par le désir.

— Tu veux parler ? demanda-t-elle en approchant. Tu n'as pas daigné m'adresser le moindre mot depuis que tu es rentré, et maintenant tu veux parler. Simplement parce que tu es prêt. Mais toutes les fois où moi j'étais prête, tu as pris tes jambes à ton cou et tu t'es enfui.

— Je n'ai pas l'intention de m'enfuir, cette fois.

Il n'avait pas essayé de nier. Par le passé, il avait fui. C'était la vérité. Dans l'espoir que cette attirance mutuelle s'éteindrait d'elle-même. Mais elle avait au contraire mûri avec eux, devenant chaque jour plus puissante, plus dangereuse.

— Je suis là. Je suis prêt. Parlons.

Ils auraient dû le faire depuis longtemps déjà, il le savait parfaitement.

— Eh bien moi je ne suis pas prête, dit-elle en s'arrêtant devant lui, essayant de l'écarter d'un geste impatient. Et tu ferais bien de te pousser de cette porte, Caleb. La seule personne à qui je vais parler maintenant, c'est Rick. Tu lui as collé une peur bleue avec tes manières de brute. C'était extrêmement impoli, et déplacé.

— Ce qui était impoli, c'était d'accompagner la fille de son hôte dans sa chambre. Rick méritait d'être remis à sa place.

— Tu es bien dans ma chambre, toi.

— Mais je suis chez moi ici. Ce qui n'est pas le cas de Rick.

— Tu n'es pas chez toi dans ma chambre, quoi qu'il en soit. Et c'est à moi de décider qui a le droit d'y entrer. J'avais invité Rick, pas toi.

D'un geste agacé, elle jeta la chemise, qu'elle tenait toujours à la main, contre son torse.

— Il lui fallait une chemise. Mais si tu savais combien je regrette maintenant de ne pas t'avoir, toi, barbouillé de sauce. Tu l'aurais bien mérité.

Il allait poser la chemise sur le lit lorsque ses yeux s'arrêtèrent sur un écusson qu'il connaissait bien. Celui de l'université du Texas.

Il regarda Shay, incrédule. Puis la chemise. Puis Shay.

— Attends une minute. Tu voulais lui donner ma chemise ?

— *Ma* chemise, répondit-elle, les poings de nouveau plantés sur ses hanches voluptueuses.

— Oui, celle que tu m'as volée pour t'en faire une chemise de nuit l'année où je suis venu m'installer ici, et que tu ne m'as jamais rendue. Tu comptais lui donner cette chemise pour me provoquer.

Elle lui arracha la chemise des mains et la posa sur son épaule.

— C'était un message. J'utilise les mêmes procédés que toi, puisque tu m'as envoyé Rick pour me faire comprendre qu'on ne devait plus s'approcher.

— Pourtant, j'ai l'impression qu'on est plutôt proches l'un de l'autre en ce moment, non ?

Si proches qu'il voyait les taches de rousseur qui piquetaient son nez, celles qu'elle détestait et que lui aimait tant.

Si proches qu'il aurait pu la toucher.

— Je n'ai rien dit à Rick, à part de sortir de ta chambre. Les responsables, ce sont Kent et ton père.

Elle ne parut pas convaincue.

— Rick n'a pas compris ça comme ça.

— Evidemment, j'étais là quand il a parlé de t'inviter à sortir. Si je m'y étais ouvertement opposé, les gens se seraient posé des questions.

— C'est sûr. Autant éviter les questions. Mieux vaut que tout le monde nous voie fâchés plutôt que prêts à nous jeter l'un sur l'autre.

— Tu vois, c'est toi-même qui le dis : je savais que tu étais fâchée contre moi. Et c'est précisément pour ça que je ne voulais pas que tu te serves de Rick pour te venger.

— Quelle arrogance, Caleb Martin ! Comment oses-tu croire que je m'intéressais à Rick seulement pour pouvoir t'atteindre à travers lui ?

— Tu viens de dire que tu voulais te jeter sur moi.

Malgré lui, il la provoquait. C'était comme une seconde nature, quelque chose qu'il avait toujours fait. Cela risquait de l'entraîner là où il ne voulait pas aller. Mais avec elle, de toute façon, tout finissait toujours par échapper à son contrôle.

— J'ai dit « nous », pas « je ». Et c'était une image, je pense que tu l'avais compris.

— La colère te fait le même effet que l'alcool à d'autres. Elle te fait exprimer ce que tu ressens vraiment. Et elle te fait faire des choses que tu ne ferais pas normalement. Non seulement tu allais donner à Rick une de mes chemises, mais tu l'avais aussi attiré dans ta chambre. Ce n'est pas toi et tu le sais très bien.

Ses yeux lancèrent des éclairs.

— Comment peux-tu savoir ce qui est moi et ce qui ne l'est pas, Caleb ? demanda-t-elle lui donnant un coup sur le torse. Les rares fois où tu es rentré pendant ces dix ans, on espérait tous les deux avoir tourné la page. Mais ce n'était pas le cas. Au lieu d'affronter le problème en face et d'en parler avec moi, tu as préféré m'éviter comme la peste. Comme si ne pas se voir permettrait de régler le problème. Mais ça n'a fait au contraire que compliquer les choses, et je crains fort que les parents et Kent ne finissent par se rendre compte qu'il se trame quelque chose.

Elle lui adressa un regard perçant chargé de défi.

— Et tu sais ce qui ne va pas non plus, Caleb ? Que tu fasses comme si ce baiser entre nous n'avait jamais eu lieu, pour ensuite me regarder comme si tu avais de nouveau envie de m'embrasser. Ça m'agace vraiment, fit-elle en lui donnant un nouveau petit coup sur la poitrine. Et c'est mal. Très mal.

Il voulait l'attirer dans ses bras. Elle était si proche, et cela faisait si longtemps qu'ils se désiraient, si longtemps qu'ils essayaient de nier ce désir.

— Telle n'est pas mon intention, Shay.

— Et pourtant, c'est fait, dit-elle en levant légèrement le menton.

C'était un signe évident de contrariété mais, d'un autre côté, elle avait laissé sa main posée sur son torse, et elle poursuivit en se radoucissant :

— Parfois je me dis que… Que si on s'embrassait de nouveau, on se rendrait compte que c'est le souvenir qui a embelli notre premier baiser. Peut-être que ça ne nous ferait rien du tout. Et alors on pourrait tourner la page…

Avait-il bien entendu ? Comment pouvait-elle penser cela ? Comment pouvait-elle penser que ce moment fantastique qu'ils avaient partagé et auquel il n'avait cessé de songer durant ces dix années n'avait en fait pas été aussi fantastique que dans leur souvenir ? En même temps, d'une certaine façon, il partageait son point de vue. Il aurait voulu que ce baiser ne soit rien. Il aurait voulu que disparaisse la déchirante tentation du fruit défendu. Il le voulait sans le vouloir…

— Ça ne marchera pas, dit-il en reculant comme si le contact de sa main le brûlait.

Mais elle était légèrement appuyée contre lui, et son pas en arrière la déséquilibra. Elle vacilla vers lui, et son corps menu se colla contre le sien. Elle haleta alors que leurs bassins se heurtèrent et qu'elle entra en contact avec son sexe, gonflé de désir depuis la seconde où il avait senti son parfum.

Il posa ses mains sur ses épaules et la regarda dans les yeux. Elle humecta ses lèvres. Même si elle l'avait fait nerveusement, et pas dans le but de le séduire, le résultat fut le même : l'urgence d'un nouveau baiser se fit sentir.

Il fit glisser ses mains de ses épaules à son cou, et elle frissonna à son contact. C'était la première fois qu'il se permettait de la toucher comme un homme touche une femme.

— Shay, dit-il doucement, enfouissant ses doigts dans la forêt des boucles blondes qui encadraient si joliment son visage.

Elle se hissa sur la pointe des pieds et approcha ses lèvres. Il allait pouvoir la sentir, la goûter, la savourer. De nouveau. Enfin.

Soudain un coup se fit entendre à la porte, sec, presque autoritaire.

— Shay ?

C'était la voix de Kent.

— Caleb ? Vous êtes là tous les deux ? Que s'est-il passé avec Rick ?

Caleb reprit aussitôt le contrôle de lui-même. Dix ans dans l'armée avaient laissé des traces. Shay, au contraire, semblait peiner à contenir ses émotions.

— Oh non, dit-elle tout bas sur un ton mi-dépité, mi-rageur. Pas encore.

Puis, en haussant la voix :

— Va-t'en, Kent !

— Je ne partirai pas tant que je ne saurai pas pourquoi Rick s'est enfui et ne répond pas au téléphone.

— Non, dit-elle à Caleb. L'histoire ne va pas se répéter une seconde fois. Il faut d'abord qu'on règle ça une bonne fois pour toutes.

— Que vous régliez quoi ? demanda Kent à travers la porte.

— Occupe-toi de tes affaires, Kent, dit-elle d'une voix agacée. On se dispute, c'est tout !

— Raison de plus pour que tu ouvres.

La situation devenait critique. Tôt ou tard, Kent allait finir par entrer sans y être invité. Il fallait faire quelque chose, et vite. Caleb attrapa Shay par la taille en essayant de ne pas prêter attention à son corps qui épousait si bien le sien, et lui murmura à l'oreille :

— Tu ne vas pas te réveiller demain en te rendant compte que je suis parti, promit-il. Cette fois, je reste.

Qu'est-ce que cela signifiait pour lui et Shay ? Il n'en savait trop rien. De quoi qu'il s'agisse, de toute façon, il faudrait affronter la situation et faire avec. Là, ce n'était simplement pas le bon moment.

Il la repoussa doucement avant qu'elle n'ait le temps de protester, et alla ouvrir. Kent se précipita à l'intérieur.

Comme dix ans plus tôt, il était arrivé au bon moment, l'empêchant de commettre une grave erreur. S'il avait de nouveau embrassé Shay, il ne se serait sans doute pas arrêté là. Pas cette fois. Il avait trop envie d'elle. Et cela aurait suffi à faire voler en éclats quinze ans de relations fraternelles.

Tant pis si elle sentait bon comme une prairie au printemps, tant pis si elle était douce comme une caresse. Shay n'était pas une femme pour lui, même si les apparences lui avaient toujours laissé penser le contraire.

4

— Une petite explication s'impose, il me semble, dit Kent, que Shay aurait aimé voir sortir de sa chambre. Qu'est-il arrivé à Rick ?

La gorge nouée, elle fixait Caleb. Partout où il l'avait touchée, sa peau était encore brûlante. Mais il ne paraissait pas partager son trouble. Il était appuyé contre le mur, calme, les bras croisés sur la poitrine, et ne semblait s'occuper que de Kent.

— Non seulement Rick a réussi à suivre Shay jusqu'à sa chambre, dit-il d'une voix assurée, mais en plus il s'était installé sur son lit.

— Caleb, je t'en prie ! dit-elle.

Il exagérait, mais elle avait compris son petit jeu : en chargeant ce pauvre Rick, il essayait de détourner l'attention de Kent. Il voulait éviter qu'il ne demande ce qu'ils étaient en train de faire au moment de son arrivée.

— Comment ? demanda Kent en tournant autour de Shay, l'air furieux. Je croyais que Rick avait un peu plus de classe que ça. Il va falloir que je lui fasse comprendre que ça ne se fait pas. Et toi, Shay, est-ce que tu te rends compte de ce que les parents auraient pensé s'ils vous avaient surpris tous les deux, seuls dans la maison ?

— C'est n'importe quoi, répondit-elle en adressant un regard mauvais à Caleb. Si vous y tenez tant, restez ici à discuter tant qu'il vous plaira. Moi je vais rassembler tout le monde pour le gâteau et les cadeaux.

Sur ce, elle quitta la pièce.

— Reviens ici tout de suite ! cria Kent.

Mais elle continua son chemin, tandis que Kent marmonnait :

— Quand j'ai dit à Rick qu'il ne fallait jamais remettre au lendemain ce qu'on pouvait faire le jour même, je ne pensais pas qu'il me prendrait à ce point au pied de la lettre. Vraiment, il va m'entendre.

En entendant cela, Shay s'arrêta. Elle n'allait pas laisser ses relations compliquées avec Caleb ternir l'amitié qui liait Rick et Kent. Elle commençait à revenir sur ses pas lorsque Caleb dit :

— Ce n'est pas ce que tu crois. Shay cherchait juste une chemise de rechange pour Rick, mais je l'ai chassé avant de découvrir de quoi il s'agissait.

Malgré sa frustration — qui était émotionnelle autant que sexuelle —, elle se radoucit. Si sa famille avait accueilli Caleb, ce n'était pas pour rien. C'était parce que c'était un homme d'honneur, un parfait gentleman. Elle poussa un lourd soupir. Avoir une aventure avec elle ébranlerait tout ce à quoi il croyait, tout ce qu'il s'efforçait de respecter. Pour lui, elle était vraiment le fruit défendu. Pourrait-il mordre dedans sans qu'ils ne soient tous deux chassés de l'Eden ?

Rien n'était moins sûr.

Une heure plus tard, tous les invités se rassemblaient autour de la piscine pour voir Sharon et Bob ouvrir leurs cadeaux.

Essayant en vain d'ignorer la présence de Caleb — qui était assis tout près sur une chaise de jardin, avec à la main une bière qu'il avait à peine touchée —, Shay se tenait derrière ses parents, supervisant la distribution et ramassant cartons vides et papiers cadeaux froissés.

Parmi les cadeaux qui restaient à ouvrir, il y avait une grande enveloppe, qui venait de Caleb. Curieuse, elle la regarda sous tous les angles et ne put s'empêcher de lui adresser un regard interrogateur. En guise de réponse, il se contenta d'un sourire.

— C'est de la part de Caleb, dit-elle en tendant l'enveloppe à ses parents.

Elle regarda par-dessus l'épaule de sa mère et s'exclama en même temps qu'elle lorsqu'elle vit ce dont il s'agissait. Deux billets d'avion accompagnés de la brochure d'un hôtel. Il leur offrait un deuxième voyage de noces.

— C'est un voyage en Italie ! hurla Sharon à tous les invités, qui s'extasièrent en chœur. J'en rêve depuis si longtemps.

Les yeux de Sharon s'illuminèrent, avant qu'elle ne se mette à secouer la tête.

— Mais on ne peut pas accepter, Caleb. C'est beaucoup trop. Et ton aérodrome alors ?

— En dix ans, je n'ai pas eu beaucoup l'occasion de dépenser mon argent, mais j'ai fait quelques placements judicieux. Si je vous offre ce cadeau, c'est que je peux me le permettre.

Kent jeta un coup d'œil à la brochure de l'hôtel.

— J'aimerais bien que tu me dises où tu as placé ton argent, Caleb. Ça m'intéresse.

Caleb se cala dans le dossier de sa chaise et posa sa bière à terre.

— C'est simple, répondit-il sur un ton détaché. J'ai acheté des actions quand elles ne valaient rien, et je ne les ai jamais revendues.

— Pas possible ! dirent Kent et Bob à l'unisson, avant que Kent n'ajoute :

— Ce genre de chose ne m'arrive jamais à moi. Combien as-tu gagné ?

— Kent, le réprimanda sévèrement Sharon. Ça ne se fait pas. Nous avons des invités.

— O.K., dit Kent en donnant un coup de coude à Caleb. Tu me diras plus tard.

Caleb rit, avant de se tourner vers Sharon et Bob :

— Ce voyage, c'était le moins que je puisse faire pour vous remercier de tout ce que vous avez fait pour moi depuis des années.

Shay sentit son cœur fondre en entendant ces mots si gentils et, elle le savait, si sincères. Elle ne l'avait jamais autant désiré qu'en ce moment. Et elle n'avait jamais su avec tant de certitude qu'il était mal de s'intéresser à lui. Elle ne pouvait pas mettre en péril cette belle relation entre Caleb et sa famille. Mais pourtant elle savait aussi que, si l'occasion se présentait encore, elle serait absolument incapable de résister à la tentation.

— Mon fils, répondit Bob. Nous n'avons rien fait que de très normal et naturel. Ça se passe comme ça dans toutes les familles, ce n'est pas la peine de nous remercier avec un cadeau aussi faramineux. Non, la seule chose que nous demandons, c'est de te voir un peu plus souvent.

— Quand vous rentrerez d'Italie, je vous promets, je viendrai si souvent que vous finirez par en avoir assez.

L'air ravi, Sharon alla embrasser Caleb, sous les vivats de l'assemblée.

Très vite, Kent fit taire tout le monde pour annoncer :

— Grande partie de poker à 19 heures.

Puis il se frotta les mains et donna un coup de coude à Caleb en ajoutant :

— Depuis que je sais que tu es riche, je ne vais pas me gêner pour te plumer, mon coco.

Shay adressa un regard réprobateur à Kent :

— Je ne suis pas sûre qu'une partie de poker soit la façon la plus romantique de clore cette journée.

— Pour le côté romantique, il y a l'Italie, répliqua-t-il. Et il faut que papa gagne gros pour que maman puisse dépenser tout ce qu'elle voudra en voyage.

— Au fait, vous partez demain, dit Caleb. Et vous feriez mieux de commencer à préparer vos bagages dès maintenant.

Sharon se leva d'un bond.

— Demain ? Mais c'est impossible. La maison est dans un état abominable, et…

— Je m'occuperai du ménage et du rangement, dit Shay. Vous pouvez partir tranquilles.

— J'avais envie que ce soit vraiment comme une seconde lune de miel, dit Caleb. Que vous partiez dès la fête finie.

— Ça me plaît, comme idée, dit Bob, l'air ravi. En attendant, je vais jouer au poker. Pendant que toi, chérie, tu prépares les bagages.

Il embrassa Sharon sur le front

— Bob ! dit-elle, levant les yeux au ciel.

— Kent a raison. Il faut que je gagne la partie si tu veux ramener quelques petits souvenirs d'Italie.

— Et si tu perds ?

Bob sembla surpris par cette question.

— Après toutes ces années, tu devrais savoir que je ne perds jamais.

— Ah oui ? Et comment se fait-ce ?

— C'est parce que j'ai un porte-bonheur avec moi depuis quarante ans, répondit-il en l'embrassant tendrement sur la joue.

Emue, Shay sourit, et son regard croisa celui de Caleb. Elle frissonna. Elle avait presque oublié : ils devaient parler. Mais ni ici ni maintenant. Un autre jour. Au téléphone, où l'éloignement physique l'empêcherait de succomber. Ils allaient devoir trouver un moyen de faire face à toute cette tension accumulée depuis des années. Et pas en s'embrassant. En parlant. Oui, en parlant.

Ce fut sa mère qui interrompit cet échange muet, en se levant pour, de nouveau, prendre Caleb dans ses bras. Son père l'imita.

— Quand vous serez rentrés d'Italie, dit Caleb une fois ces effusions terminées, pourquoi ne prévoirait-on pas une sortie en famille à l'aérodrome ? Kent est le seul à être venu. Il y a de quoi faire un barbecue géant et passer une super-journée.

— Oh oui, je confirme, dit Kent. Il y a de quoi passer

une super-journée. Et sauter en parachute est une expérience fabuleuse.

— Ça me paraît une bonne idée, dit Sharon. Du moment que je peux me contenter de regarder depuis le plancher des vaches. Il est absolument hors de question que je saute en parachute.

— Moi ça me tenterait assez, dit Bob, le regard brillant d'excitation.

— Et toi, Shay, qu'en penses-tu ? lui demanda Caleb, à sa grande surprise.

— Shay prend des cours de pilotage, enchaîna son père avant qu'elle n'ait le temps de répondre. Elle a fait la liste de tout ce qu'elle voulait faire avant d'avoir trente ans. Passer son brevet de pilote fait partie de ses priorités.

— Vraiment ? fit Caleb. Et à part passer ton brevet de pilote, qu'est-ce qu'il y a sur ta liste ?

— Une centaine d'autres choses, environ, répondit-elle, bien décidée à ne pas lui révéler que « coucher enfin avec Caleb » faisait partie de ses vœux les plus chers.

Elle fit une courte pause, puis reprit :

— Ce serait trop long à détailler. Mais je peux t'assurer que sauter en parachute n'est pas sur ma liste. Piloter n'est pas la même chose que sauter d'un avion. C'est même assez incompatible.

Elle marqua de nouveau un bref temps d'arrêt, avant d'ajouter :

— Certaines choses ne fonctionnent que séparément.

Il plissa les yeux.

— Mais parfois, dit-il, on n'a pas le choix. Il faut se lancer dans le vide. Sauter.

— Tu vois, Shay, dit son père, Caleb pense comme moi. Parfois il faut se lancer dans le vide, sans se poser de questions. Et toi, tu t'en poses toujours trop.

— Tais-toi, Bob, dit Sharon. Ses cours de pilotage me font déjà assez peur comme ça. Pas la peine, en plus, qu'elle se mette à sauter en parachute, ma petite fille.

Shay entendit les commentaires de ses parents, et même ce « petite fille » assez incongru — elle avait vingt-huit ans, après tout —, sans y prêter davantage attention que cela. Une remarque de Caleb, en revanche, repassait en boucle dans sa tête. Il avait dit : « Parfois on n'a pas le choix. Il faut se lancer dans le vide. » Soudain, le passé lui revint à la mémoire. A l'époque où Caleb vivait encore à la maison. Dès qu'elle avait fait un pas en avant, il en avait fait un en arrière. Mais quand c'était lui qui avait fait un pas en avant, comme aujourd'hui, c'était elle qui avait fait un pas en arrière. C'était un affrontement sans fin, fait d'offensives et de retraits, incessants et mutuels. Elle venait seulement d'en prendre conscience, mais lui ne s'en était sans doute pas encore rendu compte. A présent c'était lui qui était reparti à l'assaut, et, s'il continuait comme cela, il risquerait cette fois de venir facilement à bout de sa défense.

Elle se raidit, décidée à essayer de résister tant qu'elle le pourrait :

— Quand, pour faire sauter quelqu'un, il faut le pousser dans le dos, autant le laisser au sol.

— Tu pourrais sauter en tandem avec moi, dit Caleb.

Kent fit la grimace.

— Fais attention à ce que tu proposes, Caleb. Shay, c'est un peu miss catastrophe. Rappelez-vous l'épisode du jean au four.

En étouffant un grognement de protestation, elle froissa en boule une feuille de papier cadeau. Elle devait s'occuper les mains, car l'envie de coller une bonne droite à son frère la démangeait. En revanche, alors qu'il aurait été plus sage de se taire, elle ne put s'empêcher de rétorquer :

— Oui, miss catastrophe, c'est un peu moi. Et j'imagine déjà la scène. Caleb et moi attachés par une espèce de harnais, avec notre parachute qui refuse de s'ouvrir, en train de nous écraser au sol. Quelle mort atroce !

— Oh ! je t'en prie, ma chérie, dit Sharon, arrête de raconter des horreurs pareilles. Caleb est de retour, il a enfin quitté l'armée. Je n'ai pas envie de penser que de nouveaux dangers pourraient guetter mes enfants.

— Je plaisantais, maman ! Personne ne va s'écraser au sol. Caleb sait ce qu'il fait. Sauf quand il me propose de sauter avec lui. Heureusement, je suis raisonnable pour deux. Et c'est absolument hors de question. Maintenant, si vous voulez bien m'excuser, fit-elle en ramassant d'autres papiers froissés, je vais commencer à mettre un peu d'ordre.

Elle avait besoin de prendre ses distances, d'échapper au regard scrutateur de Caleb.

Elle se dirigea vers la maison d'un pas décidé. Avant tout, elle allait se changer. Plus personne n'allait se baigner, et se promener dans une tenue plus que légère ne l'aiderait pas à éviter Caleb.

Presque aussitôt, pourtant, elle tressaillit. Elle sut tout de suite qu'il l'avait suivie. Elle le sentait. Elle avait toujours eu un instinct spécial pour détecter sa présence.

— Attends, dit-il en la rattrapant. Je vais t'aider.

Il la rejoignit dans le patio qui menait à la maison.

— Mais qu'est-ce que tu fais, Caleb ? demanda-t-elle à voix basse. Je n'ai pas besoin d'aide. Et je croyais que l'idée, c'était de s'éloigner l'un de l'autre.

— Oui, mais c'est étrange. Depuis une heure, je n'arrête pas de repenser à ce que tu as dit à propos de notre baiser, et de la possibilité de retenter l'expérience, pour voir.

— Il n'y a rien à voir, Caleb, dit-elle alors qu'il s'effaçait pour la laisser entrer la première, en la regardant avec espièglerie. C'était une mauvaise idée, et j'aurais mieux fait de me taire.

— Non, au contraire : je pense que c'était une très bonne idée.

Elle ouvrit la bouche pour protester, avant de se raviser. Puisqu'ils devaient parler, autant le faire maintenant, à l'écart des oreilles et des yeux indiscrets. Résignée, elle pénétra à l'intérieur. L'air frais qui y régnait lui fit un bien fou. Car sa peau la brûlait. Non pas à cause du soleil, mais parce que

Caleb la suivait. La maison était silencieuse. Seuls résonnaient les pas de Caleb sur le sol, l'avertissant qu'il n'y avait aucune échappatoire.

Une fois dans la cuisine, elle commença à ranger nerveusement des choses dans le grand placard. Lorsqu'elle se retourna, elle fut presque surprise de le trouver accoudé à l'îlot central, à un souffle d'elle.

— Tu envahis mon espace, dit-elle. Ça va être difficile pour moi de t'ignorer.

— Peut-être que je n'ai pas envie que tu m'ignores.

— Et si quelqu'un venait ?

Ses lèvres — ses lèvres pleines et sensuelles — esquissèrent un sourire. Et cette esquisse de sourire était à tomber.

— J'ai pensé à tout, ne t'inquiète pas.

— C'est-à-dire ?

— C'est mieux que je te montre directement.

Et alors, en un éclair, il l'attira dans l'arrière-cuisine et ferma la porte. Une seconde plus tard, l'impossible se produisait.

Il l'embrassait.

5

Caleb avait craqué en regardant Shay près de la piscine manger du gâteau, rire avec la famille. Etre elle-même. Elle n'avait eu rien d'autre à faire pour que s'effondrent ses bonnes résolutions de garder ses distances, et elle y était parvenue en moins d'une heure. Le processus enclenché dix ans plus tôt trouvait là une conclusion rapide. Il n'était plus question de réfléchir. Ils l'avaient assez fait. Ils avaient assez atermoyé, s'étaient assez consumés de désir. Ce n'était plus le moment de changer d'avis.

Elle sentait le chocolat, avec une pointe de sel et de soleil. Une saveur addictive. Parfaite.

Au début son exquise langue resta timide, et son corps tendu. Jusqu'à ce que, peu à peu, elle se laisse aller. Et il n'y eut pas l'ombre d'un doute : ce baiser comblait toutes ses attentes, et même plus. Ce baiser n'était pas un simple baiser. C'était la clé qui libérait une passion trop longtemps retenue prisonnière.

C'était le commencement de quelque chose.

Elle le savait elle aussi. Il le sentit à la façon dont elle répondit à ses sollicitations. A sa façon de se hisser sur la pointe des pieds, à la façon qu'eut sa langue de le caresser, d'abord doucement, avant de s'insinuer plus profondément en lui, comme pour en demander toujours plus. Il plaqua sa bouche contre la sienne, lui donnant ce qu'elle réclamait. En guise de réponse, elle étouffa un petit gémissement rauque, à peine audible, mais terriblement excitant. Elle fit courir ses doigts le long de son torse, avant de les nouer derrière sa nuque et de se coller contre lui. Leurs bassins se soudèrent et, de nouveau, elle heurta son sexe gonflé de désir pour elle. De toute façon, avec une Shay à moitié nue l'embrassant comme si c'était la dernière fois, il aurait éprouvé le même émoi même s'il s'était trouvé juste derrière les lignes ennemies, sous le feu des mitrailles. Mais, au lieu de cela, ils se trouvaient seuls dans un cagibi dont l'obscurité aiguisait le goût et le toucher. Il essaya de se persuader de mettre fin à cette étreinte avant que quelqu'un ne les surprenne. Ce baiser était supposé être bref. Il ne devait servir qu'à lever les barrières, être un prélude, marquer le passage du « et si ? » au « et maintenant ? ».

Mais c'était difficile d'interrompre un tel moment d'extase. Alors qu'il ne parvenait à se décider, il sentit quelque chose vibrer désagréablement contre son bassin.

— C'est mon téléphone, murmura-t-elle en le lâchant.

Soudain il fut pris d'une légère inquiétude. Peut-être ce baiser ne lui faisait-il pas le même effet qu'à lui car, visiblement, elle avait l'intention de répondre.

Elle posa la main sur son torse et apaisa ses craintes muettes, comme si elle avait lu dans ses pensées :

— C'est mon secrétariat. Si on m'appelle, c'est pour une urgence.

Le temps qu'il comprenne, elle se tenait déjà devant la porte. Et elle était sur le point de sortir lorsqu'elle se retourna et pointa son doigt sur lui.

— On… Enfin, je…

Sa voix semblait exaspérée et l'obscurité dissimulait ses traits. Se pouvait-il qu'elle soit en colère ?

— En fait, je ne sais pas quoi dire.

Sur ce, elle se précipita à l'extérieur. Il allait la suivre lorsque la porte se referma brusquement sur lui. Puis il grimaça en entendant la voix de Kent.

— On a décidé de commencer la partie de poker plus tôt. Où est Caleb ? On a besoin de sa mise.

Il ne manquait plus que cela. La partie devait précisément se dérouler dans la cuisine. Shay avait réussi à s'en sortir à temps, mais lui, il était pris au piège.

— Où est-il ? demanda Kent.

— Dans l'arrière-cuisine, répondit Shay le plus naturellement du monde.

— Et qu'est-ce qu'il fait là-dedans ?

— Il est allé chercher les gâteaux que maman lui a préparés.

Bravo, Shay ! Bien joué. Aussitôt, il alluma la lumière et commença à chercher la boîte métallique où Sharon cachait toujours les petits gâteaux qu'elle ne voulait pas que Kent dévore sans en laisser pour les autres. Il la trouva sur la deuxième étagère. Ouf, il était sauvé.

— Ça n'explique pas pourquoi cette porte est fermée, dit Kent sur un ton suspicieux.

— C'est moi qui l'ai fermée, pour ne plus l'entendre. Il faisait trop de bruit. Et j'ai un appel à passer de toute urgence.

Caleb ouvrit la porte, un sablé dans la bouche, alors que Shay se dirigeait vers le couloir, téléphone à la main.

— Allô, ici le docteur White, entendit-il.

Il regarda Kent.

— Tu n'en auras pas un seul, pas la peine de rêver.

Kent s'approcha en riant, puis fit mine de vouloir puiser dans la boîte.

— On peut les mettre en jeu au poker. Comme ça on verra qui aura le droit de les manger.

— N'y compte pas, Kent.

Il n'avait jamais été très bon au poker, et cela ne l'avait jamais trop intéressé non plus. Présentement, la seule question qui l'intéressait, d'ailleurs, c'était de savoir si son pari risqué avec Shay allait se révéler payant. Il lui tardait de se retrouver de nouveau seul avec elle pour pouvoir le découvrir. Il était allé trop loin pour faire machine arrière. L'occasion se présenterait peut-être bientôt, du moins l'espérait-il. Peut-être même le soir même. Même s'il n'y avait pas songé au départ, ses parents allaient être absents pendant presque deux semaines. C'était la durée idéale pour travailler d'arrache-pied à se désensibiliser l'un de l'autre.

En traitant le mal par le mal.

Une demi-heure après avoir échangé ce baiser langoureux avec Caleb, Shay était douchée et changée. Et pourtant son corps gardait l'empreinte de son contact. Debout devant son miroir, elle se séchait les cheveux, en pensant à lui. En pensant à leur baiser.

Tout espoir qu'embrasser Caleb lui ferait comprendre qu'elle avait enjolivé le souvenir de leur premier baiser était mort. Elle avait au contraire le pressentiment qu'ils n'allaient pas s'arrêter là, comme si, pour la toute première fois, ils allaient pouvoir explorer ce lien spécial qui les unissait. Et si les choses se passaient mal — elle venait de le comprendre —, les dégâts pourraient se révéler irréparables, pour eux et pour toute la famille. C'était terrifiant de devoir faire cette constatation alors que ce qu'elle attendait depuis dix ans venait enfin de se produire.

Soudain, elle le revit l'attirant dans l'arrière-cuisine. Elle se revit en train de coller son corps contre le sien, si dur, si mâle. Elle éteignit son séchoir et se prit la tête dans les mains. Mais dans quel état se trouvait-elle ! Le souvenir de ces instants merveilleux faisait briller ses yeux, et elle sentait toujours son goût sur ses lèvres, ses mains sur son corps. Comment faire pour l'oublier, alors ?

Elle expira profondément et s'efforça de se calmer. Caleb avait l'habitude de souffler le chaud et le froid. Ce qui voulait dire que la prochaine fois qu'ils se verraient, il l'ignorerait sans doute, ce qui lui faciliterait grandement la tâche. Il n'y avait aucune raison de paniquer. Sa famille n'allait pas se déchirer ni voler en éclats.

Et c'était très bien qu'elle ait ce patient à voir de toute

urgence. Elle tenait une excuse en or pour s'éclipser avant la fin de la soirée. Elle se regarda une dernière fois dans le miroir en soupirant. Elle portait un jean délavé et un vieux T-shirt. C'était tout ce qu'elle avait trouvé, et ce n'était pas tout à fait la tenue idéale pour se rendre à son cabinet, mais il faudrait faire avec, car elle n'avait vraiment pas le temps de passer par chez elle.

D'ailleurs, elle devait se dépêcher. Elle attrapa son sac et quitta sa chambre. Elle était obligée de traverser la cuisine, où elle trouva Caleb, Kent, son père et quelques autres invités assis autour de la table, en pleine partie de poker. A l'instant où son regard glissa sur Caleb, sa gorge se serra, rendant sa respiration difficile. Heureusement elle était arrivée si discrètement que personne ne l'avait encore aperçue, ce qui lui laissa un moment pour se reprendre. Elle y était presque parvenue lorsqu'elle remarqua qui était assis à côté de son père. Avec des cartes en main, qui plus était.

— Maman ? demanda-t-elle, abasourdie. Que se passe-t-il ? Je ne t'ai jamais vue jouer…

— Hello, ma chérie, dit Sharon en reposant ses cartes et en lui souriant. En fait, je surveille ton père : je l'empêche de perdre tout notre argent avant notre voyage en Italie.

Puis elle lui tendit un verre, en ajoutant :

— Goûte un peu ce vin qu'on vient de nous offrir. Il est délicieux.

D'abord le baiser de Caleb. Ensuite sa mère en train de jouer au poker. S'était-elle endormie et réveillée dans une autre dimension ? Elle resta un moment interdite, mais se reprit en remarquant que Caleb la regardait fixement.

— Merci, maman, mais je ne peux pas. Je dois filer à mon cabinet. J'ai un patient qui m'attend.

— Un samedi soir ? demanda Caleb.

Maintenant qu'il lui avait parlé, elle ne pouvait plus faire semblant de l'ignorer. Mais elle s'abstint de lui rendre son regard et de lui répondre.

— Et dans cette tenue ? ajouta Kent en regardant son jean d'un air dubitatif.

Sur un ton agacé, elle se défendit :

— C'est tout ce que j'ai trouvé dans l'armoire de ma chambre.

— Qu'est-ce qu'il a donc de si grave, ce patient, pour te déranger en pleine fête de famille ? demanda son père, bougon.

— Il a perdu sa femme il y a trois ans au cours d'une agression, et cela l'a traumatisé. Depuis, il souffre de troubles obsessionnels compulsifs. Il y a deux mois…

— De troubles obsessionnels compulsifs ? dit Caleb en fronçant les sourcils. Et tu as rendez-vous avec lui dans un cabinet désert un samedi soir ? Est-ce qu'il y a au moins un vigile ou un agent de sécurité en service dans l'immeuble ?

— Ça ne risque rien, répondit-elle. Ce patient est absolument inoffensif.

— Comme Jack l'Eventreur, dit Caleb avec un petit rire cynique. Jusqu'à ce qu'on découvre qu'il n'était pas si inoffensif que cela.

Il se leva, et ajouta :

— Je viens avec toi.

— Eh ! dit Kent en tapotant sur la table pour attirer l'attention de Caleb. On a besoin de toi, tu ne peux pas quitter la partie comme ça.

— Vous avez besoin de mon argent, tu veux dire, répondit Caleb en remettant sa chaise en place.

— Caleb, s'il te plaît : reste, dit Kent, insistant.

Mais, de toute évidence, Caleb l'écoutait à peine. Son unique centre d'intérêt paraissait être Shay dont il s'était déjà rapproché.

— Kent White, dit Sharon sur un ton de reproche, tu pourrais avoir un peu plus de considération pour ta sœur.

Puis son regard se posa sur Caleb, et sa voix s'adoucit :

— Merci, Caleb, de prendre soin de Shay. Je m'inquiète toujours pour elle. C'est rassurant de savoir que tu seras là pour veiller sur elle en notre absence.

Sentant le regard de Caleb posé sur elle, Shay ferma les yeux. Car elle savait très bien ce qui allait suivre : sa mère allait dire qu'elle avait besoin d'un homme dans sa vie. Et s'entendre dire cela devant lui risquait d'être terriblement gênant. Elle pria pour que sa mère se taise. Mais, comme elle s'en doutait, elle ne fut pas exaucée :

— Elle a besoin d'un homme dans sa vie.

Elle rouvrit les yeux et soupira.

— Non, maman, je n'ai besoin de personne, répondit-elle sous le regard amusé de Caleb.

— J'aimerais juste que tu aies quelqu'un pour prendre soin de toi, Shay.

— Les femmes d'aujourd'hui ne sont plus comme il y a vingt ans, maman. Elles sont tout à fait capables de se débrouiller toutes seules.

Sa remarque suscita les commentaires passionnés des hommes présents autour de la table, à l'exception de Bob, qui les fit taire d'un revers de la main :

— Ça suffit, tout le monde, dit-il. Shay est encore jeune, elle a bien le temps de trouver l'homme de sa vie. Pour l'instant elle a, pour veiller sur elle, son père et ses deux frères.

Elle se mordit la lèvre, gênée par cette remarque. Quelques dizaines de minutes plus tôt, dans cette même pièce, Caleb et elle ne s'étaient pas vraiment comportés comme un frère et une sœur.

— Sur ce, dit-elle, pressée de couper court à cet échange, il faut que je me sauve. Je ne veux pas faire attendre mon patient.

— Il faut que tu apprennes à dire non, parfois, dit Kent, l'air contrarié.

Il lui avait souvent dit qu'elle travaillait trop et qu'elle ne s'amusait pas assez. Et elle n'avait aucune envie d'aborder de nouveau le sujet.

— J'espère que tu vas l'expédier et vite revenir, dit-il.

— Pour jouer au poker ? Non merci…

Kent leva les yeux au ciel, mais ne fit aucune remarque.

Avant de s'en aller, elle regarda son père.

— Ne laisse pas Kent te faire veiller toute la nuit. Demain la journée sera longue.

— J'irai me coucher tôt, c'est promis. Je ne voudrais surtout pas risquer de ne pas entendre mon réveil, et manquer un fabuleux voyage avec ta mère.

— Dans ce cas, on ferait mieux de se remettre à jouer, et vite, dit Kent. Et toi, ajouta-t-il en pointant un doigt menaçant sur Caleb, dépêche-toi de venir te rasseoir. On a assez perdu de temps comme ça.

— Non, répondit Caleb d'une voix ferme. Jusqu'à la fin de la journée, je suis tout à Shay. Et je dois me coucher tôt. Demain matin j'ai un saut au lever du soleil.

Elle répéta ses mots dans sa tête. Il était tout à elle. Et jusqu'à la fin de la journée ! Elle déglutit aussi discrètement qu'elle le put. La remarque avait dû paraître bien innocente au reste de l'assemblée, mais, pour elle, c'était une surprise, et presque un choc. Ce n'était pas ainsi que les choses étaient censées se dérouler. Normalement Caleb, après l'avoir embrassée, aurait dû prendre ses distances, l'éviter. Comment allait-elle s'en sortir s'il commençait à ne pas se comporter comme prévu ?

Se tournant vers lui, elle dit :

— Vraiment, ce n'est pas la peine, Caleb.

Il fronça les sourcils avec détermination.

— Si, c'est la peine.

Malheureusement, elle savait combien il était têtu. Lorsqu'il avait décidé quelque chose, il était impossible de l'en faire démordre.

— Très bien, dit-elle, résignée. Allons-y.

De toute façon, elle n'avait pas de temps à perdre. Elle salua l'assemblée et sortit. Caleb la suivait de près. De si près qu'il poussa la porte avant elle pour la lui tenir.

Dehors la lune commençait à poindre à l'horizon et le ciel s'était paré de magnifiques couleurs bleues, grises, orange et jaunes. Mais elle eut du mal à apprécier le spectacle, tant elle était nerveuse. Elle était avec Caleb. Et la sensation que provoquait sa présence à ses côtés était à la fois incroyable et dérangeante.

Elle se dirigea à grandes enjambées vers sa voiture, comme pour fuir, s'échapper. Mais elle dut s'arrêter pour lui expliquer où se situait son cabinet.

— Je préfère te suivre avec mon camion, dit-il. Comme ça je ne serai pas obligé de revenir ici et de rejouer au poker.

— Tu sais, tu n'es vraiment pas forcé de…

— Si, répondit-il avec la même force et détermination que dans la cuisine.

— Qu'est-ce que tu es têtu, fit-elle en cherchant ses clés de voiture dans son sac. Tu l'as toujours été, d'ailleurs.

— Je ne suis pas têtu, dit-il en esquissant un sourire, je suis déterminé.

Elle se détourna, de peur qu'il ne remarque qu'elle regardait ses lèvres. Ses lèvres pleines et sensuelles. Pourquoi donc ne pouvait-elle s'empêcher de regarder ses lèvres ? Parce qu'il t'a embrassée, Shay, fit une petite voix dans sa tête, et que tu as envie qu'il t'embrasse encore.

Elle se dépêcha de rejoindre sa décapotable. C'était une petite folie qu'elle s'était offerte pour se consoler de sa rupture avec son fiancé, l'année précédente. Il avait préféré mettre un terme à leur histoire car, d'après lui, elle n'avait jamais réussi à l'aimer vraiment. Après quelques semaines d'introspection, elle avait dû se rendre à l'évidence : il avait vu clair en elle. Leur relation avait été agréable, mais elle l'avait toujours davantage considéré comme un ami que comme un amant ou un mari potentiel.

Ils avaient donc rompu leurs fiançailles et, pour remplacer l'amour et le bonheur qu'elle ne connaîtrait pas, elle s'était acheté cette voiture. Pour se prouver qu'elle n'avait besoin de personne, ni pour subvenir à ses besoins, ni pour rien d'autre.

Perdue dans ses pensées, elle allait pour ouvrir sa portière lorsque, tout à coup, elle entra en contact avec la main de Caleb. Elle ne l'avait pas entendu venir. Peut-être même l'avait-il suivie à la trace. Une décharge électrique parcourut son bras, qu'elle retira précipitamment.

S'il remarqua sa réaction, il ne laissa rien paraître. Il ouvrit la portière et s'effaça pour la laisser s'installer au volant. Un vrai gentleman. Soudain, elle se souvint que Caleb aimait répéter les mots de son propre père, et elle le cita :

— « Les soldats sont des hommes d'honneur. Ils sont bien élevés. Sauf si on commence à les enquiquiner. Alors là, ils oublient illico leurs bonnes manières. Donc… »

— … ne commence pas à m'enquiquiner, dit-il dans un petit rire. C'était tout mon père. Il parlait peu, mais il parlait bien.

— Un peu comme toi. Ça change de Kent, qui ne peut pas s'empêcher de parler tout le temps. Cela dit, c'est sans doute pour ça qu'il est un excellent vendeur.

Ils échangèrent un regard complice et se sourirent. Aussitôt, l'air se chargea d'une tension telle qu'elle les réduisit au silence. Vite, il fallait trouver quelque chose à lui dire, pour ne pas paraître gênée. Mais elle eut beau réfléchir, elle ne trouva rien qui vaille la peine d'être dit. Tout cela parce qu'ils s'étaient embrassés dans un recoin sombre, et que ce souvenir refusait de s'effacer.

— Je sais, dit-il, comme s'il avait tout compris. Il faut qu'on parle, et on parlera. Mais, d'abord, tu dois t'occuper de ton patient.

Elle acquiesça en silence. Mais elle était loin d'être rassurée. Jusqu'ici leur petit jeu avait fonctionné à merveille, l'un disant « oui » quand l'autre disait « non », et vice versa. Mais, à présent, elle avait envie de dire « oui » pour toujours. S'ils se retrouvaient de nouveau seuls, elle craignait de ne pas pouvoir résister, de ne pas pouvoir se raisonner. Elle voudrait dire « oui » et l'embrasser, encore et encore.

Et elle se dépêcha de monter en voiture, et démarra aussitôt.

6

Caleb suivit Shay jusqu'au centre d'Austin. Une fois arrivée à proximité immédiate du gros immeuble en brique qui abritait son cabinet, elle ignora les places — pourtant nombreuses — qui lui tendaient les bras pour s'engager dans un parking souterrain. Il se gara juste à côté d'elle, et jeta un coup d'œil au parking sombre et désert avant d'ouvrir sa portière en étouffant un juron. Puis il se dirigea d'un pas décidé vers Shay qui sortait à peine de voiture.

— C'est ça ce que tu appelles un endroit qui ne craint rien ? demanda-t-il. C'est le lieu idéal pour te faire agresser. Tu aurais beau crier, personne ne t'entendrait.

— Très bien, dit-elle très fort en claquant sa portière, dans ce cas je ne vais pas me gêner. Qu'est-ce qui t'a pris de m'embrasser dans ce cagibi ? Que se serait-il passé si quelqu'un nous avait vus ? Ne me refais plus jamais ça, Caleb.

Elle tenta de le repousser, mais il saisit sa main au passage.

— Quoi donc ? T'embrasser ou t'embrasser dans un cagibi ?

Elle ne prit pas la peine de lui répondre et préféra continuer ses récriminations fulminantes. Qu'elle était belle quand elle était en colère !

— Tu ne peux pas décider de m'embrasser quand l'envie t'en prend, après dix années durant lesquelles je n'ai pas cessé de me répéter que j'ai été nulle de te sauter au cou la première.

— J'espère que ce n'est pas tout ce que tu as retenu de notre premier baiser, répondit-il avec un petit sourire en coin. Et je te signale qu'aujourd'hui, je n'ai fait qu'obéir à tes suggestions. Tu voulais qu'on s'embrasse une autre fois pour ne plus être tentés. Et je me suis dit que ça ne nous apporterait rien de bon de rester à ruminer dans notre coin.

Puis il s'approcha et glissa un bras autour de sa taille.

— Quant à ce qui s'est passé il y a dix ans, j'étais tout à fait consentant.

— C'est moi qui ai commencé, dit-elle d'une voix un peu rauque, étouffée.

— Et c'est ce que je voulais.

— Mais, de toi-même, tu n'aurais jamais pris l'initiative de m'embrasser.

— Ça, je n'en suis pas sûr, Shay. Ce qui nous pousse l'un vers l'autre est si fort et dure depuis si longtemps que ça n'aurait pas pu finir autrement. Peu importe qui a fait le premier pas.

Il plaqua sa main dans son dos et l'attira à lui. Puis, lentement, il approcha sa bouche de la sienne.

— C'était tellement électrique entre nous aujourd'hui qu'on aurait pu éclairer tout le Texas. Après que Kent nous a interrompus, il n'y a pas eu une seconde où je n'ai pas pensé à ce qui se serait produit s'il ne s'était pas montré. Si on ne fait rien, quelqu'un va finir par se rendre compte de quelque chose, si ce n'est pas déjà trop tard.

— On a essayé de faire quelque chose, dit-elle tout bas contre ses lèvres, le caressant de son souffle chaud. On s'est embrassés. Et ça n'a rien résolu du tout.

— C'est normal : un baiser après dix interminables années d'attente… Non, pour mieux se rendre compte, il faudrait peut-être recommencer.

Elle se pencha vers lui avant de, soudain, reculer.

— Non, Caleb, arrête.

Et elle se libéra de son étreinte.

— Il faut qu'on parle, pas qu'on s'embrasse. Tu avais dit qu'on parlerait, et j'y tiens. Mais pas maintenant. Je dois me concentrer sur mon patient. Pas sur toi, Caleb.

— Très bien, répondit-il à voix basse.

Il serra les poings dans son dos, combattant l'envie de la prendre de nouveau dans ses bras. A présent qu'il l'avait touchée, il voulait la toucher encore. De la même façon qu'il voulait l'embrasser encore. Il voulait faire sauter tous les verrous, pour qu'il ne reste plus, entre eux, que la passion nue. Il devait en être ainsi. Et il en serait ainsi.

— Il faut qu'on règle ce problème au plus vite, Shay.

Elle écarquilla les yeux.

— Régler ce problème ? Eh bien toi, on peut dire que tu sais parler aux femmes… Cela dit, tu as tout à fait raison : ça ne peut plus durer, fit-elle d'une voix blanche. Mais il faut vraiment que j'y aille, avant que mon patient n'arrive. Patient à qui tu risques de coller une peur bleue, d'ailleurs, si tu ne changes pas tes manières. Je te trouve un peu rude, et trop direct.

Il se passa la main sur la joue, interdit. Il s'était toujours considéré comme quelqu'un d'assez sensible, de diplomate. Mais avec elle, de toute évidence, il s'y prenait mal et n'arrivait pas à trouver les bons mots. Mieux valait qu'il se taise alors. Ou qu'il occupe sa langue d'une autre manière…

En songeant à toutes les façons dont il pourrait s'y prendre, il lui emboîta le pas. Elle était comme sa proie. Chacun de ses mouvements captait son attention, chacun de ses mots l'intéressait. C'était la première fois qu'il était fasciné de la sorte. Et, vraiment, il tenait à lui montrer comment il comptait s'attaquer à ce « problème » si particulier.

Elle avait raison. La tentation et le désir les rendaient fous. Le rendaient fou. A tel point que, par le passé, il avait dû se couper du reste de la famille, prendre ses distances pour ne pas faire exploser la cellule familiale. Il fallait donc absolument qu'ils parviennent à désamorcer cette tension et à dépasser la tentation qu'ils représentaient l'un pour l'autre. Pour cela, il était prêt à embrasser Shay autant de fois qu'il le faudrait.

En espérant que ce soit suffisant.

*
* *

Shay attendait l'ascenseur, raide et silencieuse. Caleb était juste derrière elle. Tout près. Trop près. Pas assez près. Elle le voulait mais ne le voulait pas. Elle avait cru que ce baiser serait une bonne idée. Maintenant elle avait l'impression de s'être lourdement trompée.

Lorsque la porte de l'ascenseur s'ouvrit, elle y pénétra sans s'occuper de lui. Mais, bien sûr, il la suivit. Et il remplit l'espace de son énergie sexuelle, comme aucun autre homme n'aurait pu le faire. Ils étaient seuls et il sentait terriblement bon. Si elle le regardait et si elle voyait dans ses yeux la moindre petite lueur, elle ne parviendrait pas à se retenir et elle l'embrasserait. Encore.

En fait, elle était à sa merci. D'un claquement de doigts, il pouvait embraser l'atmosphère ou, au contraire, en restant fermé, faire descendre la température en dessous de zéro. Comme toujours, comme dix ans auparavant, comme plus tôt dans la journée, il soufflait le chaud et le froid au gré de ses désirs.

Cela signifiait que, bien qu'elle en meure d'envie, elle ne pouvait se permettre qu'il se passe quelque chose de plus entre eux ce soir. Pas si elle voulait être sûre de réussir à dompter cet élan qui les poussait l'un vers l'autre. Si elle était un peu maligne, elle lui dirait qu'elle voyait quelqu'un d'autre. Que son cœur était pris. Elle lui rendrait sa liberté. Mais en même temps, à quoi bon ? C'était si peu crédible qu'il ne risquerait pas de la croire…

Dès que les portes de l'ascenseur se rouvrirent, elle se précipita dehors et chercha son sac, pour s'apercevoir rapidement qu'elle ne l'avait pas pris.

— Oh non, dit-elle en faisant demi-tour et en le heurtant.

Involontairement, ses mains entrèrent en contact avec son torse puissant, et son souffle se coupa.

— Ah tiens, bonjour Shay, dit-il sur un ton narquois en

posant les mains sur ses bras, tandis que ses cuisses — ses puissantes cuisses — butaient contre les siennes.

Elle retira ses bras précipitamment.

— J'ai oublié mes clés et mon sac. Et — oh non ! — aussi mon téléphone. Ils sont restés dans ma voiture.

Il marqua un temps d'arrêt, puis dit :

— Qui est fermée à clé, c'est ça ?

Elle acquiesça, en colère d'avoir commis cette impardonnable étourderie.

— Et si tout ça est arrivé, c'est à cause de toi, Caleb. Parce que, à cause de toi, je ne sais plus où j'en suis. Et maintenant mon patient va arriver, et si je suis là, devant une porte clo…

Il s'était approché si vite, sans que rien ne le laisse présager, qu'elle fut surprise de sentir ses mains autour de son visage et ses lèvres sur les siennes. Ce fut une caresse douce et vibrante : il mêla son souffle chaud au sien et effleura à peine ses dents du bout de sa langue.

Emportée par la sensation délicieuse qui inondait tout son corps, elle fut incapable du moindre mouvement, de la moindre réaction.

Lentement, il recula et passa son pouce sur sa joue, un léger sourire à ses lèvres si irrésistibles qu'elle n'avait qu'une envie : y poser de nouveau les siennes.

— Je me suis dit que si je devais tout endosser, il me fallait une petite compensation, dit-il doucement. Si tu me laisses t'embrasser, je veux bien être accusé de tous les maux de la terre.

Puis il lui prit la main, et ajouta :

— Allons voir ce qu'on peut faire pour ton sac.

Il se dirigea vers l'escalier, la traînant à sa suite et elle se laissa faire, abasourdie par la facilité avec laquelle il était venu à bout de ses bonnes résolutions.

Le fait que sa main soit large et chaude n'aidait pas les choses. Ni qu'elle ait une vue imprenable sur ses fesses parfaites superbement mises en valeur par son jean. Elle était humaine après tout. Humaine, et faible.

Elle leva les yeux pour se forcer à regarder ailleurs. Et elle ouvrit la bouche pour parler. Pour prononcer quelques mots précis et concrets qui l'aideraient à s'échapper du brasier qu'il avait allumé en elle. Mais elle ne trouva rien à dire. Son jean lui allait vraiment trop bien. Elle n'arrivait pas à penser à autre chose. Et peut-être valait-il mieux, d'ailleurs, qu'elle ne pense à rien d'autre.

Heureusement, ils furent bientôt arrivés à sa voiture. Il inspecta la portière et la serrure.

— Jolie voiture, lança-t-il. Je m'étonne juste qu'elle soit gris métallisé et pas bleue.

Elle tressaillit. Il la connaissait si bien que c'en était effrayant.

— Je l'ai achetée sur un coup de tête, il n'y avait pas de bleue disponible. Si j'avais attendu, j'aurais sans doute changé d'avis. Mais est-ce que tu vas réussir à l'ouvrir ?

— J'en doute fort, répondit-il sans la moindre hésitation. En tout cas, pas sans rien casser. Est-ce que tu as une clé de secours chez toi ?

— Ma clé de secours se trouve au fond du lac Travis. Kent et son bateau y sont pour quelque chose. Mais ce n'est pas une histoire très glorieuse…

— Ah oui. Encore une de ces fêtes mémorables sur le bateau. Il s'y passe toujours des choses… intéressantes. Mais je m'étonne que Kent ait réussi à t'y entraîner.

— En fait j'étais venue le chercher, répondit-elle, commençant à raconter l'histoire malgré son intention première de ne pas le faire. Il ne voulait pas prendre le volant. Il avait trop bu. Mais je n'ai pas pu le reconduire, puisqu'il a décidé de jouer au foot avec mes clés beaucoup trop près de l'eau.

— Je vois… J'imagine le savon que tu as dû lui passer.

— Oui, c'est vrai : il m'a entendue ! Mais, cette fois, j'ai bien peur qu'il n'y soit pour rien.

— Non, cette fois, tout est de ma faute.

— C'est la vérité, dit-elle. Mais on reparlera de ça plus tard.

Pour le moment, la seule chose qui me préoccupe c'est mon patient qui va bientôt arriver et que je ne peux pas recevoir.

Elle fronça les sourcils et jeta un coup d'œil à sa montre.

— D'ailleurs il devrait déjà être là. D'habitude, George n'est jamais en retard. Pas même d'une minute.

Soudain inquiète, elle demanda :

— Est-ce que je peux utiliser ton téléphone pour appeler mon secrétariat ?

Sans rien répondre, il s'appuya contre son camion et lui tendit son téléphone. Mais elle hésita tout de même avant de passer son appel.

— Je vais avoir besoin d'un numéro où mon secrétariat pourra me joindre. Est-ce que je peux leur donner le tien jusqu'à ce que j'aille chercher un téléphone provisoire ?

— Pas la peine de te donner tant de mal. Tu n'as qu'à garder mon téléphone jusqu'à demain. Tu me le rendras chez tes parents. Il me semble que tu voulais passer leur dire au revoir juste avant leur départ, et ça tombe bien car moi aussi. Entre-temps, on se sera débrouillés pour récupérer tes clés et ton téléphone.

— Mais si tu avais besoin de ton téléphone ?

— Je ne suis pas médecin, moi. Si quelqu'un cherche à me joindre, tant pis pour lui. Il attendra.

Elle accepta à contrecœur et composa le numéro de son secrétariat.

— Il n'a pas appelé pour annuler, dit-elle après avoir raccroché. Je suis vraiment très inquiète à présent. Il n'est pas venu, et pourtant il a cherché à me joindre à tout prix. Ça ne lui ressemble pas.

— Ton secrétariat a peut-être manqué un appel.

— Peut-être, répondit-elle en espérant qu'il avait raison.

Elle appela George immédiatement, mais il ne décrocha pas. Alors que sa messagerie se mettait en marche, elle couvrit l'appareil :

— Est-ce que je peux lui laisser ton numéro pour qu'il puisse me parler directement ?

— Bien sûr, si ça peut être utile à quelque chose, n'hésite pas.

Sa gentillesse et sa serviabilité la touchèrent. Il avait bon cœur, il avait toujours eu bon cœur. Qu'il l'ait embrassée ou pas ne changeait rien à cela.

Elle laissa un bref message sur le répondeur de George.

— J'ai vraiment un mauvais pressentiment. Je le sens, là, dit-elle en posant la main sur son ventre. J'ai comme un nœud. J'ai l'adresse de mon patient dans mon ordinateur portable, à la maison. Il faut absolument que je la récupère et que je passe chez lui.

Puis elle regarda sa voiture.

— Mais, bien sûr, je ne peux aller nulle part, et je n'ai pas non plus les clés de chez moi. A part ça, tout va bien !

Il s'approcha et l'attira doucement à lui.

— Mais tu m'as, moi.

— Caleb, fit-elle sur un ton réprobateur.

Elle posa ses mains sur ses bras, dans l'intention de le repousser et de protester contre l'intimité qu'il instaurait entre eux. Mais elle se tut. Elle le savait, elle aurait du mal à se montrer convaincante, tout simplement parce qu'elle-même n'était pas convaincue. A dire vrai, ce n'était pas la première fois que la force tranquille de Caleb et son sang-froid à toute épreuve réussissaient à calmer sa nervosité. Contrairement à Kent qui avait toujours eu le don de l'énerver, Caleb avait toujours eu celui de l'apaiser.

— Je peux rentrer chez toi sans problème, dit-il. Demain matin, avant d'aller chez tes parents, on pourra faire fabriquer une autre clé. Quant à ton patient, il me paraît plus sage de faire intervenir la police.

Elle secoua énergiquement la tête.

— Je ne peux pas faire ça. S'il ne s'est rien passé, il aura l'impression que j'ai trahi sa confiance, violé sa vie privée. A ses yeux, je perdrai toute légitimité pour l'aider.

— Est-ce qu'il vit en appartement ? Si c'était le cas, on pourrait demander aux concierges de vérifier que tout va bien.

— Pourquoi pas ? Ça me paraît une bonne idée. On pourrait… Enfin, je pourrais…

C'était si facile de dire « on » : leurs existences étaient si intimement mêlées, et depuis si longtemps.

Elle se dégagea.

— On ferait mieux d'y aller.

« On ». Elle avait encore dit « on »…

— Oui, répondit-il doucement, en portant sa main à ses lèvres bien qu'elle ait fait un pas en arrière. On ferait mieux d'y aller.

Puis il lâcha sa main pour lui ouvrir la porte de son camion.

Bientôt ils furent tous les deux à bord. Elle était en train de sentir cette proximité particulière qui les liait depuis toutes ces années se muer en quelque chose de nouveau. Une espèce de complicité, d'intimité détendue. Elle n'allait pas se voiler la face : c'était très agréable. Elle soupira intérieurement. Elle avait envie de lui, terriblement envie de lui. Il n'aurait pas besoin de la chercher bien longtemps pour qu'elle se jette sur lui, nue et éperdue de désir. Ce qu'elle ne devait absolument pas faire. De toute façon, pas avant le lendemain.

Car, le lendemain, il y avait encore un espoir pour qu'il ait changé d'état d'esprit et la renvoie se rhabiller sur-le-champ.

Elle n'avait plus qu'à croiser les doigts.

7

— En tout cas, ça ne t'a pris que deux minutes.

— Deux secondes, tu veux dire, répondit Caleb en se relevant pour lui ouvrir la porte de chez elle. Pourquoi est-ce que tu n'as pas de serrure trois points ?

— Quand j'ai acheté cette maison il y a six mois, il était convenu que les anciens propriétaires en installent une. Mais ils ne l'ont pas fait. Et j'étais tellement contente d'avoir enfin une maison à moi que je n'ai pas insisté.

Aussitôt entrée, elle alluma la lumière.

— Mais, maintenant que j'ai vu avec quelle facilité tu as fracturé ma porte, je vais en faire installer une de toute urgence.

Elle lui fit signe d'entrer et il obéit.

— Les serruriers coûtent horriblement cher. Je peux changer ta serrure, moi. Et sécuriser toutes tes portes et tes fenêtres.

— Je te répondrais bien que tu n'as pas à faire ça, mais je te connais. Quand tu as décidé quelque chose, il est illusoire de vouloir te faire changer d'avis.

Du menton, elle désigna une pièce à sa gauche. La cuisine, de toute évidence.

— Sers-toi dans le frigo si tu as soif. Je vais à côté vérifier l'adresse.

Sur ce, elle tourna les talons et s'éloigna, lui offrant à contempler ses jolies petites fesses.

Il resta sous le charme pendant quelques bonnes secondes,

après quoi il se dirigea vers la cuisine. Dès qu'il y pénétra, une photographie accrochée au mur attira son regard. Il se souvenait parfaitement du moment où elle avait été prise. C'était ce fameux jour. Le jour des dix-huit ans de Shay. La famille et une douzaine d'amis proches s'étaient retrouvés au restaurant favori de Shay, et ils avaient demandé au serveur de les photographier.

Il était donc là, sur cette photo, assis juste à côté d'elle, qui rayonnait. Elle ne regardait pas l'appareil photo, mais lui, et souriait. Et il la regardait aussi, comme s'ils avaient été seuls au monde. Cette photo était éloquente en bien des points. Elle disait tout de leur proximité, de leur complicité, et de l'attirance qu'ils éprouvaient l'un pour l'autre. Tout cela crevait les yeux.

C'était d'ailleurs ce qui les avait conduits à s'embrasser au cours de cette même soirée.

Quelques années plus tard, il y avait eu une deuxième soirée, presque similaire. Il était à l'armée, déjà, et était revenu pour fêter le diplôme universitaire de Shay. Cette fois-là, ils avaient bien failli s'embrasser encore. Ensuite, il s'était fait de plus en plus rare. La situation était devenue trop explosive, trop dangereuse.

Dix ans après leur premier baiser, c'était plus que jamais le cas. Mais, à l'époque, ils étaient encore des gamins, incapables de faire face à ce genre de situation.

A présent, ils avaient quitté l'adolescence depuis longtemps. Et cela changeait tout.

— Caleb ! appela soudain Shay. Un coup de téléphone pour toi.

Après un dernier coup d'œil à la photo, il alla la rejoindre dans le salon.

C'était une pièce très agréable et chaleureuse, à l'image de Shay. Il y trônait une superbe cheminée en pierre, moderne, surmontée d'un écran plasma qui, se dit-il tout de suite, serait parfait pour suivre les matchs de foot qui lui avaient tant manqué pendant qu'il était à l'armée. Le canapé, les fauteuils et les repose-pieds étaient marron, les coussins et les bougies bleu clair. C'était le genre d'endroit, accueillant et douillet, où l'on se sentait tout de suite chez soi.

Elle lui tendit son téléphone par-dessus la table basse en marbre où elle avait posé son ordinateur portable.

— Jennifer, dit-elle, affichant un air contrarié qui ne lui échappa pas.

Il réussit à ne pas sourire mais prit le temps de savourer l'instant. Jalouse. Elle était jalouse. Son ego de mâle était satisfait. C'était une petite revanche sur elle, après la colère qu'il avait éprouvée en la trouvant avec Rick dans sa chambre. Enfin il se sentait moins seul.

Il saisit le téléphone, effleurant exprès ses doigts au passage. Mais elle retira vite sa main et, cette fois, il dut tourner la tête pour dissimuler un sourire.

— Qu'y a-t-il, Jennifer ? demanda-t-il en se dirigeant vers la fenêtre pour en inspecter le système de fermeture.

Il n'eut besoin que d'un rapide coup d'œil pour s'en rendre compte : il fallait tout remplacer.

Jennifer ne prit même pas la peine de le saluer. Tout de suite, elle demanda :

— Qui était-ce ? Et pourquoi est-ce que tu ne nous as jamais parlé d'elle ? J'ai du mal à t'imaginer laisser une femme décrocher ton téléphone. Tu es trop secret et discret pour ça. Ce qui veut dire que ce n'est pas quelqu'un que tu viens juste de rencontrer.

Jennifer était l'épouse de Bobby Evans, l'un de ses meilleurs amis et ex-membre de son commando d'élite, avec qui il était à présent associé.

— Et, à part ça, pourquoi est-ce que tu m'appelais ? demanda-t-il, préférant faire la sourde oreille.

— J'ai compris : tu ne peux pas — ou ne veux pas — parler. Mais je ne lâcherai pas l'affaire, et tu ferais mieux de te préparer à réentendre cette question.

— Je n'en aurais pas attendu moins de toi, répondit-il en riant.

Il aimait beaucoup Jennifer. Le couple qu'ils formaient, elle et Bobby, était l'un des plus beaux et des plus assortis qu'il ait jamais vus.

— Tu as le droit de garder le silence pour le moment. Si tu me promets de tout me raconter plus tard…

Elle ne lui laissa pas le temps de protester et enchaîna :

— Maintenant, venons-en à ce pour quoi je t'appelais. On est en train de faire un barbecue à l'aérodrome, et je voulais te prévenir qu'on est allés se servir dans ton frigo. De la moutarde, des cornichons, ce genre de petites choses qu'on avait oubliées…

Il habitait pour l'instant dans un mobile home installé derrière les locaux de l'aérodrome. C'était, bien entendu, une solution provisoire, en attendant qu'il trouve un appartement ou une petite maison à acheter.

— Faites comme chez vous, ne vous gênez pas. De toute façon, c'est fait, non ?

Elle se mit à rire.

— Je te remercie pour ta générosité. Je te mettrai un burger de côté. Sauf si tu préfères venir tout de suite nous rejoindre, accompagné de cette mystérieuse personne qui répond à ton téléphone.

Il se tourna vers Shay qui était en train de noter une adresse sur un bout de papier.

— Ce soir, ce ne sera pas possible, répondit-il.

Shay leva alors les yeux et dit :

— C'est bon. Tu n'es pas obligé de rester avec moi. Je peux me débrouiller toute seule.

Fixant Shay, il répondit à Jennifer :

— Ne fais pas veiller Bobby trop tard. Demain on a un saut au lever du soleil.

Shay écarquilla les yeux, avant de détourner le regard. Ce qui ne l'empêcha pas de voir ses joues rosir légèrement.

Il raccrocha et dit :

— Son mari, Bobby, est un de mes associés.

Elle se mordit la lèvre et hocha la tête.

— Oui, j'avais deviné.

— Il n'y a personne d'autre, Shay. Personne d'autre que toi.

Aussitôt, l'air s'emplit de tension.

— Tu n'étais pas obligé de me dire ça.

— Et toi ? demanda-t-il, se raidissant malgré lui. Est-ce que tu vois quelqu'un, Shay ?

L'idée qu'elle puisse avoir quelqu'un d'autre lui était insupportable. Elle baissa les yeux, avant de les relever timidement.

— Et si je te disais oui ?

Il se sentit saisi d'un élan de possessivité presque incontrôlable.

— Je répondrais qu'il ne doit pas être si irrésistible que ça pour que tu m'embrasses dans la cuisine de tes parents.

Elle marqua un temps d'arrêt, avant de rire.

— J'ai l'impression qu'à trop jouer au super-soldat, tu as attrapé un ego démesuré.

Mais lui ne riait pas. Il pensait à l'effroi qu'il ressentirait le jour où il apprendrait son mariage, alors que, en toute logique, c'était du soulagement qu'il devrait éprouver.

Il fallait croire qu'il la voulait. Qu'il la voulait plus que tout au monde.

— Réponds-moi, Shay, demanda-t-il doucement.

D'un coup, elle redevint sérieuse.

— Non, je ne suis avec personne.

Puis, pinçant les lèvres, elle ajouta :

— Et pas avec toi non plus.

Il éprouva instantanément un apaisement et une satisfaction extrêmes.

D'ici la fin de la nuit, elle aurait le temps de dire le contraire.

— Voilà, c'est là, dit Shay en montrant du doigt une maison cossue des quartiers chics d'Austin. Je ne vois pas de voiture, mais elle est peut-être dans le garage. En revanche, la maison semble éclairée.

— Tu ne m'as pas dit qu'il était enseignant ? demanda

Caleb en s'engageant dans une petite allée pour se garer. Parce qu'il ne me semble pas que ce soit le genre de maison qu'un prof puisse s'offrir.

— Il a écrit des manuels scolaires. Ça lui a peut-être rapporté assez. Mais j'en sais rien, en fait : on n'a jamais abordé la question de sa situation financière.

Maintenant qu'elle y réfléchissait, cela lui semblait un sujet qu'il avait plutôt cherché à éviter durant leurs séances. Curieux…

— Ça m'étonnerait que ça rapporte autant que ça, dit-il en regardant la maison. Mais allons donc rendre visite à ce bon vieux George.

Alors qu'il s'apprêtait à ouvrir sa portière, elle lui attrapa le bras.

— Non, c'est mieux que j'y aille seule. Je ne veux pas qu'il ait l'impression que j'ai trahi sa confiance en parlant de lui et de ses problèmes à quelqu'un d'autre.

— Mais il me verra dans le camion.

— Dans ce cas je lui expliquerai que tu es un ami à qui je n'ai rien dit. Mais si tu es là pendant que je lui parle, ça ne va pas aller. Sérieusement, Caleb. Il faut que je sois seule.

Malgré l'obscurité, elle vit qu'il serrait la mâchoire.

— Surtout n'entre pas dans la maison.

— D'accord, répondit-elle en tendant le bras vers sa portière.

Il la retint par le bras.

— Je ne plaisante pas, Shay. N'entre pas chez lui, sinon j'accours. On ne sait jamais de quoi certaines personnes sont capables. Surtout si ces personnes sont déjà instables.

Elle aurait dû se sentir agacée, mais ce n'était pas le cas. Il avait beaucoup fait pour elle ce soir, et elle aimait qu'on prenne soin d'elle de la sorte. Pourtant, il fallait qu'elle donne le change :

— Tous les soldats sont-ils aussi paranoïaques que toi ? Ou bien est-ce une caractéristique qui t'est propre ?

— Je suis prudent. C'est tout. Mais ce n'est pas par prudence que je te retiens, en ce moment, ajouta-t-il en désignant une des fenêtres de la maison.

Elle fronça les sourcils et regarda dans la direction qu'il indiquait. Ce qu'elle vit la pétrifia. Par une des fenêtres de l'étage, on pouvait apercevoir un couple. Ou plus exactement la silhouette d'un couple nu.

— Il m'a posé un lapin pour un petit cinq à sept, dit-elle, stupéfaite.

— On dirait bien… En même temps, il faut le comprendre, le pauvre. S'il n'a pas fait l'amour depuis que sa femme est morte il y a trois ans, il a peut-être eu du mal à résister à un proposition allant dans ce sens.

— Il aurait quand même pû attendre trois minutes de plus et m'appeler pour annuler notre rendez-vous.

Il démarra en riant.

— Allez, je t'emmène manger mexicain. Je crois qu'un margarita sera le bienvenu pour te remettre de tes émotions.

Elle soupira et dit :

— Tu as raison, c'est une bonne idée.

Elle n'avait pas envie de se refuser l'opportunité de passer un peu plus de temps avec lui. Elle appréciait sa compagnie. Elle avait envie qu'il lui raconte ses dix années passées à l'armée.

De plus, ils devaient toujours parler.

Ce ne serait pas au téléphone, comme elle l'avait imaginé, mais en public. Et ce serait très bien, car elle pourrait plus facilement que chez elle respecter sa résolution de ne pas se jeter sur lui durant la soirée.

Après toutes ces contrariétés, elle se sentait soulagée. Tout, enfin, semblait à peu près sous contrôle.

8

Une heure après l'apparition sulfureuse de George à sa fenêtre, Shay était attablée face à Caleb dans un petit restaurant. Le lieu ne payait pas de mine, mais tout y était délicieux.

Elle posa sa main sur son ventre tandis que la serveuse enlevait son assiette. Son estomac, comblé, se moquait allègrement que les murs soient défraîchis et les tables un peu bancales. De toute façon, à part Caleb, elle n'avait pas regardé grand-chose de toute la soirée. Par trois fois au moins, elle avait dû résister à l'envie de lui caresser la joue.

Et cela faisait quatre, à présent.

Elle soupira et coinça ses mains entre ses genoux pour les empêcher de bouger. Puis, pour penser à autre chose, elle essaya de relancer la conversation en évoquant un autre souvenir commun, ce qu'ils avaient déjà fait avec beaucoup de plaisir et de bonne humeur durant tout le dîner :

— Tu te souviens de l'histoire de la fausse carte d'identité ?

— Laquelle ? Le jour où Kent, à seize ans, a essayé d'assister aux courses de chevaux avec une carte d'identité disant qu'il en avait vingt-cinq ?

— Attends un peu, dit-elle en se penchant en avant, les mains posées sur la table. Tu veux dire qu'il a récidivé ?

— Je croyais que tu étais au courant… Il a même essayé de m'entraîner avec lui. Il avait soi-disant rêvé de l'ordre d'arrivée gagnant. Et on allait être riches. Heureusement pour moi, j'ai refusé de l'accompagner : au lieu de devenir riche, il a dû payer une amende faramineuse.

— Sacré Kent. Je suis sûre que moi, sa propre sœur, je ne sais pas encore tout à son sujet.

— C'est certain, répondit-il d'un air rêveur. C'est un sacré numéro. En même temps, ce sont de bons souvenirs. Avec Kent, on s'était un peu perdus de vue pendant que j'étais à l'armée. Mais, depuis mon retour, on s'est bien retrouvés, et ça me ravit. C'est comme si je n'étais jamais parti, en fait. D'ailleurs, samedi dernier, il est venu dormir chez moi à l'aérodrome et on a sauté ensemble au lever du soleil, le lendemain matin.

— Maman ne comprend pas que tu loges dans cette espèce de mobile home plutôt que chez eux, tu sais. Je lui ai dit que tu avais tes raisons. Sans lui préciser, bien entendu, que la principale de ces raisons, c'était que tu voulais m'éviter.

— Ça n'a rien à voir avec toi. Et je ne sais pas ce que Kent a pu vous en dire, mais ce mobile home n'est pas si mal que ça. Mes deux associés viennent de se marier, je suis le seul célibataire du groupe. C'est donc logique que ce soit plutôt moi qui m'occupe de la paperasse et qui fasse quelques heures supplémentaires quand il le faut. Vivre sur mon lieu de travail est assez pratique. Je sais qu'à ma place, Bobby et Ryan auraient fait la même chose. En contrepartie, ils me laissent prendre des demi-journées quand j'en ai envie, quitte à surcharger leur planning.

— Ce sont de vrais amis, si j'ai bien compris.

— Plus que ça : ce sont mes frères de sang. On s'est mutuellement sauvé la vie si souvent.

Elle frémit. C'était donc vrai : il avait frôlé la mort. Et plus d'une fois.

— Je me suis inquiétée pour toi, Caleb. Si tu savais à quel point.

Il la couva d'un regard attendri.

— Shay…

Il essaya d'attraper sa main, mais elle la retira précipitamment, pour la reposer sur ses genoux. Elle ne voulait pas donner dans l'émotion. Elle n'avait pas prévu de le faire. Mais, voilà, les émotions étaient là, qui s'invitaient sans avoir été conviées, et la submergeaient. Tout comme les mots — ceux de Caleb et à présent les siens — qui semblaient se déverser d'eux-mêmes.

— Au début, l'idée qu'il puisse t'arriver quelque chose me torturait. Non seulement parce que j'avais peur de te perdre, mais aussi parce que je me sentais coupable d'avoir précipité ton départ. Au fil du temps, j'ai essayé de vivre avec. Mais il y avait des moments où l'angoisse me submergeait de nouveau, surtout après tes visites éclair. Je vivais dans la peur d'un coup de téléphone porteur de mauvaises nouvelles. Comme maman. Et papa et Kent aussi, même s'ils étaient trop fiers pour le reconnaître.

Il resta silencieux et totalement immobile pendant plusieurs secondes. Respirait-il encore ? Le moment était donc venu. Après avoir soufflé le chaud pendant un assez long moment, il venait de nouveau d'inverser la tendance.

Mais, contre toute attente, il se rapprocha tout à coup d'elle en lui adressant un regard empli de tendresse. Et de quelque chose qui ressemblait fort à de la culpabilité.

— J'aurais dû prendre le temps de te parler avant de partir. J'aurais dû faire en sorte que tu ne ressentes jamais cette peur ni cette culpabilité. Ce n'est pas toi qui m'as chassé, Shay. J'avais l'armée dans le sang. Je l'ai su avant d'entrer à la fac, et cette certitude ne m'a pas quitté pendant que j'y étais. J'ai toujours su que j'étais fait pour ça.

Qu'il était fait pour cela… C'était difficile à entendre, car cela signifiait que, d'après lui, il n'était pas fait pour elle, ni pour sa famille.

— Dans ce cas pourquoi es-tu là aujourd'hui ? Pourquoi as-tu fini par rentrer ?

Il eut un temps d'hésitation.

— Shay…

— Parce que tu n'avais pas le choix, c'est ça ? demanda-t-elle en se tournant complètement vers lui. Il s'est passé quelque chose. Quelque chose qui t'a forcé à quitter l'armée.

Il pinça les lèvres, sans doute pour la prévenir qu'elle risquait de ne pas aimer sa réponse.

— Si je n'avais pas voulu quitter l'armée, je ne l'aurais pas fait.

— Que s'est-il passé ?

— Il s'est passé quelque chose, en effet. J'ai contribué à la mise à pied d'un soldat corrompu. Mais c'était un de mes supérieurs hiérarchiques directs, et je n'aurais pas dû le faire. On a proposé de me transférer au sein d'une autre unité, mais j'ai refusé. Intégrer un autre commando que les Fous Volants n'avait aucun sens pour moi.

Elle enregistra l'information avec un léger déplaisir. Mais pourquoi, au fond, était-elle contrariée ? Avait-elle vraiment cru, en son for intérieur, qu'il était revenu pour elle ?

C'était idiot, certes, mais elle devait se rendre à l'évidence : inconsciemment, c'était ce qu'elle avait dû espérer.

Elle voulut se détourner. Il lui prit la main pour la forcer à rester face à lui. Mais elle ne lui laissa pas le temps de s'exprimer. Puisque les confidences avaient commencé, elle poursuivit :

— Les mois et les mois passaient, sans qu'on sache si tu étais encore de ce monde.

L'année précédente, par exemple, il était resté huit longs mois sans donner le moindre signe de vie.

— Je ne vais pas te mentir, Caleb. Je t'en veux d'avoir été une telle source d'inquiétude. Pour moi et pour toute la famille.

— Je suis désolé.

Ses doigts effleurèrent sa joue et cette douce caresse la fit frissonner.

— Je suis là maintenant, dit-il. Peu importe où j'ai pu aller, je suis là maintenant. Et je n'irai plus nulle part, Shay.

Il entrelaça ses doigts entre les siens, avant de poursuivre :

— Je ne vais plus m'enfuir à cause d'un baiser. On était

gamins quand ça s'est produit. A l'époque, je croyais que, si on était allés plus loin, on aurait fini par se détruire l'un l'autre, et par détruire notre famille au passage. On avait tout à perdre.

Il s'interrompit pour embrasser délicatement sa main.

— Mais nous ne sommes plus des gamins, Shay.

— Et pourtant rien n'a changé, ou si peu.

— Ah bon, tu trouves ?

Le juke-box se mit à jouer une douce ballade.

— Dansons, dit-il, un sourire éclairant son visage.

Avant qu'elle n'ait le temps de répondre, il l'aida à se lever.

— Tu veux danser ? demanda-t-elle tout bas en regardant autour d'elle.

Il n'y avait rien qui ressemble à une piste de danse.

Mais cela ne semblait pas le déranger. Il l'entraîna dans un petit coin à l'écart du reste de la salle, juste entre le juke-box et une table de billard inoccupée.

Il la prit par la taille. Ses mains étaient fermes, possessives, fortes. Elle voulut protester, mais les mots moururent sur ses lèvres dès que les paroles de la chanson commencèrent. Elle se laissa porter par la musique et toutes ses réticences s'évanouirent. Une danse, finalement, ce n'était pas une si mauvaise idée que cela. De toute façon, elle ne risquait rien. Ils étaient en public. Elle pouvait se permettre cette agréable parenthèse.

Mais lorsqu'elle vit l'ardent désir qui se peignait sur son visage et qu'elle perçut sa mâle et enivrante odeur, elle se sentit soudain comme ensorcelée. Incapable de raisonner, de réfléchir, de résister…

Ils restèrent un bon moment immobiles, à se regarder. Il glissa sa main le long de son dos, l'invitant à se rapprocher. Leurs jambes s'entremêlèrent et leurs bassins se soudèrent. Aussitôt, une bouffée de chaleur l'envahit et elle posa les mains sur son torse.

Lentement, ses doigts se promenèrent sur son buste musclé. Non, elle ne rêvait pas. Elle le touchait, elle était avec lui, dans ses bras, et ni lui ni elle ne protestait. C'était une expérience totalement surréelle. Elle était à la fois spectatrice — et une spectatrice presque incrédule — et actrice, obéissant sans broncher à ce que son corps lui réclamait.

Elle continuait de le caresser et la chaleur qu'il dégageait brûlait ses paumes. Elle chercha son regard, puis entrecroisa ses doigts derrière sa nuque, se blottissant davantage encore contre lui. Leurs corps commencèrent à osciller doucement au rythme de la musique. C'était une autre chanson déjà, tout aussi douce que la précédente. Elle se laissait porter par la musique, mais elle ne prêtait aucune attention aux paroles. Même si elle n'avait pas réussi à soutenir le regard de Caleb, dont l'intensité l'avait presque intimidée, elle ne voyait pas la pièce ni ce qui se passait autour d'elle.

Elle posa sa tête contre son torse et écouta le rythme rapide de son cœur. Puis elle se pressa contre lui et sentit son sexe gonflé appuyer contre sa hanche. Il avait raison. Ils n'étaient plus des gamins. Rien n'était plus comme avant.

Il caressa longuement son dos avant de replacer ses mains autour de sa taille avec fermeté et possessivité. Mais il ne resta pas longtemps immobile : du bout de ses doigts, il effleura sensuellement ses côtes, juste en dessous de sa poitrine. A la perspective du plaisir qu'il pourrait lui donner, elle s'embrasa. Elle posa ses mains sur ses poignets et ferma les yeux lorsqu'elle sentit ses seins pointer, le désir brûlant qui s'était emparé d'elle lui commandant d'y guider ses mains. A ce moment précis, elle aurait été capable de tout, peu importait l'endroit où ils se trouvaient. Dix ans de préliminaires avaient laissé des traces. Jamais elle ne s'était sentie à ce point emportée par le désir, ni en privé, et encore moins en public. Avec le peu de raison qu'il lui restait, elle sut qu'il fallait que cela cesse, qu'il fallait réagir avant de faire quelque chose qu'elle allait regretter.

Elle chercha de nouveau son regard, pour lui adresser une prière muette. Il fallait qu'il arrête, tout de suite.

— Caleb, murmura-t-elle.

C'était encore une prière, mais pas celle qu'elle avait prévue. En prononçant son prénom, elle lui réclamait davantage, elle venait de le supplier de lui donner un peu plus de lui. Un baiser. Sans réfléchir, elle s'était déjà hissée sur la pointe des pieds.

Elle fut exaucée.

Il plongea ses doigts dans ses cheveux et, d'abord, ne fit qu'effleurer ses lèvres. Mais son baiser ne resta pas innocent bien longtemps et, bientôt, la passion les emportèrent. Elle n'arrivait pas à comprendre ce qui était en train de se passer. La seule chose dont elle avait conscience, c'était ce désir qui la dévorait et qui lui donnait envie d'exiger toujours plus. Plus de lui.

Sans qu'elle se rende pratiquement compte de rien, il l'avait entraînée à l'abri des regards indiscrets, derrière le juke-box. Et l'avait plaquée contre le mur. Il l'embrassait. Et elle l'embrassait. Avec une passion sauvage. Elle avait enroulé sa jambe autour de la sienne et enfoui sa main dans ses cheveux. Lui la tenait fermement dans le dos et la serrait contre lui. Son sexe dur appuyait contre sa hanche. Troublée par ce contact, elle étouffa un gémissement. Puis un autre lorsque, enfin, elle sentit sa main brûlante sur sa poitrine. Elle posa sa main sur la sienne afin que, surtout, il ne s'arrête pas. Mais il s'arrêta et recula son visage. La sensation de perte qu'elle éprouva soudain lui arracha une sourde plainte. Il prit son visage entre ses mains, la regarda pendant un long moment avant de pousser, à son tour, un petit gémissement. Il avait dû voir la passion dans ses yeux. Et la détresse qui était la sienne depuis qu'il avait mis fin à leur étreinte. Puis il l'embrassa de nouveau, et elle se crut sauvée. Mais cela ne dura qu'un instant. Qu'un tout petit instant.

Alors il lui prit la main.

— Sortons d'ici.

Elle essaya de se coller à lui.

« Non, le supplia-t-elle intérieurement. Reste ici. Embrasse-moi. Touche-moi. »

Mais il était si ferme, si insistant qu'elle n'eut d'autre choix que de le suivre. Lorsque, d'un coup, elle revint à la réalité, elle sentit son visage s'empourprer. Une partie de billard était en train de se mettre en place. Il y avait des gens tout près. Et elle s'en était moquée. Pire, elle s'en moquerait sans doute encore si Caleb l'attirait de nouveau derrière le juke-box. Elle se reconnaissait à peine. Jamais elle n'avait fait preuve d'autant d'audace.

Elle était encore étourdie lorsqu'il ouvrit sa portière et l'embrassa rapidement — mais non moins passionnément — avant de l'aider à monter à bord. L'obscurité l'enveloppa, rendant son désir plus impérieux encore. Une petite voix tenta de s'élever, qui disait : « Pas ce soir. Il va se réveiller en regrettant, et toi aussi. » Mais il était déjà en train de s'installer, et elle ne parvint plus à penser à quoi que ce soit d'autre qu'à leur proximité et à la facilité avec laquelle elle pourrait le toucher.

A son envie irrépressible de le faire.

Il jeta un coup d'œil par le pare-brise, mais ne mit pas le contact. Il s'appuya contre son dossier et resta un moment immobile et silencieux. La cabine se remplit aussitôt d'une tension sexuelle si violente qu'elle craignit un instant que les vitres ne volent en éclats. Puis il finit par mettre le contact. Mais il ne démarrait toujours pas. Il devait déjà regretter, songea-t-elle, mortifiée. Mais, alors, il l'attira à lui et posa sa main sur sa cuisse.

Il appuya son front contre le sien, et dit :

— Au cas où tu te mettrais à trop réfléchir, je te préviens tout de suite : on a assez réfléchi comme ça. C'est terminé maintenant.

Et il démarra.

9

Caleb voulait surtout que, durant les cinq petits kilomètres qui séparaient le restaurant de chez Shay, la formidable tension sexuelle qui s'était installée entre eux ne retombe pas. Ce n'était plus le moment de réfléchir. Plus le moment de se poser des questions.

Aussi vite qu'il le put, il se gara dans l'allée qui menait à sa maison et, avant qu'elle n'ait le temps de réagir, il la prit dans ses bras et l'embrassa. Pour rien au monde il ne la laisserait ce soir. L'heure était venue de découvrir ce qu'il y avait — ou ce qu'il n'y avait pas — entre eux.

Il réclama sa bouche avec possessivité, brûlant et ferme, ne laissant aucune place à la discussion. L'espace d'une seconde, elle sembla hésiter à répondre à son baiser, avant de s'abandonner en gémissant. Il entama alors une danse sensuelle, langue contre langue. Prenant le temps de la savourer. De savourer la nuit. Peu lui importait de ne pas dormir, si elle était enfin dans ses bras.

Sa délicieuse saveur le conquit, s'insinua en lui où elle éveilla quelque chose dont il ignorait jusque-là l'existence. Un besoin qui n'était pas seulement sexuel, mais émotionnel. Il avait émotionnellement besoin et envie d'elle.

— Caleb, dit-elle contre ses lèvres, appuyant sa main contre son torse comme si elle voulait le repousser, alors qu'elle ne faisait que l'aimanter davantage.

Il effleura de nouveau ses lèvres et elle souffla :

— Attends.

Mais il ne lui obéit pas, parce qu'il sentait sa tension, parce qu'il l'entendait presque réfléchir, chercher les raisons de se dérober, d'ignorer cet appel, comme ils l'avaient déjà fait un million de fois auparavant.

Il l'embrassa avec davantage de ferveur, faisant glisser sa main le long de son dos et moulant les plantureuses courbes de sa poitrine contre son torse. Il la serrait. Il la touchait. Et son corps n'était que désir. Il voulait être en elle. Mais il voulait aussi prendre son temps. Profiter de chaque seconde de sa première fois avec Shay. Rendre ce moment magique pour elle. Faire taire ses inquiétudes.

Il prit sa bouche avec avidité, avec délice. Ensemble, ils étaient si bien. Et, il en était persuadé, ce qui les attendait allait dépasser leurs rêves les plus fous. De ses lèvres, il voulait balayer toutes les craintes de Shay, toutes les objections qu'elle avait sans doute envie de formuler. Peut-être y parvint-il, du moins momentanément, car elle étouffa de nouveau un gémissement. Un de ses gémissements absolument irrésistibles, et si excitants. Bon sang. Il avait envie d'elle comme jamais il n'avait eu envie de personne. Comme s'il avait eu envie d'elle toute sa vie durant.

Il caressa sa chevelure soyeuse et suavement parfumée.

— Entrons, dit-il d'une voix rauque, ouvrant déjà la portière, prêt à l'aider à sortir.

Mais elle résista.

— Non, attends.

Elle s'accrocha à la poignée :

— Bientôt, nous ne pourrons plus faire machine arrière.

— C'est parfait, répondit-il d'une voix assurée. Je ne veux pas faire machine arrière.

— Mais on…

Il prit son visage entre ses mains pour la faire taire, lui adressant un regard qu'il voulut plein de détermination.

— As-tu envie de moi, Shay ? demanda-t-il.

— Ce n'est pas la…

— As-tu envie de moi ? répéta-t-il doucement.

— Tu sais très bien que oui, murmura-t-elle.

— Et moi j'ai envie de toi. Envie de toi comme tu ne peux même pas l'imaginer, Shay.

Elle posa sur lui un regard tourmenté.

— Jusqu'à demain matin.

— Demain matin, j'aurai encore envie de toi, c'est certain. Tu peux dire tout ce que tu veux à propos de la tentation et du fruit défendu, mais ça fait dix ans que ça dure maintenant, et on est toujours là, plus que jamais attirés l'un par l'autre. Ce n'est certainement pas pour rien.

Il caressa ses joues douces et rosées, se sentant peu à peu gagné par l'émotion.

— Il y a dix ans, je suis parti parce que je le devais. Notre heure n'était pas encore venue. On était trop jeunes. Si on était allés plus loin, ça aurait été la catastrophe assurée. Mais notre heure est venue, Shay. C'est maintenant. C'est ce soir.

Une seconde passa. Puis une deuxième. Enfin elle leva le menton avec cet air de défi qu'il connaissait si bien.

— Ce n'est pas ce que tu disais cet après-midi.

— J'ai commencé par faire ce pour quoi on a tous les deux été programmés. Nier l'évidence. Nier cette attirance.

Puis il posa ses mains sur ses cuisses fines avant de poursuivre, d'une voix plus grave :

— A la seconde où je t'ai vue aujourd'hui, j'ai su que j'étais parti parce que c'était la seule façon de te résister. De la même façon, si j'ai d'abord refusé de t'embrasser tout à l'heure, c'était pour essayer de garder le contrôle. Mais c'était stupide. On a tous les deux besoin de savoir, de comprendre. On a tous les deux besoin d'action.

Il marqua une pause.

— Au cours de ces dix dernières années, j'ai parfois vécu l'enfer. Plus d'une fois j'ai cru que je n'allais pas m'en sortir. Pour survivre, j'avais besoin de m'accrocher à quelque chose de positif. A quelque chose qui me donne envie de me battre, d'espérer. Aujourd'hui quand je te regardais près de la piscine, en train d'aider tes parents à déballer leurs cadeaux, tu souriais et tu riais. Je me suis alors souvenu que cette chose positive, c'était toi, Shay. Pour tenir, je pensais à ton sourire, à ton rire.

Il la regarda tendrement et caressa sa joue.

— Tout cela signifie forcément quelque chose. Je veux savoir quoi.

Elle posa sa main sur son poignet et dit, d'une voix vibrante d'émotion :

— Tu pensais à moi ? Vraiment ?

— Oui, et ça m'est arrivé plus souvent que tu ne peux l'imaginer.

Maintenant qu'il avait commencé, il était prêt à tout lui dire. Il avait passé dix ans à se taire, à tout garder pour lui. Cela avait assez duré.

Elle posa la main sur sa joue.

— Alors entrons.

Shay essaya d'ouvrir sa porte, mais elle tremblait trop pour y parvenir. Caleb lui parlait, mais elle ne réussissait pas à se concentrer, gênée par le fracas de son cœur qui cognait dans sa poitrine. L'odeur musquée et mâle qu'elle aurait reconnue entre mille et qui emplissait l'air humide de la nuit l'empêchait de réfléchir. Dire qu'elle était terrifiée à l'idée de commettre l'erreur de sa vie aurait été un euphémisme. Elle avait peur de dire oui à cette nuit avec Caleb, mais elle avait tout aussi peur de dire non.

Il lui prit la clé des mains. Incapable de réagir, elle accepta son aide et repoussa l'envie de s'appuyer sur lui. Qu'elle en ressente le besoin en disait long. Ses parents l'avaient encouragée à se montrer forte et indépendante, et à ne s'en remettre, en cas de besoin, qu'à ceux en qui elle avait confiance. Ils lui avaient également appris à ne pas accorder sa confiance à n'importe qui. Caleb faisait partie des rares élus et, parmi les hommes qu'elle avait fréquentés, il était le seul. Lui seul l'avait vue telle qu'elle était, tantôt forte, tantôt faible.

Les lèvres de Caleb effleurèrent son cou et elle ne se retint plus : elle se laissa aller et s'appuya contre ce corps, plus grand et plus fort que le sien. Il la laissa faire, comprenant sans doute qu'elle avait besoin d'un moment pour reprendre ses esprits. Il ne fallait pas la brusquer.

Il attendit quelques secondes, puis ouvrit la porte, et elle se précipita à l'intérieur, les nerfs à vif. Elle avait attendu ce moment — et Caleb — depuis si longtemps. Elle avait toujours eu envie de lui, même lorsqu'elle prétendait le contraire. Elle avait passé tant de temps à se sentir coupable de le désirer, de l'avoir chassé, qu'elle avait l'impression d'être sur le point de commettre une mauvaise action, pour laquelle elle finirait forcément par être punie.

Elle se tourna vers lui. Il était si proche — et si grand, si musclé, si beau — qu'elle oublia presque ce qu'elle voulait lui dire. Il tendit la main vers elle. Sans qu'elle sache comment, elle eut le réflexe de s'écarter. S'il la touchait, elle oublierait tout. Elle oublierait cette discussion que, pourtant, ils devaient absolument avoir.

— Et si après avoir fait ce qu'on s'apprête à faire, on le regrettait ?

Il noua ses doigts entre les siens.

— Et si on ne le regrettait pas ?

Non, c'était trop facile, il n'allait pas s'en tirer par une pirouette. Ce qu'elle voulait, c'était une réponse, une vraie.

— Et si on le regrettait ? insista-t-elle.

— La seule chose que je pourrais regretter, ce serait de rentrer chez moi et d'avoir perdu une journée de plus à faire comme si on n'avait pas envie l'un de l'autre.

Le renvoyer chez lui serait difficile. Ce serait une torture, même. Mais…

— Mais si ça se passait mal, pour une raison ou pour une autre ? Et si ça t'amenait à vouloir prendre tes distances du reste de la famille ?

Elle s'interrompit, remarquant qu'il souriait.

— Qu'est-ce qu'il y a de drôle, Caleb ?

— Cette obsession du contrôle et toutes tes phrases commençant par « et si », ça veut dire au contraire que tu ne contrôles plus rien. J'avoue que je trouve ça amusant.

— Je parle sérieusement, Caleb. Et, sérieusement, je veux que tu me répondes. Et si on était déçus ? Quelles seraient les conséquences ? Et si…

— Et si, dit-il en saisissant ses poignets, je t'embrassais ici ?

Il posa ses lèvres sur le creux de son poignet et elle ressentit une douce caresse se propager dans tout son corps.

— Ou ici ?

Il ouvrit sa paume et l'embrassa.

— Ou encore ici ?

Il embrassa la saignée de son bras, et elle frissonna de plaisir. C'était la première fois qu'on l'embrassait là, et c'était tout simplement divin. Comment avait-elle pu vivre jusqu'alors sans connaître cette sensation ?

Constatant sans doute son trouble, il sourit d'un air satisfait et demanda :

— Est-il besoin que je continue pour te convaincre qu'on ne sera pas déçus, et que ce sera même merveilleux ?

Il la prit dans ses bras, et murmura à son oreille :

— Pour moi, c'est déjà merveilleux.

Elle enfouit son visage dans son cou et s'enivra de son odeur.

— C'est juste que je suis…

Elle hésita un moment, avant de se décider à parler. C'était Caleb, après tout, elle pouvait lui parler à cœur ouvert.

— C'est juste que je suis nerveuse.

Puis elle se mit à rire.

— Très nerveuse, même.

Il la lâcha et caressa ses cheveux.

— Je n'ai pas changé : je suis toujours moi, dit-il en lui adressant un regard plein de douceur et de chaleur. Celui que tu as poussé dans la piscine, tout habillé, en bottes.

Soudain, elle éclata de rire. Elle aurait dû savoir qu'il trouverait les mots pour la détendre.

— Oui, elles ne s'en sont pas remises. Quant à toi, tu étais fou de rage.

— Tu ne m'as jamais dit pourquoi tu avais fait ça.

— Je ne me souviens pas, répondit-elle évasivement.

Bien sûr, elle mentait. Elle se souvenait parfaitement. Ce jour-là, elle avait mis une robe sexy dans l'espoir de le séduire. Pour toute réaction, il lui avait dit qu'elle était trop jeune pour porter ce genre de tenue. Il s'était comporté en grand frère, et cela lui avait fortement déplu. Alors, un quart d'heure plus tard, quand elle avait eu l'opportunité de se venger, elle ne s'était pas gênée. Elle l'avait poussé dans la piscine, tout habillé. Cela lui avait fait un bien fou…

— Menteuse, fit-il contre son cou, avant de faire glisser ses mains le long de son dos et de la soulever de terre.

Elle passa ses jambes autour de sa taille et s'accrocha à son cou.

— Pourquoi m'as-tu poussé à l'eau ? demanda-t-il de nouveau.

— J'avais seize ans, j'avais mes humeurs… Et tu étais sur mon chemin.

C'était la vérité. Partielle, mais vérité tout de même.

Il se dirigea vers le salon plutôt que vers la chambre, sans doute parce qu'elle lui avait dit qu'elle était nerveuse. Il avait toujours été très prévenant. Fort, viril, plein d'assurance, mais attentif et sensible quand il le fallait. L'homme parfait.

— Menteuse, répéta-t-il, en la déposant sur le canapé et en s'asseyant à côté d'elle.

Sans se poser de question, elle s'installa face à lui, sur ses genoux. Son sexe était dur, son regard torride et ses mains audacieuses. Quelques fines épaisseurs de tissu les séparaient. Rien d'autre. Bientôt, il n'y aurait plus rien du tout, car ils allaient se déshabiller. Elle savait qu'il pensait à la même chose qu'elle. Elle le voyait à ses paupières mi-closes et au pli qui s'était formé à la commissure de ses lèvres.

— Tu m'en voulais à cause de cette robe, dit-il à voix basse, en glissant ses mains délicieusement calleuses sous son T-shirt. Franchement, ce jour-là, tu cherchais les ennuis. Je n'avais qu'une envie, c'était de te prendre sur mes genoux et de te coller une fessée pour t'apprendre à te balader à moitié nue comme ça.

— Une fessée ? demanda-t-elle, estomaquée. Tu voulais me donner une fessée ?

D'abord surprise, elle se mit à imaginer la scène. Elle savait qu'il aurait été incapable — et qu'il le serait toujours, du reste — de lui faire le moindre mal. Dans ces conditions, pourquoi ne pas essayer la fessée ?

Elle sourit :

— Ça aurait pu être drôle.

Sans lui rendre son sourire, il l'attira plus près, jusqu'à ce que leurs lèvres se touchent presque.

— Fais attention, dit-il sur un ton faussement menaçant, ou tu pourrais récolter plus que tu n'as semé.

Si n'importe qui d'autre lui avait dit cela, elle l'aurait sans doute aussitôt remis à sa place. Mais c'était Caleb. Il pouvait tout se permettre, ou presque.

— Il pourrait bien t'arriver la même chose à toi aussi, répondit-elle en lui adressant un sourire coquin.

Il la regarda, une lueur avide au fond des yeux, puis il sourit et mordilla doucement ses lèvres. Puis il calma le léger picotement de la morsure d'une caresse de la langue.

— Je croyais que tu étais nerveuse.

— J'ai changé d'avis.

Elle posa les mains sur son visage et l'attira vers le sien, avant de murmurer :

— Je t'ai désiré pendant trop d'années. Je ne veux plus perdre de temps à être nerveuse.

Il poussa un grognement sourd et lui adressa un regard mâle et intense qui pénétra en elle et embrasa ses sens. Une seconde plus tard, il prit sa bouche avec avidité. Elle aima cela, le voir succomber après toutes ces années de retenue et se sentir entraînée avec lui.

Enfin, il la touchait. Et il le faisait avec assurance et détermination, sans jamais marquer la moindre hésitation. De toute évidence, il avait pris sa décision. Le moment était venu, il n'était plus question de faire demi-tour. Heureusement. Il caressa son dos, ses cheveux et — ô bonheur — ses seins. Elle gémit de plaisir lorsqu'elle sentit ses paumes sur sa poitrine. Et encore lorsqu'il embrassa son cou, ses épaules.

Ses doigts experts se promenèrent sur sa peau nue, avant d'attraper le bas de son T-shirt et de commencer à le soulever. Soudain, il la chercha du regard, comme pour lui adresser une question muette. Est-ce que tu veux qu'on arrête ? semblait-il lui demander.

Elle pressa ses lèvres contre les siennes et l'embrassa, avant de murmurer d'une voix tremblante :

— Si tu savais comme j'ai envie de toi, Caleb.

Puis elle s'écarta et prit d'elle-même l'initiative d'enlever son T-shirt.

— Tu es magnifique, dit-il en faisant courir ses doigts au-dessus de la lisière dentelée de son soutien-gorge.

Ce n'était qu'une petite caresse, qu'un petit effleurement de rien du tout, mais cela suffit à enflammer son corps tout entier. Il passa son bras autour de sa taille, et enfouit son visage dans son décolleté, mêlant baisers et caresses. Sans qu'elle s'en rende compte, il dégrafa son soutien-gorge.

Elle eut le réflexe de le rattraper avant qu'il ne tombe. Il haussa les sourcils, et s'immobilisa :

— Des remords ?

Elle sourit. Elle avait essayé de le séduire pendant si longtemps à grand renfort de regards appuyés, de sourires entendus, de robes sexy ou de petits hauts moulants. Ce n'était pas maintenant qu'elle allait renoncer à le titiller.

— Et si je te montrais de quelle façon je suis nerveuse à présent ?

Elle descendit de ses genoux et se planta devant lui. Rester hors de portée. C'était le secret. Il la toucherait quand elle lui en donnerait la permission. Elle allait tout faire pour que ce soit son obsession.

Un sourire coquin au bord des lèvres, elle ôta sa main et laissa tomber son soutien-gorge.

10

Caleb ne fit rien pour dissimuler le désir brut de son regard lorsque, consumé de passion, il posa les yeux sur la poitrine nue de Shay. Il voulait la prendre, lui arracher ses vêtements et la posséder enfin, cette femme qui avait si souvent failli lui faire perdre la tête. Que ce soit elle qui ait pris l'initiative de se déshabiller devant lui ne faisait qu'ajouter à son plaisir. Pour un peu, il se serait cru au paradis. C'était presque trop beau d'ailleurs : peut-être était-il à moitié mort, en mission, en train de délirer.

Et quel délire…

Ses seins étaient hauts et pleins, mais ce n'était pas une surprise, car il l'avait vue souvent en maillot de bain ou dans ces petits hauts moulants qu'elle portait exprès pour le provoquer, le tourmenter. Car, oui, elle l'avait tourmenté. En beauté. Mais maintenant elle était à lui, et sa poitrine avec. Il avait enfin la réponse à une question qu'il s'était mille fois posée depuis leur premier baiser : ses mamelons n'étaient pas rouges et charnus mais délicats et rosés. Aussi parfaits que sa peau ivoire.

Elle enleva ses chaussures et il découvrit avec bonheur ses ongles de pieds vernis de rose. Chaque petit détail qu'il découvrait le ravissait. Lorsqu'elle baissa son jean et que ses seins se mirent à danser, il dut se faire violence pour rester assis et la laisser faire à sa guise. Il aurait eu vite fait d'intervenir, de prendre le contrôle de la situation. Son désir était si ardent qu'il en mourait d'envie, mais il brûlait également de découvrir ce qu'elle lui réservait.

Bientôt, il sut. Ce n'était pas ce à quoi il s'attendait, même si, la connaissant, il aurait dû se douter de quelque chose comme cela. Elle se débarrassa de son jean et, avant qu'il n'ait le temps d'apercevoir nettement le triangle blond qui couronnait ses interminables jambes, elle se tourna et se dirigea, en ondoyant, vers une chaise, lui offrant à contempler son dos et ses fesses magnifiques.

— A ton tour, dit-elle en s'asseyant les jambes croisées, comme si elle faisait tout pour qu'il en voie le moins possible.

Elle posa les bras sur les accoudoirs, et le regarda avec un air de défi.

— Déshabille-toi pour moi, Caleb.

Il resta sans bouger pendant une petite minute, puis il éclata de rire. Il lui laissait le soin de séduire, tenter, provoquer.

— Et si je préférais te rejoindre et embrasser chaque centimètre carré de ton magnifique corps ?

Elle leva le menton et lui adressa un regard sévère.

— Dans ce cas, il se pourrait que ce soit moi qui te donne la fessée.

Son sexe se contracta convulsivement. Il lui ferait payer les tourments qu'elle lui faisait endurer.

— On va bien voir qui va la recevoir en premier, cette fessée, dit-il en se levant.

Il avança vers elle et ôta sa chemise.

Elle se redressa, s'appuyant sur ses mains, comme si elle voulait se lever. Il se pencha pour l'empêcher de bouger.

— Pas si vite, Shay-Shay. Reste encore assise. On dirait que tu aimes jouer avec le feu, pas vrai ?

— J'aime jouer avec toi, mais je trouverais ça plus amusant sans ton pantalon.

— Si je me déshabille complètement, ce petit jeu risque de dégénérer assez vite. Ce serait dommage.

Elle se cambra, la poitrine haute et provocante, et tendit les mains vers son entrejambe.

— Et si j'ai envie que ça dégénère ? répondit-elle dans un souffle, en caressant son sexe. Quelque chose me dit que toi aussi tu en as envie.

Elle posa ses lèvres douces sur son ventre. Puis, alors qu'il ne s'y attendait pas, elle étreignit son sexe et insinua sa langue entre sa peau et sa ceinture, dans l'espace béant créé par son érection. Elle suça le haut de son sexe où perlait une goutte de liquide, avant de le regarder en se léchant délicatement les lèvres.

— Oui, on dirait que tu en as envie.

— Traîtresse, dit-il, le souffle court, en se laissant tomber à terre devant elle.

Il posa ses mains sur ses cuisses fines.

— Je n'ai pas encore fini de jouer, dit-il.

Il se pencha et embrassa ses genoux, lui caressant les mollets en même temps.

— A mon tour, Shay.

— Les hommes, vous êtes tous les mêmes. Vous voulez toujours prendre le contrôle des opérations.

— Je t'assure, dit-il en écartant ses jambes, qui si c'était moi qui avais le contrôle, j'aurais enlevé mon pantalon depuis longtemps.

Il ne lui avait jamais dit, mais il était sous son emprise depuis le jour de leur rencontre. Prêt à lui obéir en tout, à faire n'importe quoi pour elle. Comme lui donner du plaisir, par exemple… Subjugué par sa beauté, il fit remonter ses mains à l'intérieur de ses cuisses.

— Tu es magnifique, Shay.

Des pouces, il effleura son sexe, et admira le duvet blond qui laissait entrevoir une peau délicatement rosée. A son contact, elle poussa un petit cri. Et murmura son nom.

Il se pencha comme s'il voulait la goûter et laissa son souffle chaud caresser sa chair. Mais il ne l'embrassa pas, ne la lécha pas. Elle poussa un gémissement plaintif.

Il remonta ses mains jusqu'à sa taille, puis jusqu'à ses seins, qui emplirent ses paumes. Du bout des doigts et de la langue, il joua avec ses mamelons. Il suça, aspira, mordilla. Elle se cambra en gémissant, enfouissant ses doigts dans ses cheveux. Elle s'offrait librement et tout entière à lui. Elle n'était pas comme cela avec tout le monde. Il savait combien elle pouvait se montrer timide et réservée. Son petit animal sauvage. Sa louve.

Cette pensée l'emplit d'orgueil et de passion. Il l'embrassa, les mains enfouies dans ses longs cheveux, aspirant sa langue, mordillant ses lèvres. Avec fièvre.

— Est-ce que j'ai réussi à te convaincre maintenant ? Est-ce que tu penses que ce sera bien ?

Elle sourit et acquiesça.

Il lui rendit son sourire et recula doucement.

— Alors, tu vas me laisser faire…

Il s'assit sur ses talons et l'attira au bord de la chaise. Puis, la regardant dans les yeux, il souleva une de ses magnifiques jambes et posa ses lèvres sur sa cheville. Elle respira plus fort, entrouvrit les lèvres et battit des cils.

En l'embrassant et la léchant, il remonta le long de sa jambe, jusqu'à son sexe humide. Il posa son autre jambe sur son épaule, puis referma sa bouche sur elle. Elle gémit en se cramponnant aux accoudoirs, et il glissa ses doigts en elle. Elle se raidit sous ses baisers et ses caresses et il la lécha avec ardeur, enivré par sa douce saveur de miel, par ses gémissements. Elle se frotta, suppliante, contre sa main, avant de se contracter autour de ses doigts, le corps tremblant.

Il essaya de la faire redescendre doucement, de prolonger le plus possible son plaisir, mais, dès que les spasmes qui l'agitaient cessèrent, elle leva la tête et dit d'une voix tremblante :

— Est-ce que tu vas te décider à enlever ton pantalon, maintenant ?

Dieu soit loué, Caleb était enfin nu. Car tout ce à quoi Shay réussissait à penser en ce moment, c'était à son besoin impérieux de le sentir tout près d'elle, en elle. Le sentir, oui.

Car elle avait besoin de lui. L'orgasme avait fait naître en elle une émotion soudaine, un sentiment de vulnérabilité.

Il avait dû s'en rendre compte, car à peine lui avait-il offert son magnifique corps, tout en muscles, à contempler qu'il l'avait prise dans ses bras pour s'installer à sa place, sur la chaise.

Elle s'assit à califourchon sur lui. Son sexe long et dur appuyait contre son dos. Instinctivement, elle tendit la main derrière elle et l'empoigna pour le caresser.

L'intensité, le désir, la beauté brute : il y avait tout cela sur son visage. Et le tourment, aussi. Bientôt il attrapa sa main pour qu'elle cesse ses caresses.

— Les préservatifs. J'ai oublié les préservatifs.

Il ferma les yeux comme si l'idée qu'ils doivent s'arrêter là lui était insupportable.

Elle se pencha en avant, posa ses lèvres sur les siennes, puis murmura :

— Je prends la pilule.

Elle avait été fiancée. Elle avait été sexuellement active. Mais jamais comblée. Jusqu'à ce soir. Il leva les yeux, et elle dit :

— A moins que tu n'aies peur de…

Il l'attira à lui, torse contre torse, et l'embrassa. Ce fut un baiser profond et suppliant, mais aussi un baiser possessif et rageur. Elle eut le souffle coupé. Sa poitrine se serra. Elle se sentit remuée au plus profond d'elle-même, emportée. Il plongea ses doigts dans ses cheveux et, avec une douceur qui allait à l'encontre de tout ce qu'elle avait senti dans ce baiser, il tira sa tête en arrière et planta dans ses yeux un regard sombre et inquiet.

— Tu prends la pilule pour ce type que tu as failli épouser ? demanda-t-il sèchement.

Le caractère direct de sa question la déstabilisa, mais elle ne lui avait jamais menti, et elle n'allait pas commencer.

— Oui.

— Tu l'aimais ?

— Non, répondit-elle sans hésitation. J'aurais dû. C'était quelqu'un de bien. Mais je n'ai pas réussi.

Il l'observa un long moment, comme s'il se demandait s'il devait la croire. Puis sa bouche rencontra la sienne et elle posa sa main sur son torse, lorsqu'une pensée désagréable lui vint à l'esprit.

— Et toi, tu ne t'es jamais… fiancé ?

— Je n'y ai jamais songé un seul instant.

Ils se regardèrent comme s'ils avaient tous les deux pleinement conscience de ce que cela sous-entendait. Cette fois, elle le laissa l'embrasser. Où tout cela allait-il les mener ? Elle ne savait pas pourquoi l'angoisse l'avait saisie avant qu'il ne lui réponde, ni pourquoi l'idée qu'elle ait pu en aimer un autre avait eu l'air de le bouleverser. Mais il ne fallait pas y penser. Il fallait s'oublier dans ce baiser, dans ces caresses, dans la sensation de leurs deux corps mêlés. S'y perdre. Elle tendit la main dans son dos et enroula ses doigts autour de son sexe. Il était dur et brûlant et palpitant sous ses doigts. Haletante, elle le guida jusqu'à, enfin, le sentir à l'intérieur d'elle. Enfin il était en elle. Enfin… Ils échangèrent un regard profond qui dura plusieurs secondes, avant de se mettre à sourire tous les deux.

Il posa ses mains dans son dos et l'attira à lui. Il effleura sa bouche, avant de l'embrasser sur les joues. C'était si inattendu et si érotique qu'elle en eut le souffle coupé. Et il était en elle, toujours. Elle contracta ses muscles pour le sentir davantage. Puis elle ferma les yeux, pour savourer l'instant. Il pinça doucement le bout de ses seins. Puis un peu plus brutalement, et ce fut exquis. Elle n'aurait jamais cru qu'elle aimerait cela. Qu'elle aimerait cette brutalité tendre et maîtrisée.

Aussitôt, il prit son mamelon dans sa bouche. Alors qu'elle frottait ses hanches contre les siennes, il ne la lâcha pas, continuant à exercer sur ses seins une délicieuse pression qui créait des ondes de choc au centre de son corps. Elle en voulait davantage. Elle le voulait davantage. Elle voulait le sentir davantage. La réalité s'effaça. Il n'y avait plus que Caleb au monde et le besoin de le sentir de plus en plus profondément en elle. Enfin elle réussissait à ne plus penser à rien, à ne plus se demander ce qu'il était en train de penser. Elle savait qu'il voulait exactement la même chose qu'elle, et que leurs inhibitions s'étaient envolées.

La tension érotique et la frénésie sexuelle étaient à leur comble, entretenues par les baisers avides qu'ils n'avaient cesse de se donner. Unis dans le plaisir et l'émotion, leurs corps entamèrent une danse sensuelle et langoureuse faite de tendres effleurements, de regards complices, de caresses douces et pénétrantes. A peine se sentit-elle au bord de l'orgasme qu'il vint la cueillir. Elle gémit contre sa bouche, le souffle suspendu. Le premier spasme secoua son corps. C'était si bon de le sentir en elle. Elle aurait crié si elle en avait été capable. Au lieu de cela, elle enfouit son visage dans son cou et se raidit lorsqu'une nouvelle onde de plaisir se propagea dans tout son corps. Il laissa échapper un cri sourd et guttural alors qu'il cramponnait ses hanches pour la pénétrer plus fort. Elle le sentit jouir en elle, puis il caressa ses cheveux et appuya sa tête sur son épaule. Elle se laissa aller contre lui, et se détendit.

— Mmm, fit-elle doucement, comblée comme jamais.

Ils restèrent un long moment collés l'un à l'autre, silencieux, immobiles, savourant l'instant. Puis la réalité commença à refaire peu à peu surface. Elle l'ignora d'abord. Mais elle revint à la charge, et une question s'insinua en elle.

Se taisait-il parce qu'il était heureux, comme elle, ou bien parce qu'il se sentait coupable ?

Elle recula pour mieux le regarder et saisit son visage entre ses mains.

— Ça y est : c'est à peine terminé que tu regrettes déjà ?

— Qui a dit que c'était terminé ?

Il sourit, puis se leva sans la lâcher.

— On peut savoir où se trouve ta chambre ?

11

Shay se réveilla au contact érotique de la main de Caleb sur ses fesses. Elle soupira de contentement alors que sa main caressait son dos, ses épaules. Elle cligna des paupières, puis les souleva lentement. Sa chambre était encore plongée dans la pénombre, mais un filet de lumière s'échappait de la porte de la salle de bains.

— Les Fous Volants ne dorment jamais ? dit-elle à voix basse sans se retourner.

Elle cala sa tête sur l'oreiller.

Après avoir fait l'amour pendant plusieurs heures, elle était à la fois comblée et exténuée. S'il avait encore envie d'elle, il faudrait qu'il réussisse à la réveiller. Mais il y parviendrait, elle n'en doutait pas un seul instant : il savait très bien se montrer persuasif lorsqu'il le fallait.

— Le soleil n'est pas encore levé, dit-elle.

— J'ai un saut au lever du soleil, lui rappela-t-il en effleurant son épaule des lèvres.

Elle frissonna sous son baiser, mais, au même moment, son estomac se contracta. Il s'en allait. Le moment tant redouté était arrivé. Il allait lui dire au revoir, lui promettre de l'appeler pour qu'ils se parlent. Peut-être même ne se parleraient-ils pas. Ils avaient goûté au fruit défendu, et ne devraient donc plus être tentés l'un par l'autre. Mais, au lieu de l'apaiser, cette nuit n'avait fait qu'attiser son désir pour lui.

Si lui, au contraire, s'en contentait, elle n'aurait d'autre choix que de se résigner. Tourner la page, et essayer de l'oublier.

Elle inspira profondément. Tourner la page. Elle finirait peut-être par y arriver. Mais au prix de quelles souffrances ?

Il parsema son dos de baisers furtifs.

— Alors qu'est-ce que tu attends, Shay-Shay ? Lève-toi. On doit partir dans un quart d'heure.

— Pardon ? demanda-t-elle en se redressant d'un bond. Mais je ne veux pas sauter en parachute.

— Je n'ai pas l'intention de te faire sauter, dit-il en posant fermement les mains sur ses hanches. Tu pourras te reposer dans mon mobile home pendant mon saut.

— Je… Non… Non, je crois que je vais rester ici.

— Hors de question. Je ne vais pas te laisser ici pour que tu te mettes à gamberger et que tu te demandes si je regrette ce qui s'est passé.

Elle voulut jurer ses grands dieux qu'elle ne ferait pas une chose pareille, au lieu de quoi elle demanda :

— Et c'est le cas ?

— Mon seul regret, c'est de devoir quitter ton lit, dit-il en l'embrassant. Mais, tu vois, je te connais par cœur : tu es déjà en train d'essayer d'analyser ce que je peux penser. Si tu es avec moi et que tu veux savoir ce que je ressens, tu n'auras qu'à me le demander. Je n'ai pas envie que tu te tortures, toute seule, chez toi.

— Je dormirai, dit-elle d'une voix assurée, même si elle en doutait. Je ne vais pas me torturer.

Il s'approcha davantage, et son regard brûlant s'attarda un instant sur sa poitrine.

— Si tu viens avec moi, dit-il en caressant sa joue, je pourrai venir te rejoindre au lit une fois mon saut terminé. On dormira un peu, puis on se réveillera et on aura un « lendemain matin » normal.

— C'est-à-dire ?

— On se réveillera l'un à côté de l'autre, on fera l'amour,

et après on prendra un énorme petit déjeuner, parce que tout ça, ça creuse.

Elle sentit comme un pincement au cœur, sans savoir si c'était douloureux ou agréable.

— Caleb, dit-elle doucement. Qu'est-ce qu'on est en train de faire ?

— Pour l'instant, on ne peut pas savoir, trésor, mais on sera bientôt fixés. Et, de quoi qu'il s'agisse, j'aime ça.

Elle ouvrit la bouche, prête à lancer un nouveau « Et si ? », mais — comme s'il avait compris — il l'embrassa pour la faire taire.

— Patience, Shay. On sera bientôt fixés. Une bonne fois pour toutes.

Elle prit une grande inspiration et acquiesça. Une sourde tension couvait en elle, comme pour l'avertir qu'ils s'aventuraient en terrain dangereux. Mais il la couvrit de baisers et elle ne fut plus capable de penser à autre chose qu'au prochain endroit où sa langue douce et exquise la toucherait. Et aussi au bonheur de se réveiller dans son lit, à côté de lui.

Caleb finit le café qu'ils avaient acheté sur la route et froissa le gobelet avant de le poser près du frein à main.

— Ça fait à peine deux mois que j'ai quitté l'armée, dit-il en posant sa main sur la cuisse de Shay, et je suis déjà complètement ramolli. Il m'arrivait souvent de ne pas dormir durant plusieurs jours d'affilée, mais, ce matin, je suis mort de fatigue.

Immédiatement, il se rendit compte de ce qu'il venait de dire. Connaissant Shay, il ajouta tout de suite, en caressant sa jambe et en lui adressant un petit regard en coin :

— Mais je ne regrette rien. Et si je ne ressentais pas le manque de sommeil quand j'étais à l'armée, c'était parce que j'étais constamment sous tension, dopé par l'adrénaline.

— Moi j'essaie de me coucher tôt quand je le peux. J'ai besoin de beaucoup de sommeil.

— Tu pourras récupérer un peu chez moi.

Il tenait vraiment à ce qu'elle l'accompagne et à ce qu'ils restent ensemble. Il avait décidé d'arrêter de fuir la réalité, d'arrêter de nier ce lien qui les unissait. Et, une fois qu'il avait décidé quelque chose, il s'y tenait. De toute façon, c'était cela ou vivre à de milliers de kilomètres l'un de l'autre. Ce qu'il avait déjà testé et qu'il n'avait plus du tout envie de recommencer.

Au bout de quelques dizaines de kilomètres, il s'engagea dans le chemin sombre qui menait à l'aérodrome. En s'approchant du portail d'entrée, il aperçut un véhicule garé sur le côté gauche de la route.

Il jeta un coup d'œil à Shay.

— Etrange : c'est une propriété privée et je ne reconnais pas cette voiture. Je ferais bien d'aller voir.

Il se gara et observa mieux la voiture. Il ne semblait y avoir personne à l'intérieur.

De plus en plus curieux, songea-t-il, sur ses gardes.

— Fais-moi penser à faire éclairer ce chemin. Ce ne serait pas du luxe.

Soudain, alors qu'il se penchait pour chercher son pistolet dans sa boîte à gants, elle s'écria, en montrant du doigt par la vitre :

— Caleb, regarde.

Il leva la tête et vit une femme qui courait vers son camion en levant les bras.

— Au secours ! criait-elle.

Il saisit son arme et détacha sa ceinture.

— Reste ici, Shay.

— Tu es armé ? demanda-t-elle, haletante.

Sans répondre, il descendit du camion pour aller à la rencontre de la femme.

— Que se passe-t-il, madame ?

— Au secours ! dit-elle de nouveau.

Puis elle brandit un téléphone portable.

— Mon mari… Mon mari…, se mit-elle à sangloter,

avant de jeter son téléphone par terre. Mon téléphone… Il ne marche pas.

— La couverture est très mauvaise ici. Je vais vous aider, dit-il d'une voix calme et forte. Où est votre mari ?

— Il est mort ! Il ne respire plus. Il est à côté de la voiture. Aidez-moi !

Derrière lui, il entendit la portière du camion s'ouvrir. Il connaissait Shay. Devant tant de détresse, elle ne pouvait pas rester sans rien faire. Pourtant, il fallait envisager tous les cas de figure. Cette femme venait peut-être de tuer son mari et était peut-être encore armée. Il était donc hors de question qu'il laisse Shay l'approcher.

Il tendit sa main dans son dos.

— Pas tout de suite, Shay, dit-il d'un ton sans appel.

— Caleb…

— Pas avant que je sache ce qui s'est exactement passé, répondit-il sans quitter la femme des yeux.

Puis, s'approchant, il demanda :

— Qu'est-il arrivé à votre mari ?

Elle sanglota de plus belle :

— Il…

— Que lui est-il arrivé ? répéta-t-il en posant la main sur son bras.

Elle reprit son souffle.

— Il était en train de changer un pneu lorsqu'il s'est écroulé. Mort.

Incapable d'en dire davantage, elle s'effondra, secouée de sanglots.

Il ne manquait plus que cela. Il recula et lança ses clés à Shay.

— Continue tout droit en suivant l'allée, va au bureau et appelle police secours, cria-t-il. Il doit y avoir quelqu'un, mais, si ce n'est pas le cas, c'est la clé rouge qu'il faut utiliser.

Elle attrapa les clés et retourna en courant au camion.

— Essayez encore d'appeler police secours, dit-il à la femme.

Mais elle continuait de pleurer.

— Allez-y, dit-il plus fermement, si vous voulez sauver votre mari.

Il ne resta pas pour voir si elle lui obéissait. En cas de crise cardiaque, chaque seconde comptait. Il courut jusqu'à la voiture, en essayant lui-même de prévenir les secours. Mais, décidément, il n'y avait pas de réseau. Pestant, il contourna la voiture et trouva l'homme dans la position décrite par sa femme, à côté du pneu qu'il était en train de changer.

Sans hésiter, il se précipita vers lui pour tenter de le réanimer. La femme le rejoignit. Il réussit à faire abstraction de ses hurlements pour se concentrer sur les gestes à accomplir. Après s'être acharné pendant plusieurs minutes, il réussit à trouver un pouls — extrêmement faible, certes, mais un pouls tout de même — et se releva.

Maintenant, il fallait une ambulance, et vite. Il avait fait tout ce qu'il pouvait. Pour sauver cet homme, il fallait des soins plus poussés. Alors qu'il songeait à le transporter lui-même à l'hôpital, il entendit une sirène dans le lointain.

— Bravo, Shay, fit-il dans un murmure. J'en étais sûr.

Pour perdre le moins de temps possible, il courut à la rencontre de l'ambulance, lorsque son téléphone se mit à sonner. C'était maintenant qu'il fonctionnait…

— Ne bouge pas, Shay, dit-il sans prendre la peine de vérifier qui l'appelait. J'arrive.

— Shay ? fit, stupéfaite, la voix de Kent. Qu'est-ce que Shay fait avec toi à l'aube ?

Il s'apprêtait à répondre qu'elle allait sauter en parachute avec lui, mais la liaison s'interrompit de nouveau.

Il leva un poing rageur vers le ciel.

Qu'est-ce qui prenait à Kent de l'appeler à la première heure ?

L'ambulance s'arrêta et il se précipita au-devant des secouristes. Avant de se préoccuper de Kent, il avait une urgence vitale à traiter.

*
* *

A 9 heures du matin, Shay avait vu la police, les pompiers, les secouristes, et fait la connaissance des associés de Caleb — Bobby et Ryan — et de Sabrina, que Ryan venait d'épouser. Une matinée complètement folle. Grâce à Sabrina, elle était en train de se remettre de ses émotions dans le salon d'accueil de l'aérodrome, devant un grand café et un croissant.

— Je ne comprends pas comment Caleb n'a pas annulé ses sauts après ce qui vient de se passer, dit-elle en sirotant son café.

Sabrina attrapa un croissant. C'était son troisième. Mais, malgré sa manifeste gourmandise, elle affichait une silhouette très élancée. Elle devait faire partie de ces chanceuses qui pouvaient manger tout ce qu'elles voulaient sans prendre un gramme.

— Les Fous Volants sont comme ça, dit Sabrina, un léger sourire aux lèvres. Ils ne se laissent pas facilement déstabiliser. Ils ont passé ces dix dernières années en zone de conflit. Et, même s'ils n'ont pas le droit de parler de leurs missions, je sais qu'ils ont risqué leur vie quasiment tous les jours. Ce qu'on juge traumatisant, c'est de la rigolade pour eux.

Shay réfléchit. Certes, Caleb était toujours Caleb, mais il aurait été illusoire de penser que ce qu'il avait vécu durant ces dix dernières années ne l'avait pas changé.

Sabrina vida sa tasse de café, avant de continuer :

— Ils sont imperméables à la pression et gardent leur sang-froid en toutes circonstances. Ce qui est formidable pour rassurer nos clients. Moi, par exemple, j'étais terrifiée à l'idée de sauter la première fois, mais, maintenant, je le fais.

— Vraiment ? demanda Shay, incrédule. En ce qui me concerne, j'avoue que l'idée ne m'emballe pas vraiment.

— Je ne peux pas dire que j'adore ça, contrairement à Jennifer, qui ne peut plus s'en passer. Mais Ryan réussit à m'entraîner de temps en temps.

— Moi je n'ai jamais sauté en parachute, et ce n'est pas

du tout dans mes projets. Je prends des cours de pilotage, pourtant, et j'aime beaucoup ça. Tant que je peux garder le contrôle, ça me va. Mais l'idée de me précipiter dans le vide sans savoir si le parachute va s'ouvrir ou pas… non merci.

Le regard de Sabrina s'éclaira.

— Je vous comprends très bien : je ressens exactement la même chose.

Elle se resservit du café, avant de poursuivre :

— Des cours de pilotage ? C'est intéressant. Et où les prenez-vous ?

— Dans un petit aérodrome tout près d'Austin.

Sabrina lui avait tout de suite inspiré une grande sympathie, aussi ajouta-t-elle, sans la moindre hésitation :

— Vous devriez venir essayer un de ces jours.

Elle attrapa une feuille et un stylo qui traînaient sur la table, et nota son numéro de portable, qu'elle lui tendit.

— Appelez-moi pour qu'on organise ça.

— Très bonne idée : je vous appellerai, sans faute.

Puis elle prit un air pensif et dit :

— Si seulement Jennifer avait été là aujourd'hui pour faire votre connaissance. Mais elle est vétérinaire et sa clinique est malheureusement ouverte le samedi. En même temps, c'est peut-être préférable pour vous. Son obsession, c'est de caser Caleb, et pour de bon, sous prétexte qu'il est le dernier célibataire du trio. La connaissant, elle serait capable d'organiser votre mariage avant même que vous ne soyez au courant.

Mariage ? Sabrina avait-elle bien dit mariage ? Shay avala sa salive. Leur mariage ? A Caleb et à elle ? Elle devait réagir.

— Oh non, dit-elle précipitamment, ce n'est pas ce que vous croyez. On n'est pas… Je veux dire… Enfin, c'est compliqué.

Sabrina posa ses coudes sur la table et la regarda avec un sourire attendri.

— C'est toujours compliqué, non ?

— Ma famille a accueilli Caleb après la mort de ses

parents. On a grandi ensemble. On est un peu comme des frère et sœur.

— Oh ! répondit Sabrina en rougissant. Je suis désolée. Je croyais que vous… enfin, que vous étiez ensemble. En fait, quand je vous ai vus tous les deux, j'ai senti quelque chose de spécial entre vous, comme un lien. Mais j'ai dû mal interpréter ce que j'ai observé.

— Vous ne vous êtes pas trompée, répondit Shay en baissant les yeux. On a toujours été attirés l'un par l'autre, et on a toujours essayé de combattre cette attirance. Avec son retour, ce n'était plus possible de lutter, et on a craqué. Mais Caleb et mon frère Kent sont très proches, et…

— Kent est votre frère ?

— Oui, répondit-elle en fronçant les sourcils. Vous le connaissez ?

— Non, mais il a appelé trois fois ce matin. Il essayait de joindre Caleb.

— C'est vrai ? fit-elle alors que son cœur s'était mis à cogner dans sa poitrine. Je n'ai pas mon téléphone. Il est peut-être arrivé quelque chose. Il faut que je l'appelle, et vite.

Elle se leva pour se rasseoir aussitôt, accablée par l'angoisse et le manque de sommeil.

— Non, je ne peux pas l'appeler. Il saura que je suis avec Caleb à cette heure de la journée, et il me demandera pourquoi, et…

Elle posa sa main sur son front, soudain prise de panique.

— Ce n'est pas possible. Ma famille va tout découvrir, ce sera la catastrophe.

Sabrina posa la main sur son bras.

— Du calme, Shay. Lorsque votre frère a appelé pour la troisième fois, je lui ai demandé s'il y avait une urgence, il m'a répondu que non. Il m'a juste dit que Caleb savait de quoi il s'agissait.

Shay se détendit quelque peu.

— Pas d'urgence, ouf. Merci. Toute cette histoire me rend très nerveuse. Je n'ai rien à faire avec Caleb et je le sais. Je n'ai pas le droit de mettre en péril ses relations avec la seule famille qu'il lui reste. Mais je ne peux pas m'empêcher de me comporter égoïstement. Je devrais avoir honte…

— Shay, j'espère que vous ne m'en voudrez pas de vous dire ça — c'est vrai : on vient à peine de faire connaissance — mais, si vous vous tournez autour depuis aussi longtemps que vous le dites, ce serait idiot d'essayer de faire comme si de rien n'était. Donnez-vous un peu de temps pour découvrir ce qu'il y a vraiment entre vous. Faites-le en secret si vous voulez préserver votre famille, mais faites-le.

Elle marqua une courte pause, avant de reprendre, en souriant :

— Mais c'est vrai qu'il faut bien vous cacher. Parce que dès qu'on vous voit, et même sans vous connaître, ça crève les yeux qu'il y a quelque chose entre vous.

Si Sabrina s'en rendait compte, qu'allait-il en être de ses parents et de Kent ? Selon toute vraisemblance, ils avaient déjà tout deviné, et c'était vraiment la dernière chose qu'elle souhaitait.

Tout à coup, la voix de Caleb résonna dans son dos. Elle se retourna. Il était là, dans l'embrasure de la porte, vêtu d'une combinaison de vol verte, ses cheveux blonds décoiffés par le vent, terriblement sexy.

— Prête à aller dormir un peu ? fit-il gaiement.

— Tu es sûr qu'on a le temps ? On doit être chez mes parents dans quelques heures.

— On peut s'accorder une petite heure. Ce sera mieux que rien.

Soudain la secrétaire l'appela :

— Caleb ! Un appel pour toi. Kent.

L'expression de son visage ne changea absolument pas : s'il était troublé ou contrarié par cet appel, il ne le montra pas.

— Je le rappellerai plus tard, dit-il par-dessus son épaule, avant d'ajouter :

— Viens, Shay, allons nous reposer maintenant.

Alors qu'elle allait se lever, la voix de la secrétaire se fit de nouveau entendre :

— Il veut parler à Shay.

Elle se redressa d'un bond.

— Kent sait que je suis ici ?

— Dis-lui que je le rappellerai, dit-il sur un ton ferme à la secrétaire.

Sabrina se leva à son tour.

— Je crois que je vais vous laisser. Shay, je vous contacterai pour les leçons de pilotage.

Puis elle se dépêcha de gagner la porte, et Caleb s'écarta pour la laisser passer.

— Caleb, fit Shay en lui adressant un regard interrogateur.

— Je t'expliquerai dans le mobile home.

— Non, maintenant.

12

Caleb ferma la porte et raconta à Shay le bref échange téléphonique qu'il avait eu avec Kent plus tôt dans la matinée. Puis il expliqua comment il avait l'intention de se tirer de cette situation délicate :

— Je lui dirai que tu es venue à l'aérodrome pour un saut au lever du soleil. Comme lui l'a fait.

— Il ne te croira jamais, Caleb. Il me connaît. Il sait que jamais je ne sauterais en parachute.

— On fera tout pour qu'il nous croie.

— C'est la catastrophe, dit-elle en portant ses mains à son visage, puis en les laissant retomber. On n'aurait jamais dû faire ça. A quoi est-ce qu'on a pensé ?

Il posa ses mains sur ses épaules.

— Shay, trésor, tu es épuisée. La fatigue fait toujours voir les choses plus noires qu'elles ne le sont. Il nous croira. J'en suis sûr.

Elle appuya sa tête contre son torse et se blottit contre lui.

— Je suis tellement fatiguée, Caleb.

— Je sais, ma puce, dit-il en lui caressant les cheveux, savourant l'exquise sensation de la tenir entre ses bras.

Puis il la saisit doucement par le menton pour la forcer à lever la tête et prit son doux visage entre ses mains.

— Je vais appeler Kent. Ensuite on ira se reposer un peu. Je réussirai à le convaincre. Il te connaît peut-être, mais je le connais aussi. Pendant que je discuterai avec lui, toi, tu pourras dormir.

— Mais au fait, est-ce que tu sais pourquoi il t'a appelé si tôt ?

— Connaissant Kent, il a dû jouer au poker toute la nuit, et il m'appelait pour me raconter ses exploits.

Elle soupira.

— Ce serait bien son genre. Mais, s'il te plaît, appelle-le tout de suite. J'en ai vraiment besoin.

Il lui suffit de croiser son regard à la fois déterminé et suppliant pour comprendre qu'il avait tout intérêt à faire ce qu'elle lui demandait.

Il décrocha le téléphone mural et composa le numéro de Kent, qui répondit dès la deuxième sonnerie.

— Mais qu'est-ce qui se passe, bon sang ? demanda Kent. Shay est avec toi et elle ne répond pas à son téléphone. Quant à toi, tu ne prends pas mes appels. Qu'est-ce que tu me caches, Caleb ?

La réaction enflammée de Kent lui donna un aperçu de ce à quoi le futur pourrait ressembler, puisqu'il était clair que Kent s'était mis dans la tête qu'il s'était passé quelque chose entre lui et Shay.

— Shay a fait quelque chose de stupide et je lui ai promis de ne rien raconter si elle sautait en parachute. Mais, comme elle s'est dégonflée, je vais te le dire. Elle a oublié ses clés de maison dans sa voiture, dans le parking de son cabinet. Evidemment, impossible de forcer la portière de sa voiture. Ou de se servir de son trousseau de secours, mais ça tu dois le savoir. J'ai entendu dire que tu étais en personne responsable de sa disparition.

Il vit Shay sourire, probablement parce qu'elle savait que ce détail sonnerait juste et rendrait toute l'histoire crédible. Sa ruse fonctionna, en effet : Kent sembla tout avaler et ne lui posa pas la moindre question. Très stratégiquement, il enchaîna en lui demandant pourquoi il avait cherché à le joindre plus tôt dans la matinée. Kent commença donc à lui raconter sa nuit, qu'il avait bien passée à jouer au poker. Mais il ne voulait pas se vanter, comme Caleb l'avait d'abord cru. Au contraire, Kent avait apparemment perdu gros. Il l'avait appelé pour lui emprunter de l'argent.

Lorsque, après avoir raccroché, il raconta cela à Shay, elle prit aussitôt un air atterré.

— Je n'arrive pas à croire qu'il t'ait demandé cela !

Pensive, elle marqua une pause.

— En même temps, reprit-elle, j'ai la confirmation de ce que je soupçonnais depuis un bout de temps. Kent doit avoir un problème d'addiction au jeu. Il n'arrive même pas à se contrôler en famille.

— Ton père a dû penser qu'il avait fait exprès de perdre. Pour lui laisser un peu d'argent de poche à dépenser pendant le voyage.

— Kent gagne bien sa vie, mais il n'a pas d'argent de côté. Pas un sou. Et ça m'inquiète énormément.

Il lui prit la main et l'entraîna vers la sortie.

— Je lui parlerai, je te promets.

— Merci. J'ai essayé plusieurs fois, mais il n'a jamais voulu m'écouter. Il te respecte : je pense qu'il acceptera de discuter avec toi.

Elle avait peut-être raison. Mais quelque chose lui disait qu'il ferait mieux d'avoir cette discussion avec Kent avant que celui-ci ne découvre qu'il se tramait quelque chose entre sa sœur et son meilleur ami.

— Je ferai tout ce que je pourrai, dit-il avec conviction. Mais pour l'heure… je te veux… dans mon lit. Je ne pense qu'à ça depuis le début de la matinée.

— Dans ton lit, oui, mais pour dormir, dit-elle, l'air amusé.

— Bien sûr, répondit-il le plus innocemment du monde.

Quelques minutes plus tard, ils se dirigeaient, main dans la main, vers le mobile home qui lui servait de domicile provisoire.

— Je te préviens, dit-il, ce n'est pas joli comme chez toi.

— Ce n'est pas spécialement joli, chez moi.

— Moi je trouve que si. Je n'ai pas eu l'occasion de te le dire : j'aime beaucoup ta maison. Elle te ressemble et elle a ton odeur. Et j'adore ton odeur. Chez moi, ça n'a rien à voir. J'étais sensé ne pas y rester, mais, avec le travail de fou qu'il y a ici, j'y ai passé plus de temps en deux mois que n'importe où ailleurs en dix ans. Ce qui fait, en quelque sorte, que ce mobile home est mon premier vrai « chez-moi ».

Il ouvrit la porte et s'effaça pour la laisser passer.

— Alors, bienvenue « chez moi », Shay.

Elle grimpa les marches et entra, puis il ferma la porte à clé derrière eux. Autant être tranquilles : ils avaient déjà eu assez de mauvaises surprises pour la journée…

Lorsqu'il se retourna, Shay lui tendait une photo le représentant avec d'autres membres de son commando devant un avion.

— Parle-moi de l'homme sur la photo, dit-elle.

— Lequel ?

— Toi. Je veux savoir. Comprendre l'homme que tu étais alors.

— J'étais le même qu'aujourd'hui.

— C'est-à-dire ? Je sais que tu as vu et fait des choses… Des choses dures et horribles, qui doivent te hanter. Et pourtant tu es resté dix ans. J'aimerais comprendre.

Elle voulait comprendre… Mais comment expliquer la barrière hermétique qu'il avait réussi à ériger en lui entre l'homme et le soldat ? C'était ce qui lui avait permis de survivre sans perdre la raison.

— La plupart de mes missions étaient top secret. Je n'ai pas le droit d'en parler. Mais, même si je pouvais te raconter, je suis sûr que tu n'aurais pas envie d'entendre tout ça. Pas plus que je n'ai envie de m'en souvenir.

— Alors pourquoi être resté dix ans ?

— Il faut bien que quelqu'un fasse le sale boulot.

— Ce n'était pas forcément à toi de te sacrifier.

— Je ne suis pas du genre à pouvoir vivre ma vie, tranquille, en faisant comme si toutes ces horreurs n'existaient pas. Moi, je suis celui qui fait tout pour que les autres puissent continuer à faire semblant.

Elle reposa la photographie.

— Je vois, dit-elle d'une voix blanche, en se détournant.

— Eh, trésor, fit-il en lui attrapant le bras pour la forcer à le regarder de nouveau. Que se passe-t-il ?

— Promets-moi seulement que quand tu partiras, cette fois, tu prendras la peine de me dire au revoir, répondit-elle d'une voix tremblante. Parce que partir sans dire au revoir, ce n'était pas bien. Ça m'a fait mal. Comme ces dix années de silence complet. Alors, s'il te plaît, ne recommence pas.

Il l'attira à lui et caressa ses cheveux.

— Shay, je ne partirai plus nulle part. Je te l'ai dit. J'ai l'intention de rester.

— Non. Tu dis ça, mais tu en auras vite assez de tes gentils petits sauts en parachute. Je t'ai vu aujourd'hui. Sauver des vies est naturel pour toi. Tu es comme cela, tu fais partie des bons. Des héros. Et il y a de quoi être fier. D'ailleurs, je le suis. Mais tu me l'as dit toi-même : c'est parce que tu y as été forcé que tu as quitté l'armée. Ici tu vas vite t'ennuyer, et tu vas te réengager.

Il essaya de ne pas sourire, car sa réaction n'était pas seulement dictée par le manque de sommeil. Elle tenait à lui. Et peut-être même l'aimait-elle autant que lui il l'aimait, ce que, de son côté, il avait toujours su.

— Est-ce que tu es au courant, ma petite Shay, que l'aérodrome est chargé d'entraîner un groupe d'aspirants aux Forces spéciales une fois par mois ? Je suis, par conséquent, toujours lié à l'armée, et par contrat, qui plus est !

— Ah bon ? fit-elle en écarquillant les yeux.

— Eh oui. Je ne suis pas obligé d'aller aux quatre coins du monde, mais j'ai quand même une sorte de mission à accomplir ici.

Sans lui laisser le temps de répondre, il la souleva de terre et l'emmena jusqu'à la chambre, où il la déposa délicatement sur le lit.

— Maintenant dors. Tu seras déjà assez nerveuse comme ça quand il s'agira d'affronter le regard de tes parents. Un peu de repos te fera le plus grand bien.

Il l'embrassa sur le front.

— Moi je vais prendre une petite douche, et je te rejoins.

Elle s'assit.

— Ne me laisse pas. Tu prendras ta douche juste avant qu'on parte.

— Si je ne vais pas prendre ma douche tout de suite, tu ne risques pas de te reposer.

L'eau de la douche venait de se mettre à couler lorsque Shay entendit, à l'autre bout du mobile home, le téléphone portable de Caleb sonner. Elle se précipita vers le coin salon, de peur qu'il ne s'agisse de son secrétariat ou de George.

Elle avait bien fait de quitter le lit de Caleb, car, en effet, c'était George qui cherchait à la joindre. Elle décrocha aussitôt.

— George ? Est-ce que ça va ? Je me suis fait un sang d'encre. Vous n'êtes pas venu à votre rendez-vous, et j'ai passé la nuit et la matinée à m'inquiéter à votre sujet.

— Je suis désolé, docteur. Il m'est arrivé quelque chose de tout à fait inattendu : je suis tombé amoureux. J'ai rencontré quelqu'un. Ça fait des années que je ne m'étais pas senti aussi heureux.

Sans qu'elle sache pourquoi, quelque chose lui dit qu'elle devait se méfier.

— Vous êtes tombé amoureux tout d'un coup, et ça vous a fait oublier le rendez-vous que vous aviez pris en urgence ? demanda-t-elle, incrédule.

— On s'était disputés. Mais elle est venue me trouver chez moi et tout s'est bien terminé. J'ai hâte d'être rentré du Mexique pour pouvoir vous parler d'elle.

— Du Mexique ? répondit-elle, soufflée. Vous allez au Mexique ?

George, d'ordinaire, ne sortait quasiment jamais de chez lui.

— Oui, et d'ailleurs je vais devoir vous laisser car il est temps d'embarquer. Je vous appellerai dès mon retour. Merci pour tout, docteur. Je me souviens très bien de ce que vous m'avez dit plusieurs fois : aimer quelqu'un, c'est courir le risque de le perdre un jour, mais c'est mieux que de ne jamais le connaître.

Là-dessus, il raccrocha.

Elle reposa le téléphone. Son premier réflexe fut d'aller rejoindre Caleb dans la salle de bains pour lui raconter cette surprenante conversation.

Comme s'il s'attendait à sa venue, il avait laissé la porte ouverte. Elle ne se gêna donc pas et entra.

— Mon patient vient de m'appeler, dit-elle en s'appuyant contre le lavabo.

Il passa la tête hors du rideau de douche.

— Et alors ?

— Il m'a dit qu'il avait rencontré quelqu'un et qu'il était très heureux.

Il ricana.

— Donc ça se confirme : il t'a bien posé un lapin parce qu'il avait un rendez-vous galant. Ah, les hommes, tous les mêmes !

Elle voulut plaisanter à son tour, d'autant qu'elle aurait eu beaucoup à dire sur le sujet, mais quelque chose la retint. D'abord, ce genre de comportement ne cadrait pas avec la personnalité de George. Ensuite, s'il habitait dans une aussi belle maison, c'était qu'il devait avoir de l'argent. Quelqu'un de peu scrupuleux était-il en train d'essayer d'abuser de lui ? Après qu'il eut connu l'immense douleur, quelques années auparavant, de perdre sa femme ?

Elle ne put s'empêcher de frissonner. Tout cela la ramenait inévitablement à sa propre situation. La perte et le manque, elle aussi, elle connaissait. Elle avait déjà dû y faire face pendant dix ans, et elle y serait peut-être bientôt de nouveau confrontée, car, quoique Caleb prétende le contraire, il aurait sans doute un jour envie de repartir. Entre un passé douloureux et un futur incertain, la seule chose à laquelle elle pouvait se raccrocher, c'était le présent.

Ce constat fut comme une prise de conscience. Elle fixa le rideau de douche à travers lequel elle devinait la silhouette nue de Caleb. L'occasion de faire l'amour avec lui sous la douche ne se représenterait peut-être jamais plus. Décidée, elle se déshabilla.

Sans se donner le temps de changer d'avis, elle écarta le rideau pour aller le rejoindre. A l'instant où elle vit ses muscles saillants luisants d'humidité, elle sut qu'elle avait fait le bon choix.

— Tu sais que ce n'est pas comme ça que tu vas te reposer, n'est-ce pas ? dit-il d'une voix douce.

— Je ne peux pas dormir alors que tu es nu sous la douche, répondit-elle en le laissant l'attirer à lui.

Il sourit et la serra contre lui, soudant son bassin contre le sien.

— J'avoue que j'aurais été déçu si tu t'étais endormie.

Elle caressa son sexe, déjà prêt pour elle.

— Il y a quelque chose que j'ai toujours eu envie de te faire, avoua-t-elle.

— Moi il y a beaucoup de choses que j'ai toujours eu envie de te faire. Je te proposerais bien de te montrer, mais la journée n'y suffirait pas.

— Moi d'abord, dit-elle en souriant.

Elle embrassa son torse et se laissa glisser le long de son corps, jusqu'à s'agenouiller et prendre son sexe dans sa main.

— Si tu n'y vois pas d'objection, bien sûr, fit-elle en relevant la tête.

— Aucune objection, répondit-il en posant sa main contre le mur, comme s'il avait tout à coup besoin d'un appui.

Elle sourit et fit courir sa langue à la base de son sexe.

— Oh non, dit-il, haletant. Vraiment aucune objection.

Entendre sa voix étranglée, altérée par le désir, ne fit qu'ajouter à sa propre excitation. Elle ressentit avec acuité une brûlure entre ses cuisses, un tiraillement au bout de ses seins, et un besoin urgent de le prendre dans sa bouche. Elle aimait avoir le contrôle, il n'y avait aucun doute là-dessus. Avoir sous son pouvoir un homme comme Caleb — si puissamment torride que lui —, c'était le comble du frisson. Presque autant que de s'en remettre tout entière à lui, paradoxalement.

Elle donna quelques coups de langue au sommet de son sexe, avant de dessiner des cercles de plus en plus appuyés. Il gémit et elle prit quelques centimètres de sa chair chaude et palpitante dans sa bouche. Puis quelques autres, et quelques autres encore, progressant très lentement, mais sûrement. Il posa ses mains sur sa tête et elle se délecta du léger coup de bassin qu'il donna en avant. Si elle en avait eu besoin, c'était la preuve qu'elle l'avait poussé jusqu'à ses derniers retranchements, la preuve qu'elle lui offrait du plaisir. Elle caressa ses jambes puissantes, ses fesses fermes et parfaites qu'elle sentait se contracter au rythme des coups de bassin qu'il continuait à donner, dans un mouvement qui semblait presque désespéré. Une saveur salée vint se mêler à sa salive, et elle sut que, bientôt, elle allait pouvoir lui offrir ce qu'elle avait tant à cœur de lui donner.

Mais, soudain, il murmura son nom et se retira.

Elle voulut lui demander pourquoi il l'avait arrêtée, mais, tout de suite, il l'embrassa. Il avait le goût d'un homme sur le point de basculer, le goût de la passion la plus sauvage et débridée. Le goût du désir contenu à grand-peine. Et elle savait ce qu'il avait dû lui coûter de ne pas la laisser finir ce qu'elle avait commencé.

Il la pressa contre le mur. Ses mains parcoururent fiévreusement son corps, avant de s'arrêter sur sa poitrine. L'eau continuait de baigner leurs deux corps lorsqu'il saisit sa jambe et la souleva. Il la pénétra aussitôt d'un coup puissant.

Elle haleta sous l'effet du plaisir immédiat qui inonda ses sens, et s'accrocha à son cou. Son regard se fit perçant et intense, puis il dit :

— Maintenant, on va jouir ensemble. De la même façon

qu'on affrontera ensemble le reste de cette journée, et tout ce qui nous attend par la suite.

Il donna un nouveau coup de reins, qui lui arracha un gémissement, avant de demander son approbation :

— D'accord, Shay ?

— Oui, dit-elle, articulant avec peine. Oui, d'accord. Ensemble.

Avant qu'elle ne se mette à réfléchir aux conséquences que cela impliquait, il s'empara d'elle pour la transporter dans un endroit où être ensemble était merveilleux, et où rien d'autre n'existait.

Rien d'autre et certainement pas le sommeil.

13

Caleb gara son camion devant la maison des parents de Shay. Cette dernière, visiblement dans ses petits souliers, se tenait à l'autre bout de la cabine plutôt que tout contre lui comme il l'aurait souhaité. Mais c'était pour l'instant la seule solution et il le savait bien : ils devaient encore prétendre qu'ils n'étaient pas ensemble.

Mais il avait hâte que cette comédie soit finie. C'était, du moins l'espérait-il, la dernière fois qu'ils se prêtaient à cette mascarade. Au retour d'Italie des parents de Shay, il voulait que leur histoire — si histoire il y avait — éclate au grand jour. Et il avait bien l'intention de rallier Shay à son point de vue. Si par malheur, au bout de ces deux semaines, ils décidaient qu'ils n'avaient finalement rien à faire ensemble, au moins pourraient-ils arrêter de se tourner autour. Dans le cas contraire, il leur faudrait courage et détermination pour s'affirmer en tant que couple face leur entourage.

— J'ai l'impression qu'ils vont tout comprendre, dit Shay alors qu'il coupait le moteur.

— S'ils n'ont rien vu hier, alors qu'on était prêts à se jeter l'un sur l'autre, alors ils ne verront rien aujourd'hui. Tiens, regarde, dit-il en pointant du doigt vers l'extérieur.

Le père de Shay venait de poser une grosse valise à roulettes devant la porte, et sa mère sortait de la maison pour le rejoindre.

— Ils sont excités et nerveux, dit-il. Ils ne vont absolument pas faire attention à nous.

Discrètement, il caressa sa main.

— Tu n'as vraiment pas à t'inquiéter, Shay.

Elle acquiesça, prit une grande inspiration, et expira longuement avant d'ouvrir sa portière. Puis elle se précipita dehors, vers ses parents, et il essaya de ne pas regarder ses jolies fesses moulées par son jean, sur lesquelles ses mains traînaient encore moins d'une heure auparavant. Troublé, il dut attendre quelques secondes avant de pouvoir sortir à son tour.

Dès qu'il fut dehors, il aperçut Kent qui lui adressait un signe depuis la porte d'entrée. Même si Kent faisait tout pour afficher une apparente nonchalance, la crispation de sa mâchoire montrait qu'il était tout sauf détendu. Comme il le craignait, son obsession pour le jeu — qu'il avait commencé à développer à l'adolescence — ne s'était pas calmée. Ce n'était pas la première fois que Kent lui demandait de l'argent, et il ne lui avait pas encore remboursé le moindre sou de ce qu'il lui devait. Mais ce n'était pas cela qui l'inquiétait. Il avait, lui, largement de quoi voir venir. Non, ce qui le préoccupait, c'était précisément que Kent ne semble pas avoir les moyens de le rembourser, et ce que cela disait de la spirale infernale dans laquelle il devait être pris.

Kent le rejoignit, à quelques pas de Shay et de ses parents.

— Maman est en train de rendre papa fou, tellement elle a peur d'oublier quelque chose.

Il riait, mais, dans sa voix, il y avait une immense lassitude.

— Tout ira bien dès qu'ils seront dans l'avion, répondit Caleb, avant de désigner la maison. Entrons.

Kent acquiesça et ils marchèrent en silence jusque dans la cuisine. Caleb sortit une enveloppe pleine de billets et la posa sur le plan de travail de l'îlot central. Kent s'en empara sans attendre, et la fourra dans sa poche, tout en regardant autour de lui comme s'il craignait d'être vu.

— Merci mille fois, Caleb. Je sais que je te dois déjà

pas mal, et je vais te rembourser. J'attends une prime d'ici la fin de l'année.

Caleb ne put faire autrement que de remarquer les gros cernes sous ses yeux, et ses gestes saccadés.

— Toi, tu as un problème avec le jeu, non ?

Kent enfouit ses mains dans ses poches et se mit à rire.

— Je jouais avec papa, Caleb !

— Hier soir, oui, je sais. Et ça ne t'a pas empêché, d'ailleurs, de tout perdre. Sans réussir à t'arrêter à temps.

— C'était papa ! répondit-il énergiquement. Il m'a encouragé à continuer, et je ne voulais pas lui dire non.

— Tu t'es adressé à un bookmaker ?

— Caleb, je t'en prie…

— Est-ce que tu es allé voir un bookmaker, Kent ?

— Je vis seul, et je n'ai personne à charge.

— Donc, oui.

Kent se gratta nerveusement la joue.

— Je n'ai pas de problème, si c'est ça que tu veux me faire dire.

— Tu n'as pas le moindre argent de côté, Kent.

— C'est vrai qu'en ce moment mes finances ne sont pas brillantes. Mais ma prime de fin d'année va tout arranger.

— Le jeu, c'est comme l'alcool. Ça peut devenir une addiction. Si tu as besoin d'aide…

— Je n'ai besoin d'aucune aide, répondit-il d'un ton sec.

Puis il secoua la tête et haussa la voix :

— Ecoute, Caleb, j'apprécie ton soutien et ta sollicitude. Mais tout va bien. Et je te rembourserai bientôt.

— Je n'arrive toujours pas à croire que, dans quelques heures, je serai en Italie, dit Sharon en entrant comme une tornade dans la pièce. En Italie !

Elle serra Caleb dans ses bras.

— Je t'aime, fiston. Et pas seulement à cause de l'Italie. Je t'aime parce que tu es toi.

Elle tapota gentiment sa joue.

— Et tu es vraiment trop beau.

Avant qu'il ne puisse répondre, elle le lâcha, et poursuivit :

— J'ai regardé le site internet de l'hôtel. Ils proposent des cours de cuisine. Dès que je serai de retour, je te préparerai des tas de petits plats.

Caleb croisa le regard de Shay, qui se tenait dans l'embrasure de la porte. Elle avait l'air mal à l'aise et légèrement inquiète.

— Hum, j'ai hâte, répondit-il en posant la main sur son ventre.

— S'il vous plaît, dites-moi qu'on est prêts à partir, dit Bob en les rejoignant à son tour dans la cuisine. Parce que si votre mère n'est pas bientôt assise, dans l'avion, un verre à la main, je crois que je vais craquer.

Puis il arrêta son regard sur Shay :

— Et toi, dit-il, qu'est-ce que c'est que cette histoire de clés oubliées dans ta voiture ?

— Je vois que tu n'as pas perdu de temps pour tout raconter, dit-elle en fixant Kent.

— Qu'est-ce que qui te fait dire ça ? demanda-t-il, narquois.

— C'est ce patient qui t'a troublée ? demanda Bob. Ce n'est pas dans ton habitude, ce genre d'étourderie.

— Effectivement, j'étais troublée, dit-elle, honnête. A cause de Caleb, qui jouait les gardes du corps alors que je n'en avais pas besoin.

— Ah non, dit Caleb. Là, permets-moi de protester. L'immeuble était sombre et désert. Tu n'avais rien à y faire seule.

— Je me suis très bien débrouillée toute seule pendant dix ans, Caleb, dit-elle, essayant de toute évidence de reproduire les chamailleries auxquelles ses parents et Kent étaient habitués. C'est curieux : depuis deux mois que tu es rentré, je t'ai à peine vu, mais, depuis hier, tu es constamment après moi.

Il fronça les sourcils, essayant avec beaucoup de mal de garder son sérieux. Le plus drôle, c'était qu'elle disait vrai. Il était constamment après elle et c'était même un pur bonheur. Elle dut se rendre compte de ce qu'elle venait de dire, car elle se mit à pâlir.

— Parfois, tu es trop indépendante, dit Bob qui, de toute évidence, n'avait rien remarqué. Je suis bien content que Caleb soit là pour veiller sur toi pendant notre absence.

Elle croisa les bras sur sa poitrine et prit un air vexé.

— Oh, génial. Merci papa. A t'entendre, on croirait que j'ai encore douze ans.

— Ce qu'il y a de formidable dans une famille, dit Bob, c'est que, quel que soit son âge, on a toujours droit à l'amour et à la protection des siens. Et aussi à un bon coup de pied au derrière quand c'est nécessaire. Et permets-moi de te dire, ma chère fille, que d'aller à ton cabinet désert en pleine nuit, ça méritait un bon coup de pied au derrière.

Sur ce, il l'attrapa par les épaules, et l'embrassa, avant de regarder Sharon :

— Et toi, est-ce que tu es prête ? Parce que je ne voudrais pas te presser, mais on a un avion à prendre. Kent, s'il te plaît, puisque tu es notre chauffeur et porteur, prends ce sac et charge-le dans ton coffre.

Un quart d'heure plus tard, Kent et ses parents étaient installés, prêts à partir. Shay se laissa retomber contre la porte dès que le véhicule de Kent eut tourné au coin de la rue.

— Oh, mon Dieu, Caleb, s'exclama-t-elle, j'ai presque proclamé qu'on couchait ensemble quand j'ai dit que tu étais constamment après moi.

Elle se frappa sur le front, l'air contrit.

— Mais qu'est-ce qui m'est passé par la tête ?

Il rit et posa sa main sur la porte, derrière la tête de Shay.

— Personne n'a relevé, sauf moi. Mais je dois reconnaître que j'ai eu du mal à ne pas rire.

— Je sais ! J'ai vu ta tête et j'ai eu envie de t'étrangler.

Elle secoua la tête d'un air navré.

— Et dire que maman t'a appelé « fiston ». « Fiston », Caleb. Tu te rends compte ?

Elle appuya sa tête contre la porte.

— Et ce juste après qu'on a fait l'amour sous ta douche. On

joue avec le feu, Caleb. Ils ne te feront plus jamais confiance s'ils découvrent que tu couches avec moi.

Il sourit au souvenir du moment exquis qu'ils avaient passé sous la douche, lorsqu'il l'avait plaquée contre le mur pour la pénétrer, les mains enserrant sa taille si fine.

— Après qu'on a fait l'amour de façon fantastique sous ma douche, tu veux dire.

— Tu as raison. Le fait que ce soit fantastique rend la chose encore plus horrible.

Il la regarda, amusé. Etrange logique, qu'il n'allait même pas essayer de comprendre.

— Nous allons être seuls pendant deux semaines, Shay, dit-il en lui prenant la main pour la ramener à l'intérieur de la maison. C'est inespéré. Alors détendons-nous et profitons-en bien.

Une fois qu'ils furent dans l'entrée, elle se retourna et posa les mains sur son torse.

— Comment veux-tu que je me détende alors que nous allons droit dans le mur ? Je ne veux pas que tu sois banni de la famille, Caleb. Ils te font confiance pour que tu veilles sur moi.

— Je ne vais pas trahir leur confiance, Shay. Et je crois qu'il est temps que je te le dise : je n'ai aucune intention de garder notre histoire secrète. Pas si on décide que ça vaut la peine de continuer. Personnellement, je crois qu'on a un avenir tous les deux. J'aime cette idée, autant que j'aime être avec toi, Shay. Et je ne veux pas tirer un trait sur cette belle histoire juste par peur de choquer ta famille.

Elle se radoucit instantanément.

— Moi aussi, j'aime être avec toi.

Il glissa ses doigts dans ses cheveux et caressa sa nuque délicate.

— Alors accordons-nous cette chance, la chance d'être ensemble au moins pendant ces deux semaines. C'est une occasion trop belle pour ne pas en profiter. Ne pensons pas à ce que les autres pourraient dire ou imaginer. Ne pensons qu'à nous. Est-ce que tu crois en être capable ?

— Oui, je le crois, dit-elle d'une voix douce. Et ça me plaît même assez, comme perspective.

Il sourit.

— Parfait.

Et il l'embrassa sur la tempe, puis sur la joue, puis dans le cou.

— Tu sens le soleil.

— Je sens ton eau de toilette, dit-elle d'une voix espiègle. J'avais peur que quelqu'un s'en rende compte.

Il recula pour la regarder.

— Il va vraiment falloir que je fasse quelque chose pour te guérir de ta paranoïa, dit-il en faisant courir ses mains sur son buste, jusqu'à sa poitrine.

— Pas ici, Caleb, dit-elle, protestant.

— Oh si. Précisément ici.

Sans attendre, il lui ôta son T-shirt et libéra sa poitrine, qu'il caressa longuement.

— J'ai fantasmé sur toi dans cette maison trop souvent pour ne pas profiter de l'occasion qui m'est enfin offerte.

Elle posa les mains sur ses bras, mais ne le repoussa pas.

— Il faut que je passe chez le garagiste récupérer un double de mes clés avant qu'il ne ferme, dit-elle, haletante.

— Je passe la nuit chez toi. Je te déposerai à ton travail demain matin et j'irai chercher tes clés avant de te reprendre le soir.

Il laissa descendre ses mains jusqu'à ses fesses, et attira son bassin contre le sien.

— Voilà : problème réglé.

— Je ne me souviens pas t'avoir invité à passer la nuit chez moi.

— Moi si, répondit-il en effleurant ses lèvres des siennes. Tout à l'heure, sous la douche.

— Quand tu t'es livré à cet odieux chantage ? A un moment où j'étais particulièrement vulnérable ?

Alors qu'elle était au bord de l'orgasme, avant de lui accorder l'ultime caresse, il lui avait fait promettre qu'il pourrait se réveiller le lendemain matin avec, en tête, la perspective d'une nouvelle douche coquine.

— Je passe la nuit avec toi, dit-il sur un ton péremptoire. Et la nuit suivante.

Il s'arrêta un instant pour la regarder droit dans les yeux.

— Et toutes les nuits jusqu'à, au moins, la fin de la quinzaine.

Elle humidifia ses lèvres.

— Et ensuite, Caleb ? Que se passera-t-il à la fin de cette quinzaine ?

— Je suis sûr qu'on trouvera un moyen de continuer. Mais, pour l'instant, je me demande lequel de mes fantasmes je vais assouvir en premier.

Il s'agenouilla et commença à déboutonner son jean.

— Celui où je te déshabille dans l'entrée me paraît bien, pour commencer.

Le vendredi soir suivant — presque une semaine après le début de leur petite escapade hors de la famille — Shay et Caleb étaient au restaurant en compagnie de Jennifer, Sabrina, Bobby et Ryan. Le dîner était terminé, et les trois femmes s'étaient regroupées à un bout de la table pour discuter tandis que les hommes avaient fait de même à l'autre bout. Shay ne pouvait s'empêcher de jeter des petits regards à Caleb de temps en temps. Ces quelques jours ensemble avaient été un tel tourbillon de complicité et de plaisir. Ils avaient passé la semaine chez elle, mais ils prévoyaient de passer la seconde chez lui pour qu'il ne soit pas obligé de décommander les nombreux sauts au lever du soleil qu'il avait déjà sur son planning.

Le téléphone de Sabrina sonna. Elle vérifia le numéro et leva les yeux au ciel. Puis elle regarda Ryan, son mari.

— Devine.

— C'est ton père, répondit immédiatement Ryan.

Elle acquiesça tandis que Ryan hélait déjà la serveuse.

— Mademoiselle, dit-il en désignant sa femme, un autre margarita pour cette dame.

Sabrina sourit et se tourna de nouveau vers Shay et Jennifer.

— Je l'adore, mon mari. Il sait exactement ce dont j'ai besoin quand j'en ai besoin. Shay, je devrais certainement venir te consulter, parce que c'est grave. Mon père fait de la politique. J'écris une chronique politique. Je sais ce qui se passe quand je ne suis pas d'accord avec lui sur un point : j'ai toute la presse sur le dos. Et mon père avec. Mais, moi, qu'est-ce que je fais ? Je continue à écrire ce que je pense.

La serveuse posa un margarita devant elle et elle en avala une grande gorgée.

— Il va falloir t'y habituer, dit Jennifer en volant une gorgée à Sabrina. Chaque fois qu'elle fait ça, on a tous besoin de boire un peu.

Shay jeta un coup d'œil à Caleb, qui la regardait en souriant. De toute évidence, il était heureux qu'elle soit là, au milieu de ses amis. Cela tombait bien car elle était ravie d'y être également.

— Alors, qu'est-ce que tu en dis, Shay ? demanda Sabrina. Est-ce que tu me prends comme patiente ?

Elle se mit à rire.

— Ça ne risque pas. Je ne prends jamais de membres de ma famille ni d'amis comme patients.

— Tant pis, répondit Sabrina en prenant une mine dépitée. Je continuerai à boire.

— Vas-y doucement quand même, répondit Shay en riant. Je te rappelle que tu as ta première leçon de pilotage demain.

Puis elle se tourna vers Jennifer :

— J'ai convaincu Sabrina de m'accompagner. Tu devrais venir, toi aussi.

— J'aimerais bien. Mais j'ai ma clinique. Mes animaux m'attendent, ils ont besoin de moi. Pourtant j'aime beaucoup cette idée que nous, les femmes des Fous Volants, volions de nos propres ailes. C'est super. Comme ça on va enfin pouvoir leur prouver qu'ils n'ont pas le monopole du talent ni du courage.

— Oui, c'est… super.

Shay eut du mal à déglutir. Pour les amis de Caleb, elle était déjà sa petite amie officielle et légitime, voire plus. La peur lui serra la gorge. La peur que tout cela soit trop beau pour être vrai. C'était une angoisse irrationnelle, du genre de celles qu'elle désamorçait tous les jours, en les décortiquant et en les analysant facette après facette, chez ses patients. Mais, chez elle, il n'y avait rien à faire : elle n'arrivait pas à comprendre. Son regard se dirigea une nouvelle fois de lui-même vers Caleb. Il riait à une plaisanterie de Ryan. A le voir si maître de lui-même, si sexy, elle sentit son estomac se contracter. Elle l'aimait. Elle l'aimait tant. Son estomac se contracta de nouveau.

Elle détacha à grand-peine son regard de Caleb et posa sa serviette sur la table.

— Je m'excuse un instant, dit-elle en se levant précipitamment.

Elle se dirigea vers le fond de la salle, dans le couloir sombre et vide qui menait aux toilettes. A peine s'y fut-elle enfermée qu'elle entendit toquer à la porte.

— Shay.

C'était Caleb.

D'un côté, elle aurait aimé une minute de réflexion. Mais, de l'autre, elle était soulagée et ravie qu'il l'ait suivie. Soulagée et ravie qu'il sache toujours quand quelque chose n'allait pas. Sans hésiter davantage, elle ouvrit la porte.

Aussitôt, il la prit par la taille et la repoussa vers l'intérieur pour s'enfermer avec elle.

— Qu'est-ce qui te tracasse ?

Submergée par l'émotion, elle sentit ses yeux et sa peau se mettre à picoter.

— Je savais que tu savais que quelque chose me tracassait.

Il caressa ses cheveux.

— Explique-moi, Shay.

— Je crois que c'est trop pour moi, dit-elle en essayant de se montrer le plus honnête possible. Il y a une semaine je ne pouvais pas t'embrasser, et maintenant, pour tes amis, je suis déjà presque ta femme.

— Ma femme ? répéta-t-il en souriant. Ils me flattent, mes amis.

Elle s'écarta.

— Caleb, tu ne comprends pas ? Je ne devrais pas être ici, en train de me lier avec tes amis, tant qu'on ne sait toujours pas ce qui nous lie, nous. Ça me plaît trop. Ça me perturbe, je ne sais plus où j'en suis. Je veux…

Il l'attira de nouveau à lui.

— Qu'est-ce que tu veux, Shay ? Parce que, moi, je te veux. Je te veux dans chaque recoin de ma vie. Et pas seulement pour deux semaines.

— Caleb, dit-elle, la voix altérée par l'émotion qui l'étreignait.

— Ce n'est pas la réponse que j'attends. Ce que je veux, c'est que tu me dises que tu ressens la même chose.

— C'est compliqué, Caleb.

— Ce n'est pas compliqué pour moi. Soit tu veux faire partie de ma vie, soit tu ne le veux pas.

— Et c'est tout ? Si je préfère garder mes distances d'avec tes amis, je ne fais pas partie de ta vie du tout ? Mais ta vie à l'aérodrome n'est pas tout : tu oublies ton autre famille. Notre famille.

Il la regarda pendant de longues secondes, lourdes de tension, avant de la lâcher :

— C'est ça que tu veux alors ? demanda-t-il d'une voix glaciale. Revenir en arrière ? Tu regrettes déjà ?

Soudain, on frappa à la porte.

— Fichez le camp ! cria-t-il, avant de répéter : C'est ça ce que tu veux, Shay ?

La panique la saisit lorsqu'elle comprit qu'elle était allée trop loin. Elle l'avait mis hors de lui. Alors elle le serra aussi fort qu'elle le put.

— Non, non, ce n'est pas ce que je veux.

Elle peinait à contenir ses larmes. Pourtant, d'habitude, elle ne pleurait jamais. Elle le regarda. Il ne la touchait pas. Il se contentait de la laisser l'étreindre.

— Je ne sais pas ce qui m'arrive, Caleb. Je suis morte de peur. Et je ne sais pas pourquoi, vraiment pas. Cette semaine a été la plus merveilleuse de ma vie. Je veux que ça continue comme ça. Je te veux. Je… je t'aime.

Elle avait prononcé les mots magiques : soudain, il l'embrassa, l'enveloppant de ses bras merveilleux et puissants.

— Allons-nous-en d'ici, dit-il après l'avoir lâchée.

Avant qu'elle ait le temps de réfléchir à ce qu'elle venait de lui dire et à ce qu'il ne lui avait pas répondu, ils furent de retour à leur table, où elle récupéra son sac.

— Quelle soirée, mes amis, dit-il.

— Rendez-vous à l'aérodrome demain matin, dit Shay à Sabrina qui les regardait avec un sourire bienveillant, pas le moins du monde surprise qu'ils s'éclipsent déjà.

Il la conduisit à son camion, et l'embrassa fiévreusement, puis il l'aida à grimper. Si fiévreusement qu'elle en eut le souffle coupé. Enfin il l'installa tout contre lui et lui adressa un dernier regard brûlant avant de démarrer, sans dire un mot. Elle essaya de s'accrocher à ce baiser, à son regard qui disait qu'elle était tout pour lui. Plutôt qu'à son silence qui la hantait, la torturait.

Qu'attendait-il pour lui dire qu'il l'aimait aussi ?

Soudain, elle eut de nouveau peur. Peur qu'il l'aime en retour. Si c'était le cas, jamais elle ne survivrait aux aveux qu'ils devraient faire à la famille. Et elle craignait, aussi, que le sexe soit tout ce qui les lie, que ce feu qui les dévorait ne finisse inexorablement par s'éteindre. Tout cela n'était sans doute qu'une gigantesque erreur, la promesse d'une souffrance infinie.

Pourtant résister était impossible. Pas alors qu'il venait de poser sa main sur sa cuisse et que ce seul contact suffisait à la bouleverser.

14

Dès qu'ils eurent mis un pied à l'intérieur du mobile home, Shay se retrouva plaquée contre la porte, pressée contre Caleb, qui l'embrassait. Elle oublia aussitôt les confessions d'amour qu'elle attendait. Ici et maintenant : c'était tout ce qui comptait. L'envie et le besoin qu'elle avait de lui. Et à quel point cela semblait réciproque. Même s'il ne l'aimait pas, elle percevait en lui ce désir brut, cette nécessité impérieuse et dévorante de la toucher, de la posséder, elle le sentait comme s'il s'était agi d'elle. Cela lui suffisait. Pour l'instant, se répéta-t-elle.

Pour l'instant.

Pris d'un élan frénétique, ils commencèrent à se déshabiller. Au premier contact de sa peau contre la sienne, ses sens s'embrasèrent. Il était si brûlant, si ferme. De ses mains fiévreuses, elle parcourut ses muscles saillants. Il était beau. Incroyablement beau.

Une fois leurs vêtements éparpillés et eux complètement nus, il appuya son front contre le sien et caressa ses épaules, la faisant frissonner.

— Tu es incroyable, dit-il d'une voix à peine audible.

Elle sourit.

— C'est drôle, j'étais justement en train de penser la même chose de toi.

— Ah bon ?

— Oui, dit-elle en caressant voluptueusement son torse.

Oh oui. Tu es sans conteste l'homme le plus incroyable que j'aie jamais vu.

En poussant un petit grognement, il saisit ses fesses et la souleva. Elle se moula à son corps avec bonheur. Elle passa ses bras autour de son cou, ses jambes autour de sa taille, et se colla à lui, mordillant ses épaules et son cou tandis qu'il la conduisait vers la chambre.

Il la déposa sur le lit et s'installa au-dessus d'elle. Son corps puissant et massif pesait sur elle, l'enveloppant, la dévorant. C'était exactement ce qu'il lui fallait. Elle s'abandonna à lui avec volupté. Elle avait envie qu'il prenne les commandes. Elle ne voulait rien contrôler. Pas ce soir. Ce soir elle voulait oublier. Sentir. Elle voulait Caleb. Sur elle, en elle. Elle enfouit sa tête dans son cou et respira son parfum.

Elle sentit son sexe entre ses cuisses, dur, brûlant, promesse d'évasion et de plaisir. Elle ferma les paupières et, presque malgré elle, tendit le bassin alors qu'il promenait son sexe sur sa chair si sensible.

— Regarde-moi, Shay, demanda-t-il doucement, en caressant ses joues, son visage.

Elle ouvrit les yeux. Le visage sévère et inexpressif qu'il avait affiché au restaurant, l'avait-elle imaginé ? Car, là, devant elle, il semblait en proie à une émotion intense, qui la troublait.

Il la pénétra alors, en lui adressant un regard empli de sentiments, si bouleversant qu'elle aurait été incapable de détourner les yeux. Mais elle ne voulait pas le faire. Pas même lorsqu'il s'enfonça au plus profond d'elle avec autorité et possessivité et que le plaisir la fit frémir. Elle s'accrochait à cette émotion qu'elle lisait sur son visage, à ce message qui en disait davantage que n'importe quels mots. Elle ne voulait pas que cela prenne fin. Elle voulait que le temps s'arrête. Il inclina le bassin pour la pénétrer plus loin et s'appuya sur ses coudes au-dessus d'elle. Il resta un long moment immobile, comme s'il voulait goûter pleinement le plaisir qu'ils se donnaient. C'était tout ce dont elle avait besoin.

Pour l'instant, répéta la petite voix dans sa tête. Car, au fond d'elle-même, elle savait qu'il y aurait un après.

Elle caressa son beau visage, parcourut les contours de ses lèvres. Il aspira ses doigts au passage et les mordilla, avec lenteur et sensualité. Elle fit taire la voix dans sa tête et chercha sa bouche. Mais il ne la lui donna pas. Il caressa de nouveau ses cheveux et elle s'abandonna avec délice à ses caresses.

— J'avais déjà tout imaginé, tu sais ? dit-il. Nos aveux. Ça devait se passer exactement comme maintenant. Moi en toi. Nous ne faisant qu'un. Alors, quand tu m'as dit que tu m'aimais au restaurant, je n'ai pas pu me résoudre à abandonner mon plan. Je n'ai pas pu me résoudre à ce que ce soit moins fort que ce que j'avais imaginé. Le moment — ce moment — où je te dirais, où je te dis, que je ne peux pas supporter l'idée de vivre un seul jour sans toi. Je t'aime, Shay. Tu es, sans l'ombre d'un doute, tout ce qui m'a manqué durant ces dix dernières années. A chaque seconde j'ai ressenti ton absence avec douleur.

— Tu m'aimes donc, dit-elle d'une voix rendue presque inaudible par l'émotion.

Il sourit tendrement.

— Plus que tu ne peux l'imaginer. Je veux le dire à la famille, qu'on arrête de se cacher, je veux qu'on soit ensemble. On décidera du moment opportun, mais on doit le faire.

— Oui, dit-elle. Oui.

Il l'embrassa, et elle perdit toute notion du temps. De combien de façons se donnèrent-ils du plaisir ? Combien de fois se répétèrent-ils qu'ils s'aimaient ? Elle n'aurait su le dire. Elle s'endormit dans ses bras, enveloppée par une bulle de bonheur si merveilleuse qu'elle doutait qu'elle puisse un jour éclater.

Jusqu'à ce que quelqu'un se mette à cogner à la porte et qu'elle se réveille en sursaut, bientôt imitée par Caleb.

Il jeta un coup d'œil au réveil.

— Qui est-ce que ça peut bien être à 2 heures du matin ? dit-il d'un ton bourru.

Puis il se leva pour aller regarder discrètement par la fenêtre, et jura.

— C'est Kent !

— Kent ? s'exclama-t-elle, stupéfaite.

— Oui, répondit-il en regardant autour de lui. Oh ! c'est pas vrai ! Tous mes vêtements sont dans le salon.

— Non, les miens aussi, dit-elle, paniquée. Et mon sac. Il faut que tu les caches. Que tu caches tout ce qui peut faire penser à moi.

Il s'immobilisa, nu, les mains sur les hanches, et la regarda.

— Je croyais qu'on avait terminé de se cacher.

— C'est le cas.

Mais pas avant que le bon moment ne soit venu. Quand elle serait certaine que tout se passerait bien. Il fallait absolument qu'il comprenne cela.

— Ce n'est pas en me trouvant dans ton lit alors qu'il est venu pour Dieu sait quelle histoire que Kent va accepter l'idée que nous nous aimons. Il n'est certainement pas dans le bon état d'esprit pour entendre nos confidences. Je veux qu'on puisse choisir notre moment pour le dire à tout le monde de la meilleure façon possible.

Soudain, un mauvais pressentiment l'assaillit.

— Et s'il savait déjà ? Et s'il était là pour te demander des comptes, pour se battre ? Et si…

Il l'interrompit :

— Il ne sait rien, Shay.

Puis il secoua la tête, avant de poursuivre :

— Avant que j'aille voir ce qu'il veut, mettons les choses au point. Tu veux vraiment rester cachée dans ma chambre pendant que je parle avec ton frère ?

— Oui, fit-elle. Je n'ai pas le choix.

Il la fixa durement durant quelques interminables secondes, pendant lesquelles Kent se remit à frapper à la porte, puis il lança un « comme tu veux, Shay » avant de se diriger vers le salon.

Il n'y avait pas de doute : la bulle de bonheur avait bel et bien éclaté. Caleb ne voulait pas comprendre, et il était furieux.

Une fois dans le salon, Caleb enfila son pantalon. Puis il ramassa les affaires de Shay et les cacha sous un meuble de la cuisine. Ce n'était pas qu'elle refuse d'avouer maintenant à son frère la vérité sur leur relation qui le mettait hors de lui. Non, c'était quelque chose qu'il avait vu dans ses yeux. La panique. Cela avait suffi à lui faire comprendre qu'elle n'était absolument pas prête à tout dire à sa famille.

Il fit quelques pas en long et en large dans le salon avant d'aller ouvrir la porte. Kent était assis sur les marches, le dos appuyé contre la porte. Il alluma la lumière extérieure et sortit dans l'air chaud et humide de la nuit. Kent ne se tourna pas, ce qui en disait long : il ne voulait pas le regarder en face.

Perplexe, Caleb s'assit à côté de lui, préférant garder le silence. Il lui expliquerait pourquoi il était là quand il se sentirait prêt.

— J'ai fait n'importe quoi, Caleb, dit-il finalement. Vraiment n'importe quoi.

— Quoi que tu aies fait, tu es là, et tu n'as rien. C'est tout ce qui compte.

Kent poussa un grognement sourd et se tourna vers lui. Le clair de lune éclairait son visage crispé et douloureux.

— Je n'ai pas arrêté de repenser à ce que tu m'as dit à propos de mon absence d'économies. Tu avais tout à fait raison. Je suis pitoyable.

— Je n'ai jamais dit que tu étais pitoyable.

— Ce n'était pas la peine. C'est moi qui le dis : je suis pitoyable.

— Et la prime dont tu m'as parlé ? Sers-t'en pour mettre de l'argent de côté. Place-la. Je peux te présenter au type qui a géré mon argent quand j'étais à l'armée. Je lui ai fait assez confiance pour lui laisser carte blanche pendant tout ce temps. C'est grâce à lui si j'ai gagné autant.

Kent pencha la tête en arrière et se prit le visage entre les mains.

— J'ai fait n'importe quoi, Caleb, dit-il de nouveau. Vraiment n'importe quoi.

— C'est-à-dire ? demanda-t-il. Qu'est-ce que tu as fait précisément ?

Il déglutit et laissa tomber ses mains. Son visage était hagard.

— J'ai voulu tenter un dernier coup pour me refaire. Un dernier pari. Avant d'arrêter pour de bon et d'oublier le jeu. J'ai eu un tuyau pour une course de chevaux, mais je voulais miser gros pour que ça vaille vraiment le coup.

Caleb se glaça.

— Tu es passé par un bookmaker et tu as perdu.

Kent acquiesça.

— Oui, j'ai perdu. Maintenant, si je ne lui paie pas vite tout ce que je lui dois, il va me réduire en miettes.

Caleb savait. Un ami à lui, à l'armée, avait eu le même problème. Et même sur quelqu'un de surentraîné, une demi-douzaine de battes de base-ball pouvaient avoir un effet dévastateur, il avait pu le constater de ses propres yeux. Son ami avait survécu parce qu'il avait de la ressource. Mais quelques semaines plus tard sa voiture s'était écrasée contre un arbre après que sa courroie de freins eut été sectionnée.

— Combien ?

Kent laissa tomber sa tête contre le mur.

— J'ai parié la totalité de ma prime, par anticipation. Ça me paraissait être le plan parfait. Je pensais que je pourrais te rembourser et placer le reste de l'argent à la banque, et…

— Combien, Kent ? demanda-t-il de nouveau sèchement.

— Vingt, lâcha-t-il, avant de le regarder. Vingt mille.

Il ne put s'empêcher de jurer.

— Vingt mille dollars ? Mais tu es devenu complètement fou, ou quoi ?

— Caleb, je pensais que…

— Non, Kent. Ne me dis pas que tu as pensé, réfléchi, que tu savais. Parce que c'est faux. Tu as raison : tu as vraiment fait n'importe quoi.

Il se leva et fit les cent pas devant l'entrée, en rage.

— Je vais te donner cet argent. Mais tu as intérêt à me rembourser.

— Bien sûr, dit Kent, qui bafouillait. Je vais te signer un chèque que tu pourras encaisser quand j'aurai touché ma prime. Je te jure, Caleb, qu'elle couvrira ce montant. Je te le jure. Et je sais que j'ai fait n'importe quoi. Je le sais.

— Je suis certain que tu vas me rembourser tout ce que tu me dois. Tu sais pourquoi ? Parce que je ne te prête cet argent qu'à condition que tu te fasses aider. De la façon que, moi, j'aurai décidée.

Il marqua une courte pause et se passa la main sur la joue.

— J'ai besoin d'une semaine pour débloquer l'argent, dit-il. Dis à ton bookmaker que tu le paieras le week-end prochain. En attendant, tu as intérêt à te faire oublier.

— A partir de dimanche je serai en déplacement toute la semaine à New York. Loin d'ici.

— Je te conseille de partir plus tôt. Quitte la ville jusqu'à ce que j'aie l'argent. Tu devrais même prendre le premier vol demain matin.

— Je ne peux pas, répondit Kent, l'air penaud. Je n'ai pas d'argent pour me payer les nuits d'hôtel supplémentaires.

Caleb jura de nouveau.

— Il ne te reste rien des mille dollars que je t'ai donnés tout à l'heure ?

— Je les ai misés. Je voulais récupérer ce que j'avais perdu.

— Je passerai à la banque après mon saut du matin, et on se retrouvera là-bas. Je te donnerai de quoi vivre pendant ces quelques jours. Mais gare à toi si je découvre que tu as joué aussi cet argent-là.

Kent leva les mains en signe de protestation.

— Je te jure, Caleb, c'est fini. J'arrête. J'ai compris la leçon.

— Comme les alcooliques pour qui chaque verre est le dernier ? Tu as un problème, Kent. Tu ne t'en sortiras pas sans aide.

— Je me ferai aider, promit-il. Je ferai tout ce que tu veux.

— Tu as plutôt intérêt.

Il sortit son portefeuille de sa poche et tendit à Kent tout l'argent qu'il contenait. Il ne pouvait pas se permettre que Kent reste chez lui, pas avec Shay qui se cachait dans sa chambre.

— Va à l'hôtel. Je t'accompagnerai chez toi après être passé à la banque demain matin, pour que tu puisses préparer tes affaires.

— Surtout, je ne veux pas que les parents et Shay soient au courant. S'il te plaît.

— Je ne peux pas te promettre ça. Pour l'instant, je vais aller me recoucher. J'ai un saut à l'aube. Rendez-vous au bureau de l'aérodrome demain matin à 9 heures.

Sans attendre la réponse, il rentra, ferma la porte et s'y appuya. Bon sang, il aurait dû rentrer plus souvent. Il aurait dû garder le contact avec Kent. Il aurait peut-être vu venir les choses et aurait pu agir en conséquence, avant qu'elles n'en arrivent là.

— Caleb ?

C'était Shay qui pointait timidement sa tête dans le salon.

Il tendit l'oreille et entendit Kent démarrer.

— C'est bon, dit-il en lui faisant signe d'approcher. Tu ne crains rien. Il est parti.

— Que se passe-t-il ? demanda-t-elle.

Elle se tordait les mains, l'air inquiet, comme si elle avait peur de la réponse.

Il la regarda. Elle portait un de ses T-shirts. Il l'aimait dans ses affaires. Il l'aimait tout court. Il mourait d'envie de la ramener au lit pour y oublier tout son dépit. Mais, malheureusement, les choses n'étaient pas aussi simples.

Il la rejoignit et prit sa main pour la faire asseoir sur le canapé à côté de lui. Elle se blottit contre lui.

— Dis-moi, Caleb.

— Tout le monde va bien, si ça peut te rassurer, dit-il en l'embrassant sur le front. Enfin presque. Kent a de gros ennuis.

Puis il lui rapporta dans le détail la conversation qu'il venait d'avoir avec Kent.

— J'ai dix mille dollars de côté, dit-elle dès qu'il eut terminé. Ce n'est que la moitié de ce qu'il lui faut, mais…

Il caressa sa main.

— J'ai l'argent, Shay. D'ailleurs ce n'est pas cela qui m'importe. Non, l'urgence, c'est d'aider Kent à s'en sortir, et pour de bon. C'est toi l'experte. Que conseilles-tu ?

— L'intervention de la famille et un séjour dans un centre de soins, qui, avec un peu de chance, pourra être pris en charge par son assurance.

Puis elle se tut un instant, avant de reprendre, d'une voix hésitante :

— Papa et maman, toi et moi, on va devoir faire bloc. Se montrer forts, se serrer les coudes. On ne peut rien faire qui mette en péril cette unité.

Il sentit la tension couver en lui.

— Tu veux dire que tu refuses de leur dire pour nous deux ?

— Pas tant que Kent n'aura pas réglé ses problèmes. Ils vont être anéantis. Ils risquent de très mal réagir si on leur dit maintenant. Ils pourraient même nous accuser d'avoir perturbé Kent avec notre histoire. Ce serait humain comme réaction, Caleb.

Elle caressa son visage, avant de continuer :

— Je ne veux pas qu'ils puissent voir notre relation comme quelque chose de négatif. Je veux qu'ils la voient comme quelque chose de merveilleux. Comme moi.

Il lui prit la main, prêt à accepter sa logique… pour l'instant. Mais il avait un mauvais pressentiment, et d'habitude son instinct ne le trompait jamais. Après cela, il en était quasiment certain, il y aurait une autre raison de se taire. Et puis une autre. Jusqu'à ce qu'il soit forcé de dire « stop ».

Cette certitude le forçait à s'interroger sur la vraie nature des sentiments qu'elle lui portait. Elle disait l'aimer, mais pouvait-il en être autrement ? Ils faisaient partie de la même famille après tout. Lui-même aimait les autres Fous Volants. Ils faisaient partie de sa famille, ils étaient ses frères. Mais l'aimait-elle comme lui il l'aimait ? Il n'en savait rien. Et il aurait été bien en peine de dire si elle-même le savait.

15

Shay était réveillée lorsque Caleb fila à la salle de bains pour se préparer à aller travailler. Ils étaient allés se recoucher peu de temps après le départ de Kent. Et, même si elle s'était lovée contre lui et qu'il l'avait prise dans ses bras sans donner l'impression de s'y sentir forcé, elle l'avait trouvé tendu, contrarié. Il n'avait pas davantage qu'elle trouvé le sommeil, elle en était persuadée.

Lorsqu'il revint dans la chambre, rasé de près, les cheveux humides et un peu ébouriffés, elle l'attendait, assise dans le lit, le drap remonté au-dessus de la poitrine. Son corps lui faisait mal devant la mâle puissance qu'il dégageait. Mais ce fut surtout son cœur qui souffrit lorsqu'elle découvrit qu'il paraissait tout aussi sur ses gardes que la veille au soir.

— Qu'est-ce que tu fais déjà réveillée ? demanda-t-il, l'air franchement surpris.

Elle devait faire quelque chose pour rompre la glace qui commençait à se former entre eux, pour apaiser la tension. Quelque chose d'osé et de suffisamment intéressant pour qu'il ne pense plus à rien d'autre.

— Le lit n'est pas le même sans toi, dit-elle en repoussant le drap qui la couvrait. Annule ton saut. Reviens te coucher avec moi.

Il promena son regard brûlant sur son corps, mais ne s'y attarda pas. Puis il s'assit à côté d'elle et ramena le drap jusqu'à ses épaules.

— Si tu continues comme ça, tu vas l'avoir ta fessée, coquine.

A son grand soulagement, sa voix était douce, légère, sans la moindre pointe d'aigreur.

— Tu sais très bien que j'ai des clients qui m'attendent.

— Reste. Reste et je te donnerai des tas de raisons de me donner une fessée, dit-elle sur un ton espiègle. J'ai cru comprendre que tu aimerais ça. Je parierais même que ça fait partie des fantasmes dont tu m'as parlé l'autre jour.

— Tu as bien ta liste des cent choses à faire avant tes trente ans. Moi j'ai ma liste des cent choses à faire à ou avec Shay. D'ailleurs, après ton cours de pilotage, on retournera dans ce restaurant mexicain que tu as tant aimé, on ira au cinéma et puis, si tu es sage, je te parlerai un peu de cette liste. Je ferai peut-être même plus que de t'en parler…

Elle rit, le cœur un peu plus léger.

— Je te propose un marché : chaque jour pendant cent jours je te dévoile un point de ma liste contre un point de la tienne.

— On peut difficilement refuser un tel marché. C'est d'accord.

— Alors je commence tout de suite. Est-ce que tu veux savoir ce qui arrive en premier sur ma liste ?

— J'en meurs d'envie…

— Je voulais absolument coucher avec toi, peu importe où ni quand.

Elle caressa sa joue, les contours de son visage.

— Je savais qu'un jour je finirais par savoir ce que ça ferait d'être avec toi. Et j'avais raison. C'était si merveilleux que j'aurais manqué quelque chose en ne le faisant pas.

Ce n'étaient pas des paroles en l'air. Elle pensait vraiment ce qu'elle disait.

— Assez merveilleux, dit-elle d'une voix plus douce, presque rêveuse, pour me donner envie de recommencer tous les jours de ma vie.

Il ne répondit rien et la scruta pendant un instant, avant d'enlever sa chemise et de la rejoindre sous les draps.

— Je croyais que tu devais aller travailler, dit-elle en riant.

— Ryan est là ce matin. Il pourra se charger des préparatifs du saut. Moi, dit-il en s'installant entre ses jambes, j'ai mieux à faire.

Elle rit de nouveau, serrant ses bras autour de son cou. Entre eux, toute tension s'était envolée. Et elle avait l'assurance qu'ils resteraient ensemble au moins cent jours de plus.

Au milieu de la matinée, après avoir exécuté tous ses sauts prévus pour la journée, Caleb était assis sur le canapé de Kent, tous les sens aux aguets, prêt à parer à une éventuelle agression. A tout moment il s'attendait à ce que le bookmaker ou l'un de ses hommes frappe à la porte pour réclamer son argent. Il pourrait appeler la police, mais, le temps qu'ils arrivent, la bagarre serait certainement terminée.

La seule chose qui le rassurait un peu, c'était que l'appartement de Kent était situé dans un quartier très peuplé, ce qui découragerait peut-être une attaque de jour. Mais d'un autre côté le logement, que Kent louait plutôt bon marché, avait une porte très légère qui ne résisterait pas longtemps aux assauts de personnes mal intentionnées. Autant dire que les choses ne se présentaient pas forcément très bien.

Il soupira. Le doute et la culpabilité ne l'avaient pas quitté : aurait-il vu tout cela venir s'il n'avait pas coupé les ponts avec Shay et sa famille pendant dix ans ?

Mais bientôt Kent sortit de sa chambre, interrompant ses sombres interrogations.

— Je suis prêt, dit-il, l'air aussi défait et fatigué que s'il n'avait pas dormi depuis des jours.

— A quelle heure décolle ton avion ?

— A 3 heures.

Caleb acquiesça et se leva.

— Je t'accompagne à l'aéroport. J'attendrai avec toi.

— Tu n'es pas obligé de faire ça, Caleb. Ça va aller. Ils m'ont donné une semaine pour payer. A l'aéroport, il y a le service de sécurité.

Oui, Caleb savait comment les choses se passaient. A son ami aussi, ils avaient donné un délai, ainsi qu'une bonne correction pour lui faire comprendre que le temps passait vite. Kent, qui n'était pas idiot, devait se douter de ce qu'il risquait, sinon il n'aurait pas fait allusion au service de sécurité de l'aéroport.

— Je ne pense pas que ce soit une bonne idée de te laisser seul.

— Si tu insistes…

Caleb désigna la porte.

— Je vais te suivre avec mon camion. Mais, pour l'instant, je passe en premier.

Kent se mit à rire, d'un rire jaune.

— Tu n'es pas obligé de veiller sur moi comme ça. Je sais me battre, tu sais. D'ailleurs je crois me souvenir qu'on en est venus aux mains une ou deux fois, toi et moi.

C'était il y a des années. Depuis Caleb avait eu largement l'occasion de s'entraîner au combat, mais il n'aimait pas faire étalage de sa force, que ce soit verbalement ou physiquement. Il se contenta de répondre :

— Mon copain des Forces spéciales, surentraîné depuis dix ans, n'avait pas peur non plus d'une confrontation avec son bookmaker. Mais, quand quatre types lui sont tombés dessus armés de battes de base-ball, il n'a rien pu faire.

Kent déglutit à grand-peine.

— D'accord, je te suis.

Sans rien dire, Caleb se glissa dehors et inspecta les environs. Il n'y avait rien de suspect en vue, et ils purent gagner le parking sans encombre. Dès que Caleb fut au volant de son camion, prêt à escorter Kent, il essaya d'appeler Shay pour annuler leur déjeuner et lui donner rendez-vous pour le dîner. Sans surprise, il tomba sur sa messagerie. Elle devait être en plein ciel à l'heure qu'il était, en train de prendre son cours de pilotage. Il laissa son téléphone à proximité au cas où elle rappellerait.

Il ne put s'empêcher de repenser à la nuit précédente. Que se passait-il dans la tête de Shay ? S'était-elle trompée en pensant qu'elle était amoureuse de lui ? Ne s'agissait-il pas seulement de l'attrait du fruit défendu ? N'était-ce qu'un fantasme ? Avait-elle seulement voulut réaliser l'un des vœux de sa liste ?

Soudain il se glaça : et si tout cela n'était qu'une simple histoire de sexe ?

Par dépit, il donna un coup sur le volant. Non, il ne pouvait s'agir que de sexe. Elle lui avait dit qu'elle l'aimait, et avant que lui ne lui avoue ses sentiments. D'ailleurs il avait vu cet amour dans ses regards, il l'avait senti dans ses caresses. Mais, dans ses yeux, il avait vu autre chose également. La peur. Il en était certain : elle était terrifiée, et le sexe était le refuge idéal pour tout oublier.

Elle était en train de lui échapper. Il l'avait compris après l'avoir quittée ce matin-là. En sa présence, il avait du mal à conserver ses capacités d'analyse et son objectivité. Mais c'était évident. Elle n'était pas prête. Pas pour s'engager autant que le réclamaient des aveux publics. Ce qui pouvait vouloir dire deux choses : soit il n'avait pas réussi à la convaincre qu'il allait rester et qu'il voulait vivre en couple avec elle, soit il n'avait pas réussi à lui faire comprendre combien il l'aimait. Dans les deux cas, c'était sa faute…

Peut-être que s'il pouvait découvrir ce qui l'effrayait tant… Si ce n'était pas sa famille, c'était lui. Il serra la mâchoire. Elle devait penser qu'il allait la faire souffrir. Ce qui signifiait qu'il l'avait fait souffrir par le passé en l'excluant brusquement de sa vie, même s'il avait voulu bien faire. Il avait une semaine avant le retour de ses parents pour réparer dix années de dégâts. Sinon Shay utiliserait certainement ses parents de la même façon qu'elle utilisait le sexe : comme un bouclier, une barrière infranchissable. Il ne pouvait la laisser faire ça. Il tenait trop à elle.

***

Shay se tenait sur le tarmac de l'aérodrome où elle prenait ses cours. Elle observa son instructrice, Lori Day, une ancienne pilote de l'armée de l'air, poser son petit Cessna Skyhawk et couper le moteur.

— Je n'en reviens pas, je vais le faire ! hurla Sabrina en descendant de l'avion et en se précipitant vers Shay après sa première prise de contact avec le pilotage. C'est fantastique ! Je suis trop pressée de commencer.

Shay sourit.

— Je savais que ça te plairait.

— Et toi, au fait, dans combien de temps pourras-tu voler seule ?

— Il me faut encore cinq heures de cours pour en avoir le droit. J'ai vraiment hâte. Caleb veut être mon premier passager. Il sait piloter, alors je me dis que, si ça se passe mal, il sera là pour nous sauver.

— Tu pourras quand même toujours prendre un parachute, on ne sait jamais, dit Sabrina en riant.

Lori les rejoignit. Elle était grande et athlétique, avec des yeux marron foncé perçants et des cheveux de jais qui retombaient en mèches soyeuses sur ses épaules.

— Vous avez deviné que votre amie était un peu excitée, j'imagine, dit Lori en désignant Sabrina et en souriant à Shay.

— J'avais cru comprendre, en effet.

— Vous savez à quoi je pense ? demanda Sabrina, l'air de plus en plus enthousiaste. Lori devrait venir travailler à l'aérodrome des Fous Volants, comme ça on pourrait aussi proposer des cours de pilotage à nos clients.

Tout de suite, Lori leva les mains en signe de protestation.

— Oh non, je suis très bien ici.

— On entraîne des futurs membres des Forces spéciales, dit Sabrina. Ce serait génial d'avoir un pilote dans notre effectif.

— Je croyais que les Fous Volants savaient tous piloter un avion, dit Shay.

— Raison de plus pour créer une école de pilotage. Je vais en parler à Ryan. Et vous, Lori, dit Sabrina en se tournant vers elle, préparez-vous à recevoir une proposition.

— On verra ça, répondit Lori, qui ne semblait toujours pas spécialement convaincue. Mais pour l'instant, si vous voulez bien m'excuser, mon prochain élève m'attend.

Shay et Sabrina lui emboîtèrent le pas vers les bâtiments de l'aérodrome.

— Tu veux qu'on aille déjeuner quelque part ? demanda Sabrina.

— J'aimerais bien, mais Caleb a prévu de m'emmener au restaurant puis au cinéma. Pourquoi pas la semaine prochaine, après ta première leçon ? Parce que tu reviens la semaine prochaine, n'est-ce pas ?

— Et comment ! On pourrait peut-être essayer de mettre certaines leçons les après-midi, pour que Jennifer puisse venir. Comme ça le trio serait au complet.

Shay sentit son estomac se contracter. Elle aimait Caleb. Elle aimait beaucoup Sabrina. Elle ne comprenait pas pourquoi elle éprouvait tant de réticence à devenir la troisième pièce de ce trio, ni pourquoi elle ne s'y sentait pas vraiment à sa place.

Machinalement, elle jeta un coup d'œil à son téléphone.

— Tiens, j'ai manqué un appel de Caleb.

Inquiète à propos de Kent, elle ne put s'empêcher d'écouter tout de suite sa messagerie.

— Salut, trésor, lui disait Caleb. J'accompagne Kent à l'aéroport. Je ne veux pas le laisser seul pendant qu'il attend son avion. Je serai chez moi vers 15 h 30. Ce qui nous laissera un peu de temps avant de sortir dîner…

Elle sourit et effaçait le message lorsque son téléphone sonna. Numéro inconnu, constata-t-elle, perplexe.

— Désolée, dit-elle à Sabrina en la suivant dehors.

Elle décrocha, et, avant qu'elle n'ait même le temps de dire « allô », son interlocuteur prit la parole.

— Docteur, c'est George. Je voulais vous prévenir que je me marie.

— Vous vous mariez ? demanda-t-elle, estomaquée, en s'immobilisant. Mais où êtes-vous ?

— Je suis toujours au Mexique. Sur un bateau. On va se dire « oui » dans vingt minutes. Aucun invité. Juste moi, Anabella et un prêtre. Anabella a une grande famille mais, comme ce n'est pas mon cas, elle est tout à fait d'accord pour qu'on fasse ça seuls. Et elle est d'accord, également, pour m'accompagner à l'un de nos rendez-vous dès notre retour.

— Oh ! dit-elle, soulagée que cette Anabella ait l'air de vouloir soutenir George dans sa thérapie. Très bonne idée. Appelez-moi quand vous vous sentirez prêts.

Elle marqua une courte pause, avant de reprendre :

— George, tout cela est très rapide. Etes-vous certain de ne pas vouloir attendre un peu ?

— Quand on est amoureux pour de bon, on le sait. On a envie de le crier sur les toits. Pourquoi est-ce que je devrais attendre ?

Il raccrocha et elle resta un moment interdite.

Quand on est amoureux, on le sait, venait de dire George. Pourquoi attendre ?

— Est-ce que tout va bien ? demanda Sabrina, l'air inquiet.

Shay chassa le léger sentiment de malaise qu'elle sentait s'installer en elle et sourit à Sabrina.

— Tout va très bien. C'est un de mes patients, qui avait une bonne nouvelle à m'annoncer.

— Oh. On n'aurait pas dit qu'il s'agissait de quelque chose de joyeux. Tu as le temps de prendre un café ? demanda-t-elle en désignant un bar.

— Bien sûr, dit-elle en la suivant à l'intérieur d'un café.

— Super, répondit Sabrina, les yeux pétillants, en lui prenant le bras. Parce que j'aimerais bien que tu me parles de votre départ précipité, hier soir au restaurant. De toute évidence, il y avait quelque chose de fort entre vous deux. Oh ! et puis tu ne m'as pas dit non plus comment ton frère a réagi lorsqu'il a découvert que toi et Caleb étiez ensemble à l'aérodrome l'autre matin. Tu vois, tu as un tas de choses à me raconter.

Shay se raidit. Elle ne voulait pas parler de la nuit précédente, pas plus qu'elle ne voulait repenser à ce que George avait dit.

Quelques minutes plus tard, elle était néanmoins assise à côté de Sabrina, en train de siroter un café glacé.

— C'est tout ce dont j'avais besoin, dit-elle. De la caféine et du froid.

Sabrina leva un sourcil.

— Tu n'as pas beaucoup dormi la nuit dernière ?

— On essaie de profiter de chaque minute avant le retour de mes parents, dit-elle, avant de le regretter tout de suite car elle avait plutôt décidé d'éviter ce sujet.

Sabrina l'observa un moment.

— Que se passera-t-il quand tes parents seront de retour ?

— Il faudra de nouveau se cacher.

— Si j'ai bien compris, Kent n'a rien deviné ?

Elle secoua la tête.

— Non, on lui a raconté que j'avais décidé de sauter en parachute et que je m'étais dégonflée à la dernière minute.

Sabrina l'observa de nouveau pendant un long moment, et Shay ne put s'empêcher de baisser la tête.

— Qu'est-ce qu'il y a ? demanda-t-elle, mal à l'aise.

— Est-ce vraiment un soulagement pour toi que Kent n'ait rien deviné ? Je veux dire, est-ce qu'il n'y aurait pas une partie de toi qui souhaiterait que votre histoire éclate au grand jour ?

— C'est compliqué, Sabrina.

— Tu dis ça tout le temps.

— Parce que c'est la vérité.

— Non. Ce n'est pas vrai. Est-ce que tu aimes Caleb ?

— Oui.

— Dans ce cas, tout est d'une simplicité enfantine. Tu l'aimes et rien d'autre n'a d'importance.

Mais Sabrina se trompait, et lourdement. D'habitude les gens ne tombaient pas amoureux de ceux avec qui ils avaient grandi. Que se passerait-il si… Elle déglutit, essayant de chasser les nouveaux « et si » qui se bousculaient dans sa tête, et la peur plus profonde qui couvait en elle et refusait de prendre forme. Elle ne voulait pas qu'elle prenne forme. Elle ne voulait pas savoir de quoi il s'agissait, parce que cela n'avait aucune importance. Elle aimait Caleb. Ils réussiraient à faire éclater leur amour au grand jour dès que Kent aurait réglé ses problèmes. Lorsque le moment serait venu.

Mais, ce moment, ce n'était pas aujourd'hui. Pour l'instant, elle ne voulait pas penser à cela. Aujourd'hui Caleb et elle allaient aller au restaurant, puis au cinéma, et puis ils exploreraient ensemble l'un des cent fantasmes de sa liste.

Rien n'existerait à part eux deux, à part l'« ici » et le « maintenant ».

16

Le samedi suivant la visite surprise de Kent chez Caleb, Shay se trouvait chez ses parents, derrière la fenêtre, à regarder la pluie qui tombait tout en guettant le taxi qui devait les ramener de l'aéroport.

Caleb se tenait derrière elle, l'enveloppant de son corps puissant, les mains posées sur ses hanches.

— Tu es toute tendue, dit-il en remontant ses mains vers ses épaules.

Elle s'appuya contre lui et ferma les yeux.

— C'est horrible de penser qu'on va devoir leur dire pour Kent dès qu'ils auront franchi cette porte.

— Je sais. Mais on n'a pas le choix. C'est trop grave.

Elle se tourna pour lui faire face.

— On ne pourrait pas revenir en arrière et recommencer du début la semaine qui vient de passer ?

Cela avait été une des meilleures semaines de sa vie. Ils avaient réussi à faire abstraction des problèmes de Kent et des complications avec la famille pour profiter l'un de l'autre.

Ils avaient même commencé à s'installer dans une petite routine de couple pas désagréable du tout.

— Tu verras, dit-il, la semaine prochaine sera tout aussi fantastique. Et la suivante également. Il y a juste ce mauvais moment à passer, après ça ira.

— Je sais. Mais on n'aurait peut-être pas dû proposer à Kent de venir dès ce soir.

Ils lui avaient dit qu'ils organisaient un petit dîner de bienvenue pour leurs parents, mais pas qu'ils prévoyaient de tout leur avouer dès leur arrivée.

— Pas avant de savoir comment papa et maman vont réagir. Et s'ils n'étaient pas d'accord pour l'envoyer se faire soigner ?

— Est-ce ce qu'il y a de mieux pour Kent ?

— Eh bien, oui, mais…

— Peux-tu, en tant que psychologue, affirmer que c'est ce qu'il y a de mieux pour lui ?

— Oui, mais…

Il l'embrassa pour la faire taire.

— Alors ils te feront confiance. Comme moi.

Elle passa ses bras autour de son cou.

— Merci, Caleb. Et merci pour tout ce que tu fais pour Kent.

— Si tu tiens vraiment à me remercier, dit-il en lui caressant le bas du dos, je te donnerai une raison de le faire ce soir. Mais ne me remercie pas pour Kent. Il aurait fait exactement la même chose si j'avais été à sa place.

— J'aurais dû m'en rendre compte. C'est mon métier. Tous les signes étaient là. Au collège, avant que tu ne vives chez nous, il pariait déjà son déjeuner sur des choses stupides, comme la couleur de la chemise que porterait le prof de maths ou les notes qu'untel aurait à son contrôle d'histoire. Et tu te souviens comment il était au lycée, toujours à parier sur qui allait sortir avec qui ?

— Oui, il avait même mis en place un système de paris très organisé. Ça lui rapportait pas mal d'argent, d'ailleurs. A cette époque, je pensais qu'il deviendrait millionnaire. Au lieu de ça, il est fauché comme les blés.

— Et toi aussi à mon avis, maintenant, dit-elle en fronçant les sourcils.

Il haussa les épaules en prenant un air détaché.

— Je me trompe ? demanda-t-elle, étonnée.

— Tu veux vraiment savoir ?

— Bon sang, Caleb, tes investissements t'ont rapporté tant que ça ? Ce n'est pas que ça m'intéresse spécialement ni que ça me regarde, mais… combien ?

Il la regarda avec tendresse et répondit d'une voix douce :

— Au moins assez pour une nouvelle escapade romantique à deux en Italie. Pour toi et moi, Shay.

— Comment ? dit-elle, la gorge subitement sèche et nouée.

Se pouvait-il que ce soit réellement dans ses plans ?

Mais elle n'eut pas le temps de s'interroger plus longtemps car, soudain, la porte d'entrée s'ouvrit.

— Bonjour, bonjour !

Prise de panique Shay se dégagea instinctivement des bras de Caleb. Quand elle croisa son regard, qui la fixait durement, elle prit tout de suite la mesure de la peine qu'elle venait de lui causer. Elle fit un pas vers lui, le cœur battant.

— Caleb, je ne voulais pas paraître… Je veux pouvoir leur dire de la bonne façon, au bon moment.

Mais ses mots ne changeaient rien. Il lui en voulait. Terriblement.

— Je t'en prie. Je t'en prie, ne sois pas fâché.

— Shay ! Caleb !

Bientôt, sa mère les rejoignit dans le salon.

— Oh, mon Dieu, il tombe des cordes ! dit-elle. Caleb, mon chéri, est-ce que tu peux aller aider ton père ? Le trottoir est si inondé que, si ça continue, le pauvre père Bob va être emporté avec ses valises.

Caleb détacha son regard de celui de Shay, en la fixant jusqu'au dernier moment avec une tristesse et une désapprobation évidentes.

— Caleb, dit-elle. Je…

Mais il l'interrompit en répondant à Sharon.

— J'y vais, dit-il en tournant les talons sans lui adresser un dernier regard.

Quand il passa près de Sharon, elle le serra fort dans ses bras.

— J'ai passé les deux plus merveilleuses semaines de ma vie. Merci, Caleb.

Shay observa le visage de Caleb alors qu'il étreignait sa mère. Il fermait les yeux mais contractait la mâchoire, et ses traits étaient tendus. A cause d'elle. Elle fut rongée par la culpabilité. Mais, lorsqu'il recula pour regarder Sharon, il souriait. Et ce sourire transformait son expression, faisant disparaître toute trace de contrariété, comme s'il ne s'était rien passé du tout.

— J'ai hâte que vous me racontiez, dit-il.

Un grognement, suivi de quelques jurons bien sentis, se fit soudain entendre. Le père de Shay avait réussi à atteindre la maison, mais cela n'avait pas eu l'air d'être une partie de plaisir. Sharon grimaça.

— Tu ferais mieux d'aller l'aider, Caleb. Ce n'est plus de son âge, tout ça.

Caleb obéit et se dirigea vers la porte d'entrée. Shay en profita pour se précipiter vers sa mère et la serrer à son tour dans ses bras.

— Alors, c'était beau l'Italie ?

— C'était fantastique. Un vrai conte de fées. Je n'arrive toujours pas à croire que Caleb nous ait fait ce cadeau.

Elle désigna la porte.

— Viens dans la cuisine, je vais te montrer ce que je t'ai rapporté.

Un quart d'heure plus tard, la mère de Shay, sans jamais s'arrêter de parler, avait tout sorti : du vin, des tas de livres de cuisine et plein de bonnes choses pour Shay, Caleb et Kent. Shay s'efforçait de sourire. Elle voulait vraiment participer à la conversation. Elle voulait partager l'enthousiasme et l'excitation de sa mère. Mais entre la réaction de Caleb et la conversation pénible qui s'annonçait au sujet de Kent, c'était chose difficile.

Elle entendait Bob, dans la pièce voisine, raconter son voyage à Caleb, se montrant bavard comme jamais. Son cœur se serra davantage : avec Caleb, ils allaient bientôt réduire toute cette joie à néant. Très bientôt. Car il fallait absolument parler avant l'arrivée de Kent.

Comme s'il avait lu dans ses pensées, Caleb les rejoignit dans la cuisine.

— Sharon, dit-il sur un ton grave, Shay et moi avons quelque chose à vous dire.

Il marqua un temps d'arrêt, puis reprit, l'air sombre :

— Avant que Kent ne soit là.

Sharon lâcha le paquet de pâtes qu'elle tenait à la main :

— Oh, mon Dieu, est-ce qu'il est arrivé quelque chose ?

Shay posa sa main dans le dos de sa mère.

— Tout va bien, maman, dit-elle en tâchant de sourire d'un air rassurant. Il faut juste qu'on ait une petite discussion en famille. On aurait aimé vous épargner ça le jour de votre retour, mais, malheureusement, c'est nécessaire.

Une fois qu'ils furent tous les quatre assis autour de la petite table du salon, Shay regarda Caleb, qui expliqua les déboires de Kent. Puis, comme prévu, Shay montra à ses parents quelques brochures sur des centres de soin, et expliqua ce qu'il lui semblait, en tant que psychologue, le plus approprié.

Pendant ce temps, Sharon et Bob gardaient le silence, mais ils affichaient un air décomposé.

— Quand il sera là, dit Shay pour conclure, il faudra lui parler. Lui montrer la force d'une intervention familiale pour le convaincre de se faire aider.

Sharon garda encore le silence pendant quelques instants, puis cacha son visage dans ses mains et éclata en sanglots. Shay la prit dans ses bras, cherchant Caleb du regard.

— Sharon, dit-il. Kent va bien. On veut juste qu'il aille de mieux en mieux. Mais s'il continue à jouer, je ne pourrai plus le couvrir, et alors je ne réponds plus de rien.

— Tu récupéreras chaque sou qu'il te doit, ça je peux te l'assurer, dit Bob, la voix brisée par une émotion dissimulée en colère. Dussé-je te payer moi-même.

Caleb tapa amicalement sur l'épaule de Bob.

— Je ne veux pas de ton argent. L'argent ne me préoccupe

pas. Ce qui me préoccupe, c'est Kent. Les types avec qui il a maille à partir sont tout sauf des enfants de chœur.

— Et quand pourra-t-il être admis dans ce centre de soins ? demanda Sharon d'une voix pressante. Je veux être sûre qu'il soit en sécurité quelque part. Dès ce soir, ce serait possible ?

Shay et Caleb échangèrent un regard. Sharon et Bob avaient accepté l'idée de la thérapie. C'était un bon début. Grâce à leur soutien, Kent aurait toutes les chances de guérir.

— Il faut lui laisser un peu de temps pour qu'il s'arrange avec son employeur. Et de toute façon, dans le centre qui me paraît le plus adapté et que mes collègues m'ont recommandé, il n'y a pas de place avant deux semaines. Ce qui veut dire que, pendant deux semaines, il faudra le surveiller et l'empêcher absolument de jouer.

— Mais avant tout, dit Caleb, je vous rappelle que Kent devra accepter d'y entrer.

— Il ira, dit Bob. Même si je dois l'y envoyer à grands coups de pied dans le derrière, il ira.

— J'aimerais qu'il reste avec toi pendant ces deux semaines, Caleb, dit Sharon d'une voix suppliante. Comme ça il ne risquera rien. S'il y a quelqu'un qui peut le raisonner et le protéger, c'est bien toi et tes amis de l'armée. Il faut absolument qu'il reste avec toi. Sinon je ne vais pas vivre.

L'expression de Caleb ne changea pas, mais elle vit la crispation presque imperceptible de sa mâchoire, cette tension qui couvait en lui et qu'il ne voulait pas montrer.

— Voyons d'abord comment il va réagir, on décidera ensuite de ce qu'il y a de mieux à faire. Je pense que vous devriez discuter de tout ça quelques minutes seuls tous les deux. Ce n'est pas rien à encaisser.

Lentement, il se tourna vers Shay.

— Viens, sortons.

Elle acquiesça, non sans s'être assurée qu'elle pouvait laisser sa mère, et suivit Caleb vers le patio. Dès qu'ils furent dehors, il la saisit par la main et l'entraîna dans un coin, hors des yeux et des oreilles de ses parents.

— Il va falloir dire à tes parents pour nous deux, si Kent s'installe chez moi. Si c'est le cas, ce sera impossible de garder le secret. A moins de ne plus se voir du tout pendant deux semaines.

— On sera prudents. On trouvera bien un moyen. Ce ne sera que pour deux semaines.

Il planta ses poings sur ses hanches, et fronça les sourcils en signe évident de colère.

— On trouvera bien un moyen, répéta-t-il. C'est tout ce que tu as à répondre ?

Le cœur de Shay se mit à cogner dans sa poitrine.

— On ne peut pas dire la vérité à mes parents maintenant. Tu as vu comme ils sont en colère déjà, surtout mon père ?

— C'est drôle, mais je ne suis pas sûr qu'ils se fâcheraient en apprenant qu'on est ensemble. Toi, en revanche, tu en as l'air certaine. Tu sais ce que je crois ? Le problème, ce n'est pas du tout tes parents. C'est autre chose qui te dérange et tu te sers d'eux comme une excuse.

— Non, répondit-elle du tac au tac. Tu te trompes. C'est faux, Caleb. Il n'y a pas d'autre problème. Aucun.

— Si, répondit-il avec conviction. Je le sens et je le vois dans tes yeux chaque fois que j'aborde le sujet de nos aveux.

— Kent vient d'arriver, dit soudain Bob depuis la maison.

— Tu sais, Shay, reprit-il, peut-être que ces deux semaines d'éloignement forcé seront bénéfiques finalement. C'est peut-être le temps qu'il te faut pour que tu découvres ce que je suis vraiment pour toi. Parce que, moi, je sais ce que tu es pour moi. Tu es la femme que j'aime. La seule à qui je l'aie jamais dit. Il faut que tu découvres ce que je suis pour toi. L'homme que tu aimes ou ce fruit défendu dont tu parlais.

Puis il désigna la porte.

— Maintenant, allons nous occuper de Kent.

Il la contourna et se dirigea vers la maison, la laissant derrière lui. Seule. Elle lutta contre la tristesse qui l'envahissait et contre le désir de courir à sa suite pour essayer de réparer les choses, pour essayer de lui faire comprendre qu'elle le protégeait. S'ils choisissaient le mauvais moment pour faire leurs aveux, ses parents ne pourraient que condamner leur histoire et en vouloir à Caleb, qu'ils seraient capables de rejeter.

C'était la seule et unique raison de son silence.

Elle pressa le pas pour le rattraper et entra juste derrière lui dans le salon. Kent et leurs parents s'y trouvaient déjà.

— Pourquoi est-ce que j'ai l'impression qu'il ne s'agit pas vraiment d'une petite soirée de bienvenue ? demanda Kent, un sourire crispé aux lèvres.

Sans doute parce que ses parents étaient assis l'un à côté de l'autre sur le canapé, silencieux et tendus, le regard dur…

— Parce que ce n'en est pas une, répondit Caleb en s'approchant. Tu devrais prendre une chaise, pour qu'on discute un peu.

— Tu leur as dit, Caleb.

— Tout à fait, je leur ai dit.

Cette franchise était si surprenante, si courageuse… Décidément Caleb était un homme d'honneur. Shay le savait déjà, mais elle n'en fut pas moins admirative. Elle, elle n'aurait jamais osé entrer comme cela dans le vif du sujet.

Les deux hommes se regardèrent dans les yeux un moment, en une confrontation masculine qu'elle ne chercha même pas à comprendre. Puis Kent baissa les yeux, pliant devant Caleb, avant de prendre une chaise.

— Tu as un problème d'addiction au jeu, Kent, dit Caleb. Ne nous dis pas que tu vas arrêter et que tu contrôles la situation. Parce que c'est faux.

Il dégageait une autorité sans pareille. Il était ferme et calme, sans se montrer agressif ni irrespectueux.

— Alors voilà ce qui va se passer. Tu vas payer ta dette ce soir. Ensuite, pour ne pas être tenté de rejouer, tu vas rester avec moi jusqu'à ce que tu sois admis dans un centre de soins. Shay a déjà fait le nécessaire pour trouver le meilleur endroit possible.

Il marqua une courte pause, avant de reprendre :

— Voilà. Et ce n'est pas négociable.

Shay retint son souffle, attendant la réponse de Kent, et elle vit que ses parents faisaient de même. Plusieurs secondes s'écoulèrent avant que Kent ne demande :

— Et il se trouve où, au juste, ce centre ?

La tension qui emplissait la pièce un instant auparavant s'apaisa d'un coup, comme si tout le monde avait repris son souffle en même temps. Shay fixa Caleb, béate d'admiration. Sa force et sa détermination à aider Kent avaient conduit à ce miracle. Son frère allait se faire soigner, et sans doute guérir. Sans Caleb, elle n'était pas certaine que les choses auraient été si faciles.

Elle alla s'asseoir à côté de Kent, avec la brochure, pour lui expliquer comment tout allait se passer. Quelques minutes plus tard, il acquiesça :

— Je vais y aller. Je…

Sa voix se brisa soudain. Il pleurait. Kent. Son grand gaillard de frère. Et son grand gaillard de père également. Shay et sa mère ne tardèrent pas à les imiter.

Caleb se tenait debout auprès d'eux, comme s'il les soutenait en silence, pilier inébranlable de la famille.

Soudain on frappa à la porte d'entrée. Shay adressa un regard interrogateur à Caleb. Il regarda l'horloge murale.

— Ils sont juste à l'heure, dit-il en quittant la pièce.

Il revint en compagnie de Bobby et Ryan. Shay resta un instant bouche bée devant le spectacle qu'ils offraient, tous grands, musclés, pleins de détermination. Une vraie machine de guerre à eux trois. Elle ne les avait jamais vus comme cela, même si, pour d'anciens membres des Forces spéciales, cela n'avait rien de surprenant. Mais là, debout côte à côte, tout en force et en tension, ils étaient à la fois terrifiants et magnifiques.

— Maintenant, allons voir ton bookmaker, dit Caleb à Kent, qui se leva d'un bond.

— Je suis prêt.

Il alla rejoindre les autres, et Ryan et Bobby s'écartèrent pour lui laisser une place à côté de Caleb. Aussitôt, Kent parut un peu plus fort, et son attitude sembla plus confiante, plus déterminée. C'était la proximité de Caleb qui lui donnait du courage, Shay, heureuse de voir son frère reprendre un peu du poil de la bête, en était persuadée.

— Appelle-nous quand tu arriveras chez Caleb, dit Sharon.

— Promis, répondit-il. Et ne vous inquiétez pas, tout va bien se passer.

Lorsque Caleb fit signe à Shay de le suivre dehors, une vague de soulagement déferla en elle. Ouf. Il voulait encore lui parler. Alors que Ryan et Bobby grimpaient dans leur camion, et que Kent s'installait au volant du sien, Caleb lui tendit ses clés.

— Prends mon camion. Kent me déposera plus tard chez toi pour que je les récupère.

Puis il tourna les talons et s'en alla.

Elle lui emboîta le pas et posa la main sur son bras.

— Caleb, attends.

Il jeta un coup d'œil par-dessus son épaule, sans même se retourner. Elle déglutit et dit :

— Sois prudent.

Il lui adressa un regard perçant, glacial, et acquiesça avant de s'éloigner, la laissant de nouveau seule. Et, cette fois, c'était peut-être pour de bon.

17

Kent se gara devant chez Shay et Caleb ouvrit sa portière, hésitant. Idéalement, il n'aurait pas voulu voir Shay tout de suite. Il avait besoin d'un peu de solitude et de temps pour réfléchir. Mais il devait aussi donner le change devant Kent, qui aurait vite fait de suspecter qu'il se tramait quelque chose. Il se décida donc à descendre.

— Je passe juste prendre mes clés, et ensuite on pourra y aller. Je sais que tu es pressé d'être chez moi pour pouvoir relâcher la pression. Attends-moi ici, je vais tâcher de faire vite.

— Tu ne veux pas que j'entre avec toi ? Shay serait rassurée de me voir.

— L'idée, c'est de traîner le moins possible. Si elle sait que tu m'attends, Shay ne me posera pas trop de questions.

— Pas bête. Je t'attends.

Il referma sa portière et, avant qu'il n'arrive à l'entrée, Shay ouvrit la porte. Ses mâles instincts répondirent aussitôt à cette apparition. Il la voulait. Il la voulait plus que l'air qu'il respirait. Sans pouvoir s'en empêcher, il la détailla de la tête aux pieds et s'arrêta sur sa poitrine haute et sa taille fine. Il se maudit tout bas, se reprochant cet accès de faiblesse.

— Kent n'a rien ? demanda-t-elle avec une anxiété non dissimulée, se haussant sur la pointe des pieds pour tenter d'apercevoir l'intérieur du camion.

— Tout va bien. Le bookmaker a encaissé son dû. Il a compris que Kent n'était plus un client potentiel.

Pour couper court à toute conversation, il alla tout de suite au fait :

— Je suis venu récupérer mes clés.

— Entre, je vais les chercher, dit-elle en s'effaçant pour lui laisser le passage.

Mais il ne bougea pas, et elle murmura :

— S'il te plaît.

Il se força à la regarder dans les yeux, et le regretta aussitôt. Ses yeux étaient aussi bleus que le T-shirt qu'elle portait, un mélange de mer et de ciel, de tourment et d'espoir, qu'il mourait d'envie de démêler et de comprendre.

Il fourra ses mains dans ses poches. De cette façon, il ne la toucherait pas.

— Ce n'est pas une très bonne idée. Tu le sais aussi bien que moi.

Elle approcha, commença à le toucher, avant de se raviser et de croiser les bras sur sa poitrine. L'odeur de son parfum et son odeur à elle s'insinuèrent en lui, mettant sa volonté à rude épreuve.

— Je ne veux pas passer deux semaines sans toi, dit-elle. Je ne veux pas passer la nuit sans toi.

— Pourtant, c'est ta décision.

— Il le fallait. Mon père pleurait, Caleb. Mon père ! Ce n'était pas le moment d'en rajouter…

— Peut-être, dit-il, conciliant. Si je croyais un seul instant que c'était ça le problème, je pourrais me contenter de cette réponse. Mais ce n'est pas le cas. En fait, j'ai compris que tu n'assumais pas. Et je n'ai pas envie de me cacher. Donc je préfère laisser tomber.

Il se passa la main dans les cheveux, avant de reprendre :

— Donne-moi mes clés, Shay. Je crois qu'on a tous les deux besoin d'un peu de temps pour réfléchir.

Elle le fixa de ses grands yeux bleus brillants, plus puissants que toutes les armes ennemies qu'il avait vues pointées contre lui au cours de sa carrière de soldat. Puis, très vite, elle s'éloigna. Par miracle, il résista au besoin de la rattraper, et attendit. Quelques instants plus tard, elle revint avec les clés et s'approcha de lui. Tout près. Si près que son parfum si particulier, féminin et floral, lui chatouilla les narines et le réchauffa, lui donnant irrésistiblement envie d'enfouir son visage dans son cou et de l'embrasser.

Elle prit sa main et déposa la clé dans sa paume, les yeux fixés sur leurs deux mains jointes.

— Je t'aime, Caleb. Vraiment.

— On s'est toujours aimés, Shay, répondit-il doucement. Mais ça n'a jamais été le bon moment, on dirait.

Il lâcha sa main et s'en alla. Et elle le laissa partir. Elle le laissa partir parce que son frère les regardait.

Il n'y avait rien de plus à en dire.

Shay passa la nuit à se tourner et à se retourner dans son lit, malheureuse sans Caleb, bouleversée par son refus de la revoir au cours des deux semaines qui s'annonçaient, « pour réfléchir ». Elle avait décroché son téléphone un nombre incalculable de fois, prête à l'appeler. Elle avait pleuré. Elle avait fait les cent pas. Elle avait pris un bain. Elle avait de nouveau fait les cent pas. Et puis la colère l'avait gagnée. Au matin, sa détresse s'était muée en un feu qui la dévorait. La seule façon de l'éteindre, c'était d'agir.

Comme tous les dimanches matin, elle savait que Caleb devait effectuer un saut au lever du soleil. Elle arriva à l'aérodrome un peu après 9 heures, heure à laquelle elle était certaine qu'il en avait terminé.

Elle trouva Sabrina au bureau, ce qui voulait dire que Ryan travaillait.

— Hé, Shay. Je ne savais pas que tu devais passer ce matin. Avec Caleb, vous allez encore me roucouler dans les oreilles, et je ne vais rien entendre au téléphone, dit-elle en riant.

Shay en doutait fort. Néanmoins, l'air de rien, elle répondit :

— Normalement je ne suis pas du matin. Il va être surpris de me voir.

Elle essaya de sourire, sans succès.

— Au fait, où est-il ? s'enquit-elle.

— Il ne devrait pas tarder. L'avion est déjà rentré.

Et, en fronçant les sourcils, elle demanda :

— Est-ce que tout va bien, Shay ?

— Tu me demanderas ça quand j'aurai parlé avec Caleb.

Puis, sans attendre la réponse de Sabrina, elle se dirigea vers la porte arrière qui donnait sur les hangars.

Dehors elle plissa les yeux, éblouie par le soleil qui pointait à l'horizon. Malgré l'heure matinale, l'air était déjà chaud et humide. Elle se sentait oppressée, comme engoncée dans son jean et son T-shirt. Une Jeep apparut dans le lointain, avec trois hommes à son bord.

Caleb gara la Jeep dans le premier hangar, puis aida ses deux clients à descendre. Sans le quitter des yeux, elle se dirigea vers lui. La surprise se peignit sur son visage lorsqu'il l'aperçut. Il murmura quelque chose aux deux hommes, qui se dirigèrent vers les bâtiments.

— Il faut qu'on parle, dit-elle sèchement en s'approchant tout près de lui. Aujourd'hui. Maintenant.

— Dans ce cas, il va falloir que tu sautes en parachute. Parce que j'ai plusieurs clients qui m'attendent.

— Que je saute ? demanda-t-elle, sa colère laissant place à la panique.

Soudain, dans son dos, elle entendit :

— Que se passe-t-il, Shay ?

Elle reconnut la voix de Kent qui les rejoignit, vêtu de la même combinaison que Caleb. Elle se raidit. Mais oui, c'était évident. Elle aurait dû deviner que Caleb emmènerait Kent sauter avec lui.

Ce fut Caleb qui répondit pour elle :

— Shay veut sauter.

— Toi, sauter ? demanda Kent en la regardant d'un air incrédule. J'y croirai quand je le verrai.

Ryan arriva alors, accompagné de plusieurs clients. Il salua Shay de la tête et fit un signe de la main à Kent.

— Si tu veux faire un autre saut avec moi, c'est maintenant.

Il essaya de l'entraîner avec lui vers l'avion, mais elle refusait d'avancer.

— Je ne sauterai pas.

Il se tourna et l'attira à lui.

— Saute avec moi, Shay.

Il y avait quelque chose dans la façon dont il avait prononcé cette phrase, dans la manière dont il la regardait, qui lui fit oublier que Kent les regardait peut-être. C'était comme s'il lui demandait bien plus qu'un saut en parachute. Elle sentit son cœur se serrer.

— J'ai peur, Caleb.

Il écarta une longue mèche de cheveux qui lui cachait les yeux et la regarda.

— Je sais. Un jour, peut-être, tu n'auras plus peur. Tu seras prête à sauter.

Puis il la relâcha, et partit en petite foulée vers les bâtiments. Et, une fois de plus, elle se retrouva seule, à le regarder s'éloigner. A essayer de comprendre ce qui venait de se passer. Parce que, de toute évidence, ce n'était pas de saut en parachute dont il avait été question.

Trois jours plus tard, Shay était à son cabinet et potassait des dossiers. Il était 19 heures et elle avait congédié sa secrétaire depuis longtemps. Pour être plus à l'aise, elle avait retiré ses escarpins noirs et s'était étendue sur le canapé où prenaient place ses patients. Mais il n'était pas question de se laisser aller : elle était bien décidée à liquider tout ce travail en retard. Et puis, pour être honnête, elle préférait être là que de se retrouver seule chez elle. Seule, c'est-à-dire sans Caleb.

Elle venait de contacter le centre de soins où devait entrer Kent. Une place s'était libérée, ils étaient prêts à l'accueillir dès le samedi suivant. Pressée de lui annoncer la bonne nouvelle, elle composa le numéro de Kent. A sa grande déception, il ne répondit pas. Elle laissa un message détaillé sur son répondeur. Il était pressé d'en finir, et elle voulait qu'il sache qu'il allait bientôt pouvoir franchir un cap. Elle hésita un instant à appeler Caleb, mais reposa finalement le téléphone comme s'il brûlait.

Elle n'avait pas eu de ses nouvelles depuis qu'il lui avait demandé de sauter avec lui et qu'elle lui avait répondu qu'elle avait peur. Depuis, elle ne savait pas quoi lui dire. De son côté, lui n'avait clairement rien à ajouter. Elle ne se souvenait même pas précisément de quoi elle avait prévu de lui parler quand elle avait débarqué à l'aérodrome. Dans son esprit tout était trop embrouillé. Tout ce qu'elle savait, c'était qu'il lui manquait. Et que, en effet, elle avait peur. Mais de quoi ? Mystère…

Au lieu d'y réfléchir, elle préféra se plonger dans un dossier. Au moins elle ne penserait pas à lui. Et elle avancerait dans son travail. C'était la stratégie qu'elle avait adoptée depuis plusieurs jours. Cela l'occuperait une bonne partie de la soirée. Lorsqu'elle rentrerait, épuisée, chez elle, elle ressentirait moins la douleur de dormir seule dans un lit encore imprégné de son odeur.

Dix minutes plus tard, elle dut pourtant s'interrompre dans son travail car son téléphone sonnait. Supposant qu'il s'agissait de Kent, elle décrocha sans vérifier l'identité de son correspondant.

— Docteur, fit une voix masculine étranglée.

Elle se redressa d'un bond, faisant tomber le dossier qu'elle avait posé sur ses genoux.

— Que se passe-t-il, George ?

— Je veux revoir Jessie, dit-il, faisant allusion à sa femme décédée.

Elle se glaça. George n'était plus heureux, il n'allait pas bien du tout. Sa pire crainte s'était produite. George s'était trompé, horriblement trompé, au sujet de sa nouvelle compagne.

— Jessie est avec vous, George, dit-elle prudemment. Souvenez-vous, nous en avons parlé. Elle est là, elle veille sur vous.

— Ça ne me suffit pas qu'elle me regarde, dit-il en pleurant. Je veux la toucher, la prendre dans mes bras, sentir son odeur sur ma peau. J'ai besoin d'elle. Je vais aller la retrouver.

Elle se leva et remit tout de suite ses chaussures. Malheureusement, George semblait être retombé dans les abîmes où elle l'avait trouvé quand il avait entrepris sa thérapie.

— George, demanda-t-elle, où êtes-vous ? Chez vous ? J'arrive.

— Je suis à l'hôtel Hyatt Regency. Sur le toit.

Et il raccrocha.

Elle attrapa son sac et ses clés et composa le numéro des renseignements pendant qu'elle fermait son cabinet. Tout en empruntant les escaliers pour aller plus vite, elle se fit mettre en relation avec la réception de l'hôtel.

— Que puis-je pour vous ? demanda la réceptionniste.

— C'est une urgence, dit-elle. Je suis psychologue. Un de mes patients est chez vous, et…

Mais elle s'arrêta. Elle n'avait aucun moyen de vérifier si George avait vraiment l'intention de mettre fin à ses jours. Mettre en place un dispositif de secours, alerter la police, n'était peut-être pas la chose la plus judicieuse à faire. Elle avait un collègue dont un des patients avait, un jour, menacé de se suicider. Il s'était caché dans les bois avec un fusil. Son confrère avait appelé la police, et le patient avait appuyé sur la détente dès qu'il avait vu un policier s'approcher de lui. Et ce collègue était à présent convaincu que c'était le fait d'avoir averti la police qui avait poussé son client à commettre l'irréparable. Shay raccrocha, malade à l'idée qu'elle venait peut-être de faire le mauvais choix en décidant de ne pas alerter l'hôtel.

— Ils auraient prévenu la police, c'est sûr, dit-elle pour se rassurer.

Arrivée au parking, elle se précipita vers sa voiture, et démarra, tout en réfléchissant à ce qu'elle pouvait faire pour sauver George.

Très vite, une évidence s'imposa. Une seule personne pouvait l'aider.

Elle attrapa son téléphone, en priant pour que Caleb ne soit pas en vol avec des clients. Mais, Dieu soit loué, il répondit dès la troisième sonnerie.

— Hello, Shay, dit-il.

Sa voix était chaude, encourageante, ce qui lui permit de se lancer :

— Mon patient… George… Je crois qu'il veut se suicider, mais je ne veux pas appeler la police, de peur qu'il ne le fasse pour de bon. Il ne m'aurait pas téléphoné s'il n'avait pas voulu qu'on l'en empêche. Je suis en route pour aller le rejoindre, mais je…

— Où est-il ? demanda-t-il. Et toi où es-tu ?

— Il m'a dit qu'il était sur le toit de l'hôtel Hyatt, dans la Sixième Rue. J'étais à mon cabinet, mais j'ai déjà fait la moitié de la route.

— C'est bon, je vois où se situe l'hôtel. Je suis déjà à mon camion.

Elle laissa échapper un soupir de soulagement.

— Merci, Caleb.

— Ça va aller, Shay. On se retrouve là-bas dans quelques minutes.

Il raccrocha et, pendant les dix minutes qui lui restaient pour arriver à l'hôtel, elle respira un peu plus aisément.

Une fois sur place, elle se gara comme elle put et se précipita dans le hall, vers l'ascenseur. Après une course interminable, elle dut encore parcourir plusieurs volées de marches à pied, juchée sur ses escarpins à talons, pour arriver sur le toit-terrasse. Dès qu'elle poussa la porte de la cage d'escalier, elle s'immobilisa. George était là, juste en face. Il lui tournait le dos et ses pieds étaient dangereusement proches du vide.

La terreur s'empara d'elle. Il serait si facile pour George de sauter de ce rebord. Et si facile pour elle de dire ou de faire ce qu'il ne fallait pas. Elle était paralysée. Comment ne pas se tromper ?

Dans son dos, la porte grinça. Une seconde plus tard, Caleb était à ses côtés. Il regarda George sans montrer le moindre trouble. Puis il se tourna vers elle et souleva sa veste en jean pour lui montrer le harnais et la corde qu'il portait, sans doute dans le but de s'attacher avec George. Le seul fait que Caleb se soit préparé à agir la soulagea. Mais, tout de suite, un nouveau sujet d'inquiétude surgit : comment Caleb allait-il procéder pour passer le harnais à George ? Et, surtout, George ne risquait-il pas de l'entraîner dans sa chute ?

Comme s'il avait entendu ses craintes, il la prit dans ses bras et la serra fort. Son odeur enivrante, plus rassurante que tout, parvint jusqu'à ses sens en alerte.

— Accompagne-moi jusqu'à lui, dit-il tout bas. Dis-lui que je suis un ami. Et surtout fais en sorte qu'il ne me prenne pas pour un policier.

Elle posa la main sur son torse. Il irradiait une douce chaleur et son cœur battait lentement et régulièrement. Son calme était communicatif. Rassurée, elle acquiesça. Puis il lui passa la main dans les cheveux.

— Respire un grand coup, trésor, et fais confiance à ton instinct. Tout va bien se passer.

Elle laissa ses mots l'imprégner et sa détermination prit forme. Elle allait tirer George de là. Elle avança, sans le quitter des yeux. Il n'était pas grand, ni fort. Elle l'avait toujours trouvé un peu chétif, voire timoré. Mais, debout sur le rebord du toit, le dos bien droit, il paraissait plus grand, plus confiant que d'habitude. Comme si le fait qu'il soit prêt à sauter dans le vide lui avait conféré une puissance nouvelle.

Elle n'était plus qu'à quelques pas de lui lorsqu'il se retourna et dévisagea Caleb.

— Qui est-ce ? Qui avez-vous amené avec vous ?

— Je suis un ami, répondit Caleb en approchant. Shay m'a appelé lorsqu'elle était en route pour vous rejoindre. Elle m'a dit qu'elle avait besoin de moi. Elle s'inquiétait et elle ne voulait pas appeler la police.

— Quel genre d'ami ? demanda George d'un air méfiant.

Caleb s'arrêta à côté de Shay et fourra ses mains dans ses poches, lui adressant un bref coup d'œil, avant de répondre :

— Je ne vous dirai qu'une chose : il y a trois jours, pour elle, j'aurais pu me retrouver exactement au même endroit que vous en ce moment. Et vous, à cause de qui êtes-vous là ?

— A cause d'Anabella. Tout ce qui l'intéressait, c'était l'argent que j'ai hérité de Jessie. Elle la connaissait. Elle savait qu'elle était riche.

— Et là, dit Caleb, vous lui avez expliqué que ce qui vous intéressait, c'était le sexe, et que, en plus, ce n'était pas aussi bien que ça, non ? C'est vrai, George, vous ne la connaissiez pas depuis bien longtemps : de quoi d'autre aurait-il pu s'agir entre vous ?

A la grande stupéfaction de Shay, George se mit à rire.

— J'aurais aimé avoir cette repartie…

Puis son visage redevint plus sombre, et il murmura :

— Non, je croyais que je l'aimais.

— Donc, au lit c'était bien ? demanda Caleb. Parce que, quand c'est le cas, on peut être amené à penser ce genre de choses.

Puis il se tourna vers Shay, qui avait eu un mouvement de recul :

— Je ne dis pas ça pour nous, je te rassure. George, dit-il en lui adressant un regard complice, vous allez me faire avoir des ennuis.

George s'adressa à Shay en souriant :

— Pour vous, votre histoire est purement sexuelle ?

— Non ! s'exclama-t-elle.

— Mais c'est bien quand même, hein ? demanda Caleb.

Aussitôt, elle se sentit devenir écarlate.

— Ecoutez, tous les deux, ce n'est ni le lieu ni l'endroit de parler de ça. George, reculez, je ne peux pas vous parler tant que vous serez sur ce rebord.

Il secoua la tête.

— Non. Non, je ne peux pas.

Elle continua, d'une voix plus douce :

— Votre courte histoire avec Anabella peut vous sembler une erreur. Mais elle vous a réveillé, George, elle vous a ramené à la vie.

— Je ne veux pas vivre. Ça fait trop mal.

— Ça fait mal, mais ça fait du bien aussi, dit-elle. C'est comme ça : ce sont les mauvaises choses qui permettent d'apprécier les bonnes. Vous ne voulez pas sauter, George, vous voulez vivre.

— Vous savez ce que je fais quand j'ai envie sauter ? demanda soudain Caleb.

— Non, quoi ?

— Eh bien je saute. D'un avion. En chute libre.

George écarquilla les yeux.

— Vous sautez en chute libre ? Mais c'est de la folie ! Et si le parachute ne s'ouvrait pas ?

— Il n'y a aucune folie là-dedans. J'ai même une théorie. Lorsque je saute, je me dis que si mon parachute s'ouvre, c'est que je suis censé vivre, que je suis sur terre pour une bonne raison. Inversement, je me dis que, si ce n'est pas le cas, il ne s'ouvrira pas.

George parut intrigué, et, très vite, Caleb lui proposa :

— Je possède un petit aérodrome avec des amis, pas loin d'ici. Si vous voulez vérifier ma théorie, je peux vous y conduire maintenant. Il y aura quelques papiers à remplir, puis vous pourrez sauter. Et vous aurez votre réponse : vivre ou ne pas vivre.

George regarda Shay.

— Est-ce que vous sauteriez avec moi, docteur ?

Elle sentit sa gorge se serrer. Ils la fixaient tous les deux, attendant la réponse à la question que Caleb lui avait déjà posée quelques jours auparavant.

Allait-elle sauter ?

18

« Est-ce que vous sauteriez avec moi ? »

La question de George planait dans les airs, comme un couperet prêt à s'abattre. Caleb avait beaucoup réfléchi aux raisons pour lesquelles il avait tant insisté pour que Shay saute avec lui trois jours plus tôt. Ce n'était pas son genre de pousser les gens au-delà de leurs limites, et surtout pas Shay. Mais, maintenant, il savait. Il avait voulu la preuve que, même si elle ne voulait pas que sa famille soit au courant de leur histoire, il valait la peine qu'elle se mette en danger pour lui. Mais elle n'avait pas sauté, et elle n'était même pas restée pour lui parler après son saut.

— Je suis terrifiée à l'idée de sauter, George, dit-elle en le regardant dans les yeux. Mais si ça peut vous faire descendre de là, je le ferai.

George la scruta un instant, comme s'il se demandait s'il pouvait la croire. Puis il descendit du muret.

— Je suis prêt, dit-il, en se dirigeant déjà vers la porte.

Shay se tourna vers Caleb, tremblante.

— Je n'avais pas le choix : il fallait que je dise oui.

— Je sais, répondit-il.

C'était vrai : il savait. Et, précisément, la question du choix avait été centrale lorsqu'il lui avait demandé de sauter avec lui. Il aurait voulu qu'elle choisisse, qu'elle prenne la décision non pas de sauver une vie comme c'était le cas ce jour, mais de sauver leur couple. D'accepter de se mettre elle-même en danger pour défendre une cause, leur cause. Il avait peut-être eu tort — sans doute même —, mais il avait besoin de savoir. De toute façon, si c'était à refaire, il le referait : il était prêt à tout tenter pour ne pas la perdre à jamais. Restait à savoir si cela serait suffisant.

Mais ce n'était pas le moment de s'attarder sur ces sombres pensées :

— George nous attend, dit-il en lui faisant signe de le précéder. Allons-y.

Une fois qu'ils furent arrivés au parking, il dut prendre une décision rapide. Il ne voulait pas perdre George de vue tant qu'il n'était pas certain que sa pulsion suicidaire s'était éteinte. Et il ne voulait pas non plus le laisser seul avec Shay. Il avait vu en Irak des personnes prêtes à se suicider s'en prendre aux gens qui se trouvaient à côté d'eux.

— Prenons mon camion, dit-il. Vous pourrez parler pendant que je conduis.

Heureusement, George accepta, et ils s'installèrent tous les trois, Shay au milieu. Il évita de la regarder en s'asseyant, mais il sentit toute de suite la chaleur de son corps et son parfum s'insinuer en lui. Cela faisait si longtemps. C'était si bon. L'avoir à ses côtés : il n'aspirait à rien d'autre qu'à cela. Mais pouvait-il espérer être exaucé ?

Durant le court trajet, elle ne cessa de parler à George. Il fut impressionné par son discours parfaitement structuré et par l'habileté avec laquelle elle l'amena à dépasser l'émotion pour entrevoir la logique dans ce qu'il avait vécu.

Lorsqu'ils furent à l'aérodrome, Caleb conduisit George vers une salle de réunion et l'installa devant une vidéo, avant de lui faire remplir les papiers nécessaires pour qu'il puisse sauter seul.

— Shay va sauter en tandem avec moi, dit-il sans demander son avis à Shay. Elle n'a pas besoin de signer autant de papiers que vous.

Elle avait peur, et il ne voulait surtout pas qu'elle puisse se blesser s'il la forçait à sauter seule.

Elle lui adressa un regard si lourd de tension que même George sembla s'en rendre compte. Il les scruta tour à tour, puis fronça les sourcils.

— Mais vous êtes bien sûr que je peux sauter seul ? demanda-t-il en parcourant rapidement les papiers des yeux.

— Absolument. Mais la préparation va prendre un certain temps. Moi, il faut que je trouve un pilote. Et aussi, dit-il après avoir jeté un coup d'œil à la jupe moulante — et aux interminables jambes — de Shay, une tenue un peu plus appropriée pour Shay. Talons hauts et saut en parachute ne font pas bon ménage.

Elle regarda ses pieds, sa jupe.

— Je n'arrive pas à croire que je n'y aie pas pensé. Est-ce qu'il faut que j'aille chez moi pour me changer ?

— Non, répondit aussitôt George. Vous ne pouvez pas me laisser.

— Sabrina et Jennifer ont toutes les deux des combinaisons et des bottes ici. Vous faites à peu près la même taille. Je suis sûr qu'elles ne t'en voudront pas si tu empruntes leurs affaires.

Puis il tapa doucement sur la table à laquelle George était assis.

— Regardez tout ça, puis je vous explique en quoi consiste réellement le saut en chute libre.

Il fit signe à Shay de le suivre.

— Il faut que je contacte le pilote.

Il ne lui laissa pas le temps de répondre. La dureté avec laquelle elle l'avait rejeté quelques jours plus tôt l'obsédait toujours. Il tourna les talons.

Mais elle le retint par le bras, et son contact l'électrisa comme si personne, jamais, ne l'avait touché.

— Caleb.

Furieux contre lui-même de se sentir sous son emprise, il ne la laissa pas parler.

— Tu sais où on range le matériel, n'est-ce pas ?

— Caleb, je…

Elle hésita un instant, avant de finir par répondre :

— Oui, je sais où se trouve le matériel.

— Cherche-toi une tenue un peu plus appropriée pendant que je règle les derniers détails.

Puis il partit à la recherche de Ryan. Accommodant comme il l'était, celui-ci avait accepté de les accompagner pendant leur saut si, bien entendu, un pilote était disponible.

Il trouva Ryan et Bobby dans le bureau de ce dernier.

— Est-ce qu'on a un pilote ? demanda-t-il tout de suite à Ryan.

Ryan lui adressa un regard désolé.

— Non, malheureusement. Ils ont tous quelque chose de prévu ce soir.

Caleb regarda Bobby :

— Est-ce que tu pourrais éventuellement nous servir de pilote ?

— Si vous ne trouvez personne d'autre, je le ferai. Mais, ce soir, c'est l'anniversaire de la mère de Jennifer, et son père organise une fête surprise.

— Ça c'est la poisse, dit Caleb.

— Moi je peux piloter l'avion, dit Ryan. On peut demander à un des autres instructeurs de prendre George en charge.

— Ce type était sur le point de se jeter du toit d'un hôtel il y a quelques heures. S'il décide de ne pas ouvrir son parachute, quelqu'un devra le faire pour lui. Et ça, Ryan, c'est un travail pour toi et pour personne d'autre.

Ryan sourit.

— Ah, je vois que tu me connais bien. Tu sais que j'aime quand il y a un peu de piment, sinon je m'ennuie.

— Au fait, pourquoi John ne peut pas rester ? demanda Caleb à Bobby, faisant allusion à leur pilote le plus expérimenté, un ancien militaire comme eux.

— Je crois qu'il prend des cours pour passer son permis moto.

— Et Mark ?

— Je l'ai renvoyé chez lui dans l'après-midi : il ne se

sentait pas bien. J'ai essayé de l'appeler, mais il a éteint son téléphone.

— Mais quelle poisse ! dit de nouveau Caleb. Comment va-t-on faire ?

— Je connais peut-être quelqu'un, fit soudain une voix féminine qu'il aurait reconnue entre mille.

Il se retourna : Shay se trouvait dans l'embrasure de la porte, et elle portait toujours sa jupe et ses chaussures à talons.

— Pas toi, quand même ?

— Non, bien sûr que non. Je n'ai pas encore ma licence. Mais mon instructrice, si, et c'est une ancienne pilote de l'armée de l'air. Sabrina la connaît.

— Est-ce qu'il s'agit de Lori Day ? demanda Ryan.

— Oui, c'est elle.

— Je vois, dit Ryan. Sabrina m'a parlé d'elle. Elle voulait me convaincre de l'embaucher.

— Lori est quelqu'un de fantastique, je lui fais entièrement confiance, ce qui n'est pas rien, étant donné qu'elle tient souvent ma vie entre ses mains. Je ne peux pas promettre que j'arriverai à la joindre mais, au moins, je peux essayer.

— Moi je serais pour que tu l'appelles, répondit Ryan. Comme ça je pourrai dire à Sabrina que je l'ai officiellement rencontrée et que je réfléchis à son idée d'ouvrir une école de pilotage. Ça fera d'une pierre deux coups.

Caleb et Ryan échangèrent un regard, qui déboucha sur un accord tacite.

— Appelle-la, dit Caleb.

Shay acquiesça et alla téléphoner dans le couloir. Caleb n'écouta qu'à moitié Bobby et Ryan, qui discutaient de l'opportunité d'ouvrir une école de pilotage. Il était plus intéressé par la conversation téléphonique de Shay, qu'il essayait de suivre. Mais elle était trop loin pour qu'il puisse bien entendre. Heureusement, elle revint vite.

— Elle accepte, dit-elle en entrant dans le bureau. Mais son frère lui a emprunté sa voiture pour la soirée. Il faut aller la chercher. Je viens de demander à Kent de passer la prendre, mais, maintenant, il veut sauter avec nous.

— Ça m'aurait étonné, tiens ! s'exclama Caleb.

Entre un homme aux tendances suicidaires, un pilote qu'il ne connaissait pas, un accro au jeu et une femme qui le mettait sens dessus dessous, il allait s'amuser. Heureusement, Ryan serait là pour l'épauler, car il risquait de passer une soirée d'enfer.

— Je vais aller voir M. Je-saute-du-toit-sans-parachute, dit Ryan. Si je dois lui sauver la vie ce soir, il me semble plus correct de commencer par aller me présenter.

Il se dirigea vers la sortie, mais Shay lui bloqua le passage.

— Tu ne vas pas lui dire ça comme ça, n'est-ce pas ?

— Moi ? demanda Ryan en prenant un air innocent. Dire des choses qui ne se disent pas ? Ce n'est pas mon genre, voyons… Pas ce soir en tout cas.

Alors que Shay ne bougeait pas, il ajouta, sur un ton redevenu sérieux :

— Je fais le malin, mais je ne joue jamais avec la vie d'autrui.

Apparemment, Shay fut convaincue par sa réponse, car elle s'écarta pour le laisser passer. Ryan s'arrêta à sa hauteur et dit :

— Pas étonnant que Jennifer et Sabrina t'aient tout de suite adoptée.

— Qu'est-ce que c'est que ce sous-entendu, Ryan ? demanda-t-elle.

Il se mit à rire.

— Je me comprends…

— Ce que Ryan veut dire, dit Bobby en s'avançant vers elle, c'est qu'il y a chez toi une certaine détermination, et que tu n'es pas du genre à t'en laisser conter, exactement comme Jennifer et Sabrina.

Puis il posa sa main sur l'épaule de Caleb.

— A plus tard. Appelle-moi en cas de catastrophe. De préférence après avoir tout arrangé.

— C'est ça, répondit Caleb. Maintenant, va-t'en. Va retrouver ta chérie.

Bobby se mit à rire, adressa un petit salut de la main à Shay et sortit, les laissant seuls tous les deux.

Il la regarda rapidement de la tête aux pieds.

— Et alors, tu ne t'es pas changée ?

— Je n'ai pas trouvé les combinaisons dont tu m'as parlé.

Puis, d'une voix hésitante, elle ajouta :

— Je crois que j'ai laissé quelques affaires chez toi. Je pourrais peut-être aller les chercher.

— Non, répondit-il fermement.

Elle ne voulait pas de lui, par conséquent elle n'irait pas chez lui. C'était peut-être stupide, mais c'était comme cela.

— Allons chercher ces combinaisons.

Caleb était en colère et Shay ne comprenait pas pourquoi. Mais elle allait savoir. Et tout de suite. Elle lui emboîta le pas, bien décidée à mettre fin à ces pesants non-dits. Lorsqu'elle le rejoignit, il était déjà en train de fouiller dans la réserve. Elle s'arrêta pour contempler son profil et son cœur fut submergé par les sentiments qu'elle éprouvait pour lui. Sa rancœur céda la place à quelque chose de plus profond et de plus doux. Aujourd'hui, elle avait pu compter sur lui, sur sa force et son courage. Il s'était vraiment comporté de façon héroïque.

— Caleb, dit-elle d'une voix rauque.

Il se tourna. Il se tenait là, devant elle, grand et musclé. La perfection faite homme. Son regard était impénétrable, sa mâchoire serrée. Troublée, elle oublia aussitôt ce qu'elle voulait lui dire.

Il attendit un instant puis se remit à fouiller. Au bout de quelques minutes, il lui tendit une combinaison.

— Elles étaient tout au fond d'une étagère, dit-il. Pas étonnant que tu ne les aies pas trouvées.

Puis il se pencha et attrapa une paire de bottes, qu'il posa à côté d'elle. Enfin il ouvrit un autre placard et en sortit une paire de chaussettes.

— Elles sont à moi, dit-il en les lui tendant. Mais, rassure-toi, elles sont propres.

C'était sans doute censé détendre l'atmosphère, mais ni elle ni lui ne rirent, ni même ne sourirent. Il y avait au contraire dans l'air quelque chose de sérieux et de presque triste, quelque chose qu'elle voulait absolument dissiper.

— Merci d'avoir été là pour moi aujourd'hui.

— C'est à ça que sert la famille, répondit-il doucement.

Ses mots la glacèrent.

— C'est tout ce que nous sommes pour toi maintenant ? Des parents ?

— Eh bien oui. On se voit souvent, mais sans coucher ensemble. C'est le propre des parents, non ?

Il y avait une grande amertume derrière ses mots. Elle l'entendait. Elle le sentait. C'était la première fois qu'elle décelait de l'amertume chez lui, et elle en était la cause. Elle l'avait blessé, et telle n'avait jamais été son intention.

— Caleb, dit-elle en faisant un pas vers lui. Je…

— Shay !

C'était Ryan qui l'appelait.

— Oh ! Shay ! Je crois que ton cher patient a vraiment besoin de toi.

Elle eut envie de hurler. Ce n'était pas le moment. Pas alors qu'elle essayait désespérément de rétablir le lien avec Caleb. Elle posa la main sur son torse puissant et elle entendit les battements de son cœur s'accélérer à son contact. Reprenant un peu espoir, elle leva les yeux et se consuma sous la chaleur de son regard.

— Je ne veux pas te perdre, dit-elle d'une voix étranglée.

— Shay ! Ah, tu es là.

Entre-temps, Ryan était arrivé à la réserve. A contrecœur, elle se tourna vers lui.

— Désolé de vous interrompre, les tourtereaux, mais George réclame ta présence. A cor et à cri. En d'autres termes, il a besoin de toi.

Caleb posa la main sur son épaule.

— Reste ici et change-toi. Je lui tiendrai compagnie jusqu'à ce que tu sois prête.

Puis il la contourna, l'effleurant au passage, et s'éloigna sans se retourner. De nouveau, elle eut l'horrible sensation de le perdre et de se retrouver seule, et le pressentiment — non moins horrible — que, cette fois, il ne lui reviendrait peut-être jamais.

Lori était arrivée juste au moment où George avait terminé sa préparation, et elle était à présent aux commandes de l'un des avions de l'aérodrome. Caleb approcha de l'appareil et se dirigea vers le cockpit. Kent aussi était à l'intérieur.

— J'ai changé d'avis, dit-il, je reste ici au lieu de sauter. J'ai bien envie d'apprendre à piloter avec Lori.

Bien sûr. Des cours de pilotage. C'est drôle, mais avant de rencontrer Lori il n'en avait jamais exprimé le désir.

Caleb regarda Lori et lui demanda :

— Vous savez piloter ce genre d'appareil ?

Elle lui adressa un regard vexé.

— S'il a des ailes, je sais le faire voler.

— C'est ce que je voulais entendre, répondit-il, avant de la laisser vérifier son équipement.

En s'éloignant, il ne put s'empêcher de sourire. Kent était en danger, songea-t-il. Car, la dernière fois qu'il l'avait vu aussi mordu, c'était de la fille du principal au lycée. Et une femme qui avait été douze ans pilote dans l'armée de l'air devait avoir un tempérament au moins aussi trempé qu'une fille de principal. Mais c'était aussi une distraction bienvenue. Mieux valait qu'il ait maille à partir avec Lori qu'avec son bookmaker.

Il rejoignit Shay. George se trouvait un peu à l'écart et écoutait Ryan raconter un épisode de leur carrière militaire à sa manière, de son style très haut en couleur. George riait même, alors que Shay était pâle et semblait presque au bord du malaise. Pourtant, elle allait sauter.

Il la prit discrètement à part.

— Dis à George que tu as peur du vide, Shay.

Elle parut étonnée qu'il soit au courant.

— Ne prends pas cet air surpris. Bien sûr que je le sais. Et c'est pour ça que tu prends des cours de pilotage : tu veux réussir à dominer ta peur.

— Comment puis-je l'inciter à affronter ses peurs, à utiliser ce qui s'est passé aujourd'hui pour aller de l'avant si moi-même j'en suis incapable ? En plus du reste, il y a trois jours tu m'as demandé de sauter avec toi. Et tu n'étais pas spécialement heureux que je refuse.

Elle marqua une pause, puis reprit, en baissant la voix :

— Pourquoi, Caleb ?

— Vous êtes prêts ? cria Lori en passant sa tête par la fenêtre du cockpit.

— Tout ce qu'il y a de plus prêts, répondit Ryan en tapant dans le dos de George. George ne tient plus en place.

Sauvé par le gong, songea Caleb, soulagé d'échapper à une conversation qu'il ne voulait avoir ni là ni maintenant.

— Si tu as quelque chose à dire à George, c'est tout de suite.

Elle pâlit davantage.

— Je n'arrive pas à croire que je vais vraiment faire ça, dit-elle. D'ailleurs je ne suis pas sûre d'en être capable.

— Prête, docteur ? demanda George en s'approchant d'elle.

— Et vous, êtes-vous prêt ? demanda Caleb à George, en passant son bras autour de la taille de Shay pour tenter de la calmer. L'instant crucial approche. La vie ou la mort. Bientôt, vous allez savoir.

George acquiesça, l'air sérieux.

— Je sais, répondit-il. Je sais.

— On s'est donné beaucoup de mal pour vous faire sauter ce soir, George, dit-il, alors quand vous aurez survécu à ça — car vous allez survivre —, vivez pour de bon. Je ne veux plus vous voir au bord d'un toit. Si vous ressentez le besoin urgent de faire de nouveau le grand saut, venez plutôt ici. J'ai besoin de votre parole.

Il lui tendit la main.

George regarda sa main un moment, avant de la lui serrer.

— C'est bon, vous l'avez.

— Par ici, George, dit Ryan.

George jeta un coup d'œil à Shay.

— Ça va, docteur ?

Elle acquiesça en souriant faiblement.

— Ça va, répondit-elle en lui faisant signe d'y aller. Je vous rejoins dans l'avion.

Dès qu'il fut parti, Caleb lui confia :

— Non seulement son parachute est équipé d'un déclencheur automatique, mais Ryan est également entraîné pour gérer tout problème survenant dans les airs. En d'autres termes, il ne risque absolument rien.

Il se pencha vers elle et sentit qu'elle tremblait.

— Calme-toi, trésor. Tu es sûre de ne pas vouloir renoncer ?

— Je serai avec toi, répondit-elle en s'appuyant contre lui. Il ne m'arrivera rien.

Ses mots lui serrèrent le cœur. Il voulait qu'elle lui fasse confiance, certes, mais, plus que son corps, c'était son cœur qu'il voulait qu'elle lui abandonne.

Les minutes suivantes se déroulèrent dans le bruit assourdissant du moteur et du vent. Par signes, Caleb demanda à Shay de se placer devant lui et il s'attacha à elle. Après avoir reçu quelques dernières instructions de Ryan, George jeta un coup d'œil à Shay, leva le pouce et sauta dans le vide. Ryan le suivit.

Caleb dit à l'oreille de Shay :

— C'est ta dernière chance de changer d'avis.

En guise de réponse, elle abaissa ses lunettes de protection. Il ne voulut plus lui laisser le temps de réfléchir ensuite. Cela n'aurait fait que rendre les choses plus difficiles. Il vérifia une dernière fois le harnais et les sangles pour s'assurer qu'ils étaient bien attachés l'un à l'autre, puis il sauta. Le vent tourbillonna autour d'eux, et il sentit le corps de Shay se raidir. Au bout de quelques secondes, il ouvrit le parachute et se positionna de façon à contrôler la descente.

Les lumières d'Austin s'offraient à leur vue, dans le lointain. Il passa ses bras autour de la taille de Shay, pour lui faire comprendre qu'il veillait sur elle, qu'elle n'avait rien à craindre. Puis il montra du doigt quelques lumières, et sourit lorsqu'elle répondit par un signe enthousiaste de la main.

Trop tôt à son goût, il manœuvra pour qu'ils se posent en douceur. Dès qu'il toucha le sol, il sentit sa sérénité s'évanouir. En lui se déchaînait un tourbillon d'émotions et de sentiments contraires. Il se débarrassa du parachute, défit les sangles qui le liaient à Shay et ôta son casque. Puis il la fit pivoter et lui enleva ses lunettes.

Il lui prit le menton et la regarda pour s'assurer qu'elle n'avait rien. Alors qu'elle le fixait de ses grands yeux bleus, un désir violent et soudain s'empara de lui. Oubliant que Ryan et George ne devaient pas être loin, il la prit dans ses bras. Il demeura suspendu, à un souffle de ses lèvres, l'espace d'un moment. Il voulait l'embrasser. Il la voulait tout entière. Mais elle n'était pour l'instant pas prête à lui donner ce qu'il attendait d'elle, et rien ne disait qu'elle le serait un jour.

Cette pensée le fit revenir à la froide et dure réalité. Avec une brusquerie qu'il n'arriva pas à maîtriser, il la repoussa.

— Tu as sauté pour lui, dit-il, parce que tu ferais n'importe quoi pour tes patients. Mais pour moi tu ne sauterais pas.

— Tu es injuste, Caleb. Je n'avais pas le choix. Je devais sauter. Pour le faire descendre de ce toit.

— Je sais.

— Tu sais ? demanda-t-elle sur un ton acerbe. Tu n'arrêtes pas de répéter ça. Mais qu'est-ce que ça veut dire, à la fin ?

Elle le regardait fixement, avec une dureté qu'il avait rarement observée chez elle.

— Ça veut dire que je sais que tu devais sauter pour lui. Parce que tu ferais n'importe quoi pour tes patients.

— Tu te répètes ! dit-elle en secouant la tête d'un air navré. Attends. Tu ne veux quand même pas dire que, pour toi, je ne ferais rien ?

— Je n'en sais rien. Je voudrais juste…

Il s'interrompit et détourna le regard, préférant garder le silence.

Mais elle n'était pas prête à lâcher l'affaire. Elle se planta devant lui, posant sa main sur son torse, et le força à la regarder dans les yeux.

— Depuis quand sauter dans le vide est devenu le moyen de juger de mon amour pour toi ?

— Ecoute, Shay, dit-il d'une voix étranglée, peinant à contenir son émotion. Je t'ai poussée à sauter pour moi, à faire quelque chose qui t'effrayait, parce que je voulais que tu me donnes une raison d'ignorer cette voix à l'intérieur de moi qui murmurait que tu n'étais pas prête à te lancer dans la vie avec moi comme moi j'étais prêt à le faire. Sinon tu n'aurais pas fait une montagne de tous les obstacles qui se dressaient devant nous.

George et Ryan s'étaient bien posés à présent, et ils ne se trouvaient qu'à quelques pas.

— Maintenant, va t'occuper de ton patient : il a besoin de toi, dit-il en tournant les talons.

Mais elle attrapa sa main et passa ses bras autour de lui. Elle leva le menton et le regarda dans les yeux un long moment, avant de dire :

— C'est trop tard maintenant, j'imagine ? Je ne peux plus rien faire pour réparer ça.

— Je ne pense pas, non.

Qu'aurait-il pu répondre d'autre ? Il n'avait pas le choix : il devait se montrer réaliste. Si elle croyait qu'elle ne pouvait rien faire pour réparer cela, c'était qu'elle n'était pas prête à faire l'effort d'essayer. Ce qui signifiait, en d'autres termes, qu'elle ne le voulait pas vraiment.

19

Le vendredi soir suivant, Caleb et Kent étaient installés devant la télévision dans le petit salon du mobile home. Ils pestèrent en chœur en tombant sur la retransmission d'un vieux match de base-ball, qu'ils n'aimaient pas spécialement. Mais ils n'éteignirent pas pour autant la télévision. Ils avaient tous les deux trop besoin d'oublier un moment la dure réalité, l'entrée en cure, prévue pour le lendemain, pour l'un, et le silence de Shay pour l'autre.

Car Caleb n'avait plus eu aucun contact avec Shay depuis leur saut mouvementé de la semaine précédente. Ce soir-là, Kent avait raccompagné Shay et Lori chez elles, tandis que Ryan et lui étaient allés boire un verre avec George. C'était un type sympathique malgré tout. Un peu bizarre, peut-être, mais qui ne l'était pas ? De façon assez ironique, il était resté en contact avec lui toute la semaine alors qu'il n'avait eu aucune nouvelle de Shay.

George avait prévu de sauter de nouveau dès le lendemain, un samedi, et il avait eu l'air de passer une semaine tout à fait normale. Tant mieux. Si l'expérience avait été dévastatrice pour son histoire avec Shay, elle avait au moins été bénéfique pour quelqu'un.

Mais il était encore en train de penser à elle, songea-t-il, contrarié. Il se leva du canapé et se dirigea vers la cuisine. Là, il ouvrit le frigo et resta un instant devant la porte béante. Que voulait-il au fait ? Shay, il voulait Shay… Shay qui avait l'air de penser que, s'il était près de Kent, il ne pouvait être près d'elle. Il avait sans doute vu juste. Pour elle, il n'avait vraiment été que ce fruit défendu. Depuis qu'elle y avait goûté, il avait perdu tout intérêt à ses yeux.

Son portable sonna. Il s'en empara avec empressement, puis pesta. Non, ce n'était sûrement pas Shay, et il fallait qu'il arrête d'espérer qu'elle allait l'appeler. En faisant la grimace, il vérifia l'identité de son correspondant. Qu'est-ce qu'il avait dit ? C'était Ryan.

— On est au bar, dit Ryan sans prendre la peine de le saluer. Et toi, où es-tu ?

Il ouvrit la bouche, prêt à répondre qu'il ne se sentait pas d'humeur, avant de se raviser. Son comportement était ridicule : il ne pouvait pas passer ses jours et ses nuits à guetter un signe de Shay. Sortir lui permettrait de penser à autre chose.

— Je vous rejoins d'ici une demi-heure.

— Dis à Kent que Lori est avec nous, dit Ryan avant de raccrocher.

Intéressant. Kent n'avait pas revu Lori depuis le soir de leur rencontre, probablement à cause de son problème d'addiction, dont il devait avoir honte. S'il voulait que Kent l'accompagne, autant ne pas lui dire que Lori se trouvait au bar avec les autres.

Il posa son téléphone sur la table de la cuisine, bien décidé à l'oublier là. Voilà, il ne serait pas prisonnier d'un coup de téléphone qui n'arriverait pas.

— Debout, Kent, dit-il. On s'en va.

— Ne me dis pas que quelqu'un veut sauter de nuit et que tu as accepté.

— Non. On va danser. Et je vais me soûler. Toi, tu me serviras de chauffeur.

Après une semaine d'interrogations, de doute et de manque, Shay était désespérée. Elle savait qu'elle aimait Caleb, elle ne supportait pas l'idée de le perdre. Alors, en ce vendredi soir, elle alla là où elle allait toujours quand elle était dans le doute. A l'endroit qu'elle évitait soigneusement depuis quelques semaines : chez sa mère. Lorsqu'elle pénétra dans la maison, une délicieuse odeur lui chatouilla les narines, preuve que sa mère était bien là. Sans surprise, elle la trouva dans la cuisine, en train d'étaler du glaçage sur un gâteau tout juste sorti du four.

— Hello, maman, dit-elle, essayant de paraître enjouée alors que la tristesse lui serrait le cœur.

Le regard de Sharon s'éclaira.

— Hello, ma chérie. Je viens de terminer ce gâteau, mais tu arrives juste à temps pour m'aider à faire mon tiramisu. J'allais m'y mettre. J'ai rencontré en Italie un chef qui m'a donné sa recette secrète. J'ai hâte d'essayer. Oh ! et tu sais quoi ? Je me suis inscrite à des cours de cuisine. Je commence la semaine prochaine. Qui sait ? Peut-être que je réussirai enfin à ouvrir une petite pâtisserie un jour.

— Je trouve que c'est une excellente idée, dit Shay, essayant de dominer sa nervosité et heureuse de voir sa mère si passionnée. Mais, si je suis venue, c'est pour te parler de quelque chose.

Sharon posa sa spatule et observa Shay plus attentivement.

— Que se passe-t-il, ma chérie ?

— Eh bien, je… Est-ce qu'on peut s'asseoir ?

— Bien sûr, ma puce, répondit-elle en s'essuyant les mains sur son tablier.

Puis elle alla s'installer à la table, et Shay l'imita.

— Oh, ma chérie, dit-elle en posant sa main sur la sienne. Je vois maintenant combien tu as l'air perturbée. Qu'est-ce qui te tracasse à ce point ?

Shay prit une grande inspiration et se lança :

— Je suis amoureuse de Caleb.

Sharon la regarda un moment, avant de se mettre à sourire.

— Ma fille, tu as toujours eu un penchant pour Caleb. Depuis ton adolescence.

— Non, maman, tu n'as pas compris. Ce n'est pas une tocade d'ado. Je suis amoureuse de lui. Je l'aime.

— Je sais, répondit-elle comme si c'était une évidence. Et lui ?

— Eh bien… Je…

Mais elle s'interrompit et fronça les sourcils, déconcertée.

— Tu savais ?

— Bien sûr que je savais. Et j'ai bien l'impression qu'il t'aime aussi. Je me trompe ?

— C'est ce qu'il dit en tout cas.

— Formidable, s'exclama-t-elle. Alors pourquoi cet air si triste ?

— Ça pose quand même un énorme problème. Et je ne comprends pas que tu ne le voies pas.

— Caleb est quelqu'un de fantastique. Il est généreux, protecteur, droit. Et c'est un parfait gentleman. Sans compter qu'il est aussi extrêmement beau garçon, ajouta-t-elle en adressant un clin d'œil à Shay. Je ne vois vraiment pas ce qui pourrait poser problème.

— Si les choses se passaient mal entre nous, je ne veux pas qu'il soit chassé de la famille. Il n'a personne d'autre.

Le visage de Sharon devint plus sérieux, comme si elle commençait à comprendre ce qui avait pu tourmenter Shay.

— Shay, ma chérie, tu ne tiens pas ta famille en haute estime si tu nous crois capables de faire cela à Caleb. Nous l'avons accueilli parmi nous, et il y restera quoi qu'il arrive ou quoi qu'il fasse. C'est si rare et si précieux, de trouver quelqu'un avec qui on s'entend parfaitement et dont on est vraiment amoureux, qu'il ne faut surtout pas laisser passer sa chance quand cela se produit. Ne laisse pas ton obsession du « et si ? » l'éloigner de toi.

Elle s'arrêta et plissa les yeux, avant de reprendre :

— Mais es-tu sûre que ton hésitation est liée à la place que Caleb occupe dans la famille ? Il n'y aurait pas plutôt quelque chose d'autre ?

— Non ! s'écria-t-elle, exaspérée. Caleb m'a demandé la même chose. Je m'inquiétais pour lui. C'est ce que je lui ai dit.

— Et ?

— Et rien. Il ne me croit pas. Depuis, on ne se parle plus. Je suis horriblement triste, maman. Il me manque tellement.

— Je te crois. Mais, si tu veux arranger les choses, il faut que tu saches ce qu'il y a à arranger. De toute évidence, Caleb ne pense pas que ce qui te gêne, c'est la crainte de nous dire que vous êtes amoureux l'un de l'autre. Et je suis sûre que tu sais au fond de toi qu'il a raison. Sinon, tu ne serais pas venue me voir aujourd'hui. Donc je te pose la question : qu'est-ce qui t'inquiète vraiment ?

— C'est toi la psychologue maintenant ? demanda-t-elle, troublée.

Elle sentait une palpitation désagréable dans sa poitrine. C'était probablement la vérité qui essayait de se faire entendre. Qui réclamait qu'elle admette sa peur. Elle avait dit à Caleb qu'elle était terrorisée. Mais elle ne parlait pas de saut en parachute, et il l'avait très bien compris. Non, lorsqu'elle lui avait dit qu'elle avait peur, elle avait fait allusion à quelque chose de plus profond, même si, sur le moment, elle avait refusé de reconnaître ce dont il s'agissait vraiment. Et non, effectivement, ce qui l'avait effrayée, ce n'était pas la perspective de dire à ses parents qu'ils s'aimaient. En tout cas pas exactement. Si elle avait refusé de le faire, c'était parce qu'elle ne s'y était pas sentie prête. C'était précisément là que résidait le nœud du problème.

Les yeux rivés sur la table, elle se força à mettre des mots sur sa peur.

— A la soirée de mes dix-huit ans, dit-elle, je l'ai embrassé. Le lendemain…

— … il s'engageait, termina sa mère.

Elle leva les yeux, la gorge serrée.

— Oui. Il est parti sans un adieu. Et, chaque fois qu'il rentrait et qu'il se passait l'ébauche de quelque chose entre nous, il repartait pour une durée plus longue que la précédente.

— Tu as peur qu'il s'en aille de nouveau.

Elle ferma les paupières.

— Oui.

Puis, plus fort, elle répéta :

— Oui. Je ne voulais pas que vous le preniez mal, c'est la vérité. Avant de l'annoncer à tout le monde, je voulais être sûre qu'il allait rester quoi qu'il arrive.

— Mais si vous vous aimez comme tu le dis, pourquoi partirait-il ?

— Je ne sais pas. Un jour, les choses pourraient se gâter. On pourrait se disputer. Par crainte de se mettre la famille à dos, il pourrait préférer s'en aller. Et moi je me réveillerais un matin, seule, sans savoir où il se trouve ni quand j'aurais de ses nouvelles. Je ne me suis toujours pas remise de son départ sans un au revoir d'il y a dix ans. Il me dit qu'il ne repartira pas, et j'aimerais le croire. Mais si c'était faux ? Je l'aime tellement que je ne survivrais pas à une nouvelle séparation.

Sharon posa sa main sur son bras.

— Dis-lui tout ça.

— Je lui ai dit, déjà.

— Exactement comme tu viens de me le dire ?

Elle hésita.

— J'ai l'impression d'avoir exprimé ce que je ressentais, mais ça ne m'empêche pas d'avoir peur qu'il s'en aille si les choses se passent mal. Je le sens. Je le connais, et c'est ça le problème. Je sais que j'ai raison. Dans ce cas, c'est logique que je n'aie pas voulu vous en parler. Pourquoi révéler un secret d'une telle ampleur, alors qu'il pourrait partir dès le lendemain ?

Sharon plissa les yeux avec bienveillance.

— Tu viens de faire remarquer que Caleb n'avait que nous, que nous étions sa seule famille. Il a perdu la sienne. Ce genre de traumatismes laisse des traces. Il sait qu'on l'aime, mais je suis sûre que c'est difficile pour lui de trouver vraiment sa place quelque part. Peut-être, Shay, as-tu l'impression qu'il voudra repartir un jour, parce que tu n'as pas réussi à le convaincre que sa place, c'était à tes côtés.

Shay ferma les yeux, assaillie par une douleur sourde qui rayonnait dans sa poitrine. Sa mère avait raison. Elle avait eu si peur de souffrir qu'elle ne s'était pas véritablement donnée à Caleb. Si elle voulait qu'ils puissent saisir cette chance qui leur était offerte de s'aimer, il fallait qu'elle accepte de se mettre en danger, de courir le risque de souffrir un jour.

Elle se leva d'un bond.

— Tu as raison, maman. Tu as tout à fait raison.

Puis elle la serra dans ses bras.

— Merci beaucoup. Il faut que j'y aille.

Elle fila sans demander son reste. Comment avait-elle pu être si aveugle ? Elle avait eu si peur de souffrir qu'elle avait fait souffrir Caleb. Et, à ce petit jeu, elle aurait pu tout aussi bien le perdre.

Avant même d'arriver à sa voiture, elle composa le numéro de Caleb sur son portable. Pas de réponse. Elle recommença. Toujours pas de réponse. Elle lui laissa un message :

— Caleb, s'il te plaît, rappelle-moi. Je viens te rejoindre.

Une demi-heure plus tard, elle était devant chez lui. Son camion était là, mais visiblement pas lui.

Il n'était pas là.

Tout de suite, elle eut le réflexe d'appeler Kent, mais se ravisa aussitôt. Elle ne voulait pas s'expliquer avec son frère pour l'instant. Pas avant de s'être expliquée avec Caleb. Elle réfléchit un instant. Il lui restait une dernière cartouche : Sabrina. Vite, elle composa son numéro. Par chance, elle répondit dès la deuxième sonnerie.

— Sabrina ?

Elle dut tendre l'oreille pour entendre la réponse de Sabrina, car de la musique et des rires couvraient sa voix.

— C'est toi, Shay ? Tu cherches Caleb, peut-être ?

— Oui, je cherche Caleb.

— Il était aussi déprimé que toi et on l'a convaincu de venir nous rejoindre au bar où on se retrouve tous les vendredis soir.

Elle lui donna le nom et l'adresse du bar, avant d'ajouter :

— Il sera heureux de te voir, Shay.

Celle-ci resta un instant sans bouger, hésitant entre l'appréhension et la joie. Sabrina venait de lui assurer que Caleb serait content de la voir. Pourtant cela ne l'empêchait pas d'avoir peur qu'il la rejette. Mais, plus que d'être humiliée en public, elle craignait de le perdre. Elle ne pouvait pas attendre. Elle devait aller le retrouver tout de suite.

Caleb était installé à une table située tout près de la piste de danse, qui était bondée. D'ailleurs Bobby et Ryan s'y trouvaient, sans doute pour faire plaisir à leurs femmes. Et Kent aussi, pour tenter de séduire Lori. Cela semblait d'ailleurs assez bien parti pour lui. Caleb était curieux de savoir ce que cela allait donner. Une aventure d'un soir ? Quelque chose de plus sérieux ?

Il soupira. Lui aussi, au début de sa carrière militaire, il avait eu quelques aventures d'un soir pour oublier les horreurs de la guerre et la solitude. Mais, chaque fois, il avait été déçu. Car, chaque fois, c'était une autre que Shay qu'il avait serrée dans ses bras.

Il finit sa première bière dont la saveur amère n'avait fait qu'ajouter à sa mauvaise humeur. Il lui en fallait une autre. Il n'avait pas plaisanté en disant qu'il allait se soûler. C'était le droit de tout homme malheureux en amour : boire, tout oublier l'espace d'une nuit, pour se réveiller le lendemain matin, prêt à passer à autre chose.

Une bière apparut comme par enchantement, déposée devant lui par une jeune femme blonde du nom de Heather quelque chose — il n'était pas sûr qu'elle le lui ait jamais dit — qui tournait autour de lui depuis deux mois. Chaque week-end, elle lui offrait une bière, qu'il refusait systématiquement.

— Celle-là, prenez-la, dit-elle en se penchant pour qu'il puisse l'entendre. C'est pour faire passer votre chagrin d'amour, et ne me dites pas que j'invente, ça se voit sur votre visage. Alors buvez. Ne vous inquiétez pas, je ne vais pas profiter de votre faiblesse pour vous sauter dessus. Ce n'est pas mon genre.

— Si j'offre une image aussi pathétique, je ferais mieux de boire.

Et, tout de suite, il avala une gorgée.

— Merci.

— Qui est-ce ? demanda-t-elle.

— Une femme destinée depuis très longtemps à me briser le cœur. Je le savais, mais je m'en moquais.

— Parce que vous l'aimez.

— Parce que je l'aime.

— La chanceuse. Je devrais peut-être lui dire deux mots. Mais ne vous inquiétez pas, ajouta-t-elle en posant sa main sur son bras, elle reviendra. Elle serait stupide de ne pas le faire.

A ce moment précis, ses sens se mirent en alerte.

Elle était là, il le sentait.

Il leva les yeux, chercha, et rencontra son regard. Shay. Il ne s'était pas trompé. Et, dans ses beaux yeux bleus, il y avait la tristesse infinie de le trouver en compagnie d'une autre.

— Shay ! cria-t-il.

Mais elle avait déjà fait demi-tour pour se fondre dans la foule. S'il ne faisait rien, il allait la perdre à jamais.

Il réfléchit à toute vitesse, puis se tourna vers Heather :

— Restez ici, surtout.

Puis il fouilla dans ses poches et en sortit un billet, qu'il alla donner au D.J., en lui murmurant quelque chose à l'oreille. Ensuite, il revint à la table et prit Heather par la main.

— Venez avec moi.

Au moment où ils commençaient à fendre la foule, le D.J. fit son annonce :

— Shay White, Caleb Martin demande que vous l'attendiez à la porte. Je répète : Shay White, attendez Caleb Martin à la porte.

Caleb avait presque traversé la salle, et Shay était en vue. Mais elle ne semblait pas spécialement décidée à l'attendre.

Alors qu'elle fonçait tête baissée vers la sortie, il fit des signes désespérés au portier pour lui faire comprendre d'empêcher Shay de s'en aller. Heureusement, le portier qui, à force de le voir tous les vendredis, le connaissait bien, accéda à sa requête. Il était en train de barrer le passage à Shay, lorsque Caleb arriva enfin à la rattraper.

— Shay, dit-il.

Elle pivota, vit Heather, et fit aussitôt volte-face.

— Shay, il n'y a rien entre elle et moi.

Il adressa un regard suppliant à Heather. Il avait besoin qu'elle vienne à son secours. Absolument.

— C'est elle ? demanda Heather.

Shay se tourna brusquement.

— Oui, c'est elle, fit-elle, l'air furieux.

— Il dit la vérité, dit Heather. Il était en train de me parler de la femme qu'il aime, et ce n'est pas moi. La femme qu'il aime, c'est vous. Je vous jure qu'il ne s'est rien passé entre nous.

Elle jeta un coup d'œil à Caleb, bredouilla qu'elle était désolée, et disparut dans la foule.

Il fit un pas vers Shay et elle lui tourna de nouveau le dos.

— Bon sang, Shay. Cette fille n'est rien pour moi. Mais si tu as besoin d'une autre excuse pour me rejeter, alors vas-y, ne te gêne pas. Ce n'est pas moi qui ai un problème. Je t'aime et je suis prêt à l'annoncer au monde entier.

Aussitôt, il mit ses mains en porte-voix et hurla :

— Ecoutez, tout le monde ! J'aime Shay White !

Puis il la regarda.

— Ton frère est ici. Mais ça n'a plus aucune importance.

Dépité, il se dirigea vers la porte, prêt à sortir. Prêt à abandonner. Elle était venue, oui. Mais, de toute évidence, ce n'était pas pour la bonne raison.

— Caleb, dit-elle.

Mais il ne s'arrêta pas.

Une fois dehors, il se souvint qu'il n'avait pas son camion

et s'immobilisa, contrarié. Aussitôt, elle le rejoignit et se jeta dans ses bras, si tiède, et si douce.

— Je t'aime, dit-elle, les joues baignées de larmes. Je t'aime tant, Caleb. Peu importe que tout le monde le sache. Je l'ai dit à mes parents, déjà.

Il passa un bras autour de sa taille.

— Comment ? Quand ?

— Ce soir. Je leur ai dit ce soir, et, aussitôt, je suis venue te trouver. Ils savaient, Caleb. Maman a dit qu'elle avait toujours su qu'on s'aimait. Si je ne leur ai pas dit plus tôt, c'était parce que j'avais peur que tu repartes si par malheur les choses se passaient mal entre nous. Tu comptes rester, je le sais, tu me l'as dit, mais j'ai dû mal à oublier ce qui s'est passé il y a dix ans. J'ai si peur de te perdre de nouveau, alors que j'ai besoin de toi comme jamais.

Il l'embrassa, ivre de bonheur à l'idée qu'elle veuille enfin de lui, qu'elle veuille enfin d'eux.

— Epouse-moi, Shay. Ça devrait suffire à te prouver que je n'ai pas l'intention de repartir où que ce soit. Epouse-moi dès ce soir. Montons dans le premier avion et allons nous marier. Je t'ai attendue dix ans. Et je ne veux plus attendre.

Elle sourit, les yeux remplis de larmes.

— Alors si tu t'en vas de nouveau, je pars avec toi ?

— Shay, trésor, dit-il en caressant ses cheveux, je n'irai nulle part sans toi. Plus jamais. Où j'irai, tu iras. Dès ce soir. Mais je n'ai pas entendu ta réponse : épouse-moi, Shay.

— Oui. Oui, un million de fois oui.

— Ce soir.

Elle se mit à rire.

— Si tu trouves un endroit, alors oui. Ce soir.

Epilogue

Shay guida son parachute jusqu'au sol, avant de se poser en douceur, en exécutant une roulade parfaitement contrôlée. Jennifer et Sabrina se posèrent peu après, et elles ne purent s'empêcher de rire en se débarrassant de leur harnachement avec un bel ensemble.

— Ça leur apprendra. Ils n'avaient pas à nous dire de les attendre pour sauter ! dit Sabrina.

Jennifer rit de plus belle.

— D'ailleurs les voilà qui arrivent, dit-elle en levant les yeux au ciel. Ils n'ont pas supporté qu'on saute sans eux.

Shay, encore à terre, s'allongea un instant sur le dos, et s'étira, aux anges.

— Je n'arrive pas à y croire. Dire qu'il y a encore un mois, il ne fallait surtout pas me parler de sauter.

Mais après une longue lune de miel en Italie, où Caleb l'avait fait sauter en parachute dans des décors époustouflants, elle était mordue. Et Caleb ravi. Tous deux nageaient en plein bonheur. C'était si merveilleux que, par moments, elle avait encore un peu de mal à croire qu'elle était officiellement Mme Caleb Martin.

Elles se rapprochèrent les unes des autres pour admirer les Fous Volants — leurs bien-aimés maris — flotter dans les airs. Dans le ciel, ils étaient quatre, ce qui voulait dire que Kent avait dû se joindre à eux. Cela faisait deux semaines qu'il avait quitté le centre de soins, et le saut en chute libre était devenu sa nouvelle passion. A tel point qu'il avait décidé de s'entraîner pour devenir moniteur.

— Tu sais, dit Jennifer, je trouve que Lori et Kent feraient un super-couple. Mais je ne crois pas qu'ils se soient revus depuis sa sortie. On devrait peut-être organiser quelque chose. Cela nous permettrait de reparler de cette idée d'école de pilotage, qui me paraît vraiment excellente.

Sabrina échangea un regard complice avec Shay.

— Tu as vu quelle entremetteuse elle fait ? Si elle est de mon avis à propos de l'école de pilotage, c'est juste parce qu'elle veut caser Kent avec Lori. C'est plus fort qu'elle, elle ne peut pas s'empêcher d'essayer de mettre les gens ensemble.

— En tout cas, elle a fait du bon boulot avec toi et Ryan.

— Tu parles ! fit Sabrina. Au départ, elle voulait me caser avec Caleb, pas avec Ryan. Ils ont quand même deux caractères diamétralement opposés, ce qui veut dire qu'elle s'était bien trompée à mon sujet.

— Hé, dit Jennifer en s'appuyant sur ses coudes. Comment sais-tu que ce n'était pas un plan diabolique de ma part ? Faire de Ryan le fruit défendu, pour que tu ne puisses pas résister à la tentation d'y goûter.

Les yeux de Sabrina pétillèrent.

— Ryan sait très bien comment s'y prendre pour éveiller ma convoitise. Il n'avait vraiment pas besoin de ton coup de pouce.

Shay sourit car Caleb s'était posé maintenant. Il marchait vers elle, le regard malicieux. Il était son homme, à présent. Son mari. Et plus du tout ce fruit défendu qu'il avait été.

Elle soupira d'aise alors qu'il roula à terre jusqu'à elle, pour venir la saisir par la taille et l'emporter avec lui.

Ils s'embrassèrent longuement puis regardèrent le ciel, en silence.

Shay jeta des coups d'œil autour d'elle, et, à son grand contentement, elle constata que les deux autres couples faisaient exactement la même chose qu'eux.

Son bonheur aurait été total si Kent ne s'était pas tenu à

l'écart, assis par terre. Elle ne pouvait pas le laisser comme cela. C'était décidé, elle appellerait Lori le plus tôt possible.

Caleb rit et l'embrassa.

— Tu ne vas pas t'y mettre toi non plus. Kent a besoin de se reconstruire avant de pouvoir accueillir quelqu'un dans sa vie.

— Je veux juste qu'il soit heureux, répondit-elle. Autant que moi je le suis.

Elle caressa sa joue rasée de près et regarda le diamant qui brillait à son doigt.

— Je n'arrive pas à croire que nous soyons mariés.

Il prit sa main et embrassa la bague.

— Ma femme. Ma vie.

Il sourit en lui adressant un clin d'œil espiègle, devant lequel elle ne put garder son sérieux.

— Oh, mon époux. Ma vie.

Retrouvez en avril 2020,
dans votre collection

♦ SAGAS ♦

Trilogie intégrale : IRRÉSISTIBLES ITALIENS de Michelle Smart - N°126

L'épouse révoltée

Le jour où elle découvre Luca Mastrangelo sur son seuil, Grace reste interdite. Que fait son époux chez elle, dans cette maison de campagne où elle s'est réfugiée ? Bouleversée, Grace sait qu'elle doit tout faire pour cacher à Luca la raison de sa fuite… Leur fille, Lily, qu'elle s'est juré d'éloigner de cet homme qu'elle aime mais qu'elle soupçonne de lui avoir menti…

L'héritier des Mastrangelo

Enceinte ? Non ! Cara refuse de croire que le destin puisse se montrer si cruel. Car le père, Giuseppe Mastrangelo, lui a infligé la plus terrible des blessures en l'abandonnant. Aujourd'hui, pourtant, seul le bien de l'enfant qu'elle porte compte. Voilà pourquoi, la mort dans l'âme, Cara se résout à annoncer la nouvelle à Giuseppe…

Un indomptable Sicilien

« Je veux passer la nuit avec toi. » Quand Hannah, la jeune femme qu'il a secourue, prononce ces mots, Francesco est fou de désir. Un désir auquel il ne peut céder. Hannah n'a rien à faire avec un homme tel que lui, à l'âme corrompue par le milieu dangereux dans lequel il a grandi. Pourtant, elle pourrait bien le remettre sur le droit chemin…

Série intégrale : UN BÉBÉ À TOUT PRIX de Susan Meier - N°127

La tendresse en héritage

Whitney n'était pas préparée à devenir, du jour au lendemain, la tutrice du petit Gino. Et voilà que les choses se compliquent encore pour elle lorsqu'elle apprend qu'elle va devoir partager la garde du bébé avec l'arrogant Darius Andreas, un homme très occupé par ses affaires, et qui ne semble pas doté de la fibre paternelle…

L'enfant du bonheur

Quand Maggie est embauchée par Nick, qu'elle n'a pas vu depuis des années, elle est loin de se douter que leurs retrouvailles vont remuer en elle des sentiments si puissants. D'autant que Nick n'a pas l'air de l'avoir oubliée non plus. Seulement voilà, Maggie est enceinte de son précédent mari. Peut-elle oser croire que Nick aimera aussi l'enfant d'un autre ?

Un bébé au ranch

Au programme de sa nouvelle vie — dans la ville où elle a posé ses valises avec son bébé—, Suzanne n'a pas prévu l'amour. Pourtant, dès l'instant où elle rencontre le séduisant Cade, elle est bouleversée. Mais elle se méfie : si elle doit tomber amoureuse, ce sera d'un homme qui pourra être un père pour sa fille. Or Cade n'est pas du genre à s'engager…

Retrouvez en avril 2020,
dans votre collection

♦ SAGAS ♦

Trilogie intégrale : LES JARDINS DE LA PASSION
de Jennifer Greene - N°128

Retour à White Hills

De retour chez elle, à White Hills, après le décès de son mari, Camille a bien l'intention de prendre un nouveau départ. Mais elle n'imaginait pas un instant pouvoir susciter l'intérêt de Pete, son charmant voisin, et encore moins éprouver une attirance aussi forte à son égard. Serait-elle capable d'aimer à nouveau ?

Pour l'amour d'une Campbell

Lorsqu'elle est venue se réfugier à White Hills, Violette n'avait qu'une idée en tête : se consacrer à la plantation familiale et éviter les hommes. Seulement, elle n'a pas d'autre choix que d'héberger Cameron, qui doit l'aider dans ses affaires. Cameron, dont le regard intense la plonge dans un trouble indescriptible…

Au cœur de la passion

Après l'orageuse passion qu'elle a vécue, Daisy aspire à la paix. Et où se ressourcerait-elle mieux qu'à White Hills, où rien ni personne ne viendra troubler sa solitude ? Mais alors qu'elle approche du domaine, une violente tempête de neige la détourne de sa route et l'oblige à frapper à la porte d'un inconnu…

Trilogie intégrale : L'HÉRITAGE DES SLOANE
de Angi Morgan - N°129

Une enfant a disparu

La rage au cœur, Alicia quitte le bureau du shérif. Comment les policiers osent-ils refuser d'entreprendre des recherches pour retrouver Lauren, sa fille disparue depuis plusieurs jours ? Terrifiée, elle ne sait vers qui se tourner. Mais soudain elle reprend espoir : John Sloane est de retour au pays. John qui, en souvenir de leur amour passé, l'aidera. Du moins doit-elle à tout prix l'en convaincre.

Une troublante affaire de famille

Pour Brian Sloane, une chose est sûre : Lindsay Cook est en danger. En effet, depuis vingt ans, un mystérieux meurtrier s'attaque à la famille de la jeune femme et maquille tous ses crimes en accidents. Pour protéger Lindsay, qui le trouble bien malgré lui, il devra la convaincre de lui révéler les secrets liés à sa famille, et d'accepter qu'il reste à ses côtés aussi longtemps qu'il le jugera nécessaire.